निर्वाचित कहानियाँ

निर्वाचित कहानियाँ

स्वदेश दीपक

वाणी प्रकाशन

प्रकाशन के उत्कृष्टतम 61 वर्ष

vaniprakashan.com

सजिल्द पहला संस्करण : 2024

वाणी प्रकाशन

4695, 21-ए, दरियागंज, नयी दिल्ली-110 002

फ़ोन : +91 11 23273167, 23275710

शाखाएँ

अशोक राजपथ, पटना-800 004, बिहार

कॉफी हाउस कैम्पस, महात्मा गांधी मार्ग, प्रयागराज-211 001, उत्तर प्रदेश

महात्मा गांधी अन्तरराष्ट्रीय हिन्दी विश्वविद्यालय, वर्धा-442 001, महाराष्ट्र

36/ए, शेक्सपियर सरणी, रानी बिरला गर्ल्स कॉलेज के पास, कोलकाता-700 017, प. बंगाल

sales@vaniprakashan.in
vaniprakashan@gmail.com

Nirvachit Kahaniyan
by Swadesh Deepak

ISBN : 978-93-5775-517-7
Collection of Stories

मूल्य : ₹ 725

आर. टेक ऑफ़सेट प्रिंटर्स, दिल्ली-110 032 में मुद्रित

वाणी प्रकाशन का लोगो मक़बूल फ़िदा हुसेन की कूची से

समर्पण

अपने पाठकों को जिन्होंने सात साल
मेरा अन्धी गुफ़ा से निकलने का इन्तज़ार किया।

प्राक्कथन

मेरी कहानियों की दुनिया

(1967 से 1997 के बीच लिखी निर्वाचित कहानियाँ)

मेरे लिए आदमी के अन्दर और बाहर का संसार कभी भी अलग नहीं रहा। दोनों एक–दूसरे के पूरक हैं। तप रहे चेहरे के दो पहलू।

अन्तर्जगत् के अँधेरे, आत्मा का आर्तनाद, आदमी के अन्दर उग आये जंगल, मृत्यु, हठ और चकाचौंध का यह मोड़ जहाँ भीतर का सच बाहर के सच से जुड़ जाता है, हमेशा–हमेशा मेरा सरोकार रहा है। किसी वाद विशेष का बोल बजाती बयानबाज़ी की कहानियाँ मैं कभी नहीं लिख सका।

जब भूख, मौत और रोटी और ज़िन्दा रहने की जंग पर बाज़ारू मीडिया का एकछत्र क़ब्ज़ा हो जाता है, तो हम अपना–अपना चेहरा ढांपकर, अपने यकीन और मान्यताओं को भूलकर रोने लगते हैं। **मसखरे कभी नहीं रोते** के पात्र बन जाते हैं। इन मसखरों का स्वागत कर हम अपने इन्सानी वकार और अस्मिता को पुख़्ता करते हैं।

अन्दर के अँधेरे के साम्राज्य से बाहर निकलकर, बाहर की जगमगाती रौशनी की दुनिया में, मैंने ऐसे उजाले को देखने की, छू लेने की कोशिश की, जहाँ दहाड़ते, दिल दहलाते परभक्षी न हों। लेकिन हैं ज़रूर। हर जगह। हर वक़्त। सदियों के लम्बे सफ़र के बाद पशु से विकसित आज का आदमी क्या अपने पूर्वज से कहीं अधिक क्रूर है, मक्कार है, काइयाँ और कमीना है? वह अमेरिका का रूप धारण कर अफ़गानिस्तान, इराक़ और जाने और कितने उपनिवेशों को मिटाने में जुटा है।

हम एक अभिशप्त और शर्मिन्दा कर देने वाले वक़्त से गुज़र रहे हैं। आतंकवादी जिहाद और हत्या का एक अर्थ लेते हैं। अमेरिका जेनोसाइड कर रहा है। देश का प्रधानमन्त्री (महाकवि) टी.वी. पर (12–4–2003) लोगों

को चुटकुले सुनाता है—ताली दोनों हाथों से बजती है। आप ताली नहीं बजा सकते तो चुटकी बजायें। क्योंकि चुटकी एक हाथ से बज सकती है...। प्रधानमन्त्री की एक आँख बन्द थी और मेरा सर शर्म से झुके का झुका रहा।

मेरी कहानियाँ ठहर जाने वाले चित्रों की कहानियाँ हैं। गहरायी और विस्तार, इन दो आयामों के बीच चलते—फिरते पर्त—दर—पर्त नंगे होते लोगों से पहले मैं ख़ुद नंगा होता हूँ।

मैंने सोच—समझकर शून्यता के स्थान पर दुःख को स्पेस चुना है। माध्यम के रूप में साहित्य में मेरी सम्पूर्ण आस्था है, क्योंकि यह हमें समझ के तार से सदा जोड़ता है।

स्वदेश दीपक

अप्रैल, 14, 2003
108, माल रोड,
अम्बाला छावनी—133 001

अनुक्रम

किसी सोचते हुए आदमी की
आँखों–सा नम और सुन्दर था दिन

–अनामिका

पापी पेट

वह एक भूखे कुत्ते की तरह शिस्त बाँधकर, टकटकी लगाकर पिछले कई मिनटों से उस छोले–कुल्चे खा रहे आदमी को देख रहा है। उस आदमी का हाथ छोटी थाली जितना बड़ा है, जिस पर उसने छोलों का पत्ता टिका रखा है। वह गाड़ी के डिब्बे की खिड़की के पास ही किस स्प्रिंग की तरह जिस्म को तानकर खड़ा है। सात साल की आयु में ही लगातार भूख ने उसे चौकस, चौकन्ना और मौक़ा शिनास बना दिया है। लड़के ने पहले से ही उस कोण का अन्दाज़ा लगा लिया है, उस दूरी को आँखों–आँखों में माप लिया है, जहाँ वह आदमी पत्ता गिरायेगा।

उस आदमी की निगाह एक क्षण के लिए लड़के की भूखी और प्रतीक्षारत आँखों से मिल गयी। शायद उसे पाप अथवा घृणा का एहसास हुआ। उसने और तेज़ी के साथ कुल्चे–छोले खाने शुरू कर दिये। कुल्चे की एक टूटती गिराही जब–जब उस आदमी के मुँह में जाती थी, तब–तब लड़के के दिन पर जैसे चाकू का एक–एक घाव हो जाता था। उस आदमी ने कुल्चे ख़त्म कर दिये, लम्बी–सी उँगली को पत्ते पर फेरकर सारे छोले एक किनारे पर ले आया और पत्ते के दोनों किनारों को मोड़कर उसने हाथ ऊपर उठाकर सारे छोले मुँह में डाल लिये। लड़के का दिल बिल्कुल बैठ गया। हाथ लम्बा करके उस आदमी ने पत्ता प्लेटफ़ॉर्म पर फेंक दिया। एक झटके के साथ वह पीठ मोड़कर बैठ गया। शायद लड़के की भूखी आँखों की ताब लेना उसके लिए कठिन हो गया था।

लड़के के जिस्म का स्प्रिंग और कस गया। उसने छोटी–सी छलाँग लगाकर पत्ता उठा लिया। चनों का थोड़ा–सा पानी पत्ते पर लगा हुआ था। किसी छिपकली की तरह बड़ी तेज़ी से ज़बान बाहर–अन्दर करते हुए उसने पत्ता चाट डाला। एक लम्बी सीटी की आवाज़ हुई। स्टेशन

की छत के अन्दर बैठे सैकड़ों पक्षी काँय–काँय की आवाज़ों के साथ छोटे–छोटे दायरों में उड़े और गाड़ी बड़ी मरियल गति से प्लेटफ़ॉर्म पर से सरक गयी।

रोज़ की तरह लड़का छोले–कुल्चों वाले की रेहड़ी के पास जा ठहरा। वह जूठी प्लेटें और गिलास धोयेगा, बाल्टी में साफ़ पानी भर लायेगा और रेहड़ीवाला उसे एक कुल्चा देगा। अब लड़का अपने एक पाँव से दूसरी टाँग खुजलाता हुआ छोलेवाले को देखे जा रहा है। वह कुछ बोलता नहीं। दुकानदार को पता है, लड़का पास खड़ा है, लेकिन वह चाहता है कि लड़का अपने–आप वहाँ से चला जाये। आख़िर खीझकर बोला–

"भाग जा। कुछ नहीं धुलने का।"

लड़का सिर झुकाये अपने स्थान पर खड़ा है।

"सुना नहीं? कानों में रूई डाल रखी है क्या? सारी गाड़ी में सिर्फ़ दो सवारियों ने कुल्चे–छोले लिये, बर्तन कौन से तू धोयेगा?"

लड़के का सिर कुछ और झुक गया है।

"ओये माँ दे यार! भागता है कि दूँ एक हाथ?" लड़के ने सिर उठाकर उसे देखा। उसे पता है, किस सीमा पर आकर लोगों का सब्र टूट जाया करता है और फिर वे उसे पीट दिया करते हैं। वह बड़े थके हुए क़दमों से आगे बढ़ गया।

स्टेशन पर लगी हुई बत्तियाँ जल उठी हैं। लड़के को पता चल जाता है, अब रात हो गयी है, घर लौटना चाहिए! लेकिन अभी उसने दो जगह और जाना है। अब वह चाय वाले की रेहड़ी के पास खड़ा है। चायवाला पत्ती एक डिब्बे में फेंका करता है। रोज़ शाम को लड़का यह इस्तेमाल की हुई पत्ती घर ले जाता है। इसे फिर से उबालकर वो लोग चाय बना लिया करते हैं। उसके हाथ डिब्बे की ओर बढ़ते हैं, तभी चायवाला डाँटकर कहता है–

"परे हट! बाप का माल समझ रखा है? साले सारे भुक्खे–नंगे इसी स्टेशन पर जमा हो गये हैं।"

लड़का फिर उस डिब्बे की ओर हाथ बढ़ाता है। वह इन गालियों का आदी हो चुका है। उसे पता है, देने वाला पहले गालियाँ ज़रूर दिया करता है। चायवाला गरज पड़ता है–

"क्यों, सुणदा नहीं क्या? भाग। पत्ती कल ले जाना। मैं अब दो बार चाय बनाकर पत्ती फेंका करूँगा।"

लड़का वहाँ से भी सरक पड़ा है। गर्मी की हवा का एक भूला–भटका झोंका आया। एक छोटा–सा सफ़ेद लिफ़ाफ़ा प्लेटफ़ॉर्म पर लड़खड़ाकर भागने लगा। लड़के के चेहरे पर मुस्कान आ गयी। उसने दौड़कर वह ख़ाली लिफ़ाफ़ा उठा लिया। उसे मुँह के साथ लगाकर हवा भरी, लिफ़ाफ़ा छोटा–सा गुब्बारा बन गया। फिर उसने एक मुक्का फूले हुए लिफ़ाफ़े पर मारा। 'ठाँय' की आवाज़ के साथ लिफ़ाफ़ा फट गया। वह ख़ुश हो गया। सारी गालियाँ भूलकर गोदाम की ओर चल पड़ा।

अनाज की बोरियाँ इस गोदाम में रखी जाती हैं। फिर मालगाड़ी पर चढ़ाकर जाने कहाँ भेज दी जाती हैं। इस उतारने–चढ़ाने में गेहूँ के दाने बोरियों से निकलकर गोदाम में फ़र्श पर गिर जाते हैं। लड़का दोनों हाथों से यह दाने बुहारकर कमीज़ के अगले हिस्से को थैला बनाकर उसमें डाल लिया करता है। उसे आज तक पता नहीं चला कि माँ कैसे इन दानों को पहले आटे में और फिर रोटी में बदल देती है। गोदाम में हमेशा पुलिस के दो सिपाही पहरे पर होते हैं। एक लम्बा–पतला है, बाँस की तरह। उसकी लम्बी–लम्बी मूँछें हैं। लड़के ने उसका नाम 'मुच्छल' रखा हुआ है। जब वह फ़र्श पर बैठकर दानें बुहार रहा होता है तो मुच्छल हमेशा उसकी पीठ पर लात जमाया करत है। उसका दूसरा सिपाही साथी बिल्कुल गोल–मटोल है। लड़के ने उसका नाम 'मटका' रखा हुआ है। मटका हमेशा मुच्छल को इसे लात मारने से रोकता है। लड़के को इसीलिए मटका अच्छा लगता है। सिपाहियों के हाथों में हमेशा लम्बी–लम्बी लाठियाँ होती हैं, जिनके सिरों पर लोहा जड़ा रहता है। वे गोदाम के दरवाज़े के पास पड़ी चारपाई पर बैठे बीड़ियाँ पीते रहते हैं।

लेकिन बरामदे में पहुँचते ही लड़का ठिठक गया। आज दोनों पुलिसिये दरवाज़े पर खड़े थे और उनके हाथों में बन्दूक़ें थीं। बन्दूक़ों के सिरे पर चाकू की तरह लम्बा तेज़ लोहा लपलपा रहा था। लड़का आगे बढ़ा। मुच्छल ने हाथ के इशारे से उसे आगे बुला लिया। लड़का दरवाज़े के पास, उन दोनों के क़रीब आकर ठहर गया। मुच्छल ने बन्दूक़ सीधी, लम्बी कर दी है। चमकता लोहा लड़के के गले से एक इंच दूर है।

"पता है, इसे क्या कहते हैं।?"

लड़के ने 'नहीं' में सिर हिलाया।

"संगीन। साले, यह संगीन है। ज़रा–सा दबा दूँ तो तेरे गले के आर–पार हो जाये।"

लड़के की टाँगें काँप रही हैं। उसे लगता है कि उसका पेशाब निकला कि निकला।

"परे कर ओये। क्यों छोटे बच्चे की जान निकाल रहा है?"

और मटके ने हाथ बढ़ाकर मुच्छल की संगीन लगी बन्दूक़ परे कर दी।

लड़का मुँह उठाकर दोनों तरफ़ देख रहा है।

कौन अन्दर जाने के लिये कहेगा?

"गेहूँ लेना है?"

"हाँ!" लड़के ने सिर हिलाया।

"फिर जा अन्दर, बहन के यार। मुँह क्या देखता है!?"

लड़के का पहला क़दम अन्दर पड़ते ही मुच्छल ने उसको पीछे से बालों से पकड़ लिया। उसने लड़के की गर्दन में पंजा फँसाकर झटके–से उसका चेहरा अपनी ओर कर लिया। फिर उसने मोटी–मोटी दो उँगलियों से लड़के की नाक का सिरा पकड़कर ज़ोर–से मसल दिया, दबा दिया। लड़का चीख़ रहा है, मुच्छल और ज़ोर–से उसकी नाक दबाये जा रहा है। उसने झटका देकर लड़के को ज़मीन पर गिरा दिया। लड़का अब पिटे हुए कुत्ते की तरह 'कीं–कीं' आवाज़ किये जा रहा है। मुच्छल ने गरजकर कहा–

"कुत्ते के बीज! तुझे पता नहीं आजकल स्टेशन पर आना मना है? मादर... गोदाम में आते हैं। गोदाम से चोरी करेगा? तेरे पोट में संगीन गाड़ दूँगा, संगीन।" लड़का गठरी बना हुआ ज़मीन पर लेटा है। अब उसने रोना बन्द कर दिया है। वह और मुच्छल, दोनों हैरान हैं कि आज मटका बीच–बचाव क्यों नहीं कर रहा?

"तेरी बहन क्या करती है?" मटके ने बारीक़ आवाज़ में पूछा।

"कोयले चुनती है।"

"ओ कंजर के बीज! वह रेलवे लाइन पर गयी तो टाँगें चीरकर रख देंगे। तुझे पता नहीं इन दिनों लाइन पर घूमना मना है।"

लड़का और मुच्छल, दोनों उसकी अगली बात सुनने की प्रतीक्षा में हैं।

"जा, घर भाग जा। बहन को साथ ले आ। थैला भी लेते आना। वह गन्दम भरकर ले जायेगी। तुझसे तो थैला भी नहीं उठेगा।"

मुच्छल हैरानी से उसकी ओर देखता है। मटका जवाब में आँख दबाकर मुस्करा देता है। मुच्छल की बाँछें खिल जाती हैं।

लड़का गेहूँ मिलने की उम्मीद में तेज़ी–से घर की ओर भागा जा रहा है। स्टेशन के बाहर बड़े पुल के नीचे बनी झोंपड़ियों में वह पहुँच जाता है। अँधेरा घिर आया है। वह छलाँग लगाकर बड़ा नाला पार करता है और झोंपड़ी के अन्दर पहुँच जाता है।

माँ ज़मीन पर लेटी है। उसकी कटी टाँग पर कीचड़ जैसी मैली पट्टी बँधी है। आस–पास मक्खियाँ भिनभिना रही हैं। बहन तीन ईंटों के चूल्हे के मुँह के बराबर सिर ज़मीन पर रखे ज़ोर–ज़ोर से फूँकें मारकर आग जला रही है।

"गेहूँ लाया?" माँ ने कड़ककर पूछा–"नहीं?...तो हरामी सारा दिन क्या करता रहा? लड़कों के साथ खेलता रहा? तुझे पता नहीं दो दिन से कुछ खाया नहीं?"

माँ एक टाँग के सहारे मेढक की तरह उछलकर बैठ गयी। उसने अपनी चिमटे जैसी उँगलियों में लड़के की कलाई पकड़कर उसे अपनी ओर घसीट लिया। अब वह उसे एक लात से, दोनों हाथों से ताबड़तोड़ मारे जा रही है।

लड़की ने चूल्हा फूँकना छोड़ दिया है। वह झपटकर माँ के हाथों से भाई को छुड़ा लेती है। माँ अब उसकी ओर मुँह मोड़कर कहती है–

"हरामज़ादी, तू बीच में मत आ। तुम दोनों एक जैसे हो। सारा दिन बाहर भटकती रही और एक कोयला चुनकर भी नहीं लायी।"

पहले माँ कोयले चुना करती थी। रेल के पहिये के नीचे आकर टाँग कट गयी तो लड़की ने यह काम सँभाल लिया। कोयले बेचकर थोड़ा–बहुत नमक–मिर्च का ख़र्चा चलता है।

"तुझे सौ बार बताया है, पुलिसवाले आजकल लाइन पर नहीं जाने देते।" लड़की ने तमककर जवाब दिया।

पुलिस का नाम सुनकर लड़के को याद आ गया है।

"माँ!"

"क्या है?"

"इसे मेरे साथ गोदाम भेज दो।"

"क्यों?"

"पुलिसवाला कहता था, बहन को साथ ला। थैला भरकर कँणक दूँगा।"

माँ चुप है। लड़का–लड़की दोनों उसकी ओर देख रहे हैं। वह लड़की के शरीर के प्रत्येक अंग को खोजभरी आँखों से देख रही है। अभी बारह

साल की है। औरत होने के निशान भी नहीं दिख रहे। पहले वह सोचती है, न कह दे। लड़की छोटी है। फिर सोचती है, आज नहीं तो कल यह होना ही है। उसकी अपनी सारी उमर ऐसे ही बीती है।

"मुँह–हाथ धो ले। थैला लेकर भाई के साथ जा।"

लड़की बाहर जाकर नलके से मुँह धो आयी है।

लड़का थैला उठाकर पहले से तैयार खड़ा है। माँ लड़की को कहती है–

"देख. वहाँ शोर मत मचाना।"

"शोर क्यों मचाऊँगी?"

"अच्छा, जा। दफ़ा हो!" और माँ करवट बदलकर लेट गयी।

दोनों भागते हुए, बाहर के रास्ते से गोदाम के दरवाज़े पर पहुँच गये हैं। मटका लड़के को बुलाकर पुछता है–

"कुल्चे–छोले खायेगा?"

लड़का डर के मारे 'हाँ' भी नहीं करता। यह आज पुलिसवालों को क्या हो गया है? मटका जेब से बीस पैसे निकालकर उसकी हथेली पर रखता है।

"जा, पुत्तर। स्टेशन पर जाकर कुल्चे–छोले खा। ऐश कर।"

लड़का पैसे लेकर मुँह में रोटी दबाये हुए कुत्ते की तरह वहाँ से भाग खड़ा हुआ। मुच्छल लड़की के पास आ गया है।

"उस्ताद, बहुत छोटी है।" मुच्छल।

'फ़िकर न कर, कच्चे आमों का स्वाद देगी।" मटका।

"पर मैं यह कहता हूँ यह छोटी है। सह लेगी।?"

"तू यहीं ठहर। मैं दस मिनट में अन्दर ले जाकर इसे बड़ी कर देता हूँ।"

मटका उसे हाथ पकड़कर अन्दर ले गया है। मालगाड़ी का इंजन गोदाम के पास वाली रेल लाइन पर शंटिंग कर रहा है। उसकी आवाज़ और सीटियों में शोर का गदर–कुहराम मच गया है?

लड़का कुल्चे–छोले खाकर लौट आया है। मटका बाहर चारपाई पर बैठा बीड़ी पी रहा है। लड़का हैरान है, मुच्छल कहाँ गया है।

"ले, बीड़ी पी।" मटके ने सुलगती हुई बीड़ी लड़के के हाथ में थमा दी। लड़का बड़ी तृप्ति से कश ले रहा है।

मुच्छल बाहर आ गया है। हमेशा गुस्से से भरा उसका चेहरा अब नरम है, ख़ुश है।

''उस्ताद, मज़ा आ गया।''

''चल, बड़–बड़ न कर। इसका थैला भर दे।'' मटका बोला।

मुच्छल लड़के को लेकर गोदाम के अन्दर जाता है। लड़का देखता है, बहन फ़र्श पर लेटी है। उसे गुस्सा आ जाता है, मज़े से लेटी है। यह नहीं कि फ़र्श पर से गेहूँ चुने। अब सारा काम उसे करना पड़ेगा।

लड़का फ़र्श पर बैठकर छोटे–छोटे हाथों से गेहूँ चुनने लग पड़ता है। मुच्छल उसे रोक देता है। फिर मुच्छल बन्दूक़ ऊपर उठाता है। 'खच्च' की आवाज़ के साथ संगीन गेहूँ से भरी बोरी के अन्दर घुस जाती है। वह संगीन बाहर निकाल लेता है। बोरी में हुए छोटे–से सूराख़ से पानी की पतली धार की तरह गेहूँ बाहर गिर रहा है। मुच्छल उसके हाथ से थैला लेकर धार के नीचे रख देता है। चन्द मिनटों में थैला भर जाता है।

बहन बाहर खड़ी है। दोनों घर की तरफ़ चल देते हैं।

''तेज़ चल।'' लड़का।

बहन धीरे–धीरे लड़खड़ाकर चल रही है। एक क़दम के बाद ज़मीन पर दूसरा क़दम रखने में उसे तकलीफ़ हो रही है। लड़का आगे जाकर ठहर गया है। बहन पास पहुँच जाती है।

''तू तेज़ क्यों नहीं चलती?''

बहन क्षण–भर के लिए उसे घूरकर देखती है और फिर पूरे ज़ोर के साथ उसके मुँह पर थप्पड़ दे मारती है। लड़का इतना सहम गया कि रोता तक नहीं।

झोंपड़ी में पहुँचकर लड़की कटे हुए पेड़ की तरह नीचे गिर जाती है। वह थोड़ी–थोड़ी देर के बाद दोनों टाँगों को साथ जोड़कर दबाती है, कराह उठती है। माँ घिसटकर चूल्हे के पास पहुँच गयी है। उसने लकड़ी से चूल्हे की गर्म ईंट को ठोकर मारकर परे गिरा दिया। फिर उसने ईंट को कपड़े में लपेट लिया। घिसटकर लड़की के पास आ गयी है। वह कपड़े में लिपटी गर्म ईंट को लड़की की टाँगों के बीच रखती है, उठाती है। फिर रखती है। फिर उठाती है। माँ का हाथ लगते ही लड़की फूट–फूटकर रोना शुरू कर देती है। बहन को रोती देखकर लड़के को गुस्सा आ जाता है। माँ पागल हो गयी है। इतनी गर्म ईंट लगा रही है, बहन को दर्द तो होगा ही।

दो दिन में गेहूँ से भरा हुआ थैला ख़त्म हो गया है। लड़की सारा दिन फ़र्श पर लेटी रहती है। माँ तीसरी शाम को लड़के के हाथ में थैला थमाकर कहती है–

''जा, गोदाम से कणक ले आ।''

''नहीं जाऊँगा। बहन को साथ भेजो।''

''बकवास मत कर। जा, भागकर कणक ले आ।''

''नहीं जाऊँगा। अकेला जाता हूँ तो पुलिसवाले मारते हैं। इसे साथ भेज। यह साथ होती है तो कुल्चे–छोले खाने को पैसे देते हैं।''

लड़का भागकर झोंपड़ी के दरवाज़े पर जा ठहरा है। वह जानता है कि एक टाँगवाली माँ उसे पकड़ नहीं सकती, पीट नहीं सकती।

माँ अब चालाकी से काम लेती है।

''देख, बहन बीमार है। उठ नहीं सकती। पुलिसवालों से कहना, ठीक हो जायेगी तो तेरे साथ आया करेगी।''

बात लड़के की समझ में आ गयी। उसे पता है, दो दिन से बहन ज़मीन पर से उठी तक नहीं।

वह गोदाम में पहुँच गया है। उसे देखते ही मुच्छल पूछता है–

''बहन कहाँ मर गयी तेरी? साथ क्यों नहीं आयी?''

''बीमार है।''

''मादर...झूठ बोलता है।'' मुच्छल पीटने के लिये उसकी ओर लपका। मटके ने बीच में उसे रोक लिया।

''सच कहता है ओये। साले बीमार तो होगी ही। कैसी अनाड़ियों वाली बातें करता है।''

मटके के बीच–बचाव से लड़के को हौसला हो गया है।

''माँ कहती है, ठीक हो जायेगी तो मेरे साथ उसे भेजेगी।''

तीनों चुप हैं। मुच्छल की आँखों में आग जल रही है। अपने ही ज़ोर से उसका जिस्म काँप रहा है। लहू चमड़ी की चादर फाड़कर बाहर उछल–उछल आ रहा है।

''क्यों बहुत तकलीफ़ हो रही है?''

''हाँ।'' थोड़ा शर्मिन्दा है मुच्छल।

''तो फिर आज यही हो जाये?''

मुच्छल की आँखों की लाली चेहरे पर फैल गयी है।

''पर साले में बू आ रही है।'' मुच्छल बोला।

"वाह मेरे अंग्रेज़! तो निकाल साबुन! आज छोकरे को साबुन से नहाने के मज़े ले लेने दे।"

मुच्छल देसी साबुन की चक्की अन्दर से ले आया।

"जा पुत्तर, नलके के नीचे नहा ले। ख़ूब साबुन मल–मलकर स्नान करना।"

लड़का कपड़े उतारकर पम्प के नीचे बैठ गया है। मटका पम्प चला रहा है।

मटका लड़के के कपड़ों की तरफ़ देखता है, फिर मुच्छल को आँख से इशारा करता है। वह कपड़े उठाकर गोदाम के अन्दर ले जाता है।

लड़का नहाना बन्द कर चुका है। आसपास देखता है। चौंककर बोलता है–

"मेरे कपड़े?"

"जा, अन्दर गोदाम में जाकर पहन ले।"

लड़का गोदाम के अन्दर पहुँच गया है। दोनों सिपाही अन्दर आ जाते हैं। उन्होंने दरवाज़ा अन्दर से बन्द कर लिया है।

मटका लड़के की गर्दन पकड़कर उसे नीचे झुकाता है। मुच्छल उसके दोनों हाथ बोरी पर टिका देता है।

अब लड़का किसी चौपाए की तरह खड़ा है। गोदाम में गर्मी आग की तरह फैली हुई है। लड़के की जुबान बाहर निकल आयी है। वह किसी कुत्ते की तरह जबान लपलपाकर साँसें ले रहा है–गर्मी से अथवा दहशत से।

और बाहर हमेशा की तरह लम्बी–लम्बी सीटियों के शोर के साथ मालगाड़ी का इंजन शंटिंग करना शुरू कर देता है।

अहेरी

उन्होंने यह पत्रिका बन्द कर मेज़ पर रख दी। वे जानते हैं, एक क्षण में चपरासी को अन्दर बुलाकर पानी या कुछ और माँगना चाहिए। इस पत्रिका में जो कुछ देखा है, उनके मन में जो कुछ प्रवेश पा रहा है, वह सब कुछ ठीक नहीं हो रहा। पर वह क्षण इतने समय में ही हाथ से निकल गया, वे इस स्थिति के मोह को भंग न कर सके।

विदेश से आने वाली चित्र–प्रधान पत्रिका है। इस बार भारत के वन्य पशुओं पर विशेषांक निकाला है। बिल्कुल बीच का पृष्ठ खोलकर देखा था तो हाथ, आँखें, शरीर की सारी इन्द्रियाँ और आत्मा सब कैसे थमकर वहीं पर केन्द्रित हो गयी थीं। नीचे पढ़ा–चीता।

चित्र में बैठे हूए उस चीते ने इनकी ओर देखा, इनकी आँखों में उसने आँखें डाल दीं। और तब ही उनके मन के अन्दर यह विचार कौंध गया कि हाँ, मुझे इसको मारना है। यही है जिसको मैं कब से तलाशता आ.रहा हूँ।

उन्होंने पत्रिका फिर खोली। अब किसी प्रकार का सेंसेशन, अजनबी अनुभूति उनके शरीर अथवा मन में नहीं हो रही। इससे बिल्कुल तादात्म्य स्थापित हो गया है। दोनों ने पहचान के एक ही स्तर पर पहुँच कर एक–दूसरे से परिचय कर लिया है।

वे जानते हैं कि इन दिनों शिकार के लिए जाना कितना कठिन है। अगले सप्ताह ही तो इन फ़ैक्टरियों के डाइरेक्टरों की मीटिंग है और वे इन सब कारख़ानों के मैनेजिंग डाइरेक्टर हैं। यहाँ से कुछ दिनों के लिए भी अनुपस्थित होना असम्भव है। फिर यह कारण सुनकर कि उनको एकाएक चीते का शिकार करने की सूझ गयी है, कितनी हँसी सब लोग करेंगे। चाहे उनकी स्थिति यहाँ पर इतनी दृढ़ है कि कोई भी उनका कुछ नहीं बिगाड़ सकता। वे जो चाहें कर सकते हैं। जिनका साठ प्रतिशत

धन इन कारख़ानों में लगा है, उनकी लड़की से इनका विवाह हुआ है, पर वे जायेंगे नहीं।

फिर चित्र में बैठे चीते को देखा। उन्हें स्पष्ट आभास हुआ कि वह चीता थोड़ा–सा हिला है, आसपास लगे छोटे–छोटे पेड़ पौधे उसकी गति से धमक गये हैं, हिल गये हैं। चीते ने गर्दन टेढ़ी करके उनकी ओर देखा है और फिर वह उनकी आत्मा के अन्दर प्रवेश कर गया है। हाँ, जाना है, बहुत जल्दी ही। देर करने का तो कोई कारण नहीं है।

वे बहुत शीघ्र निर्णय करने के लिए प्रसिद्ध हैं। इसी गुण के कारण ही चालीस वर्ष की कम आयु में वे इतने कारख़ानों के मैनेजिंग डायरेक्टर बन गये हैं। उन्होंने फ़ोन करके अपने निजी सचिव को बुलाया। वह आदमी बड़े दबे पाँव कमरे में आया और चुपचाप बैठ गया। इसे देखकर सदा यह आभास होता है कि यह आदमी नहीं कोई बिल्ली है, जो बिना आहट, दबे–पाँव एक स्थान से दूसरे स्थान पर सतत् घूमती रहती है। उसकी पीली–पीली आँखें इस समय बहुत अस्थिर–सी लग रही हैं। वह जानता है कि इस असमय में किसी विशेष बात के लिए ही उसे बुलाया गया है। वह बिल्कुल एक बिल्ली की तरह अंग–प्रत्यंग समेटकर बैठा है, जैसे कोई खिंची हुई स्प्रिंगदार तार है, जो छूटते ही एक झपाटे के साथ छलांग लगा देगी।

वे सचिव को उस चित्र को दिखाते हैं। बिल्कुल थोड़े शब्दों में बताते हैं, वे चीते का शिकार करना चाहते हैं, यह प्रबंध इसी सप्ताह होना चाहिए।

सचिव के शरीर के स्प्रिंग और भी कस जाते हैं। वह क्या रहस्य है, मिस्ट्री है, जो उसकी समझ में नहीं आ रहा है? उसकी पीली आँखें इस समय बिल्कुल स्थिर हैं। उसका शरीर इनके शरीर की प्रत्येक अनुभूति को ग्रहण करने की चेष्टा कर रहा है। उसका यह शरीर अपना थोड़े है? मन तो सदा इनके अन्दर प्रवेश किये रहता है। वह तो इनका जीवन ही जीता है, और जो भी बड़े से बड़ा निर्णय ये करते हैं उसका पूरा भागीदार सचिव का शरीर ओर मन भी तो होता है। उसे इसी बात का तो अधिक वेतन मिलता है। वह दफ़्तर का कोई भी काम–काज नहीं करता। उसे तो प्रत्येक स्थिति को भोगना है, हर उस संघर्ष में अपने मन को, शरीर को डालना है जिसमें से ये गुज़रते हैं।

यही बात आज उन्होंने ऐसी कह दी है, जिसको न उसका शरीर स्वीकार कर रहा है और न आत्मा ग्रहण कर रही है। इन्हें चीते के शिकार से क्या मतलब?

वह अपनी डायरी निकालकर देखता है कि आने वाले पन्द्रह दिनों में इनका क्या–क्या कार्यक्रम है? हाँ, कहीं जाने–आने का प्रश्न ही नहीं उठता। सब दिन किसी न किसी मीटिंग में उन्हें जाना है।

सचिव को नोट–बुक पढ़ते देखकर उनके मन में विचार आता है कि उनका सारा जीवन उसकी नोट–बुक में क़ैद है। किसी को उनका जीवन–वृत्त लिखना हो तो इस नोट बुक से वह सब कुछ प्राप्त कर सकता है। उन्हें तो कभी–कभी यह भ्रम होता है कि सचिव ने अपनी डायरी में यह भी लिख रखा होगा कि इस–इस रात को वे अपनी पत्नी के पास सोएँगे।

वे सचिव को बताते हैं कि सारी मीटिंगें स्थगित कर दी जायें। वह सबसे पहले शिकार को जायेंगे। सचिव देख रहा है... उन्होंने अपना चश्मा उतार कर मेज़ पर रख दिया है। दोनों कमानियों को उनके हाथ एक–दूसरे के समीप ला रहे हैं, फिर पीछे कर रहे हैं। जब उनका मन किसी स्थिति विशेष से गुज़रकर एक निर्णय पर पहुँच रहा हो, तो ऐनक की कमानियाँ इस सारी प्रक्रिया का जीता–जागता दर्पण हैं। फिर उनके हाथों ने कमानियों के दोनों सिरों को मिला दिया। सचिव समझ गया–जाने का निर्णय अडिग है। प्रत्येक निर्णय करते समय ऐसा होता है। इस सिग्नल को केवल वही समझता है। कई बार वह यह बात देख चुका है। वह डायरी में लिखे सारे कार्यक्रमों पर लाल पेंसिल लेकर खींच देता है।

सारी रात बिस्तरे में उनके साथ वह चीता सोया रहा और थोड़ी–थोड़ी देर पश्चात् उसकी दहाड़ से वे काँप–काँप जाते रहे।

यहाँ पहुचे उन्हें दो दिन हो चुके हैं। इस प्रदेश के पर्यटन अधिकारी ने सब प्रबन्ध कर दिये हैं। ऐसे पर्यटक प्रायः यहाँ आते रहते हैं, देश से, विदेश से, जो चीते का शिकार करने के पश्चात् लौट जाते हैं। अधिकारी प्रसन्न हैं कि अपने देश के लोग भी अब इस ओर झुक रहे हैं। उनके साथ एक पेशेवर शिकारी को लगा दिया गया है। पहले दिन ही जब वे लोग जीप में जंगल में से जा रहे थे तो सामने से एक हिरन उछलकर भागा। शिकारी

को उन्होंने आदेश दिया कि जीप को रोककर अथवा धीमी करके उसकी गति भंग न की जाये। फिर बड़े सहज भाव से उस बीस किलोमीटर प्रति घण्टा चल रही जीप में से उन्होंने कन्धे से बन्दूक़ रखी और मात्र एक गोली से हिरन को मार दिया। शिकारी निश्चिन्त हो गया। अब इनकी बहुत देखभाल उसे न करनी पड़ेगी। ये तो बहुत अनुभवी हैं। प्रायः पर्यटक तो ऐसे आते हैं कि मारने का काम ऐसे पेशेवर शिकारियों को करना पड़ता है। पर्यटक तो बस मरे हुए चीते के साथ फ़ोटो खिंचवाकर अपने अहेरी होने की सनद प्राप्त करके ही प्रसन्न हो जाते हैं।

जंगल के उस भाग में लकड़ी का मकाननुमा बीस फुट ऊँचा मचान बना है, जो एक प्रकार से मकान ही है। रस्सी की सीढ़ी के द्वारा उस पर चढ़कर यह सीढ़ी ऊपर–ऊपर खींच ली जाती है। ऊपर सर्चलाइट भी लगी है। इस मचान के पास ही छोटा–सा तालाब है, जहाँ आजकल की इस जानलेवा गर्मी में प्रत्येक प्रकार के पशु का आना निश्चित है। फिर जब वह पशु सर्चलाइट के प्रकाश के घेरे में बद्ध हो जाता है, तो उसका वहाँ से जीवित निकलना असम्भव है। यदि अनाड़ी पर्यटक की गोली से वह बच भी जाये तो पेशेवर शिकारी यह काम पूरा कर देता है।

वे, सचिव ओर शिकारी–तीनों एक महँगी शराब पी रहे हैं। वह शिकारी इनके साथ आये सचिव की ओर देखता ही नहीं। यह आदमी कुछ बोलता क्यों नहीं? इसकी पीली आँखें उसे सदा ऊँघ रहे हिंसक पशु की याद दिलाती हैं। वे बड़े हौले–से इन दोनों को बताते हैं कि आज चीता अवश्य आयेगा। जब इन दोनों की प्रश्नवाचक दृष्टि को देखते हैं, तो कहते हैं–रात सपने में चीता स्वयं आकर उन्हें बता गया है कि आज रात आमना–सामना होना अवश्यम्भावी है। सचिव बिना किसी विवाद से उनकी बात को स्वीकार कर लेता है। वह पेशेवर शिकारी एकदम भयभीत हो जाता है–ये दोनों आदमी कितने रहस्यपूर्ण हैं? इन दोनों के बीच वह क्या रहस्य है, जिसे केवल वे ही जानते हैं और जिसके माध्यम से दोनों बिना बातचीत के एक–दूसरे की बात को समझ जाते हैं।

पेड़ों के पीछे से चाँद दबे पाँव उभर आया है। सारा जंगल पीला–पीला हो रहा है। मचान से थोड़ा हटकर एक पेड़ से बँधा बकरा आर्तनाद करता है। सारा वातावरण बोझिला हो जाता है, पशु तो सहज ही आने वाली घटना का आभास पा जाते हैं। फिर हाँका लगाने वाले भी सूचना दे चुके हैं कि चीता इसी क्षेत्र में है। बकरे के रोने की आवाज़ उसे आकर्षित करेगी।

यह पर्यटक भी तो कितने अधिकारपूर्ण ढंग से बता चुका है कि चीता आज आयेगा, जैसे कि दोनों ने रात को यहाँ मिल लेने का समय और स्थान निश्चित किया हो।

उनका शरीर एकदम चौकन्ना हो जाता है। शरीर के अन्दर जो ग्रहण केन्द्र है, उसमें संकेत आरम्भ हो जाते हैं। चीते की चेतना के स्तर पर उनका मन तथा शरीर का प्रत्येक अवयव कार्य कर रहा है। हाँ, वह आ रहा है, आ रहा है। उन्हें पता है, उसके आने का आभास केवल उन्हें मिला है। इन दोनों को इसका कुछ पता नहीं है। वे इन्हें बताते हैं कि वे नीचे उतरना चाहते हैं। शिकारी रोकता नहीं, क्योंकि वह इस चीते का स्वभाव जानता है। बहुत रात गये ही यह शिकार करने आता है। रस्सी की सीढ़ी नीचे लटकायी ज़ाती है। सचिव साथ जाने के लिए हिलता है, तो वह उसे रोक देते हैं। आज तो उन्हें अकेले ही सामना करना है। शिकारी उनके हाथ में भरी हुई बन्दूक़ थमा देता है।

वे नीचे पहुँचकर पेड़ से बँधे बकरे से कुछ दूर रुक जाते हैं। बकरा अब आर्तनाद करना बन्द कर देता है। उसे इनके आने का आभास हो गया है। अभी तक चीते का कहीं अता–पता नहीं, पर वे जानते हैं कि वह कहीं आसपास है।

हाँ, चीता बकरे से दूर एक पेड़ के पीछे खड़ा सारी स्थिति का मज़ा ले रहा है। वह बकरे की ओर बड़ी अरुचि से देख रहा है। यह तो नहीं है, इससे तो मिलन की रात आज की रात नहीं है। पिछली दो रातों से वह जंगल–जंगल दहाड़ता फिर रहा है, क्या इसे मारने के लिए? यह बकरा उसका आखेट क्योंकर हो सकता है। मुलाक़ात होना तो किसी 'और' से निश्चित हुआ था। वह अपने सुन्दर, शक्तिशाली शरीर को ढीला छोड़ देता है और 'उसकी' प्रतीक्षा करना आरम्भ कर देता है।

उनके मन के अन्दर एक भयानक दहाड़ होती है। उनके शरीर की प्रत्येक मांसपेशी तन जाती है। मन के अन्दर तो जंगल है, उसे दहाड़–दहाड़कर चीता तले रौंदे डाल रहा है।

वह पेड़ के पीछे से निकलकर सामने आ जाते हैं। परे बैठे चीते का शरीर एक स्प्रिंग की तरह तन जाता है।

और एक ऊँची दहाड़ के साथ सारा जंगल काँप जाता है। पेड़ों की चोटियों पर बैठे परिन्दे शोर करते हुए उड़ जाते हैं। पेड़ काँप जाते हैं। मचान पर बैठे सचिव–शिकारी काँप जाते हैं। चाँद का मुँह और भी पीला

पड़ जाता है। वह रात्रि जो थोड़ी देर पहले स्तब्ध थी, काँप जाती है, अब साँस थामे इन दो अहेरियों के द्वन्द्व युद्ध की मूक गवाह बन रही है।

ये चीते की ओर देख रहे हैं, वह इनकी ओर देख रहा है। कितना सुख मिल रहा है? अब अन्दर जो जंगल है, वह बिल्कुल शान्त हो गया है। उसे 'वह' अस्त–व्यस्त नहीं कर रहा है। चीते का पेट अब ज़मीन के साथ लग रहा है, उसका सारा शरीर सिमटकर मूल आकार से आधा हो गया है, अब क्षणांश में वह छलांग लगा देगा। और मचान पर बैठे उस पेशेवर शिकारी को अब इसी क्षण इस सत्य का पता चलता है कि वह जो आदमी नीचे खड़ा है, वह चीते पर गोली नहीं चला पाएगा। उसका शरीर, उसकी आत्मा इससे सामना होते ही अनुपस्थित हो गयी है। मर गयी है। वह अपनी दूरबीन लगी बन्दूक़ को उठाकर वहीं मचान से निशाना साधता है।

वह क्षण बीत गया। चीते ने दूसरी भयानक गर्जना के साथ अपने शरीर के कसे स्प्रिंग को ढीला छोड़ दिया। उसकी शरीर हवा में उछला। उन्होंने भी ज़ोर की हुंकार मारी, और फिर उसका भयानक पंजा इनके कन्धे को फाड़ता हुआ कमर तक आधे शरीर को चीर गया।

पेशेवर शिकारी की दूरबीन लगी बन्दूक़ ने गर्जना की। गोली चीते के मस्तिष्क को फाड़ती हुई आर–पार हो गयी और उसी समय एक अन्तिम चिघाड़ के साथ उसने प्राण छोड दिये।

इतनी देर से पेड़ से बँधा बकरा यह सारा नाटक देख रहा था। चुप था। और शायद यह बहुत भयभीत हो गया है, लगातार आर्तनाद किये जा रहा है। पेशेवर शिकारी और सचिव वहाँ पहुँच जाते हैं। बकरा आर्तनाद किये जा रहा है और उसकी आवाज़ सारे जंगल को घायल किये जा रही है। शिकारी की बन्दूक़ फिर गरजती है और सब कुछ शान्त हो जाता है।

वे अभी ज़िन्दा हैं, पर शरीर से रक्त बहे जा रहा है। जीप तो ड्राइवर सुबह ही लायेगा। तब तक प्रतीक्षा करेंगे, तो इनकी मृयु हो जायेगी। पास का गाँव दो मील दूर है। वहाँ के डाकख़ाने से फ़ोन करके शिकारी जीप और डॉक्टर को बुलाएगा, पर इस सब में दो घण्टे लग सकते हैं। शिकारी बड़े अभ्यस्त हाथों से अपने सिर की पगड़ी से उनका कन्धा बाँध देता है। रक्त का बहाव थम जाता है। वह उन्हें उठाकर मचान पर ले जाता है। सचिव को कहता है कि उसके नीचे उतरने के बाद रस्सी को सीढ़ी को ऊपर खींच ले। वह गाँव से फ़ोन करके लौट आयेगा। घबराने की कोई

बात नहीं। अब कोई पशु इधर न आयेगा। सबको जंगल के माध्यम से इस घटना का पता चल गया होगा और वह नीचे उतर जाता है।

सचिव शराब बा आधा गिलास भरकर इनको पिलाता है। शायद इतनी तेज़ शराब के प्रभाव से उनका दर्द कुछ कम हो जाता है। वे आँखें खोलते हैं और सबसे पहला प्रश्न उससे यह पूछते हैं कि फौलाद की वह भट्टी उस दिन क्या गर्म थी? एक क्षण में उसके शरीर का मांस, अस्थि पिंजर तक पिघलकर जल गया होगा। उसे कोई कष्ट भी महसूस नहीं हुआ होगा। सचिव 'हाँ' में सिर हिला देता है।

अब उस अन्दर के जंगल में बिल्कुल शान्ति है। उस अँधेरे को भेदती हुई कोई भी दहाड़ यहाँ से वहाँ टकरा नहीं रही है। वह सचिव की ओर देखते हैं। उसी रहस्यात्मक ढंग से वह उनकी बात समझ जाता है और बताता है कि हाँ, चीता भी मर गया है। उसे शिकारी ने मार दिया। फिर उन्हें याद आती है अपनी पत्नी की, जिसकी एक टाँग है। एक टाँग वाली सीढ़ी पर चढ़कर वह इतनी शीघ्र मैनेजिंग डायरेक्टर की पदवी तक पहुँच सके हैं। उसे पता लगेगा, तो कैसे झटके से सिर हिला देगी। और बहुत होगा तो थोड़ी-सी और पी लेगी, थोड़ी-सी और बहक लेगी।

वह जर्मनी से उच्च तकनीकी शिक्षा प्राप्त करके आये थे। फ़ैक्टरी में इंजीनियर लग गये थे। उस दिन रात गये एक मशीन से उलझे थे। तभी मालिक वहाँ आ गये थे। उसे इतनी देर तक काम करते देख हैरान हुए। आज के युग में तो दस मिनट अधिक काम करने पर लोग अतिरिक्त पैसा माँग लेते हैं। मालिक ने उससे पूछा तो उन्होंने बताया कि जब तक काम समाप्त न हो जाये, वह कैसे जा सकता है। मालिक चुप हो गये। वह आधा घण्टा वहाँ खड़े रहे। उसने मशीन ठीक कर दी। मालिक उसे घर पर ही खाने के लिए साथ ले आये। और वहीं पर अपनी भावी पत्नी, उनकी बेटी से पहला परिचय हुआ। वह लंगड़ाकर चल रही थी। पता चला, एक टाँग बचपन में किसी दुर्घटना में कट गयी थी, अतः बनावटी है, लकड़ी की बनी है।

उन दिनों उनके जीवन का सबसे बड़ा लक्ष्य था, अधिक से अधिक सम्पन्न बनना, अधिक से अधिक लोगों पर राज करना। शायद इस सबके पीछे वह हीन-भावना काम कर रही थी, जो बचपन अनाथालय में बीतने के कारण उनके मन में घर कर गयी थी। मालिक की ओर से कुछ संकेत मिले और इस मुलाक़ात के एक महीने अन्दर ही उन्होंने उनकी लड़की से विवाह कर लिया।

तब उनका विचार था—औरत चाहे एक टाँग वाली हो, चाहे दो टाँग वाली, वह होती औरत ही है, और इस सबसे कुछ अन्तर नहीं पड़ता।

और यह साधारण इंजीनियर से फ़ैक्टरी इंजीनियर और होते—होते दस वर्षों में इनकी सब फ़ैक्टिरियों के मैनेजिंग डाइरेक्टर बन गये।

कन्धे में ज़ोरों का दर्द उठा है। शरीर के प्रत्येक अंग में जैसे पिघला हुआ सीसा दौड़ गया है। उनके चेष्टा करने पर भी एक कराह निकल ही जाती है। सचिव उन्हें फिर से शराब देता है। कुछ सहारा मिलता है।

नहीं, वह ग़लत थे। एक टाँग वाली औरत में बहुत अन्तर होता है। जून की भयानक गर्मी के दिन थे। उस जलती—तपती दोपहर में कोई परिन्दा तक भी बाहर दिखायी न देता था। वे बड़ी तेज़ गति से अपनी लम्बी विदेशी कार में वहाँ से गुज़र गये। थोड़ा आगे जाकर उन्हें आभास हुआ जैसे किसी ने कार रोकने के लिए हाथ उठाया था। वह गाड़ी वापस लाए।

सचमुच बारह—तेरह साल की एक लड़की वहाँ खड़ी थी। गाड़ी पास पहुँचने पर उसने बड़ी शुद्ध ओर सलीकेदार अंग्रेज़ी में इनसे पूछा कि क्या वे उसे घर तक छोड़ देंगे। उसकी गाड़ी ड्राइवर लाया नहीं, शायद ख़राब हो गयी है। वह आधे घण्टे से अकेली यहाँ खड़ी प्रतीक्षा कर रही है। फिर उसकी कोठी की ओर किसी बस के जाने का मार्ग भी तो नहीं।

उन्होंने उसे कार में बिठा लिया। उस लड़की ने बड़ी आश्चर्यचकित आँखों से कार को देखा और उन्हें बताया कि इतनी बड़ी कार उसने पहली बार देखी है। वे बहुत ख़ुश हुए।

लड़की ने बताया कि वह कॉन्वेंट में पढ़ती है। अगले वर्ष सीनियर कैम्ब्रिज की परीक्षा देगी। फिर उसने पिता का नाम बताया। अरे, उसके पिता तो इन्हें जानते हैं। क्लब में कई बार मुलाक़ात हुई है। इस सूचना को पाकर वह लड़की बहुत ख़ुश हुई।

वह बार—बार अपना सिर झटककर तराशे हुए बाल पीछे करती है। उसने स्कर्ट पहन रखी है और सच्चे मोतियों की तरह आबदार टाँगें आभा दे रही है। उन्होंने मोड़ काटा, तो लड़की जरा इधर को हो गयी। उनका हाथ उसकी टाँग से छू गया और वे सकते में आ गये। उनके विवाह को बहुत वर्ष हो गये हैं। पत्नी के साहचर्य से ऐसा कभी कुछ नहीं हुआ। फिर आज यह क्या हो गया है? लगा—लरज़ती हुई आग का बहुत बड़ा शोला उनके शरीर में यहाँ से वहाँ, इधर से उधर लपक गया है। रक्त

जैसे शरीर के कवच को फाड़कर अभी शिरा–शिरा से बाहर बह जायेगा, पर उन्होंने उसको इन भावनाओं का ज़रा भी अनुमान न लगने दिया।

फिर उस लड़की ने पूछा कि क्या वे उसे कार का स्टीयरिंग पकड़ने देंगे। वह बताती है कि वह अपनी कार का स्टीयरिंग सँभाल लेती है। वे 'हाँ' कर देते हैं। लड़की आगे सरक आती है। अब उसकी टाँग इनकी टाँग पर चढ़ जाती है। शैम्पू किये बालों की सुगन्ध मस्तिष्क में धँसती चली जा रही है। उसे सँभालने के बहाने वे उसके एक कन्धे को अपनी बाहों में घेरकर एक प्रकार से उसे अपने वक्ष के साथ लगा लेते हैं।

आग–आग। शरीर के पोर–पोर में, आँखों में, अंग–प्रत्यंग में एक भयंकर ज्वाला है कि प्रवेश किये जा रही है।

और यह क्या? वह लड़की भी अनजाने में जैसे इनके साथ सटी जा रही है। उसने कई अंग्रेज़ी फ़िल्में देखी हैं और उस समय उसके विभिन्न रोमाँटिक दृश्य जी रही है। रक्त की पुकार को रक्त ने पहचान लिया है। वह ज्वाला उसमें भी प्रवेश कर गयी है। यह सेंसेशन क्या सब किसी से बड़ी है, जिसके आगे इतनी आयु वाले, इतनी प्रतिष्ठा वाले वे स्वयं असहाय हो गये हैं, उसका सामना यह दुर्बल छोटी लड़की क्या करेगी?

उनकी कोठी से गुज़रकर ही उस लड़की के घर की ओर सड़क जाती थी। वे उसे सलाह देते हैं कि क्यों न पहले उसके घर कोकाकोला पी जी जाये। फिर वे उसे वहाँ छोड़ जायेंगे।

लड़की अब तक मन्त्रमुग्ध हो चुकी है। उसके मस्तिष्क पर उस जलते हुए रक्त का अधिकार हो चुका है। वह मान जाती है।

उनके कमरे में कूलर लगा है। ऐसे महसूस होता है, जैसे वह जलते मैदानों की लू से एकदम किसी पहाड़ी स्थान पर पहुँच गये हैं। वह फ्रिज खोलते हैं। कोकाकोला और बीयर की कई बोतलें अन्दर ठण्डी हो रही हैं। लड़की अपने आप सूचना देती है कि पापा लंच में उसे एक गिलास बीयर देते हैं। वह दो बोतलें खोलते हैं। सोफ़े पर उसके साथ बैठ जाते हैं। लड़की बड़ी जल्दी–जल्दी बीयर पी रही है। अपने दोनों हाथों से सिर के कटे हुए बाल ऊपर उठा कूलर के आगे सिर करती है। स्कर्ट में छोटे–छोटे आकार उभरते दिखायी देते हैं।

पिछले कितने मिनटों से उनका हाथ उसकी टाँग पर है। वह भयंकर आग फिर से जल उठती है। मस्तिष्क बार–बार ख़तरे की सूचना देता है। वे बार–बार उसकी बात को मानने की कोशिश करते हैं, पर रक्त की पुकार अधिक शक्तिशाली सिद्ध होती है।

लड़की पूरी बोतल ख़ाली कर चुकी और अब उसकी ओर से भी शरीर का दबाव बढ़ रहा है। उसकी आँखें मूँद–सी गयी हैं और...

...दर्द फिर उठता है। अब वे ज़ोर से कराहते हैं। सचिव उनके मुँह में फिर शराब डालता है और बताता है कि बस अब वह शिकारी डॉक्टरी सहायता ले कर पहुँच ही रहा होगा...

उन्हें जब होश आया था, तो सब कुछ समाप्त हो चुका था। वह लड़की मर गयी थी क्योंकि उन्होंने अपने हाथों से उसका गला दबा दिया था। वह इस बात के पश्चात् जीवित रह जाती तो...

हो, उन्होंने सचिव को फ़ोन किया था। इसी क्षण वहाँ पहुँचने को कहा था। वे जानते हैं, सचिव पहले पुलिस में इंस्पेक्टर था। किसी रिश्वत के मामले में नौकरी से निकाल दिया गया था। मालिक ने अपनी लड़की से उनकी शादी की थी, तो एक प्रकार से दहेज में यह सचिव भी दिया था। कितने वर्षों से कैसे सफलतापूर्वक वह इनके जीवन का संचालन कर रहा है।

सचिव वहाँ आ गया, उसकी पीली आँखें बेतरह चमक रही हैं। वह सोफ़े पर मृत पड़ी लड़की को देखता है, उसके गले पर पड़े उँगलियों के ताज़ा निशान देखता है, नीचे फ़र्श पर फैले रक्त के छोटे–से घेरे को देखता है और राब कुछ समझ जाता है। इन्हें क्रोध आ रहा है कि वह कुछ पूछता क्यों नहीं? वह बड़े अभ्यस्त ढंग से गीले कपड़े से फ़र्श साफ़ कर देता है। कार को बिल्कुल दरवाज़े तक ले आता है और उस मृत लड़की को बड़ी फुर्ती से उठाकर कार के अन्दर डाल देता है। उनसे पूछता है कि जब वे इस लड़की को यहाँ लाए तो किसी ने देखा तो नहीं? वे निश्चयपूर्वक बताते हैं कि उस समय सड़क बिल्कुल निर्जन थी। सचिव सन्तुष्ट दिखायी देता है।

आगे की बात तो बिल्कुल छोटी–सी है। वे कार में पिछले दरवाज़े से फ़ैक्टरी में पहुँचते हैं। लंच की छुट्टी होती है। उस बिजली की भट्टी में

काम कर रहे कारीगर भागकर कैंटीन में बिजली के पंखों की छत्रच्छाया में पहुँचते हैं। ये दोनों उस भट्‌टी तक पहुँच जाते हैं। सचिव उसी फुर्ती के साथ कार में से लड़की को उठा लाता है और उस बिजली की जलती हुई भट्‌टी में डाल देता है। एक क्षण में वह लोहे के साथ पिघल जाती है। वे दोनों लौट आते हैं। कितने महीनों तक लड़की के इस प्रकार गुम हो जाने पर हल्ला मचा रहा। पर रहस्य पुलिस से न सुलझना था, न सुलझा।

कुछ दिनों के पश्चात् जब वह अपनी पत्नी के साथ सोये, तो उन्हें पता चला कि दो टाँगों वाली औरत और एक टाँग वाली औरत में अन्तर होता है। पत्नी लेटते समय अपनी बनावटी टाँग उतार दिया करती थी। वह ठूँठ–सी टाँग उनकी टाँगों से लिपटने की चेष्टा कर रही है। वे मारे भय के चीख़ मारना चाह रहे हैं। वह टाँग ऐसी है, जैसे कोई ठण्डा अजगर हो। उनको अपने घेरे में बाँधकर कुचल देगा, मसल देगा। वह चारपाई से उठ जाते हैं। पत्नी की दृष्टि से वह समझ जाते हैं कि इस औरत को पता चल गया है कि वे दो टाँगों वाली औरत के साथ सो चुके हैं और तबसे वह अपनी पत्नी के साथ सोये नहीं। और तब से उनकी पत्नी बहुत शराब पीने लग गयी है, बहुत बहकने लग गयी है।

अब तो दर्द सहना कठिन हो रहा है। वे सचिव का हाथ पकड़ लेते हैं। उनके हाथ में आये पसीने से सचिव का हाथ गीला हो जाता है। वह इनका माथा पोंछता है, इनके मुँह में फिर शराब डालता है।

सारी बात कब स्पष्ट हुई थी? मरते समय एक क्षण के लिए उस लड़की ने कितना भयानक संघर्ष किया था। और उस दिन से वह जब भी अकेले होते थे, अकेले सोते थे, उनके अन्दर कोई दहाड़ता रहता था।

तब उन्हें आभास हुआ कि उनकी आत्मा में एक काला स्याह जंगल उग आया है। इस भयानक अँधेरे में रात–रातभर कोई दहाड़ता है, चलता है तो उसकी धमक से अन्दर घाव ही घाव हो जाते हैं, सब कुछ क्षत–विक्षत हो जाता है।

उनके अन्दर यह जो 'कोई' आ बैठा था, वह क्या है? कौन है? इसका ज्ञान तब हुआ, जब उस विदेशी पत्रिका में छपे चीते के उस चित्र को उन्होंने देखा। वह चीता वहाँ से उछला। उनके अन्दर जो 'वह' बैठा था, उससे आकर साक्षात्कार किया। दोनों की जान–पहचान हो गयी और वहीं

उसी समय उन्हें निर्णय करना पड़ गया कि इससे तो द्वन्द्व होगा, सामना होगा, जितनी शीघ्र हो, उतनी ही जल्दी मुक्ति मिल जायेगी। उन्होंने सचिव को सारे प्रबन्ध करने का आदेश दे दिया था।

शाम को उनका मन थोड़ा डावाँडोल हुआ था। यह सब तो ठीक नहीं हो रहा। इतना सारा कामकाज छोड़कर उनका शिकार के लिए जाना कहाँ तक उचित है? और तभी उन्हें स्पष्ट पता चला कि कोई आया है और चुपचाप उनके पास सोफे पर बैठ गया है। मन के अन्दर बैठे 'उस' ने पहचान लिया कि यह वही चित्र में छपा चीता है। उस सफ़ेद चीते ने कोकाकोला की एक बोतल ली, बीच में दो पाइप डालकर बड़े इत्मीनान से पीता रहा। इनके अन्दर बैठे 'उस' से बातचीत हुई। 'उसने' इस कोकाकोला पीते सफ़ेद चीते को आश्वासन दिया कि पूर्व निश्चय के अनुसार उससे मिलने अवश्य आयेगा। तब कहीं आकर वह उस सजी–सजायी बैठक से उठा था।

रात को सोए थे, तो उस जंगल के बीच कैसा भयंकर हाहाकार मच गया। बार–बार वह चीता दहाड़ता था। अहेरी–आखेट को पुकारता था। उन्हें आज पता चला कि हम तो अहेरी नहीं आखेट हैं। अहेरी तो वह है, जो सदा हमारी प्रतीक्षा करता है। उस क्षण के लिए थमा रहता है। जब उससे साक्षात्कार करना होता है, हम स्वयं चलकर उसके पास जाते हैं। प्रार्थना करते हैं... आओ, हमें प्राप्त करो। हमें मुक्त करो। ओ रे अहेरी, अब और प्रतीक्षा न होगी।

उन्होंने उस समय उस चीते पर गोली क्यों नहीं चलायी? गोली वह चलाते, परन्तु कैसे? अहेरी कौन था? फिर वह चीता कहाँ था, जिसने उनके ऊपर छलांग लगाई थी। उसकी आँखें थीं? वह तो वहीं जंगली बिल्ली–सी हिंसक वह लड़की थी, जिसने उनके साथ कितना भयंकर संघर्ष किया था। जीवन में दो बार उसी भयंकर आनन्द के प्राणों को जमा देने वाले क्षण आये थे। पहली बार विजय उनकी हुई थी, दूसरी बार तो यह आखेट बन कर आये थे न।

अब लगता है, बचना कठिन है। कुछ आवाज़ें आ रही हैं। सचिव बताता है, पहुँच रही जीप की आवाज़ है और चेतना खोने से कुछ क्षण पूर्व उनके मन में यह हल्का–सा विचार आता है कि वे सचिव से पूछ देखें कि क्या उसने अपनी नोट–बुक में उनके मरने की तिथि पहले से

लिख रखी थी? वह तो सर्वज्ञ है। उसे तो अवश्य पता होगा कि आज अहेरी उनका शिकार करेगा।

जीप मचान के नीचे पहुँच गयी है। उससे डॉक्टर और शिकारी निकले हैं। सचिव रस्सी की सीढ़ी नीचे लटका रहा है।

वे अन्तिम बार आँखें खोलते हैं। चाँद को बहुत घने बादलों ने ढांप लिया है। रात एकदम अन्धेरी हो गयी है। सब ओर उतना ही काला, गहन और सर्वग्राही अँधेरा उनकी आत्मा में है।

जब वह पेशेवर शिकारी और डॉक्टर मचान पर उनके पास पहुँचते हैं तब तक वे मर चुके होते हैं...

भीड़

उस पैसेंजर गाड़ी के डिब्बे में स्पष्ट लिखा था 'तीस आदमियों के बैठने का स्थान' और अब तक उसमें पचास यात्री चढ़ चुके थे। गाड़ी की गति बहुत धीमी थी जैसे कोई भीमकाय दरिन्दा घायल हो जाने पर धीरे–धीरे आगे लुढ़क रहा हो, कराहते हुए अजीब–अजीब भयानक आवाज़ें करते हुए।

आध घण्टा पहले बारिश का छोटा–सा तेज़ झोंका पड़ा था। अब सूरज की गर्मी से ज़मीन से निकल रही भड़ास किसी विषैली गैस की तरह सरसराती हुई डिब्बे में आ–जा रही थी। मर्दों ने अपनी कमीज़ों, कुर्तों वग़ैरह के बटन खोल दिये थे। औरतें बेचारी उँगलियों से ब्लाउज थोड़ा उठाकर अन्दर फूँकें मार रही थीं। छत के पंखे हमेशा की तरह ग़लत कोण पर सेट थे और ऊपर सोने तथा सामान रखने वाली सीटों के कारण वह मात्र छत को हवा दे रहे थे।

काफ़ी देर से कोई बड़ा स्टेशन नहीं आया था। छोटे स्टेशनों पर चन्द मिनट रुककर जब गाड़ी आगे चल पड़ती तो पानीवाले तब ही पानी की पुकार लगाते।

गाँव का एक जाट बड़ी देर से गोदी में हिला–डुलाकर बच्चे को चुप कराने की कोशिश कर रहा था। बच्चा अपने छोटे–छोटे हाथ उठाकर पानी–पानी कह रहा था। फिर माँ ने तीन–चार बार उसे दूध देने की कोशिश की पर स्तन मुँह में डालते ही बच्चा अपना मुँह बिगाड़कर परे कर लेता और पहले से भी ज़ोर से रोना शुरू कर देता।

पास में बैठा पढ़ा–लिखा व्यक्ति किसी फ़िल्मी मैगजीन में अपने को उलझाने की कोशिश कर रहा था।

"क्यों बाऊ जी, अगले स्टेशन पर पानी मिल जायेगा या नहीं?"

"भाई देख लेना, मैं कोई स्टेशन मास्टर नहीं।"

लिखे–पढ़े ने यह अपनी हिमाकत समझी कि एक गँवार पर भी उसके टैरेलिन के कपड़ों का रौब नहीं पड़ा और उसने 'बाऊ' कहने का हौसला किया। जैसा कि ज़रूरी है, सब बाऊ अपने को साहब कहलाना चाहते हैं।

जाट जिस ओर बैठा था, अब उधर से भरपूर धूप सीट पर पड़ रही थी। एक–आध यात्री ने धूप से बचने के लिए खिड़की चढ़ायी तो सारे डिब्बे में हाय–तौबा मच गयी। हवा गर्म सही, आ तो रही है।

सूरज की किरणें हज़ार–हज़ार बर्छों की तरह जिस्म छेदे डाल रही हैं। गाड़ी धीमी हो रही है, कोई स्टेशन आया है, उसकी बीवी बोली।

"देख, पानी अब ज़रूर लाना। बच्चा मर रहा है।"

"भला।" कहकर वह दरवाज़े के पास खड़ा हो गया।

गाड़ी रुकी, सारे स्टेशन पर किसी आदमी का नाम–निशान तक नहीं था। वह आधे मिनट में सब ओर घूम आया। जब गाड़ी चल पड़ी तो एक कोने से पानी–पानी की मरियल–सी आवाज़ें आने लग पड़ीं। उसने चलती गाड़ी से उतरने की कोशिश की तो कई आवाज़ें एक साथ आयीं, "हैं, हैं, पागल हो। देखते नहीं गाड़ी कित्ती तेज़ चल रही है?"

"इसी तरह लोग मरते हैं, और ब्लेम रेलवे को करते हैं।" टैरेलिन की क़मीज़–पैंट बोली। "खोते ले जायें इन पानीवालों की माँ को!" कहकर वह अपनी सीट पर बैठ गया। बच्चे का शोर बढ़ रहा था।

उसकी बीवी ने पासवाली मोटी औरत से बातें करने की कोशिश की–

"देखो जी, आपकी सरकार है। टेशन पर पाणी तक नहीं मिलता। ग़रीब का तो जीना हराम है। आज ही कचहरी में मुक़दमा हार गये हैं, मकान और थोड़ी ज़मीन थी, छिन गयी।"

"भगवान की मर्ज़ी है", उस औरत ने मुँह परे कर लिया। बच्चा अब भी रो रहा था।

"तू अपना रोना हर जगह रोती रहती है, पहले इस बाप को तो चुप करा।" वह तीखी आवाज़ में बीवी से बोला।

"मैं चुप कराऊँ। तू कहाँ का मर्द है, चार टेशन गुज़र गये, पानी भी न ला सका। फ़ौजदारी करनी हो तो सबसे आगे। अब खायेंगे क्या? मकान गया, ज़मीन गयी।"

दोनों की आवाज़ें ऊँची हो गयी थीं। लोगों के कान पीपल के सूखे पत्तों की तरह खड़े हो गये थे। चलो, कुछ बात तो हुई, ज़रा देर को गर्मी तो भूलेगी।

मोटी तोंद बड़ी वीभत्स–सी आवाज़ में बोली–"वाह भाई, आज़ादी! तेरे क्या कहने? कैसे तड़ाक से जवाब देती है। ठीक है, अब तो सच्ची–मुच्ची औरतों का राज हो गया है।"

कई कोनों में दुबकी हँसी फूट निकली। बच्चा अब भी हाथ पटक–पटककर रो रहा था। जाट खिड़की से बाहर सिर लटकाये बात टालने की कोशिश कर रहा था।

औरत ने तंग आकर बच्चा उसकी गोद में पटक दिया...

"क्या मज़े से बाहर देख रहा है। इसे पकड़ने में जैसे हाथ मैले होते हैं।"

उसने 'दाऊ' और 'माऊ' वग़ैरह जैसी अजीब आवाज़ें मुँह से निकालकर बच्चे को चुप कराने की कोशिश की, पर बेकार। यात्री व्यंग्य–भरी मुस्कान से उसे देख रहे थे। माँ से तो चुप हुआ नहीं, यह शेर कराएगा।

चन्द मिनटों के बाद वहीं से उछालकर उसने बच्चे को सामने की सीट पर बैठी बीवी की गोद में फेंक दिया।

"हाँ, हाँ मार डाल। इसे भी, मुझे भी। अब खिलाने को तेरे पास रह क्या गया है?"

"चुप रह बदज़ात। ज़मीन, मकान तेरे बाप ने दहेज में दिये थे क्या, जो ताने मार रही है। ज़बान खींच लूँगा।"

उसकी आँखें लाल होती जा रही थीं, नथुने फड़क रहे थे। कुछ लोगों के चेहरों पर से हँसी की रोशनी फ़्यूज़ हो गयी थी। टैरेलिन की पेंट–क़मीज़ ज़रा परे हट गयी।

"ख़बरदार जो मेरे बाप का नाम लिया। तेरी तरह कंगाल नहीं, लम्बरदार है, लम्बरदार। सबको अपने जैसा समझता है।"

"मैं कहता हूँ ज़बान को लगाम दे। नहीं तो..."

"नहीं तो क्या, ख़ून कर देगा। कर दे। तेरे साथ जीने से तो रब्ब मार दे, वही अच्छा है। न ज़मीन, न मकान।"

बच्चा अब भी रो रहा था।

उसने बीवी के मुह पर थप्पड़ खींच मारा। आवाज़ें भिनभिनायीं–"हाय, हाय। जुल्म देखो। औरत को ऐसे मार रहा है जैसे भैंस हो।"

"अजी अनपढ़ लोगों की बातों में पड़ना बेवकूफ़ी है।"

औरत ने खड़े होकर सिर पीटना शुरू कर दिया। वह लगातार अपने बाल नोचे जा रही थी। "मार और मार, मुझ औरत पर, देवी पर हाथ उठाया है, रब्ब तेरे हाथों में कीड़े डाले, तुझे कोढ़ हो जाये, तू टुकड़े–टुकड़े को तरसे..." बच्चा अब भी रो रहा था।

हवा बन्द, पंखों की हवा सिर्फ़ छत पर, लोगों के साँसों की बू, उनकी बग़लों से उठती बदबू, ज़मीन से निकल रही विषैली गैस की बू, किरणों की छलनी कर–कर जाती बरछियाँ, गाड़ी की मरियल गति, दो घण्टे से पानी का एक घूँट नहीं, ज़मीन गयी, मकान गया, बच्चा कब से रो रहा है, औरत का स्यापा, देखते लोग, हँसते हुए, दुबके हुए...बू की एक और लहर उसके नथुनों में घुस गयी, टैरेलिन की क़मीज़–पैंट की उबासी...

औरत और ज़ोर से स्यापा कर रही है। बच्चा अब भी रो रहा है।

उसका चेहरा एकदम विकृत हो गया। वह सीट से उठ गया।

"ठहर हरामज़ादी, मैं तुझे चुप कराता हूँ।"

गँड़ासा कौंधा। बिजली चमकी। छप्पक की ज़ोर की आवाज़, औरत का सिर धड़ से अलग छिटक गया है। कटे सिर में से भी आधी चीख़ पूरी हो गयी।

धड़ से ख़ून की पतली–सी धार निकली और फिर लहू यूँ उछला जैसे बन्द फ़व्वारे का कार्क किसी ने निकाल दिया हो। हल्के गुलाबी रंग का लहू, फिर काला स्याह और गोंद की तरह जमता–सा।

बच्चा चुप। उछलता लहू, छटपटाता धड़, इस सबने उसके मन को बाँध लिया, वह प्यास भूल गया। आसपास की सीटों पर से आदमी उठ गये एक कोने में जमा हो गये।

"हो गयी चुप्प माँ की यार", वह बड़बड़ाया।

टैरेलिन की पैंट–क़मीज़ ने जंज़ीर की तरफ़ हाथ बढ़ाया।

"ख़बरदार माँ का यार, कोई जंज़ीर खींचकर तो देखे। हज़ार टुकड़े कर दूँगा।"

ख़ून धीरे–धीरे सारे डिब्बे में फैल रहा है। पचास से ऊपर आदमियों ने साँस तक लेना बन्द कर दिया है। हट्टे–कट्टे मर्द भी दहशतज़दा हैं। इस आदमी के सिर पर ख़ून सवार है। कुछ भी कर सकता है। उसने गँड़ासे को घूर कर देखा और फिर बड़ी बेरहमी से धड़ पर पहनी क़मीज़ पर रगड़कर उसका रक्त साफ़ कर दिया।

गाड़ी धीमी हो रही है। लोग बाहर कूदने के लिए दरवाज़ों और खिड़कियों पर पहुँचने के लिए एक–दूसरे को धक्का दे रहे हैं।

चीं, चीं...गाड़ी रुकी। लोग छलाँगें मारकर बाहर कूद गये। पासवाली मोटी औरत बाहर निकलते हुए बच्चे को भी साथ उठा लायी। जाट अब भी अन्दर बैठा है।

वह विचित्र दृश्य सामने न रहा तो बच्चे ने फिर रोना शुरू कर दिया।

प्लेटफ़ार्म पर कुहराम मच गया। और डिब्बों के यात्री भी उस डिब्बे के सामने जमा हो गये। ख़ून–ख़ून की आवाज़ें सुनकर एक सिपाही बड़ा–सा डण्डा उठाये कहीं से प्रकट हो गया। स्टेशन मास्टर भी आ गया। डिब्बे के दरवाज़े से लहू बाहर टपक रहा था।

स्टेशन मास्टर ने सिपाही को उसे पकड़ने का इशारा किया। सिपाही काँपते क़दमों से आगे बढ़ा। गँड़ासा डिब्बे में लहराया और सिपाही छिटककर पीछे हो लिया।

वह अब डिब्बे के अन्दर छलाँगें लगा रहा था, गँड़ासा घुमाते हुए कह रहा था–

"आओ पकड़ो। जिसने माँ का दूध पिया है, आये। पकड़े।"

"क्या ज़माना आ गया है। दिन–दहाड़े ख़ून और अपराधी छा जाये। यह है रेलवालों का इन्तज़ाम, अपनी सरकार के रंग देखो।" एक मास्टरी आवाज़।

स्टेशन मास्टर, सिपाही, सब हैरान, क्या करें!

"साहब, थाने फ़ोन करें। आर्म्ड पुलिस मँगायें", एक क्लर्की आवाज़।

"थाना बीस मील दूर है। वहाँ फ़ोन भी नहीं, कैसे इत्तलाह करें", स्टेशन मास्टर बोला।

तभी भीड़ को अपने चौड़े कन्धों से चीरता क्रिउ–कट एक नौजवान सामने आया।

"क्यों साहब, हम इसे पकड़ने का तरीक़ा बतायें?" उसने ख़ालिस फ़िल्मी आवाज़ में कहा।

"हाँ, हाँ", कई तरफ़ से आवाज़ें आयीं।

"पहले इसे ज़ख़्मी करो। जब गिर जाये तो पकड़ लो।"

"कैसे?"

उसने घूमकर उन सैकड़ों लोगों को बड़ी हिकारत–भरी निगाह से देखा। फिर बड़े अन्दाज़ से नीचे झुककर लाइन के पास पड़ा पत्थर उठाया, हाथ तोला और गोली की गति से पत्थर अन्दर दे मारा–"ऐसे।"

पत्थर उसके सिर पर लगा। लहू चमक रहा है।

पल भर में सैकड़ों हाथ उठे और अन्दर पत्थरों की बौछार होने लगी।

"पापा, मैं भी मारूँ?" दस साल की आवाज़।

"हाँ, मेरे शेर, मार। डरता क्यों है।"

उस आदमी के शरीर पर कई हिस्सों से खून निकल रहा है। रक्त देखकर उसे होश उड़ गया। वह सीट के नीचे लेट गया।

अब भीड़ क्षण भर को थमी। पत्थर अब उसे नहीं लग रहे थे।

बाँसों का बहुत बड़ा गट्ठर शायद बुक होने के लिए प्लेटफ़ॉर्म पर पड़ा था। कोई एक बाँस खींच लाया। पल भर में कई लोगों के हाथों में बाँस थे। खिड़कियों के रास्ते उस आदमी के शरीर पर लोग बाँसों की तेज़ नोकों से घाव करने लगे। वह उठता तो पत्थरों की बौछार, लेटता तो बाँसों से घाव।

अब वह एक गोरिल्ले की तरह डिब्बे में उछल रहा था। एक आँख फूटकर बाहिर बह आयी थी। गँडासे से वह सारी सीटों को काटे डाल रहा था। चीं, चरर–राक की आवाज़ों के साथ लकड़ी कट रही थी।

"पापा, मेरा पत्थर लाओ", दस साल की किलकारी।

इस आध घण्टे के युद्ध के बाद वह निढाल हो गया। अब गँड़ासा मुश्किल से उससे उठ रहा था। उछलना भी बन्द हो गया था। एक हाथ से सीट को पकड़ वह कटे वृक्ष की तरह बैलेंस रखने की कोशिश कर रहा था और फिर अचानक धड़ाम से नीचे गिर पड़ा। उसका शरीर अब बाँस की चोट लगने पर हिलता, फिर रुक जाता और मुँह से गुर्राहट की आवाज़ निकलती।

"अब गिर गया है, और न मारो।"

"तुम शेर हो तो अन्दर जाकर पकड़ लो। देखते नहीं गँड़ासा अब भी उसके हाथ में है।"

भीड़ अब पत्थर और बाँस के खेल से बोर हो गयी थी। लोग किसी और घटना की प्रतीक्षा में थम गये थे।

क्रिउ–कट फिर धीमे क़दमों से डिब्बे में चढ़ा। हज़ारों आँखें उसे पूजा–प्रशंसा की दृष्टि से देख रही थीं, वाह क्या हौसला है, इसे जवानी कहते हैं। उसने उस गिरे हुए आदमी के सिर पर लाठी का भरपूर वार किया। बड़ी ज़ोर से वह एक बार मर रहे साँप की तरह हिला, छटपटाया

और फिर ढीला पड़ गया। उसने उसे टाँगों से घसीट कर बाहर फेंक दिया। प्लेटफ़ार्म पर ख़ून ही ख़ून फैल गया।

"अरे, यह तो मर गया है।"

भीड़ में दहशत छा गयी। लोग परे हट गये। वह नौजवान कहीं ग़ायब हो गया।

"गाड़ी घण्टा भर लेट हो गयी है, अब अगले स्टेशन पर पता नहीं दूसरी मिले या न मिले", एक बहुत ही बोर हो गयी लगती–सी आवाज़।

"अजी सरकार है, अपनी सरकार, रंग देखते चलो", एक प्रतिक्रियावादी स्वर।

गाड़ी धीरे–धीरे सरक रही है और लोग तब तक खिड़कियों से सिर निकालकर बाहर देखते रहे जब तक वह लाश मिटते–मिटते एक बिन्दु–मात्र नहीं रह गयी।

पराया चेहरा

"लो भाई, माता जी आ गयीं।" यह सुनकर पल भर के लिए भी उसके पाँव ठिठके नहीं। लम्बे अभ्यास के कारण वह सदा ऐसे वाक्य सुनकर कुछ भी महसूस नहीं करती सिर्फ़ सामने देखते हुए उसी चाल से आगे बढ़ जाती है। उसे पता है कि गति में ज़रा भी फ़र्क़ आया तो पीठ पीछे क़हक़हा बुलन्द होगा। शुरू में कान तक सुर्ख़ हो जाते थे, जी चाहता था कि भरी बन्दूक़ हो तो धाँय से कहने वाले को गोली मार दी जाये।

कॉलेज में लड़के उसे 'माता जी' ही कहते हैं। पहले साल के लड़के अधिक खोजी प्रकृति के होते हैं, इसलिए हर साल कोई नया नाम डालने की मुहिम शुरू होती है पर अन्त में सीनियर लड़कों का दिया नाम ही अधिक लोकप्रिय (उसको नहीं) होता है।

होंठों से लेकर आँखों का ऊपर तक का भाग अन्दर को दबा–सा है जिसके अनुपात में माथा कुछ आगे को उभरा हुआ है। पीतल के बर्तन में ठोकर लग जाने से जो गढ़ा पड़ जाये, उसे पंजाबी में चिब्बी पड़ना कहते हैं। यार लोग उसके चेहरे को देखकर चिब्बी भी कह डालते हैं।

वह जानती है, वह मात्र असुन्दर ही नहीं बल्कि उसे देखकर लोगों के मन में पहला भाव जो आता है, वह अरुचि का होता है। इसलिए वह आरम्भ से ही पढ़ाई में बहुत–बहुत मेहनत करती रही है। दसवीं के बाद ही नौकरी की, प्राइवेट परीक्षाएँ दे–देकर एम.ए. भी कर डाली और अपने शहर के कॉलेज में प्रोफ़ेसर भी बन गयी। इस दरमयाने शहर की वह पहली एम.ए. पास लड़की है।

वह जानती है, उसके बारे में साथ के लोग भी वैसे ही रिमार्क कसते हैं जैसे कि लड़के। अंग्रेज़ी के प्रोफ़ेसर को अपने कानों से कहते सुना था,

'जब यह विरह आदि के बारे में पढ़ती है तो क्या ऐसा नहीं लगता जैसे कोई जल्लाद फाँसी पाये क़ैदी को जीवन लम्बा करने के नुस्ख़े बताये।'

और यह सारी बातें सुनकर उसमें अब किसी प्रकार का क्लेश अथवा क्रोध नहीं व्यापता। हीन भाव तो दूर की बात है, अब अपने रूप–रंग को लेकर उसमें एक प्रबल भाव आ गया है और इस सबका फल यह हुआ कि वह भूखी शेरनी की तरह वाद–विवाद में कूद पड़ती है। मर्द लोग आमतौर पर सेक्स की ओर बातचीत मोड़कर अपनी धाक जमाना चाहते हैं और वह किंसले रिपोर्ट आदि का ब्यौरा देकर इस बारीक़ी से सेक्स पर प्रकाश डालती है कि बात शुरू करने वाला शर्म या ग़ुस्से की वजह से लाल हो जाता है।

हिन्दी पढ़ाती है, फिर भी इसके लेखकों के विरुद्ध ज़हर से भरी पड़ी है। बदसूरत लोगों पर लिखेंगे तो भी कल्पना की चौखट से आगे नहीं बढ़ पायेंगे। कोई न कोई नायक पैदा कर ही डालेंगे जो बलिदान की भावना से भरा पड़ा ऐसी ही बदसूरत लड़की की तलाश में जैसे भटक रहा है, बस मिलने भर की देर है, फिर नीत्शे, कामू आदि का अधकचरा ज्ञान बघारकर दोनों फ़िट और बेचारा सीमित–ज्ञानी पाठक ज्ञान के बोझ से धराशायी। सीधी बात यह है कि मर्द बदसूरत औरत के पास फटकना तो दूर उसकी ओर दोबारा आँखें उठा कर देखेगा भी नहीं।

और इस सबका प्रभाव यह हुआ कि वह कठोर, अनुशासनप्रिय और बड़े पक्के निश्चय की महिला हो गयी है। वेतन, ट्यूशन आदि के द्वारा एक भाई को डॉक्टरी करवायी, दूसरा अकाउंटेंट का कोर्स कर रहा है तथा पिछले महीने छोटी बहन का विवाह भी करवाया है। सारा शहर इस बारे में जानता है कि वी. भल्ला न होती तो इस परिवार का कोई भी सदस्य आगे न बढ़ पाता।

कॉलेज से आज वह जल्दी आ गयी है, कुछ सिरदर्द था। माँ ने आगे बढ़कर किताबें थाम लीं, हाल–चाल इतने ज़ोर–शोर से पूछा जैसे उनकी बेटी न हो कोई मेहमान रही हो। माँ–बेटी को साथ–साथ देखकर यह वहम न होता था कि उन दोनों में यह सम्बन्ध हो भी सकता था। माँ पैंतालीस वर्ष के आसपास है, शरीर भरा–भरा–सा है, चाल में अब भी वह सुस्ती है तो थकावट नहीं बल्कि दूसरी कई वजहों से है। वी. भल्ला निर्वस्त्र हो जाये तो उन स्थानों पर भी मांस मात्र नाम को है जहाँ उसका होना ज़रूरी होता है। वैसे अभी डेढ़ वर्ष पूर्व ही वी. भल्ला को एक

छोटे–से भाई की बहन बनने, उसके भी भविष्य की चिन्ता करने का भार प्राप्त हो चुका है।

उसने गुसलख़ाने का दरवाज़ा बन्द किया और धीरे–धीरे कपड़े उतारे, जो गीली गर्मी में बदन से चिपक–से गये थे। एक स्टूल खींचकर आदमक़द शीशे के सामने बैठ गयी और रोज़ का खेल शुरू हो गया। वह थोड़ी देर शीशे को घूरकर देखती रही और धीरे से उसकी आँखें चेहरे पर से ग़ायब हो गयीं। उन छोटी–छोटी आँखों की जगह एक जोड़ा काजलधार से खिंची आँखें आकर बैठ गयीं। शीशा थोड़ा–सा मुसकुराया और फिर उसकी प्रिय अभिनेत्री का नाम आकर वहाँ फ़िट हो गया। होंठों के बारे में उसका चुनाव सदा से अपना अलग रहा है। होंठ वहाँ से सरके और आकर वह लगे जो केवल आधे मुसकुराते हैं। चेहरे के बदलने के बाद अब शरीर की बारी आयी। अब वह उठी। टाँगों पर छोटे–छोटे बाल देखकर उसका सुन्दर चेहरा और छोटी–सी नाक घृणा से सिकुड़ गयी। और फिर भिन्न–भिन्न हालीवुडियन अभिनेत्रियों के चुने–चुने अंग वहाँ आ–आकर चिपक गये, उसके अंग छोटे–से सिंगारदान में बन्द हो गये। उसने इस तरह धीमे–धीमे कपड़े बदले जैसे मोम बने इन अंगों में से कहीं कोई टेढ़ा न हो जाये और फिर शरीर बदलने का यह नाटक पूरा हो गया। अब आज शाम से लेकर कल की सुबह तक वी. भल्ला कोई और जीवन जियेगी, किसी और के हाव–भाव में बात करेगी और सुबह काम पर जाते समय फिर अपना असली शरीर धारण कर लेगी। उसके जीवन में बाथरूम में बिताया वह आधा घण्टा ही सबसे महत्त्वपूर्ण तथा सुखमय है। यह ऐसा नाटक है जो रोज़ होता! है, दृश्य भी हर बार यही रहता है, पात्र भी वही परन्तु हर बार एक नये आनन्द की, सुख की, छोटी–छोटी लहरें शरीर में तैर–तैर जाती हैं।

वह बाहर आयी तो माँ ने खींचकर उसका सिर अपनी गोद में रख लिया। उसे छोटे बच्चों की तरह प्यार से चुमकारने लगी। वी. भल्ला ने नाक सिकोड़ी, उसकी काल्पनिक गोरी–चिट्टी गर्दन पर माँ का हाथ लग गया था। वी. भल्ला जब भी किसी ऐसी घटना का ज़िक्र करती है जिसमें उसने किसी मर्द को पछाड़ा हो तो माँ उसे और भी शह देती है, नारी के चरित्र का बखान वह राजस्थान के इतिहास के क़िस्से बता–बता कर करती है और संयम तथा मनोबल की प्राप्ति जीवन का उच्चतम लक्ष्य बताती है।

उसकी कमाई का ही प्रताप है कि चार सालों में ही एक कमरेवाला मकान अब आनन्द–निवास बन गया है, प्रत्येक कमरे में पत्तियों में पड़े सजावट को बढ़ाने वाले पत्थर और रंग–बिरंगी बोतलें आदि नज़र आती हैं।

पिता रिटायर हो चुके हैं। दिन भर समाज में बैठे रहते हैं, छोटी–मोटी नेतागिरी का ठरक उन्हें अन्य समाजी लोगों की तरह शुरू से है। बाप–बेटी साथ–साथ खाने के लिए बैठे, पिता लाड़ में भरकर अब भी उसके मुँह में रोटी के ग्रास डालते हैं और मेरा शेर तथा राजा बेटा कहते हैं।

उसने पिता को बताया कि किस प्रकार आज जब स्टाफ़ कैंटीन में साथ के प्रोफ़ेसर ने सिगरेट लगायी तो उसने रोक दिया। उसका सिर धुएँ की बू के कारण जैसे फटने को आ गया।

'हाँ, बेटी तुमने ठीक किया। सिगरेट, शराब मन में विकार पैदा करते हैं, आदमी की प्रवृत्ति अन्धकारमयी बन जाती है तथा जीवन की सबसे बड़ी पूँजी जो कि चरित्र है, आदमी खो बैठता है।' पिता को ज्यों ही मौक़ा मिले, वह हाथ उठा–उठाकर तथा विभिन्न मुद्राओं के माध्यम से भाषण करने का मौक़ा हाथ से जाने नहीं देते। पिता यदि सेना की हिरावल पंक्ति है तो माँ पीछे से आक्रमण करने वाली छापामार टुकड़ी है, जिन दोनों के बीच वी. भल्ला शत–प्रतिशत सुरक्षित है, अपहुँचनीय है।

गर्मियों के दिन हैं। बाहर आँगन में सब लोगों की चारपाइयाँ लगी हैं। उमस और गरमी जैसे किसी रस्से से आकाश में लटका दी गयी हैं। शरीर के साथ चिपकते कपड़ों के कारण मन में अजीब दुर्भावनाएँ आ–जा रही हैं। प्रायः उसे रात को बहुत देर से नींद आती है। कालेज में किसी स्वस्थ लड़के अथवा किसी अन्य स्थान पर देखे किसी पुरुष की कोई मुद्रा मन में आ अटकती है। और फिर उस व्यक्ति के साथ किसी स्थिति–विशेष में अपने को रखकर उसके मन में किसी नाटक के कटे हुए दृश्यों की तरह घटनाएँ आती–जाती हैं। फ़ाइनल क्लास के उस लड़के का ख़याल अब आ रहा है जिसका पिता कर्नल है। इन बड़े लोगों के लड़कों का भविष्य कितना सुरक्षित है। लड़का भी पिता की तरह सेना में जायेगा। छोटे–छोटे कटे हुए बाल, हर किसी से नम्रतापूर्वक एक ख़ास दूरी रखकर बातचीत करना, यह सब कुछ बताता है कि उसमें अफ़सरी के सारे गुण अथवा बू अभी से आ गयी है। उस दिन पिकनिक में एक

छोटी–सी नाली उससे पार न हो रही थी। उस लड़के ने किसी प्रकार सहज तथा प्रयासहीन ढंग से उसे यूँ उठकर नाली के इस पार रख दिया था। बाँह में जिस स्थान पर उसका सशक्त पंजा पड़ा था लगा जैसे वहाँ अंगारे से दाग़ दिया गया हो और चलते हुए ही उसने कल्पनाओं के ताने–बाने में अपने को उसके साथ रखकर विभिन्न दृष्टिकोणों से मज़ा लेना आरम्भ कर दिया था। भ्रम तब टूटा जब साथ के लड़के ने उसे लेकर उस छोटे–छोटे बालोंवाले लड़के से मज़ाक़ किया और उस लड़के ने बड़ी उपेक्षा से कुछ ऐसा जवाब दिया था कि यह अगर पचास रुपये साथ भी दे तो इसकी 'किस' तक न लूँ।

उसने चारपाई पर करवट बदली। एक ओर लगे ब्लाउज़ पर के बटन चटाक से खोल दिये। माता–पिता भी अब साथ की चारपाइयों पर आकर लेटे हैं। उसने ज़ोर से आँखें मींच लीं, यह लोग जागता जानकर कहीं फिर लाड़–प्यार पर न उतर आयें। जाने क्यों आज के मौसम की तरह उनका प्यार कुछ सीलन तथा चिपचिपाहट युक्त लग रहा है। वह जानती है कि भीड़ में, सिनेमा से निकलते हुए वह जान–बूझकर पुरुषों के साथ रगड़ खाकर आगे बढ़ जाती है। पर उसका चेहरा इतना सपाट होता है, छोटा–सा सिर इस प्रकार तना होता है कि किसी को किसी तरह की कोई बात सोचने की आशंका तक नहीं होती है।

छोटी बहन किस प्रकार यहाँ आने पर भी पति की गोद में जा घुसने के अवसर तलाशती रहती है। वह वहाँ हो तो भी कोई परवाह नहीं। दोनों की आँखों में 'इसका क्या' वाला भाव स्पष्ट दिखायी देता रहता है। छोटी के शरीर से किसी अचीन्ही सुगन्ध की लपटें उठती रहती हैं जो मन को कसैला कर देती हैं, वितृष्णा–तृष्णा कभी इस करवट बैठती है कभी उस करवट।

रात काफ़ी बीत चुकी है। दृश्य धीरे–धीरे अदृश्य होते जा रहे हैं। सारे पात्र अपने–अपने स्थानों को लौटे जा रहे हैं, उसे अकेला तथा पराजित छोड़कर गरमी के बावजूद भी दिन भर की थकान के कारण आँखें भारी होते–होते बन्द हो गयी हैं।

अचानक आँखें खुल गयीं। क्यों? शायद पिछले पहर की ठण्डी मीठी हवा के झोंके के कारण या किसी आवाज़ के कारण? सिर घुमाकर जो देखा तो माता–पिता की चारपाइयाँ ख़ाली थीं। आँगन के साथवाले कमरे में रोशनी थी और हलकी बातचीत सुनायी दे रही थी।

अब इतनी देर गये इन लोगों को कौन सी ज़रूरी बातचीत की मुसीबत आन पड़ी है।

"मैं पूछती हूँ, तुम कुछ उसके बारे में भी सोचो। कितनी बड़ी हो गयी है। सोचती क्या होगी। और अब तो लोग भी क्या-क्या बातें करने लग पड़े हैं। और तुम्हारा यह हाल है कि इस उमर में भी।" अन्तिम वाक्य तक आते-आते उसकी खीझ प्यार-भरी झिड़की में बदल गयी थी।

वी. भल्ला की अन्य सारी इन्द्रियाँ अपना काम और स्थान छोड़कर उसके कानों में आ दुबकीं। उसे अच्छा लगा, माँ-बाप समय-असमय उसके बारे में सोचते हैं, चिन्तित रहते हैं।

"तुम तो मूर्ख हो। अब भला इसकी शादी कहाँ हो सकती है। कोई लड़का क्या इस पर हाथ रखने को तैयार होगा। फिर इतना पढ़ गयी है, यह भी मुसीबत है, वरना कोई छोटा-मोटा दुकानदार या बाबू तो मिल ही जाता।"

माँ ने इस बात का क्या जवाब दिया, इसको वह न सुन सकी पर 'परे हटो' की तीखी आवाज़ ज़रूर आयी।

बात फिर पिता ने आगे बढ़ायी, "और फिर तुमको क्या दुःख देती है। सारा परिवार, जानती हो, इसके सिर पर चल रहा है। ख़ूब लाड़-प्यार से रखो, कहीं उसे यह महसूस न हो कि हम उसकी परवाह नहीं करते।"

धीरे-धीरे बीते दिनों के दृश्य काँच की तरह उसके सामने आ-आकर टूट गये। माँ की मुस्कान के पीछे, पिता के प्यार की ओट में यह सब कारण हो सकते हैं। इसकी कल्पना-मात्र ही उसे बड़ी निर्दयता से नंगा कर गयी। धागे टूटी कठपुतलियों की तरह वह अपने ही बोझ के ज़ोर से लड़खड़ाकर गिर पड़ी। लोगों के सामने उसकी प्रशंसा के पुल, माँ की गोदी में खिंचा लम्बा पड़ा उसका सिर, यह सब क्या रेत के समूह थे जिनमें वह जल-कण खोजती अब तक चुप थी। किसी पहेली के टुकड़ों की तरह सारी बातें धीरे-धीरे अपने स्थान पर आकर फ़िट हो गयीं। साथ के शहर के बड़े कॉलेज में उसे नौकरी मिल गयी थी, वेतन भी सौ रुपया अधिक था पर माँ-बाप ने कितना विरोध किया था, वह नहीं गयी। हाय, हमारी बच्ची भला होस्टल के खाने खा सकती है? क्या बात करते हो जी? और इस सबके पीछे क्या उसे ब्लैकमेल नहीं किया जा रहा था?

माँ-बाप बाहर आये हैं। माँ अपनी साड़ी ठीक करती-करती चारपाई पर आ लेटी है। लेटते ही उसने आँखें मूँद ली हैं। नग्न चाँदनी में उसका

सन्तुष्ट चेहरा देखकर वी. भल्ला के शरीर में आग लग गयी। उसके अन्दर बैठी दूसरी वी. भल्ला चुपचाप उठी और जंगली बिल्ली की तरह उछलकर माँ की छाती पर सवार हो गयी। अपने भयंकर पंजों से पहले उसने माँ का मुँह नोच डाला, फिर उसके कपड़ों को चिथड़े–चिथड़े कर डाला और उछल–उछलकर उसके अंग–प्रत्यंग पर प्रहार करना शुरू कर दिया। कर, और कर। मुझ कोखजली से तेरा यह व्यवहार, तू मुझे, अपनी सन्तान को ही खा जायेगी, तेरी अब भी भूख शान्त नहीं हुई और मुझ एक बूँद जल की प्यासी को तुम दुनिया भर की शिक्षा देती फिरती हो। माँ जब बिल्कुल लहूलुहान हो गयी तो दूसरी वी. भल्ला उसकी छाती से उठी और इठलाती हुई उसके शरीर में वापस लौट आयी। नंगी चाँदनी अब भी माँ के सन्तुष्ट चेहरे को कुरूप किये जा रही है। उसने दोनों हाथों को साड़ी पर रगड़कर साफ़ किया जो पसीने की वजह से चिपचिप कर रहे हैं।

सुबह होने में अभी देर है। लेकिन चाहने पर भी वह उठकर इस समय बाथरूम में नहीं जा सकती, अगर उनको यह पता चल गया कि यह अभी जाग रही थी तो...? वह आँखें बन्द नहीं कर पा रही है। जंगली बिल्ली ख़ून–सने पंजों को चाटकर माँ के शरीर पर आक्रमण करने के लिए वहशी नाच नाचते हुए सामने आ जाती है।

रोशनी की किरणें दबे पाँव आँगन में आ गयी हैं। वह उठी और बाथरूम में जा बैठी। उसने आईने की ओर पीठ रखकर कपड़े उतारे। रोज़ की तरह कल शामवाली सुन्दर आँखें, गर्वित नासिक, वक्र मुस्कान वाले होंठ तथा शरीर के अन्य अंग उतारकर उसे अलमारी में रखने हैं। अपने रोज़ काम पर जाने वाले अंग पहनने हैं और चुपचाप तैयार होना है।

वह मुड़ी, धक्क से स्टूल पर बैठ गयी। यह क्या? वह उसके अंग कहाँ गये! यह छोटा–सा माथा, अन्दर धँसी आँखें तथा काले होंठ यहाँ क्या कर रहे हैं! कल शामवाले अंग उसने उतारकर अभी सँभालकर रखने हैं। उसने आँखें बन्द करके उनका स्मरण किया लेकिन कुछ नहीं हुआ जैसे कटी लाशों की तरह खिड़कियों से, रोशनदान से वह बाहर उड़ गये हैं। वक्ष भी कितना सपाट है और अब उसकी आँखों में ख़ून उतर आया है।

यह किसका चेहरा काटकर उसके शरीर पर चिपका दिया गया है? और फिर उसने हाथ हवा में उठाये, तीव्र गति से नीचे गिराये और किसी

कपालिनी की तरह अपने अंगों का आह्वान किया। लेकिन वह पराया चेहरा वहाँ से टस–से–मस तक न हुआ। रुककर दर्पण में घूरकर देखा। जाने कितनी देर से वह लगातार रोये जा रही है, उसका वह सब कुछ खो गया है जिस पर वह ज़िन्दा थी। सारा तिलिस्म टूट गया है। जानती है, वह काजल से तनी आँखें अब कभी भी लौटकर नहीं आयेंगी और इस पराये चेहरे को पहनकर उसे हर रात को अपने से मिलना होगा।

एक शहर की मौत

बात कब या कैसे शुरू हुई, इस बारे में दोनों में से कोई भी कुछ नहीं जानता, नहीं कह सकता। वह वहाँ अरसे से आ रहा है लेकिन ऐसा कुछ होने की नौबत कभी नहीं आयी। यह और बात है कि पिछले कुछ दिनों से अपनी प्रकृति के विरुद्ध वह कुछ उलझा हुआ–सा था।

अभी आकर उन्होंने बात शुरू ही की थी कि विमल अपने भाई के साथ वहाँ आ गयी। और अब उसे याद आया है कि आज शाम तो इसी के घर जाना था। उसका भाई बाहर से आया है, मिलना चाहता है। विमल ने भाई और मेज़ पर पड़े गिलासों को देखा और उसे निश्चय हो गया है कि अन्य भाइयों की तरह यह सब–कुछ देखकर उसके भाई ने भी उसके विरुद्ध निर्णय ले लिया होगा।

उसके साथ के दोस्त ने सोचा, 'कैसी बड़ी–बड़ी कटावदार आँखें हैं।'

सुनील तो उस मरे–मरे शरीर को तीन साल से देख रहा है, महसूस भी करता रहा है। फिर भी उसे देखते ही पहला विचार मन में यही कौंधता है कि इसे निर्वस्त्र देखा जाय, प्रकृति–नारी के रूप में।

उन दोनों के लिए उसने चाय के लिए वेटर को कहा। 'आपसे मिलकर बड़ी ख़ुशी हुई' आदि निरर्थक बातें उन्होंने एक–दूसरे को कहीं। बड़ी चालाकी से उसके भाई ने आमदनी आदि के बारे में पूछा और वह उसे चकमा देकर बातें टालता गया। उसके भाई की स्थिति बड़ी 'बेचारी' हो गयी थी।

"आप लोग चाय नहीं पियेंगे।" भाई ने पूछा। उसने बड़ी बेबसी से अपने और दोस्त के सामने पड़े गिलासों को देखा। विमल भी बोल पड़ी

क्योंकि उसने ज़रूर भाई के आगे उसकी प्रशंसा की होगी, ढेर–की–ढेर और ऐसी अनचाही स्थिति उसकी कल्पना में न आयी होगी।

"नहीं यह चाय कम ही पीते हैं, शाम के समय", उसकी बात में निहित अर्थ को सबने समझ लिया।

वह महसूस कर रहा था कि उसके चुस्त–दुरुस्त शरीर को भाई बड़ी देर से आँखों में तौल रहा था और फिर उसने कह ही डाला,

"आपको तो सेना में जाना चाहिए था, यह पढ़ना–पढ़ाना तो बड़े–बूढ़ों जैसा काम है।"

कुछ और बातों के बाद भाई और विमल उठकर चले गये। शायद भाई की इसी फ़ौज वाली बात से सब–कुछ गड़बड़ा गया। ऐसी बातें प्रायः सब मिलने वाले कहते हैं और उसे हमेशा यह महसूस होता है कि उसके अच्छे शरीर को देखकर शायद सारे उससे जलते हैं और उसकी मृत्यु का षड्यन्त्र रच रहे हैं। और फिर वह छोटी–सी बात भी तो याद आ जाती है जिसने जीवन के प्रति उसे इतना अनासक्त बना दिया। यों तो वह भी सेना में कमीशन प्राप्त करने को परीक्षा में बैठा था। अंग्रेज़ी स्कूलों में पढ़े लड़कों के साथ कितना कठिन मुकाबला था! फिर भी एक साधारण स्थिति के परिवार का होने पर भी चुन लिया गया और अन्त में डॉक्टरी परीक्षा में वह रह गया था। अब तो याद भी नहीं कि डॉक्टर ने दिल के कारण या फेफड़े के कारण सेना के अयोग्य बताया था।

दो वेटर उसकी ओर देखकर आपस में बातें कर रहे हैं। वह जानता है, वह विमल को काली मेमसाहब कहते होंगे, जैसे सब कहते हैं। वह अकेली हो तो साँवली लगती है परन्तु जब सुनील के गोरे–चिट्टे रंग के साथ तुलना की जाये, तो काली हो जाती है।

उसने गिलास उठाकर सारी पी डाली और दोस्त को कहा, "मुझे इस लड़की से नफ़रत है।"

"क्यों? अब क्या हो गया? हमारे रोकने पर भी उसके साथ कितने अरसे से चिपके हुए हो।"

"क्यों क्या? बस है," उसने कहा।

वह कोई बहाना तलाश रहा है कि दोस्त कुछ बोले और वह उस पर बरस पड़े।

अब वह ख़ुद भी तो इस सम्बन्ध के बारे में ईमानदारी से सोचता नहीं है। इस शहर में आया था तो पहले–पहल विमल से ही मुलाक़ात हुई थी।

औरतों का परिचय और नैकट्य उसे सदैव सुखदायी लगता रहा है, इसलिए किसी एक–न–एक को उलझाये रखता है, क्योंकि वह नारीवादी पुरुष है। वह साधारण बातचीत भी करता है तो भी यही ग़लतफ़हमी होती है जैसे किसी त्रासदी का कोई पात्र बोल रहा है। विमल बिना माँ–बाप की लड़की है, ख़ुद ही पढ़ी–लिखी है और वह जानता है कि उसे हाथ से जाने नहीं देना चाहती। लेकिन उसके साथ बाज़ार निकलने से, लोगों के सामने पड़ने से वह हमेशा घबराती है क्योंकि एक बार किसी फंक्शन में कॉलेज के किसी लड़के ने फिकरा कस दिया था, "काली मेम साहेब ने क्या गजब का मर्द फाँसा है।"

दोस्त भी अब पिछले कुछ दिनों से उसके द्वन्द्व का कारण जानने की कोशिश कर रहा है, समझ रहा है। लेकिन सुनील पर विश्वास करना भी तो कठिन है। कुछ दिनों पहले ही तो उसे बताया था, "जानते हो उसे क्या हुआ? कमरे में बैठा था, कुछ सोच भी नहीं रहा था कि लगा मेरे अन्दर कुछ हो गया है। विम्मी की कोई मुद्रा जैसे मुझे जकड़कर बैठ गयी। अपने–आप नफ़रत हो गयी। क्या हम दोनों के बीच बिल्ली चूहे का खेल नहीं चल रहा। साइकिल उठायी और उसके घर की ओर चल पड़ा। जाते दम कह दूँगा मैं तुससे शादी करूँगा, कल ही। लोगों को बकने दो। पर ख़ुदा का शुक्र कि वह घर पर न थी। वर्ना मैं बात कह बैठता, वह हाँ कर देती तो फिर क्या होता? अब ठण्डे दिल से सोचता हूँ तो दहशत छा जाती है। इस काली और घमण्डी लड़की से मेरी शादी?"

बैरा उनके सामने दूसरा पैग रखता है। गिलास मेज़ पर रखते हुए थोड़ी–सी आवाज़ हुई।

"गिलास आराम से रखो। इतना शोर क्यों करते हो।" उसने कुछ कठोर आवाज़ में कहा। बैरा हैरान होकर उसे देखता रहा।– 'यह आज हो क्या गया है?...' दोस्त ने उसे जाने का इशारा किया।

"अच्छा तो तुम मानते नहीं कि मैं अब विम्मी से नफ़रत करता हूँ। जानते हो उसका भाई मुझे सेना में जाने को क्यों कह रहा था? ताकि उसकी बहन अफ़सर की बीवी बने। ऊँह। इस सूरत के साथ ब्याही भी जाये तो ग़नीमत जाने।"

"ठीक है", दोस्त ने कहा।

"क्या ठीक है? वह ठीक है जो उसका भाई कहता है या जो मैं कह रहा हूँ", वह और उलझा।

दोस्त ने चुप रहना ही ठीक समझा। अब यह उससे नफ़रत के बारे में नारे बुलन्द कर रहा है और अगर कोई गहरा दोस्त भी विम्मी के रंग को लेकर मज़ाक तक कर दे तो लड़ने पर उतारू हो जाता है। "क्या काली लड़कियों को जीने का हक नहीं" वग़ैरह भाषण तक दे डालता है। रोशनी के दायरे में कैद तड़पते पशु–सी इसकी स्थिति है जो हिंस्र होते हुए भी असहाय है, बेबस है।

बैरा एक पैग और रख गया। लेकिन वह सफ़ेद कबूतर की तरह दुबके उजले नेपकिन को देख रहा है। मित्र ने गिलासों की ओर संकेत किया। उसने उठाया और एकबारगी ख़त्म कर डाला। मित्र को कुछ अजीब–सा लगा...। 'पहले तो वह बड़े आराम से धीरे–धीरे लिया करता था, लेकिन आज...।'

"देखो यह साथ वाली मेज़ पर बैठे आदमी मुझे घूर क्यों रहे हैं।"

मित्र ने घूमकर देखा। वह लोग चुपचाप पी रहे हैं।

"नहीं तो", उसने कहा।

"तुम बकते हो, डरते हो।"

अब दोस्त को पहली बार शक हुआ कि 'सुनील ठीक से बातें नहीं कर रहा। यह वह उसके साथ इतना सख़्त बर्ताव करके सिद्ध क्या करना चाहता है?' बैरा एक पैग और रख गया।

"यह सादा गिलास क्यों लाये हो।"

"साहब रोज़ इसी में लाता हूँ।"

"रोज़? क्यों लाते हो रोज़। एक ग़लती और उस पर बहस", और उसने भरा हुआ गिलास नीचे फ़र्श पर गिरा दिया। झनझन्न्न्...की आवाज़ कुछ देर हुई। कई गर्दनें हिलीं, उठीं, फिर उसी कोण पर अपने–अपने गिलासों पर झुक गयीं। मित्र अपनी जगह से उठा और उसके पास आ बैठा। उसके कन्धे पर हाथ रख दिया।

"आज तुम्हें क्या हो गया है?"

"कुछ नहीं। अच्छा तुम्हारे पास काले कपड़े हैं?"

"क्यों? उनका क्या होगा?"

"शी... धीमे बोलो। आई एम डैड। कल काले कपड़े पहनकर सोग मनाना।"

मित्र हँस पड़ा, "देखो मरने से पहले आधी बोतल ख़रीदकर मुझे दे छोड़ना। क्योंकि मुझे बड़ा ग़म होगा और तुम भी सोचना–शामिल हुए मेरे जनाज़े में पी के मय, यारों को मेरी मौत का कितना मलाल है।"

सुनील हँस पड़ा, "अरे बको मत। आधी बोतल होगी तो मैं मरूँगा क्यों–कर।"

उसके हँस पड़ने से तनाव की स्थिति समाप्त हो गयी। मित्र आश्वस्त हो गया। सुनील को कुछ भी नहीं हुआ। अभी पी ही क्या है! पहले कई बार इससे दुगुनी पीकर भी नहीं बहका।

अब वह एकदम चुप है। मित्र अपने गिलास की ओर देख रहा है जिसमें बैरा फिर डाल गया है। उसके चेहरे की नसें फिर से खिंच गयी हैं। कान के पास कोई रग लगातार हिल रही है और उसका सुन्दर चेहरा इस तनाव के कारण काफ़ी विकृत हो गया है। उसने गिलास उठाया, पीकर नीचे रखा और मित्र से पूछा, "अच्छा बताओ विम्मी तुमको कैसी लगती है?"

"अच्छी है", दोस्त ने बात टाल जाना ही उचित समझा।

"अच्छी है तो तुम से क्या? तुम समझते हो मैं उसके बिना रह नहीं सकता।"

"चलो छोड़ो भी। कोई और बात करो।"

"छोड़ूँ... क्यों छोड़ूँ। तुम से डरता हूँ क्या। यू गो टू हैल।"

यह 'डर' वह क्यों बार–बार बीच में ला रहा है। ऐसी कौन–सी बात है कि उसे मज़बूर कर रही है कि वह अपने को निडर और निर्भय सिद्ध कर डाले।

किचन के दरवाज़े पर बिल्कुल अँधेरा है। दरवाज़े के पट खुले हैं। सफ़ेद कपड़े पहने एक बैरा उसमें आ ठहरा है। देखकर लगा जैसे किसी बहुत बड़े खुले मुँह में सफ़ेद दाँत उग आया हो।

रिकॉर्ड–प्लेयर पर बड़ी धीमी–धीमी कोई विदेशी धुन बज रही है। लगता है गर्म–गर्म उसाँसों की आवाज़ सारे बड़े कमरे में धीरे–धीरे चहलक़दमी कर रही है।

पिछली बार वह काफ़ी ऊँचा बोला था। बैरे ने 'धीरे से बात करने' की मैनेजर की चिट लाकर दी।

"देखो सुनील, तुम क्या कर रहे हो? कितने लोग देख रहे हैं। सब क्या कहेंगे, क्या सोचते होंगे।"

इस बात का उस पर असर हो गया क्योंकि उसे सदा ही फ़िक्र बनी रहती है कि लोग उसके बारे में अच्छा सोचा करें, उसे सुनायक समझें।

"तुम डरो मत। मुझे कुछ नहीं हुआ। सच कहता हूँ इस लड़की की कहीं शादी हो जाये तो मेरी जान छूटे। कहीं टिकूँ। मैं पहल कर के बुरा नाम नहीं लेना चाहता।"

इतने वर्षों के सम्बन्ध को उस वीर क्षण में बन्दूक उठाकर उसने धाँय से गोली मार दी। कहीं कुछ नहीं हुआ। जैसे सोचा जाता, न वैसी कसक, न पीड़ा।

दोस्त हैरान है। वह कौन–सा सत्य है जिसे छुपाने के लिए सुनील झूठ बोल रहा है। उसकी ज़िन्दगी में कहीं कोई नयी लड़की तो नहीं आ गयी?

"आई वॉण्ट टू फाइट विद सम वन", वह ज़ोर से बोला। उसकी आवाज़ बिल्कुल बदली हुई थी। वह बहुत ज़ोर लगाकर अपनी आँखों को खुला रखने की चेष्टा कर रहा था और यह भ्रम होने लग पड़ा जैसे वह खिंचे नेत्र धनुष की प्रत्यंचा की तरह अभी ही चटककर टूट जायेंगे।

"सुनील", दोस्त ज़ोर से बोला। लेकिन वह तब तक अपनी जगह से उठ चुका था। एक ही डग में पास वाली मेज़ पर पहुँच गया।

वह दोनों आदमी घबरा गये।

"क्या बात है?" उसने पूछा।

"क्यों बात क्या है?" एक आदमी बोला।

"आप हँस क्यों रहे हैं?"

"हम। हम भला क्यों हँसेंगे, और फिर हँसे भी तो आपसे मतलब", दूसरा आदमी, जो कुछ ठीक था, बोला।

"मतलब समझाऊँ! मतलब?" वह आदमी कुर्सी से आधा उठा ही था कि उसने उसके पेट में घुटना दे मारा। एक लम्बी ऊँची आवाज़ करता हुआ वह कुर्सी पर दोहरा हो गया। दूसरे आदमी ने हाथ में पकड़ा गिलास उसके सिर पर दे मारा। सुनील ने झपटकर उसे टाई से पकड़ लिया। टाई लगातार कसी जा रही है। उसकी आँखें जैसे बाहर निकल आ रही हैं। सुनील चीख़कर कह रहा है, "मैं तुम्हारा ख़ून कर डालूँगा, तुम्हें जान

से मार दूँगा। तुम समझते हो मैं डरता हूँ। मुझे किसी माँ के यार का डर नहीं।"

जब तक दोस्त ने, मैनेजर तथा और लोगों ने उसे उस आदमी से अलग किया। मैनेजर का इशारा पाकर मित्र उसे पिछले दरवाज़े से बाहर ले आया। "आई विल किल देम...", वह अब भी बड़बड़ा रहा है।

बाहर आकर मित्र ने उसके माथे से लहू पोंछा और रूमाल बाँध दिया। शायद बारिश की तीखी बौछार होकर हटी है। छोटे–छोटे गढ़ों में पानी भर गया है। नन्हे–से बल्ब की रोशनी पानी के काँपते दायरे में पागल कुत्ते की तरह छटपटा रही है। उसने दो सिगरेट सुलगाये।

दोनों चुपचाप चलने लगे। दुकानों की बत्तियाँ बन्द हैं जैसे बहुत सारी बिल्लियाँ कहीं जा छुपी हों। सड़क ख़ाली है। एक सिपाही उन्हें घूरता हुआ पास से गुज़र गया।

"मुझे कुछ नहीं हुआ था। जाने मैं इतना वॉयलेंट क्यों हो गया?" मित्र को लगा उसकी आवाज़ मरी हुई है, काँप रही है।

"लगता है सारा शहर सो गया है", मित्र ने सिरे से बात बदल देना ठीक समझा।

"सोया नहीं। मर गया है। तुम देखना सुबह ही बड़े काले बॉर्डरों में यह ख़बर छपेगी कि तापमान इतना नीचे चला गया कि यह शहर मर गया। फिर हम दोनों काले सूट पहनकर इसके जनाज़े में शामिल होंगे।"

और उस मर गये शहर में वह दोनों चुपचाप चलते रहे!

जंगल

तो वे लोग यहाँ पहुँच ही गये।

उस छोटी–सी पहाड़ी के नीचे बसा हुआ गाँव काग़ज़ पर खींचे हुए नक़्शे–सा साफ़ नज़र आ रहा था। नागा–प्रदेश के इस अत्यन्त भीतरी भाग में इतना बड़ा गाँव बसा होने की कल्पना कैप्टेन ने न की थी। गाँव से लगभग एक मील दूर खेत है, ऐसी सूचना नायक ने आकर दी है। गाँव से बाहर निकलने और वापस जाने के मात्र दो रास्ते हैं। आने–जाने वाले प्रत्येक आदमी को यहाँ से देखा जा सकता है।

कैप्टन ने साथ आये तीस जवानों पर निगाह डाली। वह सब अपनी पीठ पर से अस्सी किलो से अधिक वज़न का सामान नीचे रखे सुस्ता रहे हैं। सुबह होने में अभी एक घण्टे की देर है। तभी काम करने के लिए लोग खेतों की ओर जायेंगे। बाहर जाने वाले लोगों की गणना करने के लिए उसने हवलदार को संकेत कर दिया।

तो सात दिनों के बदले, मात्र पाँच दिनों में वह लोग यहाँ पहुँच गये हैं। उसने सब जवानों को ध्यान से देखा। पाँच दिनों की बड़ी हुई दाढ़ी, रास्ते की कीचड़, मिट्टी, पैदल की थकान, आने वाली घटना की आशंका, इन सबने उनकी सूरत बहुत भयानक बना दी है। उसने आज्ञा दी है कि कोई भी हाथ–मुँह न धोये, शरीर अथवा वर्दी की सफ़ाई न करे। एक भयानक बदसूरत व्यक्ति लोगों के दिलों में आसानी से भय उत्पन्न कर सकता है।

गाँव के अन्दर तो शाम को ही प्रवेश किया जायेगा, तब लोग खेतों से वापस लौट आयेंगे।

हाँ, वह यहीं है, गाँव में ही है। सबूत की कहाँ आवश्यकता है। जंगल सदा से उसका आत्मीय रहा है। पेड़ों की हलचल के माध्यम से, पक्षियों

की अलग–अलग प्रकार की आवाज़ों द्वारा शान्ति की ध्वनियों से जिन सूचनाओं का संचार होता रहता है, उसे उसका शरीर आरम्भ से बिल्कुल ठीक से ग्रहण कर लेता है। हाँ, वह यहीं है, इसी गाँव में। आज शाम को कैप्टन उसे ज़रूर गिरफ़्तार कर लेगा। गाँववालों को किसी अनहोनी घटना की आशंका नहीं है। मकान चुपचाप हैं, गलियाँ सुनसान हैं, कहीं कोई हलचल नहीं, बाहर कोई आदमी कहीं पर भी पहरा नहीं दे रहा है, यह व्यापक शान्ति उसकी उस गाँव में उपस्थिति का प्रमाण है। फिर वे लोग कल्पना भी कहाँ कर सकते हैं कि सेना की एक टुकड़ी उस विद्रोही नागा कर्नल की तलाश में यहाँ तक पहुँच जायेगी।

लेकिन ब्रिगेड कमांडर के पास आयी सूचनाएँ ग़लत नहीं हो सकतीं। चीन से छापामार युद्ध की शिक्षा प्राप्त करने के बाद कुछ दिन पूर्व ही यह विद्रोही पड़ोसी शत्रु देश की सीमा पार करके वापस यहाँ पहुँच गया है।

ब्रिगेड कमांडर ने किसी ऐसे अफ़सर की माँग की थी जो इस प्रदेश के भूगोल से पूरी तरह से परिचित हो। उसके कर्नल ने उसे वहाँ, उनके पास भेजा था। शान्ति–क्षेत्र में उसकी तब्दीली के काग़ज़ आ चुके थे। लेकिन उसने दो वर्ष और उसी क्षेत्र में रखे जाने का प्रार्थना–पत्र दिया था। यहाँ पर नये आये अफ़सर उसकी मूर्खता पर हैरान हुए थे। वहाँ जंगल में ऐसा क्या है कि यह कैप्टन दो वर्ष और रहना चाहता है? लेकिन कर्नल ने उसकी प्रार्थना स्वीकार करके अपनी सिफ़ारिश आगे भेज दी थी। नये अफ़सरों ने उन बीस जवानों के मृत चेहरे देखे थे क्या? मृत्यु के इतने दिन के बाद भी आश्चर्यचकित होने का भाव उन चेहरों पर कैसे खुदा हुआ था? कैप्टन उन दिनों अवकाश पर गया था। एक नये लेफ़्टिनेंट के नेतृत्व में बीस जवानों की टुकड़ी गश्त पर गयी थी। लेकिन वह सब लौटकर न आये। खोज हुई तो सबके मृत शरीर प्राप्त हुए। वह रात को सोये हुए थे तो उसी विद्रोही नागा ने जो अब कर्नल बनकर लौट आया था, उन्हें मौत के घाट उतार दिया था। नये अफ़सर ने आधारभूत ग़लती की। इस प्रदेश में दिन को सोया जाता है और रात में गश्त लगायी जाती है, और उसने बीस जवानों के साथ रात को सोने की भयानक भूल की थी। हाँ, वह छुट्टी से तब लौट आया था। वह सारे मृत चेहरे उसने भी देखे थे। फिर वह सारी लाशें वहाँ से उठीं और उस प्रश्नवाचक बैताल की तरह अन्दर प्रवेश कर गयीं। हाँ, वही इन सबका

हत्यारा है। अवकाश पर न गया होता तो पेट्रोलिंग पर स्वयं साथ गया होता। फिर वह दुर्घटना क्योंकर हो सकती थी?

द्वन्द्व तो उसी दिन निश्चित हो गया था। उस विद्रोही से प्रत्यक्षीकरण तो हो जाये और फिर वह बीस मृत चेहरे इस द्वन्द्व के मूक गवाह होंगे। तब से कैप्टन सारा समय अपने टेंट में इस प्रदेश के नक़्शे बिछाये बैठा रहता है और वह बीस मृत जवान सदा वहाँ उपस्थित रहते हैं। कैप्टन ने कई बार उनकी गर्म–गर्म साँसें अपनी गर्दन पर महसूस की हैं और उसे यह सब अच्छा लगता है। उनकी उपस्थिति निश्चय को और पक्का करती है, आत्मा को सदा संकेत देती है।

ब्रिगेड कमांडर ने कैप्टन को उस दिन पहली बार देखा था। इस कैप्टन का क़द बहुत छोटा है। इसकी बाँहें बहुत लम्बी हैं, हाथ इस निर्जीव प्रकार से क्यों लटके हुए हैं? यह तो बिल्कुल प्रभावित नहीं कर रहा। इतने कठिन मिशन पर क्या सफल हो सकेगा? और उसे लगा कि अचानक सारा कमरा उस कैप्टन की उपस्थिति से भर गया है। एक हिंसक बू सब ओर व्याप्त हो गयी है जैसी कि किसी मांसभक्षी पशु के शरीर से निकलती है। उसे थोड़ा–सा शक अवश्य हुआ। हाँ, वह विद्रोही आजकल उसी गाँव में है। सीमा पारकर आया है। उसके माँ–बाप उस गाँव में रहते हैं। वहाँ तक पहुँचने का नक़्शा उन्होंने कैप्टन को थमा दिया।

उन्होंने बताया कि यह कार्य अत्यन्त गोपनीय ढंग से सम्पन्न होना है। किसी प्रकार का प्रचार अथवा कोई अनचाही राजनीतिक स्थिति पैदा हो जाये, वह ऐसा नहीं चाहते, इसीलिए वहाँ तक पहुँचने के लिए वायु सेना के विमानों या हेलीकाप्टरों का उपयोग नहीं किया जाना चाहिए।

अपनी यूनिट वापस पहुँच कर कैप्टन ने उन तीस जवानों को चुना जिनकी चुपचाप कार्य करने की आदत है। जब उसके निजी अर्दली, सैनिक जवान ने साथ चलने की आज्ञा माँगी तो पहले उसने इनकार कर दिया। उसके अर्दली की आँखों पर काफ़ी मोटा चश्मा चढ़ा है और फिर यह जवान बहुत मोटी बुद्धि का है, छोटी–छोटी बातें समझानी पड़ती हैं। अर्दली ने उसे याद दिलाया कि उन मरने वाले बीस जवानों में उसका भांजा भी था। वह कुछ देर सोचता रहा और तब उसने अर्दली को भी साथ चलने की आज्ञा दे दी।

और आज वह यहाँ पहुँच गये हैं।

रास्ते पर दस आदमियों का सामना हुआ और कैप्टन उनको भी पकड़कर यहाँ साथ लेता आया है। उनमें से कोई भी किसी–न–किसी ढंग से सैनिक टुकड़ी के इस ओर आने की सूचना दे सकता था। अनावश्यक ख़तरा उठाने की आदत कैप्टन को न थी।

दिन पूरी तरह निकल गया है। हवलदार ने गिनती करके बताया कि साठ मर्द, बीस औरतें और लड़के गाँव से बाहर खेतों में काम करने के लिए गये हैं। कैप्टन ने यह सूचना नोट–बुक में दर्ज कर ली।

वह एकदम से चुप है। अर्दली देख रहा है कि कैप्टन के दायें कान के नीचेवाली नस लगातार फड़क रही है जैसे किसी दरिन्दे की मांसपेशियाँ अपने शरीर की क़ैद व थमी हुई शक्ति से अपने आप लरजती रहें, काँपती रहें। पिछले कई घण्टों से वह एक ही स्थान पर बैठा है, आँखों पर दूरबीन जैसे चिपक गयी है। सारे गाँव के आसपास के स्थानों का जायज़ा ले रहा है। जवानों को कड़ी हिदायत मिल गयी है कि उसकी आज्ञा के बिना कोई भी एक गोली तक न चलायेगा। नागालैंड के इस भीतरी प्रदेश से शान्तिपूर्ण ढंग से सफलता प्राप्त करके लौट जाना अधिक आसान है। वायरलेस पर ब्रिगेड कमांडर को यहाँ पर पहुँचने की सूचना भेज दी गयी है। उन्होंने एक–एक बोतल रम इनाम देने की घोषणा सब जवानों के लिए की है।

बादल घिर आने के कारण चार बजे ही दिन छुपना आरम्भ हो गया है। खेतों से लोग गाँव में वापस लौट रहे हैं। हवलदार ने लौटने वालों की गिनती भी की। जितने लोग बाहिर गये थे, सब–के–सब वापस लौट आये हैं। यह सूचना पाकर कैप्टन को सन्तोष हुआ। इसका अर्थ है कि किसी को भी इस सैनिक टुकड़ी के यहाँ पहुँचने की ख़बर नहीं लगी, वरना कोई–न–कोई आदमी किसी और गाँव में सहायता प्राप्त करने के लिए अवश्य जाता। वह अभी तक निर्णय नहीं कर सकता है कि उस विद्रोही कर्नल को कैसे पकड़ा जायेगा। प्रत्येक घर की तलाशी लेने का सवाल ही नहीं उठता। तलाशी आरम्भ होते ही वह गाँव के बाहर निकलकर जंगल में कहीं भी खो जायेगा। फिर उस विद्रोही कर्नल का फ़ोटो तक सैनिक गुप्तचर विभाग को प्राप्त नहीं हो सका, इसलिए देखकर पहचानना असम्भव है।

उसने दो नायकों को बुलाकर उन दोनों रास्तों पर हलकी मशीनगनें लगाने की आज्ञा दे दी। जब तक कैप्टन गाँव से लौट न आये, न कोई

बाहिर जाने पाये और न कोई अन्दर आने पाये। कोई भी ऐसी चेष्टा करे तो बिना प्रश्न पूछे गोली मार दी जाये। वह दोनों अपने–अपने स्थान की ओर चले गये।

जो दस आदमी पकड कर साथ लाये गये थे, उन पर एक जवान तैनात कर दिया गया। वह दूरबीन से देख रहा है कि एक मकान से कुछ आदमी बार–बार बाहर जाते हैं, भीतर आते हैं। उसने जवानों को समझाया कि वे गाँव में इधर–उधर सब तरफ़ फैल जायेंगे, छोटी–सी हलचल हो, अनहोनी घटना हो तो उसे उसकी सूचना देंगे।

और फिर प्रेतात्माओं की तरह चुपचाप सारे जवान उस गाँव में प्रवेश कर गये। कैप्टन ने जब चार जवानों के साथ उस बड़े–से मकान में प्रवेश किया जहाँ हलचल दिखाई दे रही थी तो अन्दर बैठे आदमी मशीनी हरकत से उठ खड़े हुए। वह सकते में आ गये थे। एक बूढ़ा जो गाँव का मुखिया रहा होगा, कैप्टन के सामने आ खड़ा हुआ।

कैप्टन ने बहुत धीमी और शान्त आवाज़ में उस बूढ़े से विद्रोही कर्नल का पता पूछा। वह जानता है, विस्तार से बातचीत की जाये तो लोगों में आत्मविश्वास लौट आता है, उनके दिलों से भय की भावना समाप्त हो जाती है। बूढ़े के चेहरे पर यदि हैरानी का भाव आया भी होगा तो उसकी लम्बी दाढ़ी के नीचे छुप गया। उसने बड़े स्पष्ट शब्दों में बताया कि उस गाँव में कोई भी विद्रोही नहीं है।

कैप्टन बाहर आँगन में बिछी चारपाई पर बैठ गया है। उसकी आज्ञा मिलने पर गाँव के सारे मर्द एक–एक करके चारपाई के सामने से गुज़रे। नहीं। वह, इनमें नहीं था। शरीर में कोई अनुभूति, कोई सेंसेशन नहीं हुई, किसी भी प्रकार का ख़तरे का सिगनल अन्दर से प्राप्त नहीं हुआ। लेकिन कैप्टन तो जानता है कि उसकी आत्मा ने, कन्धे पर सवार बीस शवों ने जो संकेत दिये हैं, वह झूठ नहीं हो सकते। औरतों के, बच्चों के, पेड़ों के, पक्षियों के, मकानों की दीवारों के चेहरों पर इतनी दहशत क्यों है? वातावरण के शान्त तनाव में इतना विस्फोटक संचार क्यों है? यह सब उसकी उपस्थिति के प्रमाण हैं। उसने सोचा औरतों से कुछ प्रश्न पूछे, फिर निर्णय बदल दिया। औरतों से कोई बाहर का आदमी साधारण बात भी करे तो यह लोग क्षण भर में हिंसक हो उठते हैं। वह किसी प्रकार की हिंसा नहीं करना चाहता। भीड़ तभी तक भयभीत रहती है जब तक कि हिंसा न की जाये।

वह किसी प्रकार का क्रोध नहीं दिखा रहा, परन्तु बड़ी धीमी गति से उसका माथा सिकुड़ता जा रहा है। वह बार–बार पेड़ों की ऊँची टहनियों की ओर देखता है, लेकिन किसी प्रकार का संकेत नहीं मिल रहा। किसी भी अनहोनी हलचल अथवा घटना की पूर्व सूचना प्रकृति तो अवश्य दिया करती है।

बाक़ी जवान गाँव का चक्कर लगा रहे हैं। थोड़े–थोड़े समय पश्चात् नकारात्मक सूचना उसे दे जाते हैं। अभी तक उस विद्रोही कर्नल के परिवार का भी पता नहीं चल सका।

अब उसका अर्दली आँगन में प्रवेश करता है। उसका चेहरा जोश से चमक रहा है। कैप्टन का अंग–प्रत्यंग कस जाता है, चौकस हो जाता है, हाँ, उसकी आत्मा ख़तरे के सिगनल बड़ी धीमी गति से दे रही है।

वह उठकर उसके पास जाता है। जवान सूचना देता है कि गाँव के एक दुकानदार ने विद्रोही कर्नल की बहन उसे दिखा दी है। जवान देखने में इतना सादा और मूर्ख है कि लोग बहुत जल्दी उसे अपने दिल की बात बता देते हैं, विश्वास में ले लेते हैं। फिर अर्दली ने दुकानदार को धमकी दी थी कि उधर रात तक विद्रोही पकड़ा न गया तो कैप्टन गाँव के प्रत्येक घर को आग लगा देगा, वहाँ के सब निवासियों को मार डालेगा और चुपचाप लौट जायेगा। व्यापारी वर्ग के मन में भय शीघ्र व्याप्त होता है। विद्रोही कर्नल की बहन उसी समय दुकान के सामने से गुज़री और दुकानदार ने उसकी ओर संकेत करके उसे दिखा दिया था। जवान उस लड़की के पीछे उसका घर भी देख आया है।

कैप्टन ने सब जवानों को उस आँगन के बाहर तैनात हो जाने की आज्ञा दी। सबने बन्दूक़ों पर की संगीनों को सीधा युद्ध–मुद्रा में कर लिया है, हवलदार एल.एम.जी. के साथ तैयार होकर दरवाज़ा रोककर खड़ा हो गया है।

दो जवान उस लड़की को पकड़कर वहाँ ले आये। लड़की चेहरे–मोहरे से पढ़ी–लिखी नज़र आती है। मिशनरी लोगों ने विद्रोह की भावना के साथ–साथ इस क्षेत्र में शिक्षा का प्रचार भी किया है। गाँव के सब लोग आँगन में बाहर एकत्र हो चुके हैं। वातावरण में विस्फोटक शान्ति फैल गयी है।

कैप्टन ने चारपाई से उठकर लड़की का स्वागत किया। वह बिल्कुल भी भयभीत दिखायी न दे रही थी। अवज्ञा का भाव उसके चेहरे के तने हुए नैन–नक़्श से झलक रहा है। उसने बैठने से इनकार कर दिया।

वह प्रतीक्षा कर रही है, कैप्टन कोई प्रश्न पूछे, कोई धमकी दे परन्तु नहीं वह बिल्कुल चुप है। अचानक लड़की की निगाह उसके कान की फड़फड़ाती हुई नस पर पड़ी। कितनी गति से धड़क रही है। उसके चेहरे पर बढ़ आयी दाढ़ी के कांट्रास्ट में पीली–पीली आँखें इतनी स्थिर क्यों हो गयी हैं? वह अब भी प्रतीक्षा कर रही है, कैप्टन अब भी चुप है। और अचानक उस लड़की को प्रतीति हुई, आभास हुआ कि यह जो सामने बैठा है, मानव तो है ही नहीं। उसकी आँखें अनगिन हैं, उसके अंग शिथिल हैं, मात्र कान के नीचे की फड़कती हुई नस उसके जीवित 'होने' का, आदमी होने का प्रमाण है।

और अचानक वह तेज़ आवाज़ में पूछती है कि उसे पकड़कर यहाँ क्यों लाया गया है। वह अपनी ही तीखी और ऊँची आवाज़ से डर गयी है। उसके चेहरे पर से अवज्ञा का भाव लुप्त हो गया है।

लड़की के नथुनों में वहाँ पर फैल रही उस कैप्टन के शरीर से निकल रही हिंसक बू बड़ी तेज़ी से प्रवेश कर रही है। उसके शरीर के बाह्य आवरण को इस आदमी ने भेद लिया है। उसके अंग–अंग को एक्स–रे किरणों–सी उसकी आँखों की रोशनी छेदे डाल रही है। वह फिर बिना पूछे सूचना देती है कि विद्रोही कर्नल उसका भाई अवश्य है परन्तु वह गाँव में नहीं है।

सामने बैठे जंगल–मन की आँखों में गति आ जाती है। वह लड़की को मात्र एक वाक्य में बताता है कि आधे घण्टे के अन्दर भाई को यहाँ ले आये।

उसकी आवाज़ सुनकर वह सुन्न हो जाती है। वह आवाज़ उस कैप्टन की नहीं, लड़की की अपनी आत्मा की है जो उसे आज्ञा मानने की सलाह दे रही है।

इस बार लड़की अंग्रेज़ी में बताती है कि वह कुछ नहीं जानती। कैप्टन आश्वस्त हो जाता है। तो यह लड़की अंग्रेज़ी पढ़ी–लिखी है। बाहर सभ्य समाज से इसका निकट सम्पर्क हो चुका है, फिर तो इसे बहुत जल्दी टूट जाना चाहिए, पराजय...स्वीकार कर लेनी चाहिए।

कैप्टन अब उसके शरीर की ओर देख रहा है। लड़की को स्पष्ट महसूस हुआ कि उसकी आँखों के तेज़ चाकू ने उसके शरीर पर के कपड़े काट दिये हैं। क़मीज़ टुकड़े–टुकड़े होकर नीचे गिरी, फिर स्कर्ट और उसके बाद एक–एक करके नीचे पहने हुए सारे कपड़े। उसका

अंग–प्रत्यंग नग्न हो गया है। कैप्टन के शरीर से निकल रही हिंसक बू उसके शरीर में प्रवेश कर गयी है। कैप्टन की आँखों, हाथ, नाख़ून, फड़कती हुई नस, शिथिल हाथ, पीली तेज़ किरणें अब उसे घायल किये जा रही हैं। अंग–अंग को चीरे–नोचे जा रही हैं। कैप्टन के मन में, उसकी आत्मा में घट रहा आने वाला दृश्य धीरे से उठा और लड़की के शरीर, आत्मा में व्याप गया।

कैप्टन ने मात्र एक वाक्य में धीरे–से उसे सूचित किया कि उसके साथ तीस जवान हैं। और फिर तीस छोटे–छोटे दृश्य उसके मन में घर करके बैठ गये। लड़की ने अपने शरीर पर हाथ फेरा। नहीं तो। कपड़े वैसे के वैसे पहने हुए हैं, शरीर पर कहीं कोई निशान नहीं, घाव नहीं और फिर कैप्टन अपने स्थान से हिला तक नहीं। क्या हुआ। उसकी आत्मा के डार्क–रूम में इतने सारे चित्र क्योंकर उतर गये हैं? यह आदमी उस पर अत्याचार क्यों नहीं करता, उसको नोच डाले, मार डाले तो शायद जो भय की छाया उसकी आत्मा में बैठ गयी है, वह समाप्त हो जाये। जो नहीं हुआ, जो है नहीं, उस काले भविष्य क्षण से वह कब तक जूझ सकती है, द्वन्द्व कर सकती है, संघर्षरत रह सकती है। यह आदमी ग़ुस्से से चीख़ता क्यों नहीं, कुछ करता क्यों नहीं?

और लड़की के अपने शरीर से अनजानी पुकार उठ रही है। मुझे घायल कर दो, मुझे नोच डालो, मेरे ऊपर आक्रमण करो, मुझे रौंद डालो, मेरा अंग–प्रत्यंग घायल कर दो, मुझे वह घातक सुख दो जिसका प्रारम्भ यह हिंसक बू है और अब उसके मस्तिष्क का, सहज ज्ञान का कवच खण्ड–खण्ड हो चुका है।

कैप्टन ने फिर उसे बाहर जाकर आधे घण्टे के अन्दर अपने भाई को वहाँ पर ले आने की आज्ञा दी।

लड़की के हाथों ने यान्त्रिक ढंग से कपड़े सँभाले हालाँकि उसे किसी ने छुआ तक न था और फिर किसी वशीकृत प्रेतात्मा की तरह वह धीरे से उस आँगन में से बाहर चली गयी। कैप्टन ने दो जवान उसके साथ भेजे। कोई उस लड़की से बात भी न करने पाये।

बाहर जमा हुई भीड़ ने जब लड़की को ठीक–ठीक बाहर जाते हुए देखा तो उनके तने हुए चेहरे और शरीर ढीले पड़ गये। कैप्टन को पता चल गया कि अगर वह लड़की को छू तक भी लेता तो आज ख़ून–ख़राबा हो जाता।

उसने जवानों को बिल्कुल सतर्क हो जाने की आज्ञा दी। कुछ को बाहर जाने वाले रास्ते पर फैल जाने को कहा।

लड़की बीस मिनट में लौट आयी है। उसके साथ आ रहा आदमी बड़ी चुस्त–दुरुस्त चाल से चल रहा है। कैप्टन ने उसे देखा और उसके कान के नीचे की नस फड़कना बन्द हो गयी। हाँ, वही है और उसके अन्दर का एक खोखला ख़ाली स्थान उस आदमी की उपस्थिति से भर गया।

उस विद्रोही कर्नल ने कैप्टन को फ़ौजी सलाम किया। अंग्रेज़ी में कैप्टन को कहा कि वह एक सैनिक है, अपने अधिकारों के लिए लड़ रहा है। कैप्टन स्वयं भी एक सैनिक है। एक सैनिक को दूसरे सैनिक की बहन के साथ ऐसा व्यवहार नहीं करना चाहिए था।

कैप्टन ने उसे बताया कि उसने उसकी बहन के साथ किसी प्रकार का कोई व्यवहार नहीं किया।

विद्रोही ने बहन की ओर देखा। लड़की ने कैप्टन की बात को सिर हिलाकर हामी भरी। वह कैसे बताती कि बिना छुए, बिना पास आये, इस कैप्टन ने उसका शरीर, उसकी आत्मा क्षत–विक्षत कर डाली थी।

उस विद्रोही के चेहरे पर पूर्ण पराजय का भाव व्याप्त हो गया है। वह जानता है, उसकी बहन साधारण बातों से, साधारण व्यक्ति से डरने वाली नहीं। इस आदमी ने अवश्य उससे 'कुछ' किया होगा। यह आदमी जिसे आज पहली बार देख रहा है, जाने किस प्रदेश से आया है, यही उसकी नियति का संचालक है। यही अन्त है और उसकी अन्तरात्मा ने हथियार डाल दिये।

वह चुपचाप वापस चल पड़े हैं। कैप्टन सैनिकों को बहुत धीमी गति से चलने के लिए कहता है। भीड़ में कभी तेज़ चाल से नहीं चलना चाहिए, वह कभी भी आक्रमण कर सकती है। गाँव के लोग विद्रोही की ओर से किसी संकेत की प्रतीक्षा कर रहे हैं, परन्तु वह झुके धनुष की तरह चुपचाप इनके साथ चल पड़ा है। लोग रास्ता छोड़ देते हैं।

जिन लोगों को आती बार पकड़ा गया था, उन्हें मुक्त कर दिया जाता है। अब इनसे किसी बात का ख़तरा नहीं। गाँव के पास कहीं पर भी रात को ठहरने का सवाल ही नहीं उठता। वह लोग छापामारों की सहायता से विद्रोही को छुड़ाने की चेष्टा कर सकते हैं। ब्रिगेड कमांडर को सफलता की सूचना दी जाती है। साथ ही अगले दिन एक विशेष स्थान पर हेलिकॉप्टर

भेजने की प्रार्थना कैप्टन करता है। इतने महत्त्वपूर्ण क़ैदी के साथ इतनी लम्बी यात्रा पैदल तय करना ख़तरे से ख़ाली नहीं।

कैप्टन सबके पीछे चल रहा है। विद्रोही का चेहरा मन के स्मृति कपाटों से बार–बार टकरा रहा है, किसी और की याद दिला रहा है, और कौन–कौन हो सकता है, और चलते–चलते वह थम गया। शरीर में खिंचे धनुष–सा तनाव आ गया। हाँ, उसे उस विद्रोही का चेहरा अपनी मृत माँ की याद दिला रहा है।

हाँ, तब वह बहुत छोटा था। मात्र तीन वर्ष का। उसकी माँ की हँसी बहुत घातक थी। जब वह हँसती थी तो उसके शरीर के छोटे–छोटे अंग तन जाते थे, रोम–रोम खड़ा हो जाता था और उसी समय माँ का दूध पीने, उसका स्तन–पान करने की अदम्य इच्छा शरीर में, मन में व्याप्त हो जाया करती थी। पेट भरा होने पर भी वह ज़ोर–ज़ोर से चिल्लाना आरम्भ कर देता था।

माँ के कटे हुए भूरे बालों को वह छोटे–छोटे हाथों में पकड़कर ज़ोर से खींचता था, वह और ज़ोर से हँसती थी। वह उसके स्तनों को छोटे–छोटे दाँतों से और ज़ोर से काटता था, वह और ज़ोर से हँसती थी।

तब शब्द उसके लिए अर्थहीन थे। लेकिन उसकी स्मृति बहुत तीव्र और लम्बी है। पिता ने उसे छोटी–सी एयरगन लेकर दी थी तो बन्दूक़ शब्द उसके मन में उतर गया था। जिस गाड़ी में वे जंगल में घूमते थे, उसे जीप कहते हैं। जब भी बार–बार सुनने पर उसे नया शब्द याद हो जाता था, वह उसे अपने अवचेतन मन में बोलता रहता था, मुसकुराता रहता था और मस्तिष्क के किसी किनारे में सँजोकर रख लेता था।

उसके पिता बहुत कम बोलते थे, उसे अच्छे लगते थे। वह घर में किसी ओर भी जायें तो वह जासूसों की तरह छोटे–छोटे क़दमों से उनके पीछे चलता रहता था। माँ जिस स्टोव पर चाय बनाती थी, उसमें से निकलती आग की लपटें उसे अब भी याद हैं। किसी लोहे की चीज़ से आग निकलती देखकर वह सदा तालियाँ पीटा करता था।

फिर उसने एक नया शब्द सीखा। अंकल। मम्मी ने बताया था। कोई उनके घर आकर ठहरा था। पापा उन दिनों बाहर बाग़ में बैठे थे, उसकी एयरगन से परिन्दे मारते थे।

फिर बैठक में नीचे पापा आज पहली बार बहुत ऊँचा बोल रहे थे। उनके कान के नीचे की नस लगातार फड़क रही थी। माँ चुप थी और फिर अचानक वह बहुत ज़ोर से हँसी। खिड़कियों, दरवाज़ों, फूलदानों तथा मेज़–कुर्सियों में हँसी की छोटी–छोटी लहरें घूम गयीं। पापा ने ऊँचा बोलना बन्द कर दिया। उसने नन्हे हाथ उठाकर माँ की ओर चलना आरम्भ कर दिया। फिर माँ ने उसके मुँह में स्तन डाले, उसने ज़ोर से काटा। उसके भूरे बालों को पकड़ लिया, ज़ोर से खींचा। माँ फिर ज़ोर से हँसी। उसका रोम–रोम खड़ा हो गया था। वह दाँतों को उसके स्तनों में गड़ाये जा रहा था, माँ उसके शरीर को ज़ोर से दबाकर कुचले जा रही थी।

फिर माँ अपने कमरे में चली गयी थी। पापा उस नये कमरे में जहाँ लोहे की चीज़ पर चाय बनती थी। उसे उठाकर बाहर ले आये। वह जासूसों की तरह उनके पीछे–पीछे चल रहा है।

फिर पापा जीप के पास आये। हाँ, जीप शब्द तो वह जानता है। पापा ने लोहे की वह चीज़ जिससे आग निकलती थी, उल्टी कर दी। अन्दर से कुछ गिरा। पानी शब्द का भी उसे पता था। वह प्रसन्न हुआ। फिर पापा ने एक लम्बी–सी रबड़ की नाली जीप के अगले भाग में डाली और मुँह में डालकर साँस खींचा।

अब उस नाली से कुछ निकल रहा है। 'पानी' उसके मस्तिष्क से छोटे–से शब्दकोष ने अर्थ निकाला। फिर उस लोहे की जलने वाली चीज़ से पापा ने वह नल्की डाल दी। 'पानी' उस जलने वाली चीज़ से भर गया। उसने देखा कि कान के नीचे वाली नस बड़े ज़ोरों से फड़क रही है। फिर पापा ने वह लोहे की जलने वाली चीज़ वहीं पर वापस लाकर रख दी जहाँ माँ चाय बनाया करती थी। वह जासूसों की तरह पीछे चलता हुआ पापा के सारे कार्यों को देख रहा था।

उसके मस्तिष्क में नये अनबूझ, अर्थहीन, ध्वनिहीन शब्दों का बवन्डर उठ खड़ा हुआ था, परन्तु तब वह न शब्दों के अर्थ जानता था न उन्हें बोलना। माँ अन्दर गयी थी। उसने उसके पीछे जाकर ग़लत चीज़ को देखना चाहा था। पर आज पापा ने वहाँ न जाने दिया था।

उसने आज तक माँ की हँसी सुनी थी। आज पहली बार चीख़ सुनी। खुले दरवाज़े से देखा। उस जलने वाली चीज़ के साथ माँ भी जल रही है, उसके कटे हुए बालों से आग की लपटें निकल रही हैं और पापा

अपने स्थान पर कसकर बैठे हुए हैं और फिर एक धमाके के साथ लोहे की जलने वाली चीज़ फट गयी थी। अचानक पिता के कान के नीचे वाले स्थान को उसने देखा था, वह नस अब वहाँ पर निश्चल थी, हिल नहीं रही थी।

फिर बहुत वर्षों के पश्चात् उसे पता चला था कि जीप में से पानी नहीं पेट्रोल निकला करता है। उसे लोहे की जलने वाली चीज़ को स्टोव कहते हैं। उसमें तेल डाला जाता है, पेट्रोल नहीं। लेकिन जब इन शब्दों का अर्थ उसे पता चला था तब तक पापा भी मर चुके थे।

हाँ, इस विद्रोही को देखकर माँ की याद ठीक ही आयी है। इतने वर्षों के अन्तराल के पश्चात् भी दोनों दृश्य एक होने के लिए, जुड़ने के लिए धीरे–धीरे पास आ रहे हैं। अचानक उस विद्रोही की नियति का पता उसे चल जाता है। हाँ, मृत्यु घुटने टेककर उसके चेहरे पर बैठी हुई है। यह तो साक्षात्कार होते ही उसने देख लिया था। लेकिन नहीं, वह उसके अन्त तक का, भविष्य का कर्ता क्योंकर हो सकता है?

चारों ओर फैला जंगल धीरे–धीरे सिकुड़ा जा रहा है। उसका सारा गहन, व्यापक, मूक, बधिर और अन्धा अन्धकार सिमटकर एक बिन्दु बन गया है और उसके अन्दर प्रवेश कर गया है। जंगल में बनी पगडण्डियाँ अपने स्थान से उठीं और उसके अन्दर स्थित हो गयीं। सब पशु–पक्षी, पेड़–पौधे, फूल–कँटीली झाड़ियाँ, अथाह फैलाव, व्यापक शान्ति वह जी रहा है, भोग रहा है।

यह बात उसे चौंका नहीं रही है। जंगल तो आरम्भ से उसका आत्मीय रहा है। सबसे पहला यही शब्द था जो उसने ग्रहण किया था। पिता वन विभाग में बहुत बड़े अधिकारी थे। उसका जन्म एक तम्बू में हुआ था। वह अनुभूति आज भी सुरक्षित है, ताज़ा है जो पहली बार आँखें खोलने पर उसे प्राप्त हुई थी। शिशु–आँखें माँ के शरीर को ग्रहण न कर सकी थीं। लेकिन तम्बू के बाहिर फैले हुए जंगल से उसका सम्पर्क, तादात्म्य उसी क्षणांश में हो गया था। कटे हुए आकाश का कुछ टुकड़ा, पेड़ों के हिलते पत्ते, खलाव में उड़ता पक्षी, यह पहले चित्र थे जो उसके मन में उतर गये थे। तभी तो जंगल में उसे कभी अकेला महसूस नहीं होता, भय नहीं लगा, जंगल उसका सखा है।

उसका सैनिक अर्दली अब उसके साथ चल रहा है। वह कोई बात करना चाहता है। कैप्टन जानता है, इस त्रासदी के अगले दृश्य से पर्दा

उठने वाला है। अर्दली उससे पूछता है कि सरकार इस विद्रोही को फाँसी पर तो अवश्य चढ़ायेगी। उसने बीस सैनिकों को मारा था उसके भांजे को भी मारा था।

कैप्टन उसे समझाने की चेष्टा करता है कि विद्रोही एक प्रकार का राजनीतिक बन्दी है। सरकार शायद उसे कोई भी दण्ड न दे पाये अथवा कुछ वर्षों के लिए जेल भेज सकती है।

अर्दली हैरान हो जाता है। कहता है कि यह तो ठीक नहीं। विद्रोही ने उसके भांजे का ख़ून किया था। उसे तो मृत्युदण्ड मिलना चाहिए।

कैप्टन उसे बताता है कि यह बात तो ठीक है, पर कैप्टन क्या कर सकता है। उसका काम तो उसे पकड़ना था।

अब अर्दली का चेहरा नीचे झुक गया है। वह किसी गहरी सोच में डूब जाता है।

कैप्टन उसके मन के द्वार को थोड़ा–सा खोलता है। बताता है कि यदि विद्रोही आत्मसमर्पण न करता तो उसे मारा जा सकता था। हाँ, अगर अब भी वह भागने की चेष्टा करे तो कैप्टन उसे गोली मार देगा।

थोड़ा आगे चलने पर उस अनपढ़ और मोटी बुद्धि वाले जवान के पाँव ठिठक गये। बात उसको ज़रा देर से समझ में आया करती है। उसके मन में जैसे बटन दबाने से बिजली का बल्ब जल गया, प्रकाश हो गया है, कैप्टन के मन में उठ रही बात, गुप्त संकेत स्पष्ट हो गया है। वह काँप जाता है। उसका साहब आदमी नहीं, कुछ और है, प्रेत है। वह अब और अधिक इसका निजी अर्दली नहीं रहेगा। जाते ही किसी और काम पर लगाये जाने के लिए प्रार्थना करेगा। उसकी आँखों में आ गयी ज्ञान की चमक को कैप्टन ने भी देख लिया है। वह आश्वस्त हो गया।

रात का पड़ाव डाला जाता है। एक जवान को पहरे पर रखने की बात तय होती है। अब यह लोग गाँव से बहुत दूर आ चुके हैं, छापा पड़ने की सम्भावना नहीं। फिर जवानों के लिए आराम करना आवश्यक है। कैप्टन अपने सैनिक अर्दली को पहले चार घण्टों के लिए पहरे पर तैनात करता है। सब पीठ पर से सामान उतारकर सुस्ता रहे हैं। विद्रोही कर्नल को भी डिब्बों का सूखा भोजन दिया जाता है।

आँखें मूँदने से पहले कैप्टन अपना रिवाल्वर खोलकर देखता है। ठीक है। पूरी गोलियाँ भरी हुई हैं। न चाहने पर भी जाने कब उसकी आँखें खुल जाती हैं।

किसी पक्षी की पेड़ पर फड़फड़ाने की आवाज़ आती है। फिर सब कुछ चुप हो जाता है। कैप्टन उठ बैठता है। यह पक्षी सोते हुए अपने स्थान से क्यों हिला। फिर क्षण भर में शान्त क्यों हो गया? किसी जंगली पशु अथवा शिकारी पक्षी की उपस्थिति का आभास होता तो परिन्दा चुप न हो जाता। आर्तनाद करता और पक्षियों को होशियार करता। उसने अवश्य किसी आदमी को चलते देखा है तभी निडर होकर दोबारा डाल पर सो गया है।

सोने से पहले उसने उस स्थान को मार्क कर लिया था जहाँ विद्रोही सोया था। वह स्थान अब ख़ाली है। विद्रोही भाग निकला है। परन्तु कैप्टन निश्चित है। उस ओर देख रहा है। जंगल से संकेत आना आरम्भ हो जाता है। एक ओर के पेड़ों की ऊपर वाली टहनियों के पत्ते विद्रोही के चलने की चमक से धीरे–धीरे काँप रहे हैं, बेतार को तार के सिगनल दे रहे हैं। अब धीरे से लम्बा चक्कर काटकर उस रास्ते पर बहुत पीछे पहुँच जाता है जिधर से वे आये थे। सोने से पूर्व उसने इस रास्ते का सर्वेक्षण कर लिया था। यह दृश्य तो उसके मन में पहले से ही स्पष्ट था। वह एक चट्टान के पीछे प्रतीक्षारत खड़ा है। विद्रोही उसी ओर दबे क़दमों से बढ़ रहा है। वह उससे थोड़ी दूर पर थम जाता है। क्या उसे आ रही मृत्यु का आभास हो चुका है? मृत्यु के क्षण तो बहुत सचेतन होते हैं। अब वह चट्टान के पीछे से निकलकर विद्रोही के सामने आ गया है। विद्रोही अपने स्थान पर शिथिल हो गया है।

कैप्टन उसके चेहरे को देखता है, मृत्यु से पूर्व ही मृत्यु प्राप्त किये शरीर को देखता है और फिर जाने कहाँ से मृत माँ की हँसी उसके मस्तिष्क के बन्द कमरे में लहरा जाती है। यह दाँतों से उसके स्तन को बहुत ज़ोर से काटता है और एक गोली की आवाज़ का विस्फोट उस जंगल की शान्ति को खण्ड–खण्ड कर देता है। लाखों–करोड़ों पक्षी काँय–काँय की आवाज़ के साथ ऊपर उड़ते हैं, आकाश कई स्थानों पर उनसे ढँक गया है, काला पड़ गया है। विद्रोही का शरीर क्षण–खण्ड के लिए इधर–उधर झूलता है और फिर वह वहीं पर गिर पड़ता है। गोली उसके दिल के आर–पार गुज़र गयी।

सब जवान वहाँ पहुँच गये हैं। फटी–फटी आँखों से मृत विद्रोही को देख रहे हैं। सब सुख की साँस लेते हैं कि कैप्टन ने उसे मार दिया।

अगर वह भागने में सफल हो जाता तो सबको कोर्ट मार्शल का सामना करना पड़ता।

उसकी मृत देह को उठा लिया जाता है। साथ ले जाया जाता है। अर्दली उसके साथ–साथ चल रहा है। वह भयभीत है। लेकिन कैप्टन उसके विरुद्ध लापरवाही की रिपोर्ट नहीं करेगा। विद्रोही को अर्दली ने थोड़ा भागने दिया था। वह यह सब तो कैप्टन ने स्वयं किया था। उस मोटी बुद्धि के जवान के मस्तिष्क पर, उसकी आत्मा पर तो कुछ समय के लिए कैप्टन का अधिकार था।

अचानक वह निर्णय कर लेता है कि अब वह इस क्षेत्र से तबादले के लिए प्रार्थना–पत्र देगा। इस निर्णय के साथ ही उन बीस मृत जवानों के शव उसके कन्धे पर से उतर जाते हैं। सारा जंगल, पेड़–पौधे, पशु–पक्षी, काँटे, झाड़ियाँ, माँ की घातक हँसी उसकी आत्मा से बाहर निकल जाती है और सारा का सारा जंगल और अन्धकार फिर से बाहर अपने स्थान पर स्थित हो जाता है।

ताज़ा ख़ून

उन लोगों को ख़ून पीने की आदत है। एकदम ताज़ा ख़ून। मेरी दो साल की बच्ची ने दूध पीना बन्द कर दिया है। ये लोग बहुत सारे देशों में रहते हैं। बी.बी.सी., वॉयस ऑफ़ अमेरिका और कभी–कभी आकाशवाणी से भी यह लोग बोलते हैं। कुछ लोगों के सुख को सब लोगों का सुख साबित करने के लिए चालें चलते हैं, साजिशें करते हैं और दलीलें देते हैं।

उस दिन सवेरे–सवेरे उन लोगों का प्रतिनिधि रेडियो पर इण्टरव्यू दे रहा था। कितने कारखानों में वे लोग, उनका ग्रुप कितने लोगों को रोज़ी दिये हुए हैं। लेकिन बूँद–बूँद दूसरों का लहू पीकर अपने फूलकर कुप्पा हो गये पेट के बारे में यह कुछ नहीं बता रहा था।

मैंने जलकर रेडियो बन्द कर दिया। पास बैठी बच्ची ने दोनों हाथ ज़ोर–ज़ोर से मेज़ पर पटककर इसका विरोध किया। पत्नी ने फिर से रेडियो चलाने को कहा। बताया, तुम्हें पता है बच्ची किस तरह से रेडियो पर इन लोगों के भाषण सुनकर नये–नये, छोटे–छोटे शब्द सीखती है और फिर तालियाँ पीटकर इन शब्दों को दोहराती रहती है। मैंने रेडियो चला दिया।

उसने मेरे सामने नाश्ता रखा। साथ दूध का गिलास भी है। मैंने गिलास परे खिसका दिया। हम दोनों ने एक–दूसरे को देखा। मौन युद्ध की शुरुआत हो गयी। उसने फिर दूध का गिलास मेरे आगे कर दिया।

–"दूध क्यों नहीं पीते?"

–"तुम जानती हो! सवेरे–सवेरे जान मत खाओ।"

–"हमेशा उल्टा जवाब मत दिया करो। शीशे में अपनी सूरत देखी है।"

उसकी बात का जवाब मैंने दिल ही दिल में दे लिया। उसे भी पता है कि आमदनी और ख़र्च का हिसाब करने के बाद दूध सिर्फ़ बच्ची के हिस्से ही आता है।

उनके प्रतिनिधि का भाषण अब भी जारी है। उसने बताया, यह सच है कि इस समय जनता को आर्थिक कठिनाइयों का सामना करना पड़ रहा है। अब वह हम सब से अपील कर रहा है कि कुछ वक़्त और हम शान्त रहें, उन लोगों का साथ दें। अपनी ज़रूरतों को कम करें। जवान, बूढ़े, औरत–मर्द और बच्चे भी अपने पहनने और खाने–पीने की आदतों को बदलें। सादा पहने। सादा खायें।

बच्ची तालियाँ पीट रही है। रेडियो की ओर बार–बार इशारा कर रही है। 'खायें' और 'बच्चे' शब्द को उसने सुनकर समझ भी लिया है। मेरी कमीज़ की बाँह खींचकर कहती है,

"पापा! पापा बच्चे! दूध नहीं! पापा बच्चे!"

मैं रेडियो बन्द कर देता हूँ। जनता से भूखे रहकर शान्त रहने की अपीलें ये लोग करते ही रहते हैं। लोग जब भूख का मुक़ाबला ताक़त से करते हैं तो सातवाँ बेड़ा, बमवर्षक जहाज़, सेना तथा पुलिस को यह लोग पिंजरों से निकालकर लोगों पर हाँक देते हैं।

वह फिर दूध पीने के लिए मुझे कहती है।

रेडियो पर सुनी अपील, अपनी कमाई और उधार, बच्ची का नाचना, 'पापा दूध नहीं' कहना, आकाश से झपटते विमान और लोहा–जड़ी लाठियाँ और दूध पीने की उसकी मूर्ख ज़िद, यह सारे छोटे–छोटे दृश्य आपस में जुड़कर एक लम्बी तस्वीर बन जाते हैं। मैंने हाथ के झटके से दूध से भरा गिलास नीचे फ़र्श पर गिरा दिया। गर्म दूध उसके पाँव पर गिरा। वह पीछे उछली, कुर्सी से टकराई, नीचे गिरी, मेज़ का किनारा उसके माथे से लगा और लहू की बूँद उसके माथे पर चमक आयी। यह अचानक दृश्य देखकर बच्ची ने चीख़–चीख़कर कुहराम मचा दिया। मैंने रजिस्टर उठाये और कॉलेज चल पड़ा।

बस! इतना सब–कुछ ही हुआ था।

शाम को वापस आया तो पत्नी ने बताया कि बच्ची ने सुबह से दूध नहीं पिया।

''परेशान क्यों हो। भूख लगेगी तो ख़ुद पी लेगी।''

''तुम्हें मज़ाक सूझ रहा है। सुबह से भूखी है। मैं फीडर देती हूँ। तुमसे शायद पी ले।''

मैंने बच्ची के सिर पर हाथ फेरा। फीडर उसके मुँह के पास ले गया। उसने कसकर होंठ भींच लिए। थोड़ी देर तक स्थिर आँखों से मुझे देखा और फिर करवट बदल ली।

''दूध पी लो बेटा। फिर बाहर ले चलूँगा।''

मैंने उसके पेट पर गुदगुदी की। वह आज हँसकर उछली नहीं। मेरा हाथ पकड़कर परे कर दिया।

''मुझसे तो पीती नहीं। तुम्हीं कोशिश कर देखो।''

और उस रात भी बच्ची ने दूध नहीं पिया। सवेरे–सवेरे हमारा छोटा–सा पालतू कुत्ता पिन्टू छलाँग मारकर चारपाई पर चढ़ आया। पिन्टू और बच्ची साथ–साथ दूध पिया करते हैं। वह कटोरी में पड़े दूध को लप–लप चाटता है और बच्ची टाँगें उछाल–उछालकर सारा दूध ख़त्म कर दिया करती है। अब पिन्टू के आगे कटोरी पड़ी है। बच्ची ने फीडर हाथ में पकड़ लिया है। पिन्टू लाल–लाल जबान कटोरी की ओर बढ़ाता है। वह फीडर नीचे फ़र्श पर फेंक देती है। काँच टूटने की आवाज़ से पिन्टू कीं–कीं करता है, पंजे से कटोरी परे कर देता है और छलाँग लगाकर कमरे से बाहर चला जाता है।

अब मैं भी डर गया हूँ। हम दोनों उसे डॉक्टर के पास ले जाते हैं। वह स्वागत करता है।

पत्नी उसे बच्ची की बीमारी के बारे बताती है। वह बच्ची के पेट पर उँगलियाँ बजाकर देखता है, नब्ज़ देखता है, टार्च जलाकर उसकी आँखें और गला देखता है और फिर हैरान होकर सिर हिला देता है,

–''बच्ची तो बिल्कुल ठीक है।''

–''लेकिन इसने पिछले चौबीस घण्टों से दूध नहीं पिया। कुछ भी नहीं खाया।''

–''मैं टॉनिक दिये देता हूँ। यह पिलाइये, भूख लग जायेगी। चिन्ता की कोई बात नहीं।''

बच्ची को दिन–भर हम ज़बरदस्ती टॉनिक देते रहे लेकिन फिर भी उसने न दूध पिया, न ही कुछ खाया। फीडर देखती है तो दिल हिला

देने वाली चीख़ मारती हैं। पिन्टू भी अगले पंजों पर सिर रखे उसे देखे जा रहा है। अब वह हमेशा की तरह बच्ची को छेड़ने की मुद्रा में खड़ा हो गया। वह मुँह खोलकर उसकी उँगलियाँ हौले–से दाँतों में दबा लेता है। आज वह हमेशा की तरह दूसरे हाथ की उँगलियाँ पिन्टू की आँखों में डालने की कोशिश नहीं करती। पिन्टू उसका हाथ छोड़ देता है। शिकायत की मुद्रा में उसकी ओर देखे जा रहा है।

पत्नी दुर्गा की पुजारिन है। देवी की तस्वीर साफ़ करती है। धूल की तह हट जाने के कारण देवी की ख़ून में लथ–पथ जीभ साफ़ दिखायी देती है। देवी के आसपास कटे हुए सिर हैं, उसके पाँव के नीचे भयानक चेहरे वाला राक्षस गिरा पड़ा है, त्रिशूल की नोक उसके गले में गड़ गयी है और ख़ून की लकीर बाहर बहकर फैल गयी है।

वह मुझे बताती है कि पिन्टू ने भी दूध नहीं पिया। मैं कहता हूँ पिन्टू को बाहर बरामदे में दूध दे दे। वह कटोरी बाहर रख देती है। लप–लप की आवाज़ से आश्वस्त होता हूँ कि चलो पिन्टू ने तो दूध पी लिया।

–''पापा जी।''

मैं चौंककर देखता हूँ। बच्ची उठकर बैठ गयी है। कमज़ोरी के कारण शरीर अपने ही वज़न से हिले जा रहा है। उसकी आँखें देखकर सिहर जाता हूँ। न उनमें उत्सुकता है, न चमक, न हँसी, न विषाद, न शिकायत, न प्यार और न शरारत। है तो लगातार फैलता जा रहा ख़ालीपन।

''पापा जी किताब।''

बच्ची अपनी आयु के अनुपात से अधिक सयानी और समझदार है। बीवी मज़ाक और गर्व से कहा करती है, ''क्यों न हो, लेखक की बच्ची जो ठहरी!'' तस्वीरों वाली किताब में चित्र और अक्षर देखकर वह दो साल की आयु में ही शब्द जोड़ लेती है।

मैं उसे किताब देता हूँ। वह सिर हिला–हिलाकर अक्षर पढ़ती है, साथ बने चित्र को देखती है और शब्द बोलने लग पड़ती है। लेकिन आज वह 'भ' अक्षर पर आकर चुप हो गयी है।

–''बेटा भ से...''

आज वह चित्र में बने भारत के नक्शे पर हाथ नहीं फेरती और भ से खिल–खिलाकर भारत नहीं कहती। यह शब्द तो उसने बहुत पहले ही सीख लिया था।

–''बेटा भ से?''

और फिर उसकी आँखों में दहशत आ जाती है। उसने अपने होंठों को दाँतों से भींच लिया है। दोनों टाँगें अकड़ गयी हैं, पाँव सख़्त होकर अन्दर की ओर मुड़ गये हैं। जब वह बहुत डर जाया करती है तो इसी तरह खिंचे हुए धनुष–सरीखा उसका शरीर हो जाया करता है। वह मुँह खोलती है लेकिन कोई शब्द नहीं फूटता, सिर्फ़ 'गाँ–गाँ' की आवाज़ आती है।

–"मेरा बेटा डर गया। पापा पास तो हैं। अच्छा बताओ भ से?"

अब वह पूरा ज़ोर लगाकर मुँह खोलती है, शरीर कसते हुए शिकंजे से बाहर निकल आने के लिए झटका मारता है, वह अन्दर की सारी ताक़त लगाकर भयानक आवाज़ से बोलती है,

"पापा, भ से भेड़िया। पापा भेड़िया आ गया।"

शब्द ने आकार ग्रहण कर लिया है। शरीर प्राप्त कर लिया है बच्ची चीख़ मारकर बेहोश हो गयी है। उसने अपने ही हाथों से अपना गला कसकर पकड़ लिया है। भेड़िया देखकर पिन्टू भी डरी हुई आवाज़ें निकालता हुआ चारपाई के नीचे जा दुबका है। बच्ची की जीभ दाँतों में फँस गयी है। लहू की दो बूँदें उसके होंठों पर चमकती हैं, फिर छोटे–से आकार में गले पर फैल जाती हैं। मैं उसके मुँह में चम्मच डालकर जीभ को दाँतों की पकड़ से अलग करता हूँ। बच्ची एक लम्बी साँस खींचकर गहरी खाई से वापस लौट आती है।

मैं पत्नी से पूछता हूँ कि बच्ची ने भेड़िया शब्द कहाँ से सीखा? वह इतनी सहम गयी है कि बोलती तक नहीं, सिर हिलाकर बताती है कि उसने बोला और बताया नहीं। मुझे अब भी लग रहा है कि आकार और शरीर धारण कर गया यह शब्द कहीं दुबककर बैठा है। छलाँग लगाकर कभी–भी बच्ची का गला दबोच लेगा।

सुबह उठा तो कमरा एक नयी तरह की दुर्गन्ध से भरा हुआ था। बड़ी देर तक इस बू को कोई नाम देने की कोशिश करता रहा। फिर याद आया एक बार चिड़ियाघर गये थे। मांसख़ोर जानवरों के पिंजरे के पास से ऐसे ही दुर्गन्ध आयी थी। कमरे से बिल्कुल वैसी ही बू आ रही थी, गैस की तरह तीख़ी, मांसभक्षी जानवर के शरीर से निकलती नाक जलाती बू।

बड़े अस्पताल में बच्ची का ख़ून टेस्ट हुआ, एक्सरे हुए, कुछ पता न चला। हम लोग अपनी सारी उम्मीदें डॉक्टर के पास, हस्पताल में छोड़कर वापस लौट आये।

घर के अन्दर पहुँचते ही उसी परिचित दुर्गन्ध ने फिर से आक्रमण कर दिया। बच्ची को चारपाई पर लिटाया। पिन्टू पीछे–पीछे अन्दर आ गया है। वह नथुने फुलाकर, सिर ऊपर उठाकर कुछ सूँघ रहा है। डरी हुई आवाज़ में कीं कीं कर रहा है। कमरे में दुबके हुये मांसख़ोर भेड़िये का पता उसे चल गया है। आखेट को अहेरी की उपस्थिति का पता चल गया है। वह दुबककर मेरी जाँघों के बीच घुस जाता है। उसके शरीर पर हाथ फेरता हूँ। टेलीफ़ोन की कसी हुई तारों की तरह उसका जिस्म लगातार थरथरा रहा है।

–"इसे राजधानी के बड़े हस्पताल ले चलें।" पत्नी ने कहा।

–"क्या होगा? वहाँ के डॉक्टर कौन–सी बीमारी खोज लेंगे। जो टेस्ट और एक्सरे यहाँ हुए हैं, वह लोग भी कर लेंगे। अब कुछ नहीं हो सकता।"

वह मेरी पराजित आवाज़ का अर्थ समझ गयी है। गुसलख़ाने में जाकर पीट–पीटकर कपड़े धोना शुरू कर देती है। जानता हूँ साथ–साथ रो भी रही होगी।

बच्ची हिलती है। आँखें कमरे में चारों ओर घूमती हैं। इस बड़े कमरे को हमने लम्बा पर्दा लगाकर दो हिस्सों में बाँट रखा है। वह हवा से हिलते पर्दे को देखती है, उसके चेहरे से रक्त खिंचना शुरू हो जाता है, मुट्ठियाँ कस जाती हैं। फिर उसके शरीर में क़ैद भय–शब्द चीख़ के माध्यम से उछलकर बाहर आ जाता है।

–"पापा...। भेड़िया...।"

मैं उछलकर खड़ा हो जाता हूँ। ग़ुस्से का प्रेत मेरे कन्धों पर सवार हो गया है। झटके के साथ पर्दे को खींचता हूँ। तड़–तड़ की आवाज़ के साथ एक–एक करके सारे रिंग टूट जाते हैं। पर्दा नीचे गिर जाता है। मैं चीख़–चीख़कर बोलता हूँ,

–"कहाँ है भेड़िया। देख कहीं भी नहीं। पर्दे के पीछे भी नहीं, मैं उसका ख़ून कर दूँगा। मैं उसे क़त्ल कर दूँगा।

मेरी ऊँची आवाज़ सुनकर बच्ची और ज़ोर से रोने लग पड़ी है, पत्नी भागकर अन्दर आ गयी है। मेरा हाथ पकड़कर चारपाई पर बिठाती है।

–"पागल हो गये हो क्या। तुम्हें क्या हो गया है।"

उसे कैसे बताऊँ कि मैं पागल नहीं हुआ। घर में भेड़िये घुस आये हैं। इस सत्य का पता बच्ची की तरह मुझे भी लग गया है। वह जहाज़ों से

बम गिराकर पहले माँ–बाप की हत्या करते हैं, फिर बच्चों को उनके देश से बचाकर बाहर ले जाने का नाटक करते हैं। मेरा अन्दर अब भी थर–थर काँप रहा है। जिस भेड़िये ने मेरी बच्ची के गले में नाख़ून गड़ा रखे हैं क्या अब वह मुझे, मेरे पड़ोसियों को, हम सबको खा जायेगा? हमारी गर्दनों में कब तक दाँत गड़ाकर गट–गट करके ख़ून पीता रहेगा? इस खूँखार जानवर की जाति को, जो एक सिरे से दूसरे सिरे तक दहाड़ती फिर रही है, क्या हम ख़त्म कर पायेंगे?

अब हम लोग डॉक्टरों की दवाइयों से हार मान चुके हैं। उसे अपने शहर के एक बूढ़े हकीम के पास ले जाते हैं। उसके बारे में प्रसिद्ध है कि बिना नब्ज़ देखे, हाथ लगाये, बीमारी पहचान लेता है। पत्नी सारा हवाला दे रही है, हकीम आँखें बन्द किये सुन रहा है।

वह हाल बयान कर चुकी है। हकीम अब भी आँखें बन्द किये, बिना हिले–डुले स्थिर बैठा है। वह एक लम्बी साँस लेकर यात्रा से वापस लौट आता है।

–"वाहे गुरु। सच्चे बाहशाह तेरा ही आसरा।"

वह अपने चेहरे पर दोनों हाथ फेरकर हमें कहता है,

–"आप की बच्ची को कोई बीमारी नहीं।"

–"तो फिर इसे क्या हो गया है?"

–"इसे भय का रोग लग गया है। दहशत की बीमारी ने पकड़ लिया है।"

हम दोनों हैरान होकर हकीम को देख रहे हैं। उसे पता चल जाता है कि हम समझे नहीं।

–"बेटा, डर एक बहुत बड़ा जानवर है। वह हमारी आत्मा में अपने नाख़ूनी पंजे गड़ाकर चौकड़ी मारकर बैठ जाता है। इससे मुक्त होने की जितनी कोशिश करो यह और ज़ोर से पंजे गड़ा देता है। डर को किसी इससे बड़े डर से ही मारा जा सकता है। लेकिन दुश्मन ताक़तवर है। इतना बड़ा हथियार तो अभी है ही नहीं।"

–"तो हम जायें?... क्या कुछ नहीं हो सकता।"

"हाँ, प्रार्थना करो। डर इसके प्राण तो नहीं छोड़ेगा लेकिन दर्द शायद कम हो जाये।"

हम दुकान के बाहर आ गये हैं। वह मुझसे तीख़ी आवाज़ में कहती है।

–"यह हकीम तो पागल है। मैं कहती हूँ बूढ़ों का दिमाग़ चल जाता है। यह किस बीमारी का रोना ले बैठा।"

मैं बोलता नहीं। लेकिन शब्द मेरे अन्दर जन्म ज़रूर लेते हैं। हाँ, बूढ़े कभी–कभी भय के राज्य के ख़िलाफ़ जंग शुरू कर देते हैं। या तो हम उन्हें गोली मार देते हैं या पागल करार दे देते हैं। लेकिन इस लड़ाई की सच्चाई को स्वीकार करने का साहस हममें है ही नहीं।

शाम को मेरा लेखक–मित्र आता है, उसे बच्ची के बारे में पता चल गया है। वह जब भी घर आता है, बच्ची को ऊपर हवा में उछाल दिया करता है और फिर अपने लम्बे–चौड़े शरीर की ओर इशारा करके कहा करता है,

–"देखो बेटा, भूत अंकल आ गये।"

बच्ची तालियाँ पीटकर उसकी मूँछें पकड़ लिया करती है। लेकिन आज हवा में उछालने के बाद न वह हँसी और न ही उसने भूत अंकल की मूँछें पकड़ीं। उस संन्यासी की तरह लगातार उसे देखे जा रही है जिसका किसी ने ध्यान भंग कर दिया हो। वह उसे चारपाई पर लिटाता है। फिर मैं दोस्त को बताता हूँ कि कई दिनों से बच्ची ने कुछ नहीं खाया–पिया। वह हमेशा की तरह तीखी आवाज़ में जवाब देता है,

–"दूध नहीं पीती। अरे शुक्र करो साँस तो ले रही है। तुम बैठो अपने अँधेरे संसार में। चारों ओर जो बू फैल गयी है... नाक बन्द रखकर उसे सूँघने से इनकार करते रहो। यह तो दूध नहीं पी रही। वह दिन दूर नहीं जब हम साँस भी नहीं ले पायेंगे। हमारी गर्दनों पर गड़े हुए पंजे हमारी साँस की नलियों को खटाक से तोड़ देंगे।"

मैं सिर झुकाये उसकी बातों के सच को स्वीकार करता हूँ। पत्नी चाय लेकर आती है।

–"भाई साहब आप ही इन्हें समझाइये। मैं कहती हूँ बच्ची को देवी के दर्शनों के लिए ले चलें, शायद ठीक हो जाये। लेकिन यह मानते नहीं। अपनी बच्ची की ज़िन्दगी के लिए तो हठ छोड़ देना चाहिए।"

"सच कहूँ भाभी, चाहे आपको बुरा लगे। आप धर्म और देवी–देवताओं का सहारा लेना चाहती है। वह धर्म जो इस देश में अब सिर्फ़ भीख माँगने का साधन बन गया है। सूर, तुलसी और मीरा के गीत अब केवल भिखारी गाते हैं, भिक्षा माँगते हैं। फिर भी कर आइये देवी के दर्शन। कम–से–कम आप को तो शान्ति मिल जायेगी।"

अब वह उठ खड़ा हुआ है। उसका चेहरा तमतमा रहा है,

"जाता हूँ। कोई ज़रूरत हो तो ख़बर करना। लेकिन याद रखो, इस बच्ची के बाद तुम्हारी बारी है, मेरी बारी है, हम सब की बारी आ रही है।"

अँधेरा घिर आया है। कमरे में फिर से पशु–गन्ध फैल गयी है। भेड़िया शिकार के लिए बाहर निकल आया है। पत्नी ने अगरबत्ती जला दी है। वह खाने के लिए कहती है। मैं इनकार करता हूँ।

"क्या अब तुम्हारे अन्दर भी भय पंजे गाड़कर बैठ गया है? मर्द हो। हारे क्यों बैठे हो? तुम्हारे खाना न खाने से क्या यह ठीक हो जायेगी?"

मैं रसोई में जाकर चुपचाप खाना खा लेता हूँ। बाहर बरामदे में तीख़ी गुर्राहटों की आवाज़ें आ रही हैं। पिन्टू भौंकना शुरू कर देता है। मैं दरवाज़ा खोलता हूँ।

बरामदा बहुत सारे कुत्तों से भरा पड़ा है। सब की लाल–लाल जीभें बाहर निकल आयी हैं, लपलपा रही हैं। दरवाज़ा खुलते ही उन्होंने गुर्राना बन्द कर दिया है। वह धीरे–धीरे सरककर आगे बढ़ रहे हैं। सशंकित आँखों से इधर–उधर देख रहे हैं। पीछे वाले कुत्ते आगे वाले कुत्तों को कन्धों से धकेल रहे हैं। फिर सारे कुत्ते अपने नथुने ऊपर उठाकर अन्दर से आ रही हवा को सूँघते हैं। मांस–गन्ध! मांस–गन्ध! इनको भी मर रहे शरीर का पता चल गया है, लाश की बू आ गयी है। सबसे पीछे वाला कुत्ता शायद बहुत जल्दी में है। आगे वाले कुत्ते की जाँघ में दाँत गड़ा देता है। अगला कुत्ता चीख़ के साथ पास वाले कुत्ते की गर्दन दबोच लेता है। अब सब कुत्तों की आपस में लड़ाई शुरू हो गयी है। ताक़त के ज़ोर पर, यह सारे–के–सारे कुत्ते इस ज़िन्दा लाश पर कब्ज़ा करना चाहते हैं, राज्य करना चाहते हैं। कब्ज़ा कर लेंगे तो कई साल तक चूस–चूसकर इसका लहू पीते रहेंगे। फिर इन सब की तोंदें फूल जायेंगी। ख़ुद सुखी हो जायेंगे तो इन्हें सब ओर सुख–ही–सुख दिखायी देगा।

मैं दरवाज़ा बन्द कर देता हूँ। मुर्दा गन्ध कमरे से बाहर निकलना बन्द हो जाती है। खिड़की से बाहर झाँकता हूँ। एक–एक करके कुत्ते मुँह ऊपर आसमान की ओर उठाते हैं और लम्बी आवाज़ों के साथ रोते हैं, और बरामदे से सरक जाते हैं।

और उस रात को मेरी बच्ची अन्धी हो गयी। नींद खुल गयी। सिरहाने के नीचे रखी सिगरेट की डिब्बी निकाली। बच्ची भी जाग गयी है।

इस समय बड़ी आश्वस्त–सी दिख रही है। शायद भेड़िया पेट–भरकर ख़ून पीने के बाद सो गया है, बच्ची थोड़ी देर के लिए मुक्त हो गयी है। मैं हमेशा की तरह डिब्बी उसकी ओर बढ़ाता हूँ ताकि वह मुझे सिगरेट निकालकर दे।

"लो बेटा। सिगरेट निकालो। फिर पापा के मुँह में लगाओ।"

उसकी आँखें खुली हैं फिर भी वह अपने दोनों हाथ हवा में इधर–उधर हिला रही है। डिब्बी फिर भी उसकी पकड़ में नहीं आती। तो इसे दिखायी देना बन्द हो गया है। लेकिन वह डरी हुई नहीं दिख रही। अन्धेपन का एहसास क्या होता है, इसे उसका पता नहीं। जैसे उन लोगों की आँखें हैं लेकिन उन्हें दिखायी नहीं देता, वैसे ही मेरी बच्ची की आँखें हैं लेकिन वह देख नहीं सकती।

मैं सुबह उठकर पत्नी को यह सूचना देता हूँ। वह बिना कोई जवाब दिये अपने होंठों को काटते हुए गुसलखाने में जाकर कपड़े पीटना शुरू कर देती है।

मैं उसे गोदी में लिये बाहर बैठा हूँ। घर शहर की बड़ी सड़क के किनारे है। प्रतिदिन की तरह आज भी एक बहुत बड़ा जुलूस सड़क पर निकल रहा है। लोगों के हाथों में थालियाँ हैं, ख़ाली बर्तन हैं, वे इन्हें पीट–पीटकर 'रोटी–रोटी' चिल्ला रहे हैं। कहते हैं भूखा आदमी हमेशा ग़ुस्से में होता है। लेकिन यहाँ का भूखा आदमी अपने ग़ुस्से में ख़ुद को खाता है, अपने आपको जलाता है, जो इस भूख का कारण हैं उनका गला नहीं दबोचता। इतने सारे बर्तनों के बजने की आवाज़ किसी नगाड़े के युद्ध–नाद की तरह ऊँची और भयावह है। पत्नी आकर कहती है,

–"इसे अन्दर ले जाओ। डर जायेगी।"

लेकिन आज ऐसा कुछ नहीं हुआ, बच्ची डरी नहीं। वह स्थिर आँखों से जुलूस को देख रही है लेकिन उसे कुछ भी दिखायी नहीं देता। वह नगाड़े की–सी ऊँची आवाज़ सुन रही है लेकिन उसे सुनायी कुछ नहीं देता।

जैसे उन लोगों के कान हैं, लेकिन 'भूख–भूख' की कोई भी पुकार सुनते नहीं, वैसे ही मेरी बच्ची के कान हैं, पर सुनती नहीं।

आसमान पर बहुत ऊपर, गोल दायरे में एक चील उड़ रही है। उसकी आँखें नीचे, हमारे मकान पर हैं। अब क्षणांश के लिए चील थम गयी है, अपने पर तौलती है और लम्बी, तीख़ी सीटी की आवाज़ के साथ

नीचे डाइव कर जाती है। बिल्कुल हमारे सिर के ऊपर पहुँचकर तिरछी हो जाती है, ऊपर उठ जाती है। वह अब भी सीटी की–सी तेज़ आवाज़ निकाले जा रही है। देखते–ही–देखते कई और चीलें उनके आसपास पहुँच गयी हैं। उन लोगों की तरह मांस की सूचना उसने अपने साथियों को भी दे दी है। एक–एक करके चीलें नीम की टहनियों पर आ बैठती हैं। पतली टहनियाँ लचकती हैं, फिर उनका कम्पन बन्द हो जाता है।

पता नहीं यह सारे–के–सारे मांसख़ोर कहाँ से, किस–किस जगह से, हमेशा वहाँ उड़कर आ पहुँचते हैं, जहाँ इन्हें ताज़ा ख़ून की बू मिल जाती है। मैं बच्ची के साथ अन्दर आ जाता हूँ। खिड़कियाँ दरवाज़े बन्द कर लेता हूँ। लेकिन इस सत्य का तो मुझे पता है कि वे लोग और उनके प्रतिनिधि मांसख़ोर बाहर बैठे हैं।

कमरा सड़ते हुए मांस की गन्ध से भर गया है। लेकिन यह बू उस भेड़िये वाली बू से अलग है। तो बच्ची का मांस गलना–सड़ना आरम्भ हो गया है। और अचानक मुझे ज्ञान हुआ कि यह बू तो मुझे बाहर भी आती है। हर शहर में, हर सड़क पर लेकिन पहचाना इसे आज ही है।

पत्नी नहाने के बाद कमरे में आ गयी है। उसने लाल रंग की साड़ी पहन रखी है, लाल ही ब्लाऊज है। माथे पर सिन्दूर की बड़ी–सी बिन्दिया अंगारे की तरह दहक रही है। रेगिस्तान की तरह उसका तमतमाया चेहरा युद्ध–देवी जैसा दीप्त है।

–"मैं लड़ाई करूँगी इसकी बीमारी के साथ। मैं उसकी मृत्यु की कामना करूँगी जिसने मेरी बच्ची को दबोच लिया है। देखो। तीन दिन तक तुम मुझे छूना भी मत। मैं रात–दिन दुर्गा का पाठ करूँगी। तुम इसके साथ बैठक में रहो।"

जानता हूँ उसे समझाना व्यर्थ है। वह कैसे समझेगी कि धर्म और देवियों की सहायता से इस गिरोह का कुछ नहीं बिगाड़ा जा सकता। बड़े–बड़े मन्दिर और धर्मशालायें बनाकर इन शिखण्डियों ने धर्म की आड़ तो पहले ही ले रखी है। लेकिन चुप हूँ, इसे जतन कर लेने दो।

रात हो गयी है। पाठ का स्वर साथ वाले कमरे से लगातार सुनायी दे रहा है। अब वह तीन दिन तक अन्न–जल कुछ भी नहीं लेगी। मैं पड़ोस के नौकर के हाथों डबलरोटी मँगवा लेता हूँ। वह इस समय कमरे में धीरे–धीरे चल रही है। भूख और प्यास से उसका मुँह सूख गया है।

लेकिन आँखों में गुस्से की आग लपलपा रही है। वह मुझे अपने पास आने का संकेत करती है, मेरे माथे पर सिन्दूर का टीका लगाती है।

मैं बैठक में बच्ची के साथ लेटा हूँ। साथ वाले कमरे से चलने की आवाज़ आ रही है। एक बार तो जी चाहता है कि उठूँ और उसे डाँट दूँ। हाथ पकड़कर अपने पास बिठा लूँ। उसका तपता हुआ चेहरा और माथा सारी रात सहलाता रहूँ। फिर किसी कोने में बैठा अन्धविश्वास मुझे ऐसा करने से रोक देता है।

नींद बच्ची को भी नहीं आ रही। उसका जिस्म फिर से अकड़ना शुरू हो गया है। भेड़िया मांस–गन्ध पाकर बैठक में आ गया है। वह हाथ–पैर पटक रही है। गले में साँस भरकर आवाज़ और शब्द पैदा करने के लिए मुँह खोलती है। मैं सोचता हूँ, पूरी ताक़त के साथ भेड़िया कहेगी और बेहोश हो जायेगी। लेकिन नहीं। फटे हुए गुब्बारे की तरह केवल हवा सूँ–सूँ की आवाज़ के साथ उसके मुँह से बाहर निकलती है।

तो उन लोगों ने इसके बोलने की ताक़त भी छीन ली।

आज पत्नी के उपवास का दूसरा दिन है। उसके कमज़ोर कन्धे किसी पक्षी के कन्धों की तरह और आगे झुक गये हैं। आँखों में किसी लम्बी यात्रा पर निकले यात्री की थकान है। अब वह थक गयी है। नीचे बैठकर आँखें मूँद ली हैं। प्रार्थना जारी है। देवी के हाथ में त्रिशूल की नोक, दहकती बिन्दी, दुर्गा का चमकता त्रिशूल–क्या यह सब मिलकर भी इस गिरोह का सामना कर पायेंगे।

मैं अपनी बूढ़ी माँ को बच्ची की बीमारी का ख़त लिखता हूँ। यहाँ आने की ताक़ीद करता हूँ

आसपास के लोगों को, मित्रों को, सब को इस जानलेवा बीमारी का पता चल गया है। इन लोगों को मालूम है कि किसने बच्ची की गर्दन में पंजे गड़ा रखे हैं, कौन इसका ख़ून पी रहे हैं। लेकिन यह लोग अब दरवाज़े के अन्दर नहीं आते, बाहर से ही हाल–चाल पूछकर लौट जाते हैं। इन्हें पता नहीं कि सबके नम्बर लग चुके हैं, बारियाँ मुकर्रर हो गयी हैं। एक–एक करके लड़ने का वक़्त बीत गया है। लेकिन इन लोगों को पुराना इतिहास याद नहीं, इनका भविष्य भी सुरक्षित नहीं। मैं जानता हूँ, तपता सूरज इनके आँगन को भी झुलसा देगा।

पिन्टू के कमरे से बू आती है, मुझे नाक पर रूमाल रखना पड़ता है लेकिन बच्ची अपनी पतली–सी नाक से लगातार साँस लिये जा रही है, तो उसकी यह ज्ञानेन्द्रिय भी ख़त्म।

ज़ालिमों ने बच्ची की सारी इन्द्रियाँ छीन ली हैं। वे लोग हमें बोलने नहीं देते, देखने नहीं देते, छूने नहीं देते और शायद सोचने भी नहीं देते।

उपवास की दूसरी रात है। मैं और बच्ची बैठक में हैं। पत्नी के कमरे से ज़ोर से चीख़ने की आवाज़ आती है। लाइट जलाता हूँ। बच्ची मेरे पास बिस्तर पर नहीं है। भागकर पत्नी के पास पहुँचता हूँ। वह फटी–फटी आँखों से पलंग के नीचे देख रही है। मैं उसके कन्धे झिंझोड़कर कहता हूँ,

–"क्या हुआ? बच्ची कहाँ है?"

वह पलँग के नीचे इशारा करती है। मैं झुककर देखता हूँ। बच्ची किसी बहुत बड़े कीड़े की तरह फ़र्श पर धीरे–धीरे रेंग रही है। रगड़ खाने के कारण उसका मांस गलकर फ़र्श के साथ छोटे–छोटे टुकड़ों में चिपक गया है। मटमैले पानी जैसे गोल–गोल धब्बे फ़र्श पर दब गये हैं। मैं उसे उठाने के लिए फ़र्श के नीचे हाथ बढ़ाता हूँ। पत्नी तेज़ आवाज़ में कहती है,

–"उसे मत छुओ। उसका मांस गलकर तुम्हारे हाथों में लग जायेगा।"

–"लेकिन क्या रात भर फ़र्श पर पड़ी रहेगी?"

–"हाँ! इस पर कोई पुराना कपड़ा डाल दो।"

मैं भी किसी लिजलिजे कीड़े की तरह के उसके शरीर को छूना नहीं चाहता। पुराना–सा कम्बल उठाकर उस ज़िन्दा मांस के टुकड़े पर डाल देता हूँ।

सारी रात पत्नी को बाँहों में जकड़े हुए बिता देता हूँ। वह मुझसे एक ही सवाल करती है,?

–"यह मर क्यों नहीं जाती?"

–"यह लोग जान से कभी भी नहीं मारते। बूँद–बूँद करके ख़ून पीते हैं। कुछ देर के लिए छोड़ देते हैं। फिर से ख़ून पीने लग जाते हैं। यह तो सब जगह, सब कहीं, सदियों से चला आ रहा है।"

मेरी बाँहों में लेटे हुए भी वह बार–बार काँप उठती है। बाहर गुर्राहटों की आवाज़ें आ रही हैं। तेज़ हवा किसी गेंद की तरह इन आवाज़ों को खिड़कियों, रोशनदानों के साथ पटक रही है। नीम के पेड़ की टहनियों पर से बड़े–बड़े पंख फड़फड़ाने की आवाज़ें अन्दर पहुँच रही हैं।

तो पत्नी हार गयी। उसकी देवी दुर्गा भी हार गयी। हारना ही था। देवी अपने लोगों का सिर कैसे काट सकती है? सारे–का–सारा गिरोह दुश्मन है, किस–किस का नाम लेकर उसे मारेगी।

अगले दिन माँ पहुँच जाती है। उसे सब कुछ बताता हूँ। वह बच्ची को देखती है। लेकिन डरती नहीं।

–"मुझे पहले ख़त क्यों नहीं लिखा। बच्ची को कोई बीमारी नहीं। इसे तो किसी प्रेत ने पकड़ रखा है।"

माँ अनपढ़ है, बहुत बूढ़ी है, अब भी किसी पिछली सदी में ज़िन्दा है। जादू–टोना, भूत–प्रेत, डायन–डाकनियों में विश्वास करती है।

–"तुम लोगों ने बहुत देर कर दी।"

शाम को वह इस प्रेत को मारने का सामान बाज़ार से ले आती है। मुझे और पत्नी को नहाने के लिए कहती है। उस लोथड़े को भी स्नान कराती है। लोथड़े का शरीर बिल्कुल सफ़ेद पड़ गया है।

–"इसके शरीर में तो ख़ून की एक बूँद नहीं।"

"सारा ख़ून उन लोगों ने पी लिया हैं। उन्हें ताज़ा ख़ून पीने की आदत है।"

"कौन हैं वे लोग? कौन ताज़ा ख़ून पीते हैं?"

मैं और पत्नी माँ को कोई जवाब नहीं देते। माँ को इन भेड़ियों के बारे में कैसे समझाया जा सकता है। माँ ने अब फ़र्श को गीले कपड़े से पोंछ दिया है। वह अँगीठी से दहकते अंगारे फ़र्श पर पलट देती है। लोथड़ा बिल्कुल अंगारों के पास रखा है। मैं और पत्नी उसके दोनों ओर बैठे हैं। पिन्टू सामने बैठा है। माँ सिन्दूर से लोथड़े के शरीर पर कई प्रकार के आकार बनाती है। फिर एक पुड़िया में से कुछ दाने निकालकर आग में डालती है। एक तीखा धुआँ कमरे में फैल जाता है। पत्नी खाँसती है, मैं खाँसता हूँ, माँ खाँसती है, पिन्टू खाँसता है लेकिन लोथड़े पर कोई असर नहीं होता।

अब वह लिफ़ाफ़े में से नमक की डली की–सी कोई सफ़ेद चीज़ निकालती है। बताती है, फिटकरी है। इसे अंगारों में डालकर बाहर निकाल लेगी। फिटकरी फूलकर उस प्रेत का आकार धारण कर लेगी जिसने बच्ची को पकड़ रखा है।

वह फिटकरी अंगारों में डालती है। झट से बाहर निकाल लेती है। फिटकरी अब धीरे–धीरे फैल रही है। एक सिरे पर दो टुकड़े उभर

आये हैं। माँ बताती है प्रेत के दाँत हैं। फिर एक मुँह बनता है, बिल्कुल मांसख़ोर जानवर का–सा। और अचानक तड़ाक के साथ फिटकरी टूट जाती है। अब बहुत सारे छोटे–छोटे टुकड़े फूलने शुरू हो गये हैं। हर टुकड़े के सिरे पर दाँत उग आये हैं, जानवरों जैसे सिर बन गये हैं। माँ काँपकर कहती है,

"इसे तो बहुत सारे प्रेतों ने पकड़ रखा है। अब नहीं बच सकती।"

मांस जलने की बू आती है। लोथड़े ने हाथ जलते हुए अंगारों पर रख दिया है। पिन्टू उठ ठहरा है। एक तेज़ गुर्राहट कर रहा है। आँखों में वहशी चमक है। वह छलाँग लगाकर जलते हुए अंगारों के पास आ गया है। उसने लोथड़े का आँगरों में पड़ा हाथ दाँतों में कस लिया है। इसे झिझोड़ रहा है। मैं चिमटा उठाकर पूरी ताक़त से पिन्टू पर मारता हूँ। वह हाथ छोड़ देता है और बाहर भाग जाता है।

बाहर गुर्राहटों की आवाज़ें आ रही हैं। अब इनमें पिन्टू की आवाज़ भी शामिल हो गयी है। जिस तरफ़ ताक़त हो उधर जाना सहज होता है।

फिटकरी के टुकड़े फिर से निराकार हो गये है। अंगारे दहक रहे हैं। हम तीनों हार मान गये हैं। सिर झुकाये बैठे हैं। माँ लम्बी साँस खींचकर कहती है,

"हे भगवान, इसे उठा ले। इसे मुक्ति दे दे।"

मैं और पत्नी भी इस प्रार्थना में शामिल हो गये हैं। लोथड़ा वहाँ से खिसक–खिसककर अन्दर चला गया गया है :

हवा तेज़ है। गुर्राहटों की आवाज़ें गेंद की तरह खिड़कियों, रोशनदानों से टकरा रही हैं। भेड़िये, वे लोग, उनका गिरोह, नाख़ून तेज़ कर रहा है। लम्बी चीख़ के साथ आसमान से नीचे डाइव करती चील, मृत्यु की कामना करते हम तीन, आँगन को झुलसाता तपता सूरज, कमरे में रेंगता मांस का लोथड़ा...मेरी बच......ची।

तमाशा

वह अधेड़ उम्र का आदमी बड़ी देर से किसी सायेदार पेड़ की तलाश कर रहा है। उसका आठ साल का लड़का बड़े थके–थके क़दमों से बाप के पीछे चल रहा है। उसके गले में एक छोटा–सा ढोल पड़ा हुआ है, जिसे वह थोड़ी–थोड़ी देर के बाद हाथों से पीट देता है। जब भी कोई पेड़ नज़दीक आता है, वह बड़ी तरसती निगाहों से उसे देखता है–शायद बापू इसके नीचे ठहर जाये। लेकिन नहीं, पेड़ बड़ा है तो सायेदार नहीं। अगर सायेदार है तो छोटा है। मज़मा लगाने के लायक़ नहीं। बाप ने सिर पर बड़ी–सी पगड़ी बाँध रखी है। इसके लटक रहे सिरे से यह बार–बार मुँह और गर्दन को पोंछ लेता है। इनके पीछे–पीछे लड़कों का एक झुण्ड आ रहा है। बाप बार–बार पीछे मुड़कर पीछा करते लड़कों को देखता है और ख़ुश होता है। खेल–तमाशा देने वाले ये छोटे–छोटे दर्शक ही भीड़ को बढ़ाने में मदद देते हैं।

अभी सुबह के दस ही बजे हैं, लेकिन सूरज, गरमियों का सूरज सेना की हरावल पंक्ति के आगे चलते हुए किसी क्रुद्ध सेनापति की तरह लम्बी–लम्बी छलांगें लगाकर ऊपर चढ़ आया है। सूरज चारों तरफ़ बड़ी देर से तीखी और गर्म किरणों की बरछियाँ और किरचें बरसा रहा है। छोटे लड़के के गले में पड़ी ढोल की रस्सवी पसीने से भीग गयी है और उसके गले में, गर्दन में ख़ारिश कर रही है। उसके गाल पिचके हुए हैं और बारीक मशीन से कटे सिर के छोटे–छोटे बाल काँटों की तरह सीधे खड़े हैं। सूरज की निर्दय गरमी ने उसे पीट डाला है। पिछले कई मिनटों से उसने ढोल पर थाप नहीं दी। बाप किसी जंगली सूअर की तरह गर्दन को थोड़ा–सा टेढ़ा करता है और तीखी आवाज़ में कहता है–

"ढोल तेरा बाप बजायेगा क्या।"

बड़ी मशीनी हरकत से लड़का दोनों हाथों से ढोल को पीटना शुरू कर देता है। सेनापति सूरज इस छोटे–से नगाड़े की आवाज़ को सुनकर थोड़ा ओर ऊपर उठ जाता है। आक्रमण की मुद्रा में लड़के के बिलकूल चेहरे के सामने तेज़, चमकदार और गरम–गरम तलवार लपलपाने लग पड़ता है।

सामने नीम का एक बड़ा सा पेड़। इसके आसपास कुछ रेहड़ियों वाले, कुछ खोखे हैं और चन्द पक्की दूकानें। बाप के क़दम इस ओर बढ़ते देखकर लड़के की पतली लकड़ियों जैसी टाँगें आख़िरी हल्ला मारती हैं और वह छोटी–सी दौड़ लगाकर बाप के आगे निकल जाता है। पेड़ के नीचे पहुँचते ही वह गले में पड़ा ढोल उतार देता है और पेड़ के तने के साथ पीठ लगाकर तेज़ी के साथ फेफड़ों में हवा भरने लँग पड़ता है। पीछे आ रहे बच्चों और लड़कों का झुण्ड अब उसके आसपास घेरा डालकर खड़ा है, लेकिन यह किसी की ओर भी आँख उठाकर नहीं देखता। यह तो उनकी ज़िन्दगी में रोज़ ही होता है। आने वाले तमाशे के सारे के सारे दृश्य और इनके कटे हुए टुकड़े लड़के के दिलो–दिमाग़ में पहले से ही मौजूद हैं। इसलिए दूसरे लड़कों की तरह न ही उसे इस तमाशे के प्रति कोई उत्सुकता, और न ही इसमें कोई रस मिलता है। अब वह अपने होंठों पर बार–बार ज़बान फेर रहा है। इधर–उधर किसी डरे हुए चूहे की तरह गर्दन मोड़कर देखता है, कहीं कोई नल अथवा पम्प दिखायी नहीं देता। बाप की तरफ़ देखता है। वह बड़ी–सी गठरी को खोल रहा है, तमाशे का साज़ो–सामान जो बाहर निकालना है। बाप से पानी के लिए कहे कि न कहे? फिर वह बाप से कुछ न कहने का फ़ैसला कर लेता है। चूल्हे में जलती लकड़ी, बाप का इसे खींचकर बाहर निकालना और हवा में अपने बचाव में उठे माँ के दोनों हाथ–ये सारी–की–सारी आजा घटनाएँ उसे आतंकित कर देती हैं।

बाप ने पेड़ के नीचे सफ़ेद चादर बिछा दी। लड़के की तरफ़ उसकी पीठ है, लेकिन उसे साफ़ महसूस होता है कि दो छोटी–छोटी आँखें उसकी पीट में सूराख़ किये डाल रही हैं। किसी जानवर की तरह आस–पास के वातावरण को ग्रहण करने, किसी के शरीर की उपस्थिति को महसूस करने की शक्ति उसकी गर्दन को लड़के की ओर मोड़ देती है।

"कैसे मुरदों की तरह बैठा है? बाप मर गया है क्या? हैं! उठ, सामान चादर पर रख।"

उसकी तेज़ आवाज़ सुरकर आसपास खड़े लड़के धमक गये, पीछे हट जाते हैं।

"पाणी पीणा है।"

"तो उठ। जाकर पी ले। किसी रेहड़ी वाले से माँग ले। तेरा बाप कुआँ ख़ुदवा दे क्या? हराम दा बीज! माँ की तरह नख़रे क्या दिखाता है?"

लड़का किसी मरियल कुत्ते की तरह कमर का सारा ज़ोर टाँगों पर डालता है, किसी धीरे चल रही फ़िल्म की तरह उसका जिस्म टुकड़ों–टुकड़ों में हिलता है और वह पास की कुलचों–छोलों की रेहड़ी की ओर बढ़ जाता है। बाप अब थैले से चीते का सूखा, मरा हुआ सिर निकालता है। उसे याद आया, कई साल पहले पाँच रुपये में चीते का यह सिर एक बूढ़े मदारी से उसने ख़रीदा था। बार–बार हाथ लगने से इस मुर्दा सिर के बाल झड़ गये हैं। सूखे हुए जबड़ों में तेज़ नोकीले दाँत बाहर निकल गये हैं। आँखों की जगह नीले बिल्लौर हैं जो एक मरी हुई निर्दयता से उसकी ओर घूर रहे हैं। चीते का मरा हुआ मुँह खुला हुआ है। उसकी निगाह इस अँधेरी गुफा में पड़ती है और बीवी का बीमार, लेकिन गुस्से में भरा हआ चेहरा ज़ोर–से गुर्राता है, दहाड़ता है और उसकी ओर झपट पड़ने के लिए छलांग लगाने की मुद्रा में अपने शरीर को सिकोड़ने लग पड़ता है। वह डर गया। झटके के साथ मरे हुए सिर को सफ़ेद चादर के नीचे रख दिया। चूल्हे से खींची हुई जल रही लम्बी लकड़ी और बचाव के लिए हवा में उठे घरवाली के दोनों हाथ चीते के मुँह से निकलकर उस पर आक्रमण कर देते हैं।

इस शहर में आये उन्हें तीन दिन हो गये। शहर से बाहर बड़ी सड़क के किनारे उसने अपना फटा हुआ तम्बू गाड़ा था। छोटा लड़का आसपास घूमकर कुछ सूखी टहनियाँ चुन लाया था। घरवाली चार ईंटों का चूल्हा तम्बू के बाहर बना देती है। वह बैठा चिलम पीकर थकावट उतारता है। घर की सारी जायदाद, लोहे का बडा–सा ट्रंक, तमाशा दिखाने का सामान और जानवरों के कटे हुए सिर–यह सब कुछ उसे उठाकर पैदल चलना होता है। इसलिए तम्बू गाड़ने के बाद वह दूसरा और कोई काम नहीं करता। घर के तीनों सदस्यों का काम बँटा हुआ है।

उसका तथा लड़के और घरवाली का सारा जीवन शहर–दर–शहर घूमते और फेरी लगाते हुए बीतता जा रहा है। शहरों में तीन–चार बार तमाशे दिखाने के बाद उसे अगली यात्रा के लिए निकल पड़ना होता है क्योंकि दर्शक बहुत जल्द ख़त्म हो जाते हैं। पिछले कई सालों से घण्टों गला फाड़ने के बाद, छोटे–छोटे करतब दिखाने के बाद भी तीन आदमियों का पेट भरना दुश्वार हो रहा है। लोग शायद तमाशा देखने के लिए ही जेबों में एक–एक नया पैसा डालकर लाते हैं। और फिर भीड़ को भी कड़े वक़्त ने चालाक और ज़मानासाज़ बना दिया है। साँप–नेवले की लड़ाई के अन्तिम दृश्य के साथ तामशा ख़त्म होना होता है। इस मौके के आते ही लोग धीरे–धीरे खिसकना शुरू कर देते हैं। बचे हुए चन्द लोग बड़ी बेदिली से चन्द सिक्के फेंककर राह लग जाते हैं और अगले दिन की भूख का दानव इसकी गर्दन को जाँघों के बीच जकड़कर बैठ जाता है। शहर–शहर, भूख–भूख और ख़ाली पेट की यात्राएँ। भूख का यह दानव किसी भी शहर में दम नहीं लेने देता। किसी घुड़सवार की तरह लोहे के नोकदार जूते से लगातार ऐड़ मारता रहता है।

पहली शाम घरवाली ने लोहे का ट्रंक खोला। छोटी–सी पोटली बाहर निकाली। उसे खोला तो केवल पाव भर आटा निकला। दो–दो रोटी उनके हिस्से में आई और एक लड़के के। उसने चार गिराहियों में रोटी ख़त्म कर दी। माँ को घूरकर देखा और बोला–

"रोटी और दे।"

"बस ख़त्म। अपने हिस्से की तूने खा ली।"

"नहीं अभी भुक्खा हूँ। और खाऊँगा।"

"बड़–बड़ मत कर। सुणदा नहीं? रोटी ख़त्म है।"

लड़का एक झटके–से उठ ठहरा। वह कोई चीज़ उठाकर माँ को मारना चाहता है, लेकिन बाप की घूरती हुई आँखें देखकर उसने इरादा बदल दिया। वह तम्बू के बाहर आ गया। अन्न की बास पाकर, एक मरियल–सा कुत्ता तम्बू के बाहर प्रतीक्षारत आँखों के साथ आ बैठा है। लड़का दबे पाँव कुत्ते के पास से गुज़रा। थोड़ी दूर जाकर उसने ईंट का एक चौकोर टुकड़ा तलाश कर लिया। उसने हाथ हवा में लहराकर दो बार निशाना साधा। फिर पूरी ताक़त से ईंट का टुकड़ा कुत्ते की गर्दन पर दे मारा। एक लम्बी 'टें' के साथ कुत्ते ने उछाल भरी और वहाँ से भाग खड़ा हुआ। दूर जाकर, तम्बू की ओर मुँह करके वह लगातार वातावरण

को घायल करता रहा। लड़के का गुस्सा और भूख, दोनों ख़त्म हो गये। उसकी कल्पना में इस वक़्त कुत्ता नहीं–माँ है, जिसकी गर्दन पर रोटी न देने के जुर्म में उसने ईंट का टुकड़ा दे मारा।

सुबह होने पर बीवी ने ट्रंक के कोने से एक मैला–कुचैला रुपये का नोट निकालकर उसे दिया। आटा लाने के लिए कहा। वह शहर की ओर चल पड़ा। कैसे दिन आ गये हैं? वह छोटा था तो अपने मदारी बाप के साथ जमूरा बनकर तमाशे के लिए जाया करता था। लोग तमाशा देखते थे और बड़ी फ़राख़दिली के साथ सिक्के फेंकते थे। उसे आज भी याद है, सफ़ेद चादर बिखरे हुए सिक्कों से अट जाया करती थी। वापसी पर बाप उसे गुड़ की बनी हुई रेवड़ियाँ ख़रीदकर दिया करता था और अपने लिए शराब का अद्धा लिया करता था। माँ चूल्हे पर फुल्का उतारा करती थी, वह कड़–कड़ करती रेवड़ियाँ खाया करता था और बाप शराब पीकर मस्ती के आलम में एक हाथ कान पर रखकर हीर गाया करता था। और अब? आटे के लिए पैसे पूरे नहीं पड़ते, लड़का और रोटी माँगता है, घरवाली ताने देती है, गालियाँ देती है, वह उसे पीटता है।

बाज़ार में पहुँचकर उसने देखा कि सारी की सारी दूकानें ख़ाली पड़ी हैं। कहीं पर कोई गाहक दिखायी नहीं देता। ख़रीदने के लिए लोगों के पास कुछ भी बच नहीं रहा है। अपने मैले कपड़ों और तेल चू रहे बालों और फ़टीचर हाल के कारण उसे दूकान के अन्दर घुसने में हमेशा डर लगा है। वह अब तक बाज़ार के तीन चक्कर काट चुका है। किसी से आटे की दूकान का पता पूछते हुए डर रहा है। आख़िर साहस करके रिक्शावाले के पास ठहराता है।

"आटा कहाँ मिलेगा?"

"क्या कहा? आटा? जा भाई, अपना रास्ता पकड़। क्यों सवेरे–सवेरे मख़ौल करता है।"

उसे बड़ी हैरानी हो रही है। आटा ख़रीदने के लिए पूछने पर यह आदमी मख़ौल क्यों समझ रहा है? लोगों को क्या होता जा रहा है? रिक्शा वाला बुझी हुई बीड़ी को फिर से जलाता है। उसके चेहरे पर छायी परेशानी और बदहवासी को देखता है और दाँतों से बीड़ी का एक सिरा काटकर कहता है–

"इस शहर में आटा नहीं मिलता।"

अब वह मुँह खोलकर बेवकूफ़ों की तरह रिक्शावाले की ओर देख रहा है। सोच रहा है–क्या जमाना आ गया है? ग़रीब भी ग़रीब का मज़ाक़ उड़ाने लगा? वह हार मान गया। सिर झुकाये खड़ा है। रिक्शावाला झटके–से बीड़ी सड़क के बीच फेंककर कहता है–

"भाई, मैं सोच कह रहा हूँ। अब तुम्हें किसी भी दूकान पर आटा नहीं मिल सकता। आटा बेचने और गेहूँ ख़रीदने का काम अब सरकार के हाथों में है। हाँ, अगली गली के अन्दर मुड़ जाओ। सरकारी राशन की दूकान है। क़िस्मत होगी तो मिला जायेगा।"

वह उसे कोई जवाब दिये बिना गली के अन्दर मुड़ गया। दूकान सामने ही है, लेकिन बहुत लम्बी लाइन। वह भी उसमें शामिल हो गया। लोगों के चेहरों पर इतनी गरमी में भी प्रतीक्षा करने पर कहीं गुस्सा या बेचैनी नहीं। सब्र और सन्तोष तो ग़रीब लोगों का गुण है ही। लगभग दो घण्टे के बाद वह दूकान की दहलीज़ के अन्दर पाँव रखा पाया। दूकानदार उसकी ओर हाथ बढ़ाकर कहता है–

"कार्ड।"

वह चौक गया। भयभीत होकर इधर–उधर देखा। फिर रुपये का नोट निकालकर आगे बढ़ाता है।

"ओए, पहले कार्ड दे।"

"कार्ड? क्या कार्ड? मेरे पास नहीं।"

दूकानदार पहले से ही खीझा बैठा है। तीखी आवाज़ में कहा–

"चल हट। निकल बाहर। सरकारी दूकान है, सरकारी। आ जाते हैं मुँह उठाये। परे हट। औरों को आने दे। यहाँ आटा–वाटा नहीं।"

उसके पीछे लाइन में खड़े लोग बेचैन हो रहे हैं। वह निगाह घुमाकर सहायता के लिए चारों ओर देखता है, लेकिन उसकी नज़र पड़ते ही लोग चेहरा दूसरी ओर कर लेते हैं, जैसे उन्हें पता हो कि वे सब कोई पाप कर रहे हैं। और तब उसे अपनी घरवाली और लड़के के ख़ाली पेट का ध्यान आया। आशा टूट जाये तो भय भी ग़ायब हो जाता है। वह वैसे भी गुस्से वाली तबीयत का आदमी है। अब वह सूरज की तेज़ गरमी, दो घण्टे की प्रतीक्षा, सरकारी राशन की दूकान, इन सबसे बदला लेने पर उतर आया। मज़मे में लगातार बोलते रहने के कारण उसकी आवाज़ वैसे भी ऊँची है। वह हाथ झटककर कहता है–

"नहीं देगा? कैसे नहीं देगा? तेरे बाप की दूकान है क्या? साले, सरकारी दूकान है। सरकार किसकी है? तेरे प्यो दी? एक रुपये का आटा तोल दे, नहीं तो तू हस्पताल पहुँचेगा और मैं जेल।"

दूकानदार सिकुड़कर पीछे हो गया। लोग अब उसकी मदद पर उतर आये हैं। किसी सहानुभूति के कारण नहीं, इस डर से कि कहीं झगड़ा बढ़ गया, दूकान बन्द हो गयी तो उन्हें आज राशन नहीं मिलेगा। मिली–जुली आवाज़ें आयीं–

"अरे भाई, थोड़ा–सा आटा दे दो। अनपढ़ गँवार है। इसे कार्ड का क्या पता? लगता है? कई दिनों का भूखा है। ग़रीब को खाने को नहीं मिले तो तंग आकर दंगा करेगा। जी हाँ, ख़ून–ख़राबा करेगा..."

दूकानदार ने रुपया लेकर उसे थोड़ा–सा आटा दे दिया। वह दोपहर बाद घर पहुँचा। बीवी ने रोटियाँ बनाईं, तीनों ने चुपचाप खा लीं। भूख का दानव पीछे की ओर से छलांग लगाकर फिर उसकी गर्दन पर सवार हो गया। सुबह उठकर उसने मज़मा लगाने का सारा सामान इकट्ठा करना शुरू कर दिया। लड़का चुपचाप ज़मीन पर लेटा बाप को काम करते देख रहा है। कभी–कभी वह ठण्डे चूल्हे की ओर भी देख लेता है। माँ उसकी निगाहों का मतलब समझ गयी। ट्रंक के कोने से दो काग़ज़ की पुड़ियाँ निकालती है। एक में चीनी और एक में थोड़ी–सी चाय की पत्ती। वह चूल्हा जलाकर बिना दूध की चाय बनाती है और बाप–बेटे के सामने पीतल के गिलासों में डालकर रख देती है। बाप गिलास उठाकर घूंट भरना आरम्भ कर देता है। बेटा गिलास की ओर हाथ तक नहीं बढ़ाता।

"अब क्या मन्तर पढ़ रहा है? चाय पी। काम पर चलना है।"

"नहीं जाता। मैं रोटी खांणी है।"

"तू सिद्धी तरह उठता है या करूँ छितरोल?"

"नहीं जाता! नहीं जाता!" और लड़के ने हाथ मारकर चाय नीचे गिरा दी। उसने हाथ बढ़ाकर लड़के के गले में फँसा दिया और दूसरे हाथ से उसे बेतहाशा पीटना शुरू कर दिया। घरवाली ने झपटकर उसे धक्का दिया और लड़के को अपनी पीठ पीछे कर लिया।

"खाने को रोटी नहीं ला सकता और ऊपर से कसाइयों की तरह लड़के को पीट रहा है। इतना ही शेर है तो डाल कहीं डाका। काट ले किसी की गर्दन। दे–दे हम दोनों को ज़हर।"

"मैं कहता हूँ, परे हट जा। मैं इस हराम के बीज की सारी अकड़ निकाल दूँगा। देखूँ, कैसे नही जाता काम पर?"

"नहीं हटती, नहीं हटती। कर ले जो करना है।"

और फिर मरे हुए चीते के गुफा जैसे गले में सुबह का दृश्य अभी–अभी फिर दुहरा गया। जलता चूल्हा। जलती हुई लकड़ी को खींचता उसका हाथ हवा में लहराया। बीवी ने दोनों हाथ बचाव के लिए ऊपर उठाये। हाथों के घेरे को तोड़कर बीवी के बायें गाल पर जलती लकड़ी का वार। एक लम्बी चीख़। लड़के का चुपचाप काम के लिए साथ निकल पड़ना। नीम का पेड़। आसपास जमा हो गयी भीड़ और गुर्राता हुआ मरे चीते का सिर।

...अब तक पचास–साठ आदमी घेरा डालकर खड़े हो चुके हैं। उसने ज़मीन में एक लम्बी–सी कील गाड़कर टोकरी में से नेवला निकालकर रस्सी के साथ कील से बाँध दिया। नेवला छोटे–से दायरे में घूमता है, ठहरकर, बिटर–बिटर सब तरफ़ देखता है। आगे बैठे लड़कों में से कोई 'शीं' की आवाज़ करता है, और नेवला फिर से छोटे से दायरे में बेतहाशा भागना शुरू कर देता है। लोग अन्दाज़ा लगा लेते हैं कि दूसरी ओर छोटी टोकरी में साँप बन्द है। उनके चेहरे पर ख़ूंख़ार ख़ुशी की झलक फैल जाती है–तो साँप–नेवलों की लड़ाई देखने को मिलेगी।

लेकिन तमाशा शुरू होने से पहले ही एक सिपाही भीड़ को चीरकर उसके सामने आ ठहरा।

"चल। उठा यहाँ से अपना टीम–डब्बा। साले बाप की सड़क समझ रखी है क्या? सारा ट्रैफ़िक रोक रखा है।"

भीड़ से तरह–तरह आवाज़ें आती हैं।

"अजी, ग़रीब आदमी है, छोड़ दो। बेचारे को रोटी के लिए पैसा कमा लेने दो।"

उसके लिए पुलिसवालों का मज़मा लगाने से रोकना कोई नयी बात नहीं है। वह भीड़ के शोर–शराबे के बीच एक रुपये में सिपाही से सौदा पटा लेता है। सिपाही सबसे आगे वी.आई.पी. का स्थान ग्रहण करके खड़ा हो गया।

वह अपनी जेब में एक मैली सी ताश निकालकर पता छिपाने और बनाने के खेल शुरू करता है, लेकिन लोग इसके प्रति कोई उत्साह अथवा उत्सुकता नहीं दिखाते। एक मोटी आवाज़ उछलती है, "उस्ताद, छोड़ ये

चालाकियाँ। तेरे से अच्छे ताश के खेल में दिखा सकता हूँ। कोई नया जोश पैदा कर, नया।"

उसका लड़का ढोल पीटकर, कभी सिर के बल ज़मीन पर खड़ा होकर, कभी हाथों पर सारा वज़न डालकर लम्बी–लम्बी छलांगें लगाते हुए भीड़ का उसके खेलों से ज़्यादा मनोरंजन कर रहा है। उसे गुस्सा आ रहा है। वह जानता है, भीड़ इन पुराने खेलों के प्रति अब आकर्षित नहीं की जा सकती। सब लोग थोड़ा–सा ख़ून बहता हुआ देखना चाहते हैं। एक 'कीं–कीं' करती सी बाँसुरीनुमा आवाज़ गूँजती है–

"उस्ताद, लड़ाई दिखा दे। देखता नहीं, आग बरस रही है। ये छोटे–छोटे चोंचले छोड़।"

वह साँप वाली टोकरी पर से ढक्कन उठाता है। साँप फिर भी हिलता नहीं। वह लम्बी–सी छड़ी का टहोका मारकर साँप को हिलाता है। साँप धीरे–धीरे रेंगकर टोकरी के बाहर आ गया है। वह आवाज़ लगाता है–

"माई–बाप, अब मैं आप लोगों को साँप–नेवले की लड़ाई दिखाता हूँ। माई–बाप, भूख सब कुछ करना सिखा देती है। माई–बाप, देखना दोनों कैसे एक–दूसरे को निगलेंगे? माई–बाप, बोलो एक बार सब मिलकर–"जय शंकर की।"

भीड़ ने एक आवाज़ में जवाब दिया–"जय शंकर की।" साँप–नेवले के पास जाने से घबरा रहा है। नेवला उछल–उछलकर रस्सी तुड़ाने की कोशिश कर रहा है। आवाज़ उभरती है–

"साला डरता है।"

"अजी, जान किसको प्यारी नहीं होती?"

"अरे भाई, साँप को जरा आगे खिसकाओ न।"

वह छड़ी से साँप को और आगे करता है। इस वक़्त बड़ी फुर्ती से काम लेना है। नेवले का साँप पर मुँह पड़ते ही उसे इन दोनों को अलग कर देना है, वरना नेवला साँप को मार डालेगा। और नया साँप ख़रीदने के पैसे उसके पास नहीं। नेवले ने छोटा–सा मुँह खोलकर साँप की पूँछ में दाँत गाड़ दिये हैं। साँप छटपटा रहा है। वह नेवले की पीठ पर छड़ी मारकर दोनों को अलग कर देता है।

भीड़ विरोध में शोर मचा रही है।

"यह चालाकी है। अभी इनकी लड़ाई शुरू नहीं हुई। साँप को फिर से नेवले के पास छोड़ो।"

"हमारा पैसा कोई हराम का नहीं।"

"उस्ताद, पूरी लड़ाई होने दें। मैं एक रुपया दूँगा।"

उसने हवा में ऊँचा उठा हाथ और हाथ में पकड़ा नोट देख लिया। वह भीड़ के मूड को समझ रहा है। ये लोग पैसा इतनी आसानी से देने वाले नहीं। उसने साँप को नेवले के पास पटक दिया। इस बार नेवले ने पहले ही झटके में साँप का मुँह पकड़ लिया। ख़ून की छोटी बूँदें साँप के शरीर पर चमक आईं। साँप छटपटा रहा है।

नेवला लगातार एक दायरे में दौड़ रहा है। वह नेवले के पीछे भाग रहा है—साँप को छुड़ाने के लिए। भीड़ जोश में आ गयी है।

"मज़ा आ गया।"

"देखो, कैसे साँप की गर्दन पकड़ रखी है?"

"उस्ताद, छुड़ा दो। नहीं तो साँप गया तुम्हारा।"

उसने हाथ ऊपर उठाया। नेवले की दुम पर छड़ी मारी, लेकिन इस क्षणांश में नेवला थोड़ा आगे सरक चुका है। छड़ी ज़ोर के साथ नेवले की कमर पर पड़ी है। 'चटाक' की आवाज़ के साथ नेवले की कमर टूट गयी। नेवला तीन—चार बार छटपटाया और फिर हिलना बन्द हो गया। मरने के बाद उसके दाँत और ज़ोर से साँप की गर्दन पर कस गये। अब साँप ने भी तड़पना बन्द कर दिया। जो हाथ एक रुपये के नोट को हिला रहा था, वह भीड़ से ग़ायब हो चुका है। वह माथे पर हाथ रखकर नीचे बेठ गया। भीड़ ने थोड़े—से सिक्के चादर पर फेंक दिये। उसकी निगाह सिपाही पर पड़ती है। सिपाही की आँखें चादर पर पड़ी रेज़गारी को गिनकर एक रुपये के नोट में बदल रही हैं। वह अन्दाज़ा लगा लेता है। उसके हिस्से में सिपाही को पैसा देने के बाद रात का आटा शायद ही पड़े। लोग अपनी जगह से हिलना शुरू कर देते हैं। वह गरजकर बोलता है—

"ख़बरदार, कोई माँ का लाल अपनी जगह से न हिले। माँ काली की क़सम है। अभी असली खेल बाक़ी है।"

वह अपनी कमर में खोसा हुआ चाकू बाहर निकल लेता है। सूरज की रौशनी में चार इंच लम्बा लोहा चमक उठता है। वह अपनी कमीज़ उतार देता है। दोनों हाथों से पेट को पीटना शुरू कर देता है। उसका पेट किसी ख़ाली घड़े की तरह गड़—गड़ की आवाज़ के साथ बज रहा है।

"माई—बाप! पेट का सवाल है, पापी पेट का सवाल। अब मैं अपने लड़के, अपने जिगर के टुकड़े के पेट में चाकू घोप दूँगा। माई—बाप, कोई

जगह से मत हिलना। माई–बाप, मेरे लड़के की ज़िन्दगी का सवाल है। आप हिले तो वह मर जायेगा। मैं मन्तर से काली माँ को सिद्ध करूँगा। आप देखेंगे, लड़के के पेट से ख़ून के फव्वारे निकलेंगे। लेकिन काली की किरपा से वह मरेगा नहीं। कोई न हिले, नहीं तो मेरे लड़के का ख़ून उसके सिर पर होगा।"

अब भीड़ डर गयी। वह 'जय माता की, जय माता की' चीख़ता हुआ दायरे में दौड़ रहा है।

लड़का कहाँ गया? लड़का कहाँ गया?

अब भीड़ ध्यान देती है कि उसका लड़का वहाँ से खिसक गया है, लेकिन यह जानता है लड़का इस वक़्त रबड़ की छोटी–सी नली में लाल पानी भर रहा है। फिर वह इस लाल पानी से भरे रबड़ के गुब्बारे को पेट के साथ बाँध लेगा। वह चाकू का तिरछा वार करेगा। चाकू लाल पानी से भरे गुब्बारे में चुभ जायेगा। लोग लाल पानी को ख़ून समझ लेंगे। लड़का हमेशा इस मौके पर ग़ायब हो जाता है, भीड़ के तनाव और आतंक को टूटने की सीमा तक बढ़ा देता है।

लड़का भीड़ में से रास्ता बनाकर दायरे के अन्दर आ गया है। वह लाल रेग की आइसक्रीम चूस रहा है। चादर से कुछ पैसे चुपके–से उठाकर वह कुल्फ़ी ख़रीद लाया है।

लड़का बाप के हाथ में यमकता चाकू देखकर भाग खड़ा होता है। बाप उसकी ओर झपटता है। लड़का चीख़ता है। बाप ख़ुश हो रहा है। आज लड़का पूरे दिल के साथ खेल में भाग ले रहा है। ख़ूब पैसे आयेंगे। उसकी आँखों में ख़ून उतर आया। लड़का अब भी चीख़ रहा है, भाग रहा है।

"जय काली माँ की। माई–बाप, जान किसको प्यारी नहीं होती? माई–बाप, पेट का सवाल है, पापी पेट का वरना कौन बाप अपने बेटे को चाकू से फाड़ेगा?"

अब वह दोनों हाथों से पेट को पीटता हुआ लड़के के पीछे भाग रहा है। चादर पर पैसे गिरने शुरू हो जाते हैं। आवाज़ें आती हैं–डरी हुई और आतंकित।

"अरे, छोड़ दो। मत मारो, जाने दो। देखो, बेचारा कैसे चीख़ रहा है?"

लेकिन पैसे गिरते देखकर उसका उत्साह बढ़ गया। खेल शुरू होने से पहले लोग डरकर पैसे फेंक रहे हैं। ख़त्म होने पर कम से कम दस रुपये तो मिलेंगे ही।

अब उसने एक लम्बी छलांग लगाकर लड़के को गर्दन से पकड़ लिया। उसने धक्का देकर ज़मीन पर गिरा दिया। वह लड़के की छाती को घुटनों से दबाकर उसके ऊपर सवार हो गया। लड़का किसी ज़िबह होते बकरे की तरह 'बें–बें' कर रहा है, छटपटा रहा है। उसके हाथों से आइसक्रीम छिटककर दूर जा गिरी। वह चीख़ मारता है–

"बापू, मत मार। बापू, छोड़ दे।"

"जय काली माता की।"

उसका हाथ हवा में ऊपर उठा, चाकू सूरज की रौशनी में लपलपाता है और तिरछा होकर लड़के के पेट की ओर, बिल्कुल पसलियों के नीचे जिगर वाली जगह में घुस जाता है।

पहले लाल रंग की कुछ बूँदें चाकू लगने से फट गयी कमीज़ पर उभरती हैं। फिर ये बूँदें एक पतली धार में बदल गयीं। लड़का छटपटा रहा है। सफ़ेद चादर पर सिक्के गिर रहे हैं।

अब पतली धार एक छोटे–से फव्वारे की तरह उछलती है। यह चाकू बाहर खींचता है। ज़ोर क्यों लग रहा है? रबड़ के गुब्बारे से तो चाकू बिना ज़ोर लगाये बाहर निकल आता है। लड़के के जिस्म में से ज़ोर लगाकर चीख़ें उभरती हैं।

"बापू, मर गया।"

वह लड़के की कमीज़ उठाकर देखता है, लेकिन वहाँ रबड़ का गुब्बारा बँधा ही नहीं है। लड़का आइसक्रीम खाने भीड़ से बाहर गया था। वह लाल पानी से भरा गुब्बारा पेट पर बाँधना भूल गया। वह उछलकर लड़के की छाती से नीचे उतर आया। लड़के का जिस्म किसी गर्दन कटे जानवर की तरह ज़मीन पर उछल रहा है। वह चीख़–चीख़कर कह रहा है–

"माई–बाप, पेट का सवाल है, पापी पेट का। मैंने लड़के का ख़ून कर दिया है।"

भीड़ ने लड़के के पेट के घाव से निकलते असली ख़ून को देख लिया। लोग तेज़ी–से वहाँ से भाग रहे हैं। पुलिस का सिपाही सबसे पहले वहाँ से ग़ायब हो गया।

लड़के का जिस्म तड़पकर उछल रहा है। अब वह चीते की मरी हुई खोपड़ी से टकरा गया है। खोपड़ी ईंट पर से नीचे ज़मीन पर गिर गयी।

लम्बे–लम्बे, चीते के नोकीले दांत ख़ून से सन गये। सूरज ख़ून देखकर धमक गया। झट–से नीम के पीछे छिप गया।

चीते का मरा हुआ सिर मुँह खोले, मुँह बाये, ज़मीन पर पड़ा है। अब लड़के का जिस्म रह–रहकर तड़प रहा है। फिर एक लम्बी चीख़ के साथ वह हिलना बन्द कर देता है। ख़ून का छोटा–सा, सुस्त–सा दरिया धरती पर धीरे–धीरे फैल रहा है।

वह मरे हुए चीते की खोपड़ी के मुँह में झाँकता है। उसकी घरवाली अपने बचाव के लिए दोनों हाथ ऊपर किये खड़ी है और उसके हाथों में चूल्हे से बाहर खींची हुई जलती हुई लकड़ी। और इसी के साथ दूसरा दृश्य जुड़ जाता है। चमक मारता चाक़ू, हवा में उठा उसका हाथ, लड़के के जिगर में घुसता चाक़ू, एक लम्बी चीख़ और आसपास सुस्ती के साथ फैलता जा रहा ख़ून का दरिया...।

मातम

सुबह–सवेरे सावित्री को पिता के मरने का तार मिला। तार का मज़मून पता लगते ही उसने छाती पीटना और चीख़–चीख़कर रोना शुरू कर दिया। गला–फाड़ रोने की आवाज़ पड़ोसियों तक पहुँची और चन्द मिनटों में ही आस–पड़ोस के लोग उसके घर पहुँच गये। हर कोई अपने हिसाब से सावित्री को दिलासा दे रहा है। यह तो दुनिया का दस्तूर है, जो आता है वह जाता भी है। अच्छी उमर थी। भगवान ने अपने पास बुला लिया। दुःख तो होता ही है। वग़ैरह–वग़ैरह।

उसके पति ने दफ़्तर से छुट्टी ली। बिना कुछ खाये–पिये दोनों ने बस पकड़ी। दोपहर को वह अपने मायके पहुँच गयी। बाहर आँगन में दुनियादारी दिखाने, सोग मनाने वालों की अच्छी–ख़ासी भीड़ जमा थी। वह घर से अभी दूर ही थी कि दहाड़े मारकर रोना शुरू कर दिया ताकि उसके पहुँचने से पहले उसके आने की ख़बर लग जाये। जब भी कोई नज़दीकी रिश्तेदार पहुँचता है औरतें कमर पर दो पट्टे बाँधकर एक दायरे में खड़ी हो जाती है। सावित्री के पहुँचने पर भी ऐसा ही हुआ। दायरा बन गया। बूढ़ी औरत ने पहले बैन बोला। सबने सुर ताल में जवाब दिया। पहले माथे पर दोहत्थड़, फिर छाती पर, फिर जाँघों पर। सावित्री क्योंकि अब पहुँची है। इसलिए भरपूर ज़ोर से दोहत्थड़ मार रही है। वह पहले से कमज़ोर है। सिर्फ़ दस मिनट में ग़श खाकर गिर पड़ी। औरतों ने 'पानी लाओ, पानी लाओ' का शोर मचाया। उसके ग़श खाकर गिरने ने उसके दुःख के झण्डे गाड़ दिये हैं। औरतों की आँखों से उसके लिए प्रशंसा–ही–प्रशंसा टपक रही है। एक बुज़ुर्ग ने यह दृश्य देखा, फ़र्श पर

रगड़कर बीड़ी को बुझाया और ऊँची आवाज़ में औरतों को सम्बोधन करते हुए अपना रोल अदा किया।

"——बस बहुत हो गया। भगवान की मर्ज़ी के आगे किसकी चलती है। इस पर तो दया करो। पहले ही इतनी कमज़ोर है।"

मुँह पर पानी की छीटें पड़ी। एक घूँट हलक में उतरा और सावित्री को 'होश' आ गया। अब वह माँ के गले लग कर धीमी आवाज़ में रो रही है। इसी तरह अभी उसे सबके गले लगना है, रोना है।

माँ ने कहा, "बेटी, शाम तक बिल्कुल ठीक थे। रात को तकलीफ़ बढ़ गयी। खाँसी का दौरा पड़ा और प्राण गले में ही अटके रह गये। साँस जहाँ–की–तहाँ। पल भर में पूरे हो गये। जो रामजी की मर्ज़ी। मुझे इस उमर में बेसहारा करना था, कर गये।"

सावित्री के पिता ने पिछले दो वर्षों से खाट पकड़ रखी थी। दमा की बीमारी थी। खाँसी एक बार छिड़ती थी तो अधमरा करके बन्द होती थी। ख़ून–सनी बलग़म से चिलमची लाल हो जाती थी।

अब सबसे पहले आये हुये लोग जाने लग पड़े हैं। सावित्री की दूसरी बहिनें और भाइयों की बीवियाँ अन्दर कमरे में फ़र्श पर आ बैठी हैं।

सावित्री अपनी भाभियों की ओर अर्थपूर्ण दृष्टि से देखते हुए कहती है, "यह हमारी माँ का ही जिगरा था कि दो साल तक बाऊजी की सेवा की। रात को उठ–उठकर चिलमची साफ़ करना, ग़लाज़त फेंकना। हे रब्बजी। दूसरा कोई इस कलयुग में क्योंकर सेवा करेगा।"

आख़िरी फ़िक़रे में उसने अपनी भाभियों का निशाना बनाया है। वह दोनों नीची आँखों से फ़र्श देख रही हैं। कुछ बोली नहीं। अब माँ उठकर किसी काम से बाहर गयी है। सावित्री ने अपनी बहिनों की ओर देखकर कहा, "चलो जी यही शुक्र है भगवान ने बाऊजी को सँभाल लिया। सच्ची, दो साल से कितना ख़र्चा हो रहा था। जो दुःख पाया वह अलग। मैं तो कहती हूँ भगवान एकदम ही क्यों नहीं उठा लेता। इतना दुःख तो भगवान दुश्मन को भी न दे।"

उसकी दोनों बहिनों ने हाँ में सिर हिलाया।

सावित्री की शादी अभी पिछले साल ही हुई है। शादी के दिनों में पिता ज़िन्दगी–मौत के बीच लटक रहे थे। सबको खटका था जाने किस वक़्त चल बसें। शादी कम–से–कम एक साल के लिए तो धरी–की–धरी रह जायेगी। उसने सोलह शुक्रवार व्रत रखे थे। पिता मरें तो उसकी शादी

के बाद। शादी के बाद जब–जब वह मैके आयी बदमज़गी ही रही। कुछ भी अच्छा घर में पकता न था। शादी के चमकीले कपड़े वैसे–के–वैसे पड़े रहे, पिता मौत के मुँह में हो तो सजना–सँवरना क्या अच्छा लगता है?

बड़े भाई का अपना अलग परिवार है। उसकी अपनी कमाई थोड़ी–सी है, माँ–बाप की क्या मदद करता। सावित्री शुरू से उसके ख़िलाफ़ है। भाई का ख़ून सफ़ेद हो जाने की बात वह पहले भी कई दफ़ा कह चुकी है। अब वह बड़ी भाभी को पैनी नज़र से देखते हुये कहती है–

"भइया को अब तो ख़र्च करना चाहिए। बाप ज़िन्दा था तब तो कुछ नहीं किया। मरने के बाद तो कुछ शर्म आनी चाहिए। हाय, बाऊजी तो ज़िन्दगी–भर उसके एक पैसे तक को देखने के लिये तरसते रहे।"

हालाँकि सच यह है कि नौकरी लगने के आठ साल बाद तक बड़ा क्वाँरा रहा, वेतन की पाई–पाई घर देता था।

बाहर कुछ और औरतें पहुँच गयी हैं। स्यापा फिर से शुरू हो गया है। सावित्री कमर कसे दायरे में पहुँच गयी है। कई तरफ़ से 'न, न' की आवाज़ें आयीं। लेकिन वह कहाँ मानने वाली थी। भरे गले से बोली, "हाय तुम सबको भगवान का वास्ता। मुझे कोई न रोके। मेरा शेर जैसा बाप मर गया। हाय रब्ब जी।"

बड़ी भौजाई थोड़ी सीधी है। उसे स्यापे के क़ायदे–क़ानून का पूरा ज्ञान नहीं। वह सुर–ताल के साथ दूसरी औरतों का साथ नहीं दे पा रही। एक बड़ी–बूढ़ी ने उसे तीख़ी आवाज़ में डाँटा–

"अजी तुम्हें शर्म आनी चाहिए। उधर देखो, कल की ब्याही सावित्री कैसे ताल के साथ ताल मिलाकर स्यापा कर रही है।"

बड़ी बेचारी चुप ही बनी रही। जवाब सावित्री ने दिया,

"छोड़ मौसी, तू किस का ज़िक्र ले बैठी। रोना उसी को आता है जिसके दिल को लगती है।"

बड़ी अब मुँह पर आँचल दबाकर सिसक रही है। स्यापे का यह राउंड ख़त्म हो गया।

सब मरद काम में जुटे हैं। मज्जल, अर्थी उठाने का वक़्त हो रहा है। बड़े–बूढ़े अब तक दरी पर बैठे, बीड़ियाँ फूँकते, क़िस्से सुना रहे थे। ज़िन्दगी में कई मौतें देखने के बाद वे इसके आदी हो चुके थे। कुछ लड़के को हौसला बँधा रहे हैं। वह सबको सुनाकर ऊँचा बता रहा है।

"बाऊजी बीमार थे तो क्या हुआ। सारा दिन घर बैठे रहते थे। बड़े बुज़र्गों का तो साया ही काफ़ी होता है। किसकी मजाल कि घर के सामने से खाँसकर भी निकल जाये। शेर की तरह गरज उठते थे।"

वैसे घर में केवल दो ही कमरे थे। बीमार बाप भरपूर गर्मियों में आँगन में लगे नीम के नीचे आधा दिन धूप में, आधा दिन साये में पड़ा रहता था। सर्दियों में बरामदे में टाट का दरवाज़ा लगा दिया जाता था। बाप की चारपाई वहीं लगती थी। बूढ़ा शरीर, उस पर बीमार। बला की सर्दी में खाँसी का दौरा पड़ता तो घण्टों थमता न था। गले में फँसी बलग़म के कारण घर्र–घर्र की आवाज़ें दीवारों–दरवाज़ों से सिर पटकती रहती थीं। सब लोगों की नींद जो उचटती तो सुबह तक आने का नाम न लेती थी। अन्दर कमरे में लेटा छोटा लड़का कई बार बीवी से कहता–

"तौबा। सारा दिन दफ़्तर से थक–टूटकर आओ। रात को भी चैन की साँस लेना नसीब में नहीं। भगवान को भी ऐसे बूढ़े–बीमारों पर दया नहीं आती। सँभाल क्यों नहीं लेता।"

फिर बीवी के गुद्दाज जिस्म को बाँहों में भरकर वह घण्टों नींद को वापस बुलाने की कोशिश करता रहता। पर इस लिपटने का फ़ायदा क्या? जब मालूम हो कि आस–पास सब कोई जाग रहे हैं तो सब कुछ बेमज़ा हो जाता है। कोई–न–कोई आवाज़ तो आख़िर निकल ही जाती है। और नहीं तो हिलती बाँहों की वज़ह से चूड़ियों की खनक को बाहर जाने से तो कोई नहीं रोक सकता। उसने किसी को कभी बताया तो नहीं लेकिन उसे शिकायत है कि आज तक उसने अपनी ही बीवी का नंगा शरीर नहीं देखा। माँ भी तो उनके कमरे में सोती है।

मुर्दे को अब तक नहलाया जा चुका है। औरतें पूरे ज़ोर–शोर के साथ आख़िरी स्यापा कर रही हैं। बेचारे बूढ़े भी अब तक सारे क़िस्से–कहानियाँ ख़त्म कर चुके हैं। अब हरेक के चेहरे पर यह दहशत थी, हमारी बारी भी आयी की आयी।

सावित्री बार–बार धाड़े खाकर पिता के ऊपर गिर रही है। बड़ी बूढ़ियाँ उसे प्रशंसायुक्त निगाहों से देख रही हैं। बेटी हो तो ऐसी। बाप की मौत का इतना सदमा।

शाम तक लोग लाश को फूँककर वापस लौट आये।

बड़ी बहू गर्भवती है। सुबह से कुछ न खा सकी थी। ऊपर से दिन–भर का रोना–पीटना। पति ने उसे एक कोने में बिठाया। ख़ुद चाय

बनाकर गिलास उसके हाथों में दिया। पत्नी ने बहुत रोका, बहुत मना किया लेकिन पति के बहुत ज़ोर देने पर उसने गरम–गरम चाय चुसकनी शुरू कर दी। तभी सावित्री अन्दर आ गयी। भाभी को चाय पीते देखकर उसके सर से पाँव तक आग लग गयी। उसने ऊँची आवाज़ में बोलना शुरू कर दिया।

"हाय रे लोगों। देखो। इस डायन को देखो। मेरे बाऊजी की अभी चिता ठण्डी नहीं हुई और इसे खाने–पीने की पड़ी है।"

अब वह माथा पीट रही है। दूसरी बहिनें भी अन्दर कमरे में आ गयी हैं। सब मिलकर बड़ी भाभी को कोस रही हैं, ताने कस रही हैं। वह शिकायत–भरी आँखों से पति की तरफ़ देख रही है। सावित्री ने तड़ाक से बड़े भाई से कहा,

"तू तो रोक सकता था। इसका अपना बाप मरे तो पता चले कैसे चाय पी जाती है।"

इतनी कड़ी बात सुनकर बड़ी का चेहरा तमतमा गया। उसने देखा सब–के–सब ख़िलाफ़ हैं। ख़ून का घूँट पीकर चुप रह गयी। पति भी अपनी इज़्ज़त और मरे हुए बाप की ख़ातिर उसके ख़िलाफ़ हो गया है।

"इस कुत्ते की बच्ची को मैं रोकता रहा। चक्कर आ रहे हैं तो मरी तो नहीं जाती थी।"

वह उसे मारने के लिए लपकता है। सबने बड़ी मुश्किल से बीच–बचाव किया। अब घर के ख़र्चे की बात चल पड़ी है। सावित्री बड़े से कहती है,

"भापा तुम सब–कुछ देख ही रहे हो। बाऊजी के मरने पर कितना ख़र्च हो गया है। इतने रिश्तेदार आये हैं। दूरवाले तो अभी पहुँचने हैं। दान देना है। किरया–करम पर कितना ख़र्च होगा। हरिद्वार भी जाना पड़ेगा। पूरा नहीं तो आधा ख़र्चा देना तो फ़रज़ बनता है।"

फ़रज़ की बात बड़े को बहुत चुभी है। सावित्री उसके हाथों में जमी–पली है, जवान हुई है। आज उसे फ़र्ज़ का सबक पढ़ा रही है। लेकिन इस वक़्त कोई बड़ा जवाब देना उसने मुनासिब नहीं समझा। बात और वक़्त की नज़ाकत का उसे पता है। एहसास है।

"फ़र्ज़ की बात तो ठीक है। मेरा हाल तुम सबको पता है। दो लड़कों की पढ़ाई का ख़र्चा है, क्लर्की में बनता ही क्या है? रब्ब दी सौंह, हालत ठीक होती तो सैकड़ों ख़र्च कर देता। लेकिन..."

सावित्री बात के बीच में बोल पड़ी,

"हाल तो सबके ख़राब हैं। बाप रोज़–रोज़ तो नहीं मरता!"

अब सबने बड़े पर हमला बोल दिया है। उसे आड़े हाथों लिया जा रहा है।

सावित्री की माँ बिल्कुल चुप है। पति की सौ रुपये की नौकरी में दो लड़कों को पढ़ाया। तीन लड़कियों को पाला–पोसा, शादियाँ तक कीं। आज पति का मुर्दा उठते ही उसके ख़र्चे को लेकर घर में फ़साद हो रहा है। अब, इस क्षण पहली बार उसे पति के मरने का दुःख लगता है और बेआवाज़ रोना शुरू कर देती है। छोटा सोच रहा है कि बाप दो साल तक चारपाई से लगा रहा। बड़े ने एक पैसे की भी मदद न की। अब माँ का बोझ भी उस पर पड़ेगा। घर कैसे चलेगा।

बड़ा सोच रहा है अब माँ जाने कब तक जियेगी? उसके लिए तो अब कुछ देना ही पड़ेगा। पिता की मौत पर जो ख़र्च आयेगा उसका आधा तो देना ही है। रात हो गयी है। माँ ने उठते हुये कहा,

"चलो जी। अब सब सो जाओ। बाक़ी बातें कल होती रहेंगी। जो भगवान को मंजूर है भुगत लूँगी।"

बेटे–बेटियों की ऐसी बातें सुनकर वह खाविन्द के मरने का ग़म भूल गयी है। अब वह अपने आने वाले दिनों की सोच रही है। जब वह बिल्कुल मोहताज होगी।

सावित्री का पति दोपहर से ही एक कोने में अलग बैठा हुआ है। माँ ने बेटी से कहा,

"बेटी, इसकी चारपाई डाल दे। बेचारा सवेरे से कैसे उकड़ूँ बैठा हुआ है।"

घर छोटा है। पड़ोसियों के बाहर वाले कमरे में सावित्री ने पति का बिस्तर लगा दिया। वह लेट गया तो सावित्री थोड़ी देर के लिए उसके पास बैठ गयी। पति बोला,

"अरे तू भी थोड़ा आराम कर ले। पहले से बीमार है, और तकलीफ़ बढ़ गयी तो क्या फ़ायदा", यह बात उसने सावित्री की पीठ पर अपना हाथ फेरते हुए पूरी की।

इस प्यार–भरी हमदर्दी से उसका जी भर आया। वह चारपाई से चाहने पर भी उठ न सकी। पति ने उसके माथे को देखते हुए फिर कहा,

"देख, पीट–पीटकर तू ने अपना माथा नीला कर लिया है।"

"आप ख़ुद समझदार हो। रिश्तेदारों में कितनी बदनामी होती है अगर दुःख परगट न किया जाये। ऐसे मौक़ों पर अपनी इज़्ज़त का ख़याल रखना पड़ता है। नहीं तो जितने मुँह उतनी बातें। आपने देखा नहीं बड़ी भाभी की कितनी बुराई—बेइज़्ज़ती हुई।"

"यह तो ठीक है। पर जान है तो जहान। इतना भी रोना—पीटना क्या हुआ", यह बात पति ने उसके होंठों को छूते हुए कही।

"आपने तो माथे पर पड़े निशान ही देखे हैं", सावित्री ने हल्की कराहट के साथ बताया, "मेरी टाँगों पर तो जैसे गरम—गरम अंगारे रखे हुए हैं", फिर उसने साड़ी ऊपर खिसकाकर दिखाया, "देखो कितने बड़े—बड़े नील, निशान पड़ गये हैं।"

दोहत्थड़ पीटने की वज़ह से रानों, टाँगों के ऊपरवाले हिस्से पर चकत्ते उभर आये हैं, नीले—नीले नील। दर्द की टीसें पड़ रही हैं, उठ रही हैं।

टाँगों की यह हालत देखकर पति घबरा गया है,

"मैं कहता हूँ तू पागल है। इत्ते बड़े निशान। लाओ थोड़ा दबा दूँ, मलने से दर्द कुछ तो कम होगा। नहीं तो मरेगी।"

उसके मना क़रने पर भी वह हल्के हाथों से उसकी रानें दबाना शुरू कर देता है। दिन—भर की थकी—माँदी सावित्री को सुख मिल रहा है। दर्द कम हो रहा है।

"अच्छा अब छोड़ो। जाने दो। दर्द कुछ कम हो गया है," यह बात सावित्री ने उसकी आँखों में देखते हुए कही।

"क्यों फालतू बोलती है। बीमार पड़ने की सलाह है क्या," यह बात पति ने उसकी टाँगों को हाथों से सहलाते हुए कही।

सावित्री ने महसूस किया दर्द उसकी टाँगों में फिर से उतर आया है। लेकिन पहले वाले दर्द से अलग। मीठा—मीठा।

उसने पति के हाथों को परे करना चाहा। लेकिन बरजते हुए हाथ अशक्त हो गये हैं। मीठी पीड़ा की लहरों पर लहरें उठ रही हैं। वह पति के हाथ पकड़कर अपनी दुखती हुई छाती पर रख देती है।

पति ने दूसरा हाथ बढ़ाकर बिजली बुझा दी है। बाहर अँधेरा बहुत गहरा है, अन्दर भी अँधेरा बहुत गहरा है जैसा कि मातमी अँधेरा होता है।

महामारी

कल ही बड़े लड़के का ख़त आया था। वह चार दिन के लिए पत्नी और बच्ची के साथ आ रहा है। माँ अनपढ़, लेकिन पोस्टकार्ड पर लिखी लाइनों से ही पहचान गयी थी कि ख़त सन्तोष का है। सिर्फ़ वही है जो सारा पोस्टकार्ड ज़ाया कर दिया मरता है। पति बाज़ार से लौटे तो कहा था– "देखना, सन्तोष का ख़त है न! क्या लिखा है? सारे आ रहे हैं न?"

एक साथ बहुत सारे सवाल पूछने की आदत बहुत पुरानी है, अभी भी गयी नहीं। जब–जब बड़े का कभी–कभार कोई ख़त आ जात ाहे वह यही बँधे–बँधाए सवाल पूछा करती है, लेकिन बड़ा आता–जाता बहुत कम है। मास्टरजी को ख़त का मज़मून बताने के बाद हमेशा उसके आदत होने को झेलना पड़ता है। लेकिन लड़के के आने की ख़बर उसे देकर उनके दिल में भी छोटी–सी ख़ुशी कूद गयी थी। वह बाहर के दिखावे और टीम–टाम में ख़ुद भी विश्वास नहीं करते। लड़के के साल–साल तक न आने का कहीं गहरे में बुरा नहीं मानते। लेकिन यह ज़रूरी तो नहीं कि हर सवाल का ठीक जवाब किसी को ख़ुशी भी दे। एक बार देर तक न आने की बात को थी तो लड़के ने समझाया था कि बिना वज़ह से कहीं आना–जाना उसे फ़िज़ूल लगता है। कभी कोई बात हुई है, काम पड़ा है, ज़रूरत आ खड़ी हुई है, तो वह हमेशा क्या पहुँचा नहीं?

कोई ज़रूरत आ पड़ने का पहुँचने की बात तब उन्हें सही लग गयी थी। नौकरी से रिटायर होने के बाद, चालीस रुपये की पेंशन मिलने पर, छोटी लड़की की शादी करने पर, ज़रूरतें पड़ती ही रही हैं और जैसे–तैसे बड़ा पहुँचा है। जो हो सका था, किया भी।

पत्नी को भी समझाने की कोशिश की थी, लेकिन वह ठहरी अनपढ़! आज के आदमी की तरह वह सूखे तर्क तथा कारण के आधार पर न

जीती है, न बात करती है। उसने बिफ़रकर कहा था कि क्या अपने लोग अब सिर्फ़ काम पड़ने पर ही मिलते हैं? प्यार भी कुछ होता है न? वह पढ़–लिखकर कितना सूखा हो गया है?

लड़के के पढ़ने का विशेष श्रेय माँ को जाता है। सारे विरोध होने के बावजूद कि कॉलेज का ख़र्चा कौन देगा, और बच्चे भी हैं, उसने पढ़ाई के बारे में डटकर लड़के का साथ दिया था। लड़का पढ़ा, उसकी अच्छी नौकरी लगी। और तब तो उसके दिल में ठण्ड पड़ जाया करती है जब लड़का अब भी दूसरों के सामने स्वीकार किया करता है कि उसको पढ़ाने वाली, बनाने वाली उसकी माँ ही है।

लेकिन एक दुःख उसे हमेशा सताता रहा है। नौकरी बाहर के शहर में लगने पर लड़के का घर आना–जाना कम हो गया। कुँआरा या तो कोई बात न थी। शादी हुई, बच्ची हुई। माँ ने सोचा–अब महीने में एक बार तो आयेगा, लेकिन नहीं। वही पुरानी आदत। अब आस–पड़ोस के लोग लड़के, बहू और बच्ची के न आने की बात पूछते हैं तो वह अपमानित होती है। लोग तो कमीने हैं। यही सोचते होंगे न कि शायद अब लड़के और उसकी घरवाली से बनती नहीं।

इसलिए लड़के के आने की बात पर उसने पति से फिर पूछा था–"किस तारीख़ को आ रहा है? कितने दिन रहेंगे? पता नहीं कपड़े भी साथ लाते हैं कि नहीं? दोनों लापरवाह हैं। मीनू के बारे में कुछ नहीं लिखा? मुझे याद करती है न...?"

मास्टरजी ने सारे सवाल सुने, ज़रूरी सवाल का चुनाव किया और बताया–

"कल सुबह आयेंगे। चार–पाँच दिन रहेंगे।"

दादी को मीनू के आने की ख़ुशी लड़के के आने से कहीं ज़्यादा है। तीन साल की उम्र में कितनी बातें करती है? वह मीनू से मिलने महीने में एकाध बार आ जाया करती है। लड़का और बहू तो बस चुप रहते हें। उन्हें आपस में बहुत बातें करते कभी नहीं देखा–सुना। उससे क्या बोलेंगे? पहले मिलने जाती थी तो सुबह जाकर शाम को लौट आया करती थी। यहाँ तो दिल तंग पड़ जाता है। लेकिन जब से मीनू ने बोलना शुरू किया है, महीने में दो–तीन दिन लड़के के यहाँ लगा आती है। कितना बोलती है? मरजानी बिल्कुल मेरे ऊपर गयी है। उसे अपने बहुत बोलने की आदत का पता है, जिसे मास्टरजी बड़–बड़ करना कहते

हैं। वह काम करते हुए मुसकरा रही है–चलो, लड़के के घर भी बड़–बड़ करने वाली पैदा हो गयी। कोई तो आया घर की चुप्पी तोड़ने वाला।

आज सुबह से वह झाड–पोंछ और सफ़ाई में लगी है। बीच–बीच में आस–पड़ोस में जाकर बता भी आती है कि बड़ा आ रहा है, पूरे चार दिन के लिए। यह सूचना देने का उसका मक़सद उन्हें बताना है कि देखो, हमारी 'बनती' है। ऐसी–वैसी कोई बात नहीं।

बाहर रिक्शा रुकने की आवाज़ आयी। वह दौड़कर दरवाज़े के पास पहुँची। रिक्शा में रखा छोटा सूटकेस देखकर उसे विश्वास हो गया कि वे लोग कुछ दिन ठहरेंगे। अन्दर कहीं ठण्ड पड़ जाती है। दौड़कर मीनू को गोदी उठा लिया। बड़ा सूटकेस उठाकर अन्दर आता है। बहू से 'नमस्ते' होती है। हालचाल पूछने पर सिर हिला देती है। माँ को कहीं तकलीफ़ होती है कि वह उससे खुलती नहीं। लेकिन छोड़ो, अब मीनू जो है।

अब दादा ने मीनू को उठा लिया। महीनों बाद मिली है। इस बीच एकदम से पूरे वाक्य बोलने लग पड़ी है। दादा को बीड़ी सुलगाते देखकर पूछती है–

"आप क्या पी रहे हैं?"

"बीड़ी।"

अपने पिता को वह सिगरेट पीते देखती रहती है। यह 'बीड़ी' शब्द उसके लिए नया है।

"झूठ बोलते हो। सिगरेट है सिगरेट। हाँ।"

दादी मीनू को अपनी गोदी में खींच लेती है, चूमती है।

"हाय राम! कितनी स्यानी बातें करने लग पड़ी है?"

बाहर दूधवाला आया है। माँ बर्तन उठाकर बाहर गयी। फिर वहीं से आवाज़ देकर पूछा–

"काका, कितना दूध फ़ालतू लेना है?"

सन्तोष पत्नी से पूछकर माँ को बताने बाहर आता है। अभी कुछ और लोग दूध ले रहे हैं। वह माँ से कहता है–

"जितना रोज़ लेती हो, ले लो।"

"काका, हम तो एक पाव ही रोज़ लेते हैं। दो टैम की चाय ही तो बनानी होती है।"

लड़का यह बताते हुए कि मीनू के लिए दो किलो दूध ले लो, कहीं कसूरवार महसूस करता है। उसे लगता है, माँ का चेहरा दो किलो की बात सुनकर क्षणभर के लिए बुझ गया।

उसे याद आया, घर में हमेशा इतना ही दूध आता रहा है। हाँ, पाँच भाई–बहनों में जब कभी कोई बीमार पड़ता था तो उसे पीने के लिए दूध मिला करता था, बतौर दवाई। तब से दूध देखते ही उसे दिल में बीमार होने का अहसास आ जाता है। अब उसके थोड़े अच्छे दिन हैं, लेकिन दूध से नफ़रत है। वह अपने अर्थजगत् मन में हिसाब भी लगाये जा रहा है कि मीनू सिर्फ़ चार दिन में यहाँ का महीने भर का दूध का बजट पी जायेगी।

माँ ने नाश्ता बना लिया–परांठे, चाय, अचार। चौथाई सदी से चली आ रही खाने की एक ही फ़ेहरिस्त।

मीनू दादी की गोद में बैठकर खायेगी। दो–चार ग्रास वह आजकल खा लेती है। वह बड़े ग़ौर से खाने का सामान देख रही है।

"दादी, अंडा नही बनाया?"

कमरे में क्षणिक चुप्पी छा गयी। सन्तोष कहता है–

"मेरा अच्छा बेटा। ऐसे ही खा ले, कल बना देंगे।"

बहू भी अपनी तरफ़ से छोटी–सी सफ़ाई देती है–

"घर भी कभी–कभी थोड़ा–सा ही खाती है।"

"ममा झूठ बोलती है, हाँ! थोड़ा–सा नहीं खाती, एक खाती हूँ एक।" मीनू जवाब देती है। अब सन्तोष उसे डाँट देता है। माँ मास्टरजी को कहती हैं कि वह शाम को अंडे लेते आयें। साथ ही साथ उसका अनपढ़ दिमाग़ यह अन्दाज़ा भी लगाये जा रहा है कि रात की सब्ज़ी के पैसे अंडे खा जायेंगे। उन दोनों बूढ़ों को तो रात को सब्ज़ी की ज़रूरत पड़ती नहीं। सुबह आधा पतीला दाल बन जाती है जो रात तक चल जाती है। बाहर आँगन में सब्ज़ियों का छोटा–सा बाग़ है। मौसम आता है, थोड़ी सब्ज़ी उगती है, तो ही बनती है। वह सुबह ही बैंगन के पौधों के बड़े–बड़े पत्ते उठाकर दो गोल बैंगन तलाश चुकी है। छोटे हैं तो क्या, तोड़ लेगी। एक टैम का काम तो चल जायेगा।

मीनू दो ग्राम खा लेने के बाद दूध माँगती है। बहू उठकर रसोई में जाती है। मीनू की बड़ी वाली बोतल भरकर लायी। मीनू लेट गयी और लगभग एक ही साँस में सारा दूध पी जाती है। दादी सोचती है कि पाँच बार में सारा दूध पी जायेगी। वह बहू को सलाह देती हे–

"काकी, इसे रोटी खिलाया कर। अन्न अन्दर जायेगा तो कुछ मोटी होगी। देख तो सही, कैसी सूखी पड़ी है?"

बहू पति को नाम लेकर ही बुलाया करती है। बताती है–

"मैं खिलाने लगती हूँ तो सन्तोष गुस्से हो जाता है। कहता है, इतनी जल्दी रोटी शुरू नहीं करनी।"

माँ सन्तोष की तरफ़ देख रही है। बेटा उसे कैसे समझाये कि वह छोटी मीनू के माध्यम से अपना बचपन सुखद रूप में पहली बार जी रहा है। उसे आज भी याद है कि जब से होश सँभाला, हाथ में रोटी का टुकड़ा और चाय का गिलास ही रहा है। अगर बच्ची रोटी खाने की ज़िद करती है तो उसे अपना घिनौना बचपन याद आ जाता है। तब अन्य बच्चों को बाज़ार की कोई भी चीज़ खाते देखकर उसका जी कितना ललचाता था? जब माँ ने पैसे माँगने की जिद पर अड़ जाता था तो आमतौर पर पिटायी ही होती थी, क्योंकि घर का राशन–पानी ख़रीदने के बाद माँ के पास देने को कुछ बचता ही न था। तब उसे अपनी माँ से बेइन्तहा नफ़रत थी–कितनी बुरी है? कभी कुछ नहीं देती। नासमझ जो था। अब जाकर कहीं समझ आया है कि पैसे का, पूँजी का यह ग़लत विवरण, असन्तुलन वह कुल्हाड़ी है, जो हमारे सम्बन्धों को काटकर फेंक देती है।

दादा ने नाश्ता कर लिया। वह बीड़ी सुलगाते हैं तो मीनू फिर टोकती है–"दादा। यह सिगरेट मत पियो। गन्दा। बू वाला। पापा वाला पिया करो, हाँ नहीं तो।"

दादा उठकर आँगन में चले गये। मीनू की ममा उसे डाँटती है–

"मीनू! बड़ों से ऐसे नहीं कहते। देखो, मैं तुम्हारे पापा को ऐसा कहती हूँ?"

"हाँ, कहती हो–सिगरेट मत पियो। बू आती है।"

मीनू उठती है। मटकती हुई बाहर आँगन में आ गयी। कुछ टमाटर के पौधे हैं, कुछ भिंडी, कुछ बैंगन और साग वग़ैरह। मीनू एक–एक करके सबके बारे में दादा से पूछ रही है। फिर कहती है–

"मैं इनको छू लूँ? ख़राब तो नहीं होंगे?"

दादा उसका सिर थपथपाकर छू लेने की आज्ञा देते हैं। साथ ही हिदायत देते हैं कि पत्ते मत तोड़े। थोड़ी देर में छू लेने से उसका मन भर जाता है। पूछती है–

"दादा, सुन्दर फूल कहाँ है?"

उसे अपने घर के छोटे–से आँगन की याद है, जहाँ सारा साल रंग–बिरंगे फूल इठलाते रहते हैं। उन पर उड़ती तितलियों के पीछे वह छोटी–छोटी दौड़ें लगाती रहती है। वह अब दादा के जवाब के इन्तज़ार में है। अगला सवाल पूछती है–

दादा, तितली कहाँ है?"

सब्जी के पौधों के हिलने से उन बैठे मच्छर उड़े। एक–दो ने मीनू को काट भी लिया। अब वह दादा के चुप रहने और मच्छरों के काटने से झुँझला गयी। कहती है–

"दादा! ये पौधे तोड़ दो। गन्दे। छी। मच्छर काटता।"

दादा के पास उसके सारे सवालों के जवाब हैं, लेकिन जवाब देने की हिम्मत नहीं पड़ रही क्योंकि उन्हें फूलों और सब्ज़ी के फ़र्क़ का पता है, लेकिन मीनू का क्या कसूर? बचपन में शायद उन्हें भी फूल और तितली अच्छी लगती थीं। थोड़ा बड़ा होने पर ग़रीब ज़िन्दगी की सच्चाइयों का पता चला। अपने आप फूल भूल गये थे, तितलियाँ भूल गयी थीं। मीनू के इन सवालों से वह अन्दर से हिल गये। उनका जी चाहता है कि इसी वक़्त खुरपा उठायें और सब्ज़ी के इन पौधों को जड़ से काट दें, यहाँ फूल लगा दें, जिन पर तितलियाँ उड़ती रहें। वह नहीं इन्हें देख सके, बेटा सन्तोष नहीं देख सका। क्या तीसरी पीढ़ी भी बिल्कुल पहले वाली पीढ़ियों की–सी ज़िन्दगी बिताएगी, बिना फूलों के, बिना तितलियों के?

उन्हें पता है कि ये फूल–तितलियाँ शायद मीनू के भाग्य से भी सिर्फ़ कुछ दिन और हैं। बेटा जो कमाता है, वह जानते हैं। घर के जो ख़र्चे हैं, वह जानते हैं। बड़ी जल्दी बेटे के आँगन से भी फूलों के पौधे उखड़ जायेंगे, तितलियाँ उड़ जायेंगी, वह जानते हैं। वहाँ भी जल्द ही सब्ज़ियाँ लग जायेंगी, वह जानते हैं। बदसूरती, ग़रीबी, अभाव, बच्चों की ज़िन्दगी में शुरू से आ जाये तो उनका क्या होता है, वे क्या बन सकते हैं, वह जानते हैं क्योंकि सारी उमर उन्होंने प्राइमरी स्कूल में ग़रीब बच्चों को पढ़ाया है। लेकिन मीनू को तो अभी इन दुःखों का पता नहीं। वह मच्छरों का काटना भूल चुकी है। फिर से पौधों के बीच मटक रही है। उसने बैंगन के पौधे के लम्बे पत्तों को हाथ से पीछे किया, गोल–गोल बैंगन देखकर चहक उठी–

"दादा। देखो, कितने बड़े आलू हैं?"

दादा मुसकराए, उसे बताया–

"मीनू बेटे, आलू नहीं, बैगन।"

"अच्छा? कितना बड़ा बैगन, मैं एक तोड़ लूँ?"

दादा अब सतर्क हो गये। बैंगन की सब्ज़ी बेटे–बहू के लिए कल दोपहर बननी तय हुई। अभी से मीनू तोड़ लेगी तो ख़राब हो जायेंगे। वह उसे कहते हैं–

"मीनू, कल तोड़ेंगे।"

"नहीं, अभी तोड़ूँगी। बस एक, हाँ।"

वह उसे पकड़कर क्यारी से बाहर निकालते हैं। अब बच्ची पर ज़िद सवार हो चुकी है। वह ऊँचा–ऊँचा रोना शुरू कर देती है। दादी भी रसोई से बाहर आ गयी। मीनू अपनी माँ के पास शिकायत कर रही है–

"ममा! दादा बहुत गन्दे हैं। मुझे तोड़ने नहीं दिया।"

दादी मास्टरजी से कहती है–

तोड़ लेने देते, जी। क्या फ़र्क़ पड़ता है?"

मास्टर जी खीझ गये। जरा तेज़ आवाज़ में बोलते हैं–

"तो कल सब्ज़ी..."

फिर उन्हें ख़याल आता है कि बेटे–बहू के सामने तो यह वाक्य बोलना नहीं था। वह कमरे से बाहर चले जाते हैं।

बहू इस आधे बोले गये वाक्य से ही सब कुछ समझ गयी। इतना कड़ा अभाव शायद अपनी ज़िन्दगी में उसने पहली बार देखा। पति से बोली–

"सन्तोष, कैसे चलाते होंगे घर का ख़र्चा? सुनो, हर महीने यहाँ कुछ भेज दिया करो न।"

पति कोई जवाब नहीं देता। उसे कैसे बताए कि कहना आसान है, भेजना कितना कठिन? फिर, कई बार एकमुश्त बड़ी रकम भी तो घर में देनी पड़ जाती है। वह उसके जवाब का इन्तज़ार नहीं कर रही है। वह जानती है, सन्तोष क्या सोच रहा है? उसके दिमाग़ के कोनों में इस वक़्त छोटी–छोटी रक़में इधर से उधर उछल रही होंगी। आपस में जमा होतीं, फिर घटती, फिर शेष क्या बचा, इसका लेखा–जोखा करतीं, लेकिन वह भी इस सच्चाई को समझ चुकी है कि एक रकम से दूसरी चाहे जितनी बार घटाओ, शेष कभी कुछ नहीं बचता। बची हुई रकम तो कुछ विशेषाधिकार प्राप्त लोग पहले ही काट लेते हैं।

लेकिन क्योंकि पति–पत्नी ज़िन्दगी का सच एक–दूसरे से हमेशा बाँटकर रखते हैं, इसलिए क़िस्से–कहानियों वाला तनाव उनकी ज़िन्दगी में कम ही आता है। वह पति को सलाह देती है–

"सुनो, सन्तोष। मीनू तो इनका चार–पाँच रुपये रोज़ का ख़र्च करवा देगी। ऐसा क्यों नहीं करते, माँ को ख़र्च के लिए कुछ रुपये दे दो न।"

"मैंने यह सोचा था, लेकिन पैसे देने की हिम्म्त नहीं हो रही। कितना अपमानित महसूस करेंगे? माँ को कितना चाव था मीनू कुछ दिन यहाँ रहे। अब बच्ची का ख़र्चा मुझसे तो दिया न जायेगा।"

"ठीक है। यहाँ से वापस जाने के बाद कुछ रुपये मनीऑर्डर से भेज देना।"

सन्तोष चुप। इसे कैसे समझाए कि इन घरों में हर दिन के ख़र्चे की रकम बँधी–बँधाई होती है। कोई अपना भी कुछ दिनों के लिए आ जाता है तो इनके आने वाले कुछ दिनों की रोटी खा जाता है। वह जानता है कि अमूमन माँ सुबह ही दाल का आधा पतीला बना लिया करती है, दोनों वक़्त के खाने के लिए। लेकिन इतने अरसे के बाद बेटा आया है, मीनू आई है, खाते–पीते घर की बहू आई है। एक अतिरिक्त सब्ज़ी बनानी पड़ती है।

मीनू को दुबारा भूख लग चुकी है। हमेशा की तरह आज्ञा देती है–"ममा! भूख लगी है। दूध ला।"

अब ममा को भी घर में घट रही हर रोज़ की त्रासदी का आभास हो गया है। मीनू इतनी जल्दी–जल्दी दूध पिएगी तो शाम तक सारा ख़त्म कर देगी। "नहीं बिट्टू, खाना बन रहा है। आज तो मीनू हमारे साथ छोटी गोगी खायेगी।"

लेकिन मीनू इस तरह के नाटकों से छलावे में नही आनेवाली। कड़ककर कहती है–

"ममा, तू बक–बक किया कर। हाँ, नहीं तो। मैं दूध पियूँगी।"

पत्नी सन्तोष की ओर मदद माँगती निगाहों से देखती है। वह कहता है–"यह मानेगी क्या? दे दो। मैं शाम को बाज़ार से और दूध ले आऊँगा।"

मीनू गटागट दूध ख़त्म कर देती है। फिर वह रसोई के दरवाज़े पर खड़ी होकर दादी से पूछती है–

"दादी, तू क्या बना रही है?"

"अपने लाल के लिए खीर बना रही हूँ। खायेगी न?"

"हाँ। मुझे खीर बौत अच्छी लगती है।"

दोपहर के खाने के लिए सब बैठे हैं। दादी कटोरी में खीर डालकर सबसे पहले मीनू के आगे रखती है। मीनू खीर को देखती है, फिर मुँह फेर लेती है।

"खाओ न, बेटे"–दादी।

"मैं नहीं खाती।"–मीनू।

"क्यों?" जरा कड़ी आवाज़ में पूछना सन्तोष।

"नहीं खाती। खीर में दादी ने बादाम नहीं डाले।"

दादी असहाय नज़रों से मीनू को देखती है, समझाती है, "बेटे, खीर में बादाम नहीं डालते।"

"देखो ममा, दादी झूठ बोलती है। तू डालती है बादाम, है न।"

सन्तोष तीखी आवाज़ में कहता है–

"मीनू! चुपचाप खीर खा लो।"

"नहीं खाती। दादी गन्दी है। दादा गन्दा है। मुझे एक बैंगन नहीं तोड़ने दिया। सब गन्दे हैं। ममा, हम अपने घर चलेंगे। हाँ, यहाँ नहीं रहते।"

माँ सन्तोष के अन्धे गुस्से को जानती है। पिता जानते हैं, पत्नी जानती है, लेकिन मीनू तो नहीं जानती। सन्तोष सुबह से माँ–बाप की छोटी–छोटी मजबूरियाँ देख रहा है, छोटे–छोटे अपमान देख मीनू के इस लम्बे वाक्य ने इन मजबूरियों को, अपमानों को आपस में जोड़ दिया। वह उठकर घुटनों के बल बैठ गया। हाथ लम्बा हुआ, दिमाग़ में बैठी मजबूरियों ने एक ख़ूंख़ार जानवर का रूप धारण किया, जानवर उछलकर हाथ पर आ बैठा, हाथ पूरे ज़ोर–से उठा और मीनू के दायें गाल और नाक के आधे हिस्से पर 'फड़ाक' की आवाज़ के साथ जानवर ने छलांग लगा दी।

मीनू ज़मीन पर लुढ़क गयी, उसका मुँह खुल गया, लेकिन किसी तरह की आवाज़ बाहर नहीं आ रही। दादी बेटे को धक्का देकर परे करती है। मीनू की छाती मल रही है।

फिर बच्ची के अन्दर क़ैद चीख़ पूरा ज़ोर लगाती है और मुँह के रास्ते बाहर निकलकर कमरे में फैल जाती है। चीख़ का तीखा हिस्सा दादी, दादा और माँ के दिल के अन्दर भी चाकू की नोक की तरह सरसराकर घुस जाता है।

मीनू का मुँह कुछ क्षणों में ही सूज गया। होंठ पर लहू की बूँद चमक आयी। अब वह लगातार हाहाकार किये जा रही है। सन्तोष खाना छोड़कर सिगरेट सुलगाता है, दादा बीड़ी सुलगा लेते हैं। पत्नी मीनू को गोदी में लेकर हिला–डुला रही है। फिर उसे उठाये हुए बाहर आँगन में चली जाती है। मास्टरजी बेइन्तहा गुस्से में हों तो बेटे की तरह बेकाबू हो जाते हैं। पत्नी से कहते हैं–

बदज़ात औरत! चार बादाम खीर में डाले नहीं जा सकते थे?"

"घर में बादाम कहाँ हैं?"

"उफ़, इस घर में कभी भी कुछ हुआ है क्या?"

वह जानती है, इस वक़्त मास्टरजी को जवाब देना ठीक नहीं। पता उन्हें भी है कि इस घर में बादाम कभी ख़रीदे ही नहीं गये। वह डरते–डरते बेटे से कहती है–

"काका, तू पागल हो जाता है? इतना गुस्सा? कितने ज़ोर से मारा है? ख़ून निकल आया है। कान फट जाता तो? बच्ची को समझ थोड़े ही है? उसका क्या कसूर?"

जानवर दिमाग़ में वापस आ बैठा। उसके अलग–अलग अंग दिमाग़ के अलग–अलग हिस्सों में बँट गये। पता सन्तोष को भी है कि कसूर बच्ची का नहीं। पता उसे भी है कि कसूर किन लोगों का है, लेकिन क्या हो सकता है? कभी तो कुछ होगा ही। वे लोग इतिहास को भूल गये हैं। इतिहास क्या उन्हें मुआफ़ करेगा?

पत्नी बाहर से ही उसे आवाज़ देती है–

"अब चुप भी तुम्हीं से होगी। जरा बाहर आकर उठा लो।"

सन्तोष मीनू को गोद में लेता है। वह उसकी छाती के साथ सिर रखकर और ज़ोर–से रोने लग पड़ती है, लेकिन वह उसे छोटी–छोटी कहानियाँ सुनाकर जल्दी–जल्दी मना लेता है। मीनू का गाल और होंठ अभी तक सूजे हुए हैं।

सब लोग फिर खाने के लिए बैठे हैं। मीनू अब चुपचाप बिना बादाम की खीर खा रही है। पापा साथ–साथ उसे भालू वाली कहानी सुना रहे हैं। खाना ख़त्म हो गया। मीनू दादी से कहती है–

"दादी, जल्दी फ्रूट लाओ। मैं खाकर निनी बाबा करूँगी।"

सन्तोष मीनू को घूरकर देखता है। वह थोड़ी देर पहले पड़ी मार को भूली नहीं। झट–से कहती है–

"पापा, अच्छे बच्चे फ्रूट नहीं माँगते।"

"नहीं, बेटा!"

"अच्छा। दादी, तू फ्रूट मत ला, दूध दे। मैं सोऊँगी।"

सन्तोष और पत्नी याद कर रहे हैं कि घर में रोटी के बाद फल खाने के लिए वे दोनों किस तरह मिन्नतें करते हुए मीनू के पीछे घूमते हैं। वह सौ नख़रे करती है, कई बातें मनवाती है, तब कहीं जाकर कुछ खाया करती है। अभावों की मार सच जल्दी ही समझा देती है। छोटी बच्ची है, कोई सन्दर्भ नहीं समझती, किसी का कुछ का ज्ञान नहीं। फिर भी एक बार मार खाकर समझ गयी है। अगर वे अभावों से घिरे बैठे, चुपचाप जी रहे लोग सदियों से मार खाने के बाद चुप हैं, अपना जो है, नहीं माँगते तो फिर हैरानी कैसी?

दोपहर हो गयी। वे तीनों लेटे हैं। दादा–दादी पास ही के कमरे में लेटे हैं। मीनू और पत्नी सो गये। सन्तोष को नींद नहीं आ रही। वह गुसलख़ाने जाने के लिए उठता है। गुसलख़ाने और साथ वाले कमरे की खिड़की जिसमें माँ–बाप सोये हैं, साक्षी है। वे दोनों आपस में बातें कर रहे हैं–

"सुनो जी, शाम को बाज़ार जाकर अंडे, फल और थोड़ा–सा दूध ले आना। वह गुस्से में पागल हो जाता है। फिर मीनू को मार बैठेगा।"

"अच्छा।"

"पैसे हैं? आख़िरी दिन हैं। ख़त्म हो गये होंगे।"

"नहीं हैं। माँग लूँगा।"

छोटी–सी चुप्पी। फिर माँ की आवाज़–

"सन्तोष जल्दी वापस जाने के लिए कहे तो रोकना मत। अच्छा करता है, यहाँ नहीं आता।"

माँ का एक–एक शब्द किसी महामारी के कीटाणुओं की तरह सरसराता हुआ सन्तोष के शरीर में प्रवेश कर रहा है। फिर उसे लगता हे कि ये कीटाणु दरवाज़े से बाहर निकल रहे हैं, निकल गये हैं, आस–पड़ोस के घरों में जाकर लोगों के शरीर में घुस गये हैं। घर–घर में, शहर–दर–शहर कीटाणु पहुँच चुके हैं, महामारी फैल चुकी है। आदमी का आदमी से, माँ का बच्चों से, पिता का बेटे–बेटियों से सम्बन्ध काटती महामारी।

यही माँ है। न आने की वजह से कितना गुस्से में थी, झगड़ती थी। ख़त लिखवाती थी। यहाँ पहुँचे थे तो आज सुबह इसका चेहरा कितना रौशन था। यही माँ है, चाह रही है मीनू, वह और सन्तोष आज ही लोट जायें।

सन्तोष दीवार पर लगे शीशे में अपना चेहरा देखता है। अपनी सूनी–सूनी आँखों में अपने भविष्य के छोटे–छोटे दृश्य देखता है। मीनू बड़ी होगी, उसकी शादी होगी। वह अपने बच्चों के साथ उसे घर में आयेगी। तब शायद उसके साथ भी यही कहानी दुहराई जाये? फिर वह आँखों पर हाथ मलकर इन दृश्यों को मिटा देता है। वह आज ही लौटने का निर्णय कर लेता है।

शाम का वक़्त है। सन्तोष रिक्शा बुला लाया। तीनों रिक्शा में बैठते हैं। माँ कहती है–

"काका, यह क्या? कुछ दिन रहते।" वह झूठ बोल रही है।

"नहीं। कोई ज़रूरी काम याद आ गया है। फिर आयेंगे।" वह झूठ बोल रहा है।

दादी की आँखों में आँसू देखकर मीनू कहती है–

"दादी, अच्छे बच्चे रोते नहीं। मैं फिर आऊँगी। तब अंडा भी नहीं माँगूँगी, दूध भी नहीं माँगूँगी, फ्रूट भी नहीं माँगूँगी। पापा गुस्से होते हैं।"

रिक्शा चल पड़ती है। दादा–दादी बहुत देर तक मीनू का हवा में उठा 'बाय–बाय' करता हाथ देखते रहते हैं।

जयहिन्द

बस शहर के अन्दर प्रवेश कर चुकी है। वह खिड़की से बाहर सिर निकाले हुए इस शहर की चमचमाती सड़कों पर लम्बे सायेदार पेड़ों, उन पर दहकते लाल सुर्ख़ फूलों और कतारों में बने एक–जैसे मकानों को हैरानी भरी आँखों से लगातार देखे जा रही है। इस शहर के बारे में उसने बहुत कुछ सुन रखा था। हिन्दी के अख़बार में यह समाचार भी पढ़ा था कि दुनिया के सबसे ख़ूबसूरत शहर का इसे इनाम भी मिल चुका है।

उसका बाप इस शहर में पिछले दस साल से काम कर रहा है। वह अपनी माँ के साथ गाँव में ही जन्मी–पली। बाप ने ही इस शहर में उसके लिए लड़का तलाश किया, शादी हुई और आज दुल्हन बनकर वह यहाँ पहुँच रही है। गाँव की सहेलियों ने उसकी क़िस्मत पर रश्क किया था। पक्के मकानों वाले, पक्की सड़कों वाले शहर में रहेगी–न गन्दा पानी, न कीचड़, न कीड़े और न बू! इसे कहते हैं क़िस्मत।

उसका पति उसे धीमी आवाज़ में बता रहा है कि यह शहर दो राज्यों की राजधानी है। दिल्ली की बड़ी सरकार इस शहर की अफ़सर है। पिछले पन्द्रह बरसों में उसने इस शहर की बहुत सारी इमारतों को बनाया है। फिर वह गर्दन अकड़ाकर उसे सूचना देता है कि वह छोटा–मोटा मज़दूर नहीं, हेड मिस्त्री है, बड़ा मिस्त्री। सरकार के अफ़सर और ठेकेदार उसके हाथों के जादू की तारीफ़ करते हैं। जहाँ ईंट रख दे, वहाँ से एक सूत भी इधर–उधर करने की ज़रूरत नहीं होती।

वह गाँव के स्कूल में पढ़ी है। उसे 'हेडमास्टर' शब्द का अर्थ पता है। पति भी हेड है। फिर तो बहुत सारे लोग उससे डरते होंगे, भाग–भागकर उसका काम करते होंगे। वह तो बस कुर्सी पर बैठा रहता होगा, टाँग–पर–टाँग रखकर।

हाय, कितना अच्छा शहर! बस शहर के अन्दर दाख़िल हुई थी तो सड़कों के किनारे पर लगे बहुत बड़े बोर्ड पर लिखे इस वाक्य को कि ''शहर आपका स्वागत करता है।' पढ़कर वह हैरान और ख़ुश हुई थी।

शादी के लिए उसका पति और सास, सिर्फ़ दोनों गाँव आये थे। पूरी बस करके बारात लाने की औक़ात उनमें न थी। अब बस धीमी होनी शुरू हो गयी। साथ वाली सीट पर बैठी सास उसका कन्धा छूकर कहती है–

"काकी, घुण्ड करे ले। घर आ गया।"

वह सिर पर से दुपट्टा आगे सरकाकर घूँघट निकाल लेती हे।

बस सड़क के किनारे पर खड़ी है। पति दहेज में मिला ट्रंक उठाकर नीचे उतरता है; सास हाथ पकड़कर उसे नीचे उतारती है।

सड़क के किनारे एक पूरी–की–पूरी बस्ती बसी हुई है। दरवाज़े इतने छोटे कि अन्दर झुककर ही जाया जा सकता है। मिट्टी–गारे की बनी दीवारें, काली स्याह टीन की छतें। जगह–जगह गन्दले पानी के छोटे–छोटे गड्ढे। रेहड़ियों पर सब्ज़ियाँ और दूसरा खाने–पीने का सामान रखे हुए चीख़ते हुए दूकानदार। कहीं कोई सायेदार पेड़ नहीं, सुर्ख़ दहकते फूल नहीं। उसके गाँव से भी ज़्यादा गन्दी और गलीज़ जगह। वह सकते मे आ गयी। अचानक वह ख़ूबसूरत शहर कहाँ ग़ायब हो गया? यह शहर, जिसके बारे में उसने इतना कुछ सुना है, अपनी चौथी की किताब में पढ़ा है।

अब वह अपने पति और सास के पीछे–पीछे चलती हुई झोंपड़ियों की तीन कतारें पार कर चुकी हैं। ये लोग एक झोंपड़ी के आगे ठहर गये। दरवाज़े की जगह पर पुराने तम्बू का बड़ा–सा टुकड़ा लटक रहा है। झोंपड़ी के आगे बहुत–से लोगों की भीड़ लगी हुई है, उसका स्दागत करने के लिए। पति एक बूढ़े की ओर इशारा करता है। वह समझ जाती है कि उसका ससुर है। झुककर पाँव छूती है। सास उसे वहीं खड़ा रहने को कहकर झोंपड़ी के अन्दर चली गयी। बाहर निकलती है, तो हाथ में सरसों के तेल की शीशी। उसे तम्बू के टुकड़े पर तेल गिराने क लिए कहती है। नई दुल्हन का घर में प्रवेश होने से पहले दरवाज़े पर तेल गिराने का रिवाज़ है।

घर के अन्दर पाँव रखते ही पहला ख़याल उसे दिल में आया कि वह एक अँधेरी गुफा के अन्दर आ गयी है। न कोई खिड़की, न कोई रौशनदान। किसी तेज़ गैस की तरह नीचे से, ऊपर से, दीवारों से और

तम्बू के दरवाज़े से अन्दर आती हुई और फैलती हुई उमस, घटन और बू। एकदम उसकी आँखों में अपने गाँव के आँगन में हाथ–पंखे की तरह धीरे–धीरे हिलते हुए नीम के पेड़ का दृश्य उग आया। फिर इस घर की गर्मी और अँधेरा उस पेड़ को खा गये।

वह चारपाई पर बैठ गयी। पति पास ही पड़े टीन के ट्रंक पर बैठा है। आस–पड़ोस की औरतें अन्दर आ रही हैं, मुँह–दिखायी के पैसे उसकी झोली में डालकर बाहर निकल जाती हैं। एक बूढ़ी औरत झोली में पैसे डालने के बाद उसके पति से कहती है–"क्यों जयहिन्द, घरवाली आ गयी। मोया, अब मस्तियाँ मारना बन्द कर दे।"

औरत के जाने के बाद वह पति की ओर हैरानी भरी आँखों से देखकर पूछती है–"यह कैसा नाम है–जयहिन्द?"

पति का चेहरा कठोर पड़ जाता है। उसे एक–एक करके वे सारे मौक़े याद आ जाते हैं जब इस नाम के कारण उसे अपमानित होना पड़ा। जिसने पहली बार यह नाम सुना, उसका मज़ाक़ उड़ाया। जिस दिन देश आजाद हुआ, उस दिन उसके पिता ने नशा किया था। अपने नेता का भाषण सुना था। बाप नशे में नाच–नाचकर सबको बता रहा था कि अब भूख के दिन, दुःख के दिन ख़त्म। अपना देश, अपना राज। बड़े नेता ने भाषण ख़त्म करने से पहले ज़ोर–से एक शब्द कहा था–जयहिन्द। रेडियो पर भाषण सुन रहे उसके बाप और लोगों ने ज़ोर के साथ कहा थ–जयहिन्द। उसी रात वह पैदा हुआ। बाप ने उसका नाम 'जयहिन्द' रख दिया।

वह भी चार जमातें पढ़ा है। हाज़िरी बोलते वक़्त उसका नाम आता था तो सारे लड़के मिलकर कहते थे–जयहिन्द! झुग्गियों वाली गली में वह लड़कियों के साथ खेलता था तो साथी उसे 'जयहिन्द' कहकर तंग करते थे। पढ़ाई छोड़नी पड़ी। ईंट उठाकर मिस्त्री को देता था, जरा–सी देर लगती थी तो मिस्त्री कहता था, "ओए माँ दे जयहिन्द, ईंट जल्दी पकड़ा।"

जब वह बड़ा हो गया, मज़दूर जीवन के सत्य का जब उसे पता चलना शुरू हो गया तब उसकी समझ में आया कि इस शब्द का अर्थ बदल गया है। जो लोग स्टेज से इसे बार–बार बोलते हैं, उन्होंने ही इसे गाली में बदल दिया है।

एक बढ़ी हुई दाढ़ी वाला जवान लड़का रात को मज़दूरों की क्लासें लिया करता था। उन्हें पढ़ना–लिखना सिखाता था। बताता था कि

सरकार बदलने से हक़ नहीं मिल जाया करते। एक मालिक गया, दूसरा आया। फ़र्क़ कहाँ से पड़ेगा? उस दाढ़ी वाले लड़के से उसने पूछा था कि लोग उसके इस नाम जयहिन्द का मखौल क्यों उड़ाते हैं? दाढ़ी वाले ने बताया था कि ग़लत लोग जिस किसी चीज़ को इस्तेमाल करें, उसका अर्थ बदल जाता है। आजादी से पहले ग़रीब, भूखे–नंगे लोग यह शब्द सुनते थे तो उनका लहू ठाठें मारने लगता था। थोड़ा–सा अर्सा गुज़रा है। अब किसी को यह शब्द बोलते सुनकर उन्हें इसका अर्थ शोषण समझ में आता है। बिल्कुल इसी तरह जयहिन्द का अर्थ भी बदल गया है। शब्द अपने अर्थ को खो चुका है। दाढ़ी वाले ने बताया था कि जब हम काम करने वालों का राज आयेगा, तब कोई भी इस नाम को गाली नहीं समझेगा।

बीवी अब भी उसकी ओर जवाब के इन्तज़ार में देख रही है। गर्मी की वजह से उसने सिर पर से चुन्नी उतारकर कन्धों पर गिरा ली। उसका सांवला चेहरा दहक रहा है। झोंपड़ी में एक नशीली गंध फैल गयी। वह उसका हाथ पकड़कर धीरे–से दबा देता है। उसे बताता हे कि बाप ने यह नाम क्यों रखा।

बाहर भाग–दौड़ की आवाज़ें आती हैं। बारिश की तेज़ बौछार पड़ रही है। उसकी सास और ससुर भागकर झुग्गी के अन्दर आ गये। वह फिर से चेहरा चुन्नी से ढाँप लेती है। थोड़ी देर के बाद बारिश बन्द हो गयी। ऊँची सड़क से बहकर सारा–का–सारा पानी नीचे झोपड़ियों में आ गया। बारिश शुरू हुई थी तो वह सुखी हो गयी थी–गर्मी कुछ तो कम होगी, लेकिन हुआ इसका उल्टा। यहाँ की मिट्टी से न तो वह अजीब–सी, प्यारी–सी ख़ुशबू बाहर निकल रही है और न ही हवा में ठण्डक आई है। सड़क से, बाहर के कीचड़ से सारी की सारी बदबू झोंपड़ी में घुस आयी और धड़धड़ाती हुई गोल चक्कर काटे जा रही है।

कच्ची दीवारों पर निगाह पड़ती है। वह सिहर गयी। छोटे–छोटे सूराख़ों से पतली टाँगों वाले काले–स्याह कीड़े–मकोड़े बाहर निकल आये हैं। कतारें–की–कतारें मुँह उठाये नीचे से ऊपर की ओर जा रही हैं। तभी झोंपड़ी के बाहर से कोई आदमी नाम लेकर उसके पति को बुलाता है। पति उठकर बाहर गया। उस आदमी का हाथ पकड़कर अन्दर लाया, ट्रंक पर अपनी जगह बिठाया। दाढ़ी वाला मुसकराकर कहता है, "अरे,

इनसे कहो, मुँह से कपड़ा हटा लें। बेचारी गाँव की खुली हवा से आयी है। यहाँ साँस बन्द हो रही होगी।"

पति इशारा करता है। वह चुन्नी हटा देती है। पति बताता है कि यही रात को मज़दूरों को पढ़ाने आते हैं। हम अनपढ़ लोगों की तरफ़ से सारी लिखा–पढ़ी करते हैं। दाढ़ी वाला अख़बार में लिपटी सूती साड़ी निकालकर उसे देता है, फिर कहता है–"आपको पता नहीं जयहिन्द कितना अच्छा मिस्त्री है। सब लोग इसके इशारे पर चलते हें। अब तो यह बड़ी किताबें पढ़ लेता है।"

वह ख़ुश हो गयी। पति उस आदमी से पूछता है–"क्यों साथी, बस्ती का क्या फ़ैसला हुआ?"

अब वह सतर्क होकर बैठ गयी। यह बस्ती का कौन–सा झगड़ा और फ़ैसला? दाढ़ी वाला मुँह नीचे करके बताता है–"भाई, जगह तो कल शाम तक ख़ाली करनी होगी।"

"क्यों?"

"जो सड़क शहर के अन्दर जाती है, उसके सिरे पर तुम लोगों की यह बस्ती है। बाहर के लोग आते हैं, तो क्या सोचेंगे? इसी शहर को दुनिया के ख़ूबसूरत शहर का इनाम मिला है।"

"लेकिन आप लोग बड़े कमिश्नर से मिलने गये थे, उसने क्या कहा?"

"भाई, चीफ़ कमिश्नर यहाँ फूलों का बाग़ लगाना चाहता है। तुम्हें पता नहीं, उसे सुन्दरता और कला से कितना प्यार है। उसकी किताबें सारी दुनिया में मशहूर हैं। वह चाहता है कि बाहर के लोग इस शहर में प्रवेश करें तो इस गन्दी बस्ती की जगह फूल, घास, पेड़–पौधे और सुन्दरता देखें।"

"और साथी क्या कहते हैं?"

"कहना क्या है? गुस्से की बातें करते हैं। पुलिस से दंगा करना चाहते हैं। तुम उन लोगों को समझाओ कि चुपचाप कल सामान समेटकर यह जगह छोड़ दें। अभी लड़ाई का वक़्त नहीं आया। पिछली बार ज़िद की थी तो क्या हुआ था? लाठी चली, सिर फूटे। लोगों को अपने सामान से हाथ धोना पड़ा। पुलिस तुम लोगों का सामान गाड़ियों में भरकर ले गयी थी।"

अब वह पहली बार दाढ़ी वाले से पूछती है, "हम जायेंगे कहाँ?"

वह मुसकरा देता है, "डरिए मत! यह पहली बार नहीं हो रहा। बस्ती तीसरी बार उजाड़ी जा रही है। कल किसी नयी जगह बस जायेगी।"

वह चला गया। अब इस ख़ूबसूरत शहर से उसे डर लगने लगा। बाहर जो लिख रखा है कि शहर आपका स्वागत करता है, वह सब झूठ है। पति पहली बार बेबस हुआ, उसे किसी प्रकार का हौसला नहीं दे पा रहा।

रात घिर आई। झुग्गी के बाहर ईंटों से बने चूल्हे पर सास रोटी बना रही है। गीली ज़मीन, गीली लकड़ियाँ और कसैला धुआँ, यह सब देखकर उसकी भूख मर चुकी है। अब काले लम्बे चींटे सिर्फ़ दीवारों पर ही नहीं चल रहे बल्कि नीचे ज़मीन पर भी फैल गये हैं। अन्दर आने वालों के पैरों तले आकर कुछ चींटे कुचले जा चुके हैं। ज़िन्दा चींटे मुर्दा चींटों को मुँह में दबाकर कोने की तरफ़ लिए जा रहे हैं। वह देख चुकी है कि घर में दो चारपाइयाँ हैं, झोंपड़ी के बाहर बिछी हुई। वहाँ सास–ससुर सोयेंगे। उसे नीचे ज़मीन पर पति के साथ सोना पड़ेगा। उसे चींटों और कीड़ों से बहुत दहशत है। पति से कहती है, "मैं ज़मीन पर नहीं लेटूँगी।"

"क्यों?"

"मुझे चींटों से डर लगता है। बाहर चारपाई पर लेटेंगे।"

पति पहले सोचता है कि 'न' कर दे। लेकिन नहीं। नयी–नयी आई है। कुछ दिन रहेगी तो ये सारे डर ख़त्म हो जायेंगे। वह 'हाँ' में सिर हिला देता है।

सास ने खाना सामने रख दिया। घर में उसे पहली बार आने की ख़ुशी में हलवा बना है। वे लोग नीचे बैठकर ही खाना खा रहे हैं। पति थोड़ी–थोड़ी देर बार हाथ मारकर चींटों को परे कर देता है। वह अपने तहमद से हाथ पोंछकर फिर से खाना शुरू कर देता है। वह अपनी माँ से हौले–से अन्दर सोने के लिए कहता है। सास हैरान होकर बहू को देखती है, फिर 'हाँ' कर देती है।

अब वे दोनों पास–पास बिछी चारपाइयों पर लेटे हैं। आसपास की झुग्गियों के लोग खाने–पीने से फ़ारिग़ होकर लेटने की तैयारी कर रहे हैं। पति बीड़ी–पर बीड़ी सुलगाकर लोगों के सो जाने की प्रतीक्षा कर रहा है। कभी–कभी हाथ बढ़ाकर उसकी बाँहें या गाल को सहला देता है। ठण्डी हवा चल पड़ी। अब वह बू, गर्मी, उमस और गन्दगी के बारे

में कुछ नहीं सोच रही, कुछ नहीं महसूस कर रही। पति का छू लेना भर उसे अच्छा लग रहा है।

चारों ओर ख़ामोशी छा गयी। झुग्गी के दायीं ओर ज़मीन का एक ख़ाली टुकड़ा है। काले रंग की बहुत सारी कारें वहाँ खड़ी हैं। वह पति से इनके बारे में पूछती है। पति समझाता है, "किराये की कारें हैं। थोड़े दिनों के बाद ठेकेदार पैसे देगा। तुझे घुमाऊँगा।"

अब पति हौले–से सरककर उसकी चारपाई पर आ गया। वह वह पहली बार पति के खुरदरे हाथों को अपने हाथों में पकड़कर सहलाती है। पति एक हाथ छुड़ाकर उसके गालों पर फेरता है। तभी एक टैक्सी मोड़ काटकर ख़ाली जगह की ओर मुड़ती है। पूरी–की–पूरी रौशनी इनकी चारपाई पर पड़ती है। वह उछलकर अपनी चारपाई पर आ जाता है। ड्राइवर ने इन्हें साथ–साथ लेटे देख लिया। वह ज़ोर–से हॉर्न बजाता है। टैक्सी ख़ाली जगह पर जाकर ठहर जाती है। शायद उनसे बाक़ी टैक्सी वालों को कुछ बताया। उनके हँसने की आवाज़ यहाँ तक पहुँचती है।

अब वे दोनों बिना हिले–डुले अपनी चारपाइयों पर पड़े हैं। पति फिर से हाथ बढ़ाकर उसको छाती पर रख देता है। अब उसके शरीर में तनाव आ गया है। वह पति के हाथ को ज़रा ज़ोर–से दबाती है। वह उसकी चारपाई पा आ जाता है।

टैक्सी वाले भी जानते हैं, आज शादी की पहली रात है। पति उसे बाँहों के घेरे में लेता है कि दो–तीन टैक्सियों की रोशनियाँ जल जाती हैं, लेकिन पति अब चारपाई से उठ नहीं रहा। वह उसे दोनों हाथों से धक्का दे रही है। हँसनें की आवाज़ें फिर से सुनायी दे रही हैं। वह पूरे ज़ोर–से पति को परे धकेलती है।

"उठो, अपनी चारपाई पर जाओ।"

"क्यों? पागल तो नहीं हो गयी?"

"मैं कहती हूँ, उठ जाओ यहाँ से।"

वह देखता है कि पत्नी का साँवला चेहरा गुस्से और नफ़रत से कितना अजीब और कठोर हो गया है। उसे थोड़ा–सा डर लगता है। दिमाग़ यहाँ से उठने के लिए कहता है, लेकिन शरीर साथ नहीं देता। वह फिर से उसे बाँहों में घेरना चाहता हे। दो–तीन रौशनियाँ फिर जी उठती हैं।

इस बार वह उसे पूरे ज़ोर–से धक्का देती है। वह आधा चारपाई के नीचे लुढ़क जाता हे। तेज़ कहकहों की आवाज़ उभरती है। उसका हाथ उठता है और पूरे ज़ोर–से घरवाली के मुँह पर पड़ता है। थप्पड़ की आवाज़ ख़ामोश रात में गूँजती है।

वह चारपाई से उठकर सड़क पर उगी झाड़ी के पीछे चला गया। थोड़ी देर बार लौट आता है। निढाल–सा चारपाई पर लेट जाता है। घरवाली उसकी ओर पीठ करके लेटी हुई है। उसने दोनों हाथों से अपना चेहरा ढाँप रखा है। उसका ज़िस्म बिना हिले–डुले, कसा–कसाया चारपाई पर पड़ा है।

हवा चलनी बन्द हो गयी। गन्दी ज़मीन से निकल रही गन्दी बू, उमस, गरम हवा फिर से चारों ओर फैल गयी है।

सड़क आगे नहीं जाती

आवाज़ कार या टैक्सी की है। अभी यहाँ से दूर है, लेकिन इसके पहुँचने का पता पहले से चल गया है, क्योंकि पहाड़ियों की गूँज ने इस आवाज़ को फुटबॉल की छोटी–छोटी उछालों में आगे फेंका है। कार या टैक्सी होटल की तरफ़ ही आयी है, क्योंकि सड़क इस होटल पर आकर ख़त्म हो जाती है–द डेड एंड।

इस बीते गये मौसम में क्या कोई यहाँ ठहरने आ रहा है? इस बार का सीजन तो बिल्कुल बर्बाद रहा। गर्मियों का मौसम शुरू देर से हुआ और ख़त्म जल्दी हो गया। पहाड़ों के होटलों, दुकानदारों का सीजन तो सिर्फ़ चार महीने लगता है। इस बार वह भी नहीं लगा। मई तक तो मैदानों में बारिश होती रही, कोई यहाँ क्योंकर आयेगा? इस बार की अनहोनी ख़बर यह भी है कि मई में यहाँ बर्फ़ भी पड़ी। जून में लोग आना शुरू हुए तो दो हफ़्ते बाद यहाँ बारिशें टूट पड़ीं। लोग लौट गये। मौसम की इस साज़िश के ख़िलाफ़ अख़बारों में लेख आये; ख़ाली होटलों, दुकानों के फ़ोटो छपे, लेकिन मौसम क्या कभी अख़बारों से डरता है?

अब आवाज़ की फुटबॉल उछलकर होटल के बड़े दरवाज़े के अन्दर आ गयी। रिसेप्शन पर बैठे असिस्टेंट ने अपनी टाई ठीक की, जो पहले से ही ठीक है। मैनेजर होटल के सामने के बहुत बड़े मैदान में टहल रहा है–पेड़ों से गिरे पत्ते होटल के नौकरों से उठवाता हुआ। घास की हरी चादर पर एक पत्ता भी गिरा हुआ दिख जाये तो उसकी नाक चढ़ जाती है।

सफ़ाई उसका हठ, ऑब्सेशन है; क्योंकि रिटायर्ड सैनिक अफ़सर है, लेकिन न पेड़ उससे डरते हैं, न गिरते हुए पत्ते। वैसे इस बार मौसम से

पहले ही पत्ते गिरना शुरू हो गये हैं, वर्ना सितंबर में तो यहाँ रंग–बिरंगे फूलों के झुण्ड शरारती ख़ूबसूरत लड़कियों की तरह मटकते रहते हैं, लेकिन इस साल मौसम धोखा देने पर उतारू है।

टैक्सी है। होटल के पोर्च में रुकी। मैनेजर ने टैक्सी का नंबर देखा। इस प्रदेश की नहीं, दिल्ली की है। आमतौर पर लोग यहाँ तक बस में आते हैं, अड्डा कोई दो किलोमीटर दूर। वहाँ से टैक्सी लेते हैं; होटल तक आते हैं, और अपने रईस होने के भ्रम पर ख़ुश होते हैं। इतनी दूर से जो लोग टैक्सी पर आये हैं, लगता है, बहुत दिन ठहरेंगे।

पहले मर्द बाहिर निकला, फिर उसने हाथ बढ़ा अन्दर बैठी औरत का हाथ थामा, उसे बाहिर निकाला। उसका हाथ छोड़ा, कन्धे के पिछले हिस्से पर हाथ रखा, और उसे सहारा देकर बरामदे के अन्दर ले आया। मैनेजर भी टहलता हुआ अन्दर आ गया। औरत के चेहरे के उड़े हुए रंग को देखकर अंदाज़ा लगाया कि पहली बार पहाड़ आयी है, रास्ते में इसे ज़रूर उल्टियाँ आयी होंगी, तभी इसकी साँस फूली हुई। औरत सोफ़े पर आँखें बन्द किये लेट गयी।

जब से नया मैनेजर आया है, उसकी आज्ञा है कि सैलानी जब रिसेप्शन में पहुँचें तो पहले उन्हें गर्म–गर्म चाय दी जाये, दूसरे होटलों की तरह नाम–पतेवाला रजिस्टर उनके सामने न किया जाये। और वैसे भी यहाँ कितने सैलानी आते हैं? कोई शिमला तो है नहीं! न मॉल, न दुकानें, न चहल–पहल। सरकार ने दिवालिया हो गये महाराजा का महल ख़रीदा और उसे होटल में तब्दील कर दिया। जवान जोड़े तो शिमला जायेंगे। यहाँ आमतौर पर बड़ी–बड़ी कम्पनियोंवाले आते हैं, पूरा आराम करने के लिए।

बैरा चाय की ट्रे लेकर इन दोनों के सामने खड़ा हुआ। मर्द ने अपना प्याला उठाया, घूँट लेने के लिए ऊपर किया, साथ के सोफ़े पर आँखें मूँदकर लेटी औरत को देखा और प्याला नीचे कर लिया। उसने अपनी छोटी उँगली से उस औरत की मोटी नाक के सिरे को छुआ। औरत ने आँखें खोलीं, 'क्या है' वाली निगाह से उसे देखा। मर्द ने छेड़ने वाली आवाज़ में कहा–"चाय मेमसाहब", और प्याला उसकी ओर बढ़ा दिया। वह मुस्कुरायी। उसका थका हुआ चेहरा एकदम धुल गया। और दोनों चाय पीने लग पड़े।

अब मैनेजर उनके पास पहुँचा, अपना परिचय दिया। वह आदमी मैनेजर की हैंडलनुमा मूँछों को देखता है और थोड़ा–सा हैरान होता है क्योंकि बड़ी मूँछें रखने का रिवाज़ अब इस देश में लगभग ख़त्म हो गया है। फिर होटल–मैनेजर ने बताया कि वह पहले सेना में मेजर था। रिटायर होने से पहले होटल–मैनेजमेंट का कोर्स कर लिया और यह नौकरी मिल गयी। फिर सफ़ाई पेश की–"तीस साल हो गये इन मूँछों को पालते। अब साहब, नौकरी के पीछे मूँछें साफ़ कराना तो भुश्किल है न?"

दोनों चाय ख़त्म करते हैं। रिसेप्शनिस्ट उनके पास नाम–पता दर्ज करने वाला रजिस्टर लाया। उस आदमी के हाथ में पेन पकड़ाया। वह रजिस्टर पर 'वर्मा' लिखता है, वापिस पकड़ाता है। मैनेजर ने उसे देखा, साथ बैठी लड़की को देखा, रजिस्टर देखा। कहता कुछ नहीं। वह आदमी रजिस्टर फिर लेता है और एक वचन को बहुवचन में बदलता है; 'वर्माज' लिखकर रजिस्टर वापिस कर दिया। मैनेजर समझ गया कि साथवाली लड़की वर्मा की पत्नी नहीं। चाहे उसने वर्मा को वर्माज बना दिया है।

लड़की उठी। क़दम उठाती है, लड़खड़ाती है। इससे पहले कि नीचे गिरे वह आदमी झटके से उठा, उसे कन्धों ने पकड़ लिया–

"फिर आयी?"

"हाँ नवीन", वह आदमी उसे दरवाज़े से बाहर ले गया। कै करने की आवाज़ें अन्दर तक आ रही हैं।

दोनों अन्दर लौटे। वर्मा ने उसे लम्बे सोफ़े पर लिटा दिया। लड़की ज़ोर–ज़ोर से साँसें ले रही है। वह मैनेजर से पूछता है–

"डॉक्टर है?"

मैनेजर ने उसे बताया कि सीजन में होटल में डॉक्टर होता है, लेकिन आजकल नहीं।

"लेकिन आप चिन्ता न करें। मेरी बेटी आजकल यहीं है, डॉक्टर है", और उसने बैरे को अपनी डॉक्टर बेटी को बुलाने के लिए कहा।

दो मिनट में मैनेजर की लड़की डॉक्टरोंवाला बैग उठाये वहाँ आयी। पीछे तितलियों की तरह मटकती दो बच्चियाँ, उसकी लड़कियाँ। पिता बेटी से उस आदमी का परिचय कराता है। नवीन वर्मा। मेरी बेटी–कपिला ग्रेवाल।

लड़की वर्मा को देखती है। चेहरा लाल सुर्ख़ है, गालों पर जैसे दहकते अंगारे रखे हों। कनपटियों के बाल बिल्कुल सफ़ेद–उसकी उमर की चुगली करते हुए। ज़रूर पचास के आसपास है। कपिला ने नोट किया कि वर्मा के ऊपरवाले होंठ पर, नाक के आसपास पसीना चमक रहा है। उसकी नब्ज़ देखने के लिए हाथ आगे बढ़ाया।

"अरे यह नहीं। उधर", मैनेजर सोफ़े पर लेटी लड़की की ओर इशारा करता है। एक बच्ची ने माँ की ओर इशारा किया, दूसरी को कहा–"माँ बुद्धू!" दोनों की हँसी कमरे में तैरी, फिर बड़े दरवाज़े से बाहर निकल गयी।

डॉक्टर कपिला ने सोफ़े पर लेटी लड़की को देखा, वर्मा को देखा, और फिर उस लड़की का हाथ अपने हाथ में ले लिया। हाथ बिल्कुल ठण्डा। बैग खोलकर रक्तचाप देखने का सामान बाहर निकाला।

एक बच्ची कहती है–"कुर्ता मैं ऊपर करूँगी।"

दूसरी ने कहा–"बाँह मैं पकडूँगी", और दोनों अपना काम शुरू कर देती हैं।

"आपका नाम क्या है?"

"निम्मी!"

"बहुत बार वॉमिटिंग हुई है क्या?"

"कालका से पहले शुरू हो गयी थी। तीस–चालीस हो चुकी होंगी।"

कपिला ब्लडप्रेशर देखती है, उसकी पतली–सी नाक सिकुड़ी, सख़्त आवाज़ में वर्मा से पूछा–

"रास्ते में दवाई क्यों नहीं ली?"

वर्मा कोई जवाब नहीं देता। सिर नीचे झुका।

"आपको पता नहीं इसे कोई गर्म कपड़ा पहनने को देना था। कालका के बाद सर्दी नहीं लगी क्या?"

वर्मा अब भी कोई जवाब नहीं देता। दोनों बेटियाँ एक–दूसरे का हाथ पकड़े खड़ी हैं, माँ को डरी–डरी आँखों से देखतीं, उसके ग़ुस्से से वाक़िफ़।

कपिला ने अपनी शॉल उतारी। दोनों लड़कियाँ निम्मी के कन्धों के नीचे हाथ रख उसे थोड़ा–सा ऊपर उठाती हैं, माँ शॉल कसकर लपेट देती है।

"बहुत बीमार है क्या?" वर्मा की दबी आवाज़।

"हाँ, बहुत बीमार है", कपिला की इल्जाम लगाती आवाज़, "ब्लडप्रेशर बिल्कुल नीचे आ गया है। ग्लूकोज चढ़ाना होगा।"

वर्मा उठकर सोफ़े के पास आया, निम्मी की आँखों को उँगली से बारी–बारी छूता है। उसने आँखें खोलीं। नवीन के ऊपरवाले होंठ पर आये पसीने को उँगली से साफ़ किया–

"प्लीज नवीन! डोंट वरी।"

"मिस्टर नवीन, आप अपनी जगह बैठ जायें। डोंट डिस्टर्ब हर।" कपिला की आवाज़ कड़ी हो गयी। दोनों लड़कियाँ फिर एक–दूसरे का हाथ पकड़ लेती हैं, डरी–डरी आँखों से नवीन वर्मा को देखती हुईं। माँ इस पर बरसी कि बरसी!

वह पहली बार सिर उठाकर कपिला को देखता है। उसका चेहरा कस गया, उसके गले की दाँयीं ओर की नस फड़क रही है, एक साँस चढ़े परिन्दे के पेट की तरह। आँखें बन्द लेटी निम्मी को कमरे में फैल रहे गुस्से की गन्ध आ गयी। उसने आँखें खोलीं, नवीन के गले की फड़कती नस को देखा, लेटे–लेटे हाथ लम्बा किया, नवीन की बाँह को छुआ और उसके गले की नस का फड़कना बन्द हो गया। गुस्सा किसी डरे हुए जानवर की तरह कमरे से बाहिर निकल गया, लेकिन बाहर जाते–जाते कपिला को छू ज़रूर जाता है।

"कहाँ ठहरना पसन्द करेंगे? होटल में या बाहर बनी कॉटेज में!" मैनेजर।

इससे पहले कि नवीन जवाब दे, कपिला अपने पिता को कहती है, लेटी लड़की की ओर इशारा करते हुए–

"निम्मी को तो पापा आज अपनी कॉटेज में रखना होगा। शी नीड्ज़ कॉन्स्टैंट केयर।"

नवीन और मैनेजर को समझ आ गया कि डाक्टर ने अपने पेशेंट का चार्ज सँभाल लिया। मैनेजर नवीन को बताता है कि कॉटेज दो कमरों की है, किचन भी है, चाहें तो खाना ख़ुद पका सकते हैं। खाने की बात सुनकर लेटी लड़की बिना आँखें खोले बोली–

"मैं खाना–वाना नहीं पकाऊँगी।"

"खाना वग़ैरह होटल से भी मँगवा सकते हैं," मैनेजर।

कपिला ने बाप को घूरा। डाँटा।

"डोंट बी सिली, पापा! आपको खाने की पड़ी है? इतनी समझ नहीं कि निम्मी से बिल्कुल बात नहीं करनी। शीज़ वेरी सिक।"

दादा को डाँट पड़ती देखकर दोनों बच्चियों ने एक–दूसरे का हाथ छोड़ दिया। हँसी की तितलियाँ फिर से उनके होंठों पर आ बैठती हैं। नवीन ने मैनेजर से पूछा–

"क्या आसपास कोई हॉस्पिटल है। अगर ज़रूरत पड़े..."

मैनेजर उसे बताता है कि पास ही मिल्ट्री स्कूल है। उनका अपना छोटा–सा हस्पताल है। ज़रूरत पड़ेगी तो वहाँ निम्मी को ले जा सकते हैं। फिर नवीन को हौसला देने के लिए कहा–

"कपिला एम.डी. है। मेडिकल अफ़सर है सिविल हास्पिटल में। शीज़ कैपेबल ऑफ हैंडलिंग दिस केस।"

"अच्छा, निम्मी को कॉटेज में ले चलो, पापा। मेरी तारीफ़ें फिर कभी कर लेना।"

नवीन ने निम्मी के कन्धे को छूकर उठने के लिए कहा। पूछा कि क्या डॉक्टर की कॉटेज तक चल लेगी। वह 'हाँ' में सिर हिलाती है।

"इन्हें चलना नहीं है, उठाकर ले चलिए। शीज़ वेरी वीक, गिर सकती हैं, फेंट हो सकती है," कपिला ने आज्ञा देने वाली आवाज़ में कहा।

नवीन झुकता है, एक बाँह उसके कन्धों के नीचे डालता है, निम्मी उसके दूसरे हाथ को पकड़कर कहती है–

"नहीं। तुम मत उठाओ।"

नवीन ने उसके कन्धों के नीचे से बाँह खींच ली।

इससे पहले कि बेटी फिर से फट पड़े, मेजर निम्मी को अपनी गोदी में उठा लेता है, इतनी आसानी से जैसे वह कोई गुड़िया हो। दोनों बच्चियों ने ताली बजायी।

"ग्रैंडपा इज़ सुपरमैन, सुपरमैन। सुपरमैन," और अपने दादा के पीछे–पीछे भाग लेती हैं।

कपिला ने नवीन को नीचे से ऊपर तक देखा। बिल्कुल स्वस्थ आदमी। कहीं पर भी रत्ती–भर फालतू माँस नहीं, जो अक्सर इस उमर के आदमियों पर चढ़ जाता है। गालों पर दहकते अंगारे भी उसकी अच्छी सेहत की चुगली खाते हुए। इतना दमकता चेहरा डॉ. कपिला ने कम ही

देखा है। फिर निम्मी ने उसे उठाने के लिए मना क्यों कर दिया? अपने के लिए इतना दर्द? इस लिजलिजे भावुक दर्द की बात मन में आते ही कपिला का चेहरा कठोर हो गया। नवीन ने उसके चेहरे पर के भावों से उसकी भावना को पढ़ लिया।

"डॉक्टर कपिला! आप उसकी बात का बुरा मत मानें। शीज़ अ सिली गर्ल।"

कपिला नवीन की कनपटी के सफ़ेद बालों को देखती है जैसे उसकी और निम्मी की आयु के अन्तर को बताने के लिए–

"येस। शीज़ अ सिली गर्ल।" और वह होटल के दरवाज़े से बाहर निकल गयी। अपनी कॉटेज की तरफ़। पीछे–पीछे नवीन।

मेज़र ने निम्मी को बेडरूम में लिटा दिया। लाल रंग का कम्बल उसने गले तक ओढ़ा हुआ। लाल कम्बल के कॉन्ट्रास्ट में निम्मी का चेहरा बिल्कुल सफ़ेद लग रहा है। नवीन के पैर दरवाज़े पर ही जम गये। कपिला ने उसके चेहरे पर बैठे भय को देखा। पहली बार हौसला देने वाली आवाज़ में कहा–

"आप फ़िक्र मत करें। मैंने इंजेक्शन दे दिया है। अब कुछ धण्टों तक सोयी रहेगी। कल शाम तक चलना–फिरना हो जायेगा।"

दोनों बच्चियाँ निम्मी के बिस्तर के पास रखे सोफ़े पर बैठीं। लगातार उसके सफ़ेद पड़ गये चेहरे को देख रही हैं। एक कहती है–

"मम्मी, बिल्कुल फ़ेयरी है।"

दूसरी बोली–"मम्मी, जल्दी ठीक हो जायेगी न?"

"बक–बक मत करो। बाहर जाकर खेलो। डोंट डिस्टर्ब हर!"

दोनों बच्चियाँ बाहर भाग गयीं।

मेज़र नवीन को चाय पीकर जाने के लिए कहता है। वहीं से अपनी बेटी को आवाज़ दी कि चाय के लिए उसका इन्तज़ार हो रहा है। कपिला ने पाँच मिनट में आने के लिए कहा।

"आपकी बेटी है ग़ुस्सेवाली।"

"नवीन साहब, सिर्फ़ फ़ौजी की बेटी नहीं, फ़ौजी की बीवी भी है। हुक्म चलाने की आदत इसे शुरू से है," आख़िरी बात करते हुए मेजर की आवाज़ कहीं दब–सी गयी। नवीन को लगा, कोई दुखदाई बात है या होने वाली है। मेज़र ने ख़ुद ही बात आगे बढ़ायी–

"कपिला का हस्बैंड एयरफ़ोर्स में विंग कमांडर है। डैकोरेटड अफ़सर। वह भी बहुत तेज़ नेचर का है, और..." उसकी बात पूरी करने से पहले कपिला चाय की ट्रे लेकर अन्दर आयी। पिता की बात बीच में ही छोड़ते उसने सुन लिया।

"क्यों पापा? फिर ले बैठे मेरा और उसका क़िस्सा। आपको हर किसी से..."

"नहीं बेटे! मैं तो कुछ नहीं कह रहा था। बस नवीन साहब को बता रहा था कि ग्रेवाल एयरफ़ोर्स में है।" नवीन ने भी उनकी बात ठीक होने की गवाही में सिर हिला दिया। कपिला ने चाय प्यालों में डाली।

"डॉक्टर कपिला! एक बात कहूँ? मर्दों की थोड़ी बहुत चापलूसी करनी चाहिए। चाहे ऊपर से ही। ए पैम्पर्ड हस्बैंड इज़ अ हैपी हस्बैण्ड।"

कपिला बताती है कि ग्रेवाल आदमी नहीं, ग्रेनेड है। पिन निकला–कि–निकला और फटा–कि–फटा। आज शाम आ रहा है। घर में एक साल से तनाव। शायद अब डाइवोर्स ही हो जाये।

"देखो डॉक्टर! आदमी कार चला रहा हो तो अपने को थोड़ा ऊँचा महसूस करता है। फिर आपका पति तो फाइटर–पायलेट है। सारे आसमान का मालिक होना कहीं तो हमें ऐरोगेंट बनायेगा ही। ऐसे मर्दों की थोड़ी–सी ख़ुशामद करके उन्हें ख़ुश रखते हैं। लैट हिम फ़ील सुपीरियर।"

इससे पहले कि कपिला बोले मेजर साहब ने जवाब दिया–

"इसमें और बच्चों में उसकी जान है, लेकिन बेटी है कि नाक पर मक्खी तक नहीं बैठने देती..."

"हाँ, आपको और गैरी को सारे क़सूर मुझमें ही दिखते हैं। और वह जब पीना शुरू करता है..."

नवीन ने उसे समझाया–"वैसे मेरा कोई हक़ तो नहीं आपको समझाने का, लेकिन सारे झगड़ों की जड़ बीवी की यह ज़िद होती है कि वह पति को पूरे–का–पूरा बदलकर रहेगी। कोई जैसा भी है, थोड़े बहुत तालमेल के साथ अगर उसे हम वैसा ही रहने दें तो दूसरे की ईगो हर्ट नहीं होती। वह ड्रिंक करता है न ? ठीक! आज आये तो अपने हाथ से पैग बनाकर देना। देखना पियेगा भी कम और कितना ख़ुश भी होगा।"

कपिला पहली बार मुस्करायी।

"आपका मतलब है कि सारे मर्द बेवकूफ़ होते हैं।"

"न भी हों तो उन्हें बेवकूफ़ बनाना आसान होता है।"

बच्चियाँ भागकर अन्दर आ गयीं। नवीन की कुर्सी के पास खड़ीं। एक–दूसरे की ओर देखते, पहले तुम पूछोवाले भाव से। एक ने दूसरी को कोहनी मारी।

"अंकल आप क्या करते हैं?"

"अंकल आपके पास कार है?"

"अंकल आपको प्लेन उड़ाना आता है?"

"अंकल आप टेनिस खेलते हैं?

कपिला डपटती है।

"स्टॉप इट। इतने सवाल एक बार ही नहीं पूछे जाते।"

नवीन उन्हें बताता है–

"नहीं बेटी, मुझे प्लेन उड़ाना नहीं आता।"

"ओ! माई पापा इज़ द बेस्ट फ़ाइटर पायलेट।"

"न बेटे! मुझे लड़ना भी नहीं आता। आई एम नो फ़ाइटर।" यह बात नवीन ने उदास–सी आवाज़ में कही। उठा।

मेज़र भी उठा–"चलिए, आपको कॉटेज दिखा दूँ।"

शाम को नवीन मेजर साहब की कॉटेज में आया। कपिला ने बताया है कि निम्मी की हालत जल्दी से सुधर रही है। थोड़ी–सी खिचड़ी दी थी, उसके पेट में टिक गयी। वॉमिटिंग नहीं हुई। कल तक चल–फिर लेगी। फिर वह उसे बेडरूम में ले गयी। निम्मी आँखें मूँदे लेटी है, सुबहवाला लाल कम्बल ओढ़े हुए। उसका चेहरा उतना सफ़ेद नहीं दिख रहा जितना सुबह था। नवीन ने उसकी आँखों को उँगली से छुआ। वह पहले मुस्करायी, फिर आँखें खोलीं। कपिला पहली बार नोट करती है कि निम्मी का एक निचला दाँत टेढ़ा है। निचले होंठ से बाहर निकलता हुआ। इससे पहले कि नवीन कुछ पूछे, निम्मी बोली–

"तुम बहुत परेशान मत होना। डॉक्टर कपिला कहती हैं, कल तक ठीक हो जाऊँगी।" इस एक वाक्य को बोलते हुए वह थक गयी। फिर से आँखें मूँद लीं। कपिला को फिर ग़ुस्सा आ गया। कैसी लड़की है? बीमार ख़ुद है और एक स्वस्थ आदमी को हौसला दे रही है। इन दोनों में क्या

सम्बन्ध है? पापा बता चुके हैं कि निम्मी नवीन की पत्नी नहीं। दोनों की आयु में बीस साल का अन्तर तो ज़रूर होगा। नवीन भी ऐयाश क़िस्म का मर्द नहीं लगता कि किसी ऐसी–वैसी लड़की को चन्द दिन मौज–मस्ती के लिए यहाँ लाया हो। तो क्या दोनों शादी की सोच रहे हैं? सवाल इतने सारे हैं, लेकिन जवाब तो नहीं पूछे जा सकते। फिर पापा ने बताया था कि इस तरह के 'जोड़े' अक्सर होटलों में आते रहते हैं। होटलवालों को कोई भी सवाल न पूछने की आदत हो जाती है।

कॉटेज के गेट के अन्दर कार दाख़िल होने की आवाज़ आयी। अन्दर का रास्ता सिर्फ़ पचास मीटर लम्बा। फिर बिल्कुल नब्बे के कोण पर दाँयें मुड़ता है, सिर्फ़ दस मीटर के लिए। इस कोण पर फिर दाँयें मुड़ता है, आगे पोर्च। गाड़ी खड़ी करने के लिए। नवीन जानता है कि पोर्च तक पहुँचने के लिए कार की गति कम–से–कम तीन बार कम होगी, तीन बार गियर बदलेंगे, तब कार पोर्च में दाख़िल होगी। गति टूटने के बजाय बढ़ने की आवाज़ आती है, इंजन किसी घायल जानवर की तरह दहाड़ता है। नवीन का शरीर कस गया। कार ज़रूर रास्ते के किनारे लगी बाढ़ को तोड़ती हुई नीचे खड्ड में गिरेगी। वह लगभग भागता हुआ बरामदे में पहुँचता है। कार ने एक तरफ़ के दो पहियों पर नब्बे के कोणवाला दूसरा मोड़ काटा, झटके के साथ पोर्च के नीचे पहुँचती है और इंजन एक लम्बी दहाड़ के साथ ख़ामोश हो गया। नवीन देखता है कि बच्चियों के चेहरे पर डर का नामोनिशान नहीं। इससे पहले कि उनका पिता कार के बाहिर निकले, वह दोनों कार का दरवाज़ा खोलकर अगली सीट पर कूद गयीं। पिता की गोद में पहले चढ़ने की होड़ लग गयी। ग्रेवाल दोनों बच्चियों को एक साथ उठाकर नीचे उतरा। वह उसकी बाँहों से लटक रही हैं। कपिला उसे एक ठण्डी–'हैल्लो' करती है, वह उतनी ही ठण्डी 'हैल्लो' जवाब में देता है।

"पापा, रास्ते में कितनी बार रुके?" एक बच्ची।

"दो बार।"

"क्यों?" दूसरी बच्ची।

"वंस फ़ार पी एंड वंस फ़ॉर टी।"

"थके तो नहीं?" दोनों बच्चियाँ।

“अब तुम चुप करोगी कि नहीं? आते ही अटैक कर दिया,” कपिला की डाँट। ग्रेवाल नवीन की ओर देख रहा है। कपिला परिचय कराती है, सिर्फ़ नाम का–“नवीन वर्मा।” ग्रेवाल के चेहरे पर कुछ न समझने का भाव। यह नया आदमी कौन है? इस घर में क्योंकर? कपिला उसे मुँह धोने के लिए अन्दर आने को कहती है। नवीन जानता है वह ग्रेवाल को उसके बारे में, निम्मी के बारे में, जितना वह जानती है, उतना अन्दर जाकर बतायेगी, लेकिन कपिला उनके बारे में जानती ही कितना है? एक अधेड़ उम्र मर्द। और लड़की–सी दिखनेवाली बाईस साल की औरत!

ग्रेवाल मुँह धोकर बैठक में आ गया। अच्छी ख़ासी ठण्ड हो रही है लेकिन उसने सिर्फ़ सफ़ेद स्पोर्ट्स शर्ट डाल रखी है। उसकी गर्दन ऊपर की तरफ़ लगातार उठी रहती है, आँखें भी लगातार दाँयें–बाँयें घूमतीं। शत्रु की खोज करते वैमानिक की आँखें। मेजर साहब अन्दर आये। ग्रेवाल और वह जफ्फी डालकर मिले। नवीन को कहीं हैरानी–सी हुई कि दामाद और ससुर कैसे खुलकर मिल रहे हैं, दोस्तों की तरह। और पति–पत्नी की मुलाक़ात कितनी ठण्डी थी, अजनबियों की–सी।

“गैरी, तुम थक गये होंगे, इतनी लम्बी ड्राइव की है। मैं तुम्हारे लिए ड्रिंक लाती हूँ। आपके लिए भी बनाऊँ, पापा,” कपिला यह कहकर अन्दर गयी, ड्रिंक बनाने के लिए। ग्रेवाल का चेहरा एकदम चौंका हुआ। फिर इस चौंकाहट की जगह मुस्कान ले लेती है।

“पापा, यह इस घर में रेव्युलेशन तो नहीं आ गयी?” जवाब में मेजर साहब नवीन की ओर देखकर हल्का हँसते हैं। कपिला ट्रे में गिलास और बोतल रखकर अन्दर आयी।

“पहले तुम्हारी पेशेंट से मिल लें, स्वीटहार्ट, फिर पियेंगे”, ग्रेवाल अन्दर जाने के लिए उठा, सब लोग उसके साथ बेडरूम में आये। इतने सारे क़दमों की आवाज़ सुनकर निम्मी आँखें खोलती है, स्पोर्ट्स शर्ट पहने आदमी को देखा, समझ गयी कपिला का पति है। उसे भी पता है कि ग्रेवाल को आज आना था। आ गया।

“हैल्लो स्वीटहार्ट, मैं गैरी हूँ, तुम मरीज़ों की तरह लेटी क्यों हो? चलो उठो। सबके साथ ड्राइंग रूम में बैठो।”

“गैरी! यह सचमुच बीमार है। इसे लेटने दो। बी.पी. बहुत नीचे आ गया है। अभी चल नहीं सकती,” कपिला ने उसे समझाया।

"वाट नानसेंस, चल नहीं सकती तो उठाकर ले चलते हैं," गैरी ने निम्मी को कम्बल समेत उठाया और बैठक में ले आया। बच्चियाँ ताली पीट रही हैं–"पापा सुपरमैन, पापा सुपरमैन!" कपिला सोफ़े के बाजू पर दो तकिये लगाती है, गैरी ने निम्मी को सोफ़े पर अधलेटा लेटाया। वह पहली बार निम्मी के सफ़ेद पड़ गये चेहरे को देखता है, बिल्कुल ढीले पड़ गये जिस्म को देखता है, और कपिला से कहता है–

"इसे हस्पताल दाख़िल करवा दो, एटवन्स। मैं फ़ोन करके शिमला के कमांड हास्पिटल से एम्बुलेंस मँगवाता हूँ। वहाँ का सी.ओ. मेरा दोस्त है। तुम भी साथ चलो। रास्ते में ज़रूरत न पड़ जाये।"

"रिलैक्स गैरी! क्यों भूल जाते हो कि मैं भी डाक्टर हूँ। निम्मी कल तक ठीक हो जायेगी।"

"नो। शीज़ वेरी सिक।" आवाज़ में तनाव।

"अच्छा बाबा! तुम शिमला फ़ोन मिला लो। मैं डॉक्टर को फ़ोन पर इसकी हालत समझा दूँगी। वह कहेंगे तो इसे वहाँ ले चलेंगे?" मनाने वाली आवाज़ में कपिला जवाब देती है। गैरी के चेहरे पर फिर से चौंकाहट। कपिला ने इतनी जल्दी बहस बन्द करनी कब से शुरू कर दी? वह गम्भीर हुआ। घर में सचमुच क्रान्ति आ गयी।

"आपके लिए भी ड्रिंक बनाऊँ, नवीन साहब," कपिला ने पूछा? नवीन निम्मी की तरफ़ देख रहा है। वह आँखें खोलती है, नवीन की सवालिया निगाह को देखा–

"लो, लेकिन बहुत कम लेना।"

"स्वीटहार्ट, तुम भी थोड़ी–सी ले लो। बी.पी के लिए रामबाण दवाई है।" निम्मी को छेड़ता है।

मेज़र साहब ने बेटी को कहा, "कपिला, मेरे लिए डबल लार्ज बनाना। यह कमाल के नखरे आजकल के फ़ौजियों को मुबारक।"

दोनों बच्चियाँ निम्मी के पास बैठी हैं। उसका माथा छूकर एक–दूसरे को बता रही हैं कि फ़ीवर तो है नहीं। फिर मम्मी इसे दवाई क्यों पिलाये जा रही है? गैरी के गिलास होंठों तक पहुँचने से पहले एक बच्ची बोली–

"पापा स्टैचू।" गैरी का हाथ वहीं थम गया। वह बिना हिले–डुले बैठा रहा।

"ममा से पूछ लिया।" दूसरी बच्ची। गैरी आँखें नीची करता है, 'हाँ' के जवाब में।

"ओपन," दोनों बच्चियों ने एक साथ बोला। मेजर साहब ने बताया—

"अरे भाई अब खेलना भी अंग्रेज़ी में हो गया। पता है हमारे वक़्त इस खेल को कैसे खेलते थे? 'मूर्ति' कहने पर रुक जाते थे और 'खुलजा' कहने पर हिलते थे।"

निम्मी ने तकियों से सिर उठाया, बैठना चाहती है। गैरी एक क़दम में उसके पास पहुँचा, सिर के नीचे हाथ रखकर तकिये निकाले और निम्मी का सिर सोफ़ा—बैक के साथ टिका दिया। नवीन हैरान! यह कैसा फ़ाइटर पायलेट है जो ज़रा—सी बीमारी से इतनी घबरा जाता है? इस आदमी का झगड़ा क्योंकर किसी भी औरत से हो सकता है? ख़ासकर अपनी बीवी से। उसका अन्दाज़ा ठीक था। हठ करने की आदत कपिला की है और 'न' सुनने की आदत गैरी की नहीं। यह 'हाँ' और 'न' एक शीतयुद्ध में बदल गया है।

"नवीन, अब ठीक हूँ। हम अपनी कॉटेज में चलेंगे।" निम्मी ने घर का नक़्शा देख लिया है। दो बेडरूम। और फिर ग्रेवाल इतने दिन बाद आया...

"डोंट टॉक नॉनसेंस, स्वीटहार्ट! तुम तब तक इसी कॉटेज में रहोगी जब तक कपिला इजाज़त नहीं देती। आल्वेज ओवे यूअर डॉक्टर एंड सी.ओ.।"

"आप लोगों को..."

"हमारा कोई हनीमून नहीं। दो बच्चियाँ हैं। हाँ, अगर तुम नवीन के बिना..." कपिला उसकी बात बीच में काटती है—

"उतर आये अपनी बदमाशियों पर! बच्चियों का ख़याल तो कर लिया करो।"

"मैंने तो कुछ नहीं कहा," हाथ उठाकर बचाव करता ग्रेवाल।

"हाँ, पापा ने तो कुछ नहीं कहा," हाथ उठाकर बचाव करती दोनों बच्चियाँ।

"एक—एक और हो जाये, गैरी!" मेजर साहब की सलाह।

"नो पापा। और नहीं। खाना खाते हैं। लैट निम्मी टेक रेस्ट।" ग्रेवाल का जवाब सुनकर अब कपिला के चेहरे पर चौंकाहट। बच्चियाँ पापा को कार में राउंड देने के लिए कहती हैं। ग्रेवाल उनके साथ बाहर निकला।

"नवीन साहब! आपने ठीक सलाह दी थी। थोड़ी–सी ख़ुशामद में गैरी कितना ख़ुश है। चार–पाँच पैग रोज़ पीता है, आज एक के बाद ही न कर दी। थैंक्स! यू हैव सेव्ड अवर मैरिज।"

जवाब निम्मी देती है–

"हाँ, नवीन को दूसरों को बचाना ख़ूब आता है", कपिला फ़ैसला नहीं कर पा रही कि निम्मी के इस वाक्य में व्यंग्य है या उदासी। इन दोनों के बीच कहीं कोई अदृश्य दीवार है ज़रूर। नवीन दुनिया–देखा मर्द है। फिर इस दीवार के पार छलाँग क्यों नहीं लगाता? निम्मी के पास क्यों नहीं पहुँच जाता?

निम्मी अब ठीक हो गयी है। दो दिन से अपनी कॉटेज में। नवीन के पास। बच्चियाँ सारा दिन अब उनकी कॉटेज में भटकती रहती हैं, क्योंकि निम्मी उन्हें फ़ेयरी लगती है। कपिला ने गैरी से पूछा ज़रूर है कि इतनी कम उम्र की लड़की इतनी बड़ी उम्र के आदमी से क्योंकर जुड़ गयी है। गैरी क्या बतायें? प्रेम एक रहस्य है। एक मिस्ट्री! क्या इस रहस्य को कभी कोई बूझ पाया है? जो सब कुछ होता है, उस सब कुछ का कार्य–कारण सम्बन्ध हमें हमेशा पता लग जाता है क्या? एक आत्मा से दो लम्बे हाथ बाहिर निकलते हैं और दूसरी आत्मा के बाहिर निकल आये हाथों को पकड़ लेते हैं। क्या यही प्रेम–रहस्य होता है? हाँ शायद! यह भी नहीं?

शाम को कपिला, गैरी और बच्चियाँ उनकी कॉटेज में आयीं। निम्मी ने जीन्स के साथ खादी का गेरुआ कुर्ता पहन रखा है। कानों में जो टॉप्स हैं, उन पर लगे पत्थर भी इसी रंग के। चेहरे की सफ़ेदी अब पीले मोतियों की पीली आभा में बदल गयी है। उसे देखकर कपिला के मन में जो पहला शब्द आया, वह है 'जोगन'।

बैठक की खिड़की बाहिर की तरफ़ खुली है। कपिला को लगा, यह लड़की, जिसका नाम निम्मी है, कभी भी किसी क्षण भी, इस खिड़की से बाहिर निकल जायेगी। फिर वापिस नहीं आयेगी। वह आगे बढ़कर खिड़की बन्द कर देती है।

"खिड़की क्यों बन्द कर दी, ममा," एक बच्ची।

"हवा तो है नहीं," दूसरी बच्ची।

"नहीं। निम्मी अभी कमज़ोर है। ठण्ड लग जायेगी," कपिला ने झूठी वजह बतायी।

गैरी ने नवीन के दहकते अंगारे जैसे सुर्ख़ चेहरे को देखा, निम्मी के मोतिया रंग को देखा।

"नवीन साहब! थोड़ी–सी लाली बेचारी निम्मी को भी दे दें। लगता है आप सारा ख़याल सिर्फ़ अपनी सेहत का रखते हैं," उसकी बात सुनकर दोनों मुस्कराये, लेकिन निम्मी की मुस्कान उसके चेहरे की तरह ही पीली। गैरी को हैरानी हुई कि अपने किसी की तारीफ़ सुनकर भी यह लड़की चमकीली हँसी क्यों नहीं हँसती? होटल फ़ोन करके चाय मँगवाई गयी। नवीन हर बार अपनी नाक के निचले हिस्से को तर्जनी से छूता है। यह उसकी आदत है। दोनों बच्चियाँ अब इन्तज़ार में हैं कि वह नाक का निचला हिस्सा छुये। उसकी उँगली नाक के पास पहुँची। दोनों ने साथ–साथ कहा, "स्टैचू।" नवीन की उँगली नाक पर थम गयी।

"क्या नाक पर फोड़ा है?" एक बच्ची।

"क्या नाक पर खुजली होती है?" दूसरी बच्ची।

नवीन 'न' की मुद्रा में आँखें हिलाता है।

"तो 'ओपन'। अंकल अब फिर नाक को उँगली लगाओगे तो हम स्टैचू कर देंगे," एक बच्ची।

"हाँ, बुरी आदत होती है," दूसरी बच्ची।

चाय पीने के बाद सब बाहिर निकले टहलने के लिए। कपिला निम्मी को शॉल ओढ़ने के लिए कहती है। अभी वह कमज़ोर है। ध्यान रखना चाहिए। होटल का लॉन फिर सूखे पत्तों से ढँक गया। हालाँकि मेजर साहब दिन में दो बार लॉन साफ़ करवाते हैं, लेकिन सूखे पत्ते नीचे गिरने से बाज़ नहीं आते, क्योंकि वह मेजर साहब से डरते नहीं। बच्चियाँ पत्तों पर दौड़ रही हैं चर्र–चर्र की आवाज़ के पीछे भागती हुईं।

"नवीन साहब! आप काम क्या करते हैं," बातचीत शुरू करने के लिए कपिला ने पूछा।

"यह कुछ नहीं करते," जवाब निम्मी देती है। बातचीत फिर बन्द। नवीन ज़रा तेज़ चल रहा है। निम्मी ने उसकी बाँह को उँगली से छूकर कहा–

"आहिस्ता चला करो। थक जाओगे।"

कपिला को फिर निम्मी पर ग़ुस्सा आ गया। यह लड़की ख़ुद बीमार है और हर वक़्त चिन्ता इसे नवीन की लगी रहती है। प्रेम क्या हमें दूसरे का ग़ुलाम बना देता है? हमारा अपना कुछ भी नहीं रहता, जो कुछ रह जाता है सिर्फ़ दूसरे का? लॉन के किनारे पर दो बेंच। एक पर गैरी और कपिला बैठ गये, एक पर नवीन और निम्मी। कपिला ने बताया कि लॉन के इस किनारे को 'टू बेंचिज़' कहते हैं।

"क्यों?" निम्मी पूछती है।

"पता नहीं, सच है कि कहानी, लेकिन यहाँ के लोग कहते हैं कि सच है। उन दिनों यह होटल नहीं था, महाराजा का पैलेस था। देखभाल के लिए महाराजा ने एक अंग्रेज़ रखा हुआ था। उसकी एक लड़की थी–वायला। पास की छावनी है न। अंग्रेज़ों ने हर पहाड़ी जगह पर छोटी–छोटी छावनियाँ बनायी थीं ताकि गर्मियों में वहाँ रहा जा सके। 1940 की गर्मियों में एक रेजिमेंट यहाँ आयी। वायला की एक अफ़सर से दोस्ती हुई जो प्यार में बदल गयी। दोनों रोज़ शाम यहाँ बेंचों पर बैठते थे। रेजमेंट युद्ध में हिस्सा लेने के लिए अफ़्रीका चली गयी। महीने बाद तार आया कि वायला का दोस्त मिसिंग है। या मारा गया होगा, या युद्ध बन्दी बन गया होगा। वायला ने रेडकॉसवालों को ख़त लिखे। जवाब आया कि किसी भी जर्मन जेल में यह बन्दी नहीं। ज़रूर युद्ध में मारा गया होगा।"

"फिर?"

"लेकिन वायला नहीं मानी। उसे पक्का था कि वह मरा नहीं। वार ख़त्म हो गयी। युद्धबन्दी लौट आये। वह नहीं आया।"

"फिर?"

"हम आज़ाद हो गये। वायला का पिता इंग्लैण्ड चला गया। लेकिन वह नहीं गयी। रोज़ शाम को बेंच पर बैठकर उसके लौटने का इन्तज़ार करती थी। महाराजा ने उसके रहने के लिए कॉटेज दे दी थी। आज़ादी के बीस साल बाद तक ज़िन्दा रही। सर्दियों की एक शाम बेंच पर ज्यों बैठी तो फिर उठी नहीं। सुबह तक उसका शरीर पूरा–का–पूरा बर्फ़ में दब गया था। यहीं पास ही उसकी क़ब्र है। तब से इस जगह का नाम टू बेंचिज़ पड़ गया।"

निम्मी ने कसकर नवीन का हाथ पकड़ लिया। नवीन उसके कन्धे को थपथपा रहा है। हौसला दे रहा है क्या? निम्मी का चेहरा फिर से सफ़ेद पड़ना शुरू हो गया। कपिला ने उसकी नब्ज़ देखी। माथा छुआ। ठीक है। फिर यूँ एकदम इस लड़की का रंग क्यों उड़ जाता है? इसे कहीं कोई और बड़ी बीमारी तो नहीं?

"आप लोग कुछ दिन और क्यों नहीं ठहरते? अभी तो मौसम ठीक चल रहा है। फिर नीचे तो अच्छी–ख़ासी गर्मी पड़ रही है," ग्रेवाल ने उन्हें सलाह दी।

"नहीं। जाना ज़रूर है," निम्मी ने नवीन की तरफ़ देखकर कहा।

"क्यों? ऐसी कौन सी बात है कि जाना ज़रूरी है," ग्रेवाल ने ज़िद की।

"हमारी शादी है। दस दिन बाद।" यह बात भी निम्मी ने नवीन की तरफ़ देखकर कही।

"देट कॉलज़ फॉर ए सेलिब्रेशन। आज नवीन साहब पिलायेंगे।"

कपिला को अब भी कहीं कोई हैरानी ज़रूर है कि दस दिन बाद की शादी की ख़बर देते हुए इस लड़की की आवाज़ में कहीं कोई ख़ुशी नहीं थी। क्या कोई मजबूरी है? फिर उसने सिर झटकाकर इस फ़िज़ूल बात को बाहिर फेंक दिया। नवीन क्या ऐसा मर्द दिखता है जो किसी को मजबूर करे?

हवा ने छोटी–सी चुटकी काटी। सब अन्दर जाने के लिए उठ खड़े हुए। बच्चियाँ दौड़ती हुई उनके पास आ रही हैं, सूखे पत्तों की चर्र–चर्र की आवाज़ उनके पीछे दौड़ रही है। वह रुकती हैं। आवाज़ भी रुक जाती है।

"सुनो, इनकी दस दिन बाद शादी है," ग्रेवाल बच्चियों को ख़बर देता है।

"ग्रेट। वी वांट ए पार्टी, पार्टी, पार्टी!" दोनों एक साथ बोलती हैं। एक साथ उछलती हैं। फिर वह निम्मी को सिर नीचे झुकाने के लिए कहती हैं। वह नीचे होती है। एक गाल पर बच्ची चूमती है और दूसरे पर दूसरी। वह सिर ऊपर करती है, छेड़खानी करता हवा का झोंका उसके बालों को बिखराकर, सीटी बजाते हुए आगे भाग जाता है। नवीन हाथ लम्बा करता है। उसके बिखरे बालों को उसके कानों के पीछे खोंसता है। निम्मी का

निचला होंठ शिशु–पक्षी–सा फड़फड़ाया, निचला दाँत चमका। उसने मुँह पर हाथ रखा। अब गले की हड्डी ज़ोर–ज़ोर से हिल रही है। नवीन इस हिलती हड्डी को उँगली से छूता है, इसका हिलना रोकने के लिए। निम्मी उसका हाथ परे झटक देती है। एक लम्बी...'ओ...ओ...' की आवाज़ उसके होंठों की क़ैद से बाहिर निकल भागी। हवा के कन्धों पर बैठ पेड़ों पर चढ़ गयी। निम्मी के कन्धे ज़ोर–ज़ोर से हिल रहे हैं। आवाज़ रोकने के लिए मुँह पर दोनों हाथ रख लेती है। और वहीं पत्तों पर बैठ जाती है। अब वह फूट–फूटकर रो रही है। बच्चियाँ डरकर वहाँ से भाग गयीं। कपिला इन्तज़ार कर रही है कि नवीन निम्मी को चुप करायेगा, लेकिन नहीं। वह अपनी जगह बिना हिले–डुले खड़ा है। उसने सिगरेट सुलगा ली। कपिला निम्मी के पास पत्तों पर बैठी, उसका सिर सहला रही है। कन्धों का हिलना कम हो रहा है। अब बन्द हो गया। उसने सिर ऊपर उठाया। आँसुओं से चेहरा धुल गया। कपिला साड़ी के पल्लू से उसका चेहरा पोंछती है। वह ग्रेवाल की तरफ़ देखती है। उसका शरीर तना हुआ है। थोड़ा आगे को झुक गया, किसी माँस–भक्षी पक्षी की तरह, झपट्टा मारने के लिए तैयार। वह काँप गयी। कुछ–न–कुछ होकर रहेगा। वह गैरी के ग़ुस्से को जानती है, लेकिन नवीन तो नहीं जानता।

"क्या बात है? निम्मी रो क्यों रही है?" गोली दाग़ती ग्रेवाल की आवाज़।

नवीन अब भी नीचे देख रहा है।

"मैं पूछता हूँ, बात क्या है? वाई डोंट यू स्पीक? कोई डर है क्या?"

नवीन चुप। कपिला ने डरी हुई आवाज़ में कहा–

"छोड़ो, गैरी!"

"छोडूँ। क्यों छोडूँ, यह मुझे कुछ बताते क्यों नहीं? किसी ने डराया है क्या? लैट मी नो। आइल फ़िक्स दैट बास्टर्ड!"

नवीन अब भी चुप। कपिला जानती है कि इसके बाद गैरी का हाथ उठ जायेगा। ग़ुस्से में हमेशा अन्धा हो जाता है। निम्मी उठी। गैरी के पास गयी, उसका हाथ पकड़कर कहा–

"हमें कुछ नहीं हुआ? पता नहीं क्यों रोना आ गया?" वह अब भी ग्रेवाल का हाथ पकड़े हुए है। उसका नीचे झुका शरीर सीधा हो गया। बाँहे ढीली हो गयीं। अब वह झपट्टा मारने की मुद्रा में नहीं, डाइव बीच

में ही तोड़कर अपने आप में लौट आया है। गैरी और निम्मी ने धीरे–धीरे चलना शुरू कर दिया। कपिला देखती है कि अब भी निम्मी ने गैरी का हाथ पकड़ रखा है। एक क्षण के लिए यह सोचकर उदास हो जाती है कि निम्मी को गैरी जैसा सशक्त पुरुष मिलना चाहिए था, और मिला तो नवीन...

नवीन अब भी अपनी जगह खड़ा है। अंधेरा नीचे उतरना शुरू हो गया। इस उतरते अँधेरे में उसका चेहरा अंगारों की तरह दहक रहा है।

"चलें," कपिला ने हौले से कहा।

"हाँ, चलें," वह उसकी ओर बिना देखे जवाब देता है।

ग्रेवाल और निम्मी कॉटेज के बाहर खड़े उनका इन्तज़ार कर रहे हैं। दोनों पास आये तो निम्मी ने कहा–

"हम आज रात इन्हें पार्टी दें?"

"हाँ, ठीक है। ग्रेवाल साहब से पूछ लो।"

"डोंट बी फ़ार्मल, नवीन! यह साहब कहाँ से आ गया? इसका मतलब मेरा ऊँचा बोलना बुरा लगा। प्लीज़ डोंट माइंड। शाउट करना मेरी हॉबी है। कपिला से पूछ लो।" निम्मी मुस्कराती है, उसका निचला नोकीला दाँत चमकता है। कपिला हँसकर कहती है–

"गैरी को शाउट करने की ही तनख़्वाह मिलती है।"

"मेजर साहब और बच्चियों को भी हमारी तरफ़ से बुला लें। होटल में पार्टी करेंगे, क्यों नवीन?"

"हाँ, ठीक है।"

लेकिन कपिला को लगता है, यह लोग पार्टी देने की बात पर ख़ुश नहीं।

बच्चियाँ निम्मी के दाँयें–बाँयें बैठी हैं। कपिला ने उन्हें रोका भी कि नवीन को वहाँ बैठने दें। लेकिन नहीं। उनकी ज़िद थी कि बैठेंगी तो निम्मी के पास ही।

"हाय पापा! फ़ेयरी लग रही है न," एक बच्ची।

"फ़ेयरी नहीं। मरमेड," दूसरी बच्ची।

निम्मी ने जार्जेट की पीली साड़ी पहनी है, माथे पर सिन्दूर की बड़ी–सी दहकती बिन्दिया। कन्धे तक के बालों को उसने कसकर कँघी

की है, गालों के दोनों ओर हिलते पानी की काली झालर। थोड़ा–सा सिर हिलाती है तो पानी की काली झालर हिलती है, सिर रुकता है तो झालर भी रुक जाती है। शामवाली रुलायी ने उसकी आत्मा को धो दिया। अन्दर का धुला होना चेहरे को भी कहीं धो गया। ग्रेवाल ने उसे छेड़ा–

"स्वीटहार्ट! अगर नवीन से तुम्हारी बात पक्की न होती तो मैं तुम्हें भगा ले जाता!"

"नवीन तो मुझे भगा नहीं रहा। आपको किसने रोका है," आज निम्मी छेड़छाड़ में हिस्सा ले रही है।

"पापा, आपके साथ क्यों भागेगी? नवीन अंकल तो आपसे हैण्डसम लग रहे हैं," एक बच्ची।

"हाँ लग रहे हैं। बिल्कुल मारलेन ब्रैडो लग रहे हैं", दूसरी बच्ची।

नवीन ने डबल ब्रेस्ट ब्लेजर पहना हुआ है, लाल पोल्का डॉट्स की टाई के साथ। नीले ब्लेजर के कॉन्ट्रास्ट में उसके गालों के अंगारे पूरे जोबन पर दहक रहे हैं। काँच की खिड़की खड़की। निम्मी पूछती है कि क्या कोई बाहिर खड़ा है खिड़की के पास? कपिला कहती है–

"नहीं। कोई नहीं। हवा है। अन्दर आना चाहती है।"

"क्यों?" निम्मी जब क्यों कहती है तो उसकी एक आँख दूसरी आँख से बड़ी दिखने लगती है।

"क्योंकि बाहर उसे सर्दी लग रही है, स्वीटहार्ट," ग्रेवाल ने उसे फिर छेड़ा। हवा फिर खिड़की खटखटाती है। मेजर साहब गिलास उठाते हैं, बच्चियाँ भी अपना–अपना स्वीट–वाइनवाला गिलास उठाती हैं। कपिला कहती है–

"फ़ॉर अ वेरी–वेरी हैप्पी लाइफ़ आव निम्मी एंड नवीन।" यह सुनकर निम्मी हल्के–से सिर झटकती है। एक तरफ़ की गाल पलभर के लिए चमक मारती है, फिर बाल वहाँ लम्बे लेट जाते हैं।

ब्रास–स्टैण्ड में लगी मोमबत्तियों की रोशनी हिली। रोशनी का छोटा–सा टुकड़ा छलाँग लगाकर निम्मी की नाक के सिरे पर जा बैठा। रोशनी हिलना बन्द होती है। नाक पर बैठा रोशनी का टुकड़ा छोटी–सी छलाँग लगाता है और अपने घर वापिस आ जाता है। निम्मी नाक के सिरे को उँगली से छूती है, उसे वहाँ पर रोशनी बैठने का पता चल गया।

"नवीन साहब, आप बिल्कुल चुप हैं," ग्रेवाल।

"निम्मी पर से इनकी आँखें हिलें तो हम से बात करें," कपिला छेड़ती है।

रिकॉर्ड–प्लेयर पर सरोद की धुन बज रही है। आवाज़ उन सबको छूती है और फिर खिड़कियों की तरफ़ बढ़ जाती है, लेकिन खिड़कियाँ तो बन्द हैं। हौले से दीवारों पर चढ़ती है और अधखुले रोशनदानों से बाहर निकल जाती है।

"आंटी, शादी के बाद कहाँ जायेंगे," एक बच्ची।

"कश्मीर जायेंगे न," दूसरी बच्ची।

निम्मी नवीन के चेहरे पर निगाह टिकाती है। आँखें ऊपर उठाकर उसे भरपूर निगाहों से देखा। एक आँख दूसरी आँख से फिर बड़ी हो गयी।

"हम अमेरिका जायेंगे।" कपिला को भ्रम होता है कि यह जवाब कुछ अतिरिक्त कठोर आवाज़ में निम्मी ने दिया। बच्चियों की बात का बुरा मान गयी है क्या?

वेटर ख़ाली गिलास उठाता है। मेजर साहब उसे इशारे से और लाने के लिए कहते हैं। नवीन ने दूसरा गिलास उठाया, निम्मी ने टोका–

"तुम और मत लो।"

"स्वीटहार्ट डोंट बी मीन। लैट हिम एंजॉय। शादी के बाद रोकने–टोकने का काम करना चाहिए। क्यों कपिला?"

"अच्छा तुम पियो। आज यह बक–बक नहीं चलेगी।"

"हाँ नहीं चलेगी," एक बच्ची।

"बिल्कुल नहीं चलेगी," दूसरी बच्ची।

"हाँ। आज मुझे मत रोको," नवीन एक ही घूँट में गिलास ख़ाली करता है, मेज़ पर रख देता है। ग्रेवाल और मेजर के भरे गिलासों की तरफ़ सवालिया आँखों से देखता है कि इन्हें ख़त्म क्यों नहीं करते?

"आंटी को प्रेजेंट नहीं देंगे," एक बच्ची।

"हाँ, पापा ने मम्मी को दिया था," दूसरी बच्ची।

"मैं तो भूल ही गया था। अभी लाया," नवीन ने बाहर निकलते हुए जवाब दिया।

निम्मी अब सिर नीचे झुकाये बैठी है। रोशनी का टुकड़ा उसके होंठों पर जा बैठा। निचला होंठ हिलता है, नोकीला दाँत चमकता है। कपिला को डर लगता है, कहीं फिर तो रोने नहीं लगी?

नवीन लौटा। उसके हाथ में मखमल का छोटा–सा डिब्बा। निम्मी के पास रखा।

बच्चियाँ डिब्बा खोलने के लिए कहती हैं। निम्मी उँगली से डिब्बे का ढक्कन ऊपर उठाती है। नेकलेस है। टॉप्स हैं, अँगूठी है। लश्कारा पड़ता है। मोमबत्तियों की चमक मद्धम पड़ गयी।

"पर्ल हैं," एक बच्ची।

"नहीं डायमेंड," दूसरी बच्ची।

"पन्ना है," कपिला उन्हें बताती है।

"अंकल, आप इन्हें पहना दो," दोनों बच्चियाँ।

"नहीं। ख़ुद डाल लेगी।" नवीन तीसरा गिलास उठाता है।

"पहनाना तो आपको ही चाहिए, नवीन साहब," कपिला उसे समझाती है।

"छोड़ो! मैं ख़ुद डाल लूँगी," निम्मी हार डालती है, अँगूठी डालती है, लेकिन टॉप्स डालने में उसे मुश्किल हो रही है।

"हेल्प हर अँकल," दोनों बच्चियाँ। नवीन निम्मी के पास आया। उसके कान से बाल परे किये, टॉप्स डाले।

"तुम्हारे कान तो बहुत छोटे हैं।"

"यह बात तुम्हें दो साल बाद आज पता लगी," निम्मी का निचला होंठ फिर फड़का, दाँत फिर चमका। इससे पहले कि नवीन कुछ कहे, एक बच्ची–

"अंकल, गिव हर अ किस!"

"हाँ! पापा जब भी मम्मी को गिफ़्ट देते हैं तो किस करते हैं।"

नवीन अपने होंठ निम्मी के माथे को छुआता है। 'स्टैचू', एक बच्ची ताली पीटकर कहती है। निम्मी के मेज़ पर रखे हाथ हौले से ऊपर उठते हैं, उन्हें नवीन के सिर के पिछले सिरे पर रखती है, सिर को ज़ोर से अपने माथे पर दबाती है। "ओपन," दूसरी बच्ची ताली पीटती है। निम्मी की आत्मा के दरवाज़े खुलते हैं, एक लम्बी साँस बाहिर निकलती है। हाथ फिर से मेज़ पर रख देती है। नवीन अपनी कुर्सी पर लौटता है, गिलास उठाता है।

"बस! और नहीं लेनी," निम्मी अपनी नाक से रोशनी को परे झटकाकर कहती है।

"प्लीज़ डोंट स्टॉप मी," नवीन की आवाज़ सख़्त। कपिला धीरे–से ग्रेवाल को बताती है कि नवीन ड्रंक हो रहा है। उसकी आँखें अब झपक

नहीं रहीं। ग्रेवाल को पीने का अभ्यास है। नवीन के तने हुए चेहरे को देखता है। उसे भी पता चल जाता है कि नवीन ड्रंक हो रहा है। नशे की पहली स्टेज में शरीर कस जाता है, आक्रमण की मुद्रा में। आख़िरी स्टेज में ढीला पड़ जाता है पराजय की मुद्रा में। मेजर साहब वेटर को खाना लगाने के लिए कहते हैं। नवीन उन्हें घूरकर देखता है–

"नहीं! मैं नहीं खाऊँगा, और लूँगा।"

"ठीक है। इन सबको तो खाने दो। हम दोनों और ले लेंगे," ग्रेवाल जानता है कि जब कोई नशे में हो तो उसकी बात मान लेनी चाहिए।

निम्मी अब नवीन को घूरकर देख रही है। उसकी एक आँख दूसरी से बड़ी लग रही है। वह दबी लेकिन सख़्त आवाज़ में सबको बताती है–

"हम कल वापिस जायेंगे।" नवीन खट से मेज़ पर गिलास रखता है।

जवाब कपिला देती है, "क्यों? आप लोग तो सात दिन के लिए आये थे। जल्दी क्या पड़ गयी?"

"नहीं, हम कल जायेंगे!"

"अंकल, आप रोको न," एक बच्ची।

"अंकल, आप कहो न," दूसरी बच्ची।

"नहीं! निम्मी जो बात कह दे, उसे ज़रूर पूरी करती है।"

"स्वीटहार्ट, गुस्सा किस बात का है। अभी तो हमारी दोस्ती शुरू ही हुई है," ग्रेवाल कमरे में ठहर गये तनाव को बाहिर धकेलने की कोशिश करता है।

"नहीं, हम कल जायेंगे। शादी की तैयारी भी तो करनी है," ग्रेवाल की बात का जवाब देते हुए निम्मी की आवाज़ सख़्त नहीं है। नवीन, मेजर को कहता है, "मेजर साहब, आप फ़ोन करके सुबह टैक्सी बुलवा लें, दिल्ली तक के लिए।" मेजर साहब हाँ में सिर हिलाते हैं। कपिला सोचती है कि नवीन, जिसने उसकी शादी टूटने से बचा ली हैं सिर्फ़ छोटी–सी सलाह देकर, खुद क्योंकर निम्मी के साथ तालमेल से नहीं रह पा रहा। उसे पक्का है, निम्मी नवीन के पीने को लेकर नाराज़ हो गयी है।

खाना खाते वक़्त नवीन बिल्कुल चुप है। निम्मी अपनी कुर्सी से उठी, उसके पास जाकर बैठ गयी। उसके हाथ से गिलास लेकर मेज़ पर रखा। टमाटर का टुकड़ा उठाकर उसके होंठों के पास ले गयी–

"चलो! मुँह खोलो," नवीन मुँह खोलता है। निम्मी उसे टमाटर का टुकड़ा खिलाकर कहती है–"गुड ब्वॉय," नवीन की हँसी निकल जाती है। कमरे में बैठा तनाव बड़े दरवाज़े से बाहर निकल गया।

"सीज फ़ायर," एक बच्ची।

"लड़ाई–लड़ाई बन्द करो...,'' दूसरी बच्ची।

ग्रेवाल निम्मी को छेड़ता है–

"स्वीटहार्ट, अमेरिका से हनीमून मनाकर जब वापिस आओ तो मिलना ज़रूर।"

सब उठते हैं। नवीन के पाँव लड़खड़ाते हैं। मेजर अपनी बाँह के घेरे में उसके कन्धों को लपेटता है, सहारा देता है। दोनों बच्चियाँ निम्मी का एक–एक हाथ पकड़े हुए हैं। सब बाहर निकले। मेजर और नवीन सबसे पीछे। कपिला को नवीन की आवाज़ साफ़ सुनायी दे रही है। पापा को कुछ बता रहा है, लेकिन शब्द सुनायी नहीं दे रहे? हवा उन्हें उड़ाये लिये जा रही है।

सुबह के दस बजे हैं। टैक्सी होटल के पोर्च में खड़ी है। नवीन और निम्मी अपनी कॉटेज से वहाँ आ रहे हैं। बच्चियाँ उनके साथ हैं। निम्मी ने फिर से जींस और गेरुआ कुर्ता पहन लिया है। नवीन ने शेव नहीं की। कपिला को लगता है कि रात के नशे की वजह से नवीन के गालों के अँगारे और सुर्ख़ हो गये हैं। वह टैक्सी का पिछला दरवाज़ा खोलता है। निम्मी अन्दर बैठी। वह दरवाज़ा बन्द कर लेता है। कपिला ने सोचा, अभी दोनों के बीच गुस्से का प्रेत बैठा हुआ है। तभी नवीन उसके साथ नहीं बैठा, अगली सीट पर बैठेगा। निम्मी शीशा नीचे करती है, ग्रेवाल की ओर हाथ बढ़ाती है। मिलाती है।

"शॉल ले लो," कपिला ने निम्मी को समझाया। कपिला पहली बार नोट करती है कि पापा टैक्सी से थोड़ी दूर खड़े हैं। अब इन्हें क्या हो गया? क्या इन लोगों को अलविदा नहीं कहेंगे?

नवीन कार के दरवाज़े पर हाथ रखता है, निम्मी से पूछा–"ख़त लिखोगी"।

निम्मी का निचला होंठ फड़कता है, दाँत चमकता है–"नहीं," और वह खिड़की का शीशा ऊपर चढ़ा लेती है। नवीन ने ड्राइवर को पैसे दिये और टैक्सी होटल के दरवाज़े से बाहर निकल गयी।

कपिला डर के मारे ग्रेवाल का हाथ पकड़ लेती है। फटी आँखों से पास खड़े नवीन को देख रही है। मेजर साहब पास आये, ग्रेवाल के हाथ से उसका हाथ छुड़ाते हैं–

"चलो बेटे! नवीन साहब को आराम करने दो।"

नवीन के क़दम अपनी कॉटेज की ओर उठते हैं। दोनों बच्चियाँ पूछती हैं–

"अंकल हम साथ चलें?" वह 'हाँ' में सिर हिलाता है। दोनों उसका एक–एक हाथ पकड़ लेती हैं। उसके साथ उसकी कॉटेज की तरफ़ जाती हैं।

मेज़र साहब कपिला और गेवाल को बताते हैं कि निम्मी की शादी नवीन से नहीं हो रही। जिससे हो रही है, वह अमेरिका में डॉक्टर है। नवीन ने रात को उन्हें सब कुछ बता दिया था। नवीन की पत्नी है, निम्मी जितनी उम्र की एक बेटी भी है, लेकिन फिर? कपिला के दिल में सवाल उठता है। पर वह पूछती नहीं। क्या सब सवालों का जवाब होता है? निम्मी तो कहती थी, दस दिन बाद हमारी शादी है। कपिला को अब याद आया कि निम्मी हमेशा हम बोलती है। मैं नहीं। सूखे पत्तों की चर्र–चर्र की आवाज़ आ रही है। दोनों बच्चियाँ नवीन की कॉटेज से अपनी कॉटेज की तरफ़ लौट रही हैं। वह हमेशा भागती हैं, चलती नहीं। दरवाज़े पर खड़ी हैं। हाँफ रही हैं।

"अंकल नाराज़ हो गये," एक बच्ची।

"स्टैचू नहीं खेलते," दूसरी बच्ची।

कपिला खड़ी हो गयी। चीख़कर पूछा–

"हुआ क्या? ठीक से बताओ!"

"अंकल ने छाती पर हाथ रखा। मैंने स्टैचू कहा।" एक बच्ची।

"मैंने ओपन कहा, लेकिन वह हाथ उठा नहीं रहे।"

कपिला नवीन की कॉटेज की ओर भाग रही है। छोटे–छोटे दृश्य उसके चारों ओर उसके साथ भागते हुए। पहले दिन जब नवीन ने निम्मी को उठाना चाहा था तो निम्मी ने रोक क्यों दिया था? नवीन के चेहरे पर

अंगारे क्यों दहकते थे? उसके ऊपरवाले होंठ पर हमेशा पसीना क्यों आया रहता था? निम्मी उसे धीरे चलने को क्यों कहती थी? साथ भागते दृश्यों में पहले पढ़ी टैनिसन की कविता की एक लाइन क्यों शामिल हो गयी है? लाल सुर्ख़ गालों को देखकर लिखी टैनिसन की लाइन–मौत के भयावह गुलाब...नवीन को हार्ट अटैक ...उसके अन्दर का डॉक्टर बताता है।

वह कमरे में पहुँचती है। सारे छोटे–छोटे दृश्य आपस में जुड़ गये और सोफ़े के पास गिरे नवीन के पास बैठ गये। ग्रेवाल उसका डॉक्टरी बैग उठाये वहाँ पहुँच गया। बैग कपिला की तरफ़ बढ़ाया।

"नहीं, नवीन मर चुका है।"

"मैं कहता हूँ चेक करो। बको मत।" ग्रेवाल दहाड़ता है। मेजर साहब अन्दर आते हैं। ग्रेवाल की बाँह पकड़कर कहते हैं–

"ही इज़ डैड।"

नवीन की मुट्ठी में काग़ज़ का टुकड़ा। कपिला एक–एक करके उसकी कसी मुट्ठी की भरी हुई उँगलियाँ खोलती है, काग़ज़ का टुकड़ा बाहिर निकालती है, पढ़ती है–

"मेरी बेटी को बुला लें..." इस वाक्य के आगे दिल्ली का टेलीफ़ोन नम्बर लिखा हुआ है।

बाल भगवान

लड़का पेड़ के नीचे बैठा है कि धूप से बच जाये, लेकिन पेड़ की टहनियाँ बिल्कुल नंगी, न पत्ते, और न ही कोंपलें। हालाँकि मौसम बरसात का था और बरसात इस साल भी नहीं हुई जैसे पिछले साल भी नहीं हुई थी। लम्बी टहनियों के साये भी थोड़ी दूर तक पड़ रहे थे, मोटी–मोटी लकीरों की शक्ल में, लेकिन लड़का तो पेड़ के तने के साथ पीठ लगाकर बैठा है। गर्म पेड़ उसकी नंगी पीठ को सेंक रहा है, जला देने की हद तक। ज़मीन गर्म, पेड़ गर्म। लड़का खिसककर तने के दूसरी ओर हो जाता है। धूप की जंगली बिल्ली पैन्तरा बदलती है और छलाँग लगाकर उसके चेहरे पर जा चढ़ती है। तेज़, तीखे और चमकीले पंजे उसके कन्धों पर गड़ जाते हैं। लड़का समझ गया कि फिर से दूसरी तरफ़ खिसकना बेकार है, धूप से न बचा जा सकता है, न जीता जा सकता है, लड़का आँखें उठाता है। यह पेड़ के तने से काली लकीर क्या निकल रही है? काली स्याही है? उसने गाँव के दूसरे बच्चों के हाथों में काली स्याही की दवातें देखी हैं, क्या हुआ अगर वह स्कूल नहीं जाता। उसके ज़िद करने पर दूसरे बच्चे कई बार स्याही की दवातें खोलकर उसे दिखाते हैं। वह सवालिया निगाहों से देखता है तो बच्चे उसे बताते हैं–स्याही। लिखते हैं। बच्चों को भी पता है कि लड़का दो–तीन वाक्य समझ लेता है। लम्बे फिकरे उसके दिमाग़ को उलझा देते हैं।

लड़के का सिर जितना बड़ा है, दिमाग़ उतना ही छोटा है। वह जन्म से ही ऐसा है। आयु बढ़ी, शरीर बढ़ा लेकिन दिमाग़ एक छोटे–से ताले की तरह हमेशा से बन्द है। वह पागल नहीं, सीधा भी नहीं, इधर की भाषा में सिद्धड़ है। सयाने दिमाग़ और पागल दिमाग़ के बीच के दिमाग़वाला।

लोग उसे बुलाते सिद्धड़ नाम से ही हैं। वह आँखों को हाथों से मलता है, क्योंकि धूप की बिल्ली के अन्दर की तरफ़ मुड़े तीखे नाख़ून अब उसकी आँखों में चुभ रहे हैं। पेड़ के तने से काली लकीर अब भी बाहिर बह रही है, ज़मीन तक पहुँच गयी है। स्याही नहीं। लड़का बुदबुदाता है। ज़मीन पर देखता है। काली लकीर छोटे–छोटे काले टुकड़ों में बँट गयी है। लम्बी पतली काली टाँगें और मोटा सिर। लड़के का बन्द दिमाग़ ज़ोर–ज़ोर से शब्द संकेत दे रहा है। वह सिर हिला–हिलाकर शब्द को होंठों में पकड़ने की कोशिश कर रहा है। वह बुदबुदाता है–मकोड़े...और हँस पड़ता है। दिमाग़ अपना पूरा कर्म करने के बाद हिलना बन्द हो जाता है। उसका सिर भी थम जाता है।

वह ज़मीन पर गिरी सूखी टहनी का टुकड़ा उठाता है और एक मकोड़े की पतली कमर को इसके सिरे से दबा देता है। उसके टहनी परे करते ही मकोड़ा उल्टा हो जाता है और उसके महीन धागे जैसे हाथ–पैर हवा में छटपटाने लगते हैं। लड़का ख़ून निकलने–देखने का इन्तज़ार कर रहा है। उसने कई बार आस–पड़ोस में मुर्ग़े कटते देखे हैं। सिर छटकने के बाद ख़ून के छींटे उछला करते हैं। वह बुदबुदाता है–'मुर्गा नहीं, मकोड़ा, ख़ून नहीं।' पीछे आ रहे मकोड़े अपने घायल साथी के पास थमते हैं। धागे जैसे नाक के बाल से उसे सूँघते हैं और आगे बढ़ जाते हैं। उल्टे गिरे मकोड़े की महीन टाँगें या हाथ अब भी हवा में हिल रहे हैं, लेकिन इनके हिलने की गति पहले से कम है। लड़का फिर से टहनी का टुकड़ा उठाता है। पतली कमर पर दबाता है और मकोड़ा दो टुकड़ों में कट–बँट जाता है, दोनों कटे–बँटे हिस्से काँपते हैं, फिर हिलना बन्द हो जाता है। ज़मीन पर एक तिल भर छोटा काला धब्बा दिखता है। लड़के के बन्द दिमाग़ का दरवाज़ा थोड़ा–सा खुलता है और दो शब्द बाहर धकेलता है–काला ख़ून।

अब लड़के की सीमित कल्पना से एक छिपकली बाहर निकली है; चाकू की तरह पतली नुकीली, तेज़ और ललचायी जीभ! जीभ के चाकू का लपकना, दीवार पर चलते कीड़े पर इस चाकू को घोंपना और फिर इस जीभ–चाकू से कीड़ा निगल जाना! लड़के की कल्पना एक और दृश्य उसे दिखाती है। पहले छिपकली का गला मोटा होता है, फिर वह कीड़े को पेट की तरफ़ धकेलती है। चाकू लपकते रहते हैं और धीरे–धीरे पेट

मोटा होता जाता है जैसे हर साल उसकी माँ का पेट मोटा हो जाता है। वह फिर से सिर हिलाना शुरू कर देता है। छिपकली के मोटे पेट और माँ के मोटे पेट के दृश्यों की बात उसको समझ नहीं आ रही। इतनी बात तो उसका तालाबन्द दिमाग़ समझता है कि छिपकली और माँ दोनों अलग–अलग चीज़ें हैं।

वह अपने पेट पर हाथ फेर रहा है। रोटी! नहीं खायी। कब से? दिमाग़ बताता नहीं। उसके हिस्से की एक रोटी माँ दूसरे बच्चे को दे दिया करती है। वह माँ की ओर देखता रहता है। माँ हमेशा एक ही वाक्य कहा करती है–"बाहिर मर! रोटी नहीं है। हे भगवान! इस सिद्ध ड़ को सँभाल ले।" कभी–कभी वह उसे एक रोटी देती ज़रूर है। उसके भाई–बहन किसी छिपकली की तरह दाँव लगाकर उसकी रोटी को देखते रहते हैं। माँ की आँखें पलभर कहीं मुड़ी नहीं, कि छिपकली की तरह तेज़ अचानक हमला और उसकी रोटी ग़ायब।

अब लड़के के दिलो–दिमाग़ पर छिपकली का क़ब्ज़ा हो गया है। चाकू–जीभ लगातार उसके दिमाग़ में कौंध रही है। वह पेट पर हाथ फेरता है। रोटी! कब से नहीं! अन्दर बैठी छिपकली उसे बताती है कि उल्टे लेट जाओ! वह ज़मीन पर पेट के बल लेटा है। बिना हिले–डुले, शरीर समेटे, छिपकली की तरह दाँव लगाये। उसकी जीभ बाहिर लपकती है। नोक से दो हिस्सों में कटे–बँटे कीड़े को उठाती है और मुँह के अन्दर कर लेती है। वह मुँह बन्द कर लेता है। कीड़े के टुकड़े जीभ पर हैं। अचानक भूखा पेट हाथ फैलाता है और जीभ पर रखे मकोड़े के टुकड़े अन्दर खींच लेता है। बन्द दिमाग़ हल्ला किये जा रहा है–और, और! भूखा पेट लगातार जीभ की तरफ़ हाथ फैला रहा है–और, और! लड़के का हाथ एक मशीनी हरकत से टहनी का टुकड़ा पकड़ लेता है। वह मकोड़ों की सरकती क़तार के पास खिसक आया है। वह फटाफट सूखी टहनी का वार कर रहा है। मकोड़े चोट लगते ही उल्टे होकर हाथ–पैर पटक रहे हैं। उसकी जीभ लपलपा रही है और भूखे पेट से निकले हाथ झटपट जीभ पर रखे मकोड़ों को अन्दर खींचे जा रहे हैं।

गड़गड़ की आवाज़ उसके कान तो सुनते हैं, लेकिन छिपकली में बदल गया उसका मन–मस्तिष्क इसे ग्रहण नहीं करता। आवाज़ उसके बिल्कुल क़रीब पहुँचती है और हल्की–सी ठक–ठक के साथ बन्द हो

जाती है। वह आँखें ऊपर उठाता है। बन्द दिमाग़ शब्द बाहिर फेंकता है—ट्रैक्टर! वह फिर अपनी जीभ ज़मीन के पास ले जाता है और छिपकली में बदल जाता है। ट्रैक्टर पर बैठा आदमी नीचे कूदता है। उसकी गर्दन को पंजे से जकड़कर उसे एक ही झटके में खड़ा कर देता है—"फिट्टे मुँह। बाम्ण का बेटा और मकोड़े खा रहा है। दूर फिट्टे मुँह!" उस आदमी का थप्पड़ मारने के लिए उठा हाथ हवा में ही थम गया है। ब्राह्मण पर हाथ उठाना इधर के इलाक़े में अब भी पाप समझा जाता है। फिर अभी—अभी यह आदमी अपनी घरवाली को पाँचवीं बार हस्पताल पहुँचाकर आया है। पिछली चार बारियों में चार बेटियाँ हुई हैं। उसकी माँ का पक्का ख़याल है कि इस बार भी लड़की ही होगी। बहू के लक्षण यही बताते हैं। सारा दिन लेटी रहती है। सुस्त और मरी हुई। लड़का होना हो तो औरतें भागती फिरती हैं।

वह आदमी छोटी—सी पोटली खोलता है, एक पराँठा उठाता है और लड़के की ओर बढ़ा देता है। रोटी साथ हस्पताल ले गया था। शायद रात रहना पड़े, लेकिन डॉक्टर कहती है, बच्चा कल होगा। लड़का उस आदमी का हवा में उठा हाथ देख चुका है, गर्दन पर पड़ी उसकी उँगलियों का तीखा सेंक अब भी महसूस कर रहा है। सिर दायें—बायें हिलाता है। नहीं खाऊँगा की मुद्रा में।

"ओये कंजर दे फल। रोटी नहीं खाँणी तो क्या लड्डू खायेगा?"

लड़का गाँव के हलवाई की दुकान के आगे से दिन में कई बार गुज़रता है। गोल—गोल मिठाई के भरे हुए थाल रोज़ देखता है। लोगों को कहते हुए सुन चुका है—लाला लड्डू दे एक किलो। बच्चों को चार आने आगे बढ़ाकर कहते सुन चुका है—लाला एक लड्डू। उसके दिमाग़ में लड्डू एक छोटा—सा घर बना चुके हैं क्योंकि उसने आज तक लड्डू नहीं खाये। सिर ऊपर—नीचे हिलाता है। हाँ की मुद्रा में। उस आदमी को फिर ग़ुस्सा चढ़ जाता है।

"ओये हराम के बीज, मेरे लड़का हुआ है जो लड्डू माँग रहा है? दूँ एक लप्पड़?"

लड़के के दिमाग़ से लड्डू खिसकर अब तक उसकी जीभ पर आ चुका है। मुँह खोलता है।

"लड़का! लड्डू!"

"फिर से बोल।"

"लड़का! लड्डू! लड़का! लड्डू! लड़का! लड्डू!", वह यह दो शब्द लगातार ऐसे बोल रहा है जैसे लड़के स्कूल में पहाड़े रटकर बोलते हैं, बिना सोचे, बिना समझे।

शायद माँ ने एक बार कहा था कि साधुओं और पागलों की जीभ पर भगवान का वास होता है। ग़ुस्से में जो भी बोल दें, सच होता है। लड़का पूरा पागल तो नहीं, सिद्धड़ तो है। फिर ब्राह्मण का बच्चा है। शायद इसकी जीभ पर सच चढ़ आया हो। हारे हुए आदमी को अन्धविश्वास सच दिखने लगता है, सुनने लगता है।

"लड़का! लड्डू! लड़का! लड्डू! लड़का! लड्डू..." रट जारी है। वह उसे उठाकर ट्रैक्टर पर बिठाता है। चार लड्डू खिलाने में कौन सा ख़ज़ाना लग जायेगा। शायद इसकी बात सच निकल आये। बीस किल्ले अपनी ज़मीन और चार लड़कियाँ। सारी साले जवाँई ले जायेंगे। चिता में आग देने के लिए एक लड़का भी नहीं। पक्का मकान है, साले जवाँई रहेंगे, मौज मारेंगे, ख़ानदान का नाम आगे बढ़ाने के लिए एक लड़का भी नहीं। शायद इस सिद्धड़ की बात सच निकल जाये। वह ट्रैक्टर हलवाई की दुकान के आगे पीपल के पेड़ के नीचे रोकता है। तीन–चार चारपाइयों पर अधलेटे लोग उठ बैठते हैं। बारिश अभी पड़ी नहीं। खेतों में कोई काम नहीं, इसलिए लोगों की दोपहर अक्सर यहाँ कटती है। फिर दुनिया भर की बातों का पता हलवाई से लगता रहता है। उसकी दुकान जी.टी. रोड़ के एकदम किनारे है। कारवाले कई बार पानी पीने के लिए रुकते हैं। चाय भी पी लेते हैं, उनकी बातें हलवाई सुनता रहता है। फिर जितनी अकल कारवालों को होती है, क्या पैदल लोगों को हो सकती है? हलवाई दुकान पर बैठे–बैठे पूछता है–

"लौट आये? क्या हुआ?" उसे पता है चौधरी बीवी को लेकर सुबह हस्पताल गया था।

"चार लड्डू दे।"

"ओये लड़का हो गया क्या। जाट और कंजूस? बोतल मँगवा बोतल।"

"बक–बक करे ही जाओगे के दूँ हाथ। तेरी माँ को अभी कुछ नहीं हुआ। डाक्टर कहती है कल होगा। सिद्धड़ को चार लड्डू दे। लड़का भुक्खा है।"

लड़का ट्रैक्टर पर बैठे–बैठे रट लगाना शुरू कर देता है, "लड़का! लड्डू! लड़का! लड्डू..." लाला काग़ज़ पर चार लड्डू रखकर दुकान से नीचे उतरकर पीपल के पास आ जाता है। चौधरी के साथ गाँव के स्कूल में आठ जमातें पढ़ा है, दोस्त है, इसलिए तू–तड़ाक में बोलता है, काग़ज़ पर रखे लड्डू लड़के की ओर बढ़ाकर कहता है–

"रत्ने, तू घास तो नहीं खा गया। सिद्धड़ ने कहा और तू मान गया कि लड़का होगा। यह साला हिमालय से आया है जो सच बोलेगा।"

लाले का वाक्य पूरा होते–होते लड़का चारों लड्डू खा गया है। रत्ने बाक़ी लोगों को बता रहा है कि लड़का कैसे मकोड़े खा रहा था। लड़के के पड़ोस में रह रहा आदमी बताता है कि घरवाले सिद्धड़ को खाने के लिए नहीं देते! घरों से बाहिर फेंकी जूठन खाता है– गली के कुत्तों की तरह, दूसरा आदमी एतराज़ उठाता है कि इतना बुरा हाल तो इसके घर का नहीं। गाँव में जन्म–मरण, शादी–ब्याह होते रहते हैं। पण्डित के पास ज़मीन नहीं, न सही। कमाई तो होती ही रहती है। तीसरी आवाज़ बताती है कि पण्डित की कमाई तो सीधी ठेके की दुकान पर पहुँचती है, घर नहीं। कोई मरे तो बोतल, कोई जन्मे तो बोतल। साला शराबी ब्राह्मण है। शराबी! स्कूल के मास्टर जी हमेशा ऊँची आवाज़ में बोलते हैं जैसे क्लास में बैठे हों।

"अरे क्या बड़–बड़ किये जा रहे हो। इधर का ब्राह्मण नहीं, पाकिस्तानवाले पंजाब से आकर यहाँ बसा है। एक दिन मैंने समझाया था कि रोज़ बोतल न चढ़ाया करे तो जानते हो क्या बोला था? ब्राह्मण का पूत, कोई जिन्न कोई भूत, कोई बिरला सपूत।" लाला मज़े ले रहा है, मास्टर जी को छेड़ता है।

"साला ब्राम्ण कविता करता है। मास्टार जी इसे फ़िल्मों में भेज दो। मनोज कुमार की फ़िल्म में फ़िट बैठेगा," फिर लाले ने दोनों हाथ ऊपर उठाकर तान कसी, "मेरे देश की धरती..."

लड़का वहाँ से खिसककर दुकान के पास, ठीक लड्डू के थाल के पास जा ठहरा है, रट लगाता है।

"लड़का! लड्डू! लड़का लड्डू..." रत्न चौधरी लाले को उसे और लड्डू देने को कहता है, मास्टर जी रत्न से पूछते हैं कि क्या हस्पताल

में देखभाल के लिए किसी को छोड़ आया है? रत्न बताता है कि माँ भी वहीं है।

"तेरा दिमाग़ तो नहीं फिर गया, रत्ने। अरे कोई मर्द भी है या नहीं कोई ज़रूरत पड़ गयी तो।" रत्न उन्हें बताता है कि उसके खेतों में काम करने वाला 'भैया' भी वहीं है। उत्तर प्रदेश और बिहार से जो ग़रीब मज़दूर इधर काम करने आते हैं, उन सबको 'भैया' कहकर बुलाया जाता है।

लाला काग़ज़ पर चार लड्डू रखकर हाथ आगे बढ़ाता है। लड़के का हाथ काग़ज़ पकड़ने के लिए आगे बढ़ता है तो शरारती लाला अपना हाथ खींच लेता है। लड़का जोर–से चीख़ता है, "लड़का! लड्डू..."

रत्न डाँटता है–"ओये हराम के तुख्म। क्यों तंग करता है बाप को।"

"मैं तो दे रहा हूँ, यह सिद्धड़ पकड़ता ही नहीं", लाला लड्डू आगे करता है, लड़के के दोनों हाथ लपकते हैं, लाला लड्डूवाला कागज़ अपनी पीठ पीछे कर लेता है। लड़के के पेट में बैठा भूख का दानव छलाँग लगाकर बाहिर निकलता है, झपटकर मिठाई काटने वाला लम्बा चाकू उठा लेता है और छलाँग मारकर दुकान पर चढ़ जाता है। 'बचाओ' की लम्बी चीख़ के साथ लाला नीचे कूदता है और पीपल के पेड़ के नीचे भाग आता है। लोग खड़े हो गये हैं। लड़का दोनों हाथों में लम्बा चाकू उठाये उधर आ रहा है। धूप में लिश्कारे मारता चाकू। रत्न लड़के की दोनों बाँहें कसकर पकड़ लेता है, फिर उसके हाथों से चाकू छुड़ाकर परे फेंकता है। उसे दुकान के पास ले जाता है, काग़ज़ पर लड्डू रखकर उसके सामने धर देता है। लड़का खाना शुरू कर देता है। लाला अब भी डर से थरथरा रहा है। कल्पना सच से हमेशा एक क़दम आगे चलती है। वह यह सोचकर काँपे जा रहा है कि अगर इतना लम्बा चाकू उसके शरीर में...! मास्टर जी उसे समझा रहे हैं।

"देख लाले! तुझे कितनी बार समझाया है कि हर वक़्त शरारतें न किया कर। कभी कोई तेरी ऐसी–तैसी कर देगा। रत्न न पकड़ता तो आज सिद्धड़ ने तेरा हिसाब कर देना था। कम–से–कम ब्राह्मणों को न छेड़ा कर। सुना नहीं। ब्राह्मण के हाथ में छुरा, वह क़साई से भी बुरा।"

लड़का अब अपने आप थाल में से लड्डू उठाकर खाये जा रहा है। लाले की रोनी सूरत देखकर रत्न उसे हौसला देता है कि वह सारे पैसे चुका देगा।

"मास्टर जी बारिश नहीं हो रही। जीरी बीजने का मौसम तो बीता जा रहा है।"

"हाँ भाई। चावल तो पानी–ही–पानी माँगता है। बीजो तो पानी। पकाओ तो पानी। खाओ तो पानी।"

लड़का पीपल के पास लौट आया है। चिपका पेट उभर गया है। उसकी आँखें मुँदी जा रही हैं। चारपाई पर बैठे लोग उसके लेटने के लिए जगह छोड़ते हैं। थोड़ी देर पहले का विकराल लड़का, उन्हें अभी तक भय है। लड़का लेट गया है। पेट पर हाथ फेर रहा है। लाला अपनी हरकत से बाज़ नहीं आता–

"साले का पेट तो देखो। कीड़े खाये छिपकली के पेट की तरह फूल गया है।" लड़का उसकी बातों से बेख़बर अब तक सो चुका है। तभी मास्टर जी की निगाह सड़क पर जाती है। कोई आदमी बड़ी तेज़–तेज़ साइकिल चलाता हुआ इधर ही आ रहा है। उसकी पगड़ी की पूँछ हवा में फड़फड़ा रही है। अब साइकिल सड़क से नीचे उतर आयी है, पीपल की ओर अन्धड़ गति से दौड़ती हुई। सब लोग खड़े हो गये हैं। भैया है। हस्पताल से आ रहा है। ज़रूर कोई बुरी ख़बर है। तभी अन्धाधुन्ध साइकिल दौड़ा रहा है। भैया साइकिल को ब्रेक मारकर रोकता है। एकदम गति टूटने पर साइकिल उल्टी–कि–उल्टी। लेकिन रत्न झपाटे से साइकिल का हैंडल अपने पंजे में कस लेता है। भैया नीचे ज़मीन पर लेट गया है। मुँह फाड़कर साँसें ले रहा है।

"क्या हुआ", रत्न पूछता है। भैया मुँह खोलता है, लेकिन चमड़े की तरह सूख गयी जीभ हिलती तक नहीं। लाला भागकर पानी का गिलास लाता है, भैया के सिर के नीचे हाथ रखकर ऊपर करता है, उसे पानी पिलाता है। सूखे चमड़े की–सी ज़बान तर होती है, शब्द फूटता है, "लड़का!"

रत्न चीख़कर कहता है, "ओये माँ दे यार। पूरा बक। क्या हुआ?"

"चौधरी साहब, लड़का हुआ है, लड़का। बीवी जी बिल्कुल ठीक है। माता जी ने आपको हस्पताल बुलाया है।"

"जी ओये मेरे शेर! तेरे मुँह में घी–शक्कर।" और रत्न अपनी मजबूत बाँहों में भैया को हवा में उठाता है, अपने कन्धों पर बिठा लेता है। लाला नारा मारता है–"जै माता शेरांवली दी" और नाचना शुरू कर देता है। वह मुँह से ढोलकी की आवाज़ें निकाल रहा है; ठड़क–ठड़क। एक आवाज़–"सबको मिठाई खिलाओ, रत्ने।" लाला मुँह–ढोलक बजाना बन्द करके गर्जता है–"मिठाई की माँ की! बोतल पियेंगे, बोतल।" रत्न उसे प्यार से डपटता है।

"ओये लाले दे पुत्तर। एक बोतल क्या सारे ठेका ख़रीद ले। आज सारे गाँववालों को पिलाऊँगा। लड़का हुआ, हाँ लड़का।" रत्न का क़द एकदम कुछ इंच बढ़ गया है।

"यार रत्ने! सिद्धड़ की बात सच निकली।" लाला की बात को बीच में काटकर मास्टर जी डपटते हैं।

"ओये आकाशवाणी! तेरे मुँह में कीड़े पड़ेंगे, कीड़े। ख़बरदार अगर कभी सिद्धड़ कहा, बाल भगवान है, बाल भगवान!"

मास्टर जी ने लाले का नाम आकाशवाणी रखा हुआ है, सारी सच्ची–झूठी ख़बरों का केन्द्र हमेशा वह और उसकी दुकान होती है।

उस शाम रत्न ने सिद्धड़ के बाप की ऐसी–तैसी कर दी। लोग जब लड़के को कन्धे पर उठाकर वहाँ लाये थे तो अन्दर बैठे बाप और माँ के दिल में यह सुखदायक आशा जागी थी कि लड़का ज़रूर जी.टी. रोड पर किसी मोटर के नीचे आ गया होगा, मर गया। सुख की साँस ली थी, लेकिन बाहिर निकले तो माजरा और ही था। लड़का रत्न चौधरी के कन्धों पर था और लाला ढोलक की थाप पर भंगड़ा डाल रहा था। बाप डर गया। भगवान ख़ैर करे। लाले ने तहमद में खोंसी बोतल जो अब तक आधी हो चुकी थी, उसको देते हुए कहा था–ओये पण्डता। तेरे घर भगवान पैदा हुआ है, भगवान। मास्टर जी ने उसे सारी बात बतायी–लड़के की ज़बान पर सरस्वती का वास है। जो कहता है, ठीक निकलता है। रत्न ने लड़के को कन्धे से नीचे उतारकर चारपाई पर बिठाया, पण्डित को भभकी मारी–ओये पण्डत–इस बाप को दोनों टैम रोटी दिया कर। आज से इसके लिए रोटी मेरे घर से आयेगी। और कान

खोल कर सुन्न! मुझे जानता है न! बीस किल्ले ज़मीन है। साले तेरी दोनों टागें तोड़ दूँ तो थाने में रपट भी दर्ज न होगी–! फिर उसने लड़के के दोनों पैरों पर माथा टेका था–जय हो बाल भगवान की! मास्टर जी ने रत्न के कान में कुछ कहा। उसने सौ का नोट निकालकर लड़के की माँ की ओर बढ़ाया–"इसके लिए कपड़े बनवा लो। जिस दिन मुझे नंगा दिख गया तुम्हारे घर को फूँक दूँगा। हाँ, मेरी बीस किल्ले ज़मीन है।" सौ का नोट हाथ में पकड़ते ही माँ के दिल में बारह बरस से जब गयी ममता जैसे सारे बाँध तोड़कर बाढ़ की–सी बाहिर बह आयी। चारपाई पर लड़के के पास बैठकर उसका सिर गोद में खींच लिया था। लगातार चूमे जा रही है। पण्डित लाले की दी हुई आधी बोतल गटक चुका है। शराबी है तो क्या? जमानाख़ास है। दुनिया देखी है। सबके सामने बीवी पर गरजा–"ओये जानवर की औलाद! भगवान के बराबर बैठती है। उसे चूमती है। तुझे तो नरक में भी जगह हीं मिलेगी।" फिर सबके सामने उसका हाथ पकड़कर चारपाई से नीचे घसीटा था, लड़के के पाँव के पास पटक दिया था–"यह है तेरी जगह। बाल भगवान के पैरों में।" लोग सन्नाए हुए यह नाटक देख रहे हैं। पण्डित वैसे भी ग़ुस्सेवाला आदमी है, फिर आज पहली बार इतने आदमियों पर अपना जादू चलता देख वह आपे से बाहिर हो गया। उछलकर उसने दरवाज़े के पास पड़ी लकड़ी काटने की कुल्हाड़ी उठा ली, बीवी की ओर लपका–"तू कुत्ती दी। भगवान के पास बैठेगी? उसे चूमेगी? मैं तेरे टोटे–टोटे न कर दूँ तो असली बाप का नहीं।" रत्न और लाले ने उसके हाथ से कुल्हाड़ी छीनी। मास्टर जी ने समझाया–''पण्डित जी आपको ग़ुस्सा शोभा नहीं देता। औरतें बेवकूफ़ होती हैं। फिर माँ है। प्यार तो उमड़ ही आता है न।'' लड़का सिद्धड़ से बाल भगवान हो गया तो बाप–'ओये पण्डता' से पण्डित जी! घरवाली को आज न उसकी गालियाँ बुरी लग रही हैं न शराब, सौ रुपये के नोट की ओट में उसे यह सब कुछ सहन करने में तिल भर तकलीफ नहीं हो रही। मास्टर जी ने लाले से पूछा–"ओये आकाशवाणी! कुछ खाने का हीला भी किया है कि खाली पेट पिलाकर मारने का इरादा है।" लाले ने आँखें मटकाकर जवाब दिया–"थोड़ी और छक लो, मास्टर जी! जी.टी. रोड पर ढाबे में खाना बन रहा है। दस कुक्कड़ कटवाये हैं, दस्स। पैसे भी मैं दूँगा। यार के घर लड़का हुआ है, लड़का," फिर उसने पण्डित जी को छेड़ा–"पण्डित जी

घर की दाल खाओगे कि ढाबे का मुर्ग़ा। देख लो। धर्म भ्रष्ट न हो जाये।" पण्डित जी ने छाती फुलाकर जवाब दिया–"आकाशवाणी, सबको बता दे। सारे जहान को ख़बर कर दे। हम रावण कुल के ब्राह्मण हैं, खाते हैं, पीते हैं और राज करते हैं। हाँ, मुर्ग़ा खाऊँगा, पूरा मुर्ग़ा।"

सब लोग एक छोटे मेले की शक्ल में घर से निकलते हैं। बोलियाँ डालते, बुल्लारे लगाते हुए जी.टी. रोड़ पर बने ढाबे पर पहुँचते हैं। ढाबेवाला सबको जानता है, अक्सर उसके वहाँ ही रात को दवा–दारू का अड्डा जमता है। लम्बी–सी सलाख़ में मुर्ग़ा अड़ाये तन्दूर में भुन रहा है। छलाँग लगाकर थड़े से नीचे उतरता है। रत्न को जफ्की डालकर मिलता है। तहमद में खोसी देसी की बोतल निकालता है और रत्न के मुँह के पास ले जाता है।

"बस जी ले। होर नहीं, टिकेगी नहीं।"

"होर नहीं दा पुत्तर। साले पी। लड़का हुआ है, लड़का। अब तो तू क़त्ल कर सकता है क़त्ल।"

रत्न बोतल मुँह से लगाता है। लाला पूछता है–

"सरदार जी, यह लड़के और कत्लवाली, बात क्या बनी।"

जीता रत्न से बोतल वापस लेता है, अभी बोतल का गर्दनवाला हिस्सा ख़ाली हुआ है। आधे हिस्से पर उँगली रखता है, गर्दन पीछे करता है, गटक–गटक की छोटी–छोटी आवाज़ें निकलती हैं, और आधी ख़त्म। साथ पलंग पर बैठे ट्रक ड्राइवरों की ओर बढ़ाकर कहता है–

"लो मरावो तुस्सी भी छको। रोटी देर नाल खावांगे।"

एक तीखी हँसीवाली आवाज़–"जीते मुण्डा जम्मे और आधी लाल परी।" रत्न सौ का नोट ढाबे के छोकरे की ओर बढ़ाता है। जीता उसके हाथ से नोट छीनकर उसकी जेब में खोंसता है और छोकरे को हाँक देता है, अन्दर से निकाल ले। पहले ही पाँच मँगवा रखी थीं। आज मेरी तरफ़ों!''

"हाँ लाले। पूछ, क्या पूछना है।"

लड़का पैदा होना और क़त्ल करना। बात क्या बनी।"

"तू न समझेगा। लूंण तेल बेच। जट्ट तब तक कमज़ोर है जब तक उसके लड़का नहीं। लड़का हो गया, नाम आगे चलायेगा। बस्स! जो

बोले उसकी गर्दन फुर्र। फाँसी होगी तो लड़का बड़ा होकर कचहरी जाने वालों से, फाँसी चढ़वाने वालों से हिसाब बराबर कर लेगा। प्यारे, तू क्या समझे। लड़का तो क़त्ल करने का लाइसेंस होता है, लाइसेंस। वाहे गुरु भेजता है।"

पलंग पर खड़ा होकर एक ड्राइवर जोर से खाँसता है। इस खाँसने को इस तरफ़ खँगूरा मारना कहते हैं, मतलब होता है चुप हो जाओ। कान पर हाथ रखता है, दूसरे हाथ से मूँछों के गीले बाल होठों से परे करता है और बोली मारता है–

"कुड़ी तो ओह लैंणी जो हँसके थैंक्यू बोले।"

बाक़ी यार–दोस्त भी तहमद कस लेते हैं। एक ड्राइवर ट्रक स्टार्ट करता है और लाइटें जला देता है। मास्टर जी को 'बोली' समझ नहीं आयी, पंजाबी जी नहीं। रत्न समझाता है–हमने तो वही लड़की लेनी है जो हँसकर थैंक्यू बोले।

भंगड़ा शुरू हो गया है। इतनी आवाज़ें सुनकर पेड़ों पर बैठे परिन्दों को ग़लती लगती है कि शायद सवेरा हो गया है–पंख फड़फड़ाते हैं, आवाज़ें होती हैं, फिर टहनियों पर दुबक जाते हैं, नहीं सवेरा नहीं हुआ।

"कुड़ी ते ओह लैंणी जो हस्स के थैंक्यू बोले..."

जितने मुँह उतनी बातें। आसपास के इलाक़े में यह बात आग की तरह फैल गयी कि बाल भगवान में साक्षात् भगवान का वास है, बोलते बिल्कुल नहीं, जब बोलेंगे तो बस एक या दो शब्द, लेकिन बिल्कुल सच। रत्न चौधरी के घर लड़का पैदा होना था हो गया, लेकिन जब बाल भगवान की भविष्यवाणी की बात एक मुँह से दूसरे मुँह तक पहुँची तो हर आदमी ने अपनी कल्पना से उसमें कुछ–न–कुछ जोड़ दिया। रत्न तो गाड़ी के नीचे सिर देने जा रहा था, बाल भगवान ने रोका। न जी, वह बेचारा तो सूखे कीकर से रस्सी बाँधकर फन्दा बना चुका था। अगर, इस बार भी लड़की हुई तो फाँसी लगा लेगा। बाल भगवान ने बचा लिया। सिर्फ़ एक शब्द बोले–लड़का। और देख लो, लड़का हो गया। अरे विश्वास नहीं आता तो गाँव के लाले से पूछ लो। और दस आदमी वहाँ बैठे थे। उनसे पूछ लो, सबके सामने कहा था।

अब पीपल के पेड़ के नीचे पानी के मटके रख दिये गये हैं। रत्न ने एक छोकरा वहाँ बिठा दिया है। जी.टी. रोड़ पर आती–जाती बसें, कारें,

इस बला की गर्मी में अब वहाँ रुकती हैं। मुफ़्त ठण्डा पानी। दिल्ली की तरह दस पैसे गिलास नहीं। कोई सवारी पूछे तो ड्राइवर या कंडक्टर बाल भगवान वाली बात बताता है। रत्ने के कलेजे में बाल भगवान ने ठण्डक डाली है और वह लोगों को ठण्डा पानी भी न पिलाये।

बाल भगवान के जिस्म पर अब भगवा कुर्ता और सफ़ेद धोती है। कन्धे पर लश–लश सफ़ेद तौलिया। बड़े भाई हमेशा लम्बे–लम्बे पट्टे, बाल रखते थे, लेकिन इसकी हजामत हमेशा बारीक मशीन से बनवायी जाती थी, कौन रोज़–रोज़ नाई को पैसे दे। बबूल के सूखे काँटों जैसे उसके बाल अब लम्बे हैं। माँ अब रोज़ रात को बालों में तेल मलती है, नरम और चमकीले हो गये हैं। ऐन बीचोबीच चीर निकालती है, और माथे पर सिन्दूर का बड़ा–सा टीका! अब बाल भगवान ज़मीन पर नहीं सोते, उन्हें बड़ा–सा तख़्तपोश मिल गया है। दूध जैसी चादर। वह सारा दिन सोये रहते हैं। जब जागते हैं, तो सिर्फ़ खाते रहते हैं, फिर सो जाते हैं। बारह साल गली के कुत्ते की तरह भूखे रहे हैं, अब पेट तो भर गया है लेकिन भूख का भय अभी वैसे–का–वैसा है, बल्कि और बढ़ गया है। जाने खाने को मिलना कब बन्द हो जाये? आदमी को भूख इतना कमज़ोर और निहत्था नहीं बनाती जितना कि भूख का डर।

पण्डित जी का घर मन्दिर के रास्ते पर पड़ता है। गाँव की औरतें रास्ते में उनके घर चावल, आटा, गँवई फल–जैसे ख़रबूज़े, पपीता, अमरूद वग़ैरह चढ़ाकर मन्दिर जाती हैं। घर के सब लोग अब उजले कपड़ों में धुले–धुले दिख़ते हैं। शाम की रोटी न मिलने की दहशत उनके चेहरों से ग़ायब हो गयी है। अब चमक है, जो भरे पेटवाले लोगों के चेहरे पर होती है। सुबह–सुबह नहाये–धोये पण्डित जी आँगन में बैठते हैं–लाल सुर्ख़ आँखें, लोगों का ख़याल है कि सारी रात बाल भगवान के पास बैठते हैं, जागते रहते हैं, सोये भगवान को पंखा करते हुए। दोस्त–यार आँखों के लाल–सुर्ख़ होने की असली वजह जानते हैं। बाल भगवान के कमरे में सवेरे के वक़्त किसी को नहीं जाने दिया जाता। बस उनके कमरे के खुले दरवाज़े से, बाहिर आँगन में खड़े होकर उनके दर्शन हो जाते हैं। आँखें बन्द किये लेटे बाल भगवान और सिरहाने बैठी हाथ–पंखा करती माँ के प्यार की बाढ़ है कि थमती ही नहीं, वह प्यार जो सिर्फ़ कमाऊ लड़के के लिए ही उमड़ता है। भाई–बहन अब बाल भगवान के कमरे

में आने से डरते हैं, न हिलता है, न बोलता है, बस कभी–कभी आँखें खोलकर देख लेता है। उसका तालाबन्द दिमाग़ शब्द और वाक्य अब भी ग्रहण नहीं करता लेकिन भरे पेट ने बाक़ी इन्द्रियों में जीवन संचार कर दिया है। कोई–कोई बात वह बिना कहे समझ जाता है। भाई जब उसके कमरे में चारपाई के पास सिर झुकाकर खड़े हो जाते हैं तो उसे पता चल जाता है कोई माँग लेकर खड़े हैं। माँ की ओर देखकर सिर हिलाता है। वह उसके सिरहाने के नीचे से नोट निकालती है, और लड़कों की उम्र के हिसाब से उन्हें जेब–ख़र्च देती है। लड़के पर जो चढ़ावा चढ़ता है, उसमें से बहुत–सा आटा, चावल, दाल बच जाती है। रात के अँधेरे में पिता बनिये की दुकान पर बेच आता है। आँगन को रत्न चौधरी ने ईंट भेजकर पक्का करवा दिया है। अब उसकी कल्पना में एक पक्के मकान ने जन्म ले लिया है।

बीवी ने डरते–डरते एक रात पूछा ज़रूर था कि क्या सचमुच लड़के में भगवान का वास हो गया है। उसने पत्नी के फिर से भर आये जिस्म को दबोचते हुए डाँटा था–

"तुझे इससे क्या लेना है? लोग मानते हैं तो मानने दे। साल भर में इतने रुपये हो जायेंगे कि ज़मीन भी अपनी होगी और मकान भी अपना। रत्ने के मकान की तरह पक्की ईंटों का।"

आजकल पत्नी को उसके मुँह से बदबू नहीं आती। उसका दबोचना अच्छा लगता है। एकदम उसके अन्दर सरक जाना कितना अच्छा लगता है।

"लेकिन बोलना तो बिल्कुल नहीं।"

"पहले कौनसा बोलता था। शुक्र कर चुप रहता है, जिस दिन सिद्धड़ बोल पड़ा, उस दिन भाण्डा फूटा–दस दिन से गायत्री–मन्त्र रटा रहा हूँ, लेकिन मजाल है कि 'ओम' से आगे कुछ रट सके। इतने लोग आते हैं। उनके सामने एकाध मन्तर पढ़ दे तो वारे–न्यारे हो जायें, लेकिन हरामज़ादा सचमुच सिद्धड़ है।"

"गाली मत दो उसे। सारे घर की रोटी चला रहे हैं मेरे बाल भगवान।" माँ के जवाब में प्यार और चालाकी घुलमिल गयी है।

"तो फिर तुझे गाली दूँ। बिना गाली दिये मुँह का स्वाद ही नहीं बदलता," पति ने छेड़ा।

"हो, दे ले गाली। तेरा क्या? उस दिन तो कुल्हाड़ी उठाकर टोटे–टोटे करने लगा था।"

"चुप हराम की! लोगों को डरामा करके दिखा रहा था। तेरे टोटे तो मैं वैसे ही कर दूँ। बिना कुल्हाड़ी के,'' पति ने उसकी भरी–भरी छाती में दाँत गड़ाकर कहा। उसकी लम्बी सिसकारी निकल गयी, दर्द से नहीं सुख–सन्तोष से।

अब लाले की दुकान के आगे लोहे की कुर्सियाँ बिछ गयी हैं। शहर से बर्फ़–बक्सा भी वह ख़रीद लाया है, कारवालों को अब ठण्डी बोतलें बेची जाती हैं, शहर के कॉलेज में जो लड़के पढ़ने जाते हैं। अब वह भी बैठना शुरू हो गये हैं। लाले के कान हमेशा उनकी बातों की तरफ़ लगे रहते हैं, थोड़े–से अंग्रेज़ी के फ़िक़रे भी उसे याद हो गये हैं। आज रविवार है। दुकान के आगे जमघट है, चारपाइयों पर बड़े लोग और कुर्सियों पर छोकरे विराजमान हैं। एक लम्बी कार सड़क से नीचे उतरती है, पेड़ के नीचे रुकती है। मोटे पेटवाला आदमी बाहर निकलता है, ठण्डी बोतलें माँगता है, लाला कार में बैठी बाक़ी सवारियों को देखकर कहता है–

"उन्हें भी बाहिर बुला लें। दो मिनट पेड़ के नीचे बैठेंगे तो साँस आ जायेगी। बिल्कुल घुप्प गर्मी है।" मोटे पेटवाला इशारे से उन्हें बाहिर बुलाता है, लाला आँख से इशारा करता है। छोकरे कुर्सियाँ ख़ाली कर देते हैं। उसकी बीवी और जवान लड़का बाहिर निकलते हैं। लड़के ने सफ़ेद निक्कर और टी–शर्ट पहनी हुई है, कसरती जिस्म पर कपड़े खुल से गये हैं। तीनों चुप बैठे हैं, बिल्कुल बातचीत नहीं कर रहे, ज़रूर किसी बड़ी मुसीबत में हैं। लाला उनके पास प्लेट में लड्डू रख जाता है। मोटा आदमी 'न' में सिर हिलाता है।

"खा लें। पैसे नहीं लूँगा, भगवान का परसाद है।"

"लेकिन परसाद तो मंगल को बाँटते हैं। आज तो इतवार है न," औरत कहती है।

"यह उस भगवान का परसाद नहीं। हमारे गाँव के बाल–भगवान का है। हर एतवार को मैं बाँटता हूँ।" लाले की कमाई बाल भगवान की वजह से सौ गुना बढ़ गयी है। आसपास के गाँवों के लोग दर्शन के लिए आते हैं तो उसकी दुकान पर चाय–पानी पीते रहते हैं।

"यह बाल भगवान कौन हैं। कल बताते हैं," अमीर औरत के दिल के किसी कोने में सोया हुआ धर्म जाग उठता है। मास्टार जी पास सरक आये हैं। अभी बाल भगवान की कहानी सुनाते हैं। औरत–मर्द कुछ खुसपुस करते हैं। दर्शन कर लिये जायें। क्या हर्ज़ है, शायद कल काम बन जाये। मास्टार जी को मर्द बताता है कि छोटे भाई के साथ उसकी साझेदारी में लोहे का कारख़ाना था। स्टील मिल पर छोटे ने क़ब्ज़ा कर लिया। नीचे की कोर्ट में वह जीत गया है। कल सेशन कोर्ट में वकीलों की आख़री बहस है, शायद फ़ैसला भी हो जायेगा। छोटे भाई के नाम बाप ने जायदाद कर दी थी, ज़रूर जीत जायेगा। सब कुछ ख़त्म हो जायेगा। मास्टार जी उसे बाल भगवान के दर्शन की सलाह देते हैं, पण्डित के घर से आजकल उन्हें भी खाने–पीने का सामान मिलता रहता है, लेकिन मोटे आदमी का जवान लड़का ग़ुस्से में कहता है–

"वाट नॉनसेंस। आई डोंट विलीव इन सच फ़्रॉड्स।"

लाले को फ़्रॉड्स का मतलब तो समझ नहीं आया, लेकिन उसे पता है कि नॉनसेंस गाली है। ऊँची आवाज़ में सबको सुनाकर गर्जता है–

"हमारे बाल भगवान को नॉनसेंस कहता है। गाली देता है। छेद दूँगा। उठो, जाओ यहाँ से।" उसकी ऊँची आवाज़ सुनकर लोग खड़े हो गये हैं। उन तीन सवारियों को घूर रहे हैं। मास्टर जी समझाते हैं–

"लाले, पढ़े–लिखों की बात का बुरा मत माना कर, अधर्मी होते हैं। देखा नहीं, सारा देश डुबो रहे हैं।" मोटे आदमी ने ज़िन्दगी में पहली बार किसी दुकानदार को ग्राहक से लड़ाई पर उतारू देखा है। उसे पक्का विश्वास हो जाता है कि बाल भगवान में कुछ–न–कुछ ज़रूर है जिसकी वजह से यह चायवाला मरने–मारने पर उतारू हो गया है।

वह तीनों बाल भगवान के आँगन में पहुँच गये हैं। पीछे लोगों का छोटा–सा जुलूस है, पण्डित कमरे से बाहिर आँगन में आता है। भरपेट रोटी और भरपेट शराब ने उसके चेहरे पर तीखी चमक ला दी है। उसने बाल कटवाने बन्द कर दिये हैं। सिर के दोनों तरफ़ लटक रहे बालों ने उसके कानों को ढँक लिया है। वह मास्टार जी की तरफ़ सवालिया निगाह से देखता है, मास्टार जी मोटे आदमी के बारे में उसे बताते हैं, उसकी मुसीबत भी समझाते हैं, पण्डित गड़गड़ाती आवाज़ में कहता है–

"नहीं, मुलाकात नहीं हो सकती। भगवान सो रहे हैं।" मोटे आदमी का जवान लड़का निक्कर की पिछली जेब से पर्स निकालता है, खोलता है, और बड़ी हिकारत से सौ का नोट पण्डित की तरफ़ बढ़ाता है। पण्डित के अन्दर बैठा पारसी थियेटर का नाटक–कलाकार झटके से हाथ आगे बढ़ाता है। नोट पकड़ लेता है, लड़के के चेहरे पर मुस्कान है, तुम लोगों की वही क़ीमत है, वाली! पण्डित डरमे पर उतारू है। नोट के दोनों सिरों को उँगलियों में पकड़ता है, दो टुकड़े करता है और उसको लौटा देता है। आवाज़ की गड़गड़ होती है–

"क्यों? तू भगवान को ख़रीदेगा। हराम के तुख़्म। इतना पैसा है जो जज को क्यों नहीं ख़रीद लेते?"

गाली सुनकर लड़के के कसरती कन्धे और चौड़े हो गये हैं। गाली सुनकर उसकी माँ का विश्वास और पक्का हो गया है कि बाल भगवान वाली बात सच है। जो पण्डित गाली–गलौच करते हैं, वे भगवान के नज़दीक होते हैं, भिखमंगे पण्डित नहीं। गाली सुनकर गाँव के लोगों के सीने तन गये हैं, अपने पण्डित को गर्व से देख रहे हैं। सालों की कैसी बोलती बन्द कर दी! सौ के नोट का रौब झाड़ रहे थे।

अब लड़के की माँ पण्डित के आगे हाथ बाँधे खड़ी है।

"जगा दो महाराज, हम डूबतों का सहारा अब बाल भगवान ही हैं। लड़के की बात का बुरा न मानें। जवानी और बेवकूफ़ी कोई अलग थोड़े होती हैं।"

मास्टर जी पण्डित को एक कोने में ले जाकर समझाते हैं। पहली बार मोटी आसामी फँसी है, बाल भगवान के कुछ कहने से अगर इन लोगों का काम बन गया तो एक ही झटके में वारे–न्यारे हो जायेंगे। लोग जो चढ़ावे में दाल, चावल, आटा चढ़ाते हैं, उसको बेचने से तो पक्का मकान बनवाने में वर्षों लग जायेंगे। पण्डित–कल्पना से एक–एक करके ईंटें बाहिर निकलती हैं और मकान पक्का हो जाता है। रंग–रोगन के डिब्बे धड़ाधड़ बाहिर आ रहे हैं। मकान को सतरंगा बना रहे हैं। यह बात भगवान को अन्दर जाकर बताता है, माँ सिरहाने बैठकर हाथ–पंखा झलना शुरू कर देती है। लगातार रोटी मिलने की वजह से लड़के के गाल फूल गये हैं, जैसा अक्सर तस्वीरों में फूले गालों वाले भगवान होते हैं। रंग बाप पर गया है। एकदम अंगारों की तरह भख्त! वह हमेशा उनींदा रहता है, भरे

पेट जानवर की तरह माँ उसकी पीठ पीछे बड़े तकिया रख उसे अधबैठा करती है। औरत अपनी लोहे की फ़ैक्टरी छिन जाने का रोना रोती है। आख़िर में विनती करती है–"कल सेशन कोर्ट में आख़री तारीख़ है, आप ही हमारी डूबती नैया बचा सकते हैं।"

लड़के के तालाबन्द दिमाग़ पर ठक–ठक होती है। शब्द बिल्कुल नये हैं, अन्दर घुसने से इनकार कर रहे हैं। औरत के चेहरे से उसे अन्दाज़ लग रहा है कि कुछ माँग रही है! भूखी है? उसे अब भी यही लगता है कि कोई जब कुछ माँगता है तो सिर्फ़ रोटी। लेकिन मोटी है। भूखे आदमी कभी मोटे नहीं होते। यह सेशन क्या माँग रही है? कोर्ट क्या है! जब बहुत देर ठक–ठक होने के बावजूद कुछ समझ नहीं आता तो वह आँखें मूँद लेता है। नीचे ज़मीन पर बैठे लोग प्रतीक्षारत उसकी तरफ़ देख रहे हैं। उसकी आँखें बन्द हैं, लेकिन इतने लोगों का लगातार देखना वह महसूस कर रहा है। आँखें खोलता है, उस औरत की तरफ़ देखता है। पण्डित जी उससे सवाल पूछने का इशारा करते हैं।

"भगवान! हम केस जीतेंगे क्या?"

लड़के को न केस और न जीतना शब्द का अर्थ आता है। उसने 'न' में सिर हिला दिया।

"भगवान! क्या हम केस हार जायेंगे। लड़के ने फिर 'न' में सिर हिला दिया।

अब उस औरत, उसके पति और बाक़ी लोगों के चेहरे पर भरपूर हैरानी आ बैठी है, यह कैसा जवाब है? मोटे मर्द ने पूछा–

"न हम जीतेंगे, न हारेंगे।" लड़के ने फिर 'न' में हिलाया।

यहाँ बैठे लोग अब फुसफुस करना शुरू हो गये हैं। उस मोटे मर्द के जवान लड़के का चेहरा ग़ुस्से से तमतमा रहा है। माँ–बाप को अंग्रेज़ी में कहता है–

"आई टोल्ड यू हीज़ फ़किन फ़्रॉड।" वह उठ ठहरा। माँ–बाप भी बाल भगवान को बिना नमस्कार किये उसके पीछे कमरे से बाहर निकल गये। पण्डित जी का चेहरा अब बिल्कुल लाल हो गया है, इतने लोगों के सामने इतना अपमान? उन्हें पक्का हो गया है कि बात सारे गाँव में फैल जायेगी और कल से आटे–दाल का चढ़ावा भी बन्द हो जायेगा। कुछ समय पहले

कल्पना में जो पक्का मकान बन गया है, गिरना शुरू हो जाता है। यह मास्टर का बच्चा उठता क्यों नहीं! जाये तो इस पागल की ख़ैर नहीं। ठुकाई होगी तो देखूँगा, इसका भगवान है कि नहीं।

शायद बाहिर निकले लोगों में से किसी ने रत्न चौधरी को इस घटना के बारे में बता दिया है। वह तेज़ी से कमरे में घुसता है। मास्टर जी उसे सारी बात समझाते हैं। वह चुपचाप बैठा है, इतने सारे लोगों को खामोश बैठे देखकर लड़का डर गया है! डर से वह बचपन से वाक़िफ़ है। रोटी न मिलने का डर, भाइयों के रोटी चुरा लेने का डर, बाप का आते–जाते लात, जूता, थप्पड़ मारने का डर। माँ की आँखों में उसके लिए मरने की स्थायी भावना को देखने का डर और भूख का डर, पेट तो अब भरा रहता है, लेकिन भूख के दो लम्बे हाथ लगातार बाहर फैले रहते हैं उसकी छोटी बहन अन्दर आती है, भाई का चेहरा देखती है, और उसे पता चल जाता है कि वह अन्दर–ही–अन्दर काँप रहा है। माँ के हाथ से पंखा लेती है। माँ वहाँ से उठकर अन्दर जाती है। वह एक हाथ से पंखा झल रही है, दूसरा हाथ भाई के माथे पर फेर रही है, भाई के अन्दर फैल रहा डर उसके हाथ पर शिकंजा गड़ा देता है। सब लोग चुप बैठे लड़के के चेहरे की ओर देख रहे हैं। बहन उससे पूछती है–"रोटी दूँ?"

लड़के का पेट भरा हुआ है, लेकिन उसके अन्दर बैठा भूख का डर छलाँग लगाकर उसके मुँह में आ जाता है, वह एक ही साँस में कहता है

"हाँ! हाँ! हाँ!"

मास्टर जी के दिल में अँधेरे में एक चिंगारी चमकती है। रत्न से पूछते हैं, "रत्ने, जब बाल भगवान ने तुम्हें लड़का होने की बात बतायी थी तो कब से भूखे थे?"

जवाब पण्डित देता है–

"साला हमेशा भूखा रहता था। तीन–चार दिन से तो भूखा होगा ही। तभी मकोड़े खा रहा था।"

"तो बस! ठीक है। बाल भगवान तभी सच बात बोलते हैं जब भूखे हों।"

"यह क्या बात हुई?" रत्न हैरान होकर पूछता है।

"भूख हमेशा सच बुलवाती है। तुझे क्या पता। भूखे आदमी सरकारें पलट देते हैं। भूखा पहले सच बोलता है, फिर चाकू मारता है।"

लेकिन रत्न और पण्डित के चेहरे पर बैठे शक को मास्टर जी देख लेते हैं। लड़के से कहता है–

"रोटी नहीं, अब तू भूखे रहेगा।" रोटी और भूख शब्द खट से लड़के के दिमाग़ में घुस जाते हैं, क्योंकि जन्म से ही वह इन शब्दों के अर्थ समझता है। उसके मुँह से तो कोई शब्द नहीं फूटता, लेकिन अन्दर बैठा डर आँखों की राह बाहिर निकलना शुरू हो जाता है। गाल आँसुओं से गीले हो रहे हैं।

"अब सच बतायेगा।"

वह मास्टार जी की कड़कती आवाज़ सुनकर झट से जवाब देता है–"हाँ! हाँ! हाँ!"

"देखा! भूख की धमकी ने कैसे बोलती बन्द कर दी। अब इसे खाने को मत दो।"

रत्न और पण्डित मास्टर जी को बताते हैं कि खाने को नहीं देंगे तो मर नहीं जायेगा? पण्डित के घर आये चढ़ावे का हिस्सा इस वक़्त मास्टर जी के दिलो–दिमाग़ पर धरना देकर बैठा है। नहीं! लड़के का ज़िन्दा रहना ज़रूरी है, तभी उनका काम भी चलता रहेगा, लेकिन लड़के का बाल भगवान बने रहना भी ज़रूरी है, तभी लोग चढ़ावा चढ़ायेंगे। उनके दिल के अन्दर में दूसरी चिंगारी चमकती है–

"ठीक है। अब लोगों को सिर्फ़ एतवार को बाल भगवान से मिलने दिया जाये। दो दिन पहले इसकी रोटी बन्द। ज़िन्दा भी रहेगा और सच भी बोलेगा।"

पण्डित की कल्पना में फिर से पक्का मकान बनना शुरू हो गया है। मास्टार के कन्धे पर हाथ मारकर कहता है–"वाह मास्टर! तू तो भगवान का भी बाप है। इस ख़ुशी में हो जाये आज लाल परी का नाच।"

"सूरज उतरे तो जी.टी. वाले ढाबे पर आ जाना। आज मेरी तरफ़ से।" रत्न यह कहता हुआ मास्टर जी के साथ बाहर निकल जाता है। पण्डित के दाँत अभी से भुने हुए कुकर के नर्म माँस में गड़ना शुरू हो गये हैं।

अगली सुबह माँ, बाप और बहन बाल भगवान के कमरे में बैठे हैं। बहन पंखा झल रही है। बाल भगवान उसका हाथ पकड़ते हैं, पंखा उसके हाथों से लेते हैं। तीनों उसे हैरानी से देख रहे हैं। क्या चाहता है? कुछ

माँग रहा है क्या? "मैं! पंखा!" लड़के के चेहरे पर ख़ुशी है या शरारत। वह बहन को पंखा झलना शुरू कर देता है। बाप झट से दरवाज़ा बन्द कर देता है। किसी ने बाल भगवान को पंखा झलते देख लिया तो बेड़ा ग़रक़ हो जायेगा। माँ लड़के के हाथ से पंखा छीनने की कोशिश कर रही है, लड़के ने कसकर डण्डी पकड़ रखी है। ऊँची आवाज़ में कहता है–"मैं! पंखा!" पण्डित बीवी को इशारा करता है कि ज़िद पूरी कर लेने दो। दरवाज़ा तो बन्द है। कौन देखेगा।

"क्यों जी! मकान पक्का करवाने में कितनी ईंटें लगेंगी?"

"कम–से–कम दस हज़ार। सिर्फ़ ईंटें नहीं, सीमेंट भी चाहिए।" पति ने समझाया।

लड़का उनकी बातें सुन रहा है, ईंट शब्द उसके दिमाग़ के आसपास घूम रहा है। पूछता है–"ईंट! ईंट।"

पण्डित बाहिर जाता है, एक ईंट उठाकर लाता है, लड़के को दिखाता है, लड़के की आँखों में अब भी प्रश्नवाचक भाव है। बाप कच्ची दीवार पर ईंट रखता है और उसे समझाता है–"ईंट, पक्का मकान!" लड़के की आँखों से प्रश्न ग़ायब हो जाता है। स्कूल की दीवार और उसकी ईंटें उसके दिमाग़ में प्रवेश कर जाती हैं। उसके चेहरे पर बात समझ आ जाने वाली मुस्कान है। नया शब्द उसने सीख लिया है। तोते की तरह रट रहा है–"ईंट! ईंट! ईंट!" यह नया शब्द रटते–रटते बाल भगवान सो गये हैं। पण्डित बीवी को कहता है कि देख लो कल की बात सारे गाँव में फैल गयी है। कोई भी चढ़ावा नहीं आया। बीवी अब फिर से भूखे पेट और जिस्म में गड़ते पति के तीखे दाँतों के बारे में सोचती है तो काँप–काँप जाती है।

कोई दोपहर के बाद का वक़्त होगा। घर के बाहिर 'बाल भगवान की जय' के नारों की आवाज़ें सुनकर पण्डित हड़बड़ाकर उठता है, बाहिर का दरवाज़ा खोलता है। वही कलवाले तीन लोग हैं, जिनकी आज सुबह सेशनकोर्ट में तारीख़ थी। पीछे गाँववालों की भीड़ है, लाला, रत्न और मास्टर जी की बाछें खिली हुई हैं। मोटा मर्द फिर नारा लगाता है 'बाल भगवान की जय'; लोग गला फाड़कर जवाबी नारा लगाते हैं। पण्डित हैरान है कि हुआ क्या? मोटा, उसकी पत्नी और जवान लड़का पण्डित के पाँव छूते हैं, मोटा बताता है–

"पण्डित जी बाल भगवान ने हमें बचा लिया। कल क्या ठीक वचन बोले थे। न जीत होगी और न हार।"

आगे की बात उसकी बीवी बोलती है–

"वही हुआ जो भगवान ने कहा था। छोटे भाई ने हमारे ख़िलाफ़ केस वापिस ले लिया और सुलहनामा होगा।"

आगे की बात लड़के ने बतायी–

"बाल भगवान ने चाचा को उसे पाप की पनिशमेंट दी। कल ही उनके लड़के को हार्टअटैक हुआ। बास्टर्ड डर गया। आज सुलह कर ली," उसने दोबारा से पण्डित जी के पाँव छुए।

"बाल भगवान के दर्शन करा दें। हमें तो उन्होंने मिट्टी में मिलने से बचा लिया।"

पण्डित फिर नाटक पर उतर आया है–

"नहीं। भगवान सो रहे हैं। उन्हें जगाना मना है।"

औरत ने पण्डितायन की ओर देखा, गला बिल्कुल ख़ाली है। अपने गले से सोने का हार उतारा और उसके गले में डालते हुए कहा–

"भगवान जी की माँ और गला बिल्कुल ख़ाली। न जी।"

पण्डित को साफ़ दिखा कि सोने की चमक की वजह से बीवी की छाती और सफ़ेद और उजली हो गयी है। सूरज डूबने के बाद वाले दृश्य उसके दिमाग़ में कूद रहे हैं, माँस में खुभने के लिए दाँत किट–किट कर रहे हैं।

"पण्डित जी भगवान के दर्शन करे बिना हम नहीं जायेंगे।" मोटे आदमी ने आँगन के फ़र्श पर बैठते हुए कहा। पण्डित ने बीवी के गले में पड़े सोने के हार को देखा, संकेत करती मास्टर जी की आँखों को देखा और हाँ कर दी।

दरवाज़े का कुण्डा खोला। भगवान सो रहे हैं, चेहरे पर भरे पेट वाली शान्ति है, सुख है। छोटी बहन पंख झल रही है। उसने होंठों पर उँगली रख सबको न बोलने का इशारा किया। लोग चुपचाप उनकी चारपाई के पास बैठ गये हैं। उन तीनों ने भगवान के पैरों के पास माथा रखा। इतने लोगों के वहाँ होने को लड़के की इन्द्रियों ने सुप्तावस्था में भी ग्रहण कर लिया है। वह आँखें खोलता है। हैरान है कि उसके कमरे में भीड़ क्यों है? तभी वह मोटा आदमी नारा लगाता है–"बाल भगवान की जय।" सारे

लोग नारे का जवाब देते हैं। वह आदमी लड़के के पैर पकड़कर उन पर सिर रखता है। लड़का झटके से पैर पीछे खींच लेता है, उठ बैठने के लिए हिलता है। वह डर गया है। वह मोटा उसे ज़रूर मारेगा। पण्डित गरजता है–

"भगवान को छूने की हिम्मत कैसे पड़ी? दिमाग़ घास चरने तो नहीं चला गया? पीछे हटकर बैठो।" वह बेटी के हाथ से पंखा लेता है, उसकी जगह बैठकर झलना शुरू कर देता है। लड़का आश्वस्त हो जाता है। पिता के होते हुए मोटा उसे मार नहीं सकता। उसकी औरत पूछती है–

"पण्डित जी, हम भगवान की क्या सेवा करें? मौक़ा तो आपको देना ही पड़ेगा।"

पण्डित पारसी थियेटर का फ़िक़रा मारता है–

"भगवान पैसे से नहीं मिला करते, और मिल जायें तो पैसे लिया नहीं करते। उन्हें देना है तो बस सच्चे दिल से श्रद्धा दो, इज़्ज़त दो, मान दो।"

उन तीनों के चेहरों पर निराशा बैठ गयी है। लोग धीरे–धीरे आपस में बातें कर रहे हैं कि बेचारे ठीक ही तो निराश हैं। लाखों का महीने का कारोबार बच गया, बाल भगवान ने बचा दिया। अब कुछ करेंगे नहीं तो हमेशा डर लगा रहेगा कि कहीं फिर सब कुछ स्वाहा न हो जाये। मोटे की औरत मास्टर जी से कहती है–"आप ही कुछ कहें। पण्डित जी को राजी करें। कुछ किये बिना हमारी आत्मा में ठण्ड कैसे पड़ेगी।" इसके पहले कि मास्टर जी कुछ कहें पण्डित गड़गड़ करती आवाज़ में कहता है–

"नहीं। कुछ नहीं। सब जाओ।" इतने लोगों के मुट्ठी में होने का नशा उस पर सवार हो गया है।

सब चुप। लड़के के बन्द दिमाग़ पर लगा ताला हिलना शुरू हो गया है। दोपहर को सोने से पहले जो नया शब्द उसने सीखा था, वह बाहर आने के लिए छलाँगें लगा रहा है। वह बोलने के लिए मुँह खोलता है, लेकिन शब्द होंठों पर आने से पहले फिसल जाता है। वह कसकर आँखें बन्द करता है। सिर हिलाता है, ताला ज़ोर–ज़ोर से हिलाता है, शब्द नीचे खिसकता है, उछलकर होंठों पर आ बैठता है, वह मुस्कराता है, आँखें खोलता है, धीमी आवाज़ में कहता है, "ईंट, ईंट, ईंट!" लोगों के चेहरों पर हैरानी। पण्डित हैरान, वह तीनों हैरान। मोटा आदमी पण्डित से पूछता है।

"भगवान क्या कह रहे हैं?" उसकी आवाज़ डरी हुई है, भगवान कहीं यह तो नहीं कह रहे हैं कि उसके नाम पर ईंट–पत्थर! पण्डित की समझ में भी कुछ नहीं आ रहा। वह मदद माँगती आँखों से मास्टर जी की तरफ़ देखता है। लड़का फिर कहता है–

"ईंट, ईंट, ईंट!" वहाँ बैठे लोग अब बिल्कुल डर गये हैं। बाल भगवान किसी ख़तरे या बुरी ख़बर को चेतावनी दे रहे हैं? मास्टर जी के दिमाग़ में खट से ईंट और मकान का रिश्ता जुड़ जाता है। उस मोटे को बताता है–

"बारिशों में बाल भगवान का कमरा टकपता है। शायद इसे पक्का करवाने को कह रहे हैं। भगवान भगतों से हमेशा संकेत–भाषा में बात किया करते हैं।"

लोग हाँ, हाँ करते हैं। मोटा आदमी पूछता है–"क्यों भगवान! आपकी यही आज्ञा है न?"

लड़के के दिमाग़ के बाहर एक वाक्य मँडराता है और बाहर से ही वापस लौट आता है। वह फिर कहता है–"ईंट, ईंट, ईंट!"

मोटे को उसकी औरत कहती है–

"सुनो जी! सारा मकान पक्का करवा दो। हमारे भगवान कच्चे मकान में रहें? थू है हम पर!"

भगवान ने आँखें बन्द कर लीं हैं। सब बाहिर निकलते हैं। मोटा इस तीन कमरोंवाले कच्चे मकान का आँखों से अन्दाज़ा लगाता है। हाथ जोड़कर बोलता है–

"पण्डित जी, मैं कल ही दस हज़ार ईंटें भेज दूँगा। कम पड़े तो ख़बर देना। और आ जायेंगी।" उसका जवान लड़का कहता है–

"पापा सीमेंट भी भेजना है, ब्रिक्स विल नॉट डू," कचहरी में सुलहनामा होने के बाद उसे हौसला हो गया है कि अब लम्बी कार उसके पास रहेगी! उसकी माँ कहती है–"भगवान कभी ख़बर भेजा करते हैं क्या? हम हर इतवार यहाँ आया करेंगे। जो कमी–बेशी रह जायेगी ख़ुद देखेंगे। भगवान तो कुछ बोलते ही नहीं।"

पण्डित ने भगवान के कमरे का दरवाज़ा बाहिर से बन्द कर दिया है। वे तीनों दहलीज़ पर माथा टेकते हैं। औरत धीरे–से बेटे से कुछ कहती है। वह पर्स से सौ के पाँच नोट निकालता है, पण्डितायन के हाथ में पकड़ाकर उसकी मुट्ठी बन्द कर देता है–"माता जी! अब न मत करें।

यह भगवान के लिए नहीं। सारे गाँव में आप ही हमारी तरफ़ से मिठाई बाँट दें!"

अब उनका घर पक्का है, दीवारों–दरवाज़ों पर रंग–रोगन है और उनसे ग़रीबी की बू नहीं उगती। अब उन सबके चेहरे गोल–मटोल, भरे–भरे हैं और भूख की चुग़ली नहीं करते। अब पण्डित की कल्पना में मकान की जगह ज़मीन ने ले ली है। और उसे ज़मीन लेने की जल्दी है, लोगों को सच का पता कभी भी चल सकता है। जब भी चल गया, खेल ख़त्म पैसा हजम। अब सिर्फ़ रविवार को लोगों को बाल भगवान से मिलने की इजाज़त है। उनकी प्रसिद्धि अब गाँवों से बाहिर निकलकर शहरों में भी फैल गयी है और शहर के लोग भी जादू–टोने, साधू–साध के मुआमले में गाँव के लोगों से कम बेवक़ूफ़ नहीं होते, बल्कि एक क़दम आगे ही होते हैं। लाला की दुकान के साथ अब एक पक्का कमरा बन गया है। मेज़, कुर्सियाँ, छत–पंखा और रेडियो लग गया है। जो भगत–भाई शहर से आते हैं, अब इस कमरे में बैठकर ठण्डा गर्म पीते हैं। जन–सम्पर्क का विभाग तो शुरू से मास्टर जी ने सँभाल रखा है। लाला ने एक बार उनसे पूछा ज़रूर कि क्या सचमुच बाल भगवान को सब कुछ पता है, आगा–पीछा। मास्टर जी का जवाब सुनने के लिए और बैठकबाज़ भी पास सरक आये। उन्होंने डपटा–

"देख आकाशवाणी! तुझे सच–झूठ से क्या मतलब। दुकान जो चल निकली है, एक पक्का कमरा जो बन गया है, क्या तेरे बाप ने मरते हुए छोड़ा था? बाल भगवान की कृपा से ही तेरे गाहक बढ़े हैं न? रेडियो, पंखे चल रहे हैं न? क्यों?"

लाला के मुह पर डर ने ताला लगा दिया है। मास्टर जी समझाते हैं–"देखो, धर्म के नाम पर हर हिन्दुस्तानी डरपोक है, बेवक़ूफ़ होता है। अरे, जब प्रधानमन्त्री और राष्ट्रपति तक साधुओं, बाबाओं और तान्त्रिकों में विश्वास करते हैं तो आम लोगों की बात तो छोड़ ही दो न। याद नहीं बिहार का एक मुख्यमन्त्री दस अँगूठियाँ डालता था। किसी बाबा ने चक्कर चलाया था। हो सकता है पैरों की दस उँगलियों में भी दस अँगूठियाँ डालता हो।"

"लेकिन ऐसा क्यों है? लोगों को अपने हाथों की ताक़त पर विश्वास क्यों नहीं?" कॉलेज के पढ़ रहे एक लड़के ने पूछा, जिसे साम्यवाद की

नयी–नयी हवा लगी है। मास्टर जी जानते हैं, जिस दिन नौकरी पाने के लिए हज़ारों की रिश्वत देगा, यह लाल रंग अपने आप धुल जायेगा। फिर भी उसे समझाते हैं–

"कौन से हाथों की ताक़त की ग़लती तुम्हें लग गयी है? देखा नहीं इस देश के लोग हाथों में लाठी पकड़ते हैं, लेकिन मारने के लिए नहीं, सहारे के लिए। और भाई फिर दिनकर जी भी कह गये हैं, लिख गये हैं–हारे को हरि नाम!" बैठकबाज़ों के कानों के दरवाज़े चौकस हो गये हैं, मास्टर जी ज़रूर कोई चस्केवाली बात सुनायेंगे।

"मास्टर जी यह दिनकर जी कौन थे?"

"अरे भाई, दो अक्षर कभी पढ़ भी लिया करो। हमारे राष्ट्रकवि कहलाते थे। जब तक एम.पी. थे, कई कमेटियों के कुर्सीपति थे। इन्द्र की कॉल–गर्ल्स पर लिखते रहे। उनका एक काव्य पढ़ो कभी 'उर्वशी'। मज़ा आ जाये।"

"यह कॉल–गर्ल्स क्या बला होती है जी," लाले ने चटख़ारा लेकर पूछा।

"होती है तेरी माँ! अरे रण्डियाँ। आजकल जैसे कॉल–गर्ल्स को इस्तेमाल करके काम निकलवाया जाता है, स्वर्ग का राजा इन्द्र अपनी अप्सराओं से वैसे ही काम निकलवाया करता था।"

"अच्छा फिर क्या हुआ?"

"बेचारे जब रिटायर हो गये, कोठी गयी, जहाज़ों में सफ़रबन्द। बस, हर बूढ़े हो रहे हिन्दुस्तानी की तरह सरकार की शरण से निकले और सीधे पहुँच गये भगवान की शरण में। आख़िरी किताब लिखी–'हारे को हरि नाम'। तो भाई, तुम ठहरे अनपढ़। अब पढ़े–लिखे लोग मन्त्री, नेता, लेखक, कवि तक जब भगवान की महिमा को मानते हैं, तो तुम्हारे पेट में मरोड़ लग गये हैं क्या जो ऐसे सवालों के चक्कर में पड़ गये हो। कान खोलकर सुन लो। मेरी बात गाँठ बाँध लो। बाल भगवान नहीं तो तुम भी नहीं। गाँव की सड़कें पक्की बन गयी हैं न? हाईस्कूल और हस्पताल खुल गया है न? इतने साल तो नेताओं ने इस गाँव पर किरपा नहीं की! अब की है न? सिर्फ़ बाल भगवान के कारण। सुसरो, सवाल मत पूछो। कानों को हाथ लगाओ। जय–जयकार करो समझे।" मास्टर जी पहली बार इतना लम्बा बोले हैं। लोग सकता गये हैं। कैसे सीधे हृदय से मास्टर

जी बोल रहे हैं। आकाशवाणी उन्हें इशारे से दुकान के अन्दर आने को कहता है। गिलास में थोडी–सी डालता है, कैम्पा मिलाता है ताकि रंग छुप जाये, लोगों को पता न चले। उन्हें पकड़ाता है–"लो जी! ठण्डा पी लो। हम बेवकूफ़ों की वजह से गला मत सुखाया करो।"

बाल भगवान की ज्यों–ज्यों प्रसिद्धि फैल रही है, त्यों–त्यों पेट भी फैलना–फूलना शुरू हो गया है। एक ही शब्द में बात करते हैं। कई बार ठीक, कई बार ग़लत। जिन लोगों को बताया जवाब ग़लत निकलता है, वह अपने कर्मों को दोष देकर चुप हो जाते हैं। जिनका जवाब सही निकलता है, वह पुण्य कमाने के लिए और लोगों को भगवान की शरण में भेजते हैं। फिर इधर की उर्दू की अख़बारें चटखारे लेकर ऐसी ख़बरें छापती हैं। और बुजुर्ग लोग, दुकानदार तबक़ा अब भी उर्दू के अख़बारें पढ़ता है। चटपटी ख़बर और चटख़ारे लेने वाली जुबान। ओर फिर प्रत्येक छोटी–छोटी दुकान रेडियो स्टेशन होती है जहाँ समय विशेष पर नहीं, सारा समय समाचार दर्शन चलता रहता है। हर इतवार लाले की दुकान के आगे कारों, साइकिलों और स्कूटरों की भीड़ लग जाती है। उसके पास अब तीन छोकरे हैं। चाय–पानी पिलाते–पिलाते हाँफ जाते हैं।

अब बाल भगवान को हफ़्ते में सिर्फ़ तीन दिन खाने को दिया जाता है। वीरवार खाना बन्द और सोमवार शुरू। दिमाग़ तालाबन्द है तो क्या हुआ? बाक़ी इन्द्रियाँ तो काम करती हैं। उन्हें अब बुधवार को सारा दिन ठूँस–ठूँसकर खिलाया जाता है तो पता लग जाता है कि अब कुछ दिन रोटी नहीं मिलेगी। पेट बढ़ने के साथ–साथ भूख के दानव का क़द भी बढ़ गया है। झपटते हाथों से रोटियाँ अन्दर डालता जाता है, निगलता जाता है। तीन दिन भूखा रहने की वजह से रविवार को उनके चेहरे पर एक सूखी शान्ति और पीली चमक होती है; अगले दिन रोटी मिलने की चमक। आँखें फूल गयी हैं जैसे पुतलियाँ चटककर बाहिर आ जायेंगी। लोग उनकी आँखों की ताव नहीं ला सकते। तरह–तरह के सवाल पूछे जाते हैं। दिमाग़ का ताला हिलता है जो जवाब निकलता है, नहीं तो ख़ाली आँखों से पूछने वालों को देखते रहते हैं। जिसे जवाब नहीं मिलता, बाक़ी लोग उसे बाहिर जाने के लिए कहते हैं। भाई औरों ने भी दुःख निवारण कराने हैं। अब तुम्हारा काम नहीं होगा तो भगवान कहाँ से जवाब

दें? झूठ बोलने से तो रहे। सबके सामने अब भी बाल भगवान के लिए पैसे स्वीकार नहीं किये जाते, लेकिन माँ साथ के कमरे में बैठती है। जो कोई उठता है पण्डित जी इशारे से साथवाले कमरे में जाने के लिए कहते हैं। पण्डितायन अब मुटिया गयी है, बिल्कुल सेठानियों की तरह, मोटी और सुन्दर। पेट की भूख और शरीर की भूख, अब रोज़ मिट जाती है। इसलिए होंठों पर हमेशा एक घातक मुस्कान थिरकती रहती है। सफ़ेद साड़ी के पल्लू से सिर हमेशा ढँका रहता है। भगत या फ़रियादी जब उनके कमरे में आता है तो सर ऊपर उठाकर उसे देखती है, अपनी घातक मुस्कान का छोटा–सा वार करती है और चढ़ावे की रक़म अपने आप बढ़ जाती है।

चुनाव कभी भी हो सकते हैं। आजकल टिकट लेने वालों की या टिकट न मिलने के भय से त्रस्त छुटके नेताओं की भीड़ अक्सर लगी रहती है। रत्न चौधरी का नाम शुरू से बाल भगवान के चमत्कारों के साथ जुड़ गया है। अलग–अलग पार्टियों के उम्मीदवार पहले उसके घर पहुँचते हैं, उसकी बैठक भी बड़ी है और बाल भगवान के घरवालों पर उसका प्रभाव भी बड़ा है, लेकिन रविवार को तो सब लोगों के सामने टिकटों की बात नहीं की जा सकती। मास्टर जी, पण्डित और रत्न चौधरी की गुपचुप मीटिंग होती है। क्या किया जाये? मास्टर जी का ख़याल है कि नेताओं को बुधवार को मिलने दिया जाये। भगवान को हफ़्ते में एक दिन खाने को दिया जाये। कुछ नहीं होगा। भगवान कभी मरते हैं क्या। पण्डित उन्हें बताता है कि भगवान बीमार रहते हैं। कई बार बिस्तरे पर ही हग–मूत देते हैं। देखा नहीं, पहाड़ जितना तो पेट है। सारा बिस्तरा भर जाता है। रत्न में अब तक नेताओं वाले सारे गुण आ गये हैं। ऊँचा नहीं बोलता, गाली नहीं देता, ग़ुस्सा नहीं करता; अब वह आदमी नहीं नेता है। फिर कल ही वह राजधानी से लौटा है। पण्डित को समझाता है–

"देखो पण्डित जी, सारी चिन्ता मुझ पर छोड़ दो। भगवान बीमार रहते हैं तो पहले क्यों नहीं बताया? कल ही शहर के हस्पताल से बड़े डॉक्टर को ले आऊँगा", उसकी बात ख़त्म होते ही नौकर अन्दर आता है। स्टील के भरे गिलास सामने रखता है। काँच के गिलासों में अब नहीं पी जाती। अचानक कोई अन्दर आ जाये तो समझेगा कि चाय सुड़की जा रही है। पण्डित एक घूँट में गिलास ख़ाली करता है। रत्न नौकर को

इशारा करता है। वह फिर गिलास भर लाता है। रत्न जानता है, पण्डित के मुँह जब ख़ून लगा हो तो चाहे जो मर्ज़ी मनवा लो।

"देखो पण्डित जी! मुझे कल राजधानी से बुलावा आया था। एक बड़े मन्त्री को जनतावाले, कांग्रेसवाले और लोकदलवाले टिकट देने को तैयार हैं, लेकिन सवाल तो यह है कि कौन सी पार्टी जीतेगी। उसी का टिकट लेने का फ़ायदा है।"

"तो फिर," पण्डित ने दूसरा गिलास ख़ाली करके पूछा।

"पण्डित जी, बाल भगवान चाहें तो वारे–न्यारे हो जायें। कुछ बता दें तो राजधानी में आपको मकान के लिए मुफ़्त प्लॉट दिला दूँगा। लाखों की क़ीमत है। प्लॉट होगा तो मकान भी बन जायेगा।"

मास्टर जी को रत्न की बात कुछ–कुछ समझ आनी शुरू हो गयी है। सीधा सवाल पूछते हैं–

"तूने क्या सोचा है, रत्न।"

"अब आपसे क्या छुपाना। लोकदल और कांग्रेसवाले मुझे टिकट देने को तैयार हैं, लेकिन बाल भगवान की आज्ञा के बिना मैं किसी पार्टी का टिकट कैसे ले सकता हूँ।"

"तू तो फिर मन्त्री ज़रूर बन जायेगा'', पण्डित ने तीसरा गिलास खाली करते हुए कहा।

"पण्डित जी, चुनाव जीत गया तो दो एकड़ ज़मीन बाल भगवान को भेंट करूँगा। कल कचहरी में चलकर पक्के काग़ज़ पर लिखवा लो।"

पण्डित जब नशे में होता है तो सही सोचना शुरू कर देता है। किसी जंगली जानवर की तरह उसके दिमाग़ में घात–प्रतिघात की क्रिया शुरू हो जाती है। लड़के को पेट की बीमारी लग गयी है, कभी भी मर सकता है।

राजधानी की चमचमाती सड़कें और ख़ूबसूरत कोठियों ने उसके दिमाग़ पर अभी से क़ब्ज़ा जमा लिया है। चौथे गिलास को वह अनदेखा कर रहा है। मास्टर जी सलाह देते हैं–

"ऐसे करते हैं कि एक महीने के लिए बाल भगवान के दर्शन बन्द। अख़बार में रत्न चौधरी ख़बर निकलवा देगा कि भगवान ने समाधि लगा ली है। एक महीने किसी को दर्शन नहीं देंगे। टिकट तो एक महीने में बँट ही जायेंगे।"

पण्डित चौथा गिलास गटकता है और उठ खड़ा होता है। रत्न ठीक कहता है। मास्टर ठीक कहता है। यह मौक़ा फिर नहीं आना। अब बीवी को मनाने के लिए उसके दिमाग़ में घात–प्रतिघात चल पड़े हैं। पहले प्यार से बात करूँगा। नहीं मानेगी तो जूता, हाँ जूता पीर है बिगड़ों–तिगड़ों का। लेकिन यह ज़रूरी थोड़े है कि लड़का जो बात मन्त्री को बतायेगा, वह सच ही निकले। फिर कौन देगा राजधानी में प्लॉट और क्यों देगा रत्न दो एकड़ ज़मीन। नहीं। वह ज़मीन के पक्के काग़ज़ रत्न से पहले ही माँगेगा। रही प्लॉट की बात...उसे पता है, किस मन्त्री से रत्न की साँठ–गाँठ है। पिछली तीन बार वह चुनाव जीत चुका है, तीनों बार मन्त्री बना है, लेकिन मुख्यमन्त्री अभी तक नहीं बन सका। और इस बार वह सपना हर क़ीमत पर पूरा करके रहेगा। फिर चुनाव से पहले विरोधी दलवाले अक्सर, सत्ताधारी दलवालों को ऐसे सब्ज़ बाग़ दिखाते हैं। कैसे मारा था बाबू जगजीवन राम को? बेचारा राष्ट्रपति और प्रधानमन्त्री तो दूर मन्त्री भी नहीं रहा। दूध से मक्खी की तरह बाहिर छिटक गया।

रास्ते में पण्डित ने लाले की दुकान से दो किलो लड्डू लिये। जेब में से पैसे निकालने के लिए हाथ डाला, लेकिन लाले ने दोनों कान पकड़कर कहा–"बख़्शो पण्डित जी! क्यों मुझ पर पाप चढ़ाते हो। बाल भगवान के कदमों में मेरी भेंट है।"

वह जब घर की तरफ़ बढ़ा तो दिल में सन्देह के काँटे उगने शुरू हो गये। क्या सचमुच लड़के में कोई देवी शक्ति आ गयी है? इतने लोग उसे भगवान मान बैठे हैं। कहीं लड़के को उसकी चालों का पता चल गया तो? फिर उसने ज़मीन पर ज़ोर से पैर पटककर शक के इन काँटों को कुचल दिया। अपने आप को गाली निकाली–"कुत्ते के! थोड़ी पियेगा तो वाही–तबाही ही सोचेगा। सिद्धड़ कहाँ का भगवान! बिस्तर पर ही टट्टी–पेशाब निकल जाता है। थू! चला ले जितने दिन चलता है यह खोटा सिक्का।"

घर पहुँचने से पहले ही राजधानी की चमचम करती सड़कें उसके दिमाग़ में फिर घुस आयी हैं। बड़े लड़के ने आठवीं पास कर ली है। कल ही रत्न से कहेगा कि मन्त्री से कहकर पहले उसे नौकरी दिलाये, तभी भगवान से आगे की बात होगी। एक बार यह बेवकूफ़ी–भरी बात उसके

दिमाग़ में आती ज़रूर है कि बाल भगवान से पूछकर यह ख़ुद क्यों न चुनाव लड़े। थू! वह मुँह से इस बदबू को बाहिर थूकता है।

लड़का खा रहा है। थाली में रोटियों का छोटा–सा पहाड़ बना हुआ है। यह रोटी उठाता है, दो टुकड़ें करता है, दोनों हाथों में दो गोल गेंदें बनाता है। एक गेंद मुँह में डालता है, अधचबाया ही इसे अन्दर धकेलता है और दूसरी गेंद बनी रोटी मुँह में डाल लेता है। यह डर अब भी उसके दिल में घर करके बैठा हुआ है कि कोई उसकी रोटी चुरा लेगा! पिता के हाथ में उसने बड़ा लिफ़ाफ़ा देख लिया है। कुत्ते की तरह नाक फुलाकर गन्ध लेने की कोशिश कर रहा है कि क्या है। पिता अन्दर से थाली लाता है, लिफ़ाफ़े से आधे लड्डू निकालकर इसमें डालता है और लड़के के आगे रख देता है। लड़का रोटियों की थाली को देख रहा है, लड्डू से भरे थाल को देख रहा है। कहीं कोई रोटियाँ तो नहीं उठा लेगा? पिता उससे कहता है–"दोनों खा ले।" लड़के की आँखों में कुछ न समझने का भाव वह देखता है। दोनों थालियाँ उसके बिल्कुल पास सरकाता है–"लड्डू! रोटी दोनों खाले!'' लड़का झपाटे से लड्डू उठाता है, पूरा–का–पूरा मुँह में डाल लेता है। फिर रोटी उठाता है, लड्डू को उसमें लपेटता है। मुँह खोलता है। इतना बड़ा गोला अन्दर नहीं जा रहा। और ज़ोर लगाता है। अब मुँह किसी गुफा–द्वार जैसा लग रहा है। दूसरे हाथ की उँगलियों से गोले को दबाकर अन्दर धकेल रहा है। पिता को उबकाई आती है। मुँह पर हाथ रखता है और अन्दर चला जाता है।"

बेटी रसोई में ही बैठी खा रही है। "लड़के कहाँ हैं," पूछने पर पत्नी बताती है कि शहर गये हैं, नयी फ़िल्म देखने। बारह बजे के बाद ही आयेंगे। वह बेटी को कहता है–

"जल्दी–जल्दी खा! भाई के कमरे में जाकर सो। उसकी तबीयत ख़राब हो तो आवाज़ देना। बिस्तरा गन्दा करे तो मत जगाना। सवेरे साफ़ हो जायेगा। समझी!" लड़की 'हाँ' में सिर हिलाती है। उसे पता है, पिता जब जल्दी सो जाने के लिए कहता है तो कुछ होता ज़रूर है। उनके कमरे से माँ की हाय–हाय और सी–सी की आवाज़ें कितनी देर आती रहती हैं। बाप पता नहीं माँ को इतना क्यों मारता है? पिता उसे घूर रहा है। वह और रोटी नहीं माँगती, हालाँकि एक फुलके की भूख अभी और है। उठकर भाई के कमरे में चली जाती है। बीवी तिरछी मुस्कान फेंकती है–

"रोटी दूँ कि पहले ठर्रा चढ़ाना है," शराब पीने की वह हमेशा ठर्रा चढ़ाना कहती है।

"नहीं। खाना डाल। आज दिल नहीं कर रहा।" वह जवाब में पूरी मुस्कान फेंकती है।

"रहने दो। रत्ने मोचे के घर ही काम कर आये हो। मुझे मत बनाया करो। मैं तेरी रग–रग पहचानती हूँ।"

वह बनावटी ग़ुस्से में डाँटता है–"भाषण बन्द कर। जल्दी कर। नहीं तो मैं यहीं..."

"अच्छा, अच्छा। चुप हो जाओ। लड़की जागी हुई है। आवाज़ उस कमरे तक पहुँच जाती है। तुम बोलते जो इतने हौले हो।"

वे दोनों बड़ी देर से साथ–साथ लेटे हैं, लेकिन आज पति किसी तरह की नोच–कचोट नहीं कर रहा। बड़े प्यार से उसके जिस्म के हर हिस्से पर हाथ फेर रहा है; इतने हौले जैसे वह काँच की बनी हो। उसे अच्छा तो लग रहा है, लेकिन मज़ा नहीं आ रहा।

"क्यों? आज सोना नहीं क्या? सारी रात ऐसे ही गुज़ारने का इरादा है।" उसने पति की बाँह पर धीरे से काटा। पति ने उसके बालों को मुट्ठी में लिया। झटका दिया और उसका सिर अपनी छाती पर रख लिया। दर्द हुआ, लेकिन मीठी सिसकी में बदलता हुआ। वह अब उसके बालों की जड़ों को खुजला रहा है।

"सुन। राजधानी रहना है? रत्न मुफ़्त प्लॉट दिला देगा।"

"रत्ने को क्या आन पड़ी जो हमें प्लॉट दिलायेगा," यह जवाब देते हुए सबसे पहले राजधानी की लक़दक़ करती सड़कों के किनारे लगे गुलमोहर के पेड़ों के सिन्दूरी फूल उसकी आँखों में उतर आये। बाल भगवान के प्रताप से बड़े लड़कों की नौकरी तो मिल ही जायेगी। उसे अभी, इसी क्षण अपना गाँव गन्दा और बू–भरा लगना शुरू हो गया है, लेकिन जब वह यह बात सुनती है कि अब लड़के को लगातार भूखा रखना पड़ेगा तो चुप हो जाती है। सिर उसकी छाती से उठाती है, तकिये पर रख लेती है।

"कुछ नहीं होगा। तू क्यों जी को लगाती है। पहले भी तो भूखा ही रहता था। फिर रत्न कल शहर के बड़े हस्पताल से बड़ा डॉक्टर ले आयेगा।"

राजधानी में मकान और बेटे के भूखा रहने में से मकान का चुनाव करने को उसका दिल कह रहा है। पति महसूस करता है कि उसका अकड़ा शरीर ढीला हो रहा है; वह पास सरक आयी है। वह उसकी पीठ का माँस अपनी मुट्ठी में भरता है और ज़ोर से मसल देता है। अब वह लगातार उसे चाट रही है, गरमा गयी मादा की तरह। पति उसके उभारों में दाँत खुभोता है, वह नशीली आवाज़ में 'और ज़ोर से काटो' कहती है, पति के दाँत माँस में खुभ जाते हैं।

"देखो, लड़कों को भी ताकीद कर दो कि उसे खाने को कुछ नहीं देना। बिल्कुल भूखा रहना चाहिए। वह भूखे पेट की सच बोलता है।"

"अच्छा, अच्छा। आओ न।" पत्नी अगली सीढ़ी पर चढ़ने के लिए करवट बदलती है। साथ के कमरे से बेटी की आवाज़ आती है।

"माँ। इसने बिस्तर गन्दा कर दिया।"

तभी, उसी क्षण उसके दिल में जहर का काँटा उग आता है। भगवान ऐसों को सँभाल ही ले तो अच्छा। लड़की को कहती है–

"सो जाओ। सुबह साफ़ कर दूँगी।"

"नहीं। यहाँ बहुत बदबू है। अभी कर दो।"

पण्डित गरजता है–

"ओये कुत्ती दी। बक–बक बन्द करती है कि मैं आऊँ फिर।" लड़की चुप लेकिन माँ की तेज़ नाक में तीखी बदबू सरसराकर घुसती आ रही है। हालाँकि बीच का दरवाज़ा बन्द है। पति दूसरी सीढ़ी चढ़ता है। वह उस क्षण बेटे और मकान दोनों में से मकान का चुनाव कर लेती है। बेहोश हो रही आवाज़ में कहती है, "ठीक है, इसका खाना–पीना बन्द। तुम फ़िक्र मत करो। लड़कों को मैं अब समझा दूँगी।'' पति हाँफ गयी आवाज़ में डपटता है–"चुप कुत्ती दी, मुर्दों की तरह क्यों पड़ी है। हिल, ज़ोर से हिल।"

रत्न अपनी मोटरसाइकिल पर शहर से बड़े डॉक्टर को लाया है। वह बाल भगवान की पूरी जांच–पड़ताल करता है। पूछता है कि क्या टट्टी में ख़ून आता है। माँ 'हाँ' में सिर हिलाती है। क्या कै करता है तो ख़ून आता है? माँ 'हाँ' में सिर हिलाती है। फिर यह भी बताती है कि लड़का

सारा दिन खाता रहता है। डॉक्टर को बाल भगवान के चमत्कारी होने का पता है। यह भी पता है कि रत्न की ऊपर तक पहुँच है। उसे बताता है कि लड़के के पेट में फोड़ा है। अलसर। ऑप्रेशन जल्दी होना चाहिए। फिर उसे सारा दिन लिटाये मत रखो। ख़ूब घूमने दो। जो रोटी अन्दर जाती है, ज़हर बन जाती है। पण्डित उसे जवाब देता है–

"भगवान घर से बाहिर नहीं जा सकते। जो दवाई देनी है, दो।" पिता को पता है कि लड़के को घूमने देगा, दूसरे लड़कों के साथ खेलने देगा तो लोगों का विश्वास उसके भगवान होने से उठ जायेगा। फिर सिद्धड़ है। उल्टा–शुल्टा बाहर बोल देगा तो मिल चुका राजधानी में मुफ़्त मकान। डॉक्टर इसे सारे खेल को समझता है। उसका चेहरा तन जाता है, रत्न उसे बाहिर आँगन में ले जाता है। बड़े मन्त्रीवाली बात बताता है। रत्न का बड़े मन्त्री से रसूख़ है, यह सुनते ही डॉक्टर को अगले साल सिविल हस्पताल में ट्रांसफ़र की बात याद आ जाती है। जो रौब–दाब, माल–भत्ता सिविल हस्पताल में है, सब धरा–का–धरा रह जायेगा अगर किसी क़स्बे के बड़े हस्पताल में बदली हो गयी। फोड़ा महीने में फट भी सकता है। नहीं भी फट सकता। और यह एक महीना अब उसके लिए भी बिल्कुल महत्त्वपूर्ण हो गया है। अन्दर आता है, कहता है–

"फ़िक्र की बात नहीं। अभी मैं इलाज शुरू करता हूँ। असर नहीं हुआ तो फिर ऑप्रेशन की सोचेंगे। और हाँ, मैं हस्पताल से दवाइयाँ भेज दूँगा। कंपाउंडर सुबह–शाम टीका लगाने आ जाया करेगा। कोई डर की बात हो तो मुझे बुला भेजें।"

पण्डित फ़ीस के पैसे निकालने के लिए जेब में हाथ डालता है–

"न पण्डित जी! मुझे भी पुन्न कमा लेने दें। बाल भगवान को पहले अच्छा कर दूँ, फिर आपसे लड्डू ज़रूर खाऊँगा।"

लड़के को पाँच दिन से खाने को कुछ नहीं मिला। उसके कमरे में भाइयों का, बहन का, भगतों का, सबका जाना बन्द है। पण्डित कमरे के बाहिर, सर्दियों की धूप में बैठा पहरा देता रहता है। बाहिर से गुज़रने वालों का वह हमेशा आँखें बन्द किये बैठा दिखायी देता है। कल भगवान ने समाधि लगायी है। देखो। पिता भी सारा दिन मन्तर पढ़ता रहता है। क्यों न हो। ब्राह्मण है, हमेशा तप करते हैं। अन्दर से थोड़ी–थोड़ी देर के

बाद–"रोटी, रोटी, रोटी" शब्द दरवाज़े पर दस्तक देता रहता है, लेकिन लड़के को सिर्फ़ निम्बू–पानी दिया जाता है। मास्टर जी ने बतलाया है, गाँधी जी तो दो–दो महीने भूख हड़ताल पर रहे। बस निम्बू–पानी पीते थे। देख लो। कुछ हुआ। लक्कड़ की तरह हो गया था जिस्म। रोटी कोई ज़रूरी थोड़े है? बाल भगवान को कुछ नहीं होगा।

रत्न बता गया कि आज रात अँधेरा पड़ने पर बड़ा मन्त्री आयेगा। शायद भगवान आज ही सच बता दें। बस। कल से खाना शुरू।

बन्द दरवाज़े के अन्दर से ठक–ठक की आवाज़ आती है। पण्डित झटके से उठता है तो लड़का बिस्तरे से उठकर दरवाज़े तक आ गया है–"रोटी, रोटी, रोटी!"

वह दरवाज़ा खोलता है, लड़के की गर्दन में पंजा डालता है, उसे घसीट कर तख़्तपोश के पास ले जाता है। और गुर्राता है–"लेट जा।" लड़का डर और भूख से कांप रहा है, दोनों उसकी आँखों के रास्ते बाहिर निकल रहे हैं। बाहिर गली से मास्टर जी को आवाज़ आती है–

"पण्डित जी, रत्न के यहाँ चलना है। मन्त्री जी पहुँच गये हैं। चलो, लिवा लायें।"

पण्डित बाहिर जाते हुए जल्दी में बाल भगवान के कमरे को ताला लगाना भूल जाता है। छोटी बहन अन्दर आती है। भाई के सिर के पास बैठती है। उसके माथे पर हाथ रखती है। अंगारों की तरह तप रहा है। तेज़ बुख़ार है। सिर दबाना शुरू कर देती है। भाई उसकी कलाई पकड़ता है। भूख–भरी आँखों से उसे देखता है, मरियल आवाज़ में कहता है, "भूख! रोटी!"

बहन को पता है कि घर में क्या हो रहा है। उसे पता है भाई को इतने दिनों से भूखा रखा जा रहा है। वह फूट–फूटकर रोना शुरू कर देती है। भाई अब भी उसकी ओर लगतार देखे जा रहा है। बहन को उसकी आँखों में रोटियाँ–ही–रोटियाँ दिखायी देती हैं। पिता मारेगा। राक्षस की तरह मारेगा, लेकिन अभी वह छोटी है। उसका दिल लालच के पास गिरवी नहीं। भागकर रसोई में आती है। अपनी छोटी–सी चुन्नी में रोटियों का ढेर छुपा लाती है।

"खा ले। जल्दी खा ले। बापू आ गया तो जान निकाल लेगा।"

लड़का अब पंजों के बल अधबैठा है। बहन रोटियों के टुकड़े करती है और वह दबाता जाता है। बिना सब्ज़ी के रोटियाँ गले में फँस रही हैं। उसका मुँह धीरे चल रहा है।

"जल्दी खाओ। बापू आया कि आया।" लड़का डरी–डरी आँखों से दरवाज़े की तरफ़ देखता है, पूरी–की–पूरी रोटी की गेंद बनाता है, उसे मुँह के अन्दर ठेलता है। बहन पानी का गिलास उसके मुँह से लगाती है। वह छोटा घूँट मारता है, गिलास परे ठेलता है। पानी नहीं! रोटी! अब वह दोनों हाथों से रोटियों के टुकड़े–टुकड़े कर रहा है, मुँह में ठूँस रहा है। घर के बाहिर पैरों की आवाज़ें आती हैं। बहन उसके आगे से रोटियाँ उठाती हैं, चुन्नी से उसका मुँह पोंछती है, लिटा देती है और रसोई की तरफ़ भागते हुए कहती है–"बताना मत। नहीं तो शामत आ जायेगी।"

मन्त्री, पण्डित, मास्टर जी और रत्न अन्दर आते हैं। रत्न और मास्टर बाल भगवान के पैरों को माथे से छूते हैं। मन्त्री कुछ अतिरिक्त देर तक भगवान के पैरों पर सिर रखे रहता है। उसके चेहरे पर माँस की पर्त–दर–पर्त चढ़ी हुई है और चिकनी चमड़ी किसी फिसलनवाली जगह की तरह चमक रही है। वह टोपी उतारकर हाथों में पकड़ता है और खादी के छोटे तौलिए से चेहरा साफ़ करता है। उसे गर्मी, सर्दी, हर मौसम में पसीना आता है, अख़बारवाले उसके बारे में यह मुहावरा कभी भी इस्तेमाल नहीं करते कि मन्त्री के पसीने छूट गये। भगवान की माँ अन्दर आती है, बेटे के सिरहाने बैठ जाती है। उसके सुनहरी सेब चेहरे को देखते ही जाने क्यों मन्त्री को अपनी पत्नी का पुराने पड़ गये जूते के चमड़े–सा सूखा सख़्त चेहरा याद आ जाता है। उसके बारे में प्रसिद्ध है कि न सीधा सवाल पूछता है, न सीधा जवाब देता है। विरोधी पक्षवाले, अख़बारवाले, सिर धुनते रह जाते हैं। अपने सवालों का जवाब समझने के लिए! पिछले दोनों चुनावों में वह जीता है, दोनों बार मन्त्री बनाया गया है; लेकिन मुख्यमन्त्री हमेशा उसे मरियल और बाँझ विभाग देता है, शिक्षा या स्वास्थ्य। हालाँकि विरोधी दल के लोगों के क़िले को तोड़ने–फोड़ने में उसे महारत हासिल है। लेन–देन वही करता है उन्हें दल बदलवाने के लिए। विरोधी दलवालों ने उसका नाम चलता–फिरता बैंक रखा हुआ है। वह बाल भगवान की माँ से कहता है–

"माता जी, आप तो भगवान को लेकर राजधानी आ जायें, जब–जब देश पर कोई संकट आयेगा भगवान से सलाह ले लेंगे। सरकार की तरफ़ से मकान के लिए जगह हम दिलायेंगे।"

"देखो। जैसी बाल भगवान की आज्ञा," उसने साड़ी का पल्लू ठीक किया, अपनी तिरछी मुस्कान का वार करते हुए। उसके सुच्चे मोतियों से दाँत देखकर मन्त्री को कीलों–से काले अपनी घरवाली के दाँत याद आ गये।

"जैसी आपकी मर्ज़ी होगी, कोई भगवान की मर्ज़ी अलग थोड़े होगी। हम लोग वहाँ पर मकान बनाने का भी कोई–न–कोई हीला कर लेंगे। बाल भगवान की कृपा हो जाये तो सब काम सिद्ध समझें।"

पण्डित को लगता है, लड़के का मुँह दो–तीन बार हिला है। कहीं इसे किसी ने कुछ खाने को तो नहीं दिया? लेकिन किसकी हिम्मत है, वह खड़े–खड़े खाल नहीं खींच लेगा। मन्त्री दोनों हाथ जोड़कर भगवान को बताता है–

"चुनाव आ रहे हैं। जनता जीतेगी, लोकदल जीतेगा या कांग्रेस जीतेगी, मैं किस पार्टी से जीत सकता हूँ?", इतना लम्बा वाक्य लड़के के दिमाग़ के बाहिर ही चक्कर काटता रहा। हाँ 'जीतना' शब्द बन्द दिमाग़ के ताले पर खट–खट करता रहा। दिमाग़ से संकेत आ रहे हैं, शब्द सुना हुआ है, पहले भी किसी ने कहा है। शब्द धीरे–धीरे खिसककर होंठों पर आ बैठता है। लड़का उसे कसकर पकड़ता है, कहीं फिर फिसल न जाये। आवाज़ को धक्का देता है और शब्द बाहर उछल जाता है। वह बोलता है! "जीता!" पण्डित, मास्टर और रत्न के चेहरों पर गुलाब फूट पड़ते हैं। मास्टर मन्त्री से कहता है–

"भगवान ने बता दिया। आपकी जीत होगी।" मन्त्री खेला खाया हुआ है, इतनी जल्दी तो उसने कभी अपने ऊपर भी विश्वास नहीं किया," मास्टर जी सवाल मेरे जीतने का नहीं। पार्टी कौन सी जीतेगी जिसकी सरकार बनेगी।" मास्टर जी उसे समझाते हैं–

"भगवान तो बस एक शब्द में ही जवाब देते हैं। पार्टी चाहे जो जीते। सरकार तो कांग्रेस की ही बनेगी। यह कोई बंगाल तो है नहीं कि जो पार्टी जीते उसी की सरकार बने।" मन्त्री अब कच्चा चबा जाने वाली

आँखों से मास्टर को देख रहा है। यह साले पढ़े–लिखे लोग भी देश का नुक़सान करते हैं। तभी अंग्रेज़ों के वक़्त इतनी पढ़ाई नहीं थी। कैसे शान्ति से राज करेगा। अनपढ़ का क्या? सरकार ने जो कहा सतवचन। रत्न भाँप जाता है कि मन्त्री को बुरा लगा है। विधायक बनने का उसका सपना हिल जाता है। वह मन्त्री को सलाह देता है–"आप छोटा–सा सवाल करें। भगवान लम्बे सवालों का जवाब नहीं देते। इशारों में बात करते हैं।" मन्त्री अपने चेहरे से ग़ुस्सा उतारता है, उसकी जगह घी के डिब्बेवाली चिकनी मुस्कान चेहरे पर लाता है। हाथ जोड़कर सवाल पूछता है–"भगवान! जनता। लोकदल। कांग्रेस" अब लड़का बिल्कुल घबरा गया है। बाक़ी लोग तो एक बार उसके बोलने पर उठ जाते हैं, यह आदमी नहीं उठ रहा। ज़रूर इसी ने उसका खाना बन्द किया है। वह आँखें बन्द कर लेता है। उसका शरीर ज़ोर से काँपता है। पिता तो जानता है लड़का एक बारी में नये शब्द न समझता है, न बोल सकता है। वह दोहराता है– "जनता। लोकदल। कांग्रेस।" तीनों शब्द अब हिंसक पशु का रूप धारण कर लेते हैं, लड़के के दिमाग़ पर एक साथ आक्रमण कर देते हैं। लड़के के सिर में इनके पंजे गड़ जाते हैं। इन्हें परे छिटकाने के लिए वह ज़ोर–ज़ोर से सिर हिलाना शुरू कर देता है, लेकिन पंजे माँस में गड़ गये हैं। वह थक जाता है। सिर हिलाना बन्द कर देता है। वह मन्त्री की ओर देखता है और आँखें मूँद लेता है। थोड़ी देर सब लोग उसके बोलने का इन्तज़ार करते हैं, लेकिन वह चुप है, उसकी साँस अब समतल चल रही है। माँ–बाप को पता चल जाता है कि सो गया है। पण्डित कहता है–"भगवान ने समाधि लगा ली है। अब जवाब नहीं देंगे। आप लोग फिर आयें।" सब उठ पड़ते हैं–मन्त्री लड़के की माँ के आगे हड्डी फेंकता है–

"जिस दिन बाल भगवान मुझे सीधी आज्ञा देंगे, बस समझ लें,उसी दिन मैं भगवान को राजधानी ले जाऊँगा। जब आप आज्ञा देंगे फिर आ जाऊँगा।" पण्डित उन्हें बाहर तक छोड़ने जाता है। माँ के दिमाग़ से राजधानी की सड़कें और सिन्दूरी फूलों के पेड़ बाहिर सरकने लग पड़ते हैं। बडे भाई और छोटी बहन कमरे में आ जाते हैं। बड़े लड़के के पूछने पर माँ बताती है कि बाल भगवान ने कोई जवाब नहीं दिया। पण्डित अन्दर आता है। सारे परिवार को उस कमरे में खड़ा देखकर गरजता है,

"क्यों? तुम सारे यहाँ क्यों खड़े हो? तुम्हारी माँ का नाच हो रहा है क्या?" उसकी गरजती आवाज़ सुनकर लड़का आँखें खोल लेता है। पिता उसे शब्द रटाने की कोशिश करता है–"बोल जनता।" लड़के को पता है कि वह बोलेगा तो रोटी मिलेगी। बड़ा भाई कहता है–"बोल जनता।" लड़का जवाब देता है, "जनता।"

"अब बोल लोकदल!" लड़के की नाक फूलती है, उसे रोटियों की बास आनी शुरू हो जाती है, वह बोलता है–"लोकदल"। पण्डित का, बड़े भाई का, माँ का चेहरा खिल जाता है। पण्डित कहता–"अब बोल कांगर।" छोटी लड़की पिता को कहती है–"बापू कांगर नहीं कांग्रेस। ग के पैर में र पड़ता है।" वह भाई से कहती है, "बोल कांग्रेस।" लड़का इस शब्द से कुश्ती करना शुरू कर देता है, लेकिन होंठों पर आना तो दूर शब्द दिमाग़ के ताले पर खट–खट भी नहीं करता है। उसकी आँखों से आँसू बहने शुरू हो जाते हैं। बड़ा भाई कहता है–"बोल कांग्रेस।" लड़का जवाब देता है–"रोटी! भूख!" पिता तेज़ी से रसोई में जाता है। रोटियों का ढेर थाली में रखकर लौटता है, थाली उसकी चारपाई से दूर रख देता है। लड़का उठने की कोशिश करता है। वह किसी डरे हुए कुत्ते की तरह रोटियों को देखता है। आसपास खड़े लोगों को देखता है। वह जीभ से होंठ चाट रहा है।

"बोल कांग्रेस। कांग्रेस। कांग्रेस। सारी रोटियाँ दूँगा। लड्डू दूँगा।"

माँ कहती है–"क्यों पीछे पड़े हो उसके। उससे नहीं बोला जायेगा।"

"चुप कुत्ती दी। तीनों शब्द इसे रटाने हैं। पक्के याद कराने हैं। अगले हफ़्ते तेरा ख़सम मन्त्री फिर आयेगा। जब तक इसे यह शब्द याद न हुए तो ले लेना मकान राजधानी में।"

बड़ा भाई ग़ुस्से में उसे कहता है–"बोल कांग्रेस, कांग्रेस, कांग्रेस।"

लड़के के पेट का फोड़ा हिल रहा है, दिमाग़ का ताला हिल रहा है, सारा शरीर हिल रहा है। अब उसकी जीभ लगातार होंठों को चाट रही है, लपलपा रही है। उसकी सारी इन्द्रियाँ, सारा भूख का भय उसके होंठों के आसपास घूम रहा है। वह फिर ज़ोर लगाता है। आवाज़ निकलती है–"कांग"

"कांग नहीं कांग्रेस। बोल कांग्रेस, कांग्रेस, कुत्ते दे। बोल कांग्रेस।"

वह माँ की ओर देखता है, पेट का गोला गले की तरफ़ बढ़ रहा है–"माँ रोटी!, भूख!" वह भागकर लड़के से चिपक जाती है, छोटी बेटी रोटियों का थाल उसे देने के लिए उठाती है। बाप बेटी को लात मारता है, वह गिरती है, छन्न्न की आवाज़ के साथ थाल नीचे गिरता है, रोटियाँ कमरे में बिखर जाती हैं। माँ और कसकर लड़के से चिपक जाती है–

"इसे रोटी खाने दे। तू राक्षस है, राक्षस। तुझे कीड़े पड़ेंगे। " पति उसे बालों से पकड़ता है, घसीटकर चारपाई से नीचे फेंकता है। अब वह लड़के के सिर पर खड़ा है। उसकी लाल–लाल आँखें सुलगते अंगारों की तरह लड़के की चमड़ी जला रही हैं। वह गरजता है–"बोल कांग्रेस। आज मैं तेरा ख़ून कर दूँगा। बोल कांग्रेस।"

लड़का उठकर बैठ गया। उसका गला फूल गया है। सारी–की–सारी जीवन–शक्ति गले में अड़ गयी है।

बाप गरजता है, भाई गरजता है–"बोल कांग्रेस।–"लड़का मुँह खोलता है। पेट का गोला और कांग्रेस दोनों उसके होंठों तक आते हैं। वह ज़ोर लगा रहा है। पेट का गोला मुँह में फटता है, वह नीचे गिर जाता है, मुँह किसी काली गुफा के द्वार की तरफ़ खुलता है। फफ–फफ की आवाज़ों के साथ गोला फूटता है। ख़ून की कै होती है। छींटे छिटकते हैं। वह ज़मीन पर गिरा लगातार हाथ–पैर पटक रहा है। रोटी की ओर सरक रहा है। फफ–फफ। दूसरा गोला फूटता है। ख़ून का छोटा–सा दरिया कमरे में फैल रहा है। किसी गर्दन कटे जानवर की तरह वह धीरे–धीरे हिलना बन्द कर देता है। उसके खुले मुँह से ख़ून की मोटी–सी लकीर अब भी बाहर बह रही है, कमरे में फैल रही है।

मुस्कान

''ख़ूबसूरत औरतें हमेशा बेवकूफ़ होती हैं और बदसूरत औरते अक़्लमन्द,'' यह वाक्य मनु ने कुछ ऊँचा बोला। वह भी जानता है, उसके पास बैठे दोस्त भी जानते हैं कि यह फ़िक़रा उसने 'मुस्कान' का उद्‌घाटन करने आयी अभिनेत्री को सुनाने के लिए बोला है। हमेशा औरतों के ख़िलाफ़ उनके सामने बोलना मनु की आदत है। शायद इसलिए बहुत सारी औरतें उसकी दोस्त हैं। चापलूसी करने वाले चमचा मर्दों के बजाय ख़िलाफ़ बोलने वाले मर्द औरतों को हमेशा अच्छे लगते हैं। अभिनेत्री नीति ने पास आकर तीखी आवाज़ में पूछा–

''क्या कहा आपने?'' वह बहुत सुन्दर है जैसा कि अक्सर फ़िल्मी औरतें होती हैं। मनु ने अपनी सोयी हुई आँखों को उसके चेहरे पर टिकाया, सिर ऊपर उठाकर उसे नीचे से ऊपर तक देखा और मुस्कराकर जवाब दिया, ''मैं कह रहा थ कि ख़ूबसूरत औरतें हमेशा बेवकूफ़ होती हैं। आपने शायद अंग्रेज़ी नहीं पढ़ी। कहते हैं न–ब्यूटी एंड ब्रेन डोंट गो टुगेदर''

तब तक मनु की पत्नी भी उनके पास आ गयी है। बहुत सारे प्रेसवाले और फ़ोटोग्राफ़र, जो मनु की पत्नी के दोस्त हैं, उस मेज़ के पास साथ आये हैं। सब मनु के भी दोस्त हैं, जानते हैं, जब मनु बोलेगा तो बातों की गोलियाँ छूटेंगी–फ़िल्मी पत्रिकाओं के लिए इससे अच्छी मसालेदार ख़बर और क्या होगी? मनु की पत्नी किरण उसे घूर रही है, चुप हो जाने के लिए। ''आप हैं कौन? परिचय तो दिया नहीं?'' कोई भी प्रसिद्ध आदमी किसी अनजान का परिचय जब सारे लोगों के सामने माँगता है तो असल में उसे अपमानित कर रहा होता है।

''मैं आपकी सहेली किरण का, 'मुस्कान' की मालकिन का हस्बैंड हूँ।''

''बस!'' नीति का निचला होंठ ऊपर उठ आया है। बस 'यही कुछ' की मुद्रा में प्रेसवालों, मनु के दोस्तों, सबको लगा कि आज मनु हार गया है। कभी–न–कभी तो बराबर की टक्कर का मिल ही जाता है।

मनु ने हौले–से गिलास उठाया, बाक़ी की शराब पी, गिलास नीचे रखा। साथ खड़े फ़ोटोग्राफ़र से सिगरेट माँगा, फिर माचिस माँगी, सिगरेट का कश लिया और दोनों चीज़ें फ़ोटोग्राफ़र को वापिस कीं। किसी की बात का जवाब जान–बूझकर देर से देकर भी हम उसे कचोट सकते हैं। ''बस नहीं, साहब। मेरा नाम मनु है। मैं किरण का पति हूँ। दो बच्चे हैं। लड़की दस साल की, लड़का पाँच साल का। बच्चे मैं और भी पैदा कर सकता हूँ, लेकिन 'दो के बाद कभी नहीं वाली बात मानता हूँ। मेरी उमर चालीस है। क़द पाँच फुट दस इंच और वज़न 170 पौंड। एम.ए. पास कर रखी है।''

अभिनेत्री के चेहरे पर भूखी शेरनी आ बैठी है। कैमरे के फ़्लैश चमक रहे हैं और मनु जैसे कुछ हुआ ही नहीं वाले अन्दाज़ में सिगरेट पी रहा है। उसके जवाब में फुलझड़ी बड़े कमरे में फूट चुकी है, कहीं क़हक़हों की शक़्ल में, कहीं खुली हँसी की आवाज़ में।

किरण मनु को जलती आँखों से घूरती है। नीति की बाँह पर हाथ रख उसे परे ले जाती है। प्रेसवाले और फ़ोटोग्राफ़र भी उन दोनों के वहाँ से हटने पर, उनके साथ दूसरी मेज़ की तरफ़ चले जाते हैं। उन्हें पता है, अब थोड़ी देर के लिए मनु के फ़ायरवर्क्स बन्द।

एक प्रेसवाला नीति से पूछता है कि वह बम्बई में इतनी बिज़ी है, इतनी सारी फ़िल्मों में काम कर रही है, फिर यहाँ आने का वक़्त कैसे निकाल लिया 'मुस्कान' के उद्घाटन के लिए।

नीति को अब पहली बार सब लोगों का ध्यान अपनी ओर बाँटने का मौक़ा मिला है। सधी हुई अभिनेत्री है। ग़ुस्से को पल भर में अपने चेहरे से पोंछ लेती है। लोगों के लिए सब कुछ लुटा देने वाले रोल करने में वह माहिर है।

''बिज़ी हूँ तो क्या हुआ? मैं अपने दोस्तों को कभी नहीं भूलती। आप शायद जानते नहीं, कुछ साल पहले मैं किरण के साथ मॉडलिंग करती थी। मुझे फ़िल्मों में ब्रेक मिल गया, लेकिन जैसे ही किरण का ख़त आया कि उसने एड–एजेंसी शुरू की है तो बम्बई में सब कुछ

छोड़–छाड़कर यहाँ आ गयी। किरण अगर कहे तो इसकी एजेंसी के लिए मैं मॉडलिंग करने को अब भी तैयार हूँ।'' उसने बोलना बन्द किया। सुनने वालों की तरफ़ इस तरह से देखा कि तालियाँ क्यों नहीं बजाते? क्योंकि सारे–के–सारे मेहमान विज्ञापन एजेंसियोंवाले हैं, अख़बारवाले हैं, फ़ोटोग्राफ़र हैं और ऐसी पार्टियों के लटकों से वाकिफ़ हैं, 'ठीक वक़्त' पर तालियाँ बजाना उन्हें आता है।

''पर यार, एजेंसी का नाम अंग्रेज़ीवाला रखना था, यह 'मुस्कान' क्या हुआ?'' नीति ने किरण के कन्धे पर हाथ रखकर पूछा।

किरण बताती है कि अंग्रेज़ी के कई नाम सोचे, गोल्डन टच, सन–रेज़, स्माइल वग़ैरह, पर मनु ने कहा कि कोई नयी बात होनी चाहिए। उसने यही नाम चुना है। मनु और उसके दोस्त अपनी मेज़ से उठकर वहाँ आ गये हैं। जवाब मनु पूरा करता है।

''आप जानती हैं न मैडम, किरन को विज्ञापन की दुनिया में 'गर्ल विद अ गोल्डन स्माइल' कहा जाता है। एड–एजेंसी इसकी है। सारे मुल्क में इसकी मुस्कान घर–घर में फैली हुई है। बस 'मुस्कान' नाम रख दिया।'' यह जवाब देते हुए मनु की आवाज़ दब गयी है। कन्धे थोड़े झुक गये हैं, आँखें और ज़्यादा सो गयी हैं। नीति उसके हाथों से ख़ाली गिलास लेती है, मेज़ पर रखती है, पास खड़े वेटर की ट्रे से शराब का गिलास उठाती है, उसे पकड़ाती है, और फ़िल्मवालों का सबसे सस्ता वाक्य बोलती है।

''यू आर ए जीनियस।'' मनु उसे आँखें पूरी खोलकर देखता है, प्रेसवाले दोस्त से फिर सिगरेट माँगता है और दो लम्बे क़दम उठाकर अपनी मेज़ पर वापिस चला जाता है।

वह शराब का गिलास बिना पिये मेज़ पर रखता है और दरवाज़े के बारह निकल जाता है। मकान की बालकनी में नवंबर की हवा निधड़क घूम रही है। उसने आधी बाँहों का स्वेटर पहन रखा है, फिर भी गर्मी लग रही है। क़मीज़ की बाँहें ऊपर चढ़ा लेता है। एक बार सर्दियों में बाँहें ऊपर चढ़ाने की आदत पर किरण ने टोका था तो उसने जवाब दिया था कि क़मीज़ की बाँहें नीची हों तो लगता है, हाथ क़ैद हैं। ऐसे जवाब सुनकर पत्नी उसकी ओर ऐसे देखती है जैसे पागलों को देखा जाता है।

वह शाम को घण्टों बालकनी में खड़ा रहता है। रेलिंग पर बाँहें टिकाये, सिगरेट सुलगाये, लोगों को शाम के वक़्त पैदल, स्कूटरों पर, कारों पर अपने घरों की ओर लौटते देखना उसे हमेशा अच्छा लगता है।

लोगों के चेहरे से पता चल जाता है कि वे दफ़्तर जा रहे हैं या घर लौट रहे हैं, लेकिन मनु तो घर के बाहर जाता ही नहीं, न किसी काम पर, न किसी दफ़्तर। उसे शायद तभी घर लौटते लोग देखना अच्छा लगता है। उसकी लड़की रानी ने एक बार पूछा था–

"पापा, इतनी देर बालकनी में खड़े क्या देखते हो?"

"रानी बेटी, किसी दिन कारें गिनता हूँ, किसी दिन स्कूटर, किसी दिन साइकिलें।"

"क्यों?"

उसने रानी बेटी का कान छूकर कहा था।

"इससे मैथ्ज़ अच्छा हो जाता है। तुम भी गिना करो। मैथ्ज़ में नंबर कम आते हैं न!"

"ओ पापा! यू आर फ़नी!"

हाँ, पहले जो बातें किरण को अच्छी लगती थीं, रानी को अच्छी लगती थीं, अब दोनों को फ़नी लगती हैं। किरण को फ़नी लगता है कि अब दो मंज़िला मकान है, खाने–पीने की कमी नहीं, फिर भी मनु घण्टों चुप रहता है। कोई तकलीफ़ भी तो नहीं बताता। कोई एतराज़ भी तो नहीं करता।

उसके सारे दोस्त, ख़ासकर शादीशुदा उसकी बीवी की सदाबहार मुस्कान देखकर कितना रश्क करते हैं। अपनी बीवियों को किरण की मिसाल देकर मुस्कराने की सलाह देते हैं। कई बार उसके अमीर दोस्तों ने उन दोनों के सामने अपनी बीवियों को डाँटा है–"इन दोनों को देखो। नपी–तुली आमदनी है। फिर भी किरण हरदम मुस्कराती रहती है और तुम? शिकायतों ने चेहरे पर धरना दे रखा है। सब कुछ है, सूरत फिर भी रोनी।"

हाँ, यह ठीक है। किरण हर वक़्त, हर हालत में मुस्कराती रहती है। मनु ने इस मुस्कान के अनगिनत रूप देखे हैं। ग़ुस्से होगी तो होंठ थोड़े टेढ़े करेगी, मुस्करायेगी। ख़ुश होगी तो निचले होंठ पर जीभ का सिरा छुयेगी, मुस्करायेगी। गर्मी होगी तो 'उफ़' कहते ही दोनों होंठों की लम्बाई बढ़ायेगी, मुस्करायेगी। सर्दी होगी तो 'हाय कितनी ठण्ड' कहकर होंठों को सिकोड़कर मुस्करायेगी। और...और...हर हालत में मुस्कान। विज्ञापन की दुनिया में उसका नाम है–'द गर्ल विद अ गोल्डन स्माइल? छोटा नाम 'स्माइल गर्ल'। कपड़ों, साड़ियों वग़ैरह की ग्रुप–मॉडलिंग में बाक़ी मॉडल

लड़कियाँ अब उसके साथ ग्रुप में फ़ोटो खिंचवाने से इनकार करती हैं क्योंकि किरण की घातक मुस्कान से उन्हें डर लगता है, हीनभावना पैदा होती है। इस मुस्कान की बदौलत दो मंज़िला मकान है, कार है, आज अपनी विज्ञापन एजेंसी शुरू हो गयी है।

यह सलाह मनु ने ही दी थी कि उद्‌घाटन उसकी फ़िल्मवाली सहेली से करवाया जाये। प्रेसवाले आयेंगे, फ़ोटोग्राफ़र आयेंगे, बड़ी–बड़ी कम्पनियों के डायरेक्टर आयेंगे, घर के सामने भीड़ आयेगी, फिर पुलिस आयेगी और उद्‌घाटन एक समाचार बन जायेगा। बालकनी के नीचे, घर के आगे अब भी सैकड़ों लोग खड़े हैं, नीति की एक झलक पा जाने के लालच में।

पहले यह मुस्कान सिर्फ़ उसकी थी, अब घर–घर की है। कैलेंडरों पर साड़ियों, साबुनों के, सिरदर्द की गोलियों, सैनेटरी टावल्ज़, जूतों, टायरों के इश्तहारों में। हिन्दी या अंग्रेज़ी की किसी भी पत्रिका के किसी भी पेज पर उसकी मुस्कान का दमकता सूरज।

कितने बरस हुए होंगे इस बात को, जब यह मुस्कान उसके घर से निकली और हर घर की बन गयी। आठ–दस लेखकों की बीवियों को लेकर उसके एक पत्रकार दोस्त को कोई लेख लिखना था। पत्रिका का फ़ोटोग्राफ़र भी उसका दोस्त था। पत्रकारों, फ़ोटोग्राफ़रों, लेखकों का अड्डा जमाने की जगह उसका घर हुआ करता था, अब भी है, वजह? क्योंकि किरण मुस्कराकर बीयर या शराब गिलासों में डालती थी। किसी को चढ़ जाये तो मुस्कराकर डाँटती थी। यही वजह है कि इन सबकी बीवियों में वह अप्रिय थी, बदनाम थी। 'बेहया औरत' का तमगा उसे उन दिनों ही मिल चुका था। साथ के लेखक दोस्त मनु से कितना जलते थे। लिखता अच्छा है, खाता अच्छा है, बीवी भी अच्छी है। उसे उनके जलने से मज़ा आता था, क्योंकि वह जानता है कि बहुत सारे लेखकों को उनकी क़लम उतना बर्बाद नहीं करती जितना उनकी बीवियाँ।

किरण की फ़ोटो छपी थी और नीचे एक वाक्य–वक्तव्य, कि उसे अपने लेखक पति मनु की सारी कमज़ोरियाँ अच्छी लगती हैं क्योंकि वह लिखता अच्छा है।

लेख छपने के कुछ दिन बाद फ़ोटोग्राफ़र दोस्त आया था और बताया कि किसी छोटे लाले ने नये ब्रांड की माचिस बनायी है, साथ किरण का फ़ोटो छापना चाहता है। पाँच सौ रुपये देगा। फ़ोटोग्राफ़र का क़द पाँच

फुट से छोटा, लेकिन नाम समरजीतसिंह। मनु ने उसे खा जाने वाली आँखों से देखकर कहा था–

''ओए चूहे! माचिस और औरत की क्या तुक है?''

समरजीत को अपने 'चूहे' नामकरण पर कभी एतराज़ नहीं हुआ था, क्योंकि जवाब देना उसे भी आता था, ''ओए हेमिंग्वे की औलाद, तू बस कहानियाँ डाला कर। दुनिया में क्या हो रहा है, इससे तुम लेखकों को क्या वास्ता? अगर मोटरों के टायरों की मज़बूती के साथ औरत की तस्वीर छप सकती है तो माचिस के साथ क्यों नहीं?''

किरण ने भी मज़ाक़ किया था।

''चूहे भाईसाहिब, आज दिन के वक़्त तो नहीं लगा ली?''

''देख किरन, तू चूप रह। अक़्ल की बात से तुम औरतों का क्या वास्ता? अब पीने की बात तुमने ही छेड़ी है तो ला, फ़ौजी रम पिला।''

रम का आधा गिलास चढ़ाने के बाद चूहे ने बताया था कि किरण को माचिस के इश्तहार के लिए पाँच सौ रुपये मिलेंगे और उसे सौ रुपये। पाँच सौ की बात सुनकर किरण के चेहरे पर मुस्कान आयी थी। टेबल फ़ैन की ओर देखा था। फिर छत देखी थी, जिसमें पंखा लगाने का कुण्डा था, लेकिन पंखा नहीं। उसे किरण की यह आदत बहुत पसन्द थी कि किसी चीज़ के घर में न होने को लेकर आम औरतों की तरह बखेड़ा खड़ा नहीं करती थी, सिर्फ़ उस जगह को देखकर, जहाँ वह अनुपस्थित चीज़ होनी चाहिए, मुस्करा दिया करती थी। चूहे ने आख़िरी दाँव चलाया था।

''अरे पाँच सौ से एक महीना विस्की पियेंगे। फ़ौजी रम पी–पीकर पेट भी अटैनशन हो गया है।''

बात पक्की हो गयी। चूहे की अगली फ़रमाइश थी कि विज्ञापन के साथ हिन्दी में लाइन मनु लिखे।

''इश्तहार तो अंग्रेज़ी में चलते हैं, हिन्दी में लाइन क्यों?''

चूहे ने जल–भुनकर समझाया–

''क्योंकि माचिस सिर्फ़ तेरी अमीर माँएँ इस्तेमाल नहीं करतीं, ग़रीब माँएँ भी इस्तेमाल करती हैं। और उन्हें हिन्दी आती है अंग्रेज़ी नहीं।''

उसके ना–नू करने पर किरण ने डाँटती–मुस्कान का वार किया था–''इतने बड़े लेखक बने फिरते हो, एक फ़िक़रा नहीं लिखा जाता?''

मनु ने आधे वाक्य का विज्ञापन बनाया था, माचिय जलाते हाथों की तस्वीर के ऊपर 'हमारी माचिस जलाइये और...' दूसरी तस्वीर में किरण का मुस्कराता चेहरा, फुलझड़ी जलाते बच्चे की मुस्कानवाला।

माचिस बहुत बिकी। इसलिए नहीं कि किरण की तस्वीर थी, इसलिए कि दूसरी माचिसों की तरह खोलते हुए डिबिया टूटती नहीं थी, लेकिन इसके बाद घर के बाहर इश्तहारवालों के फ़ोटोग्राफ़रों की लाइन लग गयी थी।

तब किरण को बम्बई के ब्लेज़वालों का और पार्कर एंड पार्करवालों का बुलावा आया था। मनु को साथ चलने के लिए कहा था।

''नहीं, काम करना हो तो अकेले जाने की आदत डालो। फिर मैं साथ दूँगा तो शायद कांट्रेक्ट मिले ही न।''

''क्यों, क्यों नहीं मिलेगा? उन लोगों ने अपने आप बुलाया है।''

मनु ने उसे बताया कि फ़िल्मी दुनिया में, विज्ञापन की दुनिया में विवाहित औरतों का भाव गिर जाता है। मॉडल के कुँवारे होने का एक अतिरिक्त आकर्षण होता है। किरण को सलाह भी दी थी कि बम्बई में किसी को यह भी बताने की ज़रूरत नहीं कि उसका पति है, एक बच्ची है। हाँ, काम जम जाये तब दूसरी बात है।

किरण पन्द्रह दिन बम्बई लगाकर लौटी थी तो शिकायत की थी–''अजीब लोग हैं। यह किसी स्कूटर का विज्ञापन था। मुझे झुककर सीट पर बैठने के लिए कहा। तस्वीर सलवार–क़मीज़ में खींची जानी थी, शायद पंजाब में इन स्कूटरों की बिक्री कम थी। फ़ोटोग्राफ़र भी अजीब झक्की, कहने लगा, कमीज़ के सारे बटन खोल दीजिए। गर्मी के मौसम के लिए स्कूटर की इश्तहार है।''

''शुक्र करो, उसने शार्ट्स पहनकर फ़ोटो खिंचवाने के लिए नहीं कहा।''

''ठीक सलाह थी। स्कूटर गर्मी के मौसम की सवारी है।''

''अरे आगे सुनो, क़मीज़ के बटन तो मैंने खोल दिये। ब्रा देखकर वह जल–बुझ गया। कहने लगा, इसे उतारकर आओ।''

''ठीक कहा उसने। देखो, जब तक औरत के जिस्म के कुछ ज़रूरी हिस्से नज़र न आयें, लोगों की निगाह इश्तहार पर पड़ती कहाँ है?''

किरण का मुँह सूज गया।

"सुनो किरण, एक बात का फ़ैसला कर लो। जिस दुनिया में गयी हो, उसके तौर–तरीक़े मानकर ही चलना होगा। विज्ञापन की दुनिया का सबसे ज़रूरी आदमी है फ़ोटोग्राफ़र। वह किसी भी मॉडल को बना सकता है। बर्बाद कर सकता है।"

"लेकिन मैं तुम्हारा भी तो सोचती हूँ। लोग क्या कहेंगे? तुम्हें बुरा नहीं लगेगा क्या?"

"मेरी छोड़ो, अगर मैं औरतों के अपने अलग अधिकारों के बारे में लिखता हूँ तो उसमें विश्वास भी करता हूँ।"

और थोड़े वक़्त में किरण नंबर एक मॉडल बन गयी।

जूतों का इश्तहार है तो पति की तस्वीर के साथ–'जूता आप पहनें और आपकी पत्नी...' दूसरी तरफ़ किरण की तस्वीर–चमत्कृत मुस्कानवाली। तौलियों के इश्तहार–बड़ा–सा तौलिया लपेटे किरण। 'द फ़ैदर टच' किरण की मुस्कान–आओ, लेकिन मुझे धीरे–से छूना–वाली।"

पहले मकान था किराये का, तीन साल बाद अपना घर है। नंगी दीवारें धीरे–धीरे ढँकती गयीं–सामने लगी सबावाला की पेंटिंग, शायद दस हज़ार में आयी थी। कोने में सजा जापानी टेलीविज़न, उसके बाद कार।

पहले मनु दो वक़्त रोटी खाता था, अब दो वक़्त अच्छी शराब पीता है। हमेशा कमरा बन्द करके लिखता था। अब घर लेने के बाद जब वह तीन घण्टे बाद बन्द कमरे से बाहर आया था तो किरण ने पूछा था–

"कितने मिल जाते हैं एक कहानी के?"

"यही कोई दो सौ!"

वह मुस्करायी 'बस्स' वाली मुस्कान।

"मत सिर खपाया करो! पाँच सौ तो तुम्हें एड की एक लाइन के मिल जाते हैं।"

मनु सच की हमेशा इज़्ज़त करता है। किरण ने कहा तो सच है। पहले उसका 'सिर खपाना' कम हुआ, अब कई सालों से बन्द है।

टी.वी. पर विज्ञापन आने शुरू हुए तो किरण की मुसकानें घर–घर में खिलने लगीं। एक विज्ञापन को तो डाइजेस्ट वालों ने वर्ष के सबसे अच्छे विज्ञापन का पुरस्कार भी दिया था।

इस विज्ञापन से पहले घर में पहली और आख़िरी लड़ाई हुई थी। किरण को दो महीने बाद पता चला था कि उसे दूसरा बच्चा होने वाला है। पहली बार बिना मुसकान मनु पर बरसी थी–

''तुम मुझसे जलते हो। मेरा कैरियर बर्बाद करने पर तुले हो। इस मोटे पेट के साथ मुझे कौन माडल लेगा? क्यों? अपना घर जो माडलिंग के पैसों से ख़रीदा है, अच्छा नहीं लगता? सारी ज़िन्दगी रम पीते रहे हो, विस्की पचती नहीं है क्या?''

उसे अब मनु के ग़ुस्से से डर भी नहीं लगता। मनु आम मर्दों की तरह दिन में दो–तीन बार ग़ुस्से नहीं होता। साल में एक आध बार और तब उसके सिर पर ख़ून सवार हो जाता है।

किरण के सामने जब पहली बार उसे ग़ुस्सा आया था तो उसकी जान निकल गयी थी। दोनों बस में कहीं जा रहे थे। नयी–नयी शादी हुई थी। शायद मनु का हाथ उसके कन्धे पर था। पिछली सीट पर तीन आदमी धीरे–धीरे आवाजें कस रहे थे। किरण डर गयी। मनु के हाथ कन्धे से परे किया था। मनु ने बाह फैलाकर उसके दोनों कन्धों पर रख दी थी। पीछे से आवाज़ आयी थी, ''भाई, फ़िल्म की शूटिंग मुफ़्त में देख लो।''

दूसरी आवाज़ पर ''यार, हीरो ज़रा पहलवान लगता है।''

मनु सीट से उठा, पीछे मुड़ा। वह किसी पर हाथ उठाने से पहले गालियाँ देकर उसे चौकस भी नहीं करता। लड़ाई की यह ट्रिक उसे एक फ़ौजी ने बतायी थी।

उसने उन तीनों में सबसे तगड़े आदमी की नाक पर हथेली रखी थी, सिर के पिछले सिरे पर दूसरा हाथ रखा था। हथेली दबाकर मुँह पीछे किया और हाथ दबाकर सिर आगे। नाक की हड्डी चिटखने की आवाज़ साफ़ सुनायी दी थी। ख़ून के छींटे आसपास गिरे थे। बाक़ी दो को मनु ने घूरकर पूछा था–

''तुम्हें भी परसाद चाहिए?''

दोनों काँप रहे थे। ''नहीं भाई साहिब, हम आपको कुछ नहीं कह रहे थे। आपको ग़लती लगी है। हम तो फ़िल्म देखकर आ रहे हैं। उसकी बातें कह रहे थे!'' ड्राइवर ने बस रोकी थी। उन तीनों के पास आया था। टूटी नाकवाला मुँह पर रूमाल दबाकर ख़ून रोकने की कोशिश कर रहा था। उन तीनों को अपनी लम्बी दाढ़ी पर हाथ फेरकर समझाया था।

''पहलवानो, बन्दा देखकर पंगा लिया करो। अगले स्टॉप पर उतरकर इस सूरमा को डॉक्टर के पास ले जाओ।''

घर पहुँचकर किरण ने कहा था–

"तुम राइटर हो कि गुण्डे, न बाबा! अब मैं तुम्हारे साथ कभी सफ़र नहीं करूँगी।"

तब किरण को पता चला कि मनु के सिर्फ़ दो शौक़ हैं–अच्छी सेहत और अच्छा लिखना। एक दिन सवेरे उठी थी तो सर्दियों के मौसम में मनु को पसीने से नहाये देखकर पूछा था।

"क्या हुआ? इतनी सर्दी में इतनी पसीना?"

"मेम साहब, पाँच किलोमीटर की दौड़ लगाकर आया हूँ।"

मनु ने उसे बताया कि शराब रोज़ पीने पर भी सेहत बनाये रखने का राज़ उसके फ़ौजी दोस्तों ने बताया है। रात चाहे जितनी पिओ। सुबह लम्बी दौड़ लगाओ। पसीने के रास्ते सारी बाहर निकल जायेगी।

पाँच साल की रानी जब झूलने के लिए मचलती है तो वह अक्सर अपनी बाँह लम्बी कर देता है और रानी मिनटो झूलती रहती है। कान्वेंट में पढ़ती है, इसलिए तारीफ़ अंग्रेज़ी में करती है।

"ओ पापा, यू आर लाइक द सुपरमैन।"

मनु बालकनी से नीचे सिगरेट फेंकता है। हाँ, उस दिन की पहली और आख़िरी लड़ाई, किरन के 'अपना घर' और 'विस्कीवाले' चालू वाक्य। मनु ने धीमी आवाज़ में जवाब दिया था–

"तुम्हें पता है न, मुझसे ऊँची आवाज़ में नहीं बोलते।"

किरण चुप हो गयी। उसे मनु का ख़ून सवार चेहरा अब तक याद है, मुस्करायी थी–हार मानने वाली मुस्कान।

"तुम तो जानते हो अगर एक साल मैंने काम न किया तो मुझे कौन पूछेगा, ठीक शेष मं ओ के लिए वक़्त लग जायेगा?" मनु ने धीमी आवाज़ में कहा था–

"बहस मत करो, बच्चा पैदा करना है तो ठीक। नहीं तो ऑपरेशन करा लो। अभी दो महीने ही तो हुए हैं।"

किरण चुप हो गयी थी। जानती है, मनु का लगातार धीमी आवाज़ में बोलना आने वाले ख़तरे की निशानी होता है।

तब उसने घर से बाहर निकलना बन्द कर दिया था। पेट मोटा हो गया है। एक दिन चूहे ने उसका उभरा पेट देखकर कहा था–

"सुनो किरण, मुझे दवाइयों की कम्पनी का एक विज्ञापन मिला है। हो जाये एक फ़ोटो?"

''समरजीतसिंह, तुमने बहुत तो नहीं चढ़ा ली?'' किरण ने चूहे का पूरा नाम लेकर उसका अपमान किया। अब चूहा साधारण फ़ोटोग्राफ़र नहीं। किरण की वजह से विज्ञापन एजेंसियों में फ़ोटो खींचता है। आजकल मनु के घर आता है तो शराब की बोतल लेकर।

चूहे ने जब विज्ञापन की थीम बतायी तो मनु ने भी 'हाँ' कर दी और यह विज्ञापन साल का सबसे अच्छा विज्ञापन चुना गया था। आधा वाक्य मन ने लिखा था।

कैमिस्ट की दुकान के अन्दर जाती किरण। बाँछें फाड़कर पूछता कैमिस्ट–''क्या चाहिए बहिन जी?''

अपने उभरे पेट की तरफ़ देखकर मुस्कराती किरण–मुझे बच्चा पैदा करना अच्छा लगता है वाली मुस्कान।

आँखें मटकाकर बोलता कैमिस्ट–''ओ...ग्राइपवॉटर।''

टी.वी., सिनेमाघर और पत्रिकाओं में आज भी इस इश्तहार का बोलबाला है।

कोई बाहर बालकनी में आया है। उसके पास आकर रुका है। बेटी रानी है : दोनों हाथ पीछे किये हुए।

''अन्दर चलो, पापा!''

''अभी आया। अन्दर गर्मी है।''

''चलो न, पापा! सब बोर कर रहे हैं।''

''यह हाथ क्यों पीछे कर रखे हैं?''

रानी हाथ आगे करती है। शराब से अधभरा गिलास है–

''खट–से पी लो, पपा! मम्मी को पता नहीं चलने दिया। चुपचाप खिसका लायी।''

आजकल मनु और रानी की टीम बनी हुई है। किरण के ख़िलाफ़ बेटी बाप का साथ देती है। बाप की राज़दार है–

''खट–से पी लो। मैं ख़ाली गिलास रख दूँगी। यहाँ पड़ा रहेगा तो ममा को पता लग जायेगा।''

मनु लम्बी साँस अन्दर खींचता है। शायद आह रोकने के लिए, रानी को अन्दर जाने के लिए कहता है।

''आप क्यों नहीं चलते? बहुत तो नहीं हो गयी।'' चिन्ता–भरा सवाल।

वह रानी के साथ अन्दर आ जाता है। आवाज़ों और रोशनियों के जंगल में।

समरजीत पार्टी में अभी–अभी पहुँचा है। मनु डपटता है–

''ओए चूहे! देर से क्यों आया है? किस माँ के पास बैठा था?''

चूहा चायवाले मॉडल की ओर इशारा करता है–

''इस कंजर को लेने गया था। प्लेन एक घण्टा लेट था।''

बैरा चूहे के पास शराब के गिलासोंवाला ट्रे लाता है। वह गिलास उठाता है, देखता है, फिर दूसरा गिलास उठाकर उसकी शराब पहले में डाल देता है। मनु की शराब ख़त्म तो नहीं हो चली, के जवाब में कहता है–

''देर से आया हूँ हेमिंग्वे की औलाद! जल्दी पिऊँगा तो तुम लोगों के साथ पहुँचूँगा।''

सुबह पाँच किलोमीटर की दौड़ लगाने के कारण, फ़ौजी दोस्तों के साथ ट्रैकिंग पर जाने के कारण, घण्टों क्लब में टेनिस खेलने के कारण, शिकार पर जाने के कारण और फिर लिखने के कारण चूहा मनु को हमेशा 'हेमिंग्वे की औलाद' कहता है।

नीति उसकी मेज़ पर आ गयी है। चूहे को जानती है। वह उसके 'हैलो' के जवाब में 'नमस्ते बहिन जी' कहता है। एक्ट्रेसों और मॉडलों को चूहा सदा बहिन जी कहकर बुलाता है।

''जैक बड़ा विप मॉडल है, भाई! समरजीत को एयरपोर्ट लेने जाना पड़ा।'' वह वी.आई.पी. को 'विप' बोलती है, जैसे आजकल यहाँ कनाट प्लेस को सी.पी. बोलते हैं।

हाँ, 'चायवाला' मॉडल जैक–किंग सचमुच आजकल 'विप' है। वैसे असली नाम सेवकराम शर्मा है, गोरा–चिट्टा है, इसलिए 'जैक–किंग' नाम उस पर फबता है। भला सेवकराम शर्मा नाम हो तो क्या कोई मॉडल या एक्टर बन सकता है। किंग और किरण का चायवाला विज्ञापन पिछले चार सालों से टी.वी. और सिनेमाघरों में रोज़ दिखाया जाता है। जैक सो रहा है। किरण चाय का प्याला लिये पास आती है। जैक आँखें खोलता है। किरन मुस्कराती है–रात की थकानवाली मीठी मुस्कान। जैक चाय का प्याला होंठों को लगाता है। अगला शॉट–माथे पर टेनिस के खिलाड़ी बोर्ग की तरह पट्टी बाँधे टेनिस खेलता हुआ जैक–किंग।

सिनेमाघरों में यार लोग हमेशा फ़बती कसते हैं–साला नामर्द।

चाय का प्याला पकड़ता है। हम होते तो नशीली मुस्कानवाली को...

नीति मनु से पूछती है–

''किंग आपसे रूठा हुआ है क्या? न हैलो, न राम–राम।''

जवाब चूहा देता है–

''माँ दा यार। चाय पीकर पहलवान बनता है। एक दिन मनु के हाथों मरते–मरते बचा।'' चूहे को जल्दी चढ़ जाती है। आठ गिलासों की शराब चार गिलासों में डालकर पी चुका है।

''क्यों क्या हुआ था? मारना था बास्टर्ड को। 'चायवाली' एड के बाद जो भी औरत इसे चाय पेश करती है, उसे अपनी बीवी समझता है, ब्लडी सिस्सी।''

मनु को अगर दूसरों का अपमान करने में मज़ा आता है तो वो बातें सुनाने में मज़ा आता है जो ख़ुद उसके लिए अपमानजनक हैं। अपनी कई बार हुई पिटाई की बातें वो अक्सर मज़े ले–लेकर सुनाता है।

हाँ, किंग उसके हाथों पिटते–पिटते बचा था। वह नीति को उस घटना के बारे में बता रहा है जो शायद तीन साल पहले हुई थी। कुछ और लोग भी उसकी मेज़ पर आ गये हैं। यहाँ के दोस्त जानते हैं, शराब में वो मज़ा नहीं जो मनु की बातों में। दोस्तो ने उसे पदवी दे रखी है–बातों का बादशाह।

मनु बताता है कि तीन साल पहले एक शाम चूहे ने कहा था–

''मनु, एक बात कहूँ?''

''बोल।''

''तू बुरा तो नहीं मानेगा?''

''बुरा माननेवाली बात है तो मत कह।''

लेकिन शराब पीकर चूहा ताक़तवर हो गया था–

''मनु, किरण से मॉडलिंग का काम बन्द करवा दे।''

''क्यों बन्द करवा दूँ? यह बात तू कहता है? याद नहीं, शुरू भी तूने करवाया था।''

चूहा शराब का गिलास उठाने लगता है। मनु उसका हाथ पकड़ लेता है–''पहले बात कर, फिर पीना।''

चूहा असहाय उसकी ओर देखता है। उसे मनु के ताक़तवर ग़ुस्से का पता है।

''बोल! कुछ नहीं कहूँगा।''

''वह चायवाला मॉडल है न! पिछले चार दिन से ओबेराय में ठहरा है।''

''तो फिर?''

"किरण सारा दिन उसके पास रहती है।"

"तुझे कैसे पता?"

"कुछ फ़िल्म एक्टर भी वहाँ ठहरे हैं। उनके फ़ोटो खींचने गया था। ख़ुद अपनी आँखों से किरण को उसके साथ अन्दर जाते देखा था।"

"तुझे कैसे पता रोज़ वहाँ जाती है?"

"असिस्टेंट मैनेजर मेरा दोस्त है। उससे पूछा था। उसने कहा—चार दिन से यह औरत किंग के पास आती है। तुम्हें पता है, 'दोनों के चेहरे फ़ेमस हैं। उसने पहचान लिया।"

यह बात सुनने के बाद मनु मुस्कराया था तो चूहा और डर गया था।

"सुन समरजीत, तू उसको जानता है?" मनु उसका असली नाम ले रहा है,"—चूहे, पता है कुछ—न—कुछ होकर रहेगा।"

"हाँ क्यों?"

"उसे कल शाम यहाँ इंवाइट कर लें।"

"देख मनु, कोई ऐसी—वैसी बात मत करना। घर में महाभारत हो जायेगी।"

"सुन! अपने बाप को लैक्चर मत दिया कर। उसे कल शाम यहाँ ले आना। साथ तू भी आना।"

अगली शाम किंग आया था। किरण ने जींस के साथ काला पुलोवर डाल रखा था। उसका तराशा जिस्म म्यान में रखी तलवार की तरह कपड़ों में कस गया था। किरण दो बच्चे की माँ है, लेकिन जिस्म अब भी कसा—कसाया है, किसी बाँझ औरत के जिस्म जैसा। मनु ने बड़ी गर्मजोशी से किंग को रिसीव किया। पहला अपमान चूहे ने किया था—

"यह सेवकराम शर्मा है—"चायवाला' मॉडल।"

किरण ने बचाव किया, तीखी मुस्कान के साथ—

"तमीज़ से बोला कर। इनका नाम जैकी किंग है।"

मनु ने देखा, लड़का गोरा—चिट्टा है, नर्म—नाजुक हाथ, पतले नैन—नक़्श, लगभग कन्धों तक लम्बे बाल! इधर की जुबान में 'कुड़ियों जैसा मुण्डा'—लड़कियों—जैसा लड़का।

मनु को लगातार मुस्कराते देख किंग को विश्वास हो गया कि इससे डरने की कोई बात नहीं। चाहे इसे पता भी चले कि किरण के साथ उसका अफ़ेयर चल रहा है। बम्बईवालों की तरह डबल लार्ज पी रहा है, आन द राक्स—बिना पानी मिलाये; अपनी मर्दानगी की धौंस जमाने के

लिए। बेचारे को पता नहीं फ़ौजी रम ऐसे नहीं पी जाती, आदमी जल्दी घोड़े पर चढ़ जाता है।

"किरण की मुस्कान बहुत अच्छी है"–उसने मनु को ख़ुश करना चाहा था।

"उसकी दूसरी और चीज़ें भी बहुत अच्छी हैं।" मनु ने मुस्कराकर जवाब दिया था।

"तुम वल्गर हो रहे हो।" किरण की समझाने वाली मुस्कान।

"वल्गैरटी शब्दों में नहीं होती, काम में होती है।"

"मनु साहब, आप करते क्या हैं?" किंग की बीच–बचाववाली आवाज़।

"करता क्या हूँ? कुछ नहीं। मज़े करता हूँ।"

"नहीं। मनु झूठ बोलता है। बहुत बड़ा राइटर है।" किरण की गर्वीली मुस्कान।

"देखो किरण, तुम्हें आख़िरी बात बता रहा हूँ। मेरा लेखक कहकर परिचय मत दिया करो।" मनु की मुस्कान बन्द। वह किरण को पहले भी ताक़ीद कर चुका है कि अपने दोस्तों को सिर्फ़ उसका नाम बताया करे। लेखक होने की बात कहने की कोई ज़रूरत नहीं। इससे बड़ा अपमान किसी लेखक का क्या हो सकता है कि उसका नाम बताने के बाद यह भी बताना पड़े कि वह लेखक है। यह तो वही बात हुई न कि दिलीपकुमार का परिचय देने के बाद बताना पड़े कि वह एक्टर है। चूहे ने किंग को सलाह दी–

"प्यारे, रम हौले–हौले पिया कर। चढ़ जायेगी।" किंग को शराब अब अतिरिक्त ताक़त दे चुकी है।

चूहे के पाँच फुट से कम क़द को घूरकर देखा, जवाब दिया,

"यह छोकरियों की तरह छोटे पैग तुम पिया करो। हम मर्द हैं, मर्द! मर्दोंवाले पैग पीते हैं।"

"जानते हो तुम जैसे मर्दों को हमारे पंजाब में क्या कहते हैं?"

"क्या?" किंग ने गिलास मेज़ पर रखकर पूछा।

"लड़के का लड़का, माशूक की माशूक। दो–दो मज़े।"

किंग का गोरा–चिट्टा चेहरा तमतमाया था। चूहे को मारने के लिए उसका हाथ आगे लपका। बीच में ही मनु ने उसका हाथ पकड़ा और मुट्ठी में बन्द कर लिया। किंग ने हाथ छुड़ाने की कोशिश की। मनु ने मुट्ठी और ज़ोर–से बन्द की। कहाँ लड़कियो–जैसा हाथ और कहाँ घण्टों टेनिस

और स्क्वाश खेलने वाला हाथ। अब किंग ने हाथ छुड़ाने की कोशिश बन्द कर दी है। होंठों को दाँतों से दबाकर चीख़ रोकने की कोशिश कर रहा है। किरण के सामने कैसे चीख़े, मर्दानगी खुल न जायेगी?

"मनु, इसका हाथ छोड़ दो।" चिंगारियोंवाली मुस्कान।

"स्वीट–हार्ट, मैं तो कुछ नहीं कह रहा। तुम्हारे यार से हाथ मिला रहा हूँ।" अब मनु अपनी कोहनी को छोटा–सा झटका देगा और किंग की उँगलियाँ टूट जायेंगी। चूहा मनु की बाँह पकड़कर चीख़ा था।

"छड्ड दे, मनु! हथ्थ टुट जायेगा।"

"परे हट, तू वी कुछ लैणा है।"

हाथ टूटने से पहले किंग की चीख़ निकल गयी। मनु ने उसके हाथ को छोड़कर कहा था–

"जब यह तुम्हारी माँ बम्बई आये तो जहाँ मर्ज़ी ले जाया कर। इस शहर में याद रख, मैं रहता हूँ।"

किंग आधा बेहोश है। मनु उसके हाथ पर शराब डालता है। धीरे–धीरे मलता है। किंग 'थैंक्यू–थैंक्यू' कहे जा रहा है। मनु ने फिर मुस्कराना शुरू कर दिया है। चूहे को सुनाकर कहता है–"बेचारे को पता नहीं कि सात घर तो डायन भी छोड़ देती है।"

और जब मनु बात ख़त्म करते हुए बताता है कि किंग आज तीन साल के बाद दिल्ली आया है तो चूहा किंग की ओर देखकर गिलास ऊपर उठाता है, 'चीयर्स' कहता है और चढ़ा जाता है।

"आपको तो एक्टर होना चाहिए था।" नीति।

"एक्टिंग ही तो करता हूँ।" मनु की उदास आवाज़।

किरण और किंग उसकी मेज़ के पास आते हैं। पीछे टायरों की बहुत बड़ी कम्पनी का मालिक है। मनु से कहता है–

"मनु साहब, सारे मज़े ख़ुद ही लूटे जा रहे हो। भाई, मेहमानों का भी ख़याल करो। दो बातें हम भी नीति जी से कर लें।" उसके चेहरे पर रौनक–ही–रौनक है, शराब की।

नीति उसका हाथ पकड़कर साथवाली कुर्सी पर बिठाती है, "बस! दो बातें? सरदार साहिब, जी भरकर बातें करिए न। हम बम्बई से आये किसलिए हैं?" वह उसके हाथ में गिलास पकड़ाती है।

"देखो जी, हम नया टायर मार्केट कर रहे हैं। लाखों का बजट है, एड के लिए किरण जी अभी चैक ले लें, पर शर्त है एक।"

"बोलो बादशाहो!" हौसला बढ़ाती किरण की मुस्कान।

"बस किरण और नीति जी कल खाना हमारे साथ खायें और टायर की मॉडल भी दोनों हों।"

"यह भी कोई शर्त है। आप कहें तो रोज़ खाना आपके पास खायें।" किरण की मुस्कान–'मैं प्राप्य हूँ' वाली।

"तो हो जाये इस बात पर एक फ़ोटो। कल की अख़बार में आ जायेगा।" चूहे ने अपना कैमरा सँभालते हुए कहा।

टायर कम्पनी के मालिक के एक ओर किरण है, एक ओर नीति। ख़ुशी से उसका मोटा पेट और मोटा हो गया है। मनु फ़ोटो का शीर्षक दिल–ही–दिल में सोचता है–'बाघिनों के बीच मुस्कराती भेड़,' और उसे हँसी आ जाती है! फ़ोटो खिंचवाने के बाद वह जाने के लिए कहता है। किरण उसे दरवाज़े के बाहर छोड़ने जाती है। वह टायरवाला किरण का हाथ दबाकर कांट्रैक्ट पक्का है, का विश्वास दिला रहा है।

किरण की मॉडल सहेलियाँ भी अब मनु और नीति की मेज़ के पास कुर्सियाँ खींच लायी हैं। बड़े–बूढ़े पार्टी से जाना शुरू हो गये हैं। नीति देख रही है कि किरण की सहेलियों की आँखें मनु को सेंक रही हैं। उसे कोई नहीं देख रही। बुरा लगता है। पूछती मनु से है लेकिन सुना रही किरण की सहेलियों को है।

"क्यों मनु साहब? लड़कियाँ इतनी बेवकूफ़ क्यों होती हैं कि मैरिड मर्दों के पीछे भागती हैं?"

"बेवकूफ़ नहीं, अक़्लमन्द कहो। शादीशुदा के साथ वे बहुत सेफ़ महसूस करती है। किसी तरह का कोई ख़तरा नहीं। उन्हें पता होता है कि शादीशुदा मर्द अनुभवी मर्द होता है।"

किरण ने यह बात सुन ली है, टोकती है–

"मनु, कभी–कभी तुम कुछ ज़्यादा फूँक लेने लगते हो।" चैलेंज देती मुस्कान।

"अच्छा! झूठ बोल रहा हूँ। हाथ कंगन को आरसी क्या? अपनी सहेलियों से पूछ लो।"

जवाब में किरण की सहेलियाँ उसकी ओर देखती हैं और ज़ोर–से हँस देती हैं। किरण को पता है, जब वह मॉडलिंग के लिए शहर–बाहर जाती है तो कोई–न–कोई उसकी मॉडल सहेली घर में सारा दिन अड्डा जमाये रहती है। ऐसी बातें उसकी बेटी रानी नहीं बताती, क्योंकि वह

बाप की पक्षधर है। किरण को पता है कि बाप–बेटी का उसके ख़िलाफ़ साझा मोर्चा है।

"देर हो रही है, उठना चाहिए।" नीति का कमरा फ़ाइव–स्टार में बुक है। रात वहीं रहेगी।

"नहीं, खाना खाकर जाना। मनु छोड़ आयेगा।"

नीति मनु को देखती है, नशे से लाल हो रहे उसके चेहरे को देखती है। किरण को देखती है।

"फ़िक्र न कर। मनु जितना पीता है, उतना ही होश में आ जाता है। टक्कर–वक्कर नहीं मारेगा।"

'यह तो रोज़ होता है वाली'–किरण की मुस्कान।

"मैं भी उसी होटल में ठहरा हूँ। आपको ड्रॉप कर दूँगा।" किंग नीति को ख़ुश करता है। आजकल फ़िल्मी दुनिया में घुसने के चक्कर में है। शायद नीति ब्रेक दिला दे।

"अगर मुझे तुम्हारे साथ जाना होता तो तुम्हें बोल देती।" नीति, किंग को उसकी 'सही जगह' का एहसास दिलाती है।

चूहा किंग को गिलास पकड़ाता है। किंग हिचक रहा है–चूहा हौसला देता है।

"पी ले, भापे। आज रम नहीं है विस्की है। कुछ नहीं कहती।" नीति, मनु और चूहा भेद–भरी मुस्कराहटों की अदला–बदली करते हैं। किंग को पता चल जाता है, उस दिनवाली घटना का सबको पता है। "मैं थक गया हूँ, अब चलूँगा", कहकर उठ खड़ा होता है। किरण उसे बाहर छोड़ने जा रही है। 'कल मिलेंगे' का वादा करती मुस्कान के साथ।

तभी साथवाले कमरे का दरवाज़ा धड़ाम से खुलता है। पाँच साल का बच्चा भागकर अन्दर आता है, पीछे–पीछे भागती एक लड़की। मनु नीति को बताता है कि उसका लड़का है, विक्रम। बच्चे का चेहरा दमक रहा है, गालों पर लाल गुलाब उगे हैं। उसकी उमर के हिसाब से लम्बा। मनु पर गया है।

"मुझे दो।" वह मनु के हाथ से गिलास लेता है, घूँट भरता है, थूक देता है।

"कड़वी है। कैम्पावाली दो।"

किरण पीछे भागकर आयी लड़की को डाँटती है।

"इसे अन्दर क्यों आने दिया?"

"मैं ज़रा टायलेट गयी थी..."

"तो क्या मुसीबत है, अगर बच्चा अन्दर आ गया है?"

नीति बीच में बात काटती है। विक्रम की पीठ पर हाथ रखकर अपने पास खींचना चाहती है। बच्चा डाँट देता है।

"परे हट, हाथ मत लगा।" नीति झटके से हाथ खींच लेती है। हैरान होकर किरण को देखती है। वह सफ़ाई पेश करती है।

"बाप ने बिगाड़ दिया है। कोई छुए तो इसे ग़ुस्सा आता है। अजीब बच्चा है, प्यार करा कर राज़ी ही नहीं। बिल्कुल मनु का दूसरा रूप है।" लड़के को इन बातों में कोई दिलचस्पी नहीं। पिता को डाँटता है–

"मेरी कैम्पावाली दो," विक्रम हमेशा रम को कैम्पा समझता है, थोड़ी पी लेता है।

"ओए चूहे, जा अन्दर से रम ले आ। अब यह हमारा बाप छोड़ेगा थोड़े।" चूहा रम लाता है, थोड़ी–सी गिलास में डालता है, कैम्पा मिलाता है, विक्रम को देता है, वह घूँट भरता है, चूहा पूछता है, "अब ठीक है, साहब जी?"

"हाँ, अच्छी है और दो।"

रानी छोटे भाई का हाथ पकड़कर उसे अन्दर ले जाना चाहती है।

"चल अन्दर, कहानी सुनाऊँगी। नयी वाली।"

"बक–बक मत कर, नहीं तो मारूँगा मुँह पर थप्पड़। हाथ छोड़।"

किरण नीति को बताती है कि जब वह घर पर नहीं होती तो मनु के फ़ौजी और पुलिस के दोस्तों का अड्डा जमता है। और मर्द जब बिना औरतों के बैठे हों तो गालियाँ देकर बात करते ही हैं। विक्रम को मनु के दोस्त रोज़ नयी गाली सिखाते हैं। पीने की आदत भी इन लोगों ने डाली है। इसलिए कोई पार्टी हो तो नौकरानी को हिदायत होती है कि विक्रम को कमरे में बन्द रखे। सबके सामने गालियाँ देता है तो कितनी इंसल्ट होती है।

विक्रम गिलास आगे बढ़ाता है। चूहा कहता है–

"बस साहब बहादुर, आपका कोटा पूरा हो गया।"

"रैट के बच्चे, बक–बक करता है? मारूँगा जूता, और दे।" विक्रम का स्कूल जाना शुरू हो चुका है, चूहे को 'रैट' बुलाता है।

''सच्ची बहुत गालियाँ देता है।'' नीति की अवाज़ में डर। कहीं सबके सामने उसे गाली दे दी तो। जवाब चूहा देता है–''बाप लेखक और माँ मॉडल। गालियाँ नहीं देगा तो क्या 'रामायण' की चौपाइयाँ पढ़ेगा?''

मनु ने गिलास ज़ोर से नीचे रख दिया है। 'ठक' की आवाज़ हुई है। चूहे को पता है, उसे लेखकवाली बात नहीं करनी चाहिए थी, ''सॉरी मनु!''

नीति मनु को लगातार घूरकर देख रही है। दिमाग़ में बन्द यादों की फ़ाइल के पन्ने पलट रहे हैं।

''आप वही मनु हो!''

मनु रम की बोतल उठाता है, गिलास आधा भरता है, चूहा पानी डालता है, मनु लम्बा घूँट भरता है, गिलास ख़ाली कर देता है। विक्रम मनु को देखता है, सबके चुपचाप चेहरे देखता है। उसे पता है, जब पापा ग़ुस्से होते हैं तो सब चुप हो जाते हैं। डर जाता है, बहन से कहता है–

''दीदी बस, मुझे नींद आयी है।'' रानी उसका हाथ पकड़कर उसे बेडरूम की तरफ़ ले जाती है।

नीति को इस बात का एहसास नहीं होता।

''हम कॉलिज में थे तो आपकी कहानियाँ पढ़ते थे। हमेशा बातें करते थे कि कितना छोटा नाम है 'मनु' और कितनी लम्बी कहानियाँ लिखता है?''

रानी बेडरूम से लौट आयी है, पूछती है–

''पापा, खाना लगवाऊँ? मुझे भूख लगी है।'' उसने कमरे में फैल रहे ख़तरे को सूँघ लिया है।

''हाँ बेटा जी, लगवा दो।''

मनु चूहे के आगे ख़ाली गिलास सरकाता है। चूहा किरण की ओर देखता है, 'मैं क्या करूँ' वाली नज़रों से। ''उस माँ की तरफ़ क्या देख रहा है? डाल शराब,'' मनु का सिर नीचे झुक गया है।

नीति अपनी बात जारी रखती है–

''मैंने आपको कई ख़त लिखे। आपने जवाब ही नहीं दिया।''

मनु रम के गिलास को घूर रहा है। नीति की ओर बिना देखे जवाब देता है–

''जैसे आप अपने फ़ैंज़ के ख़तों का जवाब नहीं देतीं, वैसे ही मैं अपने फ़ैंज़ के ख़तों का जवाब नहीं देता था।''

चूहा और किरण किचन की तरफ़ जाते हैं, खाना लाने के लिए। दोनों को पता है, आज मनु बस से बाहर हो गया है। कुछ–न–कुछ होगा। नीति बात बदलती है–

"किरण की मुस्कान सचमुच गोल्डन है। जानते हो, ज़ीनत जब मॉडल थी तो किरण के साथ ग्रुप मॉडलिंग में फ़ोटो नहीं खिंचवाती थी। इसकी मुस्कान से डरती थी।"

अब मनु नीति को कैसे समझाये कि किरण की मुस्कान के हज़ारों रूप लोगों के दिलों में घर किये बैठे हैं। मुस्कराती वह घर में भी है, पर पिछले कई सालों से लगातार एक ही अर्थवाली मुस्कान–'तुम हो क्या?'

नीति ने ज़माना देखा है, खायी–पीयी औरत है। स्थिति का सच उसकी समझ में आना शुरू हो चुका है। पहली बार उसकी आवाज़ में मनु के लिए कोई अनाम दर्द है–

"आप सचमुच बहुत ताक़तवर हैं। गॉड ब्लैस यू।"

खाना मेज़ पर लग गया है। सब लोग वहाँ बैठ गये हैं, मनु अपनी जगह पर बैठा पी रहा है। रानी उसकी बाँह छूकर कहती है, "पापा, उठो न। खाना ठण्डा हो रहा है।"

"अच्छा बेटे। एक ट्रंककाल कर लूँ।"

किरण ऊँची आवाज़ में कहती है–

"मनु बिहेव यूअरसेल्फ़।"

"कॉल कर लेने दो, इसमें ग़ुस्सा होने की क्या बात है?" नीति। अब किरण नीति को कैसे समझाये कि बहुत पी लेने के बाद आजकल मनु अक्सर यह ट्रंककाल करता है।

इससे पहले कि किरण जवाब दे, चूहा अपनी जगह से उठता है। मनु के पास आता है, उसका हाथ पकड़कर झटका देता है।

"मनु उठ, नहीं तो आज मैं मारूँगा।"

"नहीं, मुझे ट्रंककाल करना है।"

"मनु, चुप हो जाओ। नहीं तो आज कुछ होकर रहेगा।" किरण की धमकी। "मम्मी, शाउट मत करो। पापा को कॉल करने दो।"

बेटी की डपट के जवाब में किरण की मुस्कान–'मैं हार गयी' वाली।

रानी फ़ोन उठाती है, पापा के पास लाती है, मेज़ पर रखती है। मनु ट्रंककाल के लिए कोई नंबर घुमाता है। ऑपरेटर शायद नंबर पूछता है, मनु जवाब देता है–

''आइ डोंट नो द नंबर। बट गिव मी गॉडं।''

उधर से शायद हैरान ऑपरेटर 'क्या' कहता है।

''आपको अंग्रेज़ी समझ नहीं आती? मुझे भगवान का नंबर दो।''

कमरे में सन्नाटा छा गया है। बम फटने का पहले से पता होनेवाला सन्नाटा।

रानी मनु के हाथ से फ़ोन लेती है।

''पापा, आपने नंबर ग़लत मिलाया,'' वह बटन दबाकर कनैक्शन काट देती है।

''क्यों बेटे?''

''आपको इंटरनेशनल ट्रंक बुकिंग का नंबर घुमाना चाहिए था।''

''क्यों बेटे?''

''भगवान हिन्दुस्तान में थोड़े रहते हैं? मैं नंबर मिलाती हूँ।'' फिर वह झूठ–मूठ का नंबर घुमाती है, फ़ोन पिता को पकड़ाती है।

''लो पापा, बात कर लो।''

मनु कई बार 'हैलो, हैलो' करता है, शिकायत–भरी आवाज़ में बेटी से कहता है–

''जवाब नहीं आ रहा है।''

''ज़रा ऊँचा बोलो न, पापा! बहुत दूर बात हो रही है।''

अब उसने अपने पिता के सिर पर हाथ रख दिया है। सबको पता नहीं ऐसा क्यों लगता है कि वह दस साल की बच्ची बड़ी–बूढ़ी हो गयी है, मनु की बेटी नहीं बिल्कुल माँ लग रही है।

और पता नहीं वह ताक़तवर आदमी, जिसका नाम मनु है, जिसका क़द पाँच फुट दस इंच है, जिसका वज़न एक सौ सत्तर पौंड है, गॉड से एक तरफा कौन–सी बातें कर रहा है? क्या पूछ रहा है?

सबसे लम्बा बौना

मैं इस शहर में नया–नया आया था। बहुत भाग–दौड़ के बाद राधा–भवन में ऊपर की मंजिल पर एक कमरा मिल सका। बैंक में साथ काम करने वालों ने जब सुना कि मैं राधा–भवन में रहने लगा हूँ तो एक ने एक–दूसरे की ओर देखा, जासूसों की तरह गुप्त मुस्कानों का आदान–प्रदान किया। एकाध ने कोई आवाज़ भी कसी, जिसका अर्थ मेरी समझ में न आया।

मकान के किराये की बातचीत मालकिन से ही तय हुई थी। वह दो बच्चों की माँ थी और उसके शरीर के प्रत्येक अंग पर अनावश्यक मांस चढ़ा हुआ था। उसे देखकर मुझे एकदम से उस सन्तुष्ट भैंस का ख़याल आया जो चारा खाने के बाद जुगाली कर रही हो। मालकिन ने मुझे ताक़ीद कर दी कि किराया उसी के हाथ में ही दिया जाना चाहिए। मैं समझ गया कि यह उन औरतों में से है जिन्हें मर्द–मार कहते हैं। मैंने पेशगी किराया दे दिया।

रात आधी अवश्य गुज़र चुकी होगी। नीचे की सीढ़ियों का दरवाज़ा कोई बड़े ज़ोर–ज़ोर से खटखटा रहा था। ऊपर और तीन किरायेदार और ख़ुद मकान के मालिक भी रहते हैं। मैंने उठने की आवश्यकता न समझी। जानता हूँ मुझसे इस समय कोई भी मिलने वाला नहीं आ सकता और किसी के घर आया होगा, ख़ुद कोई–न–कोई उठकर नीचे का दरवाज़ा खोलेगा।

दरवाज़े पर पिछले दस मिनट से दस्तकें दी जा रही हैं। अब तक तो मकान में रहने वाले सारे किरायेदारों को उठ बैठना चाहिए, नीचे जाना चाहिए, लेकिन ऊपर का कोई भी दरवाज़ा खुलने की आवाज़ न आयी। अब सीढ़ियों के दरवाज़े पर बहुत ज़ोरों से आवाज़ें आ रही हैं और मुझे

धड़ाक–धड़ाक के शोर से अन्दाज़ा हो गया कि नीचे के दरवाज़े पर किसी बड़े पत्थर से चोटें की जा रही हैं। मैं चारपाई से उठकर अपने कमरे के बाहर खड़ा हो गया। मकान मालकिन का दरवाज़ा खुला। उसके कपड़े अस्त–व्यस्त थे जिनमें से उसके बेडोल अंग बाहर झलक आये, लटक आये थे। उसके चेहरे पर असीम झुँझलाहट थी। वह झटके–से सीढ़ियाँ उतर गयी। दरवाज़ा खुला। उसकी मोटी आवाज़ ने एक गन्दी–सी गाली दी जैसे कि इस प्रदेश की अनपढ़ औरतें बात–बात में निकालती हैं। फिर कुछ झगड़े की आवाज़ें आयीं। और किसी को कमीज़ के कॉलरों से पकड़कर घसीटती हुई ऊपर ले आयी। रात के अँधेरे में उसकी सूरत मैं ठीक से देख न पाया। सोचा उसका आवारा किस्म का लड़का होगा, घर देर से आने पर गालियाँ दे रही है, पीट रही है। यह शायद प्रति–रात्रि का सिलसिला होगा, इसीलिए और कोई भी किरायेदार न उठा, कोई भी दरवाज़ा न खुला।

सुबह अभी सोकर उठा भी न था कि दरवाज़े पर किसी के ज़ोर–ज़ोर से पुकारने की आवाज़ें आने लगीं। मैं एक झटके से उठ ठहरा। इतनी भारी–भरकम आवाज़ किसी आदमी की हो सकती है यह सोचा भी न था।

और जब दरवाज़े पर खड़े आदमी को देखा तो हैरान रह गया। यह बौना है। एक लम्बा बौना। कद किसी सूरत में चार फुट से ऊपर न था। बाल सैनिक ढंग पर बहुत छोटे–छोटे कटे हुए थे। ऐनकों के अन्दर से उसकी बैल जैसी गोल–गोल आँखें जैसे शीशे तोड़कर बाहर आने को संघर्ष कर रही थीं। मुझे पता चल गया कि यह कोई सस्ता नशा करता है।

उसने गड़गड़ाती आवाज़ में बताया कि वह मकान मालिक है और मुझसे किराये की माँग की।

जब मैंने उसे बताया कि किराया तो मैं मालकिन को दे चुका हूँ तो सैनिक मुद्रा में तना हुआ उसका शरीर ढीला पड़ गया। उसके चेहरे के छोटे–छोटे भागों में खिंचाव आ गया।

"वह तो बड़ी गन्दी औरत है साहब। सबसे पैसे ख़ुद वसूल कर लेती है, मुझे जेब–ख़र्च को भी कुछ नहीं देती। और रोज़ मुझे मारती भी है। पर जनाब मौक़े की बात है। जिस दिन मेरे हाथ चढ़ गयी बस फिर याद करेगी।"

मैंने नोट किया कि स्टेज के खलनायकों की तरह उसे हाथ उठाकर और आँखें इधर–उधर घुमाकर बात करने की आदत है। संवाद भी बिल्कुल फ़िल्मी ढंग से बोलता है। मैंने सोचा कि यह चार फुट का आदमी उस लम्बी–तगड़ी पत्नी को क्योंकर ठीक करेगा। उसकी कमर तक भी तो नहीं पहुँचता।

तभी नीचे का दरवाज़ा खटका। गाँव का दोधी दूध देने ऊपर आ रहा है। इसके चेहरे पर अपार घृणा तैर गयी है।

सोचा, मालकिन दरवाज़े पर आकर दूध लेगी। लेकिन नहीं। वह आदमी धड़ाके से अन्दर चला गया। फिर मालकिन ने कमरे का दरवाज़ा बन्द कर दिया। काफ़ी देर तक अन्दर से कहकहों की आवाज़ें आती रहीं।

फिर तेज़ कदमों से यह बन्द दरवाज़े के सामने पहुँच गया। इसने दोहत्थड़ पीटना शुरू कर दिया। कुछ देर बाद दरवाज़ा खुला। दोधी के स्वस्थ शरीर ने दरवाज़े को जैसे भर दिया। यह अपने दोनों छोटे–छोटे हाथों से उछल–उछलकर उसकी छाती पर मुक्के मार रहा है और दोधी लगातार हँसे जा रहा है। फिर उसने बड़े हल्के हाथों से इसे परे धकेल दिया। इसका छोटा–सा, निर्बल शरीर इस हल्के धक्के से नीचे गिर गया और वह दोधी बड़ी विजयी मुस्कानें उछालता हुआ नीचे उतर गया।

अब वह हाथ–पैर पटक–पटककर बीवी को गालियाँ दिये जा रहा है। उन दोनों का ख़ून करने की धमकियाँ दे रहा है, बीवी के माँ–बाप, उसके सारे खानदान का बखान मोटी–मोटी पंजाबी गालियों के माध्यम से कर रहा है। शायद वह हद से आगे बढ़ गया है। बीवी अन्धड़ की तरह बाहर आती है, उसको हाथ से पकड़ती है और घसीटती हुई अन्दर ले जाती है, दरवाज़ा बन्द हो जाता है। अन्दर से मार–पिटाई और इसकी गालियाँ देती, मोटी खलनायकी आवाज़ें बहुत देर तक गूँजती रहती हैं।

बैंक में चाय पीते हुए खजाँची ने इस लम्बे बौने के बारे में बताया कि उसका बाप शहर का प्रसिद्ध व्यापारी था। जिस मुहल्ले में मैं किराये पर रहता हूँ वह सारा--का–सारा उनका था। पिता की मृत्यु के पश्चात लड़के ने एक–एक करके सारे मकान बेच डाले क्योंकि किसी प्रकार का कोई काम कर लेने का उसके लिए सवाल ही नहीं उठता था। पढ़ाई हुई ही नहीं क्योंकि साथ पढ़ने वाले लड़के उसे बहुत छेड़ते थे, पीटते थे। बाप ने पैसे के बल पर इस लड़की से इसकी शादी कर दी।

आज तक इस बौने पर हर कोई हुक़्म चलाता आया था, राज करता आया था और शादी के बाद पहली बार कोई उसके हत्थे चढ़ा जो उसकी आज्ञा का पालन करे, बात माने। मर्द की सारी पाशविक और निरंकुश प्रवृत्तियाँ जो बीस वर्ष तक दबी रही थीं, शासित थीं, किसी जंगली जानवर की तरह बन्धन तुड़ाकर अपनी सारी कुरूपता के साथ उसमें प्रकट हो गयीं। दुर्भाग्य से विवाह के कुछ महीनों बाद ही बाप की मृत्यु हो गयी। अब उसे रोकने–टोकने वाला कोई भी न था। बीवी को बात–बात पर गालियाँ देना साधारण बात थी। सब मकानों का किराया वह ख़ुद वसूल करता था और नशे में धुत्त जब घर आता तो बीवी को बेतहाशा पीटता था। क्योंकि उसके हाथ कद्दावर बीवी के चेहरे पर न पहुँचते थे इसलिए वह चारपाई पर खड़ा होकर उसके मुँह पर थप्पड़ मारा करता था, विक्षिप्तों की तरह नाच–नाचकर उसका मुँह और बाल नोचता था। समय बीतने के साथ–साथ उससे दो बच्चे भी हुए जो बाप की तरह बौने ही थे और अपने जैसे बच्चे देखकर उसकी क्रूरता और अधिक बढ़ गयी। नशा करने की इस हद तक बात बढ़ गयी कि कई बार घर में खाने को भी कुछ न बचता था। मुहल्ले के सारे लोगों के आगे पत्नी ने रोना रोया और किरायेदारों ने मिलकर निर्णय लिया कि आगे से किराये के पैसे बीवी को ही दिया करेंगे।

और एक दिन तो उसका अत्याचार सीमा लाँघ गया। जब पत्नी को पीटते–पीटते उसके नन्हे हाथ थक गये तो उसने पास ही पड़ी ईंट उठा ली। अपने बचाव की सहज प्रवृत्ति उस औरत में भी जागृत हो गयी। उसने पति का हाथ धीरे–से परे कर दिया। इस हल्के–से धक्के से वह गिर पड़ा। अब स्त्री को पता चला कि न वह निरीह है और न ही निर्बल। पति के ज़मीन से उठने से पहले ही उसने उसे बालों से पकड़ लिया, इतना मारा कि पति के नाक–मुँह से लहू निकलने लगा और अगर आसपास के लोग न छुड़ाते तो शायद वह उसकी जान ही ले लेती।

और तब से उसके बुरे दिन आरम्भ हो गये। पत्नी उससे प्रतिकार लेने के लिए तरह–तरह के मर्दों से सम्बन्ध रखने लग पड़ी। पता नहीं अपने माँ–बाप के प्रति, सारे संसार के प्रति उसके मन में कितनी घृणा होगी कि इस लम्बे बौने को उसे अपना पति मानना पड़ रहा है। आज तक उसके साथ बाहर नहीं निकली। नयी–नयी शादी हुई थी, दोनों कोई फ़िल्म देखने चले गये और वहाँ बैठे लोग सिर्फ़ इन्हें ही देखते रहे, मनचले

तीन घण्टे इन पर आवाज़ें कसते रहे। वह दिन और आज का दिन, वह पति के साथ फिर घर से बाहर नहीं निकली।

अब मैं उनके रोज़–रोज़ के झगड़ों का अभ्यस्त हो गया हूँ। दूसरे किरायेदारों की तरह बड़े तटस्थ भाव से सारी घटनाओं को देखता रहता हूँ। धीरे–धीरे पता चला कि इस आदमी को प्रकृति ने बहुत कुछ दिया है। अक्सर मेरे पास आ बैठता है, कभी–कभार एकाध रुपया भी माँग लेता है। मेरा विदेश से मँगाया ट्रांजिस्टर ठीक नहीं चल रहा। मैं नहाने गया। कमरे में लौटकर देखा तो यह सारा ट्रांजिस्टर खोले बैठा है और बड़ी लगन से उसे ठीक कर रहा है। गुस्सा आया, कहीं ख़राब न कर दे। लेकिन नहीं, मात्र एक घण्टे में इसने ठीक कर दिया और यह नये की तरह बजने लगा। मैं पिछली शाम बाज़ार दिखाकर आया था, दुकानदारों ने ठीक करने के बीस रुपये माँगे थे। इसने मुझसे केवल पाँच रुपये लिये। मैंने उससे कहा कि वह क्यों नहीं यही काम करता, थोड़े–थोड़े पैसों के लिए बीवी के आगे हाथ पसारता है।

उसने दुनिया को मोटी–मोटी गालियाँ देते हुए बताया कि लोग उससे काम करवा लेते हैं, बाद में या तो पैसे बिल्कुल नहीं देते अथवा एक रुपया पकड़ा देते हैं। यह झगड़ा करता है तो धक्के देकर बाहर निकाल देते हैं, पीट देते हैं और वह किसी दुकान पर काम करने से रहा।

मैंने महसूस किया कि लगातार मिलने के कारण अब मैं उसे लम्बे बौने के रूप में नहीं अपितु एक साधारण मानव की तरह लेता हूँ। उसकी बातों से पता चला कि जो ट्रैजडी उसके साथ हुई है वही उसके बौने बच्चों से दोहरायी जा रही है। वह भी स्कूल नहीं जा पाते, क्योंकि साथ पढ़ने वाले बच्चे गालियाँ देते हैं, छेड़ते हैं, पीटते हैं। बच्चे माँ–बाप से गालियाँ सीख गये हैं और छोटे–बड़ों पर इनका निधड़क प्रयोग करते रहते हैं, बाप की तरह माँ से पिटते रहते हैं। कहने वालों का ख़याल है कि बीवी किराये के पैसे बैंक में जमा कराती रहती है, कभी भी इसे छोड़ देगी, शायद इसी भय से वह उससे दबा रहता है।

ऊपर एक नया किरायेदार आ बसा है। बीस–इक्कीस वर्ष का स्वस्थ लड़का है। किसी दफ़्तर में क्लर्क है। बिल्कुल फ़िल्मी एक्टरों की तरह रंग–बिरंगे कपड़े डालता है, चलते–फिरते हर वक़्त गाने गाता है और कसी हुई तंग पैंटों के अन्दर से उसकी मोटी–मोटी टाँगें जैसे कपड़ा फाड़कर बाहर आने के लिए विद्रोह करती रहती हैं। कुछ दिनों में ही

मकान–मालकिन के पास उसका आना–जाना हो गया है। पहले वाले मर्द तो कुछ देर के लिए आते थे, वापस लौट जाते थे लेकिन इसने तो उसके घर पर कब्ज़ा कर लिया है। रोटी वहीं खाता है, कपड़े वहीं धुलते हैं और रात होते ही वहीं पर सोने के लिए चला जाता है।

इसने उससे उलझने की कोशिश की तो बिल्कुल फ़िल्म के नायक की तरह उसने बाँहें ऊपर चढ़ायीं, इसे घूरकर देखा और फिर बुरी तरह पीट दिया। इसका शरीर कई जगहों से सूज गया। सारा मुहल्ला इस अनाचार को देख रहा है, बीवी और नये किरायेदार के विरुद्ध हो गया है लेकिन इस कपटी औरत से कुछ करने का, उलझने का साहस कोई भी नहीं करता। कीचड़ में हाथ डालने पर अपने ऊपर छींटे तो पड़ेंगे ही। अब तो वह बाबू इस औरत को सरे–आम बाज़ार ले जाता है, फ़िल्म ले जाता है और सारे मुहल्ले के लोगों को बड़े भयानक ढंग से घूरता हुआ बाहर निकलता है। बिल्कुल फ़िल्मी जीवन जी रहा है। उसकी बातों से पता चला कि अब बीवी उसे अपने पास फटकने तक नहीं देती।

और एक रात तो हद हो गयी। दिसम्बर का महीना, वह आधी रात को घर लौटा। पहले तो बीवी ने बड़ी देर के बाद दरवाज़ा खोला और फिर जब उसने उस बाबू को अन्दर देखा तो बिल्कुल बिफर गया। बीवी के लम्बे बाल अचानक इसके हाथों में आ गये। वह उसे पीटती जा रही है और यह अपने सारे वजन के साथ उसके बालों से झूल गया है। बीवी की चीख़ें निकल रही हैं और तभी वह बाबू बाहर आ जाता है, बीवी को इसके हाथों से छुड़ाता है। दोनों मिलकर इसे बेतहाशा पीटते हैं, यह बेहोश हो जाता है और वह दोनों अन्दर से दरवाज़ा बन्द कर देते हैं।

वह किसी घायल कुत्ते की तरह आसमान की ओर मुँह उठाकर लगातार लम्बी आवाज़ों में रोये जा रहा है। मैं बाहर निकला हूँ। इतना पिटने के बाद, दिसम्बर की इस सर्दी में रात भर बाहर पड़ा रहा, तो सुबह तक अकड़ जायेगा। इसे लगभग उठाकर कमरे में लाता हूँ। दो कम्बल देता हूँ। यह रो–रो कर मुझसे कहता है कि इसकी जान बचाऊँ नहीं तो यह बाबू और इसकी बीवी किसी दिन इसकी जान ही ले लेंगे और मुझे उसकी यह बात सच लगती है। यह असहाय, छोटा–सा शरीर कब तक इतनी मार सहता रहेगा।

सुबह मुहल्ले के लोगों ने भी इस बारे में मुझसे बात की। सब इस तमाशे और गन्दगी से तंग आ चुके हैं। कुछ–न–कुछ तो करना चाहिए।

वर्ना यहाँ रहना तो नरक होता जा रहा है। बैंक में स्थानीय थानेदार का हिसाब है। मुझसे उसकी अच्छी जान–पहचान है। उसे सारा क़िस्सा सुनाया। उसने क़ानून की किसी धारा का नाम बताते हुए सूचना दी कि सारा मुआमला बहुत आसान है। अगर पति लिखकर शिकायत करे और मुहल्ले के कुछ लोग भी गवाही दें, तो उन दोनों को पूछताछ के लिए पकड़ा जा सकता है। फिर उस औरत तथा बाबू की जमानत भी कौन देगा। कुछ दिन थाने में रहेगी तो होश ठिकाने आ जायेंगे, सारी आशिकी भूल जायेगी।

मैंने दिन में ही उसे बैंक में बुलाकर सब कुछ–लिखा लिया तथा यह प्रार्थना–पत्र थाने भिजवा दिया। शाम को जब सब लोग दफ़्तरों से आकर बैठे ही थे, तो थानेदार दो सिपाहियों के साथ वहाँ आ गया। लोग मेरे कमरे में ही बैठे। वह सीना चौड़ा किये उस बाबू और अपनी बीवी को देख रहा था जिन्हें पुलिस ने मेरे कमरे में ही बुला लिया था। थानेदार को देखते ही बाबू के होश उड़ गये हैं। फ़िल्मी अन्दाज़ वाला सारा अक्खड़पन हवा हो गया है। उसकी मोटी टाँगों की अकड़ कम हो गयी है। एक के बाद एक मुहल्ले के बुज़ुर्ग उनके ख़िलाफ़ बोल रहे हैं और थानेदार सब–कुछ लिखकर उनके हस्ताक्षर कराये जा रहा है। औरत पति के पाँव छू रही है, आगे से ठीक रहने की कसमें खा रही है, लेकिन पीछे जितनी मारें पड़ी हैं, उसे सब याद है। फिर मैंने भी दिन को काफ़ी समझा दिया था, वह बिल्कुल दयावान नहीं हो सका।

पुलिस उन दोनों को ले जाती है। मुहल्ले की औरतें खिड़कियों से झाँककर यह नज़ारा देख रही हैं। सब ख़ुश हैं, सब के चेहरे इस बात से सन्तोषपूर्ण दिखायी दे रहे हैं। उसके जाते ही इस लम्बे बौने ने आँगन में अपने छोटे–छोटे हाथ उठाकर नाचना शुरू कर दिया। दोनों बच्चे एक किनारे में सहमे खड़े हैं। माँ की देखा–देखी वह भी बाप को ख़ूब गालियाँ निकालते आये हैं। सब डर गये हैं। इसने एक–एक चाँटा मारकर बच्चों को किताबें निकालकर पढ़ने को कहा। दोनों चुपचाप अपना बस्ता खोलकर एक कोने में बैठ गये।

शायद पहली बार उसका अस्तित्व स्वतन्त्र हुआ है। आज घर में ही बैठकर उसने पी, नौकरानी पर अपनी भारी खलनायकी आवाज़ में कई हुक़्म चलाये। एक–एक किरायेदार के पास जाकर ताक़ीद की कि आगे से किराया उसी को दिया जाये। सब लोग इस समय उसकी सहायता करने का निर्णय किये हुए हैं। अतः कहा मान गये।

अब मुहल्ले में शान्ति है। थानेदार ने मुझे बताया कि वह कुछ दिनों में ही कोर्ट में मुआमला पेश करेगा, दोनों के सिर से आशिकी का भूत काफ़ी उतर चुका है। फिर आँख दबाकर मुझे सूचना दी कि पुलिस अच्छे–अच्छे लोगों के भूत उतार देती है। बाबू ने वादा किया है कि वह यह शहर छोड़ जायेगा। आख़िर भरे बाज़ार से परेड कराते हुए उसे थाने तक लाया गया है, किस मुँह से इस शहर में रह पायेगा।

घर, मुहल्ले में बिल्कुल शान्ति है। थाने में पहुँचे हुए उन्हें तीन दिन हो चुके हैं। अब भी वह देर से घर लौटता है और आँगन में खड़ा होकर अपनी अनुपस्थित बीवी को उछल–उछलकर गालियाँ देता है, मन में भरा सारा ज़हर उगलता है।

आज सुबह से उसके रंग बदले हुए हैं। वह बड़े ढीले क़दमों से यहाँ–वहाँ घूम रहा है। बच्चे जब भी उसे देखते हैं, किताबें खोल लेते हैं। वह उन्हें थोड़े–से पैसे देता है, बाहर जाकर खेलने को कहता है। वह चकित से बाप को देखते हैं, एक झटके से उसके हाथ से पैसे ले लेते हैं और तीर की तरह बाहर भाग जाते हैं।

मैंने एकाध बार बात करने की कोशिश की, तो वह कतराकर आगे निकल जाता है। आज कुछ कटा–कटा है।

रात को अचानक मेरी नींद खुल गयी। किसी के गाने की आवाज़ आ रही है। दरवाज़ा खोलकर देखा, वह बाहर दिसम्बर की सर्द चाँदनी में बैठा बिरहा गा रहा है। मैंने कल्पना भी न की थी कि वह इतना अच्छा गा सकता है। तो उसे शास्त्रीय संगीत का भी ज्ञान है। मैं दरवाज़े में मन्त्र मुग्धखड़ा उसकी आवाज़ सुनता रहा। आज घर की सारी खिड़कियाँ–दरवाज़े मुझे सुनसान लग रहे हैं, उदास लग रहे हैं। उसे शायद मेरे वहाँ पर खड़े होने का आभास हो गया है। उठकर पास आ जाता है। उसका सारा चेहरा आँसुओं से तर हो गया है। मुझसे मरी हुई आवाज़ में कहता है कि उसकी पत्नी को पुलिस से छुड़वा दूँ।

मैं सकते में आ जाता हूँ। उसे समझाता हूँ कि पुलिस अपने–आप कुछ दिनों में छोड़ देगी। फिर उसकी बीवी उसे कितना पीटती है। कितना अत्याचार करती है।

वह फिर उसे छुड़ा लाने की रट लगाये हुए है, 'पीटती है तो क्या हुआ, कभी–कभी पास भी तो आने देती है।'

और फिर उसकी बात का सारा–का–सारा सत्य मेरे आगे उजागर हो जाता है। हाँ, और कौन औरत इसे हाथ भी लगाने देगी। पास आने देना तो दूर रहा। और फिर पुरुष की सबसे बड़ी आवश्यकता औरत ही तो है। क्या हुआ अगर वह दुःख के जलते हुए अंगारे की तरह है। हम सब इस अंगारे के साथ बँधे हुए हैं और बँधे हुए रहना है। पीड़ा, जलन, दुःख इन सबको सहजभाव से सहन करते जाना है। इस जलते हुए अंगारे से कटना, अलग होना कठिन है। शायद सृष्टि के अन्त की यही अन्तिम स्थिति होगी।

मैंने उससे वादा किया कि कल ही उसकी बीवी को थाने से छुड़ा दूँगा और इसके साथ ही दूसरी सुबह वहाँ से मकान बदलने का निर्णय भी कर लिया।

क्योंकि हवा पढ़ नहीं सकती

अभी–अभी लाउडस्पीकर पर बताया गया है कि गाड़ी लगभग दो घण्टे लेट हो जायेगी। पास ही खड़े एक सैनिक अफ़सर ने बताया कि रास्ते में बड़े–बड़े स्टेशनों पर जनता इन लोगों के स्वागत के लिए इकट्ठा हो गयी है। इसलिए यहाँ पहुँचते–पहुँचते इतनी देर हो जाना तो नेचुरल है। उसे इस बात से कोई परेशानी नहीं हुई। गाड़ी चाहे जितनी लेट हो जाये, उसे क्या? जिसने आना है, वह इस गाड़ी में तो है ही नहीं। उसने स्वेटर बुनना बन्द कर दिया, फिर उसे प्लास्टिक के लिफ़ाफ़े में डाल दिया। जनवरी की निर्दय, क्रूर हवा बेरोक–टोक चल रही है। इतनी सारी भीड़ ने कई काग़ज़, ख़ाली लिफ़ाफ़े प्लेटफ़ॉर्म पर फेंक दिये हैं। हवा उन्हें बड़े नियमित तरीके से एक से दूसरी ओर उड़ाये लिये जा रही है। आगे–आगे दौड़ते हुए काग़ज़ और सिर धुनते लिफ़ाफ़े और उनके पीछे लगी जनवरी की निर्दय और क्रूर हवा।

सेनावालों ने प्लेटफ़ॉर्म के सिरे पर काफ़ी लम्बा–चौड़ा शामियाना लगाया हुआ है। लोगों को मुफ़्त चाय और बच्चों को खाने की छोटी–मोटी चीज़ें बँट रही हैं। वह इतनी देर से अकेली खड़ी है। सब आते–जाते लोग उसे देखते हैं, पल–भर थमते हैं; सोचते हैं–उससे बात करें, उसकी आँखों में बात करने का कोई संकेत नहीं मिलता, फिर चेहरों पर सहानुभूति बिछलाते हुए आगे बढ़ जाते हैं। वह सोचती है–क्या उसे उत्सुक होने के, ख़ुश दिखने के भाव चेहरे पर लाने चाहिए! फिर मन के अन्दर जो सत्य है, सत्य का ज्ञान है, वह बरजता है, समझाता है–ऐसा मत करो, अब यहाँ कोई नहीं, कोई नहीं आयेगा।

उसे लगता है, पास आकर कोई ठहर गया है। दो छोटी–सी लड़कियाँ उसके पास आकर थम गयी हैं। दोनों ने सिर पर लाल रंग की,

ऊन की बनी टोपियाँ पहन रखी हैं। ठण्डी हवा लगने की वज़ह से उनके चेहरे बहुत लाल दिखायी दे रहे हैं। दोनों उसे देख रही हैं। वह जवाब में मुस्करा तक नहीं सकती। लड़कियाँ थोड़ा डर गयी हैं। वे इस बात की अभ्यस्त दिखती हैं कि जो कोई भी उन्हें देखे, वह मुस्कराये, प्यार करे! उसे लगता है, दोनों जुड़वा हैं। तभी एक लड़की पापकॉर्न का लिफ़ाफ़ा आगे बढ़ाकर, बड़े ठीक ढंग से अंग्रेजी में कहती है, "हैव सम।" पहले वह सोचती है इनकार कर दे, फिर दो लम्बी उँगलियाँ अन्दर डालकर, एक दाना निकालकर मुट्ठी में दबा लेती है। लड़कियाँ थोड़ी आश्वस्त लगती हैं। फिर एक बोलती है, "प्लीज़ टेक इट। इट इज़ स्टिल वार्म।"

वह मुट्ठी में बन्द दाना मुँह में डाल लेती है। इनकार नहीं कर पाती। इन बच्चों को क्या पता कि जनवरी की हवा बड़ी निर्दय है, उससे क्या कुछ कहे जा रही है, साँय–साँय करके सत्य की गेंद को, उसकी ओर उछाले जा रही है। 'इसे पकड़ो, इसे पकड़ो, यह सच है', और वह थोड़ा–सा परे हट जाती रही है। पिछले एक साल से इस गेंद को पकड़ने से इनकारती रही है। तभी उन बच्चियों की माँ पास आ जाती है, "आपको ये दोनों परेशान तो नहीं कर रहीं?"

वह सिर हिला देती है। उस औरत के चेहरे से उछल–उछलकर शब्द जैसे बिखर रहे हैं, 'कोई आ रहा है, कोई आ रहा है।'

"इनके पिता आ रहे हैं। फ्लाइट लेफ़्टिंटनेंट हैं। युद्ध के आख़िरी दिन उनका विमान क्रैश कर गया था। रावलपिण्डी के रेलवे–यार्ड पर आक्रमण कर रहे थे। रैडक्रॉसवालों ने मुझे सूचित किया है कि उनकी दोनों टाँगें टूट गयी हैं। वैसे ठीक जुड़ गयी हैं। पता लगा है, बस थोड़ा–सा लँगड़ाकर चलते हैं!"

वह बात सुनकर आगे बढ़ जाती है। प्लेटफ़ॉर्म के एक सिरे पर भीड़ से परे खड़ी हो जाती है। अब उसने फिर से प्लास्टिक के लिफ़ाफ़े में से स्वेटर निकाल लिया है। वह हवा की विरोधी दिशा में खड़ी है। जनवरी की निर्दय हवा का रेला सत्य की गेंद को उछालता हुआ बड़ी तेज़ी से उसकी ओर बढ़ रहा है। 'कोई नहीं आ रहा, कोई नहीं आ रहा' का हाहाकार करती हुई गेंद उसके पास से गुज़र जाना चाहती है। अचानक उसकी आत्मा में से दो लम्बे हाथ बाहर निकले, आगे लपके और उन्होंने इस गेंद को झपटकर पकड़ ही लिया। हवा उसके पास से गुज़र गयी। वह जानती है, अब इसी क्षण, हवा के साथ यह आँख–मिचौली का खेल ख़त्म हो गया। उसने हवा को मात दे दी, हरा दिया।

झाड़ियों के पीछे छिपी–बैठीं स्मृतियाँ उछल–उछलकर बाहर निकल रही हैं, सामने आ रही हैं। अन्दर जो जंगल उग आया है, उसमें व्याप्त जो अन्धकार है, उसे अपने लम्बे–लम्बे नाख़ूनों से झाड़ियों से बाहर निकल आये जानवर तहस–नहस कर रहे हैं, फाड़े डाल रहे हैं और अचानक अँधेरे की बनी खिड़कियाँ, दरवाज़े, रोशनदान अड़–अड़ाकर गिये गये हैं, चूर–चूर हो गये हैं। झाड़ियों के पीछे छिपे जानवर इन खिड़कियों से, रोशनदानों से, दोनों दरवाज़ों से बाहर भागे जा रहे हैं। अँधेरा–महल ख़ाली कर रहे हैं। जंग लगे स्प्रिंग की शक्ति छिन गयी है, उसका हुक टूट गया है। झाड़ी से निकला पहला जानवर उसे क्षणांश के लिए घूरता है और छोटी–सी छलाँग लगाकर आगे बढ़ जाता है।

डॉक्टरी पास करने के बाद उनकी इस गाँव में नौकरी लगी थी। छोटा–सा अस्पताल खोला गया था और यहाँ आने वाली वह पहली डॉक्टर थी। सरकारी जीप में से उसका सामान निकालकर बाहर रखा गया था तो थोड़ी देर के बाद ही गाँव की औरतें उसे देखने के लिए वहाँ पहुँच गयीं। कितने हाथों ने कुछ समय में ही उसका सामान ठीक से अन्दर लगा दिया। बड़े–से घेरे की सुत्थन पहने एक बुजुर्ग औरत ने उसे प्यार से छूते हुए ऊँची आवाज़ में सब औरतों को, जिन्होंने रंग–बिरंगी सलवारें पहन रखी थीं, बताया था, "क्यों जी अपनी डाक्टरणीं ते बहुत सोंहणी हैं।"

सब औरतों ने एक–दूसरे को कुहनियाँ मारकर इस बात को 'ठीक' कहा, खिल–खिलाकर हँस पड़ीं। उसे पता चल गया, इस गाँव में अब उसे कोई तकलीफ़ न होगी। इस प्रदेश में औरत का सोंहण होना, सुन्दर होना, सबसे बड़ा गुण है, बाक़ी बातें बाद की हैं। उसने तब स्टोव निकालकर बाहर रखा था। चाय बनाना चाहती थी। तभी बड़ी–सी सुत्थनवाली बुजुर्ग औरत, जो बाक़ी सबकी मुखिया थी, जरा तेज़ स्वर में बोली थी, "हैं, हैं। क्या करती है। तू अब रोटी–शोटी पकाने के चक्कर में मत पड़ना। यह सरदारों का गाँव है। यहाँ रोटी की कमी नहीं। तुझे बना–बनाया खाना रोज़ मिलेगा। हाय, हाय, देखो नी, यह मुलायम हाथ चूल्हा–चौका करेंगे!"

उस बूढ़ी ने उसके हाथ पकड़कर सबको दिखाये, औरतों ने फिर एक–दूसरे को कुहनियाँ मारी थीं, खिल–खिला कर हँसी थीं और इतनी नंगी तारीफ़ सुनकर वह परेशान हो गयी थी।

शाम को वह बाहर बरामदे में बैठी थी। सामने के आँगन में कँटीली झाड़ियाँ और जंगली घास के फैलाव को देख रही थी। तभी गाँव के मर्द खेतों से लौटकर उससे मिलने आये। लम्बी दाढ़ीवाले सरपंच ने उसके सिर पर प्यार से हाथ फेरा और फिर एक ने अन्दर से चारपाई निकालकर बाहर बिछा दी। सब मर्द जो पंचायत के सदस्य थे, अपने तहमत सँभालकर बैठ गये। तब सरपंच ने पूछा था, "क्यों, बीबाँ, किसी चीज़ की लोड़ तो नहीं?"

"नहीं, सरदार जी।"

"ओये, यह सरदार जी क्या हुआ। सीधी तरह से चाचा बोल।"

बाक़ी मर्द 'ठीक है, ठीक है', कहकर हँस पड़े थे।

तब उसने अपने नये चाचा जी को बताया कि उसे फूल बहुत अच्छे लगते हैं। सामने की झाड़ियाँ और घास कटवाकर अगर साफ़ करवा दी जाये तो वह शहर से फूलों के पौधे मँगवाकर लगवा लेगी। तब चाचा जी ने उसे डाँटकर बताया था कि वह क्यों शहर से फूल मँगवायेगी। वे ख़ुद पौधे मँगवाकर लगा देंगे।

और दूसरे दिन ट्रैक्टर मँगवाकर वह आँगन साफ़ करवा दिया गया, ज़मीन में हल लग गया, वह हमवार कर दी गयी और चाचा जी ने अपने हाथों से छोटे–छोटे पौधे क्यारियों में लगा दिये। वह रात को सोयी तो सोचती रही कि पौधे कब बड़े होंगे, फूल कब लगेंगे! लेकिन नहीं, सुबह उठी तो देखा कि सारी क्यारियाँ तहस–नहस हैं, रात को शायद कुछ आवारा पशु छोटे–छोटे पौधे खा गये थे। वह दौड़ती हुई चाचा जी के घर गयी। सब–कुछ बताया। चाचा जी ने उसी शाम ट्रैक्टर भेजकर दो मील दूर शहर से कँटीले तार मँगवाये और आँगन के चारों ओर रात को उस तार की बांउड्री लग गयी। गाँव के बढ़ई ने एक छोटा–सा गेट भी लगा दिया। चाचा ने अपने हाथों से फिर पौधे लगा दिये।

एक महीने के अन्दर ही रंग–बिरंगे, छोटे–छोटे फूल निकल आये। सारा आँगन जगमगा गया। औरतें पूजा के लिए फूल उससे माँगकर ले जाती हैं तो तोड़कर देते हुए उसका दिल दहल जाता है। फिर एक दिन उसने नोट किया कि रात को बहुत–से फूल ग़ायब हो जाते हैं। चाचा जी

को बताया। वे समझ गये—बच्चों की शरारत है। उन्होंने गाँव के मिडिल स्कूल के हेडमास्टर से रात को बातचीत की। सुबह स्कूल में प्रार्थना के समय उस पहलवान की तरह स्वस्थ हेडमास्टर ने अपनी दाढ़ी पर हाथ फेरते हुए घोषणा की थी कि जो लड़का डॉक्टरनी के फूल तोड़ेगा, उसे सारा दिन स्कूल में मुर्गा बनाकर खड़ा किया जायेगा। फिर अपने हाथों से, बड़ी सुन्दर और ख़ुशख़त हिन्दी—पंजाबी में छोटा—सा बोर्ड लिखा, "यहाँ फूल तोड़ना मना है।" और उसे डाक्टरनी के आँगन में बिल्कुल फूलों के बीच एक ऊँचे डण्डे पर कीलों से जड़कर लगा दिया। अब हर दिन, हर महीने उसके आँगन में बसन्त रहता है। बाहर गाँव में, खेतों में चाहे पतझड़ फैल रहा हो, चाहे जाड़ों की बेरहम हवा...

स्टेशन पर लगे लाउडस्पीकर पर फिर से घोषणा हो रही है कि गाड़ी एक घण्टे में पहुँच जायेगी। वह सत्य की गेंद को कसकर मुट्ठी में पकड़े हुए है। दूसरी झाड़ी के पीछे से फिर एक छोटा—सा जानवर बाहर झाँकता है, पल—भर उसकी आँखों में आँखें डालकर देखता है और अँधेरे जंगल में से बाहर निकल जाता है। खिड़की के रास्ते बाहर कूदा है न, उसके पट अब भी हिल रहे हैं।

उस शाम बड़े ज़ोर की बारिश हो रही थी। अक्टूबर के महीने में बादलों के कारण इस अचानक वर्षा से अँधेरे की चादर उसकी छत पर, आँगन पर और सारे गाँव में फैल गयी थी। बरामदे की रोशनी जलती छोड़कर वह अन्दर कम्बल लपेटे कविताएँ पढ़ रही थी। अचानक बाहर का गेट खुलने की आवाज़ आयी। फिर बड़ी ज़ोर से नीचे ज़मीन पर कुछ गिरा। वह बाहर निकली। गेट के पास फूलों वाली क्यारी में एक मोटरसाइकिल गिरी हुई है। कोई उसे उठाकर सीधा करने की कोशिश कर रहा है। पहला एहसास उसे यही हुआ कि मोटरसाइकिल के नीचे दबकर फूलों के सारे पौधे टूट गये होंगे। उसे आँगन में आया देखकर उस आदमी ने मोटरसाइकिल वहीं छोड़ दी और लम्बे क़दम भरता हुआ उसके पास आ गया, "गुड ईवनिंग! आर यू ए डॉक्टर?"

उसने 'हाँ' में सर हिलाया। वह उस आदमी की छाती तक पहुँच रही है, वह कितना लम्बा है। चेहरे पर दाढ़ी है जो काटकर छोटी की हुई है। वर्षा के कारण सर के बाल माथे पर चिपक आये हैं। वह सिहर गयी।

डाकू! फिर अपनी बेवकूफ़ी पर हैरान हुई है। डाकू कहीं सरेशाम, अकेले मोटरसाइकिल पर आते हैं! वह अब भी दब गये, टूटे हुए पौधों को देख रही है।

"मेरा नाम रंजीत है। जी.टी. रोड पर मोटरसाइकिल फिसल गयी। शायद इसके गियर का तार भी टूट गया है। पता चला, यहाँ गाँव में एक डॉक्टर है। मोटरसाइकिल धकेलकर यहाँ लाया हूँ। शायद घुटने पर चोट आ गयी है।"

उसने साथवाले कमरे की डिस्पेंसरी खोली। वह लँगड़ाता हुआ आगे बढ़कर कुर्सी पर बैठ गया। रंजीत ने जींस पहन रखी है। बहुत तंग है। वह उन्हें टाँगों पर से ऊपर चढ़ाने की कोशिश कर रही है ताकि घुटना नंगा हो सके। लेकिन जींस आधी टाँगों से ऊपर नहीं चढ़ रही है। उसने झुँझलाकर कहा, "जींस उतार दो। तभी मैं घुटने को देख सकती हूँ।"

"नहीं, जींस नहीं उतार सकता। मैंने नीचे अंडरवियर नहीं पहन रखा।"

उसे लगा कि उसके चेहरे पर की दाढ़ी में कोई छोटी–सी मुस्कान कौंधी, फिर छिप गयी। उसे गुस्सा आ गया, "मुझे इस तरह के घटिया मज़ाक बिल्कुल पसन्द नहीं!"

उस आदमी का चेहरा तन गया है। बड़ी–बड़ी आँखें पूरी खोलकर उसे देख रहा है। फिर धीमी और कठोर आवाज़ में बोला "डोंट बी ए फूल, डॉक्टर। मैंने सचमुच अंडरवियर नहीं पहना हुआ है।"

फिर रंजीत ने पास पड़ी कैंची उठाकर घुटनों से जरा ऊपर जींस काट दी। घुटना बहुत सूज गया है। ज़रूर फ्रेक्चर है। उसने छुआ तो एक झटके के साथ रंजीत ने टाँग पीछे खींच ली। वह जानती है कि हड्डी टूट जाये तो छूने–भर से कितना दर्द होता है। अब वह डर गयी है। फ्रैक्चर का कोई केस उसने अभी तक नहीं किया। कोई बड़ी चोट लग जाये तो शहर के अस्पताल में वह मरीज़ों को भेज देती है।

रंजीत उसकी परेशानी समझ लेता है, "आप क्या मिलिट्री हॉस्पिटल में फ़ोन कर सकती हैं? वे लोग एम्बुलेंस भेज देंगे।"

"पर गाँव में तो टेलीफ़ोन है ही नहीं।"

"हार्ड लक। देन यू कैन डू योर बेस्ट।"

उसने अल्मारी खोलकर प्लास्टर की पट्टियाँ निकालीं, फिर उन्हें पानी में डाल दिया। फिर उसे ख़याल आया कि थोड़ी देर के लिए बेहोश कर

देने वाला टीका तो डिस्पेंसरी में है ही नहीं। ऐसे इंजेक्शन की ज़रूरत तो कभी पड़ी ही नहीं। इसी बीच रंजीत ने उसे बताया कि वह कैप्टन है। साथ की छावनी में ही उसकी यूनिट है। राधा ने उसे टीका न होने की बात बतायी। रंजीत ने पूछा कि क्या टीके के बिना बहुत दर्द होगा? उसने बताया कि बोन सैट करते समय असहनीय पीड़ा होती है। तब रंजीत ने उसका नाम पूछा।

"राधा।"

उसने कहा, "अच्छा नाम है।" फिर वह बोला, "डॉक्टर राधा, आप बोन सैट कर दें। दर्द की चिन्ता मत करें।"

यह सोचकर उसे अजीब लग रहा है कि मरीज़ डॉक्टर को हौसला दे रहा है। उसने धीरे–धीरे घुटने पर उँगलियाँ फेरनी शुरू कर दीं। रंजीत के शरीर में फैलती दर्द की सनसनाहट को उसकी उँगलियाँ महसूस कर रही है। वह ज़ोर से आँखें बँद किये, कुर्सी के साथ सिर लगाकर तनकर बैठा हुआ है। उसकी उँगलियों ने टूटी हुई बोन को महसूस कर लिया है, तलाश लिया है। अब वह उँगलियों से दबाकर बोन सैट कर देती है। रंजीत के चेहरे पर पानी की बूँदें चमक रही हैं, बारिश का पानी है या दर्द का पसीना। उसने आसपास देखा। तौलिया नहीं है। राधा ने अपनी बाँह पर पड़े साड़ी के पल्लू से उसका पसीना पोंछ दिया। अब वह उसे बातों में लगाना चाहती है।

"कैप्टन, आपको फूल अच्छे लगते हैं?"

"नहीं। इस बारे में सोचने की कभी फुर्सत ही नहीं मिली। आप जानती हैं हम लोग तो बड़े रफ़ होते..."

कैप्टन के वाक्य पूरा करने से पहले ही उसने घुटने की बोन को दबा दिया। हल्की–सी थर्राहट उसने उँगलियों में महसूस की। बोन सैट हो गयी। रंजीत का पंजा उसकी बाँह में खुभता जा रहा है, खुभता जा रहा है।

"डैम यू डॉक्टर, डैम यू।" रंजीत की उँगलियों की पकड़ ढीली पड़ रही है, उसकी बाँह में ख़ून का दौरा जो क्षण–भर के लिए थम गया था, फिर से शुरू हो गया है।

वह बहुत फुर्ती से भीगी हुई पट्टियाँ निकालकर उसके घुटने पर प्लास्टर कर देती है। अब रंजीत के शरीर में दर्द की लहरें दौड़ना कम हो गयी हैं। वह राधा से माफ़ी माँगता है, इतने अशिष्ट और कठोर शब्द बोलने के लिए।

राधा ने बिल्कुल बुरा नहीं माना है। वह चाय बनाकर ले आती है।

"कैप्टन, आपका आज ही अस्पताल पहुँचना ज़रूरी है। एक्सरे एकदम होना चाहिए, पता नहीं बोन ठीक से जुड़ी है या नहीं!"

रंजीत कहता है कि 'ठीक है।'

उसे ख़ुशी होती है कि कैप्टन ने किसी तरह की कोई भावुक बात नहीं की, उसके काम पर तारीफ़ के रिमार्क नहीं दिये। उसने शॉल ओढ़ी और चाचा जी को बुला लायी।

चाचा जी ने उसी समय शहर के फ़ौजी अस्पताल में ख़बर करने के लिए आदमी भेज दिया। ख़ुद रंजीत के पास बैठ गये, बोले, "पुत्तर, बिल्कुल फिकर न कर। हमारी डॉक्टर बीबाँ ने तेरा घुटना ठीक जोड़ा है। बड़ी समझदार है।"

फिर उन्होंने रंजीत से पूछा कि उसकी कौन–सी रेजिमेंट है? क्या करता है?' रंजीत ने बताया कि वह पैराट्रूपर है।

चाचा जी के चेहरे पर न समझने वाला भाव है। रंजीत ने समझाया कि वह छतरियों के द्वारा हवाई जहाज़ से कूदता है। युद्ध के दिनों में शत्रु के क्षेत्र में कूदकर वे सैनिक हलचल की टोह लेते हैं।

चाचा जी ने कहा, "शायद लड़ाई जल्दी लग जायेगी। इतने सारे रफूजी यहाँ आ गये हैं। क्या करें। लड़ाई तो होनी ही है। पर कोई चिन्ता नहीं। वाहे गुरु सच का साथ देता है।"

फ़ौजी अस्पताल से एम्बुलेंस पहुँच गयी है। सैनिक अर्दली बड़ी मुस्तैदी से उसे स्ट्रेचर पर डालते हैं; उठाते हैं, बाहर खड़ी एम्बुलेंस में उसे लिटा देते हैं। रंजीत राधा से कहता है, "राधा, मुझे देखने आना। अस्पताल में पता चलेगा कि तुम इतनी बीबाँ डॉक्टर हो, जितनी तुम्हारे चाचा कहते हैं।"

दूसरे दिन वह अस्पताल गयी। पता नहीं रंजीत को देखने अथवा बोन सैट करने के परिणाम को जानने के लिए।

बोन स्पेशलिस्ट मेज़र ने उसे बधाई दी। बोन बिल्कुल ठीक सैट हुई है। फिर उन्होंने कहा कि रंजीत 'लकी बास्टर्ड' है। यह बात उन्होंने राधा को देखकर कही या बोन ठीक जुड़ने पर, वह इसे समझ न पायी। अब वह रोज़ शाम को उसे अस्पताल देखने जाती है। रंजीत का सैनिक अर्दली उसकी क्यारी में फूलों के नये पौधे लगा गया है। फिर उसने माँ को पत्र लिखकर बुलाया। रंजीत ने मिलवाया। तीन हफ़्तों के बाद रंजीत का प्लास्टर खुल गया। वह गाँव आया। चाचा जी के घर में ही रंजीत

और राधा की मँगनी हुई। राधा के पिता नहीं हैं इसलिए चाचा जी अब बापू बन गये हैं। उन्होंने राधा को कठोर हिदायत दी है कि आगे से वह बापू कहकर पुकारा करे...

लाउडस्पीकर पर घोषणा हो रही है। गाड़ी आधे घण्टे में पहुँच रही है। हवा अब उसके पास नहीं आ रही है, क्योंकि अब राधा उससे डरती नहीं है। अन्दर जो अँधेरा–महल है उसमें हलचल हो रही है। अँधेरे के वासी उसकी आत्मा को मुक्त कर रहे हैं, बाहर निकल रहे हैं...

युद्ध आरम्भ हो चुका है। रंजीत फ्रंट पर चला गया है। अब रात को राधा बापू के घर ही सोती है। बापू उनकी पत्नी और वह ट्रांजिस्टर के पास ही बैठे रहते हैं। वह तेरह दिसम्बर की रात थी। वे शत्रु रेडियो–स्टेशन पर समाचार सुन रहे थे। घोषणा हो रही है। कैप्टन रंजीत और उसके साथी लेफ्टिनेंट गिल युद्धबन्दी बना लिए गये हैं। वह उठ जाती है।

वह मुँह पर रजाई ओढ़कर लेटी है। बापू पास चारपाई पर बैठे हैं। वे उसके आँसुओं से धुले चेहरे पर हाथ फेर रहे हैं, "न रो पुत्तर, न रो। सब ठीक हो जायेगा। लड़ाई बन्द होगी। रंजीत वापस आ जायेगा।"

अब वह सारा दिन ट्रांजिस्टर के पास बैठती है। दूसरे दिन पाक रेडियो पर समाचार आता है कि कैप्टन रंजीत पकड़ते हुए ज़ख्मी हो गया था, वह मर गया है। उसके युद्धबन्दी बनने का समाचार ग़लत था। बापू ट्रांजिस्टर बन्द कर देते हैं। उनकी लम्बी सफ़ेद दाढ़ी आँसुओं से भीग गयी है। वह राधा को बाँहों में भरकर ज़ोर–ज़ोर से रो रहे हैं। लेकिन राधा चुप है। रंजीत के मरने की ख़बर ग़लत है। अभी कल ही तो उसके युद्धबन्दी बनने का समाचार आया था।

बापू ने घर पर अखण्ड पाठ रखवा दिया है। सारा दिन गुरुग्रन्थ साहब पढ़ा जाता है। सफ़ेद कपड़े पहने, सिरों पर दुपट्टे ओढ़, आँखें बन्द किये गाँव की औरतें सिर झुकाये बापू के घर बैठी रहती है। राधा दिन को अस्पताल में काम करती है। फूलों की देखभाल भी बदस्तूर जारी है। रंजीत की रेजिमेंट के कर्नल का शोक–पत्र भी आ गया है। लेकिन वह जानती है कि रंजीत मरा नहीं है। युद्धबन्दी हो गया है। उसने अन्तरराष्ट्रीय रेडक्रासवालों को पत्र लिखे। जवाब आया कि उन्होंने सारे युद्ध–बन्दी शिविरों से पता लगा लिया है, कैप्टन रंजीत कहीं नहीं है। 'ही मस्ट बी डैड।'

गाँव में मौसम बदलते रहे, पतझड़ आता रहा। लेकिन राधा के आँगन में सारे साल वसन्त चहलकदमी करता रहा, फूल खिलते रहे, पतझड़ से बेख़बर।

आज युद्धबन्दी लौट रहे हैं। वह दिल्ली स्टेशन पर आयी है। अपनी आँखों से देखेगी चाहे कल अख़बार में लौटने वालों की जो सूची छपी थी, उसमें रंजीत का नाम नहीं था। लेकिन लेफ्टीनेंट गिल लौट रहा है। वह रंजीत के साथ पकड़ा गया था। कुछ बतायेगा। वह उसे जानती है। रंजीत के साथ एक बार गाँव आया था।

...गाड़ी स्टेशन पर पहुँच गयी है। भीड़ की प्रतीक्षा का बाँध टूट गया है। लोग गाड़ी के साथ–साथ दौड़ रहे हैं। खिड़कियों से चेहरे बाहर झाँक रहे हैं। हाथ हिल रहे हैं। वह अपने स्थान पर खड़ी है। उसे पता है, 'इस गाड़ी से कोई नहीं, कोई नहीं आयेगा।' थोड़ी देर के बाद उसे लगता है कि कोई पास आकर रुक गया है। वह सर उठाकर देखती है। एक आँख कपड़े के काले टुकड़े से ढँकी हुई है।

"आपने पहचाना नहीं। मैं गिल हूँ। आँख में गोली लग गयी थी, इसलिए आयी–पैच लगा रखा है।"

गिल उसे बाँह थामकर फर्स्ट–क्लास के वेटिंग–रूम में ले आया है। वेटिंग–रूम बिल्कुल ख़ाली है। वह रंजीत के बारे में पूछती है। गिल बताता है कि पहले दिन की घोषणा ठीक थी, वह और रंजीत दोनों शत्रु की सीमा में घायल होकर पकड़े गये थे।

"फिर रंजीत लौटा क्यों नहीं?"

गिल चुप है।

वह कठोर आवाज़ में कहती है, "लेफ्टीनेंट गिल, मैं सच बात जानना चाहती हूँ, प्लीज़।"

गिल बोलना शुरू करता है। शब्द उसके मुँह से निकलते हैं। बाहर आते ही ये शब्द छोटी–छोटी आकृतियाँ, आकार धारण कर लेते हैं। वे शब्द रंजीत की, गिल की, शत्रु–सेना की और संगीनधारी शत्रु हवलदार की आकृतियों में बदल जाते हैं। शत्रु मेज़र इनसे पूछताछ कर रहा है। इंटेलीजेंस का मेज़र है। भारतीय सेना की गतिविधि जानना चाहता है। दोनों अपना नाम और नम्बर बताने के बाद किसी भी सवाल का जवाब देने से इनकार कर रहे हैं। मेज़र दो घण्टे से इनसे सवाल कर रहा है। पिछले दो घण्टों से वे दोनों चुप हैं। गिल की आँख फूट गयी है। उस

पर ख़ून जम गया है। रंजीत की दोनों टाँगें ग्रेनेड से जख़्मी हो गयी हैं। वह उठकर खड़ा नहीं हो सकता। मेज़र को अब गुस्सा आ रहा है। वह हवलदार को कुछ संकेत करता है और हवलदार आगे बढ़कर संगीन की नोक हल्के से गिल की घायल आँख में चुभो देता है। एक चीख़ बुलन्द होती है।

"नो, यू कांट डू दिस।" रंजीत में पता नहीं कहाँ से ताक़त आ गयी है। वह खड़ा हो गया है। उसने एक लम्बा क़दम उठाया है, मेज़र के मुँह पर उसका मुक्का पूरे ज़ोर से पड़ा है। मेज़र नीचे गिर गया है, उसके मुँह से ख़ून निकल रहा है। शत्रु हवलदार बिजली की तेज़ी से आगे झपटता है, संगीन चमकती है, ख़च की आवाज़ आती है और संगीन रंजीत की गर्दन के आर–पार हो जाती है। रंजीत वहीं उसी समय मर जाता है। दूसरे दिन इस हत्या पर पर्दा डालने के लिए रेडियो पर उसके घायल होने और मरने का समाचार आता है।

गिल बोलना बन्द कर देता है। शब्द मर जाते हैं। सारी आकृतियाँ, सारे आकार दबे क़दमों से बाहर चले जाते हैं। उसकी आत्मा के दरवाज़े से आख़िरी स्मृति दबे पाँव बाहर निकलती है। अब वहाँ कुछ नहीं, न अँधेरा, न झाड़ियाँ, न यादों के पशु झाड़ियों में छिपे हुए। है तो केवल साफ़–सपाट बेजान उजाला। अँधेरे का जंगल जो एक साल में उग आया था, सब ग़ायब हो गया है...

वह बस से घर लौट आयी है। पहुँचते–पहुँचते रात हो गयी है। वह सीधे अपने घर गयी। बापू से कल मिल लेगी। उसने ताला खोला, अँधेरे ने आगे बढ़कर उसका स्वागत किया। उसने लाइट जला दी, अँधेरा चुपचाप बाहर आँगन में जाकर बैठ गया। वह लेट गयी है। खिड़कियों, दरवाज़ों पर दस्तकें हो रही हैं। तेज़ हवा चल रही है। फिर किसी पूर्व सूचना के बिना ही झटके के साथ बारिश शुरू हो गयी है। बारिश तेज़ है तो हवा उससे भी तेज़। पानी की बौछारों को हवा अपने पंखों पर उठाती है और फिर बड़ी बेरहमी से दीवारों के साथ, दरवाज़ों के साथ, खिड़कियों के साथ पटक देती है। पानी सर धुन रहा है लेकिन हवा बेरहम है। दो घण्टे के बाद वर्षा और हवा का द्वन्द्व–युद्ध कम होता है, कमज़ोर पड़ता है। हवा ने पानी को पछाड़ दिया है।

तभी बाहर का गेट खुलने की आवाज़ आती है। वह झपटकर उठती है। बाहर निकलकर बरामदे की लाइट जलाती है। गेट पर कोई नहीं। हवा जाते–जाते गेट का कुण्डा खोल गयी है। वह चारों तरफ़ देखती है। हवा ने फूलों के सारे पौधे तहस–नहस कर दिये हैं। छोटे–छोटे पौधे, टहनियाँ ज़मीन पर लेटी हुई हैं। बड़े–से डण्डे पर लगा बोर्ड नीचे गिर गया है जिस पर लिखा हुआ था–'यहाँ फूल तोड़ना मना है।' फूल टूटने पर, तहस–नहस होने पर उसे कोई ग़ुस्सा नहीं आता। हवा बेचारी का क्या कसूर! उसे क्या पता कि यहाँ फूल तोड़ना मना है। यह सूचना और बोर्ड उसके लिए अर्थहीन है क्योंकि हवा पढ़ नहीं सकती।

एक जैसे चेहरे

गर्मी उबलते पानी की तरह सड़कों पर बह गयी है, बिछ गयी है। हवा भी गर्मी से डरकर दुबककर बैठ गयी है, कहीं नामोनिशान दिखायी नहीं देता। दोनों सड़क के बीचों–बीच नपे–तुले क़दमों से आगे बढ़ रहे हैं, धूप से बेपरवाह, गर्मी से बेख़बर। इस मृत माहौल में उनके क़दमों की आहट सुनायी देती है, छोटे–से दायरे में घूमती है और फिर मर जाती है। यह सड़क शहर के ग़रीब इलाकों के बीच से गुज़रती है। इसलिए इस पर रिक्शा और साइकिल ही आमतौर पर दिखायी देती हैं। कार अथवा मोटर कभी–कभार ही दिखती हैं। रिक्शा अथवा साइकिल की घण्टी सुनायी देती है, दोनों तब भी बीच सड़क में ही चलते रहते हैं। लोग इनको घूरते हुए पास से निकल जाते हैं। अब पीछे से हार्न की आवाज़ सुनायी दे रही है, ज़रूर कोई कार इस इलाक़े में आज आ गयी है। हार्न फिर बजता है। दोनों फिर भी वैसे ही चले जा रहे हैं। कार पास आकर थम जाती है। कार के दो पहिये सड़क के नीचे हैं। सारे कार वाले सड़क के नीचे गाड़ी उतारना हतक समझते हैं, वैसे ही यह कारवाला भी महसूस कर रहा है, ''सड़क तुम लोगों ने ख़रीद रखी है क्या?''

दोनों उसकी ओर देखते हैं। कारवाला अपनी फूली हुई गालों पर से कुहनी से पसीना पोंछ रहा है, चार आँखें उसके चेहरे पर खुद गयी हैं, सुराख़ किये जा रही हैं। लम्बा धीमी लेकिन कटु आवाज़ में कहता है, ''चल आगे। सड़क तेरे बाप ने ख़रीद रखी है क्या?''

कारवाला जवाब देने के लिए मुँह खोलता है, उनको देखता है, फिर बिना कोई शब्द निकाले मुँह बन्द कर लेता है। गाड़ी आगे सरक जाती है। छोटा बालों पर हाथ फेरता है, फिर ऊँची आवाज़ में कहता है, ''माँ दा यार! सब घोड़े पर सवार हैं। पैदल तो इस कन्ट्री में कोई है ही नहीं।''

दोनों सड़क के बीचो बीच नपे–तुले क़दमों से आगे बढ़े जा रहे हैं। क़दमों की आहट उभरती है, गर्मी से पिघलकर बह जाती है।

सामने लकड़ी का एक खोखा है। नीम का बड़ा–सा गंजा पेड़ बिना हिले–डुले पहरेदार–सा बाहर खड़ा है।

''चाय हो जाये'', लम्बा।

''हाँ। पैसे हैं तेरे पास?'' छोटा।

लम्बा 'हाँ' में सिर हिलाता है। दोनों खोखे के आगे पहुँच जाते हैं। चाय वाला गरम–गरम मुस्कराहट से दोनों का स्वागत करता है। ये अन्दर पहुँच जाते हैं। कमीज़ों के बटन खोल देते हैं। चायवाला सिर पर खड़ा है।

''चाय ला। दो कप'', छोटा।

''कोका कोला खोलूँ, बड़ी गर्मी है।''

''चाय ला। गर्मी है तो कोका कोला तू पीले।''

लम्बा बालों में उँगलियाँ फेरकर पसीना सुखा रहा है। गीली उँगलियों को पैंट के साथ पोंछता है, फिर से बालों में डाल देता है और छोटा जानता है यह क्रम काफ़ी देर चलेगा। लम्बे के बाल कभी भूरे रहे होंगे अब रेतीले हो गये हैं। उसके चेहरे का रंग भी रेत जैसा है और आँखें भी रेत के रंग की हैं। रेगिस्तान से रेत का एक टुकड़ा उठकर यहाँ आ गया है। आधी बाँहों की कमीज़ में नंगी, रेतीले बालों से भरी हुई बाहें किसी रेतीले गोरिल्ला–सी दिखती हैं। वह अपने जूते खोलता है, जुराबें उतार देता है, मेज़ पर दोनों पाँव रखता है और आगे झुककर उँगलियों पर लगातार खारिश किये जा रहा है। सड़ांध उसके गन्दे पैरों से सरसराती हुई बाहर निकलती है, खोखे में फैल जाती है, छोटे के नाक में घुस जाती है।

''खरावड़े नीचे रख। आगे कम गर्मी है। पाँव बू मार रहे हैं।''

''तेरे पैरों से इतर की ख़ुशबू आती होगी।''

पर उसने पैर मेज़ पर से उठाकर नीचे रख लिए थे।

छोटा लगातार दायें–बायें अपना सिर हिलाये जा रहा है। उसका शरीर कमज़ोर है, कद पाँच फुट तीन इंच है और इसके अनुपात में सिर बहुत बड़ा है। लगता है कि किसी पहलवान का गोल मटोल भारी–सा सिर काटकर उसके शरीर पर चिपका दिया गया है। शरीर पर सिर का बोझ टिकता नहीं इसलिए वह लगातार हिलता रहता है। उसकी आँखें बिल्कुल मृत हैं, किसी मुर्दा शरीर से निकालकर उसके मुँह पर चिपका

दी गयी हैं। उसके क़रीब होने पर चलती फिरती मृत्यु का आभास होता है। उसके शरीर से ख़तरे की बू उठती है। सब ओर दहशत फैलाती हुई उसकी कमीज़ के चारखाने घिस गये हैं और कॉलरों के पास का कपड़ा फट गया है। छोटे शरीर की तुलना में बोलता वह इतना ऊँचा है, जैसे उसके गले के अन्दर लाउडस्पीकर फिट है।

चायवाला अन्दर आकर गीले कपड़े से मेज़ पोंछता है। मक्खियों ने एक छोटे–से दायरे में उठान की, फिर किसी नीचे उतरते हुए विमान की तरह लम्बाई में तैरती हुई मेज़ पर बैठ गयी। वे धीरे–धीरे प्यालों के पास सरक आयी हैं, चाय की कोई बूँद मेज़ पर गिरने की प्रतीक्षा में ध्यानमग्न। दोनों ने इन्हें उड़ाने की कोई कोशिश नहीं की। फिर से आकर जो बैठ जायेंगी।

छोटा अपने हाथों की उँगलियों को देखे जा रहा है। लम्बी हैं, कभी इन पर मांस चढ़ा हुआ था, ख़ूबसूरत थीं। अब सूखी तोरई की तरह हैं, बदसूरत हैं। वह एक हाथ के नाख़ूनों से दूसरे हाथ के नाख़ूनों की मैल निकाल रहा है। उसके लम्बूतरे चेहरे की हड्डियाँ जैसे चेहरे के मांस की सीमा को तोड़कर बाहर निकल आयी हैं। वह बहुत कमज़ोर है लेकिन लम्बा उसे कई सालों से जानता है, उसके चुपचाप गुस्से से परिचित है जो लावे की तरह बिना किसी पूर्व सूचना के फट पड़ता है। आज छोटा क्लर्क की नौकरी के लिए इंटरव्यू देने गया था। लम्बा उसका साथ देने के लिए घर से आया था। वह भी जब कहीं, कभी नौकरी के लिए परीक्षा देने जाता है तो छोटा उसके साथ जाया करता है।

''कोई होप है क्या?''

''होप? तुम्हारा दिमाग ख़राब है। जब तक होप का चक्कर रहेगा कुछ नहीं बन सकता'', छोटा छाती पर फूँकें मारकर पसीना सुखाते हुए कहता है।

''क्या पूछा?''

''पूछना क्या था? माँ का सिर। 'दो साल बी.ए. किये हो गये, अभी तक नौकरी क्यों नहीं की?' मैंने कहा मिली नहीं। 'क्यों नहीं मिली? तुम लोग कोशिश ही नहीं करते।' फिर टोपीवाले ने देश की प्रोग्रेस पर छोटा–सा लेक्चर दिया। 'नौकरी नहीं मिली तो कोई हाथ का काम करते।' मैंने बताया कॉलेज में हाथ का काम सिखाया नहीं। टोपी वाले ने आधुनिक शिक्षा की कमियों पर एक और भाषण दिया। दूसरे मेम्बर ने

सलाह दी, 'कॉलेज के पढ़े लड़के पूरी मेहनत नहीं करते, नुक्स निकालने पर लगे रहते हैं। हमें तो मैट्रिक–पास ठीक रहेगा।' मैं बाहर आ गया। मेरे पास ग्रॅनेड होता तो धम से फेंक देता,'' छोटे ने पतली बाँह अर्धगोलाकार घुमाकर ग्रॅनेड फेंकने की मुद्रा बनायी। ग्रॅनेड उसकी कल्पना में फटा। खोखे की धज्जियाँ उड़ गयीं। उसका हाथ हिलने से प्याले में से छलककर कुछ चाय मेज़ पर गिर गयी। सारी मक्खियाँ छोटी–छोटी उड़ानें भरकर उस बूँद के पास सरक आयी हैं। काली–काली, धागे–जैसी टाँगें और चाय में भीग रहे पंखों के किनारे। छोटा धीरे से प्याले के नीचे से प्लेट निकालता है और झटके के साथ प्लेट उल्टी करके मक्खियों पर रख देता है। उसके होंठों पर मुस्कान आती है लेकिन मुर्दा आँखों में उसका कोई आभास दिखायी नहीं देता। वह लम्बे की ओर देखकर कहता है, ''प्लेट में कैद मक्खियाँ।''

''लगता है कामू की किसी कहानी का नाम है।''

''मार गोली कामू को। तूने हिन्दी की एम.ए. क्यों की, अंग्रेज़ी की करता। तीन साल तक धक्के न खाता।''

''दिमाग़ ख़राब था। तब देश भक्ति और राष्ट्रभाषा के प्रेम का भूत सवार था।''

''देशभक्ति'', छोटे ने इस तरह से मुँह बनाया जैसे कोई कीड़ा निगल गया हो, ''यह सब बातें उन लोगों की हॉबी हैं जिनका पेट भरा हो। पेट न पड़ी रोटी और सारी बातें खोटी। हाँ, तेरे बाऊजी तो रिटायर हो गये हैं ना।'

''हाँ, यही तो रोना है। चार सौ रुपये महीना आते थे। अब बन्द। आजकल मुझे देखते हैं तो उनकी आँखें मुझ पर सारा समय इल्ज़ाम लगाती हैं जैसे मैं क्रिमिनल हूँ। नौकरी जान–बूझकर नहीं करता। इससे तो अच्छा था दसवीं के बाद अपने दफ़्तर में रखवा देते। बड़ा साहब उनको बहुत मानता था। सारी उमर उनके घर के लिए सब्जियाँ और राशन–पानी ख़रीदने में गुज़ार दी। उन्हें कौन समझाये कि आजकल न छोटी नौकरी मिलती है न मोटी।''

छोटे ने कमीज़ के अन्दर हाथ डालकर बगल के बालों में खारिश की और तनी आवाज़ में बोला, ''यह सब बाप बेवकूफ़ होते हैं। लड़कों से खार खाते हैं।''

लम्बा एकदम चुप हो गया है। उसका स्वस्थ शरीर किसी बहुत दिनों के भूखे जानवर की तरह ढीला पड़ गया है। वह मुट्ठी बन्द करके सिगरेट के लम्बे–लम्बे कश खींच रहा है। छोटा जानता है वह इस समय अपनी छोटी–सी सायेदार दुनिया में वापस लौट गया है। इस इतने बड़े मरुस्थल में एक ही तो पेड़ है जिसकी छाया तले वह दम ले लेता है। छोटा उसी पेड़ की बात पूछता है, ''वह मिली।''

''मार गोली। फ़ैज़ ने क्या ठीक कहा है...दुनिया ने तेरी याद से बेगाना कर दिया। तुझसे भी दिलफ़रेब हैं ग़म रोज़गार के।''

छोटा समझ जाता है अब इस विषय पर भी बात करके समय नहीं काटा जा सकता। वह फिर हाथ ऊपर उठाकर ग्रॅनेड फेंकता है, कल्पना में चिनगारियाँ छिटकती हैं। वह धमाका सुनने की प्रतीक्षा में स्थिर हो गया है।

''इन अमीर लोगों को बम से उड़ा देना चाहिए। हर जगह साँप की तरह कुण्डली मारकर बैठे हैं,'' लम्बा कहता है।

''की न घटिया लेखकों वाली बात। अमीरों ने बहुत सारे ग़रीबों को नौकरियाँ दी हुई हैं, उनका पेट भरते हैं। गोली तो ग़रीब लोगों को पकड़–पकड़कर मार देनी चाहिए। प्रॉब्लम का जड़ से नाश।'' इतनी बात छोटे ने मज़ाक की मुद्रा में की है। अचानक लावे का फव्वारा फट पड़ता है। ''इससे अच्छा था कहीं कलकत्ता में पैदा होते। तो चार जगह आग लगाते, ख़ून करते, मर जाते, दिल में कोई अरमान तो न रहता। यह नामर्दों की तरह रीं–रीं करके तो न जीते।''

''आग लगाने से पेट नहीं भरता, नौकरी नहीं मिलती।''

''यह औरतों की तरह बहस मेरे साथ मत कर। देखता नहीं, बंगलादेश में क्या हुआ। लड़कों ने वहाँ का नक्शा बदल दिया। यहाँ भी यही सब–कुछ होगा। आज नहीं तो कल। लोगों को अक्ल आने की देर है कि 'ग़रीबी हटाओ' के नारों से पेट नहीं भरता।''

''वहाँ की बात और है। उसके सामने कोई काज था। कारण था। हम क्या करें। किससे लड़ें।''

''किसी से भी लड़ो। लड़ाई ज़रूरी है। तुम जैसे लिट्रेरी आदमी हर बात को दलीलों के चक्कर में टाल जाते हैं। मेरे पास मशीनगन हो तो सरे–बाज़ार खड़ा होकर लोगों को भूनकर रख दूँ।''

चायवाला ऊँची आवाज़ें सुनकर, बम और मशीनगन के नाम सुनकर अन्दर आ गया है। वह हिन्दी के अख़बारों में ऐसी ख़बरें पढ़ता रहता है कि आजकल के कुछ नौजवान लड़के ख़ून–ख़राबा और हत्याएँ कर रहे हैं। इन लोगों पर चीन का असर हो गया है। कहीं यह दोनों भी उसी पार्टी के न हों? पुलिस यहाँ आ गयी तो? वह उनके सिर पर खड़ा है। दोनों समझ रहे हैं, उनके उठ जाने के लिए संकेत कर रहा है।

''अभी उठ जायेंगे लाले। तेरी कौन–सी साले ग्राहकों की लाइन बाहर खड़ी है। खोखा न हुआ अशोका होटल हो गया'', छोटा बोला।

दुकानदार बाहर जाकर फिर से अँगीठी के पास जा बैठा है। लम्बा थोड़ा रहम खा जाता है, ''उस पर क्यों फटते हो। घी का गुस्सा दाल पर उतारने से क्या फ़ायदा।''

''यह मेरा मामा लगता है क्या।''

लम्बा चुप हो जाता है। छोटा आज किसी न किसी से ज़रूर लड़ाई करेगा। उसके कान लाल हो रहे हैं, एक हाथ को दूसरे से दबा रहा है। सारी निशानियाँ ग्रॅनेड फटने की हैं। छोटा उससे सिगरेट माँगता है। लम्बा जेब से डबिया निकालता है। 'खट' की आवाज़ के साथ एक चाकू उसकी जेब से नीचे फ़र्श पर गिरता है। छोटा उसे गहरी आँखों से देखे जा रहा है, यह लम्बे को क्या हो गया है? चाकू और इसकी जेब में? वह हाथ बढ़ाकर चाकू ज़मीन से उठा लेता है। इसे खोलकर मेज़ पर रख देता है। अब वह लम्बे की ओर प्रतीक्षारत आँखों से देख रहा है।

''आजकल उसके चारों भाई मुझे मारने के चक्कर में हैं। पिछले इतवार को एक ने हमें पिक्चर से साथ–साथ बाहर निकलते देख लिया था।''

"तूने मुझे पहले क्यों नहीं बताया! जितना लम्बा है उतना ही बेवकूफ। ले। आज शाम को ही उन चारों का पेट न फाड़कर रख दिया तो नाम बदल देना। वो माँ के यार अपने को रुस्तम कब से समझने लगे।"

लम्बा अब डर गया है। वह जानता है छोटा आज लड़ाई मोल लेने के चक्कर में है। तभी तो उसके भाइयों की बात इसे बतायी न थी। इस साले चाकू को भी आज ही जेब से बाहर गिरना था। लाले ने मेज़ पर खुला रखा चाकू कनखियों से देख लिया है। अब उसे पक्का विश्वास हो गया है कि लड़के उस चीन वाली पार्टी के हैं। ज़रूर उसे चाकू मार देंगे। और अगर अगले चौक पर खड़ा सिपाही यहाँ पानी पीने आ गया

तो?... वह मुँह–ही–मुँह में हनुमान चालीसा पढ़ना शुरू कर देता है, फिर पानी के दो बड़े–बड़े गिलास भरता है। अन्दर आकर बिल्कुल चाकू के सामने रख देता है। अगर सिपाही बाहर से देखे भी तो अन्दर मेज़ पर रखा चाकू उसे दिखायी न दे। वह फिर बाहर लौट जाता है।

"देखा। ताक़त का ज़ोर। साला चाकू देखकर बिना माँगे पानी दे गया है। मैं कहता हूँ कहीं से मशीनगन मिल जाये तो इन सब माँ के यारों...।

लम्बा जेब में हाथ डालता है। चालीस पैसे गिनकर मेज़ पर रख देता है। लाले को आवाज़ देता है, "पैसे ले ले।"

लाला चालीस पैसे देखकर कहता है, "बाऊ जी दस पैसे और दो। पच्चीस का कप है।"

"क्यों? अन्दर कूलर लगा रखा है क्या? लेने हैं तो ले। यही रेट है। नहीं तो मौज कर।"

छोटा चाकू उठाकर देखता है। लाला पैसे उठा लेता है। छोटा मुस्कुराकर चाकू जेब में रख लेता है। दोनों बाहर आ जाते हैं।

दोनों सड़क के बीचो–बीच नपे–तुले क़दमों से आगे बढ़ रहे हैं। उनके पैरों की आहट उभरती है और झट से गर्मी में पिघलकर बह जाती है।

"रिक्शा करें?" छोटा।

"पैसे हैं?" लम्बा।

छोटा अपनी जेबें टटोलता है। पचास पैसे का सिक्का मिल जाता है। इसे देखकर लम्बा कहता है, "पर वहाँ तक तो रिक्शेवाला रुपया माँगेगा।"

"देखते हैं चल पेड़ के नीचे ठहरें।"

दोनों पेड़ के नीचे प्रतीक्षा कर रहे हैं। पसीने की धार बगल से निकलकर कमर तक धीरे–धीरे सरकती हुई पहुँच गयी है। छोटा कमीज़ दबाकर धार का बहाव तोड़ देता है। फिर वह अपनी आदत के प्रतिकूल बहुत धीमी आवाज़ में कहता है, "कितनी गर्मी है। दिल चाहता है किसी का ख़ून कर दूँ।"

लम्बे को अब डर लगना आरम्भ हो गया है। दूर से एक रिक्शा घिसटता हुआ–सा इस ओर आ रहा है। छोटा हाथ उठाकर इसे रोकता

है। पैसे पूछे बिना इसमें बैठ जाता है। लम्बा पल–भर के लिए झिझकता है, फिर वह भी बैठ जाता है।

"चल गाँधी बाज़ार ले चल," छोटा।

रिक्शेवाला अधेड़ आयु का है। दोनों को निगाह भरकर देखता है। उसे निश्चय हो जाता है यह सवारियाँ झगड़ा करेंगी। पैसे पहले तय कर लेने चाहिए।

"एक रुपया लगेगा।"

"अठन्नी मिलेगी। बहुत बड़–बड़ न कर", छोटा।

"मैं नहीं जाता। कोई और रिक्शा कर लो। दो मील दूर जाना है और एक अठन्नी।"

छोटे के कान लाल हो गये हैं। वह एक हाथ से दूसरे हाथ को दबा रहा है।

"नहीं चलता? कैसे नहीं चलता। तेरा बाप भी चलेगा।"

रिक्शेवाला बिल्कुल नहीं डरा। ऐसे बदमाश गाहक तो टकराते ही रहते हैं।

"ओ बाऊ फिर गाली न देना। चल, उतर नीचे", उसने छोटे का हाथ पकड़ लिया है। छोटा हाथ छुड़ाने के लिए ज़ोर लगा रहा है, लेकिन रिक्शेवाले का पंजा उसके हाथ पर शिकंजे की तरह कस गया है। छोटा कशमकश कर रहा है। अब लम्बा रिक्शेवाले को ज़ोर का धक्का मारता है। रिक्शेवाला हैंडल पर जा गिरता है। फिर वह उठकर झपटता है और लम्बे के रेत–रंगे बाल पकड़ लेता है। वह छोटे को बहन की मोटी–सी गाली देता है।

गर्मी बहुत पड़ रही है। उबले हुए पानी की बाल्टियाँ सब ओर बहा दी गयी हैं। छोटे को आज भी नौकरी नहीं मिली। वह आज सुबह से आग लगाने, बम चलाने की बातें कर रहा है। फिर रिक्शेवाले ने उसे बहन की गाली दी है। लम्बे को अब भी उसने बालों से पकड़ रखा है। और फिर आज गर्मी इतनी अधिक पड़ रही है कि किसी का ख़ून कर देने को दिल चाहता है।

वह जेब में हाथ डालता है। ग्रॅनेड बाहर निकालकर रिक्शेवाले की ओर झपटता है। लेकिन उसके हाथ में इस समय काल्पनिक ग्रॅनेड नहीं, चमकता हुआ चाकू है। उसका हाथ ऊपर उठता है। सूरज की निर्दय रोशनी में चाकू चमकता है और फिर रिक्शावाले के गले में पूरा–का–पूरा अन्दर घुस जाता है।

लम्बे के बाल उसके हाथों से छूट जाते हैं। वह नीचे लुढ़क जाता है। लम्बा दोनों हाथों से खींचकर चाकू उसके गले से बाहर निकालता है। उसे रिक्शेवाले की कमीज़ से साफ़ कर लेता है।

दोनों भाग खड़े होते हैं। उनके क़दमों की आहट सड़क पर दनदनाती और फिर एक गली में जाकर अचानक गुम हो जाती है।

रिक्शेवाला ज़िबह हो रहे बकरे की तरह बाँ–बाँ करके शोर मचा रहा है। साइकिलों पर जा रहे लोग वहाँ पर थम जाते हैं। दूर चौक पर खड़ा सिपाही भीड़ देखकर, शोर सुनकर वहाँ पहुँच जाता है। छोटी–सी भीड़ वहाँ पर जमा हो गयी है। सिपाही उसके गले से बहती हुई लहू की धार को देखता है। मामला संगीन है। एक आदमी से साइकिल माँगता है, "मैं थानेदार को बुलाकर अभी आया।"

सिपाही बड़ी तेज़ी से पास वाले थाने की ओर साइकिल पर बढ़ जाता है। जमा हुए लोग धीरे–धीरे बातें करना आरम्भ कर देते हैं।

"देखो कितना ख़ून निकल रहा है। यह बचता नहीं।"

"और सिपाही को देखो। इसे हस्पताल ले जाये, किसी डॉक्टर को बुलाये, लेकिन भागा है थाने की ओर।"

"अब वह कहाँ बचता है। बेचारा ग़रीब मारा गया।"

"अजी ग़रीब कहाँ? यह रिक्शेवाले भी परले दर्ज़े के बदमाश हैं। ज़रूर कुछ कहा होगा। हो सकता है सवारी का पर्स छीनकर भागने की कोशिश की हो। चाकू कोई ऐसे थोड़े ही मारता है।"

भीड़ आगे की घटना की प्रतीक्षा में खड़ी है। खोखेवाला भी वहाँ पहुँच गया है। ख़ून देखकर दहल जाता है। आज तो हनुमान जी ने उसे बचा लिया, नहीं तो क्या पता वह लड़के उसे ही मार डालते।

थानेदार वहाँ पहुँच गया है। भीड़ उसके लिए रास्ता छोड़ देती है। रिक्शेवाला अब बेहोश हो चुका है। वह किसी को थोड़ा पानी लाकर उसके मुँह में डालने के लिए कहता है। फिर वह सब लोगों से पूछता है कि किसी ने यह घटना अथवा मारने वाले को देखा तो नहीं। सब 'न' में जवाब देते हैं। तब थोड़ी दूर पर सड़क के किनारे वाले खोखे पर उसकी निगाह पड़ती है, "यह खोखा किसका है?"

"जी मेरा", लाला आगे आता है।

"तुमने ज़रूर सब–कुछ देखा होगा।"

"न जी। मैं तो अन्दर सफाई कर रहा था, भीड़ देखकर यहाँ आ गया। मैंने कुछ नहीं देखा।"

एक आदमी रिक्शेवाले के मुँह में पानी डालता है। वह आँखें खोल लेता है। थानेदार रिक्शेवाले के पास घुटनों के बल बैठ जाता है, "तुम उसे पहचानते हो?"

रिक्शावाला न में सिर हिलाता है।

"उनकी शक्ल–सूरत कैसी थी।"

किसी कोने में अटके हुए उसके प्राण ज़ोर मारते हैं। वह फटी–फटी आँखों से सब ओर देखता है। घाव ताज़ा है। इसलिए बहुत दर्द नहीं हो रहा। वह बड़ी कठिनाई से धीमी आवाज़ में जवाब देता है, "दो थे। एक लम्बा था। भूरे बालों वाला। एक छोटा था। सिर बहुत बड़ा था। उसकी आँखें मुर्दों–जैसी थीं। चेहरे की हड्डियाँ निकली हुई थीं। दोनों लिखे पढ़े...', और प्राणों की बची हुई शक्ति समाप्त हो जाती है। उसका शरीर किसी जख़्मी परिन्दे की तरह फड़फड़ाता है और फिर उसका सिर एक ओर लुढ़क जाता है। गले से अब ख़ून निकलना बन्द हो गया है, जिस्म में लहू शायद है ही नहीं।

थानेदार उठ जाता है। पैंट पर लगी हुई मिट्टी को हाथों से पोंछता है। वह भीड़ पर निगाह डालता है और सकते में जम जाता है, हैरान रह जाता है वहाँ पर जितने लोग खड़े हैं उनमें से बहुत सारे लम्बे कद के हैं। और इन सबके बाल भूरे हैं। बाक़ी लोग छोटे कद के हैं और इनके सिर भारी–भारी और बड़े हैं। इनके चेहरों पर मुर्दा आँखें चिपकी हुई हैं। इनके चेहरों की हड्डियाँ उभरी हुई हैं। वह अपने पास खड़े हुए सिपाही की ओर देखता है। उसका कद लम्बा है। और उसके सिर के बाल भूरे हैं। फिर थानेदार को अपने छोटे कद का ख़याल आता है। वह अपने मुँह पर हाथ फेरता है। यहाँ पहुँचा था तो चेहरे पर दोहरा मांस लटका हुआ था। लेकिन अब हाथों को हड्डियाँ चुभ रही हैं। सब एक जैसे चेहरे हैं। वह हैरान है कि पकड़े तो किसे?

सिपाही रिक्शेवाले का तहमद उतारकर उसका शरीर ढक देता है। और धीरे–धीरे एक जैसे चेहरे वाले सारे लोग वहाँ से जाना आरम्भ कर देते हैं।

किसी अप्रिय घटना का समाचार नहीं

चौक पर चाय–सिगरेट की रेढ़ी सुबह–सवेरे लग जाती है। सात बजे से पहले ही सिगरेट–पान लेने वालों का भीड़–भड़क्का, क्योंकि यह सड़क वायुसेना–अड्डे की तरफ़ जाती है। वायुसैनिक अपनी चमचमाती साइकिलें सड़क किनारे खड़ी कर सिगरेट–पान ख़रीदते हैं और अड्डे की तरफ़ साइकिलों पर ताबड़तोड़ भागते हैं। बूढ़ा सिगरेट–पान देता है।

इसी चौक पर रिक्शा–स्टैंड भी है। सवारी जल्दी झपटने के लिए रिक्शावाले बिना चाय घर से निकल पड़ते हैं। रिक्शा में बैठे चारों सड़कों पर लगातार गर्दन घुमाकर देखते। किलोमीटर दूर से आ रहे किसी भी आदमी की चाल से पहचान जायेंगे कि 'सवारी' है कि नहीं। जब पेट ख़ाली हो तो आँखें तेज़ हो जाती हैं। सवारी नहीं दिखती तो रेढ़ी से चाय लेंगे। चाय बूढ़े का बेटा बनाता है। चाय पीते हुए भी चारों सड़कों पर लगातार मुड़–मोड़कर देखती गर्दनें।

अगर कोई वायुसैनिक या सैनिक सिगरेट–बीड़ी के लिए जल्दी मचाये, तो बूढ़ा बिना सिर ऊपर उठाये हँसकर कहेगा–"अब साहब, भगवान ने हाथ तो दो ही दिये हैं न। अपने बड़े साहब से कहकर दो हाथ और लगवा दो, तो फिर जल्दी ही जल्दी।" किसी के पास टूटे पैसे न हों, तो बूढ़ा मीठी डपट मारेगा–"वापसी पर दे देना, साहब! अब आपका नोट तोड़ा, तो बाक़ी साहबों का अफ़सर सिर तोड़ देंगे।"

आसपास की कोठियों से आये सिगरेटख़ोर पन्द्रह मिनट तक रेढ़े के पास नहीं आते, सैनिकों के झुण्ड के हटने की प्रतीक्षा बड़े सब्र से करते। रेढ़ीवाला बूढ़ा हाथ लम्बा कर पक्के ग्राहकों को एक सिगरेट

पकड़ायेगा–"साहब, आप तब तक सुट्टा मारो, तलब तेज़ होगी। बाद में डिब्बी देता हूँ।"

लेकिन आज सवेरे जब वह चौक पर गया, तो हक्का–बक्का रह गया। न अपनी जगह पर सिगरेट–चाय की रेढ़ी ओर न रिक्शा–अड्डे पर कोई रिक्शा।

चौक से पहले ही फ़ौजी अपनी साइकिलों की रफ़्तार कम करते हैं। रेढ़ी नहीं दिखती तो गद्दी पर अध–उठकर पैडलों पर ज़ोर मारकर आगे बढ़ जाते हैं। उनके पास समय नहीं कि रुककर पूछें, "रेढ़ी कहाँ है?"

वह गर्दन उचकाकर दूर–दूर निगाह घुमाता है, शायद बूढ़े को आज घर से निकलने में देर हो गयी। साइकिल–पहिये लगी रेढ़ी को धकेलता दूर से दिख जायेगा। फिर वह निराश हो गया, आज सिगरेट नहीं मिलने के कारण। बूढ़े के देर से आने का सवाल ही नहीं उठता, दुकानदारी का असली वक़्त तो यही है।

एक रिक्शावाला उसके पास रुका और ख़बर दी कि रेढ़ी आज यहाँ नहीं लगेगी। सड़क से दूर तीसरी कोठी की चारदीवारी के अन्दर है। क्योंकि सवेरेवाले सारे–के–सारे पक्के ग्राहक एक–दूसरे को पहचानते हैं, इसलिए बेझिझक एक–दूसरे को छोटी–छोटी सूचनाएँ देंगे, घटनाएँ बतायेंगे।

वह तीसरी कोठी की तरफ़ चलने को हुआ कि तभी चौक पर एक टैंपो रुका। अगली सीट से एक सब–इंस्पेक्टर नीचे कूदा। उसने टेढ़ी गर्दन से चारों सड़कों पर निगाह घुमायी, आश्वस्त हुआ। फिर कड़ककर बोला–"जल्दी नीचे उतरो!"

पहले टैंपो से चार सिपाही नीचे कूदे, पीछे–पीछे आठ–दस मज़दूर, हाथों में कुदालें और नोकीले लेकिन मोटे सरिये।

"तोड़ दो! बिल्कुल हमवार कर दो!" कहकर सब–इंस्पेक्टर ने टोपी उतारी। उसे हिलाकर चेहरे पर हवा करने लगा।

मज़दूरों ने चारों सड़कों पर बने गतिरोधक तोड़ने शुरू कर दिये। इस चौक पर अक्सर सड़क–दुर्घटना होती रहती थी। शहर के लोगों ने केंटोनमेंट बोर्ड में प्रार्थना–पत्र देकर, ब्रिगेडियर साहब से मिलकर गतिरोधक बनवाये थे और आज उन्हें पुलिसवाले तुड़वा रहे हैं।

उसने आगे बढ़कर सब–इंस्पेक्टर से पूछा–"चौधरी साहब स्पीड ब्रेकर क्यों तुड़वा रहे हैं? सब स्कूलों के बच्चे इस स्कूल से गुज़रते हैं।"

चौधरी साहब ने उसे नीचे से ऊपर घूरकर देखा। कुरता–पाजामा, दाढ़ी बढ़ी हुई। अफ़सर नहीं, इसलिए जवाब देना ज़रूरी नहीं समझा। तभी मज़दूरों के पास खड़ा हवलदार वहाँ आया–"साहब, इन मज़दूरों को गांधी मंडी से पकड़कर लाया हूँ। सारे दिन का काम है, इन्हें दिहाड़ी कहाँ से देनी है?"

"ऐसे कर, आधी तनख़्वाह मैं डालता हूँ और आधी तू डाल और दे दे दिहाड़ी। तुझे हवलदार किसने बनाया है? चाय–वाय पिला देना और छोड़ आना गांधी मंडी। कोई दिहाड़ी माँगे तो कहना, थाने आकर ले जाये।" सब–इंस्पेक्टर ने रूमाल से मुँह पोंछा। हवलदार मज़दूरों के पास खिसक गया।

"आप यहाँ खड़े क्या देख रहे हैं? जाइए, अपना काम कीजिए।" यह घुड़की सुनकर वह तीसरी कोठी की तरफ़ चल पड़ा, जहाँ आज सिगरेट–चाय की रेढ़ी लगी है।

वह रेढ़ी के पास पहुँचा। बूढ़े के दो हाथ, जो इस वक़्त हमेशा मशीन की तरह चलते हैं, घुटने पर धरे–के–धरे। लगातार सर्दी–गर्मी में खुले में बैठकर काम करने के कारण शरीर का रंग ताँबे की तरह तपा हुआ। लेकिन आज आँखें लाल क्यों?

"बाबा, क्या हो रहा है? आज बड़े चुप हो।"

"होना क्या है, साहब, नसीब को रो रहे हैं?" बूढ़े की आवाज़ में ग़ुस्सा है, हार की मार नहीं।

"लेकिन आज रेढ़ी यहाँ क्यों लगा ली?"

"पुलिसवालों ने वहाँ से उठवा दी। परसों प्रधानमन्त्री जी आ रहे हैं। इसी सड़क से भाषणवाले मैदान में जायेंगे।"

"अच्छा! प्रधानमन्त्री आ रहे हैं? अख़बारों में तो ख़बर आयी नहीं।"

"स्कोरटी, साहब, स्कोरटी। पहले थोड़ा बताएँगे? मुझ बूढ़े को भी इसी वजह से वहाँ से उठा दिया। मैंने कहा, 'भाई, परसों आ रहे हैं, तो परसों सवेरे रेढ़ी हटा लूँगा।' आप तो जानो, पुलिसवाले भी हमसे सिगरेट–बीड़ी लेवें। जानते हैं। बताया कि बाबा, आज दिल्ली से स्कोरटीवाले चैकिंग करने आयेंगे। उन्हें कौन समझाये! इसलिए तीन दिन के लिए छू–मन्तर हो जाओ।"

"कहते तो ठीक हैं, बाबा! आज के हालात देख़ते हुए सुरक्षा के कड़े बन्दोबस्त ज़रूरी हैं।"

"साहब, बुरा मत मानना, आपसे उम्र में बड़ा हूँ। बड्डुत सारे नेता और प्रधानमन्त्री देखे हैं, लेकिन किसी ने आज तक पेट पर लात नहीं मारी। पण्डित जवाहरलाल नेहरू तो खुली कार में सफ़र करते थे। बँटवारे के दिनों के बाद कई बार यहाँ आये। बहुत बड़ा रफ़ूजी कैम्प लगा था। जहाँ भीड़ देखते, कार से कूद पड़ते। ख़ुद मुझे उन्होंने कन्धे पर थपथपाया, हाथ मिलाया था।" उसका सीना गर्व से कुछ इंच चौड़ा हो गया। मुझे एक सिगरेट पकड़ायी।

"साहब, अपनी कोठीवाले दोस्तों को बता देना। तीन दिन रेढ़ी यहाँ लगेगी। कुछ ग्राहक तो आयें। बोर्डवालों को रोज़ पाँच रुपये चढ़ावा चढ़ाना है।"

"चढ़ावा क्यों? रेढ़ी लगाने का लाइसेंस जो है।"

"अरे साहब, लाइसेंस चाटना है क्या? रेढ़ी कहाँ लगानी है, इसकी जगह की मंजूरी तो वही देंगे न। अगले साल इस जगह का चढ़ावा दस रुपये रोज़ कर रहे हैं। देने हैं तो दो, नहीं तो रेढ़ी लगाने वाले और बहुत।" उसने पान लगाना शुरू कर दिया।

"बाबा, मैं तो पान खाता नहीं।"

"आज खा लेना, साहब! ससुरे ग़रीब के हाथ न चलें, तो लकवा मार जाता है। अच्छा साहब, एक बात बताओ। जो कोई हमारे पेट पर लात मारे, क्या हम उसे वोट दें? नहीं देनी चाहिए न? मेरे घर और मुहल्ले की सौ से ऊपर वोटें हैं। मजाल है, कांगरस पार्टी को एक भी डाल जायें। ये रिक्शेवाले, जिन्हें सड़कों से तीन दिन के लिए भगा दिया गया है, डालेंगे वोट इनको? साहब, मेरी बात पत्थर पर लकीर समझो। इस बार चौधरी देवीलाल वाली पार्टी कांगरस को जड़ से न उखाड़ दे, तो मैं अपने पेशाब से अपनी मूँछें धो लूँ। साहब, प्रधानमन्त्री अच्छे मेहमान हैं! पहली बार हमारे शहर आ रहे हैं, तो तीन दिन के लिए हम ग़रीबों का खाना-पीना बन्द!"

एक पुलिसवाला रेढ़ी के पास आया-"चाचा, एक बंडल बीड़ी दे। और सुन, मैं तेरे पक्के ग्राहकों को बताता जा रहा हूँ कि रेढ़ी यहाँ लगी है। सारे आ जायेंगे।"

"भगवान तेरा भला करे, वीरा! अच्छा, यह तो बता, सड़कें क्यों तोड़ रहे हैं?"

"चाचा, स्पीड ब्रेकर की वजह से गाड़ी की स्पीड कम करनी पड़ती है। तोड़ इसलिए रहे हैं कि प्रधानमन्त्री की कार धीमी न करनी पड़े, जन्नाटे–से निकल जाये। ख़तरा है, ख़तरा।" पुलिसवाले ने व्यंग्य से मुसकराकर यह आख़िरी बात बतायी।

वह काम पर जाने के लिए दस बजे स्कूटर पर घर से निकला। बड़े चौक पर, उसे पता है, गतिरोधक अभी तक तोड़े जा रहे होंगे, इसलिए कोठी के पीछेवाले रास्ते से निकलकर छोटे चौक की तरफ़ मुड़ा, जो बड़ी सड़क से लगता है। लेकिन स्कूटर रोकना पड़ा, क्योंकि सड़क पर तीन ट्रक आड़े खड़े करके इसे बन्द कर दिया गया है। उसने पेड़ के नीचे स्कूटर खड़ा किया। कच्ची सड़क से पैदल निकलकर ट्रक पार किये। सड़क किनारे खड़े सिपाही से पूछा–"क्यों, भाई! ट्रकों से सड़क क्यों बन्द कर दी?"

"बाऊ जी, प्रधानमन्त्री आ रहे हैं।"

"लेकिन वे तो आज नहीं आ रहे हैं।"

"तो क्या? रिहर्सल हो रहा है। सड़क बारह बजे तक बन्द रहेगी। अगली सड़क से निकल जाओ।"

"अगली सड़क खुली होगी न? दफ़्तर पहुँचना है।"

"मैं क्या जानूँ? मेरी ड्यूटी तो इस सड़क को बन्द रखने की है। मेरी मानो तो आज पैदल ही निकल जाओ। स्कूटर किसी–न–किसी बहाने धर लेंगे।"

"लेकिन दफ़्तर तो दो किलोमीटर दूर है।"

"बाऊ जी, पैदल चलने से आज तक कोई मरा है क्या? मुझे देखो, तीन घण्टे से चल रहा हूँ, टाँगें लोहे की तरह मज़बूत..." उसने बात बीच में छोड़ दी। सड़क पर तेज़ी–से आती पुलिस की जीप देखकर एकदम सावधान की मुद्रा में खड़ा हो गया। बन्दूक़ कन्धे पर। जीप जन्नाटे–से पास से निकल गयी। अन्दर बैठे पी–कैप डाले, धूप का चश्मा लगाये अफ़सर ने सैल्यूट देते सिपाही की तरफ़ देखा तक नहीं।

सुबह की सैर के दोस्त, रिटायर्ड जज की बात उसे याद आ गयी। जाने किस सन्दर्भ में बताया था–आई.ए.एस. और आई.पी.एस. तीन जादुई अक्षर...मैजिक लैटर्स होते हैं। नाम के साथ जब ये लग जायें, तो आदमी

का कायाकल्प हो जाता है। आदमियों की क़तार से निकलकर वह देवताओं, सुपरमैन की क़तार में जा बैठता है। एक साल की ट्रेनिंग के बाद ज़िले का सबसे योग्य आदमी–जज से, डॉक्टर से, वाइस चांसलर से, हर आदमी से बड़ा और योग्य, जिसके आगे सब जवाबदेह हैं, लेकिन वह किसी के आगे नहीं। देश के यही असली शासक, अपनी सरकारी ताक़त से लगातार मस्ताये हाथी की तरह झूमते।

वह वापस मुड़ा कि स्कूटर घर रखे और पैदल काम पर जाये। पीछे से सिपाही ने आवाज़ देकर पूछा–"अरे! कौण काम करो?"

"कॉलेज में पढ़ाता हूँ।"

"अरे गुरु जी! तो पहले क्यों न बताया? आप कच्चे से पैदल स्कूटर निकाल लो, फिर इसी सड़क से कॉलेज निकल जाओ। ससुरी जीपों के चलने से सड़क न घिसी, स्कूटर से क्या घिस जायेगी?"

वह स्कूटर आड़े खड़े ट्रकों के पीछे से आगे पक्की सड़क पर लाया। ऊपर बैठकर किकें मारीं, स्टार्ट नहीं हुआ। स्टैंड पर खड़ा किया। किक मारी। मरियल–सी फट–फट और स्कूटर बन्द।

"गुरु जी, ओवर हो गया।" सिपाही ने स्कूटर एक ओर झुकाया, तड़ातड़ किकें मारीं। स्टार्ट हो गया। "कहा न गुरु जी, ओवर हो गया। सुसरा सरकार की तरह है। तड़ातड़ मारो, तो ही चले।"

"कहाँ से आये हो, भाई?"

"न ही पूछो, गुरु जी! सारे हरियाणे की पुलिस जगह–जगह से यहाँ आ गयी है।"

"खाने–ठहरने का क्या इन्तज़ाम है?"

"ख़ूब पूछी, गुरु जी! अरे, यहाँ सड़क के किनारे सोएँगे, यहीं हगें–मूतेंगे, सुबह नल के पानी से मुँह धोकर फिर गश्त शुरू। सुसरे जनावर जो ठहरे! आप यहाँ के एम.एल.ए. से कहकर जो नया तीन स्टार सरकारी होटल खुला है, वहाँ ठहरा दो न?" उसने छेड़खानी की!

वह कॉलेज पहुँचा। आजकल गर्मी की छुट्टियाँ हैं, लेकिन वार्षिक परीक्षाएँ चल रही हैं। प्रिंसिपल ने बताया कि कल और परसों दोपहर दो से पाँच परीक्षाएँ नहीं होंगी। उसने कहा, "लेकिन प्रधानमन्त्री तो परसों आ रहे हैं। कल परीक्षा–केन्द्र बन्द करने का क्या तुक?"

"शर्मा जी, प्रधानमन्त्री का क्या? हो सकता है, कल ही आ जायें! वह किसी के नौकर तो नहीं कि जब कहें, तभी आयें। परीक्षा–केन्द्र बन्द

करने की वजह पूछनी है, तो आप डिप्टी–कमिश्नर से फ़ोन कर बात कर लो। उन्होंने ही फ़ोन पर ऑर्डर दिया है। आप समझते क्यों नहीं, हालात नाज़ुक हैं। प्रधानमन्त्री दोपहर बाद आ रहे हैं। कॉलेज के सामने की सड़क से गुज़रेंगे। एग्ज़ाम देने वाले लड़कों की भीड़ लगी होगी न सड़क पर। उनकी सिक्योरिटी इम्पॉर्टेंट है कि लड़कों की परीक्षा?" बात करते हुए प्रिंसिपल के चेहरे पर तेज़ आ गया, कन्धे चौड़े हो गये जैसे प्रधानमन्त्री की सुरक्षा का एक बहुत बड़ा भार उन पर भी आ पड़ा हो।

वह स्टाफ़रूम में आया। घर जाकर भी क्या करना है। संस्कृत के प्राध्यापक से कहा–"पण्डित जी, प्रधानमन्त्री आ रहे हैं। हाथवाले झण्डे ही झण्डे उग आये हैं शहर भर में।"

"शर्मा जी, उन कीलों का क्या होगा, जो पाँच साल पहले लोगों की आत्माओं में कांग्रेस ने गाड़ दी थीं। एम.एल.ए. कम होने पर भी राज झपट लिया। उस सामूहिक अपमान का बदला तो लोग लेंगे ही। अंग्रेज़ी में कहते हैं न कि माँ–बाप के पापों, कुकर्मों का फल सन्तान को भोगना पड़ता है।"

"एक पार्टी गयी, उसकी जगह वैसी ही दूसरी आ गयी, तो क्या फ़र्क़ पड़ता है! यह कोई क्रान्ति हुई क्या?" अंग्रेज़ी के प्राध्यापक, जो शौक़िया साम्यवादी हैं, नाक चढ़ाकर बोले।

"क्यों साहब, दुश्मन घर के आगे बैठा हो, उसे मारना ज़रूरी है कि पहले रूस से सलाह लेना कि बताइए, क्रान्ति लाने का वैज्ञानिक तरीक़ा क्या है? लोगों के मनोविज्ञान की ऐसी–तैसी! उन्हें हमारा विज्ञान जिधर चाहे हाँक लेगा, धकेल देगा।" पंजाबी के प्राध्यापक ने जलकर अंग्रेज़ीवाले की बोलती बन्द करनी चाही।

"लेकिन साहब, पिछले सालों में तो हरियाणा में कोई जुल्म नहीं हुआ। मेरी बात लिख लें। कांग्रेस और विरोधी दल की बराबर–बराबर सीटें आयेंगी।" अंग्रेज़ीवाले ने बात बदली, जैसे कि शौक़िया साम्यवादी अक्सर करते हैं।

"आपने शायद सुना नहीं, बोया पेड़ बबूल का आम कहाँ ते होय।" संस्कृतवाले ने हँसकर कहा।

"लेकिन पार्लियामेंट के चुनाव तो इन्हीं की लीडरशिप में जीते गये थे। रिजाउंडिंग विक्टरी!" अंग्रेज़ीवाले ने तीर चलाया।

"तब तो माँ मरी थी, अब किसे मरवायेंगें? रह गया कोई मरकर सिर पर ताज रखने वाला?" पंजाबीवाले ने सबको घूरकर देखा और स्टाफ़ रूम से बाहिर निकल गया।

"पण्डित जी, वह बबूल और आमवाले दोहे का अर्थ तो समझा दें।" अंग्रेज़ीवाला कमीनगी पर उतर आया।

"अर्थ तो आप जैसे मानसिक ग़ुलामों को तब समझ आयेगा जब अनर्थ होगा। चिन्ता मत करें। लोगों ने थैली के बैंगनों को फेंकना शुरू कर दिया है।" वह भी बाहिर निकल गये।

"आज सब बड़ी गर्मी में हैं।" अंग्रेज़ीवाले ने लटके मुँह से कहा।

"सारे देश को बुख़ार चढ़ चुका है और आपको आज गर्मी लगी? घर जाकर कूलर के सामने बैठिए न?" और वह भी स्टाफ़ रूम से उठ गया।

सुबह की सैर से वह रिटायर्ड जज साहब लौटे, तो ठिठककर चौक पर खड़े हो गये। किनारे पर लगे लगभग सौ साल बूढ़े पेड़ पर कुछ मज़दूर चढ़े, इसकी शाखाएँ, तने काट रहे थे। इसके साये में रेढ़ीवाला बाबा चाय–सिगरेट की रेढ़ी लगाता है, रिक्शावाले धूप–बारिश से बचने के लिए ओट लेते हैं, लोकल बस पकड़ने के लिए लोग, स्कूली बच्चे–बच्चियाँ खड़े होते हैं। आज इसी पेड़ को काटा जा रहा है।

जज साहब ने एक सिपाही से पूछा कि पेड़ क्यों कटवाया जा रहा है? सिपाही आवाज़ से, सवाल पूछने के ढंग से ही समझ गया कि कोई अफ़सर होगा। नौकर की नाक हमेशा तेज़ होती है, सूँघकर ही मालिक को पहचानने में निपुण। उसने बताया कि दिल्ली से स्कोरटीवाले आये थे। पेड़ इतना बड़ा और घना है कि इस पर छिपकर कोई भी बैठ सकता है, इसलिए ऑर्डर दिया कि इसे काट दो। काट रहे हैं।

वे दोनों वहाँ से आगे निकले। जज साहब ने कहा–"आपको पता है, इस पेड़ की क्या उम्र होगी?" उसने 'न' में सिर हिलाया।

"जितनी उम्र इस छावनी की है, सौ साल से ऊपर। अंग्रेज़ बाहिर से आये थे, फिर वे भी देश की गर्मी से वाक़िफ़ हो गये। सड़क के किनारे सायेदार पेड़ लगवाये–शीशम, नीम, पीपल। अब हाल देखिए... यहाँ से दिल्ली तक कोई सायेदार पेड़ नहीं मिलेगा। बस, लगाइए युक्लिप्टस, बेचिए, पैसे कमाइए। सरकार एक दुकानदार हो गयी है, सिर्फ़ मुनाफ़े के लिए खोली गयी दुकान..." वह अपनी कोठी के गेट के पास रुके।

उसे पता है, अपनी बात का निचोड़–वाक्य कहेंगे, आदतन। जज साहब उदास आवाज़ में बोले, आशाहीन आवाज़ में, 'देश एक सायेदार पेड़ होता है। कश्मीर से यह पेड़ कटना शुरू हुआ, पंजाब में कट रहा है, कन्याकुमारी तक शायद जल्दी ही कट जाये। तब लोग ज़िन्दा तो रहेंगे क्योंकि उन्हें ज़िन्दा रहना है, लेकिन यह ज़िन्दगी बिना सायेदार पेड़ की ज़िन्दगी होगी, हमेशा तपती, झुलसती हुई ज़िन्दगी।" और वह अपने घर की ओर मुड़ गये, बिना हाथ मिलाये या अलविदा कहे।

आज कहीं नहीं जाना, सुबह से अख़बार चाटता रहा, जिसमें मरने वालों के ब्यौरे थे, कहाँ कितने मरे! फिर वह आँखें मूँदकर लेट गया, सोया नहीं। मन में पेड़ उगते रहे, कटते रहे। बारह बजे के आसपास बाहिर रिक्शा रुकी। पत्नी स्कूल से इतनी जल्दी कैसे लौट आयी? स्कूल तो दो बजे बन्द होता है, ख़ैर तो है? वह कमरे से निकला, बरामदे में आया–"आज जल्दी छुट्टी हो गयी!"

"हाँ, प्रधानमन्त्री आ रहे हैं। स्कूल के बच्चों की सड़क पर भीड़ न लगे, इसलिए पहले छुट्टी कर दी।"

"लेकिन उन्होंने तो कल आना है।"

"नहीं, आज ही तीन बजे आ रहे हैं। सिक्योरिटी की वजह से उनके कल आने की बात उड़ायी गयी थी।"

खाना खाते हुए छोटा लड़का, जो तीसरी क्लास में पढ़ता है, रुक गया।

"क्या हुआ? अभी तो एक रोटी भी नहीं खायी!"

"मैं प्राइम मिनिस्टर को देखूँगा।" उसे अंग्रेज़ी शब्द बोलने की आदत अभी से पड़ रही है।

"चुपचाप खाना खाओ। प्रधानमन्त्री को कोई नहीं देख सकता।" वह खीजी हुई आवाज़ में बोला।

"पापा, झूठ नहीं बोलते। हाँ, क्रॉसिंग पर लोग खड़े हैं। मैं भी देखूँगा।"

"नहीं गर्मी है।"

"अरे दिखा दो, बच्चा है। घर के बाहिर ही तो चौक है, जहाँ से उनकी कार गुज़रेगी।"

"ठीक है। अभी सो जाओ, पाँच बजे ले चलूँगा।"

"लेकिन प्रधानमन्त्री तो तीन बजे आ रहे हैं।" पत्नी ने टोका।

उसे थोड़ा–सा ग़ुस्सा आ गया, शब्द चबा–चबाकर कहा, "तुम उनकी पी.ए. लगती हो क्या? कल लाउडस्पीकर पर आने का समय पाँच बजे बताया था कि नहीं?"

"महाराज, घर से बाहिर भी निकल लिया करो। सुबह से मुनादी हो रही है कि तीन बजे आयेंगे।" पत्नी जब उसकी ग़लती पकड़ती है, तो 'महाराज' बुलाकर छेड़ेगी।

"लेकिन कल...! ग़लत टाइम बताने की तुक?"

"सिक्योरिटी!" पत्नी ने एकदम गम्भीर होकर कहा।

उसने चुप रहना ही मुनासिब समझा। 'सुरक्षा' शब्द का वज़न आजकल बढ़ रहा है, क़द भी? लगता है, भाईचारा, मेल–जोल, जन–सम्पर्क, गरमजोशी, स्नेह आदि सब शब्दों को यह शब्द खा गया है। वह दिन दूर नहीं, जब शब्दकोश में सिर्फ़ एक शब्द रह जायेगा–'सुरक्षा, सिक्योरिटी'।

वह लड़के के साथ चौक पर पहुँचा। मुश्किल से चालीस–पचास लोग वहाँ होंगे, वे भी शायद कांग्रेस के कार्यकर्ता, क्योंकि उनके चेहरों पर निश्चित पराजय की मोहरें लगी हुई थीं। आज चौक पर सूरज की गर्मी और धूप धरना देकर बैठी हुई थी, क्योंकि सूरज का दुश्मन नीम का पेड़ कट चुका था। सूरज किसी विजेता की तरह काले मोटे तने पर कुल्हाड़ियों से उग आये सफ़ेद घावों पर अपनी किरचें चुभाता हुआ। लड़का हैरान! आज यहाँ धूप कैसे? ऊपर देखा, पेड़ कटा हुआ, बिल्कुल निबाँहा।

"पेड़ किसने काटा?"

"प्रधानमन्त्री आ रहे हैं।" वहीं पास खड़े रेढ़ीवाले बाबा ने बताया।

"बाबा, पान खिलाओ।" लड़के ने आदतन कहा। आज बाबा ने शरारत से पूछा नहीं कि कौन–से नंबर के तम्बाकू वाला पान! सिर्फ़ 'नहीं' कहा।

"नहीं क्यों? सात नंबर वाला पान लगाओ।"

"नहीं, आज प्रधानमन्त्री आ रहे हैं। दुकान बन्द!"

सड़क पर एक नयी–निकोरी जीप लगातार घूम रही है। छोटी–सी भीड़ के पास रुकी। धूपचश्मा डाले युवा पुलिस अफ़सर नीचे उतरा। उसने लोगों को घूरकर देखा–तुम्हारी ऐसी की तैसी वाले अन्दाज़ में। एकदम कड़कती आवाज़ में आज्ञा दी, "सड़क से बीस फुट दूर हो जाओ!"

लोग पीछे हटे। किसी की आवाज़ आयी कि इतनी दूर से बन्द कार में बैठे प्रधानमन्त्री के दर्शन कैसे होंगे?

उसने गैण्डे की तरह गर्दन घुमायी, आवाज़ के साथ चेहरा जोड़ने की कोशिश में। उसे पता नहीं लग सकता कि किसने उसकी आज्ञा पर एतराज़ किया, इसलिए सामूहिक भभका मारा–"कराऊँ दर्शन तुम लोगों को!"

वह जीप में बैठा, जीप आगे निकल गयी। एक सिपाही ने दूसरे को बताया कि नया ए.एस.पी. है। दूसरे को शायद इस रैंक का मतलब समझ नहीं आया। पहले ने समझाया–"अतिरिक्त पुलिस अधीक्षक। ट्रेनिंग के बाद इन्हें एस.पी. साहब के साथ लगाया जाता है, ज़िले का काम सीखने के लिए। ताक़त का नया–नया नशा पचता नहीं। सुबह से काट खाने को हुआ पड़ा है। चौक से हवाई–अड्डे तक की सड़क पर सुरक्षा की ज़िम्मेदारी इसकी है।"

बड़ी सड़क तो ख़ाली है, लेकिन दो पहुँच–सड़कों पर सौ गज़ दूर ही सारा ट्रैफ़िक रोक दिया गया है। अपनी कारों, स्कूटरों और साइकिलों से उतरकर लोग चौक की तरफ़ आ गये हैं।

तभी एक साइकिल पर सवार आदमी तेज़–तेज़ पैडल मारता चौक की तरफ़ आया। शायद मोटरों–कारों को सौ गज़ पीछे रोकते सिपाही ने उसे देखा नहीं। उसने साइकिल दायीं ओर की सड़क पर मोड़ी। चौक पर खड़े दो सिपाहियों ने हैंडल पकड़कर साइकिल रोकी। एकदम गति–भंग होने के कारण साइकिल लड़खड़ायी। एक ओर हुलाद हो गयी। आदमी सड़क पर आधा गिरा।

"दिख़ता नहीं, ट्रैफ़िक बन्द है। किधर जा रहा था?"

"स्कूल, अपने बच्चों को लेने। आज देर हो गयी।" उस आदमी ने हाँफती आवाज़ में बताया। हैंडल पर लटका थैला उसने उतार लिया।

"स्कूल में तो आज आधी छुट्टी हो गयी। तुझे पता नहीं, प्रधानमन्त्री आ रहे हैं। ट्रैफ़िक बन्द!" सिपाही उसकी साइकिल को घसीटकर पीछे लाया। दूसरा सिपाही उसे छोटे–छोटे धक्के देकर सड़क से नीचे कर रहा है।

"कितने बजे छुट्टी हो गयी?" उसकी घबरायी आवाज़।

"बारह बजे।" लोगों ने बताया।

"तीन बजने वाले हैं। बेचारे के बच्चे तब से स्कूल के गेट के बाहिर धूप में जल रहे होंगे।" इस सहानुभूति–भरे वाक्य ने उस आदमी में थोड़ी–सी जान डाली। उसने सिपाही से इल्तज़ा की–"चौधरी साहब! स्कूल तक जाने दो। एक मिनट में पहुँच जाऊँगा। बच्चे मारे डर से बिलख रहे होंगे।"

"पिछले चौक से मुड़ जा। यह सड़क बन्द है।"

"साहब, पिछला चौक तो दो किलोमीटर दूर है। यहाँ से मुड़ने दो। वापस उधर से हो जाऊँगा। मेरे बच्चे!"

सिपाही ने हवलदार की ओर देखा, सलाह माँगती आँखों से। हवलदार ने सड़क पर निगाहें दौड़ायीं–बिल्कुल ख़ाली। थोड़ा आश्वस्त दिखा, फिर उस आदमी से कहा–"कच्चे से साइकिल पर गुज़र जा। जल्दी कर। और बच्चों के साथ इधर से मत मरना। पीछेवाले चौक से दफ़ा हो जा।"

उस आदमी ने सड़क के कच्चे हिस्से पैदल–पथ से दूर साइकिल सीधी खड़ी की। पैडल पर पैर रखा गति बढ़ाने के लिए, कुछ क़दम एक पैर पर उचका और छोटी–सी छलाँग लगाकर गद्‌दी पर बैठ गया।

उसी क्षण हवाई–अड्डे की तरफ़ से उस नये अफ़सर की जीप आयी। साइकिल पर सवार आदमी को अफ़सर ने देखा। जीप के ब्रेक लगने की आवाज़ छोटे धमाके की तरह फूटी। उस युवा अफ़सर ने बाघ की तरह छलाँग लगायी। साइकिल को धक्का दिया। साइकिल सवार समेत खड़खड़ाकर नीचे गिर गयी।

इससे पहले कि साइकिल वाला ज़मीन से उठे, अफ़सर ने उसकी गर्दन में पंजा गड़ाकर ऊपर उठाया–बिल्कुल वैसे, जैसे बाघ अपना शिकार उठाता है। अफ़सर ने उससे कोई भी सवाल नहीं पूछा। अपना घुटना उस आदमी के पेट में मारा। आदमी के मुँह से फटते गुब्बारे जैसी आवाज़ निकली, वह दोहरा हो गया। अफ़सर ने अपनी पेटी से रिवाल्वर निकाल लिया। उसके नीचे झुके सिर पर हत्था मारा। आदमी चीख़ा।

पहले चौक पर खड़े सिपाही भागकर वहाँ पहुँचे। उस आदमी को अपनी बाँहों में जकड़कर खड़ा किया। अफ़सर अब उसके मुँह पर लगातार थप्पड़ मार रहा है। छोटी–सी भीड़ चौक से सरककर वहाँ आ गयी।

"कौन है? कहाँ जा रहा था?" अफ़सर के हाथ मार–मारकर थक गये, तो यह सवाल पूछा।

"बच्चे...स्कूल..." उस आदमी के मुँह से ख़ून–सने शब्द निकले।

"स्कूल के बच्चे मारने जा रहा था!" अफ़सर दहाड़ा। उसको झन्नाटेदार थप्पड़ मारा। अब उस आदमी के फटे होंठों से ख़ून की बूँदें एक छोटी–सी लकीर में बह रही हैं।

तभी सड़क पर गिरे थैले पर अफ़सर की निगाह पड़ी। थैले के कपड़े से छोटी–छोटी गोलाइयाँ साफ़ दिख रही हैं। अफ़सर का मुँह पीला पड़ गया। उछलकर थैले से दूर हुआ और एक सिपाही को आज्ञा दी–"देख, थैले में क्या है?"

सिपाही ने थैला खोला नहीं, कपड़ा छूकर कहा, "साहब, अन्दर गोल–गोल चीज़ें हैं।"

"हैंड–ग्रेनेड। पीछे हटो!" पास आ गये लोगों से डरी हुई चीख़ में अफ़सर ने कहा।

फिर उसे ख़याल आया कि प्रधानमन्त्री का क़ाफ़िला आया कि आया। सड़क के किनारे बनी कोठी की तरफ़ उस आदमी को घसीटना शुरू किया। सिपाही को आज्ञा दी–"तुझे साँप सूँघ गया है? थैला उठाकर कोठी की चारदीवारी के अन्दर फेंक!"

सिपाही नीचे झुका, थैला उठाया और पूरे ज़ोर–से कोठी की चारदीवारी के ऊपर से अन्दर के ख़ाली हिस्से में फेंका।

लोग छोटे क़द की चारदीवारी के साथ लगकर खड़े हो गये। कोठी के अन्दर देख रहे हैं। आदमी ज़मीन पर गिरा हुआ है और अफ़सर उसकी तरफ़ रिवाल्वर ताने थोड़ी दूर खड़ा है।

गिरते हुए थैले का मुँह खुल गया। छोटी–छोटी, गोल–गोल चीज़ें मैदान में बिखर गयीं।

"हथगोले हैं!" एक डरी हुई आवाज़।

"बाबू, अन्धे तो नहीं हो? हथगोले नहीं, आलू हैं। बेचारा गाँव के स्कूल का मास्टर है। वहाँ से आते हुए सस्ते में सब्ज़ियाँ ले आता है। मेरी दुकान से रोज़ बीड़ी ख़रीदता है।" बाबा ने तेज़ आवाज़ में बताया।

चारदीवारी के पास खड़े अफ़सर के पैरों के पास लुढ़ककर एक आलू पहुँचा। उसने अपने बूट की नोक से इसे छुआ, फिर पूरे ज़ोर–से दबाया। आलू फिस्स हो गया। अफ़सर ने अपने आप से कहा, "ओ! शिट!" उसके दिल में पुलिस मैडल और राष्ट्रपति पदक प्राप्त करने के जो सपने उग आये थे, वे उस आलू की तरह कुचल गये। वह चारदीवारी से सड़क की

ओर बढ़ा। साथ खड़े सिपाही को आज्ञा दी–"जब प्रधानमन्त्री की कार गुज़र जाये, तो इस आदमी को छोड़ देना।"

वह ज़ख़्मी आदमी अध–उठ बैठा। उसकी एक आँख सूजकर बन्द है, बूट की ठोकर लगी होगी। वह ज़मीन पर इधर–उधर दोनों हाथ फेर रहा है, कुछ तलाशते हुए हाथ। उसका एक हाथ पत्थर पर पड़ा। उँगलियाँ पत्थर पर कस गयीं। दूसरे हाथ से घुटनों पर ज़ोर दिया, पूरा खड़ा होने के लिए। उसका ज़ख़्मी जिस्म झूल रहा है। अफ़सर की पीठ उसकी तरफ़ है। उसका पत्थर पकड़ा हाथ हवा में उठना शुरू हुआ। सिपाही लपका, उसके उठते हाथ को पकड़ा, पत्थर छीनकर नीचे फेंका और दबी और लगभग रो रही आवाज़ में घुड़का–"पागल हो गये हो!" अफ़सर की तरफ़ इशारा करके बात पूरी की, "वह कुत्ते का बीज तुम्हें गोली मार देगा।"

वह आदमी फिर ज़मीन पर बैठ गया, लेकिन वह न कराह रहा है, न रो रहा है। उसने अपने ख़ाली हाथ को देखा, फिर बाँह सीधी की, साँस रोकी, क्योंकि उसकी कल्पना में एक बन्दूक़ उग आयी है, जो अब उसके हाथ में है।

रात को दूरदर्शन पर मुख्य समाचार जवान दिखने की कोशिश में अधेड़ उम्रवाली औरत ने पढ़ा। लिपा–पुता चेहरा, बालों में सफ़ेद फूलों का गजरा, ग्राहक को अपनी तरफ़ खींचने की कोशिश करती मंडी की औरत वाली मशीनी मुसकान–"आज देश में किसी अप्रिय घटना का समाचार नहीं।"

रफ़्जी

नानी बिल्कुल अनपढ़। अस्सी के ऊपर आयु होगी, लेकिन अंग्रेज़ी के कुछ शब्द उसे आते हैं—जैसे कि रिफ़्यूज़ी, जिसे वह 'रिफूजी' बोलती है।

कुछ शब्द इतिहास की उपज होते हैं, जो प्रतिदिन की ज़िन्दगी का हिस्सा बन जाते हैं। ये शब्द राजा अथवा रानी की देन होते हैं। अंग्रेज़ जाते—जाते बँटवारा करा गये और विरासत में एक शब्द दे गये—रिफ़्यूज़ी। जैसा कुछ वर्ष पहले हमारी महारानी मरी और विरासत में एक शब्द दे गयी—उग्रवादी।

सारा क़स्बा उन्हें 'नानी' कहकर बुलाता है। शायद परिवार के सदस्यों के अलावा किसी को भी असली नाम मालूम या याद नहीं। जिस्म के सारे हिस्से जिस्म का साथ छोड़ चुके हैं सिवा आवाज़ के। फटे ढोल की तरह की आवाज़—एकदम कानफाड़ और ऊँची।

बेटे तो बँटवारे की भेंट चढ़ गये। एक लड़की बची थी, इसलिए कि विभाजन से पहले वह जालन्धर में ब्याही गयी, अब वह भी नहीं। उसके बेटे, अपने दोहते के साथ नानी रहती है, इस क़स्बे में। क्लेमों में थोड़ी ज़मीन मिल गयी, मकान भी बनवा लिया। दोहता कॉलेज में पढ़ाता है, लेकिन नानी उसे प्रोफ़ेसर नहीं, 'मास्टर' कहकर बुलाती है। उसकी समझ में सब पढ़ाने वाले मास्टर ही होते हैं। वह जालन्धर के कॉलेज में, जो यहाँ से दस किलोमीटर दूर है, रोज़ पढ़ाने जाता है, स्कूटर पर।

नानी आँगन में नीम के पेड़ के नीचे लेटी हुई। बच्चे स्कूल जा चुके हैं, अपनी माँ के साथ, जो उसी स्कूल में पढ़ाती हैं।

आँगन में क़दमों की आवाज़ें। नानी कमर पर हाथ रख चारपाई पर अध—उठ गयी। अध—अन्धी है। नज़र बाँधकर क़दमों को, आवाज़ों को जिस्मों के साथ जोड़ने की कोशिश की, लेकिन कोशिश, नाकाम।

"कोण? किस नूँ मिलना है? घर कोई नहीं। शाम नूँ आँणा।" नानी की आवाज़ सुनकर नीम पर बैठे कव्वे ने गर्दन घुमायी। कहीं कोई ख़तरा नहीं। फिर भी एक टहनी से दूसरी टहनी पर फलाँग गया।

"नानी, तेरी तो आँखें भी गयीं। चल, फिकर न कर, आँखों के बैंक से किसी जवान कुड़ी की आँखें तुझे डलवा देंगे। मरने से पहले जहान तो देख लेगी।"

"जीते, तू मोया साठ का हो गया, लेकिन ज़बान अब भी कैंची की कैंची। मैं मरने वाली नहीं। तेरा संस्कार करके ही जाऊँगी। ख़ातिरजमा रख।"

"नानी, बैंक से आँखें ला दूँ? एकदम जवान हो जायेगी।"

"कौन! मल्कियत! नानी को जवान बनायेगा? मोया, फिर सात फेरे भी लेगा न? तेरी घरवाली तो कब की मर गयी, मुझे घर ले चलना। इस उमर में लुत्तर–लुत्तर तो बन्द होगी।"

सरपंच सुरजीत सिंह ने नीम के नीचे दूसरी चारपाई बिछायी, तहमद टख़नों तक खींचा और पसर गया। नानी को फिर छेड़ा–"नानी बैंक से आँखें..."

"चुप ओये, मोया। जीभ में कीड़े पड़ेंगे, कीड़े। मुझे बेवक़ूफ़ बनाता है? बंक में तेरे बाप रुपये देते हैं कि आँखें...? तू तो अपनी माँ को भी ऐसे ही छेड़ता था।"

नानी को अचानक याद आया कि मल्कियत सिंह बिल्कुल चुप है। ज़रूर कोई बात होगी, वरना यह तो कैंची है, कैंची–लगातार चकट–चकट करती हुई।

"मलकीते, तैनूँ साँप क्यों सुँघ गया है? बोलता क्यों नहीं? रात बोतल नहीं मिली क्या? ठहर, मैं लस्सी लाती हूँ।" नानी ने उठने की कोशिश की।

"तू बैठी रह, नानी! अब की उठी शाम तक अन्दर से वापस आयेगी। तेरे लारे और ब्याहे भी क्वारे।"

"मरजांणा, बस महवारे डालना तो कोई तुझसे सीखे! अच्छा, यह सवेरे–सवेरे वहाँ चढ़ाई किसलिए कर दी?"

सुरजीत और मल्कियत ने एक–दूसरे की तरफ़ पूछती निगाहों से देखा था–नानी से बात कौन करे? नानी ने उसकी चुप्पी को सूँघ लिया। उसे पता है, इस इलाक़े के लोगों का एकदम चुप होना किसी बुरी बात

के ख़तरे की निशानी होती है। वह थोड़ा–सा डर गयी, इसलिए और ऊँची आवाज़ में बोली–

"ओये मोये, जीभ तालू से क्यों चिपक गयी? कुछ बकते क्यों नहीं? मेरे मास्टर की कहीं टक्कर तो नहीं लग गयी?"

इस बार आवाज़ का धमाका इतना ऊँचा था कि कव्वे बिल्कुल डर गये। उडारी भरकर छत पर जा बैठे।

"नानी की बच्ची, मास्टर नहीं, 'प्रोफ़ेसर' कह। तुझे कितनी बार बताया है कि जो कॉलेज में पढ़ाये, उसे 'प्रोफ़ेसर' कहते हैं।"

"चुप्प ओये, बड़ा आया मुझे सीख देने वाला। पढ़ाता ही है न, चाहे कालज–फालज में पढ़ाये, चाहे स्कूल में, मास्टर तो मास्टर होगा, थानेदार तो नहीं? अच्छा बताओ, की गल है?"

मल्कियत ने सुरजीत को कुहनी मारी कि तू ही बोल–"सुन नानी, प्रोफ़ेसर को समझा दे कि फ़ालतू न बोला करे। आजकल ऐसी बातें करना ठीक नहीं।"

"क्या फ़ालतू बोलता है, ज़रा मैं भी तो सुनूँ! सारा दिन तो कताबें चाटता रहता है। अभी से ऐनक चढ़ गयी, बुड्ढा हो गया।"

नानी के लिए नज़र की ऐनक बुढ़ापे की शुरुआत है। "नानी, उगरवादियों के ख़िलाफ़ सरेआम बोलता है, अपनी क्लासों में भी। गाँव के लड़के, जो उसके कॉलेज में पढ़ते हैं, उन्होंने हमें बताया।"

"ख़िलाफ़ बोलता है तो क्या बुरा करता है? अब सच बोलने पर करफ्यू लग गया है क्या?"

"नानी, लगता है, तेरा दिमाग़ भी चल गया।" सुरजीत सिंह की आवाज़ सख़्त हो गयी–"तुझे पता नहीं कि अब मुल्क में सच बोलने की मनाही है। बस, दो टैम की रोटी खाओ, और जो दिन ख़ैर–खरीयत से गुज़र जाये, सच्चे पातशाह की किरपा समझो। लोगों के सिर पर ख़ून सवार है, लेकिन तेरा पढ़ा–लिखा प्रोफ़ेसर तो झल्ला हो गया है, बोलने से बाज़ नहीं आता। क्या सरकार ने उसे सच का नम्बरदार बना दिया है?"

नानी के अतीत से अपने पेड़ जैसे तीन लड़कों का अपनी आँखों के सामने क़त्ल होने का दृश्य कूदा और उसकी अध–अन्धी आँखों में ठहर गया। उसने पूरा ज़ोर लगाया और चारपाई पर गठरी बन बैठ गयी। आजकल जो कुछ हो रहा है, उसे वैसे भी समझ नहीं आता, लेकिन

आतंक की बू को तो जानवरों तक की इन्द्रियाँ ग्रहण कर लेती हैं। नानी को बहुत–सी बातें सुनायी तो देती ही हैं, कारण चाहे समझ न आये। उसने याचना–भरी आवाज़ में सलाह दी–

"मलकीयते, तू ही समझा मास्टर को। तुमसे तो दबता है। मैं कुछ कहूँ तो जवाब तक नहीं देता। उसकी घरवाली भी कोशिश करती है, लेकिन पता नहीं उसे अंग्रेज़ी में क्या कहता है कि वह भी चुप हो जाती है। मेरी तो आख़िरी निशानी है, मेरा इन्दर। उसे कुछ हो गया तो ख़ानदान का बीज तक नाश हो जायेगा।" अब नानी बेआवाज़ रो रही है। चेहरे की गहरी झुर्रियों में आँसू गिरकर अटक गये।

"ओये नानी, उसे क्या होगा? हमारे गाँव में किसी हिन्दू को आज तक किसी ने छुआ है क्या? मलकीयते की दोनाली बन्दूक़ को सारा दुआबा जानता है, समझी! दो क़त्ल कर चुका है, दो।" उसने इतना ऊँचा बोला कि छत की मुँडेर पर बैठे कव्वों ने इस बार लम्बी उडारी भरी और मकान की हद से बाहिर निकल गये।

"लेकिन नानी, बड़ा ख़राब वक़्त चल रहा है। किसी पर भरोसा नहीं किया जा सकता। भाई को भाई शक्क की नज़र से देखने लग पड़ा है। इस इन्दर को हम भी समझाएँगे, लेकिन तू बात ज़रूर करना। चौरासी में जब दिल्ली में दंगे हुए थे, तो इन्दर हिन्दुओं के ख़िलाफ़ सरेआम बोलता था न! तब भी हमने समझाया लेकिन नहीं माना न! हिन्दुओं ने ही ईंट मारकर उसका सिर फोड़ दिया था। कितना ख़ून चढ़ा तब जाकर बचा। उसे बता कि आजकल झूठ का बोलबाला और सच का मुँह काला।" सुरजीत चारपाई से उठा, तहमद नीचे की। मल्कियत ने साफ़ देखा कि नानी के चेहरे पर से दहशत अब भी नहीं हटी।

"नानी, तू ख़ातरजमा रख, हमारे होते चिड़ी भी गाँव में नहीं फड़क सकती। ऐसा सूरमा अभी किसी माँ ने पैदा नहीं किया, जो हमारे गाँव में आकर उस पर हमला कर सके, लेकिन शहर में तो स्कूटर पर अकेला आता है न, कहीं रास्ते में..." मल्कियत ने अपनी बात पूरी करने की ज़रूरत नहीं समझी।

"अच्छा पुत्तरो, तुस्सी चलो, साईं रखे।"

दोनों ने आज पहली बार नानी को वहाँ से जाने से पहले छेड़ा नहीं।

कव्वे फिर नीम के पेड़ पर लौट आये। काँव–काँव 'रोटी दे–रोटी दे' की रट लगा दी। नानी ने उन्हें गाली दी–"मोये, मरे जाते हैं। थोड़ा–सा

भी सबर नहीं।" चारपाई से उतरी। कमर पे हाथ रखे, लचीले बाँस का–सा दोहरा होकर मुड़ गया शरीर अब अन्दर की तरफ़ घिसटना शुरू हुआ। साथ–साथ यादें भी।

हाँ, दिल्ली के दंगों के बाद इन्दर का सिर हिन्दुओं ने फोड़ दिया था। वह सरेआम उन्हें गालियाँ जो देता था। यह बात तो नानी को कल की तरह याद है। अभी अतीत की धूल इन दृश्यों पर जमी जो नहीं।

दिल्ली से सिखों के कुछ परिवार यहाँ के गुरुद्वारे में रफ़ूजी बनकर आये थे। नानी भी गाँव की औरतों के साथ रोटियों की पोटली बनाकर वहाँ गयी, उनसे मिलने। वह कहीं अतीत–वर्तमान के बीच ज़िन्दा है। सहमी बैठी औरतों से पूछा था–

"क्यों, पाकिस्तान से आये हो, जी?"

लुट–पुट कर आयी एक बूढ़ी औरत का चेहरा तमतमाया, शायद कोई कड़ा जवाब देने लगी। गाँव की औरतों ने उसे सैनत की, अपने सिर को हाथों से छूकर इशारे से बताया कि नानी के दिमाग़ के पुर्ज़े ढीले हैं। एक ने समझाया–"नानी, एह लोग दिल्ली से आये नें।"

नानी ने अध–अन्धी आँखें फाड़–फाड़कर सबकी तरफ़ देखा। हथेली की छतरी आँखों के आगे हाथ से बनायी। कुछ बच्चों के सहमे हुए चेहरे दृष्टि–दायरे में आये। उसने फटे ढोल की आवाज़ में अपने गाँव की औरत को डाँटा–"दिल्ली तों आये नें? हाय रब्बा, यह दिल्ली में पाकिस्तान कब बन गया? मुसलमानों ने मारा है।"

"न नानी, हिन्दुओं ने घर फूँक दिये, मरदों को ज़िन्दा जला दिया।" नानी ने एक बच्ची के सिर पर हाथ रखा। बच्ची सुबकना शुरू हो गयी।

"न पुत्तर, रोंदे नहीं। देखना, कल जवाहरलाल आयेगा। तुम सबको मकान देगा, राशन भी देगा। हम पाकस्तान बनने पर कुलछेतर आये थे, हाँ। हर महीने जवाहरलाल कम्प में आता था। एक साल में सबको फिर से बसा दिया। मेरी गल पल्ले बाँध लो। उसे पता चल गया होगा, कल ज़रूर आयेगा।"

कुछ बच्चे हँस पड़े। एक ने दूसरे को इशारे से समझाया कि बुढ़िया बिल्कुल पागल है। उस अधेड़ औरत ने नानी को बताया–"नानी, जवाहरलाल तो कब का मर गया। अब कहाँ से आयेगा?"

"चुप्प नी, जवाहर ज़रूर आयेगा। वड्डी आई नानी नू बेवक़ूफ़ बनाणवाली।"

अपने गाँव की औरत ने याद दिलाया–"नानी, तेरे दिन पूरे हो गये लगते हैं। तुझे तो कुछ याद नहीं रहता। ट्रक में बैठकर दिल्ली गयी थी कि नहीं, जवाहरलाल के अन्तम दरशन करने!"

नानी हक्की–बक्की। याददाश्त ने छोटी–सी छलाँग लगायी–हाँ, दिल्ली तो गयी थी, किसके मरने पर? महात्मा गाँधी मरे था, तब न। कुड़ी ठीक कहंदी होएगी। जवाहर भी मर गया होयेगा।

नानी ने अपने हाथों से पतीलों से सबको दाल परोसी। चुन्नी के किनारे में बँधी गाँठ खोली, इाथ से छूकर बच्चों को पैसे बाँटे–"जाओ पुत्तर, लाले की दुकान से चीज़ी खा लो। नानी रोज़ आयेगी। अपने छोनों–मोनों को चीज़ों के पैसे देगी। ख़ब्बरदार जे कोई रोया ते। कल जवाहर आयेगा। हाँ, कुलछेतर आता था तो मुट्ठियाँ भर–भर बच्चों को पैसे देता था। तुहानूँ वी देगा।"

"चल नानी, बहुत गलाँ हो गइयाँ। इन लोगों के लिए रात की रोटी भी बनानी है।"

"न भैंणों, रहने दो। यहीं दो ईंटों का चूल्हा बनाकर काम चला लेंगे।" अधेड़ उमर की औरत ने सबकी तरफ़ से हाथ बाँधकर कहा।

नानी को ग़ुस्सा आ गया–"चुप्प नी, बड़ी आई चूल्हा बनाने वाली। रफ़ूजी हो, पाकस्तानों आये हो। रोटी बणायोगे। न जी। हमारी गड्डी अम्बरसर रुकी थी। पन्दरा दिन उत्थे रहे। सरदार भरावाँ ने इक दिन चूल्हा नहीं बालने दिया। असी रोज़ रोटी पुचाँवाँगे। देख लेना, कल जवाहर आयेगा। ज़रूर–पर–ज़रूर। सब ठीक कर देगा..." काँव–काँव, 'रोटी दे, रोटी दे'। अतीत का दृश्य कट गया। "मोये भुखे, ज़रा भी सबर नहीं।" नानी घिसटती हुई बाहिर आयी। कव्वे फुदककर नीम से नीचे। नानी उन्हें रोटी के टुकड़े डालने लगी।

बाहिर के दरवाज़े के पास फ़ौजी बूटों की आवाज़ें। सी.पी.एफ़. वाले आ गये। नानी ने इन दिनों अंग्रेज़ी का एक और शब्द सीख लिया–सी.पी.आर.एफ. दे फ़ौजी।

नायक ने पैर ठोककर नानी को सैल्यूट दिया। उसके साथ के जवान हँस पड़े।

"नानी, तुम इधर से जाने का नहीं," नायक दक्षिण भारत का है। नानी से उलटी–सीधी हिन्दी बोलने में उसे मज़ा आता है।

"न पुत्तर, जांणा कहाँ है।"

बिल्कुल ठीक। इस गाँव के हिन्दू–सिख में बहोत प्यार है, फिर डरने का क्यों? तुम जायेगा तो हमारी बोत इज़्ज़त ख़राब होगा।"

"न पुत्तर, पर जीता ते मल्कीयत सवेरे आये थे। कहते हैं, इन्दर बहुत बकबक करता है। ख़तरा है।"

"हाँ नानी, तुम उनको थोड़ा समझाकर रखो। बोत बात करना अच्छा नहीं। अभी बुरे दिन ख़त्म नहीं हुया। अच्चा, हम जाते।"

"चुप्प ओये हम जाते के पुत्तर, वोह जो लस्सी का घड़ा भरा रखा है, तेरा बाप आकर पीयेगा? हम जाते। बड़ी अंग्रेज़ी मारता है। जा, अन्दर से उठा ला। सबको पिला। हाय, इतनी गर्मी में बेचारे सारा दिन मारे–मारे फिरते हो। लस्सी पीके जांणां।"

"नानी, तुम तो हमारे सी.ओ. साब से जादा ग़ुस्सा करता। बहुत हुकुम मारता है", नायक ने छेड़ा।

"बड़ा देखा तेरी सीओ–फिओ। मेरे सामने ला किस दिन। वोह फटकार दूँ कि आगे से तुम पर ग़ुस्सा नहीं करेगा। हाँ, बड्डा सीओ–फीओ। बच्चों को डाँटता है, हाँ..."

जवानों ने लस्सी पी, सबने पैर ठोककर नानी को सैल्यूट किया और हँसते हुए घर से बाहिर चले गये।

नानी ने सिर उठाकर ऊपर देखा। गर्दनें पेट के साथ लगाये कव्वे ऊँघ रहे हैं। भर गया पेट। मोयों को शान्ति पड़ गयी। अब सो रहे हैं।

वह फिर चारपाई पर लेट गयी। धूप सीधी माथे पर आ बैठी, शिस्त लगाकर। नानी उठी। चारपाई को थोड़ा परे खींचा, धूप को गाली दी–"मोयी, हाथ धोकर पीछे पड़े रहती है।" उसने चुन्नी की गोल गठरी बनायी, सिर के नीचे रखी, आँखें बन्द कर लीं।

हम चाहे सो जायें, लेकिन स्मृतियाँ तो हमेशा जागती रहती हैं, इन्हें कभी नींद नहीं आती। नानी के सोये मन–माथे में उसके तीन जवान लड़के उग आये, लगातार लम्बे होते हुए। बुरछे जैसे जवान। इतने बड़े हो गये, फिर भी उनके कानों के पीछे नानी काला टीका लगाती थी। बड़ा बहुत ग़ुस्सैल था। एक बार माँ को टोका था, 'टीका–फीका मत लगाया कर। यार लोग मखौल उड़ाते हैं।' नानी ने गाली देकर उसे बताया था कि मरजांणे किसी की नज़र खा जायेगी। बड़े ने माँ को घूरा और सख़्त आवाज़ में जो कहा, वह वाक्य अब भी नानी के दिल पर खुदा हुआ है–

'कोई माँ का जाया नज़र उठाकर देखेगा, तब ही नज़र लगेगी न! है कोई बब्बर शेर जो मेरी तरफ़ देखने का हौसला करे?' उसने अपनी हथेली से कान के पीछे लगा काला टीका पोंछा और दनदनाता हुआ बाहिर निकल गया था।

दूसरा दृश्य अँधेरी कोठरी से बाहिर निकला। पहले बलवइयों ने बड़े के टुकड़े–टुकड़े किये थे, फिर दो छोटे भाइयों के। उसे ज़िन्दा छोड़ दिया था, ताकि ताउम्र कलेजा जलता रहे। लेकिन बड़े की शक्ल क्यों बदल रही थी, उसके कटे सिर की जगह अपने दोहते इन्दर का सिर क्योंकर लग रहा है! नानी की नींद एक झटके–से ख़ुली, बिना कमर पर हाथ रखे चारपाई पर उठ बैठी। हथेलियाँ मुँह पर फेरीं। सारे दृश्य वापिस अपनी गार में भाग गये। उसने ख़ुद से कहा–"हे रब्बा, ख़ैर रख। दिन को सपने आना तो चंगा नहीं होता। मेरा इन्दर क्योंकर सपने में आया? कहीं टक्कर तो नहीं..."

सूरज ठीक सिर पर। इन्दर के लौटने का समय हो गया। आज तो घरवाली भी जल्दी लौटेगी। सनीचर को आधी छुट्टी सारी हो जाती है न!

नानी बाहरवाले दरवाज़े पर खड़ी हो गयी। किसी आते–जाते से वक़्त पूछेगी। सबके लिए गरम–गरम फुल्के जो उतारने हैं।

गली वीरान भी और चुप भी। नानी ने गाली दी–"सब मर गये क्या?"

बैलों के गले की घण्टियों की आवाज़।

वे, कौन हैं?"

"नानी, मैं बख़्तावर। जा, अन्दर बैठ। अभी सबके आने में देर है।"

"बख़्ते, वकीलों की तरह बहस न किया कर। टैम बता, टैम। फुल्के उतारने हैं।"

"ओये नानी दी बच्ची, स्कूल दो बजे बन्द होता है। अभी बच्चों के आने में देर है, अन्दर बैठ। धूप में क्यों सड़ रही है?"

"तू रहा खोता का खोता। आज शनीचरवार है। तेरे बाप स्कूलवाले आधी छुट्टी पूरी छुट्टी करते हैं। क्या टैम हो गया?"

"ओये नानी, टैम नहीं, 'टाइम' कहते हैं।"

"अच्छा–अच्छा अंग्रेज़ दे बीज, टैम बता।"

बख़्तावर दसवीं पास है। जाते–जाते नानी को छेड़ा, "एलेवन फारटी हो गये, फुल्के उतारना शुरू कर दे।"

"ओए कंजरा, ठीक से टैम बोल। यह फारटी तेरी माँ क्या होते हैं?"

बख़्तावर हँसा। 'ग्यारह चालीस' कहकर आगे बढ़ गया।

नानी घिसटती हुई रसोई में आयी। उसे दिखायी नहीं देता लेकिन छूकर सारी चीज़ें तलाश कर लेती है। सरक–सरककर स्टोव के पास आटा, तवा, चकला इकट्ठा किया। पहली माचिस की तीली बत्तियोंवाले स्टोव के बाहिर गिरी। उसे पता नहीं चला। थोड़ी देर बाद स्टोव के मुँह के पास हथेली की, आँच नहीं लगी। दूसरी तीली जलायी, गाली दी–"मोया, कितनी तीलियाँ साड़ता है?"

वह जब भी रसोई में काम शुरू करे, साथ–साथ आरती शुरू–ओम जय जगदीश...

आँगन में स्कूटर रुका। इन्दर दो बच्चों और बीवी को साथ ले आया है। दोनों बच्चे भागते हुए अन्दर आये। एक साथ बोले–नानी, मुँह खोल, टॉफ़ी खा।"

"फिर आ गये जूतों समेत चौके में? निकलो बाहिर। मैं नहीं खांणी टाफ़ी–फाफी।"

बच्चों ने एक–दूसरे की तरफ़ देखा, पति–पत्नी ने एक–दूसरे की तरफ़ देखा। आते ही नानी ने बच्चों को डाँट दिया, ज़रूर कोई बात होगी।

"दम्मो, चटाई यहीं रसोई में बिछा दे। गरम–गरम फुल्के खाओ।"

नानी आज तक सही नाम 'दमयन्ती' नहीं बोल सकी। पहली बार नाम सुना तो गाली दी थी–"मोया कितना मुशकल नाम है? मैं तो 'दम्मो' बुलाऊँगी।"

सबने खाना शुरू किया।

"नानी, क्या बात है, कोई आया था क्या?"

"हाँ, जीता और मल्कीयत आये थे, तेरी शिकायत लेकर।"

"क्या शिकायत?" इन्दर ने ज़रा कड़ी आवाज़ में पूछा।

"और कौन सी नयी बात करेंगे। कहते थे, तूने उगरवादियों के खलाफ बोलना बन्द नहीं किया।"

"जो ग़ल्त बात है, उसके ख़िलाफ़ तो बोलूँगा ही।"

"क्यों, सिर फट चुका है पहले भी, अक्कल नहीं आयी? हिन्दुओं के खलाफ बोलता था न! जब दिल्ली में पाकस्तान बना, फाड़ दिया न सिर अगलों ने?"

"शीज़ राइट।" पत्नी ने समझाया।

"दम्मो, तुझे सौ बार कहा है मेरे सामने गिट–पिट मत मारा करो। अपनी बोली में कह, जो कहना है।"

इन्दर ने पत्नी को डाँटा–"तुम बीच में मत बोलो। पढ़ी–लिखी हो, फिर भी इतनी समझ नहीं कि हमारे चुप रहने से जो ग़लत है, ठीक नहीं हो जाता।"

"इन्दर पुत्तर, पढ़–लिखकर तेरी मत्त मारी गयी है क्या? तू सच का नम्बरदार तो नहीं। पहले तो सिर फूटा था, अब मारा जायेगा, मारा। सच्चा होने से अक्लमन्द होना चंगा है। एक चुप सौ सुख।" वह चुप हो गया। दोनों बच्चों ने ताली बजायी, "पापा को पनिशमेंट, पापा को पनिशमेंट।" नानी का मुँह उँगलियों से खोला, एक–एक टॉफ़ी जीभ पर रखी। नानी ने लम्बी साँस अन्दर खींची। टॉफ़ी का रस जीभ पर बिछला और वह हँस पड़ी।

"इन्दर, रेडियो सुणा। आज तो कोई नहीं मारा गया न?"

"नानी, पाँच मरे।" और वह खाना बीच में ही छोड़कर उठ गया।

न हालात बदले, न ही इन्दर बदला। आदमी–तो–आदमी, अब जानवर भी दिन ढलने से पहले घर लौट आते हैं, बिना मालिक गायें और सड़की कुत्ते दुकानों के गलियारों में दुबके हुए। इन्होंने भी सब जगह व्याप्त ख़तरे को सूँघ लिया, पहचान लिया।

पहले नानी के नाम एक पोस्टकार्ड आया। चेतावनी दी गयी कि अपने इन्दर शर्मा को समझा ले, नहीं तो...गाँववालों ने नानी को समझाया कि किसी शरारती लड़के ने लिख दिया होगा, लेकिन हमेशा गरजकर बोलने वाला मल्कियत सिंह यह ख़त पढ़कर कुछ न बोला, सिर्फ़ लम्बी उसाँस भरकर नानी के आँगन से उठ गया। हाँ, आजकल वह अपनी दोनाली बन्दूक़ हर वक़्त पास रख़ता है। सूरज ढलने के बाद सुरजीत सिंह के साथ प्रत्येक हिन्दू परिवार के घर के सामने से गुज़रता है, उन्हें हौसला बँधाता हुआ। नानी के घर दोनों रात गये तक बैठते हैं।

रात का पहला पहर ढल चुका होगा। मोटरसाइकिल की आवाज़ नानी के घर की तरफ़ बढ़ती हुई। सबसे पहले सुनी भी उसने। डर हमारी इन्द्रियों को सान पर चढ़ाकर चौकस कर देता है। उसने पूरे ज़ोर–से इन्दर को आवाज़ दी–"इन्दर, उठ। अन्दर भाग। आ गये वो लोग।" उसने भी मोटरसाइकिल की आवाज़ सुनी। नानी की फटे ढोल की आवाज़ ने उसे झटके–से जगा दिया।

"सो जा, नानी! यहाँ कौन आयेगा। कोई पिक्चर देखकर शहर से लौटा होगा।"

नानी की आँखों में अपने बड़े बेटे के कटे सिर की जगह इन्दर के सिर लगने का दृश्य फिर कूद आया। चीख़–चीख़कर 'बचाओ, ए लोगो, बचाओ' आसमान सिर पर उठा लिया। नीम पर सोये परिन्दे जागे, इन्दर की बीबी और बच्चे जागे, आँगन में कुहराम मच गया।

मोटरसाइकिल उनके घर के आगे रुकी। नानी और दमयन्ती इन्दर को आँगन से अन्दर की ओर घसीटती हुई। बाहिर का दरवाज़ा किसी ने लात मारकर तोड़ दिया। मुँह पर कपड़ा लपेटे एक आदमी अन्दर आया। कन्धे पर बन्दूक़ रखी।

मोटरसाइकिल की आवाज़ मल्कियत सिंह ने भी सुनी। दौड़कर अपने मकान की छत पर चढ़ा। नानी का घर साफ़ दिखायी दिया। इतनी दूर से निशाना तो क्या लगेगा, लेकिन फ़ायर करके डराया तो जा सकता है। पहली गोली उसने अपने पीम के पेड़ की तरफ़ चलायी। मुँह पर कपड़ा बाँधे आदमी के कन्धे पर रखी बन्दूक़ गोली की आवाज़ से थोड़ा नीचे हो गयी। उसने भी फ़ायर किया। गोली इन्दर की जाँघ में लगी। मोटरसाइकिल पर बैठे आदमी ने कुछ कहा। मल्कियत ने दूसरा फ़ायर किया। वह आदमी आँगन से दौड़कर बाहिर निकला। मोटरसाइकिल के पीछे बैठा। दनदनाती 'बुलेट' गाँव से बाहिर जाती सड़क पर मुड़ गयी।

गोलियों की आवाज़ गाँव के सारे लोगों ने भी सुनी। आँगन में सो रहे लोग घरों के अन्दर भाग गये। दरवाज़े मज़बूती से बन्द कर लिए। सबसे पहले मल्कियत और सुरजीत नानी के घर पहुँचे। पास खड़ी इन्दर की पत्नी को सुरजीत ने डाँटा–"बीबी, अन्दर जा और बच्चों को चुप करा। तू कहाँ की डॉक्टर है?"

मल्कियत ने इन्दर की लुंगी खोली। जाँघ को छुआ, जो ख़ून से लथपथ हो चुकी थी। सुरजीत ने टॉर्च जलायी। मल्कियत ने हाथ से ही

जाँघ का ख़ून पोंछा, घाव देखने के लिए। "नानी, बच गया। गोली पट्ट के माँस पर ही लगी है। बाहिर निकल गयी। हड्डी बच गयी है। चार दिन में चंगा हो जायेगा।"

मल्कियत का बड़ा लड़का गाँव की डिस्पेंसरी के हिन्दू डॉक्टर को साथ लेकर वहाँ पहुँचा। डॉक्टर ने चौखट के सहारे बैठी नानी को ग़ुस्से से देखा और ज़हरीली आवाज़ में कहा–"नानी, यह तेरा इन्दर गाँव के सारे हिन्दुओं को क़त्ल करवाकर ही रहेगा।"

जवाब सुरजीत ने दिया–"भरावा! तू इन्दर की पट्टी कर दे, फिर हिन्दू–सिख का रोना रो लेना।"

"यह तो पुलिस–केस है। पहले रिपोर्ट दर्ज..."

"क्यों भाई डॉक्टर साहब, बन्दूक़ बड़ी कि पुलिस?" मल्कियत सिंह ने अपनी बन्दूक़ कन्धे पर रखकर पूछा।

डॉक्टर सहम गया। अपनी दवाइयों का बैग खोल दिया।

इन्दर को सुबह तक होश आ गया। गाँव के बड़े–बूढ़े ने आपस में सलाह की कि पुलिस में रपट दर्ज कराने से कुछ न होगा, उलटा इन्दर की ज़िन्दगी बिल्कुल ख़तरे में पड़ जायेगी। सुरजीत ने भरी आवाज़ में इन्दर और नानी को सलाह दी कि अब उन्हें यहाँ से चले जाना चाहिए। मल्कियत आँखें नीचे किये धरती को घूरता रहा। वह कह या कर भी क्या सकता है! इन्दर पर रास्ते में भी हमला हो सकता है। तब कौन बचाएगा?

"हाँ, पुत्तरो, अब हम हिन्दुस्तान चले जायेंगे।" नानी की आवाज़ में न दम, न नोक–झोंक। मल्कियत ने समझाया, "नानी, झल्ली तो नहीं हो गयी? कौन से हिन्दुस्तान जायेगी?"

"न, हम हिन्दुस्तान चले जायेंगे।"

इन्दर को करनाली के एक कॉलेज में नौकरी मिल गयी। दीवाली से एक दिन पहले वहाँ जाना तय हो गया। नानी ने गाँव की औरतों को बताया–"हम हिन्दुस्तान जा रहे हैं। कुलछेतर कम्प लगा है।"

"नानी, इन्दर को करनाल नौकरी मिली है, हम कुरुक्षेत्र नहीं जा रहे।" इन्दर की पत्नी ने समझाया।

लेकिन नानी तो पिछले महीने–भर से अतीत में जी रही है– विभाजन के दिनों ने गुफा से निकलकर उसके दिमाग़ के छोटे–से जाग्रत हिस्से

पर क़ब्ज़ा कर लिया है। अतीत हमेशा अपने को दोहराता है, इसलिए हमेशा वर्तमान से जुड़ा हुआ।

"देख दम्मो, मुझे झूठे दिलासे मत दे, हाँ, हम कुलछेतर कम्प में जा रहे हैं। मुझे सब पता है।"

ट्रक का प्रबन्ध सुरजीत ने कर दिया। सुबह मुँह अँधेरे सामान लाद दिया गया। नानी को उठाकर ट्रक में मल्कियत ने लिटाया और हौसला दिया–"नानी, मैं तुझे वापस लेने आऊँगा। यहाँ के मकान की फिकर न करना। रब्ब सब कुछ जल्दी ही ठीक कर देगा।"

"न पुत्तर, मलकीते! हम तो अब कुलछेतर कम्प में ही रहेंगे।" नानी ने आँखें बन्द कर लीं।

सुरजीत और मल्कियत अपनी जीप में इनके साथ जायेंगे, पंजाब की सीमा तक पहुँचाने।

आगे–आगे ट्रक, पीछे–पीछे जीप। हवा में ठण्डका आ गया है। नानी ने मोटा खेस मुँह पर लपेटा और सो गयी। छोटे बच्चे और दम्मो की भी आँख लग गयी। इन्दर आगे ड्राइवर के पास बैठा है।

लगभग तीन घण्टे में ट्रक हरियाणा की सीमा पर पहुँच गया। धूप में थोड़ी गर्मी। पुलिस चौकीवालों ने चेकिंग के लिए रोका। इन्दर ने उन्हें करनाल में नौकरी मिलने की बात बतायी। सच पुलिसवालों को भी पता है। उन्होंने चुपचाप, उदास चेहरों से ट्रक के अन्दर देखा और आगे जाने की आज्ञा दे दी।

मल्कियत ट्रक में चढ़ा। नानी के पैर छुए, ऊँची और छेड़ती आवाज़ में कहा–

"नानी उठ, तेरा हिन्दुस्तान आ गया।" लेकिन नानी ने कोई जवाब नहीं दिया।

सुरजीत ने नानी के मुँह से खेस हटाया। कान के पास ज़ोर–से बोला, "नानी उठ, अपना हिन्दुस्तान देख ले।"

लेकिन नानी न हिली, न डुली, बस पथराई आँखें खुली–की–खुली। मल्कियत ने हथेली से उसकी मरी हुई आँखें बन्द कीं। नानी हिन्दुस्तान की सीमा के भी पार जा चुकी थी।

अपाहिज

प्रमोद केसर ठण्डे कमरे से बाहर निकला, बरामदे में घात लगा छिपे बैठे गर्मी के छापामार दस्ते ने हल्ला बोल दिया। आसमान की तरफ़ देखा, जून का सूरज एकटक घूरे जा रहा है, धमकी देती मुद्रा में, 'बरामदे में तो हरावल दस्ता था, बाहर निकल देखो, आग तपी बरछियाँ मेरे अनगिनत हाथों से बरस पड़ने को बिल्कुल तैयार।' न जाने क्यों ठीक उसी क्षण उसे अपने मृत पिता का अन्तिम वाक्य याद आ गया–'जीवन सायेदार पेड़ भी बन जाये तो कड़ी धूप को कभी मत भूलना।' पिता ने शायद छाया–धूप का वाक्य इसलिए बोला था कि ऐसी ही तपती दोपहर को उन्हें घर से बाहर बुलाकर पुलिस ने क़त्ल कर दिया था। लाश के पास एक देसी पिस्तौल रख गये थे ताकि मुक़ाबले में मारे जाने की सनद रहे। यह वह दिन थे जब नक्सलबाड़ी से अन्धड़ उठा और सीधा आन रुका था पंजाब में। चार हज़ार से अधिक युवक ऐसे ही मुक़ाबलों की भेंट चढ़ गये थे। युवक जिन्हें सोचने का चस्का था, कुछ बदल देने का हठ। पिता उनमें एक थे। व्यवस्था को तो सदा अपने वर्तमान को सुरक्षित रखने की चिन्ता रहती है और ऐसे सुरक्षित वर्तमान की बलि चढ़ता है भविष्य। बीस साल पहले लहू के बीज बोये थे व्यवस्था ने और आज काट रही है लहू की फ़सल। उसने सिर उठाकर सूरज की आँखों में आँखें डाल कर देखा और मुक़ाबला करने का निर्णय ले लिया।

ड्राइवर ने डी.सी. साहब को बाहर निकलते देखा तो बरामदे के सामने कार ले आया। पिछला दरवाज़ा खोले खड़ा। उसके कान के पीछे से पसीना कीड़े की तरह रेंग कर खाकी कमीज़ के कालर के पीछे सरक रहा है।

"आप गाड़ी लेकर घर चलो। मैं पैदल आऊँगा।"

ड्राइवर हक्का–बक्का शायद सोच रहा होगा कि डी.सी. साहब और पैदल। ऐसे लोग जिनका अपना कोई कड़ी धूप कभी क़त्ल नहीं हुआ, हमेशा धूप से डरते हैं। इसे भी पड़ जायेगी आदत थोड़े दिनों में, केसर ने सोचा।

ड्राइवर अब भी पिछले दरवाज़े के पास खड़ा, शायद साहब अपना इरादा बदल लें।

"जाइए।"

उसने पिछला दरवाज़ा बन्द किया। कार के पिछले हिस्से की तरफ़ से होकर अपनी सीट पर बैठा। कार चलाने से पहले कॉलर में सरकते पसीना–कीड़े को मसला और गाड़ी साहब के घर की तरफ़ बढ़ा दी। वह बहुत डरकर कार चला रहा है हालाँकि सड़कें ख़ाली की ख़ाली। इन नये साहब से डर क्यों लगता है। थोड़ी देर सोचा, कारण समझ आया तो और डर गया क्योंकि नये साहब सबको आप कहकर बुलाते हैं, उसे भी, दूसरे चपरासियों को भी। बीस साल की नौकरी हो गयी, ऐसा साहब न देखा न सुना। ऐसे अफ़सर जो मातहतों को आप कहकर पुकारें ज़रूर ख़तरनाक होते हैं। बीस साल के अपमानित अनुभवों ने उसे इस नये अनुभव से भयभीत कर दिया और उसने कार की गति एकदम बढ़ा दी।

प्रमोद केसर उस बदसूरत इतिहास वाले बदसूरत भवन से बाहर आ गया। पिछले दस सालों से अंग्रेज़ों की जूठनवाले लाल–पुताईवाले ऐसे भवनों में वह लगातार काम कर रहा है। उसने कई बार महसूस किया कि लोगों को सत्ता से डराने के लिए ही विदेशी आकाओं ने थानों और कचहरियों के भवनों का रंग लाल रखा था। और देशी आका इस भयभीत कर देनेवाले रंग को हर साल पुताई कराकर मज़बूत बनाये रखे हैं। अमने–व्यवस्था के प्रतीक इन दफ़्तरों का नया नाम गढ़ा–भय भवन। सिर ऊपर उठाया। सूरज की तरफ़ देखा, मुस्काया और घर की तरफ़ पाँव–पाँव चल पड़ा। सूरज ने पहला आक्रमण उसके चश्मे के शीशों पर किया, किरणों की तपती बरछियाँ आग का छोटा–सा हिस्सा वहीं छोड़कर सूरज के हाथों में वापस चली गयीं। उसने चश्मा उतारकर कमीज़ की जेब में रखा और चाल धीमी कर दी।

ऐसी सनसनाती दोपहर में हमेशा पिता और उनके दोस्तों की याद क्यों आती है। पिता की हत्या के दो बरस बाद पाश आया था घर। दो बरस बाद इसलिए कि वह जेल में था। उसे पास बैठाया। माँ की रोती

आँखों को देखकर आज भी याद है उसने जो कुछ कहा था–'भरजाई जी, मास्टर जी मर गये क्योंकि उन्हें जीना आता था। जीण लई मरणां ज़रूरी हुँदा है।' फिर उसे समझाया–'बड़े होकर बड़ा अफ़सर बनना।' उसने ज़ोर से सिर हिलाकर मना कर दिया था क्योंकि पाँचवीं जमात तक पहुँचते–पहुँचते उसे अपने पिता की हत्या के कारण समझ आने लगे थे। पाश ने उसके हाथ को अपने हाथों में मज़बूती से जकड़ा था–'लड़ाई अन्दर रहकर भी ज़ारी रखी जा सकती है। हर पेट के हिस्से की अपनी कटार होती है। क़लम का इस्तेमाल बन्दूक़ की तरह करना सीख ले। और बन्दूक़ का धर्म है ज़ालिमों को मारना। साडे हिस्से दी तलवार साडे हत्थ च रहना ज़रूरी है।' और क़त्ल हो गया पाश भी, उसके पिता की तरह अपने ही लोगों के हाथों। प्रमोद केसर बन गया आई.ए.एस.। साथी अफ़सर भी साथ नहीं क्योंकि उन्हें पता है कि उसकी जेब में हमेशा एक हथगोला होता है, जिसका नाम है–साम्यवाद। आज़ाद हुए बरसों साल बीत चले; विचार अब भी नाजायज़ हथियार है, सत्ता–समाज दोनों के लिए।

सूरज अब ऐन उसके सिर पर आन चढ़ा है। बालों में हाथ फेरा, गीला हो गया। थोड़ी दूर सड़क के किनारे सायेदार पेड़ दिखा और सूरज की इस मूर्खता पर मुस्काया उसने कैसे सोचा कि शायद सीधी लड़ाई होगी। सूरज को युद्ध के दाँव–पेंच सीखने की ज़रूरत ही नहीं, वह ताक़तवर जो ठहरा, अपनी ही शक्ति से पगला गया आदमी। उसके चलते क़दम ठिठके। पेड़ की ओर कोई रेंग रहा है। एक टाँग आधी उठती है। घुटने पर शरीर का भार डालकर इसे पैर की तरह आगे उठा शरीर एक क़दम–भर उछलता है और दूसरी टाँग मरे हुए साँप की तरह सड़क पर लेटी की लेटी, कई जगह से मुड़ी हुई। हाथ उस टाँग को खींच कर आगे करते हैं, घुटना फिर पैर में बदलने की प्रक्रिया...। वह पेड़ की तरफ़ चल पड़ा है। कुछ लोग वहाँ खड़े उस लड़के को लगातार घिसटते देखते हुए। पेड़ के नीचे खड़ी गाय ने भी पूँछ–पंखे से मक्खियाँ उड़ानी बन्द कीं, आँखें पूरी की पूरी खोल कर रेंगते लड़के की तरफ़ देखना शुरू कर दिया–एक अनपूछे प्रश्नवाचक वाक्य की हैरानी के साथ। यह तो पशु नहीं। फिर पशु की तरह हाथों को पैर क्यों बना लिया। लड़का छोटी–छोटी छलाँगें लगा कर पेड़–साये की सीमा तक पहुँचा कि पहुँचा।

अब उसे पेड़ के नीचे खड़े लोगों के चेहरे साफ़ दिखने शुरू हो गये। घिन–गुस्से से पुते चेहरे। यह लड़का ज़रूर पेड़ के नीचे बैठेगा। लड़के ने सिर उठाकर गाय की तरफ़ देखा, फिर आदमियों की तरफ़। उसे बिल्कुल समझ आ गया कि गाय से कोई डर नहीं। वह लगभग उसकी टाँगों के बीच रुका। मक्खियाँ गाय के शरीर से गोलाकार उड़ीं और लड़के के घुटने और कोहनियों पर बैठ गयीं। लगातार घिसटने से वहाँ ताज़ा ख़ून गन्धा रहा है। उसकी पक्षी–पेट–सी छाती एक धौंकनी में बदल गयी। गाय थोड़ा–सा आगे बढ़ी, पूँछ–पंखे को लड़के के शरीर पर चलाना शुरू किया, मक्खियाँ गोलाकार उठकर लड़के के आसपास उड़ने लगीं, किसी नये आक्रमण–कोण की तलाश में।

पेड़ के नीचे पहुँचकर वह लड़के के पास रुक गया। नीचे खड़े आदमी थोड़ा दूर सरक चुके हैं। लड़का होंठ पर जीभ फेर रहा है लेकिन सूरज तो जीभ की तरावट भी सोख चुका है। किसी हँफ गये पशु की तरह उसकी बाहर लटकी जीभ लगातार हिलना शुरू हो गयी।

"इसके पास मत ठहरो। इधर आ जाओ। कोढ़–वोढ़ लग जायेगा।" एक समझाती आवाज़। उसने आवाज़ के साथ चेहरा जोड़ा। गले को नाख़ूनों से खुजाता एक पढ़ा–लिखा आदमी।

"इसे कोढ़ नहीं। लकवे से एक टाँग मारी गयी है।"

पढ़ी–लिखी आवाज़ खीझ गयी–"तू डॉक्टर है क्या?"

इस शहर में तब्दीली पाँच दिन पहले हुई है, लोग पहचानते नहीं। उसे यह सोचकर गुस्सा आया कि थोड़े दिनों बाद जब लोग पहचान लेंगे तो पैदल चलना बन्द हो जायेगा। उसने खीझी आवाज़ की तरफ़ देखा। गर्दन पर नाख़ूनों का चलना बन्द हो गया।

"अक्ल की बात करने के लिए डॉक्टर होना ज़रूरी नहीं।"

खीझी आवाज़ ने साफ़ देखा कि इस आदमी को गर्मी बिल्कुल नहीं लग रही और उसे डर लगना शुरू हो गया। कामरेड होगा। इन लोगों को गर्मी–सर्दी नहीं लगती। वह आदमी थोड़ा परे सरक गया। गाय का पूँछ–पंखा बन्द हुआ, प्रतीक्षारत मक्खियाँ झट से लड़के की कोहनियों–घुटने पर बैठ गयीं।

"पानी पीना है?" उसने नीचे झुककर लड़के से पूछा। लड़के की आँखों में हाँ लेकिन ज़ोर से गर्दन हिलाकर की न।

यह आदमी जो पानी के लिए पूछ रहा है ज़रूर कोई शत्रु होगा। किसी ढाबे–खोखे से पानी माँगने पर तो लोग दुर–दुर करते हैं– 'पीछे हट।' पानी देंगे भी तो गिलास उससे बहुत ऊँचा उठाकर। हाथ कटोरों से आधा पानी हमेशा नीचे गिर जाता है।

आसपास कोई दुकान नहीं। लड़के को पानी कहाँ से लाकर पिलाएँ। पेड़ की तरफ़ एक रेढ़ीवाला आ रहा है। गन्ने का रस निकालता है। उस रेढ़ीवाले ने उकाब आँखों से पेड़ के नीचे खड़े लोगों को देखा। कुछ खाते–पीते लगे। ठीक। थोड़े लोग वो रस पीयेंगे ही। आसपास न कोई नलका न दुकान। पानी तो इन्हें मिलेगा नहीं। उसने एक गिलास रस का दाम पचास पैसे बढ़ाने का निर्णय कर लिया। रेढ़ी पेड़ के नीचे खड़ी की। मक्खियाँ लड़के के जिस्म से उड़ीं और गन्नों पर जा बैठीं। उस आदमी ने फटे ढोल की कनफोड़ आवाज़ लगायी–ठण्डा गन्ने का रस। डेढ़ रुपया गिलास। पेड़ की निचली टहनियों पर बैठे पक्षी उड़े और ऊपर वाली टहनियों पर जा बैठे। उसने रस वाले से कहा, "एक गिलास। बर्फ़ डाल देना"। बाक़ी लोग रेढ़ी के पास सरक आये। एक आलोचक आवाज़–"रेट तो एक रुपया है। पचास पैसे टैक्स के हैं क्या?"

रेढ़ी वाले ने उसे देखा, फिर तपे–ताँबे आसमान की तरफ़ देखकर कहा–"गर्मी बाऊजी, गर्मी। आधी बर्फ़ तो रस्ते में ही पानी हो जाती है। बिन बर्फ़ पी लो। एक रुपया।"

उसने लम्बूतरे गिलास में रस डाला, बर्फ़ का चूरा ऊपर फैलाया और गिलास आगे कर दिया–"लो बाऊजी। पी जाओ एक छींक में। कलेजे में ठण्डक पड़ जायेगी।"

वह गिलास पकड़कर नीचे झुका। लेटे लड़के की पीठ के नीचे हाथ रख उसे बैठाया और रस का गिलास उसके हाथों में थमा दिया। रेढ़ीवाले ने झपटकर लड़के से गिलास छीन लिया–"बाऊजी। मेरी रोज़ी पर लात क्यों मारते हो। इस कोढ़ी ने गिलास से पी लिया तो कोई ख़रीदेगा रस।" उसने मज़बूत हाथ से रेढ़ीवाले की कलाई पकड़ ली–"लड़का कोढ़ी नहीं। इसे लकवा है। कुछ नहीं होता। गिलास दो।"

रेढ़ीवाला डरा। आँखें गर्मी से लाल हैं कि गुस्से से। फिर पास खड़े लोगों की तरफ़ याचक निगाहों से देखा। कई आवाज़ों का बेसुरा–बेरहम कोरस उठा, "नहीं। इसी गिलास से दूसरे लोग पीएँगे। कोई बीमारी–वारी लग गयी तो।"

लड़के ने मुँह के आगे हाथों से कटोरी बना ली। उसने गिलास का रस हाथों में डालना शुरू कर दिया। सपक–सपक की आवाज़ों के साथ रस उसके मुँह में जा रहा है। उसने ख़ाली गिलास रेढ़ीवाले को पकड़ाया। लड़के के सिर पर हाथ फेरा। लड़के की गोलाकार छाती में एक गुबारा फूला। गले की तरफ़ बढ़ा और एक लम्बी चीख़ उसके मुँह को फाड़ कर बाहर निकली। ऊपर की टहनियों पर बैठे परिन्दों ने यह चीख़ सुनी, उडारी भी ली। पेड़ के सिर पर बैठे सूरज ने यह चीख़ सुनी, डर कर आगे सरक गया।

लड़का अब ज़मीन पर लगातार हाथ पटक रहा है और पूरी ताक़त से चीख़–चीख़ कर रोना शुरू कर दिया। पास खड़े लोग सहम गये। वक़्त की मार खायी एक आवाज़, "बेचारे को शायद पहली बार किसी ने प्यार से कुछ दिया। हो सकता है माँ की याद आ गयी हो।"

लड़के का चीख़ना सुबकियों में बदल गया। वह उसके पास नीचे बैठा, "न पुत्तर। रोने की कौन–सी बात है। न। तुझे कोई कुछ नहीं कहेगा। और रस पियोगे?" लड़के को अब विश्वास हो गया कि आदमी जेल नहीं भेजेगा। इस बार सिर नहीं हिलाया, बोला–'न जी।'

तभी तेज़ी के साथ काले रंग की झण्डे वाली कार पेड़ के पास से झन्नाटे के साथ गुज़री। थोड़ा आगे जाकर झटके के साथ रुकी, पीछे आना शुरू हो गयी। पिछली सीट पर पुलिस की वर्दी में बैठा कोई गर्दन मोड़कर पिछले शीशे से पेड़ के नीचे खड़े लोगों की तरफ़ लगातार देख रहा है।

"नये एस.पी. साहब हैं", यह सूचना देने के बाद रेढ़ीवाले ने कपड़े के टुकड़े से गन्नों पर से मक्खियाँ उड़ानी शुरू कर दीं। कार पूरी तरह रुकने से पहले पीछे बैठा आदमी बाहर निकला, दो लम्बे क़दम भरे, उसके सामने पैर ठोके–"सर, आप पैदल। कार ख़राब हो गयी क्या?" पुलिस ड्राइवर ने उसके सामने झटके से सैल्यूट दागा, फिर पीछे हटकर भीड़ के नज़दीक पहुँचकर धीमी सख़्त आवाज़ में कहा–"डी.सी. साहब।" लोग सम्मानजनक दूरी तक पीछे हट गये।

"सन्धू साहब। आपका गनमैन कहाँ है? हालात जानते हुए भी आप बिना गनमैन के चलते हैं। ठीक नहीं।"

सन्धू ने अपने कन्धे थोड़े और फैलाये, हाथ अपने आप मूँछों की तरफ़ बढ़ा, एक शरारती मुस्कान उभरी–"सर। गनमैन तो उसे चाहिए जो मुझे

मारने की कोशिश करेगा। मरूंगा तो सिर्फ़ उसी दिन जो सच्चे बादशाह ने लिख रखा है। चलिए। आपको घर छोड़ दूँ।"

"भई सन्धू। आपको सलाह नहीं ऑर्डर देना पड़ेगा" उसने पुलिस ड्राइवर को पास बुलाया–"सुनो। आगे से स्टेनगन पास रखा करो।"

थोड़ी दूर चौक पर तैनात यातायात–सिपाही ने पेड़ के नीचे खड़े एस.पी. साहब को देखा, डी.सी. और भीड़ को देखा और थाने फ़ोन कर दिया। इंस्पेक्टर सज्जन सिंह ने तुरन्त वहाँ पहुँचने के लिए बताया।

"साब, ऐसे कितने ही बच्चे हैं जो बिन मालिक जानवरों की तरह दिन–रात गलियों, सड़कों पर मारे–मारे फिरते हैं। सरकार इनके लिए कोई घर बना दे तो..."

"किस सरकार की बात करते हो। इस देश की सरकारें तो सिर्फ़ अपना घर मज़बूत करने की तोड़–फोड़ में लगी रहती हैं।"

घर। यह शब्द सुनते ही प्रमोद केसर ने निर्णय ले लिया कि शहर में विकलांग बच्चों के लिए घर बनवायेगा। प्रशिक्षण के दिनों में कमिश्नर साहब ने समझाया था–'एक अच्छा अफ़सर बनने के लिए कभी भी तुरन्त निर्णय नहीं लेना चाहिए। अगर एक ही पेशी में आपने लोगों की प्रॉब्लम हल कर दी तो आपको पूछेगा कौन? फ़ाइल बनवाइये। मातहत अफ़सरों को केस रेफर करें। लोगों को चक्कर लगाने दें। देश फ़ाइलों से चलता है।' लोगों का काम झट से करेंगे तो शासन का दबदबा कहाँ रह जायेगा। जब–जब कमिश्नर साहब अपने अनुभवों को शिक्षा में बदलते तो उनके लम्बे कान हमेशा पीछे की ओर खिंच जाते थे और आँखों में एक चौकस चमक। तब–तब पता नहीं क्यों प्रमोद केसर के मन में एक शिकारी कुत्ते की तस्वीर उग जाती थी। पीछे खिंचे कान और आक्रामक आँखें। लेकिन शासन के ऐसे हरामी दाँव–पेंच न उसने तब सीखे न अब।

इंस्पेक्टर सज्जन सिंह की जीप पेड़ के पास रुकी। उसके साथ चार बन्दूक़धारी सिपाही जीप से बाहर कूदे और लोगों के चारों ओर फैल गये। पैर ठोंकने के बाद एस.पी. साहब को सवालिया आँखों से देखे जा रहा है। कोई दंगा हुआ। किसी को पकड़ना है? किसी बदमाश ने किसी औरत को तंग किया?

"कुछ नहीं हुआ सज्जन। इस लड़के को सिविल अस्पताल भिजवा दो। कहना डी.सी. साहब ने भेजा है। मरहम–पट्टी कर दें।"

उसने फिर नीचे झुककर लड़के से पूछा—"काका। क्या नाम है?" लड़के ने थोड़ी देर सोचा, वह नाम बताये जिससे लोग दुतकारते हैं—लूला अथवा असली। अब तक उसे हौसला हो चुका है कि यह आदमी न लात मारेगा न दुर–दुर करेगा। असली नाम बताया—जगनलाल।

"देखो जगन। हम तुम्हें अस्पताल भेज रहे हैं। रोटी भी वहाँ मिलेगी। तुम वहीं रहोगे। कल मैं देखने आऊँगा। डरोगे तो नहीं।"

यह आदमी ज़रूर बहुत बड़ा है जिसके सामने पुलिस वाले भी डरे खड़े हैं। पुलिस से तो सब डरते हैं। लड़के ने न में सिर हिलाया। एक सिपाही ने रिक्शा रोका। सन्धू ने बलिष्ठ बाँहें नीचे झुकायीं, लड़के को उठाकर रिक्शे में अध–लेटा बिठा दिया।

साइकिल पर सड़क से गुज़रते कुछ लड़कों ने पेड़ के नीचे भीड़ देखी, साइकिलों से उतरे, वहाँ आ गये। एक दाढ़ीवाले लड़के ने इंस्पेक्टर के पास आकर कहा, "नमस्कार चौधरी साहब। क्या मामला हो गया?"

"कुछ नहीं हुआ गजराज सिंह। तुम कहो। कॉलेज में हड़ताल–वड़ताल कब करवा रहे हो।"

"जब से आप आये हो हड़तालें कहाँ। आप जायज़ माँगें तो पहले ही मनवा देते हो।"

"तुम लोगों की लीडरी तो फिर पड़ गयी ख़तरे में।" इंस्पेक्टर ने परिचय कराया कि गजराज सिंह स्टूडेंट–यूनियन का प्रधान है। किसी भी कॉलेज में इसके होते गुंडई नहीं चल सकती।

केसर की तरफ़ सन्धू 'अब चलिए' निगाहों से देख रहा है।

"सन्धू साहब। विकलांग बच्चों के लिए एक घर बनवाना होगा।"

"लेकिन सर। ज़मीन। रुपया। सरकार को आप ग्रांट के लिए लिखेंगे तो शायद..."

"नहीं। सरकार से पैसा नहीं लेना।"

"फिर तो काम मुश्किल है सर।"

"मुश्किल? सन्धू लगता है तुम अपने पंजाब का मुहावरा भूल गये—कहीं भी पहुँचने के लिए घर से पहला क़दम बाहर निकालना पड़ता है।"

"पैसों की फिकर न करें साहब। हो जायेगा। अब आप बता दें कितने।" इंस्पेक्टर की बात सुनकर केसर मुस्काया। उसे पता है थानेदार साहब शहर का वाली–वारिस होता है। छोटा–सा परमात्मा।

"न चौधरी साहब। रुपये इस तरह से जमा नहीं करने। लोग अपनी ख़ुशी से दें तभी। सरकार के रुपयों से बनाये घर बहुत देर नहीं चलते।"

"हम बतायें सर। शहर के लड़के आप जो कहें करने को तैयार हैं। कोई ठीक रास्ता दिखाये तो सही, चलने वाले बहुत हैं।"

"आप लोग हफ़्ते में एक दिन की जेबख़र्ची इस काम के लिए दें।"

"जेबख़र्ची ही क्यों। हम लोग हाथों से काम भी करेंगे। चारों कॉलेजों के प्रधान मेरे साथ हैं", गजराज ने गर्व से बताया।

केसर ने उसका कन्धा दबाया—"तो बन जायेगा घर गजराज सिंह। लेकिन समझ लो। किसानों के लड़कों से बात करना। हाथों से वही काम करेंगे।"

सूरज फिर ताक लगाकर पेड़ के ऊपर खड़ा हो गया। कभी तो लोग साये से बाहर आयेंगे। सन्धू ने इंस्पेक्टर से शाम को मिलने के लिए कहा। प्रमोद केसर को अपनी कार में बैठाया, घर तक छोड़ने के लिए।

केसर का ड्राइवर मैम साहब को बता चुका है कि साहब पैदल आ रहे हैं। घर के बाहर कार रुकने की आवाज़ सुन वह बरामदे में आ गयी। सन्धू को देख मुस्कायी।

"शमशेर। रोटी यहीं खा लो।"

"भरजाई जी। पहले चार—पाँच बीयर पियाओ। भा जी नूं न गर्मी लगे न सर्दी। मेरा तो इतना पसीना बहा कि दो किलो वज़न घट गया होगा।"

"लस्सी पीनी हो तो अन्दर आ जाओ। इस घर में नशे वाली कोई चीज़ नहीं।"

"अच्छा।" शमशेर की मूँछें शरारत से फड़कीं, "तो आपका नशा उतरे तो ही नशे की कोई दूसरी चीज़ घर में रखें।"

"सुन। रोटी खानी है कि मार।"

"रोटी," शमशेर ने बच्चे की अदा से जवाब दिया।

घर में प्रमोद और शमशेर सर, साहब कहकर बातचीत नहीं करते। खाना खाते हुए शमशेर ने दलील पेश की, "भा जी। अच्छा काम करने के लिए थोड़ी—सी भूल—चूक हमेशा माफ़ होती है। सलाह देता ठीक तो नहीं लगता लेकिन इतनी अच्छी नौकरी में आप सीख नहीं पाये कि कभी—कभी आँखें बन्द कर लेनी चाहिए। जैसे सरकार करती हैं। जो चढ़ावा ब्लैकिये और बिज़नेसमैन अपनी मर्ज़ी से एम.एल.ए. और मिनिस्टरों को चढ़ाते हैं, अगर अच्छे काम में लग जाये तो कौन—सा पहाड़ टूट जायेगा।"

प्रमोद को इस कोढ़ी–सत्य का पता है कि जिसकी सीढ़ी पर चढ़ कर सब काम सिद्ध हो जाते हैं। इस शब्द का सही अर्थ तो अब बच्चों की कहानियों तक सीमित हो गया है। इस देश में अब बच्चे और बेवकूफ़ आदमी में कोई ख़ास फ़र्क़ नहीं रहा। लेकिन यह तो उसने आज तक स्वीकारा ही नहीं कि सत्य बहुमत की रखैल है।

"सही जगह पर पहुँचने का सिर्फ़ एक ही रास्ता होता है। सही रास्ता। लोगों को छोटे–मोटे समझौते करने की आदत पड़ गयी है और नतीजा सामने है। मुल्क तो अब नक्शे और नारे में ही एक रह गया है। हरियाणा का गेहूँ कहता है मैं यू.पी. और बिहार क्यों जाऊँ? पंजाब का पानी कहता है मैं हरियाणा क्यों आऊँ। वह दिन दूर नहीं जब एक स्टेट से दूसरी स्टेट में जाने के लिए वीज़ा लेना पड़ेगा। वाह–वाह लूटने के हरामी तरीक़े हमारी सोच को भी हरामी बना चुके हैं।"

"शमशेर। दीवार नाल सिर मारण विच स्वाद आंदा है तैनू? इस अकेले आदमी ने सब कुछ बदल देने का बीड़ा उठाया हुआ है पिछले पन्द्रह सालों से। हो सके तो हाथ बँटाओ। चंगा कम करन लई चंगे तरीक़े ही ठीक ने।" उसकी आवाज़ में शिकायत नहीं, पति के प्रति गर्व है। शमशेर ने फिर छेड़ा, "ठीक। कुछ दिनों के लिए हम भी चंगा बन देखते हैं। वैसे आपको पता तो है न कि हमें ग़लत काम, सिर्फ़ ग़लत काम करने की तनख़्वाह दी जाती है। पुलिस तो अब गन्दे हाथों में इस्तेमाल की चीज़ है, क़ानून की रखवाली नहीं।"

"हम तलवार नहीं, ढाल हैं। सरकार के हाथों में पकड़ी सरकारी ढाल, सिर्फ़ बदमाशों के बचाव का हथियार, हमने पिटना है, सरकार और जनता दोनों से।"

"सच समझ आ जाये तो हमेशा बहुत तकलीफ़ होती है। लेकिन सच क्या शरीर तक सीमित है। नहीं सच न दिखाई देता है न पकड़ में आता है। यह तो दरवेशों से पूछ देखो, भूखे–नंगे, फिर भी आनन्दलोक के वासी। अगर हमारी सोच अपनी है तो उसके लिए हमारी आवाज़ भी अपनी होना ज़रूरी है। लैट्स स्टॉप बीइंग हिज मास्टर्स वायस।"

शमशेर उठा। दोनों उसे दरवाज़े तक छोड़ने आये। वह रुका। अब मूँछें शरारत से बिल्कुल नहीं फड़कीं। "ठीक है भा जी। हो जाये सच की एक छोटी–सी लड़ाई। अरसा हो गया कहीं टक्कर नहीं मारी। कल तक इंस्पेक्टर सज्जन सिंह कोई–न–कोई ख़बर निकाल ही लेगा।"

"इंस्पेक्टर बेचारा क्या करेगा शमशेर।"

"भरजाई जी! पुलिस इंस्पेक्टर सारे शहर की आँख और कान होता है। शहर का रब्ब। तभी तो अपने पंजाब में ज़ोरावर लोगों को थानेदार कहते हैं, डिप्टी कमिश्नर नहीं। और सज्जन। भा जी मानें तो वह बच्चों के लिए घर क्या फाइव स्टार होटल बनवा दे। चंगा। गुरु महाराज ने चाहा तो निकल आयेगा कोई न कोई रास्ता।"

प्रमोद और उसकी पत्नी वहाँ की कपड़ा मिल के मालिक वी.के. सैनी के घर पहुँचे। इंस्पेक्टर सिंह ने ख़बर दी कि मिल के पीछे दो एकड़ ज़मीन है सैनी साहब की दादी के नाम जो वहाँ मन्दिर बनवाना चाहती हैं। और सैनी साहब चाहते हैं कि इसका इस्तेमाल मिल का काम बढ़ाने के लिए किया जाये। अब अगर डी.सी. साहब दादी को मना लें तो...

"अगर सैनी ज़मीन का इस्तेमाल काम बढ़ाने के लिए करना चाहता है तो फिर मिलने का मतलब", उसने थोड़ी खीझी आवाज़ में पूछा था।

"मतलब है सर। कपड़ा मिल में अब रेडीमेड पैंट–कमीज़ें बनाने का काम शुरू हो रहा है। बनी–बनायी पैंट–कमीज़ों को बटन वग़ैरह तो लगते हैं न। सैनी साहब यह काम बच्चों से करवाने को तैयार हैं। जब उनसे बात की कि आप अपाहिज बच्चों के रहने के लिए घर बनाना चाहते हैं तो पाँच लाख दान देने को राजी हो गये। जब बताया कि बच्चे भीख से नहीं पलेंगे तो ज़मीन वाली सलाह उन्होंने दी। बड़े रोशन–ख़याल नौजवान हैं सैनी साहब। अगर आप उनकी दादी को मना लें तो...।"

पत्नी जानती है कि दादी को मनाने की मुहिम में उसे भी हिस्सा लेना है। सादी–सी सलवार–कमीज़, सिर दुपट्टे से ढंका और हाथों में काँच की चूड़ियाँ। सैनी छरहरे बदन का नौजवान निकला, उनकी सेठ होने की कल्पना के विपरीत। बैठक में किसी तरह का दिखावे वाला फ़ालतू सामान नहीं सिवाय दीवारों पर लगे कुछ चित्रों के। प्रमोद ने बात शुरू की, "सैनी साहब, आप बच्चों का बहुत भला..."

"मैं आपसे छोटा हूँ। इसलिए साहब–साहब मत बुलायें। भला मैं सिर्फ़ बच्चों का नहीं, अपना भी कर रहा हूँ साहब। ज़मीन मिल के साथ लगती है। बच्चों को बटन वग़ैरह लगाने का काम दूँगा तो लड़ाई–झगड़े तो नहीं होंगे यूनियनबाज़ी के।"

"लेकिन जहाँ तक मुझे मालूम है आपकी मिल में हड़ताल पिछले कई सालों से नहीं हुई।"

"जी सर। वर्कर्ज़ जानते हैं हड़ताल करेंगे तो नुक़सान उनका भी होगा। मुनाफ़े में उनका हिस्सा जो है।"

"आपने पढ़ाई कहाँ से की?"

"जी, रूस में। लगभग अस्सी परसेंट कपड़ा वहीं जाता है। उन्हीं लोगों ने सिखाया कि मिलजुल कर बाँट कर खाओ तो कभी लड़ाई नहीं होती। हाँ, यहाँ की पोलिटिकल पार्टियाँ लगता है झगड़ा करवा कर रहेंगी। इतने सुन्दर सपने बेचने पर लगे हैं ये लोग कि सच का क़द हर रोज़ छोटा पड़ता जा रहा है।" तभी दादी बैठक में आयीं। कमर झुकी लेकिन चेहरा दप–दप। कमरे में उग आया छोटा–सा सुबह सूरज। प्रमोद और पत्नी उठे, दोनों ने नीचे झुक दादी के पाँव छुए। दादी ने पत्नी का चेहरा दोनों हथेलियों में पकड़ा, आँखों में खुशी चमकी, "रब्ब ने अपने हाथों से बनाया है। पर तू तो लगती ही नहीं डी.सी. की घरवाली। कहीं से नंगी नहीं।" फिर दादी ने उसकी काँच की चूड़ियों पर हाथ फेरा, "हाँ कोई गल बणीं। एक गहना भी नहीं।" पूछा, "घरवाला कहाँ उड़ा देता है सारी कमाई। जानती नहीं भगवान ने औरत क्यों बनायी? मर्द को खूँटे से बाँध कर रखने के लिए। नहीं तो मारेगा मुँह इधर–उधर। कितने साल हो गये ब्याह को? कितने बच्चे हैं?"

"दादी। कितनी बार कहा इतना न बोला कर। अब यह तेरे किस–किस सवाल का जवाब दें", पोते ने कहा।

"हाँ जी। हम आज के लोगों की तरह घुन्ने नहीं कि गिन कर बोलें। जो दिल में है उसे बताने के लिए ही तो रब्ब ने जीभ दी है। तू काकी इन आज के लिखे–पढ़ों की बातों में कभी मत आना, इन्होंने तो बातों के रस पर भी कर्फ्यू लगा दिया है। अच्छा बता। बच्चे साथ क्यों नहीं लायी।"

"दादी जी, बच्चा तो है नहीं।"

"कितने बरस हो गये शादी को।"

"पूरे दस।"

"हैं! दस साल में तो दस बच्चे हो जाने थे। तू फिकर न कर। अपने हाथ से देशी दवाई बनाकर तुझे खिलाऊँगी। रामजी की किरपा से घर में चन्दरमा आयेगा।, चन्दरमा।"

उसने पति की ओर देखा, शरारती लहजे से दादी को छेड़ा, "दादी। दवाई इनको खिलाना। मैं तो बिल्कुल ठीक हूँ।"

दादी ने एड़ियाँ उठा उसका माथा चूमा, प्रमोद को आँखों में तोला, है तो पेड़ जितना लम्बा और मज़बूत मर्द। "काका जी, आप नूं तो फ़ौज में होना चाहिए था।"

"दादी जी। फ़ौजी तो कभी–कभार दुश्मन से जंग करता है। इनकी लड़ाई तो घर के दुश्मनों से हमेशा ठनी रहती है। पिछले दस सालों में एक साल से ऊपर कहीं भी नहीं रहे। कभी कोई नाराज़ कभी कोई, और हो जाती है बदली", पत्नी ने उदास आवाज़ में जवाब दिया।

"न काकी, उदास नहीं होते। वो मर्द ही क्या जो अपने हक़ और अपने सच के लिए जान लेने–देने को उतारू न हो जाये। मेरे उन्होंने एक बार अंग्रेज़ पुलिस कप्तान को बीच बाज़ार मार–मार कर अधमुआ कर दिया था, हरामी शराब पीकर मुझे छेड़ता था।"

"दादी जी। आप जैसा सोंहणा चेहरा हो तो कोई भी मर्द छेड़ेगा कि नहीं।"

"हट मोईये। अब कहाँ वो दिन। ले गयी उमर अपने साथ सब कुछ। भई काके ने बताया कि उस ज़मीन पर बच्चों का घर बनाना चाहते हैं। मेरी तो प्रतिज्ञा है वहाँ राम जी का घर बनाऊँगी।"

जवाब प्रमोद ने दिया, "ठीक दादी। बिल्कुल ठीक। बेचारे राम जी सदियों से बेघर हैं। सारा देश उन्हें मकान अलाट करने की कोशिश कर रहा है। आप भी ज़रूर करें। एक अयोध्या वाले घर की नींव रखने के लिए लहू की नदियाँ बहा दीं। एक आप बनवा दें। वैसे आपको शायद पता नहीं इस देश में राम जी के अस्सी करोड़ घर हैं।"

"मुझे मूर्ख समझते हो। कहाँ हैं इतने मन्दिर?"

"हर आदमी का शरीर एक छोटा–सा मन्दिर होता है, जिसमें वास करते हैं भगवान। अस्सी करोड़ से ऊपर आबादी है हमारी। फिर हुए कि नहीं इतने मन्दिर। भगवान के घर की नींव लोगों की लाशों पर नहीं रखी जाती। हम पुराने वक़्तों के विदेशी हमलावरों को गालियाँ देते हैं कि मन्दिर तोड़ने के लिए उन्होंने ख़ून की नदियाँ बहा दीं। शायद आनेवाली पीढ़ियाँ देंगी गालियाँ हमें कि मन्दिर बनाने के लिए हमने ख़ून की नदियाँ बहा दीं। ज़रूर बनवाओ मन्दिर दादी, शायद आज के भगवान ख़ूनी घरों में रहना पसन्द करते हैं। यतीम, लँगड़े–लूले बच्चे भूख से मरते हैं तो मरने दो, भगवान जी तो रहेंगे फाइव स्टार घर में।"

"काका। तुझे लूले–लँगड़े बच्चों से इतना प्यार क्यों है।"

"दादी। मेरी क्या औकात? भगवान कृष्ण जी ने भी अपने प्यार से एक कुबड़ी को ठीक कर दिया था। हम तो बस कोशिश कर सकते हैं उनके सिर पर एक साया बनाने की।"

"तुझे तो धर्म की बड़ी बातें आती हैं। पिता ने सिखायी होंगी। क्या करते हैं वो।"

"अब नहीं हैं इस दुनिया में। पूरे हो गये।"

"क्यों? क्या हुआ था?"

"होना क्या था दादी। पुलिस ने क़त्ल कर दिया क्योंकि वह कविता लिखते थे इन भूखे–नंगे लोगों के बारे में।"

दादी ने उसकी भर आयी आँखें देखीं। उठीं। सिर पर हाथ फेरा, "न काका। रोते नहीं। सूरमाओं की मौत पर कभी नहीं रोते। तू ठीक कहता है। भगवान का वास तो शरीर में बसी आत्मा में है। बनवा लो बच्चों का घर उस ज़मीन पर। पर नाम क्या रखना है।"

"दादी आपका क्या नाम है", पत्नी ने पूछा।

"क्यों? फूलवती।"

"तो बस ठीक। हम उस घर का नाम फुलवाड़ी रखेंगे।"

दादी का चेहरा दुगुना चमक गया। उछाही आवाज़ में कहा, "हाँ। हम वहाँ ख़ूब सारे फूल लगवायेंगे। सुन काका। कोई बड़ा मिनिस्टर बुलवाना शुरू करते वक़्त।"

"दादी। आजकल बड़े मिनिस्टर बड़ी कुर्सियों की दौड़ में लगे हैं। हमारी फुलवाड़ी की नींव तो हमारी दादी रखेगी।"

"अच्छा बाबा। रखूँगी। और सुन काका। वो देसी दवाई...।"

"दादी। दवाई इनके लिए बनवाना। मैं तो भली–चंगी हूँ। देख लो ठोक बजाकर।" दादी खिल–खिल गयी, "मरजाणिये, इतने मखौल नहीं करते। नज़र लग जाती है। बना लेने दे मुझे इसके लिए दवाई। यही देखेगा फिर तुझे ठोक बजा कर।"

पत्नी का चेहरा लाल हो गया, दादी ने उसका सिर खींच अपनी छाती से लगा लिया, बहुत बार हाथ फेरा उसकी पीठ पर, प्यार से।

क्योंकि यह शहर इस वर्ष राज्य का नया ज़िला घोषित हुआ था, 26 जनवरी को झण्डा लहराने राज्य के गवर्नर आये। रिटायर्ड जनरल, बहुत से पत्रकार भी साथ लाये गये, जनसम्पर्क विभाग द्वारा। समारोह

के बाद जलपान के वक़्त साथ आयी एक पत्रकार ने राज्यपाल के पास बैठे प्रमोद केसर को शरारती आँखों से देखा, छेड़ती आवाज़ में राज्यपाल से कहा, "सर। आपने नोट किया कि सड़कों पर आज भीख माँगते बच्चे दिखे ही नहीं। लगता है डी.सी. साहब ने सबको एक दिन के लिए पकड़वाकर अन्दर कर दिया।"

रिटायर्ड जनरल की मूँछें फड़कीं, "मैम। यू आर राइट। केसर। क्या सचमुच सब भिखारियों को अन्दर करवा दिया। यू आर केपेबल ऑफ़ एवरीथिंग।"

जवाब शमशेर ने दिया, "नहीं सर। किसी को पकड़ा नहीं गया। इस शहर में भिखारी बच्चे हैं ही नहीं।"

"क्यों? क्या आपका शहर अमेरिका में है, हिन्दुस्तान में नहीं", पत्रकार बोली।

जनरल, डी.सी. साहब ने भिखारी और हैंडीकैप्ड बच्चों के लिए घर बनवाया है। फुलवाड़ी। यहाँ के मिल मालिक ने ज़मीन दी थी। शहर के लोगों और कॉलेज के लड़कों ने मदद की। पाँच कमरे बन गये। इन बच्चों को रेडीमेड कपड़ों पर बटन लगाने का काम मिल वाले देते हैं, अब इस शहर में भीख माँगते बच्चे हैं ही नहीं।" शमशेर ने बताया।

राज्यपाल बनने के बाद भी उनका काम करने का ढंग सैनिकों वाला है। तुरन्त निर्णय लेना। इस इलाक़े के एम.एल.ए. और राज्यमन्त्री चौधरी सूरज प्रकाश की तरफ़ देखा, कहा, "चौधरी साहब। चाय के बाद आपके शहर की फुलवाड़ी देखने चलते हैं। कुल कितने हैंडीकैप्ड बच्चे हैं वहाँ।"

मन्त्री के दिमाग़ में आदतन बहुत से झूठ जन्मे लेकिन उसे मालूम है कि यह सैनिक लोग सिविल में भी वैसे ही काम करते हैं—किसी भी समस्या की जड़ तक पहुँचना। सच बोलना ही ठीक रहेगा, "सर। आप तो जानते हैं सारा राज्य और पार्टी काम में हमेशा लगा रहता हूँ। अभी तक फुलवाड़ी देखने का टाइम नहीं निकाल पाया।"

"ठीक। बिल्कुल ठीक। स्टेट का सारा बोझ तो आपके मज़बूत कन्धों पर है। सुना है आप जल्द ही सेंटर में पहुँचने वाले हैं फिर तो सारे देश का बोझ आपको उठाना होगा। आज तो वक़्त निकालिए हमारी ख़ातिर। साथ चलेंगे न फुलवाड़ी देखने।" जनरल ने धौंस वाली छेड़खानी की।

सूरज प्रकाश की समझ में ज़हर–भरा व्यंग्य तो आ गया, लेकिन करवट बदलने में वह ऊँट से भी माहिर है। गद्गद मुस्कान से जवाब दिया, "सर। हमारे ज़िले के डी.सी. तो दिन–रात काम में लगे रहते हैं। इन्हें पता है कि जो भी अच्छा काम करेंगे मेरी 'हाँ' हमेशा साथ है। हमें इन पर गर्व है। आप एक छोटे अच्छे काम देखने चल रहे हैं यह हमारी ख़ुशक़िस्मती है।"

सूरज प्रकाश कुछ दूसरे लोगों की तरफ़ गया, प्रमोद केसर को पीछे आने का इशारा किया। केसर ने राज्यपाल से आज्ञा ली, मन्त्री के पास पहुँचा। इन कुछ मिनटों में सूरज प्रकाश करवट बदल चुका है, खा जाने वाली आँखों से केसर को घूरा, "क्यों भाई डी.सी. साहब बहादुर। आप गवर्नर के सामने मेरी इज़्ज़त उतारने पर कैसे तुल गये। मेरे इलाक़े में कोई काम हो और मुझे ख़बर तक न हो। मुझे जानते हो न। अपने बारे में सोचो, अपने बारे में।"

"किस–किस बात की ख़बर आपको दें चौधरी साहब। मेरे ख़याल में अपने इलाक़े के ग़लत कामों और ग़लत लोगों के बारे में जानने की ज़रूरत आपको रहती है और यह ज़रूरत पुलिस पूरा कर देती है।"

"उतनी ही बोल जितना अच्छा है। उठा के बिठा दूँगा इलाक़े के काले पानी में। सी.एम. को जानते हैं कि नहीं, मैं कभी धमकी में नहीं आता।" और वह राज्यपाल के पास लौट आया।

शमशेर ने इंस्पेक्टर सज्जन सिंह के कान में कुछ कहा। वह अनदिखा–सा वहाँ से निकला और फुलवाड़ी की तरफ़ जीप बढ़ा दी। उसे बिन बताये मालूम है कि राज्यपाल का स्वागत विकलांग बच्चे करेंगे।

गवर्नर की कारों का कारवाँ फुलवाड़ी की ओर चल पड़ा। अपनी कार में बैठे केसर की आँखों में छोटे–छोटे चित्र दुहरा गये।

ज़मीन के काग़ज़–पत्र पूरे होने के बाद सबसे पहला काम केसर ने यहाँ के कॉलेजों/स्कूलों के प्रिंसिपलों तथा स्टूडेंट यूनियन के प्रधान से मुलाक़ात की। तय हुआ कि इस महीने कॉलेज के एन.एस.सी. के विद्यार्थी फुलवाड़ी में काम करेंगे। चारदीवारी बनाने की बात उठी तो कॉलेज यूनियन के प्रधान गजराज ने सलाह दी कि कँटीली तार लगायी जाये, साथ–साथ पेड़ और बोगनविला की बेलें। एक ही बारिश में बेलें बढ़ जायेंगी। कँटीली तार कहाँ से आयेगी पूछने पर उसने बताया कि सेक्रेटरी करमसिंह के पिता की शहर में कबाड़ी की सबसे बड़ी दुकान

है। फ़ौज वालों से पुराना सामान नीलामी पर ख़रीदते हैं। कँटीली तार के लिए उनसे सहायता माँगी जाये और ईंटों की जगह बोगनविला के सुर्ख सुनहरी फूलों तथा रातोरात क़द उठाते सफ़ेदे के पेड़ों की चारदीवारी कुछ महीनों में ही उग–उठ गयी। जिस काम में डी.सी. की रुचि हो उस काम में बाक़ी सरकारी अफ़सरों की रुचि अपने–आप हो जाती है। नगरपालिका के इंजीनियर ने बताया कि दिल्ली के पास एक फार्म–हाउस में गारे–मिट्टी के कमरे डाले गये हैं, किसी विशेष विधि से। ईंट–घरों से मज़बूत। इस बारे में उसने किसी पत्रिका में लेख पढ़ा था। केसर उसके साथ दिल्ली–बाहर फार्म–हाउस में गया। अपनी आँखों देखा। सीमेंट से मज़बूत गारा और लोगों–लड़कों की मेहनत से डाले गये पाँच–पाँच कमरे और एक रसोई। केसर को विश्वास हो गया किसी भी अच्छे काम में आज भी लोग हिस्सा डालने को तैयार हैं अगर उनको विश्वास हो जाये कि ऐसे काम के पीछे राजनीति की वायदे वाली बरसाती रंडी नहीं। इस फुलवाड़ी परिवार का सबसे पहला सदस्य बना जगन और गृहप्रवेश करवाया दादी फूलवती ने।

अब फुलवाड़ी के कामकाज को सँभालने वाला भी तो चाहिए। दादी ने बताया कि यहाँ के स्कूल के हैडमास्टर दौलतराम शर्मा रिटायर हो चुके हैं। एक ऐसा आदमी जो हमारी पुरानी गुरुकुल शिक्षा–पद्धति का सिर से पाँव तक जीता–जागता प्रमाण है। सम्पूर्ण अध्यापक होने का दण्ड उसे आज की व्यापारी संस्कृति ने तो देना था। बीस साल हैडमास्टरी की। लाखों की ख़रीद हुई, न कमीशन खायी, न खाने दी और रह रहे हैं आज किराये के मकान में जिसे शर्मा जी ईमानदारी का सबूत समझते हैं और बाक़ी अध्यापक मूर्खता का। उन्हें जब केसर ने फुलवाड़ी के बारे में बताया तो कैसे चमक आ गयी चेहरे पर। जैसे बरसों बाद खोया बेटा मिल गया हो। अब फुलवाड़ी में लड़के–लड़कियाँ हैं, कमीज़ों–जैकटों पर बटन लगाने की हथमशीनें हैं, और कमरों के आसपास रंग–बिरंगे फूल, शरारती फूल जो हर वक़्त बिन–वजह मटकते रहते हैं। केसर को इस सत्य का पता तो बहुत पहले से ही था कि कोई अच्छा काम चुपचाप करने में अपना एक आनन्द होता है। इसलिए फुलवाड़ी को लेकर आज तक न तो कोई छाती पीट–पीट कर रोटरी–तरह का हो–हल्ला हुआ और न ही कोई अख़बारी ख़बर। उसकी बीवी प्रतिदिन वहाँ जाती है, इसलिए शहर की बड़ी बीवियाँ वहाँ जाने में अपना बड़प्पन समझती हैं, लूले–लँगड़े बच्चे

देखकर अब उन्हें न तो घिन आती है और न ही वह कुत्ता–भाषा जिसका इस्तेमाल हम स्वयं सीख जाते हैं।

कार ने मोड़ काटा, रुकी, केसर अतीत से वर्तमान में लौट आया। राज्यपाल कार से बाहर निकले, मुँह लगे पत्रकार के साथ। गेट पर जगन फुलवाड़ी के साथियों के साथ हाथों में फूलों के गुच्छे लिए। लड़के–लड़कियों के कपड़े–चेहरे साफ़–सुथरे। और कहीं नहीं उनके चेहरों पर हम दो टाँगों वाले विकलांगों का हीन–दीनभाव। उनके हाथों से फूल–गुच्छे लेते समय जनरल राज्यपाल भी कहीं अन्दर से हिल गये। सबसे पीछे दादी के पैरों की तरफ़ झुके, उसने कन्धे पकड़ उन्हें ऊपर किया, छेड़ा–

"बड़े अरसे बाद इतनी बड़ी मूँछों वाला मर्द देखा। लगता है यहाँ से जाते वक़्त अंग्रेज़ मुल्क की मूँछें भी साथ लेते गये। घरवाली ने कटवाने के लिए नहीं कहा।"

"शुरू–शुरू में नाक चढ़ाती थी। अब आदत पड़ गयी। आपने यह ज़मीन देकर बेघर बच्चों को घरवाला बना दिया। कैसे चमक रहे हैं इनके चेहरे।"

"काम करके खायें तो चेहरों पर अपने–आप चमक आ जाती है। मैं तो यहाँ मन्दिर बनवा रही थी। लेकिन यह केसर है न, आपका डी.सी.। इससे कभी कोई बहस मत करना। बातों का ऐसा घेरा डाला कि मन्दिर की जगह फुलवाड़ी बन गयी"। दादी ने एकदम सफ़ेद खद्दर के कपड़ों में, काले–स्याह रंग वाले आदमी की तरफ़ देखा जो अपने चमचों में घिरा उनकी बातों में तपिश सेंक रहा था, पूछा, "वो कौन है जी।"

"आपके इलाक़े के मिनिस्टर हैं दादी जी", जनरल ने बताया। दादी के चेहरे पर छोटी–सी छलाँग लगा शरारत आ बैठी, फिर से सफ़ेद कपड़ों, काले रंग पर निगाह डाली, "क्यों जी। आदमी है कि चूने में फँसा कव्वा। आप आये तो मिनिस्टर बहादुर भी पहली बार आ गये। हमारी बोली में गवर्नर को लाट साहब ठीक कहते थे।"

जगन अपनी लँगड़ी टाँग से आगे और जनरल के साथ बाक़ी लोग पीछे। पाँचों कमरे देखे। ज़मीन पर ऊँचे ईंट के थड़ों पर लगे बिस्तर देखे, बटन लगाने की मशीनें देखीं। मुँह–लगी पत्रकार जब तस्वीरें खींचने लगी तो मन्त्री गवर्नर के साथ चिपक गये, केसर पीछे खिसक गया। मन्त्री ने जगन को पास बुलाया, जेब से सौ का नोट निकाल उसकी

तरफ़ बढ़ाया, "सब लड़के–लड़कियों को हमारी तरफ़ से 26 जनवरी की मिठाई खिलाना।"

जगन के चेहरे पर अपने भूखे–भिखमंगे दिनों के सारे के सारे अपमान उग आये, सौ के नोट को हिकारत से देखा और कहा, "नहीं सर, हमारी फुलवाड़ी में भीख नहीं ली जाती। हमारे गुरु जी ने पहली सीख यही दी है। फिर 26 जनवरी की मिठाई तो दादी जी हमको सवेरे–सवेरे खिला चुकी हैं", मन्त्री का काला चेहरा थोड़ा लाल हुआ, उसने नोट जेब में वापस रखा और मुँह–लगी पत्रकार ने तस्वीर उतार ली। पीछे खड़े केसर की तरफ़ देखा, "सर, आप पास आ जायें न। अख़बार के लिए एक ग्रुप फ़ोटो हो जाये। वैसे इस छोटे–से कैमरे में पता नहीं आप समायेंगे कि नहीं।"

केसर नज़दीक आया, "आप अख़बार में जो चाहें लिखें लेकिन एक विनती है। न आप मेरा फ़ोटो छापें, न मेरे बारे में कुछ कहें।"

"क्यों साहब, अख़बार में छपना गाली कब हो गयी।"

"आप मुझे ग़लत समझीं। अख़बार में छपना गाली नहीं। कोई मामूली–सा अच्छा काम करके वाहवाही लूटना, कैश ऑन करना मेरे लिए गाली है।"

मन्त्री ने हैडमास्टर शर्मा जी से कहा, "ख़ूब पढ़ाई कराते हैं आप इन बच्चों को, अपने से बड़ों का मान तो इस देश में लोग करते ही नहीं, सारा आप मास्टरों की शिक्षा का प्रताप है।"

"मेरी शिक्षा का प्रताप तो आप सामने खड़े हैं। आपको याद नहीं, मुझे तो कल की तरह याद है आप हमारे स्कूल में ही पढ़े थे और आज मन्त्री हैं। हमें मान दूसरों की आँखों में नहीं देखना चाहिए।"

जनरल ने एक लड़की के सिर पर हाथ रख पूछा, "क्या नाम है बेटे।"

"मुझे तो असली नाम याद नहीं। भीख माँगती थी तो सारे लोग 'ए लड़की' कहकर बुलाते थे। गुरु जी ने नया नाम रखा है–पद्मा।"

"अच्छा है। पद्मा बेटे आप टीवी पर सीरियल देखते हैं कि नहीं।"

"फुलवाड़ी में तो टीवी है ही नहीं।" जनरल ने पल भर सोचा, पूछा, "अच्छा। गुरु जी अंग्रेज़ी भी पढ़ाते हैं कि नहीं।"

"पढ़ाते हैं", बहुत–से बच्चों ने गर्व से जवाब दिया।

"जगन, तुम बताओ। गिफ्ट की हिन्दी क्या होगी।"

"उपहार"।

"पद्मा। तुम बताओ। बैगिंग की हिन्दी क्या होगी।"

"भीख माँगना", सब एक साथ बोले।

"वैरी गुड। दादी ने 26 जनवरी की मिठाई खिलायी तो तुम लोगों ने उपहार ले लिया। अब मैं तुम्हारा दादा तुम्हें रंगीन टीवी की गिफ़्ट दे रहा हूँ। शाम तक लग जायेगा। देखना, सारा देश कैसे 26 जनवरी मनाता है", बच्चों ने तालियाँ बजायीं। मन्त्री का रंग कुछ और काला पड़ गया। पद्मा वहाँ से खिसक चुकी थी, लौटी तो हाथ में चाय का गिलास, उनकी तरफ़ किया। उन्होंने सुड़क की आवाज़ से घूँट भरा, बच्चे हँसे, पूछा, "इतनी अच्छी चाय किसने बनायी पद्मा।"

"मैंने। हम सब खाना ख़ुद बनाते हैं। दादी जी ने सिखाया है।"

"केसर। सरकार से कितनी ग्रांट ली फुलवाड़ी के लिए।"

"बिल्कुल नहीं सर। जो घर सरकारी ग्रांट से बनते हैं वह मज़बूत नहीं होते। एक ईंट लगती है तो दो ईंटें उखाड़ ली जाती हैं।"

"राइट, यू आर राइट। द गवर्नमेंट इज़ इटसैल्फ ए ब्लडी बैगर। लेकिन तुम्हारी ट्रांसफर तो आज नहीं कल होगी ही। वट विल हैप्पन टू फुलवाड़ी। वी डोंट हैव मैनी केसरज़ इन अवर स्टेट।"

जवाब मन्त्री ने दिया, "सर। मैं आज शाम को ही मुख्यमन्त्री से बात करूँगा। सरकार चलायेगी अब फुलवाड़ी। एक सीनियर अफ़सर को यहाँ का एडमिनिस्ट्रेटर लगाने की सिफारिश करूँगा। "गवर्नर ने केसर की तरफ़ देखकर कहा, "बट गवर्नमेंट्स कम एंड गो।"

"सर। मैं सोचता हूँ एक ट्रस्ट बना दें। हैडमास्टर साहब अगर चेयरमैन हों तो फुलवाड़ी के फूल कभी नहीं सूखेंगे। चाहे कोई भी सरकार जाये और कोई भी सरकार आये। अगर आप कुछ इस बारे में मदद..." केसर ने कहा।

"मैं क्या मदद कर सकता हूँ। ए ब्लडी डैकोरेशन पीस, गुलदस्ता। अपनी रिकोमैंडेशन भेजो। लैट्स सी!" वह खड़े हो गये, मूँछें काँपीं, पता नहीं ग़ुस्से से अथवा अपने निहत्थे होने से।

फुलवाड़ी निवासी उनके साथ चल रहे हैं, दादी, केसर और शमशेर को बहुत–बहुत अच्छा लगा कि एक साल के छोटे–से अरसे में बच्चों में इतना आत्मविश्वास आ गया कि उनकी आँखों में कहीं भी दया की भीख माँगने वाला भाव नहीं रहा। लेकिन जो अच्छा है वह सबको सुहाता है। मन्त्री सूरज प्रकाश ने केसर को इशारे से अपने–पास बुलाया, ज़हरीली

आवाज़ में धमकाया, "क्यों भाई डी.सी., हमारी सरकार का खाये और हमीं पर बौराये। बाँध रख बोरिया–बिस्तर। अपने हाथ से तेरे ट्रांसफ़र–ऑर्डर न लाऊँ तो चौधरी सूरज प्रकाश नहीं," मन्त्री हैरान। धमकी सुनकर भी डरा नहीं डी.सी.। केसर ने उसकी हैरानी दूर की, "चौधरी साहब। आप पहले मन्त्री नहीं जो मेरी ट्रांसफ़र करवायेंगे। दस बार तबादला किया जा चुका है।" वह वापस शमशेर के पास आया। उसने पूछा, "भौंका?"

"हाँ। ज़ोर से भौंका।"

"कुत्ता भौंके तो ठोकर मारते हैं।"

"कुछ और बात करो। डोंट ट्राई टू फाइट बैक सच लिटिल मैन। दुख भी होगा, ख़ुद पर शर्म भी आयेगी।"

कार में बैठते हुए जनरल साहब ने लोक–सम्पर्क निदेशक को आदेश दिया, "शर्मा जी, कभी इन बच्चों को अपने डिपार्टमेंट की बस में चण्डीगढ़ दिखा दें।"

"येस योअर हाईनैस। अगले संडे यूअर हाईनैस।"

शाम को फुलवाड़ी में रंगीन टीवी लग गयी और दूसरे दिन इस इलाक़े के अख़बारों में, हिन्दी, पंजाबी, अंग्रेज़ी में मुँह–लगी पत्रकार का रूप–लेख छपा। सौ का नोट अपमानित चेहरे से जेब में वापिस रखते मन्त्री के अपमानित चेहरे के साथ–डोंट गिव दैम रुपीज़, गिव दैम लव।" पंजाबी अख़बार ने अपनी भाषा के तेवर दिखाये–"थू तुहाड़े रुपये ते, पैसे नहीं, प्यार दयो इन्हाँ नूँ।"

जलती पर घी डाल दिया इस फीचर ने। केसर ने अभी ट्रस्ट बनाने का केस तैयार भी नहीं किया कि तीसरे दिन सूरज प्रकाश के पी.ए. का फ़ोन आ गया, मन्त्री महोदय शाम को आयेंगे, सरकारी मीटिंग के लिए। केसर ने कहा कि शाम को फुलवाड़ी में होगा।

सर्दियों की कोसी धूप में एक टाँग अथवा एक हाथ वाले खेलते लड़के–लड़कियाँ। फूल बेलें भी उनके साथ मटक रही हैं, मन्त्री की कार अन्दर आयी। स्टेनगन लिए पहले सुरक्षा गार्ड उतरे, चारों तरफ़ ऐसे देखा जैसे शत्रु देश में आ गये हों। बच्चे सहमे। पद्मा ने गेंद उठा पीठ पीछे कर ली। ऐसे लोग जब भी आते हैं कुछ छीन ले जाते हैं। केसर और शमशेर बाहर आये। बावर्दी शमशेर ने सूरज प्रकाश को सैल्यूट किया। न मन्त्री मुस्काया, न जवाब में सिर हिलाया। केसर उसे अन्दर ले गया। सुरक्षा गार्ड के सिपाहियों ने शमशेर को सैल्यूट किया। एक गार्ड के

कुछ मोटे हो गये पेट को छू कर शमशेर ने छेड़ा, "सुन जगबीरे। मन्त्री के साथ ड्यूटी देने का यह मतलब नहीं कि हराम का खाते जाओ, खाते जाओ। अपना पेट अन्दर कर ले। जानता है न, मोटे पेट वालों की प्रमोशन की सिफ़ारिश मैं नहीं करता।" बाक़ी सिपाही हँसे। एक ने कहा, "एस.पी. साहब कभी किसी मातहत का नाम नहीं भूलते।" जवाब शमशेर ने दिया, "राज सिंह, मैं कभी कुछ नहीं भूलता। न अच्छा न बुरा।" वह कमरे के अन्दर आया। चौधरी सूरज प्रकाश केसर की तरफ़ एक काग़ज़ बढ़ाकर कह रहा था, "यह रहा तेरा ट्रांसफ़र–ऑर्डर। बना ले ट्रस्ट। अब फुलवाड़ी सरकार चलायेगी।"

केसर को पहली बार मर चुके चाचा पाश पर गुस्सा आया। क्यों सलाह दी थी आई.एस.एस. करने की। काश क़लम की जगह ए.के. 47 होती आज हाथ में। शमशेर जानता है केसर भा जी कुछ नहीं बोलेंगे। दूसरे जिले में जायेंगे। कोई अगली मुहिम चलायेंगे। बोला वही, "वचन के बड़े पक्के निकले चौधरी साहब।"

"सरदार जी, आप न बोलो बीच में।" शमशेर सिंह की आँखों में सारे जिस्म का सारा ख़ून उतर आया, "तुझे पता नहीं सिखों को सरदार जी नहीं, सरदार साहब कहते हैं। याद है कि नहीं, हमारी क़ौम अगर अच्छा नहीं भूलती तो बुरा काम भी नहीं भूलती..."

"सरदार साहब, यह पंजाब नहीं कि आप... ।"

"आपकी किरपा रही तो सारा देश बन जायेगा पंजाब बहुत जल्दी। जानता है तू दो बार चुनाव क्यों जीता। क्योंकि यह रिज़र्व्ड कांस्टीट्यूएंसी है। चुनाव जीतते ही अपनी जात भूल कर चौधरी बन गया। दस साल पहले क्लर्क थे। आज तेरा पाँच सौ एकड़ का फार्म है। भतीजों के नाम शराब के ठेके हैं। बोल दे उन्हें दस बजे ठेके बन्द कर दिया करें। जिस ज़िले में शमशेर सिंह हो, न तो दस बजे के बाद शराब बिक सकती है और न ही ढाबों पर दस बजे के बाद कोई शराब पी सकता है।" सूरज साहब का रंग बदलने से क्या हो गया, "एस.पी. साहब... ।"

"मत टोको बीच में। यह जो गार्ड तेरे साथ हैं, मेरे महकमे के हैं, कोई भी किसी दिन तुझे गोली मार देगा और यश मिलेगा तेरे बाद आतंकवादियों को। और पता है पुलिस की ताक़त। एक बार भगवान की फ़ाइलें खुल जायें तो बन्द नहीं होतीं। किस भगवान ने बनाया है तुम्हें।

लूले–लँगड़े बच्चों से बदला लोगे और तुम। वाहेगुरु की सौंह। तेरा नाम दर्ज हो गया मेरी लिस्ट में, आज से खुल गयी तेरी फाइल।"

"शमशेर, तमीज़ से बात करो", केसर ने डाँटा। "चौधरी सूरज प्रकाश यूँ ही मन्त्री नहीं बन जाते, चाहे किसी भी पार्टी की सरकार आये।"

एकदम पैंतरा बदला, "सरदार साहब, अफ़सोस है आप मेरी बात को ग़लत समझे। मैं तो चाहता था फुलवाड़ी सरकार चलाये ताकि हमेशा के लिए बच्चों की रोटी का इन्तज़ाम हो जाये। आप ट्रस्ट बनाना चाहते हैं, ज़रूर बनायें। मैं खुद मुख्यमन्त्री से सिफ़ारिश करूँगा",उसने मेज़ पर रखे केसर के ट्राँसफ़र–ऑर्डर का कागज़ उठाया, जेब में डाला और कमरे से बाहर आ गया। केसर और शमशेर उसके साथ बाहर निकले।

विकलांग बच्चे भाग–भाग कर गेंद पकड़ रहे हैं और दो टाँगों वाला आदमी अपनी कार की तरफ़ इस मुर्दा चाल से चल रहा है जैसे अपाहिज हो, बिल्कुल अपाहिज।

किसी एक पेड़ का नाम लो

सुबह के चार बजे होंगे, लेकिन एयरपोर्ट एकदम उजला–रोशनियों में नहाया हुआ। उसने बाहर देखा। दिसंबर के गहरे–घने अँधेरे में लिपटा शहर लगता है जैसे सिर्फ़ एयरपोर्ट में सूरज निकल आया है। यह सूरज भी पक्षपात करता है। वह मुस्कराया। यह सुबह–सवेरे सूरज के पीछे पड़ने का क्या मतलब? सूरज भी तो कहीं ठण्ड से दुबका बैठा है, सुस्तायेगा, लाल मुँह अँधेरे के कम्बल से बाहर होगा, तब निकलेगा। उसने एक ही जगह खड़े–खड़े पैर हिलाये ताकि ठण्ड से जम गयी टाँगों में रक्त–संचार तेज़ हो। दो सौ किलोमीटर कार चलाकर अभी–अभी यहाँ पहुँचा, टाँगें तीन घण्टे अधमुड़ी रहीं। कस्टम अफ़सर ने उसके लिए भी चाय मँगवायी, गिलास में।

"मैं अभी बाहर से..."

"पी लो मेजर साहब! अभी प्लेन आने में बीस मिनट है।"

उसे अच्छा लगा कि अब भी अनजान–अपरिचित लोग पहली मुलाक़ात में ही उसके दोस्त बन जाते हैं। पता नहीं उसकी आवाज़ की गरमायश अथवा उसके माथे पर लिखा है–आओ, मेरे दोस्त बन जाओ। वह हमेशा धीमे बोलता है, आम अफ़सरों की तरह उसे घुड़ककर या चीख़कर बोलने की आदत नहीं। सभी जवानों के लिए वह पहले दोस्त है, फिर अफ़सर। जब बंगलादेश युद्ध में उसे 'महावीर चक्र' मिला तो उसके कमाडिंग अफ़सर ने क्या कहा था–लेफ्टिनेंट अजयसिंह जनरल बनकर रिटायर होगा–अवर फ़्यूचर चीफ़ ऑफ़ आर्मी। फिर अजय को सैल्यूट किया था। पता नहीं मज़ाक़ में, रम के नशे में, या अपनी रेजिमेंट के लिए पहला 'महावीर चक्र' प्राप्त करने की ख़ुशी में।

उसने सिर झटका। उसके सी.ओ., साथी अफ़सर, रेजिमेंट के जवान बाहर निकले, स्मृति–अँधेरे में वापस लौट गये। उसे सिर हिलाता देख कस्टम अफ़सर को ग़लती लगी कि शायद उससे कुछ कहा, हौसला दिया, "आप फ़िक्र न करें, मेजर साहब! इंटरनेशनल फ़्लाइट के पैसेंजर यहीं से बाहर निकलेंगे। मैं पासपोर्ट देखकर आपको बता दूँगा कि माया बख़्शी कौन है।" वह मुस्कराया। कस्टम अफ़सर को ग़लती लगी है कि वह माया बख़्शी को पहचान नहीं पायेगा। उसने माया को आज तक नहीं देखा, लेकिन जानता है कि पहचान लेगा। माया की माँ ने पहचान बतायी थी–"माया को पहचानने में तुम्हें कोई दिक़्क़त नहीं होगी। प्लेन में से जो सबसे ख़ूबसूरत और सबसे लम्बी हिन्दुस्तानी लड़की उतरे, वह माया होगी।"

ब्रिगेडियर बख़्शी ने पत्नी को छेड़ा था–"बहुत फूक नहीं लेते स्वीटहार्ट! कहीं यह किसी और ख़ूबसूरत लड़की को घर न ले आये।"

"डोंट बी सिली! मेरी माया जितनी ख़ूबसूरत और लम्बी लड़की आज तक देखी है क्या? लेकिन अमेरिका जाकर भी बेवकूफ़–की–बेवकूफ़ है। इस उम्र में भी जब कुछ करेगी तो अचानक। दो साल से अमेरिका पढ़ रही है, लेकिन अक्ल नहीं आयी!"

"जो हिन्दुस्तान में बेवकूफ़ है, अमेरिका जाकर भी बेवकूफ़ ही रहेगा।" पति की प्यारी, लेकिन छेड़ने वाली चुटकी।

"अच्छा। बहुत मत बोलो। बुख़ार बढ़ जायेगा।"

अजय को भी लगा था कि माया बख़्शी ज़रूर मूर्ख होगी। रात को बारह बजे फ़ोन बजा। बख़्शी साहब को बुख़ार। मिसेज़ बख़्शी ने बात की।

"मम्मी! मैं माया हूँ। उधर से ऊँची आवाज़।

"अरे माया, कैसी हो, मिड–टर्म छुट्टियाँ कब होंगी?"

"वे तो अप्रैल में होंगी।"

"अच्छा। पहली छुट्टी होते ही प्लेन पकड़ लेना। तेरी बहुत याद आ रही है।"

"अच्छा, पापा को फ़ोन दो।"

"उठाती हूँ। उन्हें बुख़ार है। तू कब आयेगी?"

"पापा को मत उठाओ। कहो तो आज ही आ जाऊँ?"

"देख! माँ से ऐसा वाहियात मज़ाक़ नहीं करते।"

"माँ! तू हमेशा स्टूपिड रहेगी। मज़ाक़ कौन कर रहा है? मैं बाम्बे एयरपोर्ट से फ़ोन कर रही हूँ। प्लेन में कोई छोटी–मोटी ख़राबी आ गयी है। दो–तीन घण्टे में दिल्ली के लिए टेक ऑफ़ कर लेगा।"

"तूने खाना खाया कि नहीं? पहले ख़बर क्यों नहीं की?"

"चुप। स्टूपिड ओल्ड वुमेन! मूली के पराँठे तैयार रख। पूरे पाँच! आठ बजे तक घर पहुँच जाऊँगी।"

"दिल्ली से कैसे आयेगी? तेरे पापा को बुख़ार है। कार तो वह चला..."

"क्यों? हिन्दुस्तान में बसें चलनी बन्द हो गयी हैं। हैज़ द हैंडसम प्राइम मिनिस्टर ऑरेडी ब्राट द ट्वंटीफ़स्ट सेंचरी टू द कंट्री।" माया ने फ़ोन रख दिया। बख़्शी साहब ने ज़िद की–दिल्ली जायेंगे, बेटी को लेने। बुख़ार की ऐसी–तैसी...पत्नी ने डाँटा–"तुम्हें क्या अब रोज़–रोज़ याद कराना पड़ेगा कि अब बूढ़े हो गये हो–एक रिटायर्ड ब्रिगेडियर। इस सर्दी में तुम अम्बाला से दिल्ली कार चलाकर जाओगे? तुम बाप–बेटी जन्म से बेवकूफ़ हो।"

तब अजय ने कहा कि दिल्ली तक वह चला जायेगा, लेकिन माया बख़्शी को पहचानेगा कैसे? मिसेज़ बख़्शी ने आसान पहचान बतायी कि जहाज़ से जो सबसे ख़ूबसूरत और सबसे लम्बी हिन्दुस्तानी लड़की उतरेगी, उनकी बेटी होगी। बख़्शी साहब ने सैनिक भाषा में माया का नक़्शा खींचा–

"कद पाँच फुट सात इंच। रंग एकदम गोरा–चिट्टा। नाक टेढ़ी– हुक्ड नोज़। बहुत तेज़ चलती है!"

तभी अजय कस्टम अफ़सर की ग़लती पर मुस्कराया था कि वह माया को पहचान नहीं पायेगा। फ़्लाइट नम्बर सात...सात...सात...सात... के नीचे उतरने की सूचना दी जा रही है। रोशनीवाली लम्बी सीटी ने अँधेरे का सीना चाक किया। विमान की लैंडिंग–लाइट्स में खुल गये पहिये उसे साफ़ दिखे। किसी प्रागैतिहासिक पक्षी–सा विमान एयरपोर्ट के सिरे पर रन–वे छूता है, उछला, लम्बी दौड़, हाँफ गयी साँस, रुकता है। किसी ने उसकी बाँह छुयी, उसने नीचे देखा। एक तीन–चार साल की बच्ची ने उसे ख़बर दी–"मेरे पापा आ रहे हैं। हम चार घण्टे से उनकी वेट कर रहे हैं।"

"प्लेन थोड़ा लेट हो गया बेटे! पापा ने फ़ोन नहीं किया?"

"हमारे घर फ़ोन नहीं।" बच्ची का उदास–उछाह–भरा जवाब। बच्ची की माँ ने डाँटा–"अंकल को तंग नहीं करते। बक–बक की आदत छोड़ दे। नहीं तो पापा डाँटेंगे।"

"मैं पापा को पहचानूँगी कैसे? देखा तो नहीं।"

अजय को हैरान देखकर महिला ने बताया–"उनके अमेरिका जाने के बाद पैदा हुई थी। वह हाथार्न पर पी–एच.डी. करने गये थे। सिन्न एंड रिजेम्पशन!"

अजय ने सोचा कि महिला को बताये, सिन्न के बाद कोई रिजेम्पशन नहीं, चाहे हाथार्न माने–न–माने, लेकिन वह चुप रहा।

यात्री कस्टम काउंटर की तरफ़ बढ़े, एक क़तार में। उसे इतनी दूर से चेहरा तो नहीं दिखा–लेकिन कोई लाइन तोड़कर आगे निकला है। मर्दो की तेज़ चालवाली लड़की। सबसे पहले उसे कन्धे में लटका, हिलता हुआ एयरबैग दिखा। फिर तेज़ चलते शरीर का चेहरा दृष्टिबद्ध हुआ। कन्धे की ऊँचाई पर चलता कटे हुए सूरज का टुकड़ा। टेढ़ी नाक–हुक्ड नोज़। वह कस्टम काउण्टर पर सबसे पहले पहुँची। उसके पासपोर्ट दिखाने से पहले अजय ने पूछा–

"आप माया बख़्शी हैं न?"

"हाँ! लेकिन आपको कैसे पता?"

"आपकी माँ ने बताया था कि जहाज़ से जो सबसे ख़ूबसूरत और सबसे लम्बी हिन्दुस्तानी लड़की उतरे, वह माया बख़्शी होगी।"

"सिली! हर माँ को अपनी बेटी ख़ूबसूरत लगती है।"

"डोंट माइंड मैडम! आपकी माँ ने पहचान तो ठीक बतायी।" कस्टम अफ़सर ने छेड़ा।

"आप लोग पैसेंजर्स से फ़्लर्ट कब से करने लग गये? मैंने तो सुना है यहाँ के कस्टमवाले बहुत सड़ियल होते हैं।

वह कन्धे से एयरबैग उतारने लगी, कस्टम अफ़सर ने रोका–

"रहने दें। आप जैसी क्यूट लड़की चोरी का सामान नहीं ला सकती।"

"थैंक्स हैंडसम।"

कस्टम अफ़सर का मुँह लाल हुआ, शरमाया–"मेज़र साहब, अपना लम्बा और ख़ूबसूरत पैसेंजर ले जाइए। कांग्रेट्स!"

दोनों लाउंज में आये। माया ने पहला सवाल पूछा–

"आप भी आर्मी में हैं क्या?"

वह जवाब नहीं देता। उसका सख़्त हो गया चेहरा देखकर माया को थोड़ी–सी हैरानी हुई कि इसमें बुरा मानने की कौन सी बात है? तब उसे अपने पापा का ख़याल आया, और हैरानी दूर हो गयी। पापा एकदम ग़ुस्सैल हैं, दोस्त भी अपने जैसे ही बनायेंगे–कमान पर चढ़े तीर। अजय ने उसके कन्धे से एयरबैग उतारा, अपनी बाँह पर लटका लिया। बैग का स्ट्रैप लम्बा, लेकिन फिर भी ज़मीन को नहीं छू रहा, क्योंकि अजय का क़द बहुत लम्बा है।

"पहले चाय पी लें। अम्बाला तक पहुँचने में तीन घण्टे लग जायेंगे।"

"हाँ। हो जाये।" माया काउंटर पर पहुँची, वेटर से दो चाय के लिए कहा–"सुनो, मेरी चाय गिलास में देना। दो साल हो गये, गिलास में चाय नहीं पी।"

वह गर्म गिलास दोनों हथेलियों में धीरे–धीरे घुमा रही है। सोचती है, इस आदमी से जो उसे लेने आया है, क्या बात करे? एक साधारण–सा सवाल पूछने पर कि क्या आप सेना में हैं, इसका मुँह 'सूज' गया। इतनी गरम चाय, यह आदमी, जिसका नाम अजय है, इतनी जल्दी–जल्दी क्यों पी रहा है? माया की आत्मा में एक छोटे–से भय ने जन्म लिया–यह आदमी, यहाँ उसके पास होकर भी कहीं और है, यहाँ से अनुपस्थित। उसके चमड़े के कोट के ऊपरवाले काले कालर खुले हैं। सफ़ेद टी–शर्ट के पास गले पर बना–लगा घाव माया को साफ़ दिखा। इसके हाथ लगातार क्यों बन्द–खुल रहे हैं? वह सिहरी। सर्दी से या भय से? इतनी मृत आँखें उसने आज तक किसी भी चेहरे पर नहीं देखीं। इच्छाहीन आँखें, जीवनाकांक्षा रहित आँखें। इसके चेहरे पर तो यह आँखें नहीं होनी चाहिए, जवान चेहरे पर लगी बूढ़ी आँखें। पतझड़ के नंगे पेड़। उसने दिल–ही–दिल में अपने आपको गाली दी। उग आया भय आत्मा के अवचेतन–अँधेरे हिस्से में लौट गया।

"आपको पंजाबी बोलनी आती है?"

"हाँ। क्यों?" अजय इस मूर्ख सवाल पर हैरान।

"तो फिर बोलो न! दो साल से अपनी ज़बान नहीं सुनी।"

अजय की आत्मा ने आज्ञा दी कि इस लम्बी लड़की, माया बख़्शी की हुक्ड–नोज़ पकड़ लो, लेकिन हाथों ने यह आज्ञा नहीं मानी, क्योंकि शरीर का कोई भी अंग मरी हुई आत्मा की आज्ञा नहीं माना करता।

"चलिए सोंहण्यों, देर हो रई है।" माया हँसी। अजय हँसा। माया की आत्मा में भय फिर उगा–जब यह आदमी हँसता है तो इसके चेहरे पर से बूढ़ी आँखें उतरती हैं, जवान आँखें वहाँ लगती–लौटती हैं–आयु और शरीर के अनुपात में। उसने कोट की जेब से सिगरेट का पैकेट निकाला, खोला। उसकी उँगलियाँ काँपीं, माया ने साफ़ देखा। यह आदमी इतना स्वस्थ, जिस्म पेड़ जैसा, बीमार हो ही नहीं सकता है, तो फिर पैकेट खोलने पर उँगलियाँ काँपने का कारण? डॉक्टर दिमाग़ ने सहज कारण बताया–इतनी सर्दी में इतनी लम्बी ड्राइव की, हाथ ठण्डे हो गये, उँगलियाँ काँपेंगी ही। माँ ठीक कहती है। तू, माया बख़्शी, अमेरिका जाने के बाद भी बेवकूफ़ की बेवकूफ़ रही। उसने अजय की तरफ़ हाथ बढ़ाया।

"एक सिगरेट पिलाओ। दो साल से हिन्दुस्तानी सिगरेट नहीं पी।"

"चारमिनार बहुत स्टॉन्ग है। दूसरी, फ़िल्टरवाली सिगरेट ख़रीद लेते हैं।" इस आदमी की आवाज़ फिर सख़्त। क्या आम हिन्दुस्तानी मर्दों की तरह इसे भी औरतों का सिगरेट पीना बुरा लगता है? ऐसे उन्नीसवीं सदीं के मर्दों को बीसवीं सदी में लाने का एक ही तरीक़ा है–सीधा आक्रमण। इन्हें जड़ से हिलाना ज़रूरी है।

"मैं भी बहुत स्ट्रॉन्ग लड़की हूँ। बनारस मेडिकल कॉलेज में चरस भरकर सिगरेट पीती थी। नाउ गिव मी वन।"

तो यह लड़की, माया बख़्शी, जहाज़ से उतरने वाले यात्रियों में सबसे ख़ूबसूरत और लम्बी लड़की, अपने पिता ब्रिगेडियर बख़्शी की तरह बहुत ग़ुस्सैल है। अजय ने उसे सिगरेट दी।

"आप ग़ुस्से में मत बोला करें। आप की टेढ़ी नाक और टेढ़ी हो जाती है।" वह हँसी। उसकी नाक कम टेढ़ी हुई। वेटर हैरान–इन्हें देखता हुआ–इतनी सर्दी में भला कोई कैसे हँस सकता है। दाँत ठण्डे नहीं हो जायेंगे?

दोनों एयरपोर्ट से बाहर निकले। निधड़क चलती, दिसंबर की दनदनाती हवा। सबसे पहले माया की नाक पर चुटकी काटी, उसने हाथ के पिछले हिस्से से नाक मली, लेकिन हवा ढीठ भी और क्रूर भी, उसकी

बाँहों पर अपने तीखे–नुकीले दाँत गड़ा दिये। अजय ने सफ़ेद मारुति कार का पिछला दरवाज़ा खोला–"सिर झुकाकर अन्दर जाना। छत नीची है और आप लम्बी।" वह बैठी। अजय ने उस पर लाल कम्बल लपेटा। 'यह क्या' वाला प्रश्न आँखों में देखा, बोला– "आपकी मम्मी ने बताया था कि आपको भूख और सर्दी, दोनों बहुत लगती हैं।"

माया ने कम्बल में अंग समेटे, बिल्कुल बिल्ली की तरह।

"मारुति पापा ने कब ली?"

"आपके भाई स्क्वाड्रन लीडर बख़्शी की है।"

"वह लेने क्यों नहीं आया?"

"मिराज की ट्रेनिंग लेने फ़्रांस गया था। परसों ही वहाँ से अपने फ़ाइटर प्लेन में ग्वालियर लौटा है, सवेरे हफ़्ते की छुट्टी आयेगा।"

"और वह छोटा मुच्छल... कैप्टन का बच्चा... वह क्यों नहीं आया?"

"आसाम पोस्टेड है। शाम तक वह भी घर आ जायेगा। आप थक गयी होंगी। थोड़ी देर सो लें।" उसने कार के दरवाज़े अन्दर से लॉक किये, चमड़े का कोट उतारकर साथवाली सीट पर रखा। आधी बाँहों की सफ़ेद टी–शर्ट में उसकी बाँहें तलवारों की तरह लिश्कीं, चमकीं।

"सर्दी है। कोट क्यों उतार दिया?" माया ने अपनी नाक मली।

"मुझे सर्दी नहीं लगती।" उसकी आवाज़ फिर ठण्डी–सख़्त। माया को ग़ुस्सा आ गया। इतनी–सी बात पर यह इतना ठण्डा क्यों हो गया? आत्मा के अँधेरे कोने में फिर से भय उगा–इसके चेहरे पर फिर से बूढ़ी आँखें क्यों लग गयीं? उसने इस आदमी को दिल–ही–दिल में गाली दी; आँखें बन्द कीं, सो गयी–भय भी सो गया।

माया की आँखें खुलीं, भूख ने जगा दिया। कार के शीशों पर जमा हुआ कोहरा–धुन्ध, लेकिन चमकीला। तो सूरज और धुन्ध की लड़ाई शुरू हो गयी। सामने के बड़े शीशे पर चलते वाइपर, भागते पेड़ और अजय की बाँहों पर खड़े हो गये छोटे–छोटे बाल, सुइयों जैसे। माया ने उसका कन्धा छुआ–"भूख लगी है। गाड़ी रोको। कुछ खा लें।" अजय का सिर 'हाँ' में हिला। थोड़ी देर और दूरी के बाद सड़क की बाँयीं ओर ढाबा दिखा–शेरे पंजाब–अजय ने कार सड़क से नीचे उतार दी।

ट्यूबवेल के मोटे पाइप से बाहर उछलता पानी, हल्की–सफ़ेद भाँपवाला। सवेरे की यात्रा शुरू करने से पहले कुछ ट्रक ड्राइवर नहाते हुए, कुछ जहाज़ जितने पलंगों पर बैठे, अपने नहाने की बारी की प्रतीक्षा में।

माया कम्बल लपेटे कार से बाहर आयी। अजय अपनी अधनंगी बाँहों को हाथों से रगड़ता–मलता हुआ, रगड़ से गर्मी पैदा करने की कोशिश में। उसने कम्बल उतारा, कार की छत पर रखा। जहाज़ी पलंग पर बैठे तीन आदमी उठे–"बैठो बादशाहो!"

ढाबे का मालिक गर्म–गर्म पराँठे उतारता हुआ–तवे जितने बड़े पराँठे। इस जींस पहनी लड़की को देखा, सोचा–पराँठे क्या खायेगी? बिस्किट नस्ल की है। सिख है, लेकिन हिन्दी में पूछा–

"चाय के साथ क्या लेंगे जी, बिस्कुट या रस।" इससे पहले कि अजय जवाब दे, माया ने ढाबेवाले को छेड़ा–

"की गल सरदार जी, कुड़ियाँ नूँ पराँठे देंण ते बैन लगा होया ए!"

पास बैठे ड्राइवर हँसे। एक ने मूँछों को ताव दिया–

"जगते! अज टक्कर गयी तैनू सवा सेर!"

ढाबे का मालिक थड़े से नीचे उतरा, माया के सिर को छुआ, अपनी सफ़ेद दाढ़ी पर हाथ फेरा, ड्राइवर को घुड़का–"ओये खोते! अजकल धीयाँ सवा सेर हो गइयाँ ने!"

अजय ट्यूबवेल की तरफ़ मुड़ा, ढाबेवाले को सलाह देते हुए–"सरदार जी, यह सीधी अमेरिका से आ रही है। बहुत भुक्खी कुड़ी है। इसे मूली के पराँठे खिलाओ।"

जगतसिंह ने अजय के शहतीर जैसे शरीर को आँखों में भरा, बाक़ी ड्राइवरों से कहा–"रब्ब दी सौंह! बरसों बाद ऐसा कड़ियल जवान देखा। ठण्ड पै गयी कलेजे विच।" पंजाब के लोगों में आज भी मर्द का जिस्म उसकी सबसे बड़ी सम्पत्ति है, जो उसकी गर्दन को अकड़ाकर रख़ती है, एक कोण विशेष पर।

"क्या बीबी। फ़ौजी है क्या?" एक सवाल। जवाब जगते का–

"ओये खोते! ऐसे सोंहणे जवान फ़ौजी नहीं तो क्या ऐनकी मास्टर होंगे। क्या क़द–काठ है!" फिर माया से–"पुत्तर जी, कहाँ के हो?"

"जी, पाकिस्तान के हैं। रावलपिण्डी के बख़्शी। पिता जी फ़ौज से रिटायर हो गये हैं। मैं हिन्दुस्तान में ही पैदा हुई।"

"हल्ला। पिण्डी दे बख़्शी ब्राह्मण दी लड़की हो! बड़े ख़ूँख़ार थे पिण्डी के बख़्शी–पठानों की तरह। जानती हो पठानों ने बख़्शी ब्राह्मणों का क्या नाम रखा था–राक्षस ब्राह्मण! ये लोग या तो फ़ौज, पुलिस में भर्ती होते थे या ज़मींदारी करते थे?"

माया सोच रही है कि कहीं इसने अजय के बारे में कुछ पूछ लिया तो क्या बतायेगी? सिर्फ़ इसका नाम मालूम है। पंजाबी ठीक से नहीं बोलता। सीखी हुई पंजाबी–छुट्टी में मिली भाषा नहीं–जो शब्दों में एक ख़ास खनक, ख़ास ताक़त पैदा कर देती है।

ढाबेवाले ने थाली में तवे जितने बड़े, गर्म भाप छोड़ते, मूली के चार पराँठे रखे। साथ में ताज़ा निकाले गये मक्खन की टिक्की। माया ने अजय की तरफ़ देखा, 'तुम भी खा लो' वाली निगाहों से।

"नहीं। मैं नहीं खाऊँगा। मुझे पिछले एक साल से नाश्ते की आदत नहीं।"

"एक पराँठा खा लो। भूख लगी होगी?" इस छोटी–सी सलाह पर, इस मर्द का चेहरा, जिसका नाम अजय है, पत्थर जैसा क्यों हो गया? जितनी ठण्डी सुबह है, उतनी ही ठण्डी आवाज़ में अजय ने जवाब दिया–"एक बार सुना नहीं। मैं पिछले एक साल से नाश्ता नहीं लेता।"

यह बात पास के जहाज़ी पलंगों पर बैठे ड्राइवरों ने सुनी, इस लड़की के चेहरे पर जलता हुआ सूरज देखा, और उन्होंने सिर झुका लिये।

"जगते! बड़ा ग़ुस्सैल जवान है। इतनी–सी बात पर लड़की को खाने को पड़ गया।"

"ओये पुत्तर! लड़की का मुँह नहीं देखा। शेरनी हो गयी है। भुक्खी शेरनी! मुझे तो एक पल के लिए लगा कि उसके मुँह पर पराँठों की थाली दे मारेगी। एक सेर तो दूसरा सवा सेर। ऐसी कुड़ियों को ऐसे कड़ियल जवान ही सँभाल सकते हैं। समझे!"

ट्यूबवेल के पानी से मुँह धो रहे अजय को मारुति के पास खड़े ड्राइवर ने आवाज़ लगायी–"वीरा, गड्डी दा अगला टायर पंचर है।" लम्बी कील खींचकर बाहर निकाली, उसे दिखायी। अजय ने टायर को घूरकर

"अब माफ़ी तो माँग रहा हूँ। मेरे कोट की जेब में सिगरेट पड़ी है। एक सुलगा दो, प्लीज़!"

माया ने एक साथ चारमीनार के दो सिगरेट सुलगाये, एक अजय के मुँह में लगाया। दोनों ने एक–दूसरे को देखा, दोनों मुस्कराये।

"तुम भी मुझसे कम ग़ुस्सैल नहीं हो, माया! बख़्शी साहब बता रहे थे, घर में तुम्हें शेरनी कहते हैं।" वह हँसी। अजय हँसा। और उसके चेहरे से बूढ़ी आँखे उतर गयीं।

माया के दोनों भाई दोपहर को पहुँचे। उसे यों, अचानक अमेरिका से आया देख पहले हैरान, फिर परेशान। वायुसेनावाले ने घूरा, पूछा–"तू वहाँ कुछ पढ़ती भी है कि मटरगश्ती होती रहती है? यहाँ कैसे पहुँच गयी?"

"बस। दिल किया। प्लेन पकड़ा। आ गयी।"

"अरे! अमेरिका न हुआ दिल्ली हो गया! पहले तू अपने ब्रेन का इलाज करवा। फिर बनेगी ब्रेन–सर्जन।"

"वहाँ कोई इश्क़–विश्क किया कि अभी तक छड़ी–छड़ाँग घूम रही है", छोटे कैप्टन भाई ने आदतन मूँछें उमेठीं।

"अभी एकतरफ़ा है। न्यूरोसर्जरी का हेड आशिक हो गया है। कहो तो कर लूँ शादी? वैसे उसकी बेटी मेरी उम्र की है, लेकिन एक फ़ायदा तो होगा ही। वहाँ की सिटिजनशिप मिल जायेगी।"

"कर ले! सोचती क्या है? यहाँ लम्बा लड़का मिलेगा नहीं।"

"क्यों! हिन्दुस्तान में क्या अब बौने पैदा होते हैं?" उसने यह बात कहते हुए अजय को देखा। हँसी। वह उठा। दबे पाँव कमरे से बाहर निकल गया। माया ने माँ की आँखों में झिलमिल झलक देखी, शॉल से आँखें पोंछते देखा, और उसकी आत्मा के अँधेरे हिस्से में भय ने फिर सिर उठाया। वह कौन सा अपरिचित आतंक है जिसकी वजह से पिता के ठहाके खोखले लग रहे हैं, माँ का हमेशा खिला–खिला चेहरा वीरान और सुनसान। माया की आत्मा में चिंगारी छिटकी, समझ–प्रकाश फैला। उसे पता लग गया कि इसका कारण हर हालत में घर में आया, ठहरा, मेहमान अजय है, जिसे कैप्टन भाई ने सैल्यूट किया था, माँ ने दोपहर को ठूँस–ठूँसकर खिलाया था, हालाँकि अपने बेटे ज़्यादा खायें तो हमेशा टोकती है।

"यह अजय कौन है? हमारे घर में क्यों रह रहा है?"

दोनों भाइयों ने पिता की तरफ़ देखा। उनका सिर हिला। नज़रें झुका लीं। चेहरे बुझ गये। जवाब पिता ने दिया—

"बेटे! आज क्रिसमस की पार्टी घर में होगी। बहुत सारे लोग आयेंगे—टू वेलकम यू होम। तुमने सबको लुक—आफ्टर करना है। नाउ गेट बिज़ी।"

पिता सामरिक चालों के माहिर, चकमा देना, रास्ता बदलकर जवाबी आक्रमण करना कोई उनसे सीखे। घर में विद्रोंहिणी है तो सिर्फ़ माया। माँ ने कितने पीर—फ़क़ीर मनाये, तब बेटी का मुँह देखना नसीब हुआ। बेटे बाप से इतना डरते हैं कि इस उम्र में भी उनके सामने सिगरेट नहीं पीते। माया धड़ल्ले से कश खींचती है, पिता से सिगरेट माँगकर। लेकिन माया? सिर चढ़ी माया! जिस पिता, ब्रिगेडियर बख़्शी, से शत्रु काँपते थे, वह ख़ुद अपनी बेटी से दबते हैं।

"पापा! बात मत बदलो। मैंने जो पूछा है, उसका जवाब दो! यह आदमी कौन है? यहाँ क्यों रह रहा है?"

पिता की आवाज़ एकदम ठण्डी, ठण्डे लोहे की—सी।

"नाम, मेजर अजयसिंह! राजपूत! पिता राजस्थान की किसी स्टेट के राजा थे। थोड़ी छुट्टियाँ यहाँ काट रहा है। और कुछ पूछना है?" उनके हाथ कुर्सी के हत्थे पर कस गये।

"तुम्हें बिना ख़बर दिये, इस तरह अचानक नहीं आना चाहिए था, माया!" उसने माँ की बात सुनी, आँखों में झिलमिल झलक देखी, और बिफर गयी। तेज़ कदमों से अन्दर मुड़ी, तेज़ कदमों से लौटी। कन्धे पर एयरबैग, शरीर के क्रोध से काँपता—हिलता। अजय कमरे में लौट आया है। इससे पहले कि माया कुछ बोले, उसने बख़्शी साहब से कहा—

"सर! मैं आज ही जा रहा हूँ। अभी।"

"तुम क्यों जाओगे, मेजर अजयसिंह? मैं जा रही हूँ। अभी। इसी वक़्त। कहाँ प्रिंसली परिवार का अजयसिंह और कहाँ मैं। तभी मेरे अचानक आ जाने पर इन सबके चेहरे पर मातम क्यों नहीं छायेगा? बेटी अचानक घर आ जाये तो इस देश में आजकल क्राइम माना जाता है—" माया की साँस फूली हुई। फिर पिता को घूरा, चेहरे पर तपता सूरज बैठ गया, नाक और टेढ़ी हो गयी। एक—एक शब्द चबा—चबाकर उन पर आक्रमण किया—

"पापा, आपको यह फ़िक्र तो नहीं लग गयी कि मेरा एयर—टिकट ख़रीदना पड़ेगा। मैंने रिटर्न टिकट लिया है। ओ.के.।" माया चुप। कन्धों

पर लटके बाल हिले, नाक और टेढ़ी हुई। साँस धौंकनी की तरह चलती हुई, आवाज़ आ रही है। पिता ने कुर्सी के हत्थों पर हाथ रखा, उठे। इतना अँधा क्रोध पत्नी ने आज तक उनके चेहरे पर नहीं देखा। उनका इतना बड़ा अपमान आज तक किसी ने नहीं किया। आज माया को मारेंगे। पत्नी ने कन्धे पर हाथ रखा, उन्होंने झटक दिया। माया पर चीख़े–

"यू ब्लडी गर्ल! इसी वक़्त मेरे घर से निकल जाओ," वह उछले, छलाँग आधी पूरी हुई। नीचे गिर गये। क्योंकि वह भूल गये कि उनकी एक टाँग कटी हुई है और इस वक़्त लकड़ी की बनावटी टाँग नहीं बाँधी हुई। अजय ने उनकी कमर के नीचे हाथ रखे, गोद में उठाया और सोफ़े में बैठा दिया। बड़े भाई ने पिता के मुँह से निकल रहा झाग रूमाल से साफ़ किया। माया का हाथ पकड़ा, पिता की ओर धकेला, "अपालोजाइज़! यू ब्लडी चिट–आव–आ गर्ल! अमेरिका जाकर यह भी भूल गयी कि पिता से बात कैसे की जाती है।" माया कालीन पर गिरी, फटी आँखों से भाई को देखती। शायद उसे अभी तक विश्वास नहीं आया कि धक्का भाई ने दिया, इसलिए वह गिरी। माँ ने उसे उठाया नहीं। थप्पड़ की झन्नाटेदार बड़े लड़के के मुँह पर, आवाज़ सारे कमरे में फैली। फिर कमरे ने साँस लेनी बन्द कर दी।

"स्क्वाड्रन लीडर राहुल बख़्शी, तू जेगुआर और मिराज उड़ाकर बहुत बड़ा योद्धा हो गया है? अपनी बहन को मारेगा, धक्का देगा? तुझ जैसे बेटे तो भगवान करे पेट में ही मर जायें।" उनका हाथ दूसरा थप्पड़ मारने के लिए फिर उठा, अजय ने पकड़ा, खींचकर सोफ़े पर बैठाया। बैठने के बावजूद माँ का शरीर काँपता हुआ।

बड़े भाई ने नीचे बैठकर माया के मुँह से उसके बाल परे किये। अब माया के मुँह पर ग़ुस्सा नहीं, एक अपरिभाषित डर है। क्या कोई माँ अपने बेटे को ऐसी कठोर गाली, इतना काला शाप देगी? पच्चीस वर्ष में इतना हिंसक वातावरण माया ने पहली बार घर में देखा।

अजय उठा, माँ के पैर छुए–"माँ! मैं जाऊँगा।"

"अब तुम्हें थप्पड़ तो नहीं खाना। इस घर से कोई, कहीं नहीं जायेगा।" फिर बेटी का हाथ पकड़कर पास बैठाया–"सुन माया। तेरे अचानक घर आ जाने से किसी को भी बुरा क्यों लगेगा? पच्चीस साल की हो गयी है और बेवकूफ़ की बेवकूफ़! पिछले एक साल से अजय की माँ हमारे पास

रह रही थी। पिता तो पहले ही चल बसे थे। बीमारी में माँ की देखभाल करने वाला था कौन? चार दिन पहले उनकी मौत हो गयी। तेरे पापा और अजय ने ही उनका दाह–संस्कार किया!" माया उठी। अजय के पास खड़े होकर उसका कन्धा छुआ। माँ ने बात जारी रखी–

"तुम्हें याद है, बंगलादेश युद्ध में तेरे पापा बन्दी बना लिये गये थे, टाँग कट जाने के बाद। इससे पहले कि दुश्मन तेरे पापा को बन्दी शिविर में ले जाते, उसी शाम अजय ने अपने कमांडोज़ के साथ शत्रु दस्ते पर छापा मारा और इन्हें छुड़ा लिया। अजय के गले पर लम्बा निशान देखती हो न? गोली लगी थी। अजय को 'महावीर चक्र' मिला। वह इस घर का बेटा है। समझी।"

छोटे भाई, कैप्टन ने बात आगे बढ़ायी–

"मेज़र साहब का तो कोर्ट मार्शल भी हो सकता था, क्योंकि उसमें शत्रु के दो सौ आदमी मारे गये। यह कैसे हो सकता है कि एक भी ज़ख़्मी न हो, या युद्धबन्दी न बनाया जाये।"

बख़्शी अब तक अपने ऊपर क़ाबू पा चुके हैं, लेकिन उनकी आवाज़ इस समय आदतन ऊँची नहीं, एकदम बुझी हुई–

"अजयसिंह युद्धबन्दी नहीं पकड़ा करता। इसके लिए लड़ाई का मतलब है, मरना या मारना। नो प्रिजनर्स आव वॉर। किल्ल ऑर बी किल्लड। काश इसकी यह ग़लत आदत..."

माया को अजय के दुर्व्यवहार का मतलब अब समझ आया, घर में फैले तनाव का मतलब अब समझ आया, माँ की आँखों में झिलमिल झलक का कारण समझ आया, और वह मुस्करा दी। उसकी नाक फिर टेढ़ी हो गयी, जो मुस्कराने पर और ग़ुस्सा आने पर टेढ़ी हो जाती है। पिता का कान पकड़ा, प्यार से खींचा, "यू सिली ओल्ड मैन! पहले क्यों नहीं बताया कि अजय की माँ की मृत्यु हुई है।" पिता मुस्कराये, पत्नी की ओर धन्यवाद देती निगाहों से देखा–तुमने अच्छा किया जो आधा सच आधा झूठ बोला। एक उम्र में कुछ लोग शब्दहीन भाषा में बातचीत कर लेते हैं।

अब क्योंकि माया को दबे–दबे हिंसक वातावरण का मतलब समझ आ गया, वह भयमुक्त हुई, मुस्करायी–"स्क्वाड्रन लीडर राहुल बख़्शी, थप्पड़ बहुत ज़ोर से तो नहीं पड़ा। गाल जल रहा है तो बरनॉल लगा दूँ।"

उसने बहन के हुक्ड–नोज़ पर चुटकी काटी।

"आयम सॉरी, अजय! तुम्हें अपनी माँ की मौत के बारे में मुझे बता देना चाहिए था। यूँ ही हम दोनों में कोल्ड–वार चलती रही। मैं डाक्टर हूँ। मुझे इतनी जल्दी शॉक नहीं लगता।"

पिता ने सोचा, पच्चीस साल की बच्ची है; माँ ने सोचा, पच्चीस साल की बच्ची है। इसे क्या पता शॉक लगना क्या होता है?

खुले दरवाज़े से हवा निधड़क अन्दर आ, कमरे में इतराती, मटरगश्ती करती हुई। शेरा आराम से लेटा हुआ, हवा ने उसकी पूँछ को छेड़ा। शेरा भौंका, लेकिन क्या हवा कभी किसी से डरी है? नौकर ने दरवाज़ा बन्द किया। हवा छलाँग लगाकर पर्दों पर चढ़ गयी।

"माया, उठ। शरीफ़ लोगोंवाले कपड़े पहन। बहुत–से लोग आने हैं पार्टी में," माँ की मीठी झिड़की।

"और सुन। सबके सामने सिगरेट मत पीना। अभी हमारा देश अमेरिका नहीं बना," मुच्छल की सलाह।

"तो माँ, अपनी जवानी के दिनों की कोई ज़बरदस्त साड़ी निकाल, लाल रंग की हो। नाउ गेट बिजी ओल्ड वुमेन। मुझे शरीफ़ लोगोंवाले कपड़े डालने हैं। और सुन! साड़ी तुम्हीं ठीक से बाँध देना। मैंने बाँधी तो कहीं पार्टी में ही न खुल जाये!"

मुच्छल ने उसके बाल खींचे–"तेरा नाम तो बकबक बख़्शी होना चाहिए।"

"ओये कैप्टन के बच्चे! मूँछें सम्हाल। कहीं मैंने खींच लीं तो जड़ से उखड़ जायेंगी!"

शेरा फिर भौंका। पर्दों पर चढ़ी बैठी हवा डरी, रोशनदान में छलाँग लगा दी, क्योंकि बन्द दरवाज़े से उसकी साथी हवा तो अन्दर आ नहीं रही उसकी मदद के लिए।

अब बड़े कमरे में बख़्शी साहब और उनकी पत्नी। एक–दूसरे को देखते, चुपचाप।

"हमें माया को अजय के बारे में सब कुछ बता देना चाहिए। बाद में. .." पत्नी ने उनकी बात बीच में काटी, उनके कन्धे को छुआ, "नहीं। मेरी बेटी पाँच दिन के लिए आयी है। उसे कोई कुछ नहीं बतायेगा। किसी ने दुःख दिया तो..."

"देख लो। सोच लो।"

"सोच लिया है। सब ठीक होगा..."

अभी शाम के पाँच बजे हैं, लेकिन सूरज डूब गया–आज थोड़ी जल्दी। इतनी सर्दी में घर पहुँचने की सबको जल्दी है; सूरज भी बिस्तरे में दुबकेगा।

माँ की लाल रंग की साड़ी पहन माया बड़े कमरे में आयी; कमरे में कन्धों की ऊँचाई पर सूरज फिर निकल आया। माँ ने उसके बालों में कसकर कँघी कर दी, माथे पर अंगारे जितनी बड़ी, अंगारे–सी सुलगती सिन्दूर की बिन्दी। वह तेज़ चलती कमरे में आयी, माँ ने समझाया–

"साड़ी पहनी हो तो धीरे चलते हैं माया!"

"इधर आ मेरी शेरनी! पापा को चुम्मी दे।" वह अधझुकी, पापा ने पटाखेवाली चुम्मी ली–"मेरी माया को काला टीका लगाओ। नज़र न लग जाये!"

"पापा! इस लम्ब–ढींग को मेरी सारी यूनिट सारा दिन घूरती रहे, तो भी नज़र न लगे," छोटे की मूँछें फड़कीं।

वायुसेनावाला भाई काजल की डिबिया लाया, छोटी उँगली से माया की कन्धे–हड्डी पर बिन्दी लगायी–"माया! मैं चार महीने फ़्रांस में रहा। तेरे जैसी क्यूट, लेकिन बेवकूफ लड़की सारे पेरिस में नहीं देखी।" उसने कोट की जेब से चावलनुमा मोतियों की माला निकाली, माया के गले में डाली, उसका हुक्ड–नोज़ छुआ, "हैपी क्रिसमस!"

"मुच्छल, अब तू दे बड़े दिन का गिफ़्ट," माया जानती है, छोटे भाई का हाथ हमेशा 'तंग' रहता है; यह बेचारा क्या देगा? लेकिन छोटा कुछ देगा, जेब में हाथ डाला; चारमिनार का पैकेट निकाला, बहन को दिया, "हैपी क्रिसमस!"

"अजय, तुमने मुझे कोई गिफ़्ट नहीं दिया। क्या अब भी कोल्डवार जारी है?" यह सुनकर अजय असहाय, परिवार के सारे लोग असहाय। सबको पता है, अजय के पास देने को कुछ नहीं।

"अभी आया," वह अपने कमरे में गया। लौटा। हाथ में मखमल चढ़ी डिबिया। खोली। माया की तरफ़ बढ़ायी।

"यह क्या है?"

"मेरा 'महावीर चक्र'। हैपी क्रिसमस!"

"लेकिन आपका मेडल..."

"माया, गिफ़्ट ले लेते हैं। बहस नहीं करते," पिता ने समझाया। माया ने अजय की टी–शर्ट को बनावटी ग़ुस्से से छुआ, डाँटा–"ज़रा ढंग के

कपड़े पहनो। शरीफ़ लोग पार्टी में आ रहे हैं।" माँ को छेड़ती निगाहों से देखा। अजय वहीं खड़ा–का–खड़ा। माया परेशान। यह कैसा आदमी है जिसके पास पहनने को कपड़े तक नहीं।

"माँ, मेरा पुलोवर दे दो।" मुच्छल की सलाह।

"चुप बैठ ओये मुच्छल! अजय तुमसे कम–से–कम चार इंच लम्बा है। तेरा पुलोवर ब्लाउज़ लगेगा," माया का हाथ उसकी मूँछों की ओर बढ़ा।

वायुसेनावाले ने अजय की आँखों से इशारा किया, दोनों अन्दर गये। लौटे। अजय काले, ऊँचे–गले के पुलोवर में। वह माया के पास रुका। कमरे के पर्दे हिलने बन्द। कमरे की साँस बन्द। पर्दे और कमरा साँस रोके माया–अजय को देखते। मुच्छल ने छेड़ा–"मेड फ़ॉर ईच अदर।"

उसके इस मज़ाक़ पर कोई नहीं हँसा। अजय के चेहरे पर फिर से बूढ़ी आँखें लग गयीं। माया की आत्मा में भय ने फिर जन्म लिया। ये सब छोटे–से मज़ाक़ पर हँसे क्यों नहीं? इन्हें साँप क्यों सूँघ गया? क्या इन्हें किसी काले रहस्य ने अपनी दबोच में जकड़ रखा है? क्या कोई काला भविष्य, किसी का भी इनके वर्तमान का गला दबोचे हुए है? अजय माँ के पास आया। नीचे झुका। माँ ने माथा चूमा। झिलमिल आँखें दोनों की।

"लम्ब–ढींग! तू अब भी वह पेड़ों वाला खेल खेलती है कि नहीं," छोटा बहुत देर चुप नहीं रह सकता।

"यह कौन–सा खेल हुआ," अजय की उत्सुक आवाज़।

"माया जब बनारस मेडिकल कॉलेज में पढ़ती थी तो ज्योतिष लगाने का नया तरीक़ा सीखा। पेड़ों के नाम से, चित्र से या स्कैच से ज्योतिष लगाकर भविष्य बता लेती है," माँ ने समझाया।

अजय की आँखों में अविश्वास; माया ने देखा, सबने देखा। उसके होंठों पर 'क्या बेवकूफी है' वाली मुस्कान। माया ने देखी। सबने देखी। पेड़ों का नाम या चित्र से ज्योतिष? हुँह! माया की नाक टेढ़ी हुई। अजय से कहा–

"किसी एक पेड़ का नाम लो। बिना सोचे। एकदम।"

"पीपल," अजय के होंठों पर अब भी 'क्या बेवकूफ़ी है' वाली मुस्कान।

माया की आँखें बन्द। उसकी आत्मा से पीपल का पेड़ उगना शुरू हुआ, मन–मस्तिष्क में इसकी टहनियाँ फैलीं। कहीं कुछ बाक़ी रह गया या माया अमेरिका जाकर पेड़ों वाली विद्या भूल गयी? इतना बड़ा पीपल का पेड़! लेकिन किसी शाख पर, किसी टहनी पर कोई परिन्दा नहीं? यह

क्योंकर सम्भव हो सकता है? बिना पक्षियों के पीपल का पेड़! उसने आँखें खोलीं। अजय को छेड़ती आवाज़ में उसका भविष्य बताया–

"अजय, तुम्हारा भविष्य बहुत बुरा है। पीपल का पेड़ लम्बी आयु का सिम्बल होता है। तुम बहुत बूढ़े होकर मरोगे। बैड लक।" और इस बूढ़े हो गये, झुक गये कन्धोंवाले अजय की कल्पना से ही वह हँस पड़ी।

लेकिन उसके इस मज़ाक़ पर कोई हँसा क्यों नहीं! सबके चेहरों पर ठण्डे पत्थर क्यों लग गये? माया ने दिल–ही–दिल में गाली दी, 'मारो गोली। साले सब–के–सब क्राई बेबी!' कोने की मेज़ से गुलदस्ता उठाया, बीच में लम्बी मेज़ पर रखा और कमरा ख़ुश–ख़ुश हो गया।

मुच्छल ने मेज़ पर गिलास रखे, छोटी टेबल पर स्कॉच की बोतल।

"पापा! अभी तक मेहमान नहीं आये," शिकायती आवाज़।

"मुच्छल! तुझे सब्र नहीं पड़ रहा तो एक लार्ज लगा ले। साला ड्रंकर्ड!"

माया के बनावटी ग़ुस्से पर उसकी मूँछें फड़कीं–

"दो लार्ज तो मैं पहले ही लगा आया हूँ लम्ब–ढींग! रम के। यह कोई शराब है।" उसने स्कॉच की बोतल को हिकारत से देखा।

पोर्च में कार रूकी। पिता की लकड़ीवाली टाँग की खट–खट। बाहर आये। सैशन–जज वर्मा, पत्नी के साथ। फिर एक के बाद एक कई कारें। यहाँ के ए.सी.। पिता के कई रिटायर्ड दोस्त भी। सबने माया को कोई–न–कोई तोहफ़ा दिया। पिता ने फ़ोन पर ज़रूर बताया होगा कि बेटी अमेरिका से आयी है।

बड़े कमरे में इतने लोग? फिर भी कमरा इतना ख़ाली–ख़ाली क्यों? माया की आत्मा में छिपे बैठे भय ने सिग्नल दिया–क्योंकि अजय कमरे में नहीं है! कहाँ गया? भय–संकेत ने बताया–बाहर देखो। पैरों ने आज्ञा दी, माया कमरे से बाहर।

न पेड़ों की टहनियाँ हिलती हुई, न हवा उन्हें छेड़ती हुई। आकाश ने पेड़ों की ऊपरवाली टहनियों को छुआ–कि–छुआ। सब कुछ स्तब्ध–शिथिल।

इस दो एकड़ में बनी कोठी में अजय को कहाँ तलाशे? एक हिस्से में सब्ज़ियाँ, दूसरे हिस्से में फलों के पेड़। कोठी की आयु साठ वर्ष से ऊपर, कई भीमकाय पेड़ भी इतने ही बूढ़े।

नंगी बाँहें काँपीं। शॉल ओढ़कर आना चाहिए था। दिसंबर की हवा चले–न–चले। होती तो निर्दय है न! घात लगाकर बैठी हवा। उसने साँस

रोकी। आत्मा से संकेत मिले, लेकिन मस्तिष्क आत्म–संकेतों को ग्रहण नहीं कर रहा। दोनों में तादात्म्य नहीं हुआ न।

अब माया अपने अन्दर लौटी। अन्दर बनारसवाले तन्त्र–गुरु का चेहरा उगा–गाँजे से लाल सुर्ख़ आँखें। गुरु ने स्पष्ट सिग्नल दिया–पीपल का पेड़। कोठी के बहुत बड़े प्रवेशद्वार के पास लगे पीपल ने बुलाया–यहाँ आओ–आँखें खोलो। उसने पीपल की तरफ़ भागना शुरू किया। ज़मीन को छू रही पीपल की दाढ़ी–शाखों ने बुलाया, बिना हिले–'यहाँ आओ।'

हाँ! अजय आँखें बन्द किये, पीपल से पीठ लगाये, अपनी मरी हुई बहन का चेहरा याद कर रहा है, लेकिन बहन का चेहरा तो आत्मा के काले कमरे से बाहर निकलता ही नहीं। बहन के चेहरे को प्रकाश क्योंकर छुयेगा? याद तो उन अपने चेहरों की आयेगी, जिन्हें अपने हाथ से जलाया हो, लेकिन अजय तो अपनी बहन का दाह–संस्कार भी नहीं कर सका था। उन दिनों अपनी रेजिमेंट के साथ सामरिक अभ्यास के लिए राजस्थान के रेगिस्तान में जो था। समय पर उसे ख़बर नहीं पहुँचायी जा सकी; माँ ने बेटी को आग दी थी।

अब मृत माँ के चेहरे को आँखों में पकड़े! चार दिन पहले, अपने हाथों से, माँ को आग दी थी, लेकिन माँ का चेहरा भी तो आत्मा से उठकर आँखों में नहीं आ रहा!

आँखों में कुछ चुभा, उतरा! स्पष्ट याद आ रहा है तो जनरल कपूर का चेहरा। छोटी लड़कियों का प्रिय 'अँकल'–जनरल कपूर। फिर उसके दो बेटों के चेहरे आँखों में उगे–उतरे। तीनों के फूले हुए मुँह, शराबी मुँह। लटकते माँसवाले मुँह।

लेकिन आज, इस वक़्त, इन चेहरों के याद आने पर, ख़ून में आग नहीं लगी। पिछले एक साल से इन चेहरों से लड़ाई जारी थी। इन पर तो विजय प्राप्त कर ली थी। फिर इनके आँखों में उतरने का मतलब? तीनों चेहरे सरके। आत्मा के अँधेरे कमरे में वापस लौट गये। इनकी जगह आँसुओं ने ले ली। चुपचाप बहते आँसू, अजय की आत्मा को धो रहे आँसू।

वह कमांडो स्कूल में इंस्ट्रक्टर रहा है। इन्द्रियाँ अब भी तीव्र और चौकस–अँधेरे में देखने की, बिना आहट सुने आवाज़ ग्रहण करने में समर्थ–तीव्र–चौकस इन्द्रियाँ। कोई इधर आ रहा है। वह आँखें क्यों खोले? सारे शत्रुओं का हनन तो उसने पहले ही कर दिया! अब कोई शत्रु बचा है क्या? फिर वह आँखें क्यों खोले?

कोई उसके पास रूका। पीपल के नीचे की ज़मीन में धमक हुई। उसके पैरों ने इस धमक को दिमाग़ की तरफ़ उछाला–पता चल गया, बिना आँखें खोले–माया बख़्शी। यह भी शत्रु तो नहीं! फिर अचानक अमेरिका से क्योंकर आयी? शत्रु है! लेकिन इस उजली आत्मावाले शत्रु को मात्र एक दिन में पराजित कर लेगा क्या?

अजय के कन्धे–गले को छू रही गर्म साँस; साड़ी के पल्लू से आँसू–भीगा उसका चेहरा पोंछते हाथ। माया ने बाल पकड़कर उसका सिर नीचे खींचा। पीपल की छोटी टहनी हिली। अजय की सूख चुकी आत्मा ने आज्ञा दी–बाँहें फैलाओ। यह शत्रु नहीं। माया है। इसे इस तरह अचानक, किसी दैवी–शक्ति ने अमेरिका से यहाँ भेजा है–तुम्हारे लिए; तुम्हारी माया!

लेकिन सूखी हुई आत्मा की आज्ञा तो शरीर नहीं मानता। उसकी बाँहें फैली नहीं।

उसका नीचे झुकाया गया सिर माया के कन्धे पर, होंठ काला टीका लगे माया की कन्धे–हड्डी पर। शरीर ने आख़िरी हल्ला मारा–सुबकी रोको। माया के आगे कमज़ोर नहीं पड़ना। पीपल के पत्तों में हवा सरकी। अजय ने हवा की बात, सलाह समझी। क्योंकि उसे हवा की भाषा आती है, हवा से बातें कर सकता है। सुबकी तो रूक गयी, लेकिन होंठों के लौह–कपाट खुले–"ओ गॉड!"

अजय के शरीर से सारी शक्ति 'ओ गॉड' ने सोख ली, वह नीचे गिरा कि गिरा। माया ने बिल्कुल साफ़, उसकी टाँगों का थर–थर काँपना महसूस किया। नीचे बैठी। अजय का चेहरा उसकी गोद में छिप गया, लेकिन पीठ अब भी लगातार हिल रही है, क्योंकि वह लगातार रो रहा है।

"प्लीज अजय!" उसकी पीठ और ज़ोर से हिली। माया ने उसका सिर ऊपर उठाया–आँसुओं से धुला चेहरा। आँसू बहती आँखें चूमीं–

"डोंट क्राई माई चाइल्ड। मैं आ गयी हूँ। मैं तुम्हारे पास रहूँगी। तुम्हारी माँ की तरह, हमेशा साथ।" उसकी आत्मा का डर क्या यह शब्द बुलवा रहा है? यह लोहे का बना आदमी रो रहा है! क्यों?

अजय की आत्मा से दो लम्बे हाथ बाहर निकले। माया के चेहरे को हाथों ने पकड़ा, अंगारी बिन्दी को होंठों ने छुआ। और इस क्षण अजय की सूखी आत्मा में जीवन–जल का संचार हो गया।

अमेरिका से आये इस नये शत्रु से युद्ध होना तय है; इसे पराजित करना होगा, लेकिन आत्माओं का यह द्वन्द्व–युद्ध लहुलूहान तो करेगा ना! अजय के शरीर की सारी शक्तियाँ लौट आयीं, क्योंकि उसकी सूखी आत्मा जीवित जो हो गयी। सिर्फ़ इस एक रात के लिए, इस लड़की को पराजित करने के लिए, जिसका नाम माया बख़्शी है। उजली आत्मावाली शक्तिशाली शत्रु।

"अजय! रोओ मत। मैंने रोना शुरू कर दिया तो चौबीस घण्टे रोती रहूँगी। मेरा रोना मेरे ग़ुस्से से भी डरावना है।"

वह हँसा। माया हँसी। पीपल की टहनी ने ख़ुश होकर सिर हिलाया। उसने माया के कन्धों के नीचे दोनों हाथ रखे, उठाया।

"चलो, अन्दर चलें। सब लोग इन्तज़ार कर रहे होंगे।"

माया की आत्मा ने अजय की आत्मा का हाथ पकड़ लिया, कसकर। अब इसे कहीं नहीं जाने देगी, लेकिन इस क्षण माया को क्योंकर पता हो सकता है कि सूखी हुई आत्मा को न कोई पकड़ सकता है, न जाने से रोक सकता है।

"माया डार्लिंग, और कितने दिन रहोगी? अमेरिका जाने से पहले हमारे घर लंच करना है।" कोर–कमांडर जनरल सेथुरामन ने निमन्त्रण दिया।

माया ने विजयी आँखों से देखा, जवाब दिया–"अंकल। अब मैं यहीं रहूँगी। वापस नहीं जाऊँगी।"

"लेकिन अभी तो तुम्हें न्यूरोसर्जन बनना है, वापस तो जाना पड़ेगा।"

पिता की आवाज़ में ख़तरे का डर।

दोनों भाई, माँ, जनरल सेथुरामन, बाक़ी मेहमान एकदम चुप।

वह चली। अजय के पास खड़ी हुई। मुस्करायी। उसका हुक्ड–नोज़ टेढ़ा हुआ। अजय मुस्कुराया। माया ने चैलेंज देती निगाहों से देखा, एक–एक शब्द रूक–रूककर बोला–

"मैं अब अमेरिका वापस नहीं जाऊँगी, क्योंकि मैं मेजर अजयसिंह से शादी कर रही हूँ। यहीं रहूँगी, अजय के पास।"

सारे–के–सारे हाथ थमे–के–थमे, सारी आवाज़ें बन्द। आवाज़ों के इस तरह अचानक बन्द होने से शेरा डर गया। शैंडलियर की तरफ़ मुँह उठाया, भभका मारा–भौं। उसकी 'भौं' की आवाज़ ने शैंडलियर को

छुआ, धीरे–से हिलाया, तराशी–कटी रोशनी के चमकीले साये ने माया के हुक्ड–नोज़ को छुआ। शैंडलियर थमा। तराशी हुई रोशनी का टुकड़ा उसके नाक से उठा और ऊपर लौट गया।

ठक–ठक। बख़्शी साहब की लकड़ी की टाँग की कालीन पर खटक। उठने की कोशिश। अजय ने उनका कन्धा दबाया। दोनों सैनिकों में सैनिक भाषा में शब्दहीन बातचीत–सब ठीक है, ठीक हो जायेगा। बख़्शी साहब ने कुर्सी से सिर टिकाया, उनकी बन्द मुट्ठियाँ खुलीं। छोटे बेटे को सख़्त हो गयी आवाज़ में डाँटा–

"छोटे! मेरे लिए एक लार्ज रम। एंड मूव। डोंट स्टैंड लाइक अ स्टोन। राइट?"

राइट! सब ठीक! आवाज़ों का फिर से शुरू होना। शेरे ने आँखें खोलीं; आवाज़ों की धमक से हिलते शैंडलियर को देखा, ख़ुश हो गया। आँखें मूँद लीं।

माया ने अपने हाथ से अजय के लिए पैग बनाया, उसकी ओर गिलास बढ़ाया। इतनी बड़ी ख़ुश–घोषणा माया ने की है, लेकिन अजय की आँखें फिर से बूढ़ी क्यों?

"मैं शराब नहीं पीता। चाय से चियर्स कर लें।"

जनरल सेथुरामन ने माया को बताया–समझाया–

"मेज़र अजय को सेहत का नशा है। तुम्हें पता नहीं, इसने वर्ल्ड की सबसे डैडली कमांडो यूनिट, एस.ए.एस. के साथ इंग्लैंड में कमांडो कोर्स किया था। इसे हंड्रेड में से नाइटी–नाइन मार्क्स मिले थे, क्योंकि आर्मी में सेंट–परसेंट मार्क्स देने की ट्रेडिशन नहीं। इट इज़ आल टाइम रेकॉर्ड।"

"अंकल! सुबह मारुति का टायर बदलना था। जाम हो गये नट्स, ड्राइवर से, स्पैनर से नहीं खुले। अजय ने हाथ से खोल लिए।"

बख़्शी साहब के मुँह से मीठी गाली निकली–

"ब्लडी हेल्थ एडिक्ट। अजय अपने जिस्म की ताक़त किसी भी हिस्से में ट्रांसफ़र कर सकता है। किसी जापानी गुरु ने एक हाथ या एक टाँग में सारी ताक़त ट्रासफ़र करने का तरीक़ा सिखाया है।" यह बात बताते हुए उनकी आँखों में गर्व और दुःख, दोनों। मुच्छल ने बहन को छेड़ा–

"लम्ब–ढींग। तुझे पता है अजय साहब का फ़ौज में निक–नेम क्या है? स्पैनर। उँगलियों से टैंकों के नट्स खोल लेते हैं। जब तेरा हाथ

पकड़ेंगे तो..." माया ने उसकी मूँछें पकड़ीं, वह डरा। वाक्य पूरा नहीं किया।

बख़्शी साहब ने फिर गाली दी—"ब्लडी स्पैनर साहब!"

शेरा उनकी ओर देखकर गुर्राया—गाली क्यों देते हो।

मेहमान जाने शुरू। जनरल सेथुरामन के सामने अजय खड़ा है। जनरल ने पैर ठोककर अजय को सैल्यूट किया, सैनिक सैल्यूट। माया हैरान। परेशान। यह भारतीय सेना को क्या हो गया है? एक—दो स्टारवाला जनरल एक मेजर को सैल्यूट कर रहा...?

सुबह माया जागी तो बिना किसी को बताये उसे पता चल गया कि अजय घर में नहीं। रात को माँ ने, पिता ने, दोनों भाइयों ने उसकी अजय के साथ शादी की घोषणा पर कोई विरोध नहीं किया, कुछ नहीं पूछा। क्यों? अजय ने पापा का कन्धा दबाया था। क्यों? दोनों में मौन वार्तालाप हुआ था। क्या? इन सबने मिलकर उसके ख़िलाफ़ कोई व्यूह—रचना, कोई साज़िश की है! क्यों? क्या? अभी पूछेगी। देख लेगी। ये लोग शायद आज तक माया बख़्शी को न जान पाये, न पहचान पाये।

सुबह की चाय का पहला प्याला सब लोग हमेशा की तरह साथ बैठकर पीते हुए। वह अन्दर आयी। किसी ने उसे 'विश' नहीं किया। माया ने भी नहीं।

"अजय कहाँ है?"

किसी ने सिर नहीं उठाया। किसी ने जवाब नहीं दिया। उसने दोनों भाइयों को देखा, नज़रें नीची; माँ को देखा, नज़रें नीची।

"तुम सब सोचते हो, मुझे अजय से शादी करने से रोक लोगे? मैं अमेरिका वापस लौट जाऊँगी? ठहरो, अभी बताती हूँ।" वह अन्धड़ कदमों से अन्दर गयी, लौटी। पिता की नाक के सामने अपना पासपोर्ट किया, दिखाया और उसके टुकड़े—टुकड़े कर दिये।

"अजय कहाँ है?"

"माया बेटे, पहले चाय पी लो।" माँ का हाथ प्याले के साथ आगे बढ़ा। माया की नाक टेढ़ी हुई, मुँह पर सूरज उगा। उसका हाथ झपटा, माँ के हाथ से प्याला नीचे गिरा—छन्न्न्। सारी—की—सारी गरम चाय माया के हाथ पर। छोटा भाई, बड़ा भाई, अपनी जगह पर, पत्थर बने बैठे। पिता ने गरज मारी—

"दोनों अन्धे हो गये हो! बरनॉल लाओ। मेरे पुत्तर का हाथ जल गया।" दोनों अन्दर दौड़े।

अब माया अपनी जगह पर खड़े–खड़े रो रही है। इतनी शक्ति, इतनी ताक़त तो उसमें नहीं, जितनी ये लोग समझते हैं। इनका व्यूह इतना मज़बूत और वह अकेली! माँ उठकर उसे गले से क्यों नहीं लगा रही? चुप क्यों नहीं करा रही?

"ठीक है। कुछ मत बताओ, लेकिन मेरी आख़िरी बात सुन लो। जब तक अजय से शादी नहीं करूँगी, एक बूँद पानी भी मेरे गले से नीचे उतर जाये तो गाय का ख़ून होगा। एक शब्द भी नहीं बोलूँगी। यह धमकी नहीं। सच है। तुम सब मुझे अच्छी तरह जानते हो, जो कहती हूँ, करती हूँ।" वह अपने कमरे में लौटी, मरे हुए क़दमों से।

दिन हुआ। सूरज निकला, लेकिन माया के अन्दर घुटने टेककर बैठा है तो अँधेरा–काला स्याह। उसे भूख बहुत लगती है, लेकिन है तो हठी हम्मीर। सारे दिन पानी तक नहीं पिया। सारे दिन अजय की ख़बर उसे किसी ने नहीं दी, किसी ने भी नहीं मनाया। सारे दिन घर मौन साधे बैठा रहा। सारे दिन शेरा भी नहीं भौंका।

सुबह के चार बजे होंगे। फिर घर में रोशनियाँ क्यों जल गयीं? वह नंगे पैर बैठक में आयी।

रिटायर होने के बाद आज पहली बार पिता सैनिक वर्दी में क्यों? छाती का बायाँ हिस्सा, तमगों, मेडलों से भरा हुआ। दोनों भाई भी अपनी–अपनी वर्दी में। प्लास्टिक कवर से ढँके, लेकिन साफ़ पढ़े जा रहे पहचान–पत्र छातियों पर लटके। माँ, सफ़ेद शाल में। इतने सवेरे इन लोगों ने वर्दियाँ क्यों पहन लीं?

"पापा को चुम्मी दे," लेकिन माया वहीं–की–वहीं खड़ी।

"मेरे ब्रेनलेस पुत्तर। अपने पापा को गुड–मार्निंग चुम्मी दे। तुझे अजय से मिलाने के लिए हम सब लोग तैयार हुए हैं। चल, दे चुम्मी! और तमीज़ के कपड़े पहन।"

माया पिता को लगातार चूमती; हरा दिया न– की गर्ववाली चुम्मी!

"नहीं पापा", दोनों भाई एक साथ बोले।

"शट–अप। तुम्हें पता है, मेरी बेटी शेरनी है। साथ चलेगी", फिर पत्नी को आज्ञा दी–"इसे ठीक–ठाक कपड़े पहनाओ।" पत्नी अपनी जगह से हिली तक नहीं।

"सुना नहीं। मिसेज़ बख़्शी! इसे तमीज़–वाले कपड़े दो। एकदम। नाउ गो। गेट बिज़ी।" पिता जब ग़ुस्से में हों तो पत्नी को मिसेज़ बख़्शी कहकर बुलाते हैं।

माँ ने उसके लिए सफ़ेद साड़ी और केसर के रंग की शॉल निकाली। ठीक से उसे साड़ी बाँध रही है, क्योंकि लड़ाकी बेटी को साड़ी बाँधनी नहीं आती।

पोर्च में सैनिक ट्रक रुकने की भारी–मोटी आवाज़। माया की आँखों में प्रश्न। कौन लोग? ट्रक में क्यों?

"अजय सिख रेजिमेंट में पोस्टेड है। उसके साथी अफ़सर और जवान हैं। तू साड़ी बाँधकर जल्दी से बाहर आ। चण्डी मन्दिर से इतने सवेरे चले हैं। बेचारों को चाय पिलाऊँ। इतनी ठण्ड में..."

बैठक में वर्दियाँ–ही–वर्दियाँ। अजय के सी.ओ. हैं। पिता ने उनका माया से परिचय कराया। चीते की तरह जिस्म कसे, पैर ठोंके खड़े, अजय की रेजिमेंट के सात सिख जवान। साफ़–सफ़ेद कपड़ों, सफ़ेद पगड़ी और सफ़ेद दाढ़ीवाला रेजिमेंट का सिख ग्रन्थी। आँखें बन्द। हिलते होंठ। बेआवाज़ पाठ करता हुआ। नौकर चाय के गिलासों से भरी ट्रे लाया। अजय के सी.ओ. ने ग्रन्थी की ओर देखा, सलाह माँगती निगाहें।

"नहीं साहब, कोई चाय नहीं पियेगा। सुच्चे मुँह चलना है।"

माया कार की पिछली सीट पर। माँ और पिता दोनों तरफ़। आत्मा का भय गले में अटक आया। दोनों ने अपनी लड़ाकी बेटी का एक–एक हाथ कसकर क्यों पकड़ रखा है। आगे कार। पीछे सैनिक ट्रक। काला अँधेरा। काली सड़क। कार ने छोटा–सा मोड़ काटा। बड़े पुल से नीचे उतरी, रुकी। बहुत बड़ा लोहे का गेट। पीछे फ़ौजी ट्रक रुका। गेट खुला।

जेलर है। एस.पी. है। जज है। मेडिकल अफ़सर है। एस.पी. ने ब्रिगेडियर बख़्शी और अजय के सी.ओ. को सैल्यूट किया। सात जवान उछले। सैनिक ट्रक से बाहर। पैर ठोंककर खड़े। शरीर कसे–कसाये। छलाँग लगाने के लिए तैयार। सात चीते। हाथों में स्टेनगनें। एस.पी. ने

ब्रिगेडियर बख़्शी को देखा, इनके सी.ओ. को देखा, इनके आक्रमण–मुद्रा में कोण–विशेष पर झुके शरीर देखे, और उसका चेहरा पीला पड़ गया।

"सर! इनके हथियार ट्रक में रखवा दें। अन्दर ख़ाली हाथ जाना होगा।" सात मुट्ठियाँ, सात स्टेनगनों पर कस गयीं।

सी.ओ. ने ग्रन्थी से कुछ कहा।

"पुत्तरो! हथियार ट्रक में रख दो। अन्दर ले जाने की इजाज़त नहीं, " लेकिन सातों जवान अपनी जगह पर। पैर ज़मीन में गड़े हुए। जिस्म अपनी ही ताक़त से हिलते हुए। उनके सी.ओ. गरजे–

"सूबेदार साहब का हुकुम नहीं सुना! हथियार ट्रक में। एकदम।"

सातों की कमर झुकी, सीधी हुई। ट्रक में हथियार गिरने की सात आवाज़ें। सैनिक चाल से मार्च करते हुए सब लोहे के गेट से अन्दर आये।

कैदियों के कमरों से, बैरकों से, पाठ करने की आवाज़ें! रामायण का पाठ, गुरुबानी का पाठ। अम्बाला की सेंट्रल जेल का वातावरण धर्म–ध्वनियों से पवित्र, शान्त।

अजय सफ़ेद कुर्ते–पाजामे में। पिता, दोनों भाई, सात जवान, सी.ओ. उसे सैल्यूट देते हैं।

"बहन जी, साहब को तिलक लगाओ," ग्रन्थी की गम्भीर आवाज़। माया की माँ से तिलक लगाने वाली डिबिया खुल नहीं रही।

मुच्छल बेटे ने दो उँगलियों से डिबिया दबायी, ढक्कन उछला, नीचे गिरा। माँ का हाथ आँखों पर।

"रोना नहीं। बिल्कुल नहीं," पति की कड़ी आवाज़।

माँ ने अजय को केसर का टीका लगाया, वीर पुरुषों का टीका। सूबेदार ग्रन्थी ने अजय के मुँह में 'परसाद' डाला।

"मेजर साहब, डर लग रहा है?"

अजय ने 'हाँ' में सिर हिलाया।

"पुत्तर, दसवें गुरु, दसवें पातशाह गुरु गोविन्द सिंह का नाम ले। कलगीवाला, बाजवाला, ज़ालिमों का नाश करने वालों को ताक़त देता है, शक्ति देता है। छाती तान। 'दे शिवा वर मोहे' का जाप कर। तू सैवन सिख का अफ़सर है। चीतों का अफ़सर चीता। सिर उठा। ऊँचा कर। वाहे गुरु का नाम लेकर फाँसी चढ़ जा। अगले जन्म में भी गुरु महाराज तुझे वीर योद्धा बनायेंगे। अगले जन्म में भी तू ज़ालिमों का कत्ल करेगा। फाँसी चढ़ेगा।"

अजय के नीचे झुके कन्धे उठे, चौड़े हुए। उसने लम्बी साँस खींची। सारी ताक़त का आँखों में संचार हो रहा है। जनरल सेथुरामन ने माया को क्या बताया था? अजय अपनी सारी ताक़त जिस्म के किसी भी हिस्से में खींच सकता है। अब आँखों में, उसकी आँखों में योद्धा की ताक़त है। माया को पास बुलाया। मुस्कराया–

"माया। तुम्हारी पेड़ोंवाली ज्योतिष विद्या तो ग़लत निकली। तुम कहती थीं, मैं बूढ़ा होकर मरूँगा। मैं चला। अब बता, किस पेड़ का नाम लूँ?"

माया की टाँगें लड़खड़ायीं। दोनों भाइयों ने पकड़ा। अजय ने आज पहली बार और आख़िरी बार उसके हुक्ड–नोज़ को छुआ।

"माया! इन दो दिनों में तुम्हारे साथ बुरी तरह बोला। मेरी आत्मा सूख चुकी थी।" माया क्या कहे? अजय ही बोला–

"माया! किसी पेड़ पर भी दफा तीन सौ दो लग जाये तो सूख जाता है। मैं तो इन्सान हूँ", वह फिर मुस्कराया–"लूँ, किसी एक पेड़ का नाम!" उसकी आँखों की ताक़त में परिहास।

जेलर का संकेत। मरने का समय तो सरकार पहले से तय कर देती है न। ग्रन्थी के क़दम हिले, लरजती आवाज़ में बोला–"साहब चलो। सूरज निकलते ही फाँसी लगेगी। परकाश में आत्मा रास्ता नहीं भूलती। सीधी वाहे गुरु के पास जाती है।" सूबेदार ग्रन्थी फाँसीघर की ओर मुड़ा, सात जवान हिले। पीछे देखा। उन्हें हुंकारा।

"पुत्तरो, यहीं खड़े रहो। जब फाँसी का रस्सा खिंचेगा तो मैं बुल्लारा मारूँगा। जवाब ऊँचा देना। वाहे गुरु तक आवाज़ पहुँचेगी। मुरदों की तरह क्यों खड़े हो? सीने तानो।" ग्रन्थी दरवाज़े के अन्दर गया। फाँसीघर बन्द।

माँ ने माया के हाथ कसकर पकड़े हुए और माया ने माँ के। दोनो बेंच पर बैठीं। माया हिली। बेंच से नीचे गिरी–कि–गिरी। एक जवान ने सँम्भाला। उसकी आत्मा में बैठा भय गले तक आया, मुँह खुला, और भय चीख़ में बदल गयी। वह बेहोश। जेल के वार्डर ने उसके मुँह पर पानी के छींटे डाले।

बैरकों में रामायण और गुरुबानी के पाठ की आवाज़ें और ऊँची। माया की आत्मा में जो हिस्सा ख़ाली हो गया था, उसे इन आवाज़ों ने भर दिया। आँखें खुलीं।

माया ने 'क्यों' की प्रश्नवाचक निगाहों से माँ को देखा।

"अजय ने जनरल कपूर और उसके दो बेटों का कत्ल किया था।"

माया की आँखों में अब भी 'क्यों'?

"जनरल कपूर हिन्दुस्तान की सेना का सबसे गन्दा, बदजात अफ़सर था। अफ़सरों की बेटियों, बहनों का 'प्रिय अंकल'। अजय उन दिनों राजस्थान गया हुआ था, एक्सरसाइज पर। अजय की बहन 'अंकल' के घर गयी। उसके साथ बलात्कार किया गया। बाप जनरल कपूर और दो कुत्ते बेटों ने मिलकर उससे रेप किया। फिर बड़े बेटे ने अजय की बहन को जीप के नीचे कुचल दिया। दुर्घटना का केस बना दिया। पोस्टमार्टम भी मिलेट्री हॉस्पिटल में हुआ। बात दबा दी गयी। अजय वक़्त पर पहुँचा नहीं। उसकी माँ और तुम्हारे पापा ने दाह–संस्कार किया।"

"लेकिन अजय को पता कैसे...?"

"जनरल कपूर से एक ग़लती हो गयी। उसे पता नहीं था कि उसका सैनिक अर्दली राजपूत है। अजय के पिता की रियासत का रहने वाला। उसने अजय को सब कुछ बता दिया। और..."

"और क्या?"

"तेरे पापा ने अजय की बुरी आदत बतायी थी न! वह युद्धबन्दी नहीं पकड़ता। तीनों का ख़ून कर दिया।"

"लेकिन उन तीनों ने रेप किया था। फिर फाँसी?"

"इस बात का गवाह कौन बचा कि तीनों ने उसकी बहन का रेप किया। एक को भी ज़िन्दा छोड़ देता तो शायद उम्रक़ैद..."

फाँसीघर के बन्द दरवाज़े से आवाज़ बाहर आयी–

"बोले सो निहाल।"

सात गर्दनों में अकड़ आयी, सात गलों की नसें फूलीं, सात आवाज़ें जवाब में गरजीं–"सत् श्री अकाल।"

माया बख़्शी की आँखों में कटे हुए चित्र एक क़तार में भागते हुए। अब समझ आया कि लम्बी उम्र की दुआ सुनकर अजय के चेहरे पर बूढ़ी आँखें क्यों लग जाती थीं। उसने पिछले एक साल से नाश्ता क्यों नहीं किया? क्योंकि जेल में कैदियों को नाश्ता नहीं मिलता। चित्रों की क़तार माँ की आवाज़ ने तोड़ी–

"अजय की माँ के मरने की वजह से उसे विशेष छुट्टी दी गयी। पैरोल पर पाँच दिन के लिए छोड़ा गया।"

माया बख़्शी की आँखों में आख़िरी चित्र उभरा–उतरा। पीपल का पेड़। बिना परिन्दों के। उस दिन उसे कैसे पता हो सकता था कि जिन पेड़ों पर परिन्दे नहीं बैठते, उनकी आयु लम्बी नहीं होती। चाहे वह अजय का पीपल का पेड़ ही क्यों न हो...

मसख़रे कभी नहीं रोते

नवम्बर महीने में अक्सर बारिश नहीं होती लेकिन आज शाम हो गयी और नाटक की रिहर्सल खुली छत पर। चुभने वाली ठण्डी हवा ने बारिश–बूँदों का हाथ पकड़ा। दुगुनी हो गयी ताक़त पर इठलाना शुरू किया और सन–सन के ढोल–बाजे के साथ सब पर झपट पड़ी। खुली छत। तीन तरफ़ दीवारें और चौथी तरफ़ उतरने–चढ़ने के लिए सीढ़ी। हवा सामने की दीवार से टकराती। बाहर निकलने का रास्ता न मिलने पर किसी अन्धे बैल की तरह पगलाती और पीछे उछल फिर आगे हल्ला मारती। चाहती तो नीचे जा सकती थी। लेकिन हवा को सीढ़ियाँ उतरना नहीं आता। तीन दीवारों के बीच अन्धड़ गति से दौड़ती रही। हाँफती हवा की आवाज़ खुली छत पर शासन जमा चुकी है।

अभिनेता दौड़कर कमरे में आ गये और निर्देशक छज्जे पर खड़े का खड़ा; बरसात–बूँदों को प्लाईवुड के बने मंच–सज्जा के सामान पर लगातार गिरते देखता। उसकी कल्पना कुछ दिन आगे पहुँच गयी; प्लाईवुड का सामान बारिश से फूल जायेगा, चार दिनों बाद नाटक है, मंच–सज्जा का सामान बस की छत पर रख दूसरे शहर जाना है, नाट्य–उत्सव में हिस्सा लेने। और सारे के सारे अभिनेता गीली, फूली प्लाईवुड पर चढ़ेंगे–उतरेंगे। तीन अंकों वाला नाटक पूरा का पूरा प्लाईवुड के मंच पर होना है। अगर टूट...। इस डरावनी कल्पना ने उसे निर्णय लेने पर मजबूर कर दिया कि मंच कमरे में ले जाना चाहिए।

वह कमरे के दरवाज़े पर खड़ा हुआ। अपनी गीली दाढ़ी खुजाई और उसे छोटी–सी हैरानी हुई कि अन्दर खड़े–बैठे अभिनेताओं के चेहरे धुँधले क्यों दिख रहे हैं। क्या चश्मे का नम्बर...। उसे अपनी इस मूर्खता पर और

गुस्सा आया कि जो बारिश दाढ़ी पर पड़ी है, उसी ने चश्मे के शीशों को भी गीला कर धुँधला दिया है; और उसने इस बात को सोचा तक नहीं। चश्मा उतारा, जेबों में रूमाल तलाशने के लिए हाथ डाला, मिला नहीं क्योंकि आज वह रूमाल लाना भूल गया था। उसकी पत्नी भी इस नाटक में अभिनय कर रही। जानती है निर्देशन, दृश्य–संयोजन, संगीत और रूप–सज्जा में माहिर उसका निर्देशक पति चश्मे और रूमाल को लेकर हमेशा असहाय हो जाता है। शॉल के सूखे कोने से उसके चश्मे के शीशे पोंछे और उसकी आँखों पर लगा दिया। उसे सब अभिनेताओं के चेहरे अब बिल्कुल साफ़ दिखने शुरू हो गये। ठण्ड–बारिश–हवा की मार से सिकुड़े हुए चेहरे। उसका निर्णय थोड़ा–सा डगमगाया। इतना बड़ा सैट कमरे में रखने का मतलब साफ़। कुछ अभिनेताओं को बाहर खड़ा होना पड़ेगा। खुली–गीली–सर्द छत पर। बाड़े में बन्द अन्धे बैल की तरह रास्ता खोजने की कोशिश में पगला चुकी हवा ने कमरे के खुले दरवाज़े को देख लिया। उसने साँय–साँय की हाँक लगा बाहर बिखरी हवा को यह ख़बर दी और धड़धड़ाती हुई कमरे में घुस गयी। सबसे पहले दीवार पर टँगे नागार्जुन के चित्र पर उसने हमला किया। तस्वीर में जकड़े बाबा की दाढ़ी हिली, चौखटा हिला, दीवार से टकराया। एक अभिनेता ने हाथ ऊँचा कर उतारा और नीचे रख दिया। बाबा की दाढ़ी हिलनी बन्द हो गयी। किसी ने दरवाज़ा बन्द करने के लिए कहा ताकि निर्दयी हवा से बचा जा सके।

एक साथ खड़े कुछ अभिनेताओं को निर्देशक ने एकटक देखा, दाढ़ी खुजलाई और मंच खुली छत से उठा कमरे में लाने का आदेश दिया।

टोका उसकी पत्नी ने कि अगर लोग बाहर खुले में खड़े रहेंगे तो बीमार नहीं पड़ जायेंगे क्या?

हाँ। पड़ सकते हैं बीमार। दवाई खाकर ठीक हो जायेंगे। लेकिन अगर पाँच हज़ार रुपये की लागत से बना प्लाईवुड का सैट ख़राब हो गया तो! कहाँ से बनेगा दोबारा। कर लेना फिर नाटक।

पत्नी कई नाटकों में अभिनय कर चुकी है, दूसरे निर्देशकों के साथ भी। लेकिन इस मण्डली के नाटक जब भी होते हैं वह पत्नी होने का अधिकार घर से रिहर्सल–छत अथवा कमरे में साथ ले आती है। निर्देशक और पत्नी के दोहरे तनाव को सब अभिनेता लगातार महसूस करते हैं।

कोई साधारण–सी सलाह देने, जैसे कि चाय पी लें, से भी डरते हैं। जानते हैं दढ़ियल सर उन्हें डाँटेंगे, घी का गुस्सा दाल पर उतारेंगे। पति–पत्नी के तनाव से वे अटपटा जाते हैं और हमेशा चलने अथवा संवाद बोलने में कोई भूल कर बैठते हैं। और चार दिनों बाद नाटक का प्रथम मंचन होना है।

अभिनेताओं के साथ सैट उठाने के लिए पत्नी भी बाहर गयी। ऐसा उसने जान–बूझकर किया। तकलीफ़ उठाकर शहीद बनने का पत्नी का सबसे अचूक हथियार। पति को दण्डित करने के लिए।

बाक़ी अभिनेताओं की तरह उसने भी सैट उठाये हुए आधा झुक कर छोटे कमरे में प्रवेश किया। मंच नीचे रखने के बाद भी वह थोड़ी देर झुकी खड़ी रही। निर्देशक उसे एकटक देखे जा रहा है। वह सीधा होने लगी तो उसने वैसे ही झुककर खड़ा रहने को कहा। पत्नी हैरान हुई, फिर खीझी और पहले से अधिक झुककर खड़ी हो गयी। उसने अपनी गीली हथेली से अपना गीला गाल पोंछा। दाढ़ी वाले ने उसे कहा–"सुनो। तुम छोटी बहन का रोल करोगी। मेन रोल मैं दूसरी लड़की से करवाऊँगा। उससे ठीक नहीं हो रहा बहन का पार्ट।"

बिजली का झटका सिर्फ़ उसे ही नहीं लगा, सबको लगा। वह झटके से सीधी खड़ी हुई। निर्देशक पति के दाढ़ी–ढके मुँह को एकदम देखा, शायद मज़ाक़ कर रहा हो। लेकिन लम्बी दाढ़ी का उसे हमेशा फ़ायदा होता है। चेहरे पर आये हाव–भाव दिखते ही नहीं, पता कैसे चले।

उसका चेहरा एकदम सूरज में बदल गया, तपता हुआ तथा बोलता हुआ सूरज–छोटी बहन का रोल। तीन घण्टे के नाटक में सिर्फ़ तीन शब्द–कपित, गुब्बारा और रोटी। वह तीस साल की आयु वाली औरत बारह साल की छोटी बहन का पार्ट करेगी और सारे नाटक में बोलेगी केवल तीन शब्द। नहीं करना उसे इस नाटक में काम। निर्देशक होने का यह मतलब नहीं कि तुम हिटलर हो। जो चाहे करो और मानते रहें हम चुपचाप। करेगी तो नायिका वाला रोल नहीं तो इसी वक़्त इस मण्डली से उसका त्यागपत्र। इतना बोलने के बाद उसके चेहरे पर तपता हुआ सूरज उतर गया। दो लम्बे क़दम उठा लेखक के पास वाली कुर्सी पर बैठ गयी। दूसरों की तरफ़ देखा–क्यों नहीं बोलते इस अन्याय के ख़िलाफ़।

लेखक और निर्देशक पूरी तरह एक–दूसरे के स्वभाव और कार्य–शैली को समझते हैं, तीसरा नाटक साथ–साथ कर रहे हैं। लेखक को चाहे

इस अन्तिम सत्य का पता है कि निर्देशक रंगमंच का छोटा–सा भगवान होता है लेकिन उसे भी लगा कि चार दिन पहले रोल बदलने से उसका नाटक मर सकता है। यह जानते हुए भी कि आलेख निर्देशक के हाथ में पकड़ाते ही लेखक को मर जाना चाहिए। उसने अपना नाटक पिट जाने की कल्पना की। निर्देशक–पत्नी की आड़ ले सलाह दी कि इतनी सीनियर एक्ट्रेस को इतना छोटा रोल देना तो ग़लत बात है न। फिर एक तीस साल की स्वस्थ औरत को बारह साल की लड़की के रोल में दर्शक कैसे स्वीकारेंगे।

बारिश जैसे अचानक शुरू हुई थी वैसे ही अचानक बन्द हो गयी। लड़के–लड़कियों के सिकुड़े हुए चेहरे सामान्य हो गये लेकिन वे अवाक् के अवाक् खड़े हैं। एक रोल बदलने का मतलब सब के रोल संचलन का कुछ–न–कुछ बदलना। संकेत–शब्द भी आगे–पीछे होंगे। और ग़लत क्यू मिला नहीं कि सत्यानाश। सबने निर्देशक के दाढ़ी–ढके चेहरे को देखा। बिल्कुल भावहीन। हाँ उसकी आँखों में अपने फ़ैसले पर अडिग रहने की एक पगलाई हुई चौंध है।

खुली छत के साथ दूसरे मकान की खुली छत है, दोनों छतों को बाँटती छोटे क़द की दीवार। दीवार की दूसरी तरफ़ से गाँ–गाँ की आवाज़ें आनी शुरू हो गयीं। मोटी गूँगी लड़की अपने दो अधपागल भाइयों के साथ रिहर्सल शुरू करने के लिए गूँगी आवाज़ें निकाल रही है। सर्दी हो चाहे गर्मी, गूँगी लड़की हमेशा अपने दो पागल भाइयों के साथ घण्टों दीवार के साथ खड़ी रिहर्सल देखती है। बाप किसी दफ़्तर में चपरासी, माँ लोगों के घरों में माई। दफ़्तर से लौटने के बाद बाप चाय पीकर फिर निकल जाता है। शायद किसी दुकान पर काम करने। माँ अपने घर गिन कर रोटियाँ बनाती है और दूसरे घरों में पकवान बनाने निकल पड़ती है। जहाँ सीढ़ियाँ ख़त्म होती हैं वहाँ दरवाज़े को बाहर से ताला लगा जाते हैं। कहीं गूँगी लड़की दो पागल भाइयों के साथ बाहर निकल गयी तो। जिन दिनों साथ की खुली छत पर रिहर्सल होती है, माँ–बाप लगभग निश्चिन्त। जानते हैं कि रिहर्सल देर रात तक चलेगी और तीनों दीवार के साथ लगे घण्टों खड़े देखते रहेंगे। फिर आवाज़ आयी–गाँ। गाँ। गाँ। दोनों पागल भाइयों ने अपनी हुंकार के साथ जोड़ी–आओ। आओ।

नायक रोल कर रहे अभिनेता ने सबको बताया कि दर्शक आ गये। बाहर चला जाये। हो जाये शुरू नाटक।

प्लाईवुड का मंच फिर बाहर निकाला गया। लकवे के मरीज़ लड़के का रोल जिसने किया है, लगातार इस मंच पर बैठेगा। उसने जेब से रूमाल निकाला, गीला हो गया मंच पोंछा, दोनों आँखें बन्द कीं, दोनों कान पकड़े और प्लाईवुड के मंच पर बैठ गया। क्योंकि यह दृश्य अर्धप्रकाश में मंचित होगा, बाहर की लाइट बुझा दी गयी। चाँद बादल–कम्बल से बाहर निकला, मंच पर बैठे लड़के का मुँह चाँदनी ने धोया, साथ की दीवार के साथ लगे खड़े तीनों ने तालियाँ बजायीं।

दोनों पागल भाई चिल्लाये–आ गये। आ गये। गूँगी बहन ने अपने होंठों पर उँगली रख उन्हें चुप होने का संकेत दिया। वे चुप हो गये।

चाँद कम्बल से निकलने के बाद थोड़ा इतराकर खुली छत पर खड़े लोगों को देख रहा है। बड़ा बच्चा छोटे बच्चों के सामने इतराता–देखो मैं तुमसे ऊँचा हूँ। लेकिन चाँद न तो सूरज की तरह तेज़ आँखों वाला है न छापामार युद्ध में माहिर। दायें–बायें देखता जो नहीं। अपने ही सौन्दर्य पर मन्त्रमुग्ध। रीछ की तरह बेडौल बढ़ते बादल–टुकड़े ने चाँद का पैर पकड़ा, पीछे खींचा और अपने काले बालों वाले काले बाजुओं में लपेट लिया। मंच पर बैठे लड़के का चेहरा अब अँधेरे में लगभग पीला दिख रहा है।

उसने दाढ़ी पर ऊपर से नीचे हाथ फेरा, हथेली कमीज़ की बाँह से पोंछी और दरवाज़े पर खड़ी पत्नी, अब छोटी बहन को बताया कि दृश्य उसे पता है। ग़रीबी के मारे माँ–बाप ने लकवा मरीज़ बेटे को रोटी देनी बन्द कर दी है। मरे। मुक्त हो। मुक्त करे। लगातार भूखा रहने के कारण छोटे भाई के दिमाग़ ने भी टाँगों की तरह चलना बन्द कर दिया है। उसे याद ही नहीं रहता कि क्या माँगे। इसलिए रोटी की जगह गुब्बारा माँगता है और गुब्बारे के बदले रोटी। उसे एक काल्पनिक गुब्बारे की एक काल्पनिक डोर अपनी उँगली से लपेट हवा में उड़ते गुब्बारे के साथ बीमार भाई की तरफ़ बढ़ना है।

उसे दृश्य का पता है पहले लड़के की माँ का रोल जो कर रही थी। आँखों में समझ आ जाने वाले भाव के स्थान पर घायल गुस्सा है–नायिका से छोटी बहन। मात्र कुछ शब्द बोलने का रोल। जानती है इस दाढ़ी वाले निर्देशक–पति से बहस का कोई मतलब नहीं। उसे बाहर निकाल देगा, नाटक बन्द कर सकता है लेकिन जो सोच लिया उससे समझौता नहीं करेंगे। अब वह गुस्साई हुई नहीं, उदास है। उसकी कल्पना में

नाट्य–उत्सव की सर्वश्रेष्ठ अभिनेत्री का पुरस्कार किसी और को प्राप्त हो चुका है। वह मरी हुई चाल से मंच पर बैठे भाई की तरफ़ बढ़ी।

निर्देशक ने उसकी बाँह पकड़ी, दरवाज़े तक वापस ले आया। उसे लम्बी बात कहने–करने की आदत नहीं। जो लोग स्वयं कम बोलते हैं वे दूसरों के दिल की बात आसानी से समझ लेते हैं। जानता है पुरस्कार न मिलने की कल्पना से उसका अन्दर मुरझा गया है और मुरझाये मन वाला व्यक्ति गले से बोलता है, दिल से नहीं।

उसने चश्मा उतारा, लगाया और बताया कि इतने नाटकों में काम करने के बाद भी जानती नहीं कि अभिनय का अर्थ शब्द और लाइनें बोलना नहीं होता। जब हम मूक होते हैं तो असल में बहुत बोल रहे होते हैं। तब शब्दों का स्थान लेते हैं हावभाव, हमारा चलना, उठना–बैठना। शरीर की अपनी एक भाषा होती है जिसे शब्दों का हाथ पकड़ चलने की ज़रूरत नहीं।

उसके मन ने यह सच स्वीकारा लेकिन अहम् आड़े आ रहा है। बड़ी–बड़ी आँखों में हाँ अथवा ना का कोई भाव नहीं। अहम् आँखों में हमेशा एक झूठा तेज भर देता है। निर्देशक ने कहा कि सीधे नहीं चलना। फुदककर, उछलते हुए भाई की तरफ़ बढ़ो, आँखें हवा में हिलते गुब्बारे पर। लड़की अब भी भावहीन। उसने पूछा कि बचपन में स्टापू खेली है कि नहीं। हाँ में सिर हिला। तो ठीक। एक पैर का छलाँग लो, नीचे रखो। फिर दूसरे पैर का छलाँग लो और मंच पर बैठे भाई के पास जाओ।

वह फुदककर आगे बढ़ी और उसका कायाकल्प हो गया। तीस साल की आयु एकदम से घटकर बारह साल में सिमट आयी। निजी क्रोध आयु के बदलने के साथ उड़नछू हो गया अथवा हो सकता है वह अपने स्टापू खेलने वाले उजले दिनों में सचमुच वापिस लौट गयी हो। अब न वह स्वस्थ औरत है न आँखों में झूठा तेज। एक खिलन्दड़ी लड़की में बदल जाने के बाद वह अपने निर्मम वर्तमान से कट सुखद बचपन अतीत में लौट चुकी है। अतीत चाहे कठिन–कठोर हो लेकिन हमारी स्मृति में उसके सुखद हिस्से ही शेष रहते हैं। यह अलग बात है कि जब अतीत यात्रा से लौट आयें तो वर्तमान पहले से अधिक निर्दय हो जाता है। उसने अपने गुण भूलने शुरू किये, पात्र के आत्म से एकात्म हो निर्गुण हो गयी और उसके साँवले चेहरे पर साँवला–सा इन्द्रधनुष प्रकट हो आया।

मंच पर चढ़ उसने भाई को काल्पनिक गुब्बारा पकड़ाया और उसने पकड़ लिया—बच्चा दूसरे बच्चे को खिलौना एकदम नहीं पकड़ाता, थोड़ी देर तंग करेगा, छेड़ेगा। निर्देशक ने सूखी दाढ़ी को आदतन हथेली से पोंछा, यह सोच कि शायद अब तक गीली है। उसे बड़ी से छोटी हो गयी को अब समझने—समझाने की ज़रूरत ही नहीं रही क्योंकि वह तो पात्र से एकरूप हो चुकी है। उसने भाई के हाथों की पहुँच से परे हवा में गुब्बारा हिलाया, छोटे भाई ने बैठे—बैठे कुछ इंच ऊपर उछालें लीं, गुब्बारा पकड़ में नहीं आया और उसने रोना शुरू कर दिया। वह गुब्बारा भूल गया। खिलौने को भूल—सा गया और रोटी—रोटी रटने लग पड़ा। बहन के चेहरे से इन्द्रधनुष ग़ायब हो गया। उसने उँगली से लिपटा धागा खोला। गुब्बारा हवा में उड़ा और वह मंच से नीचे उतर कमरे की तरफ़ बढ़ी। फुदककर अब भी चल रही है लेकिन स्टापू खेलने के उत्साह अथवा ख़ुशी का नामोनिशान नहीं। अब उसके चेहरे पर पशु—पीड़ा है, एक टाँग पर चलने से उपजी पीड़ा। वह दरवाज़े के पास रुकी, पति की तरफ़ देखा और उसकी आँखों से आँसू निकलने शुरू हो गये। किसी ने भी ताली नहीं बजायी। एकात्म होने के इस क्षण ने सारे अभिनेताओं की आत्मा में नाटक के पात्र जीवित कर दिये। क्या वह भी छोटी की तरह अपनी काया को भूल सकेंगे।

जब कोई ठीक अभिनय कर ले तो निर्देशक कुछ नहीं बोलता। वह उस अभिनेता की जगह दूसरे अभिनेता का जीवन जीना शुरू कर देता है। बिन दाढ़ी खुजाये वह मंच पर बैठे लकवा मारे छोटे भाई के सामने खड़ा हो गया, उसे लगातार देख रहा है। क्या तुम हमेशा टाइम पर रोटी खाते हो, जब उसने पूछा तो लड़के ने हाँ में सिर हिलाया। तभी वह इस अन्तर को समझ ही नहीं रहा कि रोटी माँगने और कई दिन से भूखे रहने के बाद, यह पता होने के बाद कि माँगने पर भी रोटी नहीं मिलेगी—इन दोनों बातों में कितना डरावना अन्तर है। अभिनेता के कानों ने शब्द सुने लेकिन चेहरे पर इनका अर्थ बिल्कुल उदित नहीं हुआ। निर्देशक मुड़ा। लेखक के पास खड़ा हुआ चश्मा उतारा, बिन बोले कहा कि—'आप समझायें भाईसाहब'। लेखक ने सारे अभिनेताओं को समझाया कि हमारे देश में निर्धन लोगों का जीवन मात्र एक प्रतीक में बदल गया है—रोटी। ग़रीब जीवन का पर्याय और प्रतीक न गरिमा है, न सुख, न सन्तोष, बस है तो एक लगातार भूख जिसमें से जन्म लेती है एक डरावनी सच्चाई। और

सारे का सारा जीवन एक कुरूप प्रतीक में बदल जाता है–रोटी। लेखक चुप हो गया और निर्देशक को पता भी चल गया कि अभिनेता उसके शब्द तो समझ गये लेकिन अर्थ नहीं क्योंकि लेखक प्रतीक तो खोज लेता है पर मंच पर उन प्रतीकों को जीवन तो निर्देशक ही दे सकता है। उसने चश्मा लगाया और फिर मंच पर बैठे लड़के के पास गया। जानता है कि प्रत्येक अभिनेता की अपनी समझ सीमा होती है। किसी भी सत्य–तथ्य को अपनी सम्पूर्णता में समझ लेना उसके वश से बाहर है। वैसे भी लोग जीवन को टुकड़ों में जीते–समझते हैं। लकवा–मरीज़ लड़के से पूछा कि क्या उसे पता है माँ–बाप रोटी क्यों नहीं देते। इसलिए नहीं कि अपने लँगड़े लड़के से उन्हें नफ़रत है। इसलिए कि उसे भूख से मारकर अपने बाक़ी बच्चों को ज़िन्दा रख सकेंगे। निर्धनता हमें केवल क्रूर नहीं, कमीना भी बना देती है। एक लगातार ग़रीब आदमी का जीवन और सोच हमेशा कमीनी हो जाती है। उसे उन सारी झूठी कहानियों को भूल जाना चाहिए कि ग़रीब माँ मीठे–मीठे गाने गा अपने बच्चों का पेट भर उन्हें मीठी नींद सुलाती है।

भालू–बादल शायद चाँद से खेल–खेल में उकता गया। काली बाँहें खोलीं, चाँद सरककर बाहर निकला और बिल्कुल खुली छत के ऊपर रुक गया। शायद चाँद हैरान हो चलना भूल गया हो कि इतने सारे लोग इतनी सर्दी में खुले में क्यों खड़े–बैठे हैं। मंच पर बैठे लड़के के चेहरे पर रोशनी तो पड़ रही है लेकिन आँखों में समझ की चमक नहीं। माँ से जुड़े ममता के बिम्ब उसकी जातीय समझ सोच के स्थायी हिस्से हैं और यह बिम्ब अब तक टस–से–मस नहीं हुआ चाहे इतने दिनों से नाटक की रिहर्सल हो रही है। निर्देशक ने अपनी तर्जनी से दाढ़ी खुजाई और उस लड़के की नासमझी पर कहीं भी गुस्सा नहीं आया।

जब लेखक ने पहली बार उसके साथ नाटक पढ़ा था तो उसके अपने मन ने भी इस काले सत्य को मानने से इनकार कर दिया था। कई बार जो सच है वह इतना कुरूप होता है कि अपने अन्दर–बाहर की पूरी शक्ति लगा हम उसे बार–बार परे धकेल देते हैं। भरे–पेट लोगों के लिए निर्धनता और भूख केवल रोमानी ख़बरें होती हैं अथवा स्वभाव का हिस्सा बन गये अश्लील नारे–'ग़रीबी हटाओ'। अभिनेताओं ने तो पहले दिन से ही इस नाटक के विरुद्ध अपने मन में एक दीवार खड़ी कर ली थी क्योंकि अपनी छोटी–सी समझ और अनुभव पर उन्हें पूरा विश्वास

था कि निर्धनता बड़ी आनन्दमयी होती है। हमेशा एक लम्बे क़द और भरी आवाज़ वाला मसीहा आता है जो तीन–चार तराशे हुए संवाद बोल कुटिया को आलीशान कोठी में बदल देता है।

सबसे बड़ी दिक्कत तो तब आयी जब लेखक ने वह स्वप्न–दृश्य पढ़ा जिसमें भूखा लड़का क्रिकेट मैच का सपना देखते हुए मर जाता है। यह तो अति हो गयी। बिल्कुल मेलोड्रामा–अतिनाटकीयता। लेखक नाराज़ नहीं हुआ था। बिल्कुल हैरान हो गया था। उसने बताया–समझाया कि पहले हमारे देश में सदियों से चली आ रही केवल एक महामारी थी–भूख। पिछले कुछ दशकों में दूसरी महामारी लग गयी है–क्रिकेट। जब लाखों लोग मैदान में, टीवी–रेडियो के सामने, हाथों में ट्रांजिस्टर पकड़ क्रिकेट खेल के उत्तेजित नशे में अपना सब कुछ भूल जाते हैं–भूख, अभाव और प्रतिदिन का अपमानित जीवन–तो यह बेचारा लड़का जिसे लकवा है, जिसे खाने को रोटी नहीं दी जाती, क्रिकेट के सपने क्यों नहीं देख सकता। अगर सारा देश कुछ दिनों के लिए नशे की लत का आदी हो सकता है तो यह लड़का सपने में कपिल देव को क्यों नहीं देख सकता। लेखक ने बिल्कुल ज़हरीली आवाज़ में जोड़ा कि सरकार को स्थायी रहने का सबसे आसान तरीक़ा समझ नहीं आया आज तक। पूरा साल, प्रतिदिन, कहीं–न–कहीं क्रिकेट मैच करवाये, दूरदर्शन पर दिखाये। जुलूस बन्द, प्रतिवाद बन्द, साम्प्रदायिक दंगे बन्द, विरोधी पार्टियों की गतिविधियाँ बन्द। राष्ट्रीय मूर्खता राष्ट्र को मज़बूत बना देगी। सोने की चिड़िया वाली नशीली मूर्खता का स्थान क्रिकेट–व्यसन ने हथिया लिया है।

जब घर में उन दोनों ने साथ बैठ नाटक पढ़ा था तो बिना दाढ़ी खुजाये उसने निर्णय ले लिया था कि क्रिकेट दृश्य को रिहर्सल में तो करेगा ताकि लेखक को यह मूर्ख–ख़ुशी मिल जाये कि उसका लिखा सही है। लेकिन प्रथम मंचन में यह दृश्य काट देगा। जब उसने अपनी आत्मा के मंच पर इस दृश्य को मंचित किया तो उसे अचानक इस सत्य का पता चल गया कि क्रूरता से ही करुणा का जन्म होता है और इस दृश्य को वह करायेगा अपने क्षेत्र के उन दो मसख़रों से जो आजकल दूरदर्शन और फ़िल्मों के सबसे लोकप्रिय मसख़रे हैं। वे मान भी गये क्योंकि पहली बार निर्देशक ने ही उन्हें दूरदर्शन सीरियल में काम दिलवाया था लेकिन उन्होंने साफ़–साफ़ बता दिया कि रिहर्सल के लिए सिर्फ़ दो दिन आ सकेंगे।

काले आकाश में एक चमकदार लकीर खिंच गयी। कोई तारा टूटा है। कुछ लोगों ने आँखें बन्द कर जाने क्या–क्या माँगा। एक मूर्ख विश्वास है कि तारा टूटने पर हम जो भी माँगें पूरा हो जाता है। जब तक वह कुछ माँगे आकाश से चमकदार लकीर ग़ायब हो गयी।

इतनी देर की चुप्पी से गूँगी लड़की और उसके दोनों पागल भाई उकता गये, दुखी हो गये। गूँगी बोली–गाँ–गाँ–गाँ। दोनों पागल भाइयों ने मंच पर बैठे लड़के को उसका संवाद याद कराया–रोटी–रोटी।

उसने लड़के का कन्धा छुआ। लड़का जानता है भारी रिहर्सल उसके कारण रुक गयी है। सामूहिक असफलता के अपमान ने उसे उदास कर दिया। उसने अपने लम्बे बालों में उँगलियाँ डालीं, ज़ोर से खींचा और वह बुझ गया। निर्देशक ने समझाया कि कपिल देव के आउट होते ही उसका सपना टूट जायेगा जैसे कि सारे देश का सपना टूट जाता है। सच के संसार में लौटते ही उसे भयंकर भूख फिर दबोच लेगी। भरे पेट आदमी के लिए चाँद का बिम्ब प्रेमिका के चेहरे में बदल जाता है और भूखे आदमी के लिए गोल–गोल रोटी में। उसे तीन बार रोटी शब्द बोलना है तब वह मर जायेगा। कुछ बिम्ब ऐसे होते हैं जिन्हें मृत्यु ही पूर्ण कर सकती है। लड़का एक और मुसीबत में फँस गया क्योंकि उसे समझ ही नहीं आया कि चाँद एक ही समय प्रेमिका का चेहरा और गोल रोटी क्योंकर हो जाता है। यह जानता है दूसरे लड़के–लड़कियों की अधीरता अब गुस्से में बदल चुकी है, और उसने झूठ–मूठ सिर हिलाया, समझ आ जाने वाली मुद्रा में।

निर्देशक इस समय लकवे लड़के की मनःस्थिति जी रहा है, उसके लिए समझना बिल्कुल कठिन नहीं कि सिर एक झूठी 'हाँ' में हिला था। वैसे भी यह सत्य तो वह जानता है कि प्रायः अभिनेता नाटक के अपने हिस्से से सरोकार रखते हैं इसलिए उनकी सीमित समझ को सीधी और छोटी बात ही समझ में आयेगी। सत्य का सरलीकरण करने का लोगों का स्वभाव होता है। उसने जब लड़के से पूछा कि दोपहर को रोटी कितने बजे खाता है तो जवाब मिला कि दो बजे के आसपास। तो ठीक। अब उसे तीन या चार बजे रोटी खानी चाहिए, तब भूख का अर्थ शरीर को समझ आ जायेगा। लड़के को इस कल्पना से ही घबराहट हो गयी कि रोटी देर से खायेगा क्योंकि दोपहर को उसे हमेशा ज़ोरों की भूख लगती है।

दीवार से लगे खड़े दर्शक इतनी लम्बी चुप्पी से उकता गये। एक पागल भाई चिल्लाया—'करो। करो।' दूसरे ने भी गुस्से में कहा—'करो, करो।' गूँगी बहन ने होंठों पर उँगली रख चुप रहने का इशारा किया लेकिन जब गुस्सा आ जाये तो दोनों भाई उसका कहा नहीं मानते। उन्होंने दीवार पर हाथ पटकने शुरू कर दिये। ठण्डी दीवार पर ज़ोर से हाथ मारने से दर्द ज़रूर हुआ होगा लेकिन जो पागल हैं वे शायद शरीर की सुख—दुख की सीमा के बाहर जीते हैं। निर्देशक—पत्नी उनके पास गयी, दीवार के अपनी तरफ़ खड़ी हुई और मुस्कुराकर देखा। वह पागलों और गूँगों की भाषा समझती भी है और समझा भी लेती है। दोनों भाई उसके बोलने की प्रतीक्षा में चुप हो गये। उसने शब्द लम्बा करके बोला—'भूख—थकावट। थोड़ी देर।' दोनों को शायद समझ आ गया और वह ख़ुश हो गये। ताली पीट साथ—साथ बोले—'भूख। थकावट।' इस बार गूँगी बहन ने उन्हें चुप रहने का संकेत नहीं किया। बोल नहीं सकती तो क्या, समझ तो लेती है कि नाटक की रिहर्सल तब—तब रुक जाती है जब—जब दाढ़ीवाला किसी एक के पास खड़ा होकर कुछ बोलता है और कई बार वह खीझ जाती है कि यह लोग दाढ़ीवाले की बात क्यों नहीं समझते। उसे भी समझ आ गयी कि मंच पर बैठा लड़का मात्र रोटी शब्द बोल रहा है, इसके जुड़वाँ भूख शब्द का उसे पता ही नहीं। वह अपने गूँगे होने पर एकदम उदास हो गयी। बोल सकती तो यहीं से खड़े—खड़े उस लड़के को बताती कि भूख लगी हो तो रोटी शब्द का अर्थ कितना डरावना हो जाता है। उसे इस बात का पता इसलिए है कि पागल भाइयों के साथ वह कई बार भूखी रह चुकी है। भाई उसके हिस्से की रोटी भी खा जाते हैं क्योंकि जो पागल हों उन्हें पता ही नहीं चलता कि कब पेट भर गया।

वह वापस आयी और पति के पास खड़े हो अनबोला प्रश्न पूछा कि उन दोनों को आने में देर क्यों हो गयी जिन्हें दृश्य में अभिनय करना है। नाटक—मण्डली के लोग पहले से ही जानते हैं कि फ़िल्मों और दूरदर्शन के सुन्दर, मुन्दर इस दृश्य में अभिनय करेंगे। क्योंकि दाढ़ीवाले सर ने उन्हें पहली बार दूरदर्शन सीरियल में काम दिलवाया था इसलिए वे नाटक के एक दृश्य में काम करने को मान गये। वे दूसरे पेशेवर अभिनेताओं की तरह समय का रुपये और लाभ में अनुवाद करते हैं इसलिए रिहर्सल केवल दो बार।

सँकरी, दो घुमावों वाली सीढ़ी पर क़दमों की आवाज़ें आयीं। क्या इतने लोगों की प्रतीक्षा ने इस क्षण उन्हें वहाँ पहुँचा दिया अथवा उनकी गाड़ी लेट हो गयी। दोनों एक साथ खुली छत पर आये और ऐसे लगा जैसे दो फुटबॉल सीधे खड़े हो आदमी में बदल गयी हों। दोनों के सिर, बाल बिल्कुल छोटे कटे हुए और दोनों के पेट में एक–एक फुटबॉल उगी हुई। सबने उन्हें खड़े हो नमस्कार किया और जवाब में दोनों के हाथ साथ–साथ जुड़े। उनके शरीर की प्रत्येक क्रिया इतनी लयबद्ध है जैसे दोनों मशीनी मानव हों और बिजली के एक ही बटन से चलते–रुकते हों। इससे पहले कि निर्देशक उनका परिचय कराये, दीवार के दूसरी तरफ़ खड़ी गूँगी लड़की उन्हें देख ज़ोर से हँसी। पागल भाइयों ने बहन की तरफ़ हैरान हो देखा, उसने दोनों की तरफ़ इशारा किया और बोली–गाँ, गाँ, गाँ।

सुन्दर, मुन्दर एक साथ उसकी तरफ़ बढ़े, दीवार के पास रुके और साथ–साथ उसकी शब्दहीन भाषा में बोले–गाँ, गाँ, गाँ। लड़की पहले हैरान हुई फिर ख़ुश। उसकी भाषा में बोलने वाले और लोग भी हैं। पागल भाइयों ने पहले ताली बजायी फिर दीवार पर हथेलियाँ पटककर कहा–'आ गये, आ गये।' सुन्दर, मुन्दर ने जवाबी ताली बजायी, शब्दों को पागल किया और जवाब दिया–'आ गये। आ गये।' दोनों भाई अपने आश्चर्यलोक में लौटे, फिर चुप हो गये। विक्षिप्त मस्तिष्क हमेशा हैरान। पागल संसार उत्तेजित संसार नहीं होता, लगातार कष्टदायक संसार होता है; और गर्भपात से जन्मी विकलांग इन्द्रियाँ हमेशा कष्ट और क्रिया से मुक्त होती हैं अपने अर्थहीन और असीम संसार में। हम सयानों की कष्टकारी दुनिया की तुलना में सदा सुखी उनकी अपनी पागल दुनिया। गूँगी बहन ने होंठों पर उँगली रखी। इन दोनों की तरफ़ इशारा किया। गूँगी भाषा में भाइयों को शायद समझाया कि देखो अब चुप हो जाओ। ये आ गये हैं, नाटक शुरू हो जायेगा। सुन्दर, मुन्दर ने भी अपने होंठों पर उँगली रख साथ–साथ 'शी' की ध्वनि निकाली, साथ–साथ अपने सीनों पर हाथ रखा, पागल भाइयों ने भी 'शी' की और बिल्कुल चुप हो गये। वह अब भी अचरज से इन पैर लगी दो फुटबॉलों को देख रहे हैं जो मंच के पास लौट आये।

निर्देशक ने उनका सबसे परिचय कराया। दोनों ने कलाकारों को बताया कि दाढ़ीवाले से ग़लती हो गयी, जिसे सुन्दर कहकर परिचित

कराया वह मुन्दर है और जिसे मुन्दर बताया वह सुन्दर है। उसने दाढ़ी खुजाई और सोचा कि मसख़रे मज़ाक़ कर रहे हैं या सचमुच उससे ग़लती हो गयी। वह मंच पर बैठे लकवा–मरीज़ के दायें–बायें बैठ गये और उन्हें पता चल गया कि तनाव–केन्द्र यह लड़का है। नाटक वह पढ़ चुके हैं–कहानी का पता है। लेकिन यह भी तो पता है कि शब्दों को काया देने के लिए कैसे कायाहीन बनना होता है। तब जन्म होगा प्रत्येक शब्द के अपने स्वतन्त्र शरीर का; और यह है साझी क्रिया। जब कोई एक अभिनेता शब्द को काया नहीं दे पाता तो बाक़ी अभिनेताओं के बोले शब्द भी काया धारण करने से इनकार कर देते हैं।

पता नहीं सुन्दर ने अथवा हो सकता है मुन्दर ने दाढ़ीवाले से पूछा कि नाटक पढ़ने के बाद भी उन्हें यह बात समझ में नहीं आयी कि इस अन्तिम दृश्य में लड़का क्योंकर मरेगा। कपिल देव के आउट होने पर अथवा इतने दिनों की भूख के कारण। लकवा–लड़के की आँखों में एक ख़ुश–चमक आ गयी। यही बात उसे इतने दिनों की रिहर्सल में समझ नहीं आ रही और यही बात सुन्दर अथवा मुन्दर ने कैसे समझ ली। क्या सचमुच जो मसख़रे हैं हमेशा सबके मन की बात जान लेते हैं–हमारे सुख, हमारे दुख का जीवन धारण करने वाले मसख़रे।

निर्देशक ने पहले सोचा कि इनको दृश्य का अर्थ समझाये फिर अपना निर्णय बदल दिया। शब्दों से परे, शब्दकोश के पन्नों में क़ैद अर्थ से ऊपर भी शब्दों का एक जीवन होता है जिसे मंच पर अभिनेता के हाव–भाव और चलने से एक पूर्ण और जीवित अर्थ मिलता है और कई बार लेखक के अर्थ से व्यापक होता है अभिनेता का दिया अर्थ। इसलिए उसने सुन्दर–मुन्दर को यह अन्तिम दृश्य समझाया।

लड़के को सारे देश के लोगों की तरह क्रिकेट का उ़त्तेजित करने वाला व्यसन और उसका प्रिय खिलाड़ी कपिल देव। देश पराजय की कगार पर खड़ा है, जीत के लिए चाहिए केवल बीस रन और कपिल देव आख़िरी खिलाड़ी के साथ बैटिंग कर रहा है। असंख्य लोगों की तरह लड़का भी अपने दुख, नेताओं की कुर्सी पर जमे रहने की हत्यारी कमीनगी, राम और बाबर की लड़ाई जो वोट के व्यापारी नेताओं ने शुरू करवायी, सब कुछ भूल चुका है क्योंकि उसे भी राष्ट्रीय व्यसन लग गया है–क्रिकेट। और भारत भाग्य विधाता अब न तो नेता हैं, न कवि, न लेखक। हैं तो लकड़ी के बल्ले से गेंद को मारने वाले क्रिकेट खिलाड़ी,

देश की डूबती नैया के कर्णधार। सुन्दर, मुन्दर ने साथ–साथ 'हाँ' में सिर हिलाया और साथ–साथ काल्पनिक क्रिकेट बॉल को एक–दूसरे की तरफ़ फेंकना शुरू कर दिया। मैच शुरू होने से पहले की तैयारी। वे दोनों यह दृश्य करेंगे। बॉलिंग भी, बैटिंग भी, फील्डिंग भी और साथ–साथ आँखों–देखा वर्णन और दर्शकों का उत्तेजित अथवा साँस रुका ख़ामोश शोर। वे खड़े हो गये। खुली छत के एक किनारे पर एक और दूसरे पर दूसरा। पता नहीं कपिल देव कौन बनेगा। सुन्दर अथवा मुन्दर। एक ने बॉल फेंकने के लिए हाथ उठाया और दूसरा कपिल देव बन गया। आधा नीचे झुका, फिर खड़ा हो मैदान की ओर गर्दन घुमा देखा। फील्डर उसके शत्रु बन चुके हैं इसलिए आँखों में गुस्सा, मूँछें हिलते ही कपिल देव के दाँत दिखने शुरू हो गये। एक ने कमेंट्री की। इस ओवर की दो बॉलें बाक़ी हैं, एक पर कपिल देव चौका अथवा छक्का मारे और दूसरे पर एक रन ले तो अगले ओवर का सामना कर सकता है तभी भारत का ध्वज लहरायेगा। झण्डा इन दिनों गेंद में बदल चुका है और करोड़ों लोगों के दिल की धड़कन पर कब्ज़ा है कपिल का। नहीं चाहिए उन्हें अपने अधिकार, नहीं चाहिए उन्हें न्याय, उन्हें चाहिए तो केवल कुछ रन जो केवल कपिल दे सकता है। उनके नशीले व्यसन की बची आख़िरी नशीली दवाई। खुली छत पर खड़े बाक़ी अभिनेता अपने आप दर्शकों में बदल गये और तालियाँ बजाने लगे।

ज़रूर कोई अच्छी बात है, पागल भाइयों की तालाबन्द कल्पना ने सोचा और उन्होंने भी तालियाँ बजानी शुरू कर दीं। गूँगी बहन ने उन्हें रोका नहीं क्योंकि माँ–बाप जब काम पर जाते हैं तो इन दो पागलों की माँ वह बन जाती है। सुख की साथी, दुख की साथी। मसख़रे कपिल देव ने दाढ़ीवाले से पूछा कि उसे छक्का मारना है या बाउंड्री। इससे पहले कि वह कोई जवाब दे अभिनेताओं ने एक आवाज़ में माँग की–छक्का। वी वांट सिक्सर।

दीवार के साथ खड़े पागल भाइयों ने नकल में कहा–छक। छक। गूँगी बहन के भी मन से छक्का शब्द ऊपर चला लेकिन होंठों पर आकर बदल गया और वह बोली–'गाँ–गाँ–गाँ' और उदास हो गयी कि बाक़ी लोगों की तरह वही शब्द क्यों नहीं बोल सकती जो सोचती है। मंच पर बैठा लकवा–मरीज़ लड़का भी इस सामूहिक उत्तेजना का हिस्सा बन

गया। इससे पहले कि वह भी छक्का बोले दाढ़ीवाला उसके पास गया, सामने खड़ा हुआ।

जब सब लोग छक्का शब्द बोलेंगे, जब गेंदबाज दौड़ेगा, लोग चुप हो जायेंगे तो इस कुछ क्षणों की साँस रुकी चुप्पी के समय उसे तीन बार बोलना है–'रोटी, रोटी, रोटी।' लेकिन कोई नहीं सुनेगा उसकी मौत के दरवाज़े पर खड़ी माँग क्योंकि कभी कोई नहीं सुनता भूखों की आवाज़। पेट की भूख अब ख़बरों में बदल चुकी है अथवा सेमीनारों में और निर्धन की रोटी के बदले दी जाती है राजनीति। लकवा लड़के ने बोला–'रोटी, रोटी, रोटी' और दाढ़ीवाले की आँखों में पहले ग़ुस्सा, फिर पराजय का भाव आ गया। उसे निश्चय हो गया कि यह लड़का रोटी के साथ सम्पूर्ण अर्थ नहीं जोड़ पायेगा और नाटक हर हालत में पिटेगा।

मसख़रा कपिल देव और गेंदबाज खेल मैदान से लौटे और मंच पर उसके पास बैठ गये। दोनों को एक साथ समझ आ गया कि उनके स्वप्न–दृश्य की सफलता में आड़े आयेगा वह लड़का जिसे रोटी बोलना नहीं आया अब तक। दोनों ने सोचा ख़ुद उसे बोलकर समझायें लेकिन वे बोले नहीं क्योंकि निर्देशक को वह बड़ा भाई मानते हैं और यह भी जानते हैं कि रंगमंच संसार की सृष्टि तो वही कर सकता है न। दोनों ने साथ–साथ अपने–अपने बायें गाल पर हथेली रखी और सोचने की मुद्रा में एक कोण विशेष पर अपने सिर झुका लिए। खुली छत पर खड़े अभिनेता हँस पड़े उनकी वह अभिनय–मुद्रा देखकर। लेकिन वह ग़लत हँसे क्योंकि इस समय मसख़रे अभिनय नहीं कर रहे, सचमुच सोच में डूबे हुए हैं।

दाढ़ीवाले को उनके मन की सोच का पता चल गया। जानता है ये दो आदमी दो खिलाड़ियों, दस क्षेत्र–रक्षकों, आँखों देखा हाल वर्णन करने वालों और हज़ारों दर्शकों में तब्दील हो जायेंगे। न उनके पास बल्ला होगा, न गेंद और न माइक। क्योंकि दाढ़ीवाला रंगमंच साज–सामान का इस्तेमाल बिल्कुल नहीं कर रहा। वह सुन्दर, मुन्दर के पास मंच पर बैठ गया और उन्हें बताया कि इस दृश्य के प्रकाश संयोजन के लिए दिल्ली से गिरधारी लाल आयेंगे। मसख़रे जानते हैं कि गिरधारी चाचा प्रकाश संयोजन के 'मास्टर' हैं, ख़ाली मंच को उनकी जादुई उँगलियाँ बिजली का बटन दबाकर जंगल में भी बदल सकती हैं और समुन्दर में भी। यह सोचते ही दोनों ने साथ–साथ सिर उठाया और अनुपस्थित गिरधारी चाचा के अनुपस्थित प्रकाश की छोटी–सी चमक उनके चेहरों पर आ गयी।

कपिल देव मसख़रे को बताया कि छक्का मारने के बाद उसे एक रन लेना है ताकि अगले ओवर का सामना वह कर सके। वह एक रन मारेगा, गिरेगा और रन–आउट हो जायेगा। कपिल देव की आँखों में पहले डरावना गुस्सा आयेगा, फिर पराजय का अपमान, हज़ारों दर्शकों की आँखों में आये आँसू उसकी आँखों में आ जायेंगे, वह मैदान में बैठ मुँह हाथों से ढाँपेगा और रोना शुरू कर देगा।

सुन्दर, मुन्दर ने दाढ़ीवाले का मुँह देखा कि कहीं मज़ाक़ तो नहीं कर रहा। दोनों ने एक साथ स्पष्ट शब्दों और अडिग निर्णय वाली आवाज़ के साथ इनकार किया–नहीं। वे रोयेंगे नहीं। कपिल देव रोयेगा नहीं। निर्देशक ने कहा कि उसे भी पता है कि आउट होने पर कपिल देव नहीं रोता लेकिन इस दृश्य की परिणति तो भारत की पराजय नहीं, लड़के का मरना...। दोनों ने एक साथ उसकी बात काटी और एक साथ बोले कि सवाल कपिल के रोने का नहीं, उनका है। वह बिल्कुल नहीं रोयेंगे।

"लेकिन क्यों?" निर्देशक ने थोड़ा खीझकर पूछा। "क्योंकि मसख़रे कभी नहीं रोते।ह्न दोनों ने एक साथ अपना अन्तिम निर्णय सुनाया।

दाढ़ीवाले ने कहा कि उसे भी पता है कि मसख़रे नहीं रोते लेकिन यह दृश्य नाटक की आत्मा है और उनके रोने से...।

पता नहीं सुन्दर ने बताया या मुन्दर ने कि वह इस दृश्य के रहस्य को जानता है। लेकिन जब वह आउट होगा तो बिना रोये लोगों को, स्टेज पर बैठे लकवा–लड़के को, पास खड़ी छोटी बहन को रुला देगा। मसख़रे तो ज़माने–भर के दुखों की पोटली हमेशा अपनी पोटली बना लेते हैं और बदल देते हैं लोगों के दुख को सुख में, इसीलिए तो मसख़रे होते हैं, मात्र मसख़रे। उनके अपने सुख–दुख का कोई स्थान नहीं, कोई महत्त्व नहीं उनके अपने जीवन में क्योंकि वह तो परीक्षा है। वे प्रतिनिधि हैं लोगों के सुख के, लोगों के दुख के।

निर्देशक ने न चाहते हुए भी उनसे बहस बन्द कर दी क्योंकि वह समझ गया कि सुन्दर, मुन्दर उसका कहा नहीं मानेंगे। ये सच जानते हैं और जो सच है उसे मानते भी हैं : लकवा–लड़का रोटी शब्द नहीं बोल पा रहा और मसख़रों का रोने से इनकार। बहुत अरसे के बाद वह भी पहली बार उदास हुआ क्योंकि उसकी कल्पना नाटक के प्रथम मंचन के दिन तक पहुँची और असफलता में बदल गयी।

दीवार के साथ लगे खड़े लड़कों ने बहन से कुछ माँगा जो उसने सुना नहीं हालाँकि उसके कान ठीक हैं। दरअसल वह मंच पर बैठे लकवा–लड़के के लोक में प्रवेश कर चुकी है। चाहे वह स्कूल नहीं गयी, पढ़ नहीं सकती, बोल नहीं सकती लेकिन नाटक की कहानी उसे समझ में आ गयी। निपट निर्धन माँ–बाप लड़के को भूखा रख मार रहे हैं और उसे उन पर रत्ती–भर गुस्सा नहीं आ रहा। जो लोग लगातार ग़रीबी की मार खा रहे हों, वे क्रूर और कमीने बन जाते हैं। ठीक हाथ–पैर वाले बच्चे को, परियों की कहानियाँ सुनने वाली उमर में, ढाबों और घरों में बर्तन माँजने के लिए भेजना पड़ता है। उनके सपने पैदा ही नहीं होते। फिर एक विकलांग को क्योंकर जीवित रखना चाहेंगे। दो टाँगों और दो हाथों वाले आदमी का ज़िन्दा रहना मुश्किल हो गया है तो फिर इस लकवा–लड़के..., यहाँ तक पहुँचकर उसकी कल्पना बिल्कुल भयभीत हो गयी। अच्छा हुआ कि उसके अपने माँ–बाप नाटक की रिहर्सल के समय काम पर चले जाते हैं। कहीं उन्होंने भी उसके पागल भाइयों को मारने का निर्णय कर लिया तो? दो पागल भाई ही तो उसकी गूँगी दुनिया में बातचीत के, वार्तालाप के माध्यम हैं। उनकी विकलांग समझ जो कुछ देखती है वे अपनी विकलांग भाषा में उसे हमेशा बताते हैं और बोलने वालों की दुनिया का छोटा–सा संसार उसके हिस्से में भी आ जाता है। सीढ़ियों का दरवाज़ा जब भी खुला रह जाये पागल भाई हमेशा बाहर भाग जाते हैं और पकड़ में तभी आते हैं जब पिता काम से लौटने पर उन्हें तलाश कर लगातार पीटता हुआ घर लाता है। उन्हें बाप के मारने से बिल्कुल दर्द और तकलीफ़ नहीं होती क्योंकि बाहर के संसार के छोटे–छोटे अचरज उनके लिए आश्चर्य और आनन्द का कवच बन जाते हैं।

भाई उसकी आवाज़ में बोले–गाँ, गाँ, गाँ। उनके गुस्से से वह समझ गयी कि उन्हें भूख लग गयी और रोटी माँग रहे हैं। वह अन्दर गयी, बड़े से थाल में रोटियों के दो ढेर बना बीच में सुबह की बनी सब्ज़ी रखी और थाल दीवार पर भाइयों के सामने रख दिया। उनकी रोटियाँ हमेशा अलग रखनी होती हैं क्योंकि वे एक–दूसरे की रोटी हड़पने के चक्कर में रहते हैं। दाल–सब्ज़ी को लेकर उनमें कभी झगड़ा नहीं होता। दोनों भाइयों ने अपने–अपने ढेर से रोटी उठायी, गोल की और जाने क्यों स्टेज कर बैठे लकवा को दिखाकर कहा– 'देखो, देखो, हमारी रोटी।' यह एक साथ रोटी खाना शुरू हुए और एक साथ हँसने भी लगे क्योंकि उन्हें सयाने

संसार से अपना पागल संसार कहीं अच्छा लगा जिसमें उन्हें खाने को रोटी तो मिलती है।

मसख़रे एक साथ उठे और उन दो भाइयों के सामने खड़े होकर कहा–'भूख। रोटी दो।' दोनों भाइयों ने अपनी–अपनी रोटी की ढेरी उठायी और उछलकर दीवार से परे हो गये।

सुन्दर अथवा मुन्दर ने छोटे क़द की दीवार पर चढ़ने की कोशिश की। दोनों भाई छत के अपने हिस्से में दौड़ना शुरू हो गये। जब उन्हें गुस्सा आये तो हमेशा दौड़ते हैं लेकिन मसख़रों को तो इस बात का पता नहीं। गूँगी ने चेतावनी दी–'गाँ, गाँ, गाँ।' लेकिन मसख़रे गूँगे शब्द का अनुवाद नहीं कर पाये कि रोटी मत माँगो, दोनों पागल मारेंगे। मसख़रे ने दीवान के दूसरी तरफ़ एक टाँग लटका दी, नीचे कूदने के लिए। एक पागल ने ईंट उठायी और दूसरे ने डण्डा। दोनों साथ–साथ जानवर में बदल गये और उनके गलों में गुर्राहट भर गयी। दोनों दहाड़े, 'भागो। रोटी छीनता है। मारेंगे।' दोनों दीवार पर चढ़े मसख़रे की तरफ़ झपटे। छत पर खड़े मसख़रे ने अपने साथी को नीचे खींचा और दोनों मंच के पास दौड़ आये।

पागल भाई अब रोटी खाना भूल गये हैं और छत के अपने हिस्से पर पगलाया नाच शुरू कर दिया। एक का ईंट पकड़ा हाथ और दूसरे का डण्डा पकड़ा हाथ, छत के रिहर्सल वाले हिस्से में उठा हुआ। उन्होंने ईंट और डण्डा मारा कि मारा।

निर्देशक की पत्नी दीवार के पास गयी और उनकी बहन की गूँगी भाषा में होंठों पर उँगली रख आवाज़ की–'शी...।' दोनों के उठे हाथ नीचे हो गये लेकिन चेहरों पर पगलाया गुस्सा वैसे का वैसा। उन्होंने मसख़रों की तरफ़ देखकर कहा–'रोटी।' छीनते।

उसने उनकी बोली में कहा–'नहीं छीनते नहीं। छेड़ते। खेलते।' पागलों का डरा हुआ गुस्सा थोड़ा कम हुआ। उसने दीवार पर रखा ख़ाली थाल उनकी तरफ़ बढ़ाया और कहा–'रखो। इसमें। खाओ।' दोनों ने अपनी रोटियाँ थाल में रखीं और खाने में मग्न हो गये।

वह मंच के पास लौटी और डरे हुए मसख़रों को बताया कि कभी भूल से इन पागल भाइयों से रोटी न माँगें वैसे तो ये शान्त पागल हैं लेकिन रोटी खाते वक़्त एक खूँखार जंगली जानवर में बदल जाते हैं जो

अपने शिकार के पास किसी को नहीं आने देते। एक बार एक भाई ने ईंट मारकर दूसरे भाई का सिर फोड़ दिया था जब उसकी रोटी दूसरे ने चुराई थी।

दोनों की रोटियाँ ख़त्म। उन्होंने ख़ाली थाल उठाया, मसख़रों को दिखाया और ईंट तथा डण्डे से लगातार बजाना शुरू कर दिया। अब वह ऊँची, भरे–पेट की ऊँची हँसी लगातार हँस रहे हैं। बहन के बार–बार होंठों पर उँगली रखने के संकेत को बिल्कुल नहीं मान रहे हैं। वे अपनी इस विजय पर बहुत ख़ुश हैं कि आज आये दो फुटबॉल उनसे डर गये।

उनके थाली बजने और लगातार हँसने की आवाज़ों के बीच दाढ़ीवाले ने मसख़रों को बताया कि वेशभूषा रिहर्सल दो दिन बाद शनीचर को होगी। मुन्दर ने जवाब दिया कि ये रात की गाड़ी से लौट जायेंगे क्योंकि कल उन्हें सीरियल में शूटिंग करनी है। शनीचर शाम पहुँच जायेंगे। अगली शाम नाटककार के प्रथम मंचन वाले दिन वह स्वप्न–दृश्य में अपना रोल कर लेंगे क्योंकि उन्हें सब कुछ समझ आ गया है इसलिए बीच के दो दिन रिहर्सल के लिए नहीं आयेंगे।

वे उठे, दोनों पागल भाइयों के सामने गये, हाथ जोड़े और सिर झुका उनके सामने खड़े हो गये, क्षमा माँगते हुए। पागलों को शायद अपने गुस्से पर शर्मिन्दगी महसूस हुई, उन्होंने भी अपने हाथ जोड़े और सिर झुका लिए। दोनों मसख़रों ने अलविदा में हाथ हिलाये, पागल भाइयों ने भी हाथ हिलाये और कहा–'आना। आना। नहीं मारेंगे।' बादलों ने चाँद को फिर धर दबोचा और खुली छत बिल्कुल काले कम्बल में बदल गयी।

बीच के दो दिन नाटक की रिहर्सल हुई लेकिन निर्देशक ने जान–बूझकर यह स्वप्न–दृश्य नहीं करवाया जिसमें कपिल तो आउट होगा और लड़का मरेगा और इन दो दिनों में लकवा–लड़के का रोल करने वाला अभिनेता और बुझ गया क्योंकि उसे पता है कि बाक़ी अभिनेताओं की आँखों में उसे लेकर सन्देह, आशंका और खीझ है। क्योंकि वे समझ गये कि उसके कारण नाटक असफल होगा। निर्देशक ने सारे नाटकों में हमेशा समझाया है कि आज से काम करना ज़रूरी है, मंच पर बोलते, चलते, अभिनय करते समय आन्तरिक–ऊर्जा ही उन्हें पात्र के जीवन और शरीर में बदल सकती है और लकवा–लड़का गिनी–चुनी सीढ़ियाँ चढ़ खुली छत पर पहुँचता है तो साँस फूली हुई और शरीर निढाल। उसका गोरा रंग अब लगभग पीला पड़ चुका है। उसे इस बात का कहीं गुस्सा

है कि दाढ़ीवाला जान–बूझकर उसके दृश्य का अभ्यास नहीं करा रहा लेकिन वह नहीं जानता कि उसका ग़ुस्सा ग़लत है। निर्देशक अभिनय की इस चाल और चालाकी को जानता है कि जब किसी कमज़ोर अभिनेता की उपेक्षा की जाये, तो वह अपने मन में लगातार अपने पात्र से खीझता है, संवाद करता है, लड़ता है और प्रायः वह काग़ज़ों के कायाहीन पात्र को जीवन दे देता है। सबको यह भी साफ़ लगा कि इन दो दिनों में लड़के के सुनहरे बाल और लम्बे हो उलझ गये हैं। माँ–बाप भाई उसके बाल कटवाते ही नहीं क्योंकि घोर ग़रीबी के कारण जब वह बेटे को जीवित नहीं देखना चाहते तो फिर बाल कटवाने का मतलब? उन्हें इस सच का भी तो पता है कि इतने दिन भूखा रखने के कारण लड़का किसी भी दिन, कभी भी मरेगा। निर्धनता का क़र्ज़ केवल मृत्यु ही उतार सकती है।

आज ड्रेस–रिहर्सल होनी है। दिल्ली से गिरधारी चाचा दोपहर को पहुँच गये, अपने बिजली–सामान के जादुई थैले के साथ। उन्होंने स्विच पटल देखा, केवल दो प्लग लगाने की जगह और छोटी खुली छत जिसे बदलना है क्रिकेट–मैदान में। छोटे शहरों की नाटक–मण्डलियों की सीमाओं को जानते हैं। न कोई शिकायत की न कोई माँग। तीन–मुँहे प्लग लगाकर उन्होंने छोटे बिजली–बोर्ड को बड़ा कर दिया।

अब वे छत पर आ गये। थैले से लम्बे तार और छोटे–बड़े अलग–अलग रंगों के बल्ब निकालकर मंच पर रखे। दोनों पागल भाई और गूँगी बहन दीवार के अपनी तरफ़ खड़े इस सामान को देख इतने आश्चर्यचकित हो गये कि बिल्कुल नहीं बोले।

गिरधारी भाई ने निर्देशक से पूछा कि क्या एक लम्बा–मोटा बाँस छत पर लगाया जा सकता है ताकि इस पर प्रकाश घटाने–बढ़ाने वाला बड़ा बल्ब बाँधा जा सके। दाढ़ीवाले ने जिस बुझी आवाज़ में बताया कि ख़रीद लायेंगे, उन्हें समझ आ गया कि पैसों की कमी है। उन्होंने साथ के मकान की छत को देखा। टेलीविज़न के एंटीना की तरफ़ संकेत किया और कहा कि कोई अभिनेता छत पर चढ़े, एंटीना झुकाये, स्पॉट–लाइट इसके साथ लगा, एंटीना सीधा कर दे तो उनका काम चल जायेगा। दाढ़ीवाला उन्हें बता चुका है कि आज शाम वेशभूषा अभ्यास में केवल स्वप्न–दृश्य के लिए उन्हें प्रकाश–संयोजन करना है, नाटक का शेष हिस्सा साधारण प्रकाश में हो जायेगा। अचानक इस सच का सब अभिनेताओं को पता चला कि गिरधारी चाचा बिल्कुल बोलते नहीं, किसी भी बात पर उन्हें आश्चर्य नहीं

होता। उनके प्रकाश–संसार में इन बातों का न कोई महत्त्व है, न कोई स्थान। और तो और दीवार के साथ लगे खड़े दो पागल भाइयों और गूँगी बहन के बारे में भी उन्होंने किसी से कुछ नहीं पूछा।

उन्होंने लकवा–लड़के को मंच पर बैठने के लिए कहा। लड़के ने अपने कान छुए, मंच पर माथा टेका, ऊपर चढ़ा और चौकड़ी मारकर बैठ गया। उसका सिर गिरधारी चाचा ने हाथ से छूकर और नीचे झुकाया और लम्बे बालों को उसके चेहरे के दोनों तरफ़ बिखरा दिया। सुनहरे बालों की तुलना में उसका रंग पीला पड़ गया। गिरधारी भाई ने उसे समझाया कि कपिल देव के आउट होने पर वह प्रकाश–केन्द्र उसके मुँह पर ले आयेंगे। लड़का ज़ोरों से रोयेगा, सिर हिलायेगा। बाल पीछे होंगे और वह हज़ार वॉल्ट की रोशनी उसके चेहरे पर स्थिर कर देंगे। प्रकाश में नहाया लड़का जब मृत्युलोक की तरफ़ जायेगा तो रोशनी धीरे–धीरे कम होगी और खट से अँधेरा हो जायेगा। लड़के का भी अन्त और नाटक का भी अन्त।

अभिनेता अलग–अलग अथवा साथी–सवारी के साथ खड़े अपने–अपने संवाद दुहरा रहे हैं। वेशभूषा–अभ्यास वाली शाम नाटक के प्रथम मंचन का पूर्वाभास होती है, एक सीमा के बाद न अभिनय और न लाइनें बोलने में कुछ भी उन्नत अथवा बेहतर हो सकता है क्योंकि नाटक के आसपास एक अदृश्य सीमा–रेखा होती है जिसमें कोई क़िस्मत का धनी अभिनेता ही प्रवेश कर सकता है। निर्देशक–पत्नी अर्थात् छोटी–बहन ने आज फ्रॉक पहन, बालों को कस कर कंघी की है और काल्पनिक गुब्बारे को काल्पनिक छोर से उँगली में बाँध खुली छत पर लगातार स्टापू खेल रही है। वह बदल तो गयी है तीस वर्ष से तेरह, चौदह वर्ष की लड़की में लेकिन वह अपनी जाँघों का क्या करे जो एक औरत वाली है–मांसल। कूदने पर जिनमें मांस–मछलियाँ उछलती हैं। दाढ़ीवाले ने गिरधारी चाचा के पास जा छोटी की सुडौल टाँगों की तरफ़ इशारा किया, उन्होंने सब कुछ समझकर हाँ में सिर हिलाया। दाढ़ीवाले ने पत्नी उर्फ़ छोटी से कुछ कहा और वह दीवार के साथ लगे दो पागल भाइयों और गूँगी बहन की तरफ़ बढ़ने को हुई कि तभी सुन्दर, मुन्दर सीढ़ियाँ चढ़ छत पर पहुँच गये।

दो भाइयों ने उन्हें देखा, ख़ुश हुए और तालियाँ बजानी शुरू कर दीं–'आ गये। आ गये।' गूँगी बहन उनके साथ–साथ बोली– 'गाँ, गाँ, गाँ'।

मसख़रों ने गिरधारी भाई के पाँव छुए, सबको नमस्कार किया और फुटबॉल की तरह लुढ़कती चाल से दीवार के पास पहुँच उनके सामने खड़े हो उनकी तरह ताली बजायी और उनकी आवाज़ में कहा–'आ गये। आ गये।'

दोनों भाइयों ने हँसना और ताली बजाना बन्द किया। अपने नये पागल साथियों की ओर हैरान होकर देखा और फिर उनकी आँखों में एक सन्देह ने जन्म ले लिया। उनकी अपंग–सोच थोड़ा–सा डर गयी, कि क्या वह दोनों अब उनके साथ रहेंगे। कहीं उनके हिस्से का खाना खा गये तो? पागल हैं तो क्या, उन्हें इतना तो अब तक याद है कि इन दो फुटबॉलों ने पिछली बार उनकी रोटी छीनने की कोशिश की थी। दोनों के होंठ थोड़े फैले, उनके पीले दाँत दिखे और इससे पहले कि उनके दिल का डर गुर्राहट में बदले मसख़रों ने हाथ जोड़े और सिर झुकाकर खड़े हो गये। दोनों की अपंग–कल्पना में उपजा भय एकदम विजय–भावना में बदल गया, वे सुरक्षित हो गये कि यह दो फुटबॉल बाक़ी बहुत से लोगों की तरह उनसे डर गये। वह हँसे और मसख़रे मंच के पास लौट गये।

छोटीपास पहुँची। वे उत्सुक होकर उसकी तरफ़ देखने लगे क्योंकि उससे वे बिल्कुल नहीं डरते। रिहर्सल वाले दिन वे हमेशा दोनों के लिए मुट्ठी–भर टॉफियाँ जो लाती है। उनके सीमित संसार में केवल दो दोस्त हैं, गूँगी बहन और वह साँवली औरत। छोटी ने दोनों हथेलियों पर बराबर–बराबर टॉफियाँ रखीं और हाथ उनकी तरफ़ उठा दिये। अपने–अपने हिस्से की टॉफियाँ उठा उन्होंने अपनी–अपनी मुट्ठी कस कर बन्द कर ली। इस साँवली की पीठ फिरते ही मुँह में भर लेंगे। हालाँकि उसने देने के बाद टॉफियाँ कभी वापिस नहीं माँगीं लेकिन दोनों भाइयों को अपने–अपने निर्दय अनुभवों ने सिखा दिया है, पक्का डरा रखा है कि कोई भी, कभी भी उनसे कुछ छीन लेगा। यह औरत जाती क्यों नहीं ताकि वे टॉफियाँ गड़प कर सकें। दोनों को पता चल गया कि कुछ बोलेगी। उनकी विकलांग इन्द्रियाँ चौकस हो गयीं।

छोटी ने होंठों पर उँगली रखी और कहा–'शीऽऽऽ।' दोनों हैरान। वह तो बोले ही नहीं फिर शी क्यों।

छोटी ने बताया–'बिल्कुल नहीं बोलना आज। बिल्कुल चुप।'

तभी गिरधारी भाई ने बिजली बुझा दी और अँधेरी खुली छत पर चलकर छोटी रिहर्सल कमरे के दरवाज़े पर लौटी और अपनी उँगली से काल्पनिक गुब्बारा बाँध लिया।

वह स्टापू खेलते हुए लकवा–लड़के की तरफ़ बढ़ी। गोलाकार रोशनी उसके हिलते हाथ के साथ–साथ उछल रही है। गिरधारी चाचा ने उसकी स्वस्थ टाँगों पर बिल्कुल प्रकाश नहीं डाला और उसकी उमर सचमुच घट गयी। वह उछली। लाइट उसके साथ–साथ उछली। वह भाई के पास पहुँचकर रुकी। हाथों में हिलता प्रकाश–गुब्बारा हौले–हौले हवा में तैरने लगा। लकवा–भाई ने बैठे–बैठे छोटी–सी छलाँग लगायी। उसने गुब्बारा उसकी पहुँच से परे कर हिलाया। भाई बोला–'गुब। गुब।'

गिरधारी भाई ने गुब्बारा ग़ायब कर दिया और रोशनी का गोला लकवा–लड़के के चेहरे पर स्थिर हो गया। सबने प्रकाश–पुंज में उसका मुँह देखा और बिल्कुल भयभीत हो गये। लड़के का रंग अब पीले से रक्तहीन सफ़ेद हो चुका है लेकिन उसकी आँखें। क्या हो गया उसकी आँखों को। उनमें इतना पवित्र तेज़ कहाँ से आ गया। यह लड़का जो मात्र रोटी शब्द ठीक से न बोलने के कारण सबकी नाराज़गी का पात्र इतने दिनों से बना हुआ है, आज इतना भयमुक्त कैसे हो गया। उसने प्रशंसा प्राप्त करने वाली भिखारी आँखों से न तो दाढ़ीवाले की तरफ़ देखा और न ही साथी–अभिनेताओं की तरफ़। वह अपने मृत्यु–लोक में जाने के लिए बिल्कुल तैयार है।

गिरधारी भाई ने बिजली का दूसरा बटन दबाया। छत से गुब्बारा ग़ायब। सारे के सारे लोग उनके प्रकाश लोक के माया जाल से बाहर निकल आये। पागल भाइयों की आँखें अब भी छत पर थोड़ी देर पहले उड़ते गुब्बारे को तलाशती वहीं की वहीं अटकीं।

छोटी ने गिरधारी भाई के पाँव छुए, उन्होंने उसके सिर को अपनी छाती से लगाया और पीठ पर धीरे–धीरे हाथ फेरा। बाक़ी के अभिनेताओं को भी पता चल गया कि मंच पर बैठा हुआ लड़का आज ज़रूर मरेगा; क्योंकि गिरधारी भाई की जादुई उँगलियों से निकलकर और बिजली के बटन तक पहुँचकर जन्म लेते प्रकाश ने लड़के को मृत्यु लोक के दर्शन करा दिये हैं। सब उसकी मृत्यु का हिस्सा बन गये।

लकवा–लड़के ने अपने दोस्त अभिनेता को कुछ लाने के लिए इशारा किया। उसने बाल्टी से पानी का गिलास भरा और मंच पर बैठे लड़के को पकड़ाया। वह भरा गिलास एक बार में ही पी गया और सब हैरान रह गये। लड़के को इतनी सर्दी में इतनी प्यास कैसे लग गयी। ठण्डे पानी ने उसको बिल्कुल ठण्डा कर दिया होगा। दोस्त अभिनेता ने उससे ख़ाली गिलास पकड़ा और बिल्कुल मरी हुई चाल से अपनी जगह लौट आया। दाढ़ीवाले ने एक बार सोचा ज़रूर कि उससे पूछे तो सही कि दोस्त को पानी का गिलास देने में इतना दुखी होने का मतलब। फिर उसने पूछने का अपना इरादा बदल दिया।

चाय आ गयी। मसख़रे खुली छत के कोने पर खड़े गिरधारी भाई से बातें करने लगे। सबने अपना–अपना गिलास चाय–छोकरे के हाथ–डिब्बे से लिया लेकिन मंच पर बैठे लकवा–लड़के ने सिर हिलाकर इनकार कर दिया। जब 'छोटी' ने उससे कारण पूछा तो पूरी आँख खोलकर उसकी तरफ़ देखा और छोटी डर गयी। क्या है बीमार भाई की आँखों में–अपना दृश्य न करने की आशंका से उपजी असफलता, भय अथवा मरने की कल्पना–मात्र से जन्मा आतंक। उसने सोचा कि पति से कहे कि लड़के ने चाय नहीं पी। लेकिन यह बात इतनी महत्त्वपूर्ण तो है ही नहीं कि निर्देशक को बतायी जाये।

पागल भाई इस बात से अभ्यस्त हैं कि जब चाय आये तो बातें की जा सकती हैं, दोनों 'गुब–गुब' कहकर अपनी–अपनी जगह उछलने लगे रोशनी का वह हिलता गुब्बारा पकड़ने के लिए जो गिरधारी भाई ने ग़ायब कर दिया था। मसख़रों ने उनकी तरफ़ देखा, यह क्षण तीन दिन पहले वाले उस क्षण से जुड़ गया जब इन दो फुटबॉलों ने उनकी रोटी लेने की कोशिश की थी। शायद पागल–संसार में अतीत और वर्तमान में भेद नहीं होता। प्रत्येक क्षण अपने आप में सम्पूर्ण। दोनों ने दीवार पर रखा रोटियों–भरा थाल उठाया और छत के अपनी तरफ़ नीचे रख दिया।

गूँगी लड़की बोल नहीं सकती लेकिन समझती तो है कि मंच पर बैठे बीमार लड़के को मरना है। लेकिन वह क्योंकर मरेगा इसका पूरा कारण उसे समझ नहीं आ रहा है। फिर आज यह लड़का इतना डरा–डरा क्यों है? उसके सुनहरे बाल चेहरे पर झूल रहे हैं और वह आदतन इन्हें हाथों से हटा भी नहीं रहा। क्या इसे सचमुच रोटी नहीं दे रहे माँ–बाप जैसे कभी–कभी उसके पागल भाइयों को, जब वे बाहर भाग सकते हैं, पिता

पहले मारता है फिर भूखा रहने का दण्ड देता है? मंच पर बैठे लड़के का चेहरा उसके दो भाइयों के चेहरे से जुड़ गया और उसे एकदम दाढ़ीवाले पर गुस्सा आ गया। बीमार लड़के को माँ–बाप खाने के लिए कुछ नहीं दे रहे तो क्या हुआ वह तो दे सकती है। कहीं लड़के को...। इससे आगे वह सोच नहीं सकी क्योंकि 'छोटी' उसके भाइयों के सामने आ खड़ी हुई। इससे पहले कि वह कुछ बोले भाइयों ने अपने–अपने होंठों पर हथेली रख ली, चुप हो गये और हमेशा की तरह 'शी' की आवाज़ नहीं निकाली। दोनों पागल भी गूँगी बहन की तरह दाढ़ीवाले की तरफ़ देख रहे हैं और इस सच का पता लगते ही कि तीनों की आँखों में उसके पति के प्रति गुस्सा है, वह दंग रह गयी। भला उससे नाराज़ होने का कारण? उसने तो इन्हें कुछ कहा ही नहीं। गिरधारी चाचा ने लाइट बुझा दी और वह अँधेरे में चलकर प्लाईवुड के बने मंच पर चढ़ी और टीवी पर क्रिकेट मैच देखते अपने भूख से बीमार भाई के पीछे खड़ी हो गयी।

छत के बीच के हिस्से से प्रकाश डालकर गिरधारी भाई ने इसे क्रिकेट–मैदान में बदल दिया। कपिल देव बने मसख़रे ने साथी खिलाड़ी को कुछ कहा जैसा कि अक्सर दो बल्लेबाज आपस में कुछ सलाह करते हैं। क्या कहते हैं, इसका पता न दर्शकों को चलता है न खेल प्रदर्शन करने वालों को। दाढ़ीवाला मंच के पास गया, बीमार लड़के के गालों पर लटके लम्बे बाल पीछे किये, उसके सिर पर हाथ धरा और ख़ामोश आशीर्वाद देने के बाद वापिस आ गया।

पता नहीं सुन्दर ने अथवा मुन्दर ने कमेंट्री शुरू कर दी कि इस ओवर की दो गेंदें बाक़ी हैं। पहली गेंद पर कपिल अगर चौका अथवा छक्का मारे तो आख़िरी गेंद का सामना कर सकता है और उसे आख़िरी गेंद पर एक रन लेना चाहिए। हिरवानी की क्या हिम्मत कि वह मार्शल जैसे तूफ़ानी गेंदबाज की एक गेंद का भी सामना भी कर सके।

कमेंट्री करते मसख़रे की आवाज़ में उत्तेजना के साथ डर भी आ गया और उसने दर्शकों और असंख्य सुनने वालों को यह ख़तरनाक ख़बर दी कि रिचर्ड्स ने अपने सारे फील्डरों को बाउंड्री के पास भेज दिया है। वह किसी हालत में कपिल को बाउंड्री नहीं लगाने देगा। मसख़रा चुप हो गया। प्रकाश का गोला सिमटा और कपिल देव मसख़रे के मुँह पर स्थिर। उसने अपनी गर्दन चारों तरफ़ घुमायी और बाउंड्री के पास खड़े शत्रु–खिलाड़ी देख लिये। उसकी मूँछें हिलीं और चमकीले दाँत

चमकना शुरू हो गये। दर्शकों की बन्द साँस शब्द में बदली और किसी ने कहा–'छक्का।' दोनों पागल भाइयों ने बोल कर और गूँगी बहन ने दिल में कहा–'छक्का' छत पर खड़े अभिनेता कपिल देव के इरादे का हिस्सा बन गये और एक साथ हुंकार लगाई–'छक्का' मंच पर बैठे बीमार लड़के ने दिल में कहा 'छक्का' क्योंकि उसे तो इस चौके अथवा छक्के के बाद रोटी शब्द बोलना है।

काली, धुर काली रात में गिरधारी भाई की उँगलियाँ स्विच–बोर्ड पर लगे बटनों को देख सकती हैं क्योंकि अँधेरे में उनकी उँगलियों की आँखें लग जाती हैं। उनके मन का माया जाल उँगलियों में सरका और बटन दबाने के साथ ही कपिल के चेहरे पर पड़ रहा प्रकाश पुंज पीछे उछला, छोटा हो गेंद में बदला और मार्शल के हाथो से छूट अन्धड़ गति से उस पर आक्रमण कर दिया। कपिल का हवाई बल्ला हवा में घूमा, गेंद में बदला प्रकाश ऊपर उठना शुरू हुआ दूसरे मसख़रे ने कमेंट्री शुरू करके लोगों को प्रकाश के इन्द्रजाल से बाहर निकाला–गेंद को कपिल ने उठा दिया। गरीनेज ने दोनों हाथ हवा में उठा लिए हैं। गेंद उनके हाथों के ऊपर आयी। गरीनेज उछला। लेकिन गेंद उनके दोनों खुले हाथों के बीच से गुज़रकर दर्शकों में जा...। छक्का। सिक्सर। अंपायर ने दोनों हाथ ऊपर उठा दिये हैं।' छत पर खड़े अभिनेता बोले–'छक्का।' पागल भाई बोले–'छक्का, छक्का। गिरधारी भाई ने गेंद बने प्रकाश को वापिस बुलाया और इसे मंच पर बैठे लकवा–लड़के की तरफ़ भेज दिया। क्योंकि छक्के, सिक्सर और आख़िरी गेंद के अन्तराल में जो क्षणिक चुप्पी आयेगी उसमें बीमार लड़के को रोटी शब्द बोलना है।

प्रकाश पुंज उसके चेहरे पर। लम्बे सुनहरे बाल हिले। पीछे खड़ी छोटी ने हटाये और लड़के का चेहरा एकदम पवित्र हो गया क्योंकि वह कायाहीन हो चुका है और उसका अपना कोई जीवन नहीं रहा। गोलाकार रोशनी में उसका चेहरा और पीला पड़ गया और उसने मात्र एक शब्द का संवाद बोला–'रोटी।' और खुली छत सन्नाटे में आ गयी। गिरधारी भाई के मन से गोल रोटी निकली, बिजली बटनों ने लड़के के चेहरे पर पड़ रहे प्रकाश को रोटी में तब्दील किया, लड़के ने पकड़ने के लिए हाथ बढ़ाये और रोटी में बदल चुका गोल प्रकाश धीरे–धीरे पीछे सरकना शुरू हो गया। उसके हाथों की पहुँच के परे। वह फिर बोला–'रोटी।' डर गयी दीवारों ने कहा, 'रोटी'। छत पर रुक चुकी हवा ने कहा, 'रोटी'।

गूँगी लड़की ने दिल में कहा, 'रोटी' और दोनों पागल भाइयों ने कसकर एक–दूसरे का हाथ पकड़ लिया क्योंकि उनके पागल माथे में और कुछ हो न हो, रोटी और भूख शब्द तो हमेशा चौकड़ी मार कर बैठे रहते हैं।

मंच पर बैठे लड़के ने दूर होते गोलाकार प्रकाश की तरफ़ हाथ फैलाये, पकड़ने के लिए। गिरधारी चाचा ने गोल प्रकाश को उसकी पहुँच से परे खींच लिया और लड़का मंच पर लुढ़क गया।

दाढ़ीवाला गुस्से से बोला, 'महेन्द्र! तुझे अभी नहीं गिरना। तू कपिल के आउट होने पर गिरेगा। तब मरेगा।' लेकिन मंच पर गिरा लड़का उठा नहीं। दाढ़ीवाला लगभग पागल हो गया और चीख़ा–'उठो। महेन्द्र उठो।' लड़का फिर भी नहीं उठा। दाढ़ीवाले ने उसकी तरफ़ क़दम उठाया तभी उसके दोस्त अभिनेता ने बताया, 'सर। महेन्द्र ने पिछले तीन दिन से रोटी नहीं खायी। वह शायद बेहोश...।' गिरधारी भाई की उँगलियों से माइक शक्ति छिन गयी और उनका ऐंद्रजालिक संसार खण्ड–खण्ड हो गया। उन्होंने साधारण लाइट जला दी। लड़के के पीछे खड़ी छोटी को याद ही नहीं रहा कि वह दाढ़ीवाले की पत्नी है। महेन्द्र का सिर अपनी गोद में रखकर उसने दाढ़ीवाले को गाली दी, 'तुम कमीने हो। राक्षस हो। इतना डाँटते रहे महेन्द्र को। तुम करवाओगे एक्टिंग लोगों को भूखे रख कर।' और वह ऐसे रोने लगी जैसे सचमुच उसका भाई मर गया हो।

दीवार के साथ खड़ी लड़की अपने पागल भाइयों के पास गयी और लगातार बोलने लगी–'गाँ। गाँ। गाँ।' भाई आतंकित हो गये। क्योंकि पहली बार बहन की अशब्द आवाज़ में उन्हें अर्थ सुनाई दिया। अबोले शब्द का अर्थ। गूँगी ने लगातार दीवार पर हाथ पटकने शुरू कर दिये और वह गूँगी के साथ–साथ पागल भी हो गयी।

दोस्त महेन्द्र के मुँह पर पानी के छींटे मार रहा है। पागल भाइयों ने रोटियों भरा थाल दीवार पर रखा और अपनी–अपनी रोटियों के ढेर को प्लाईवुड के बने मंच पर फेंक दिया। महेन्द्र के आसपास मंच पर जब रोटियाँ गिरीं तो उसने आँखें खोलीं। वह बिल्कुल हैरान हुआ और बैठ गया। पागल बोला, 'खा। खा। खा।' गूँगी ने उठ बैठे महेन्द्र को देखा और ताली बजाकर कहा–'गाँ–गाँ–गाँ'। पागल भाइयों ने भी ताली बजायी और जो गूँगी कहना चाहती थी उसे शब्दों में कहा–'नहीं मरा। नहीं मरा।' महेन्द्र से फिर कहा–'खा। खा। खा।'

कपिल देव बने मसख़रे ने खुली छत पर बैठकर आउट होने से पहले रोना शुरू कर दिया। दूसरा मसख़रा पहले हैरान हुआ क्योंकि इसे तो मार्शल की आख़िरी गेंद पर आउट होना है तथा रोना भी नहीं। मसख़रा–धर्म है हँसना। और यह भूल गया अपना धर्म। वह मशीन–मानव की तरह चलकर छत पर बैठे मसख़रे के पास पहुँचा। बैठा। और दोनों मसख़रे हाथों से अपना–अपना चेहरा दाँव पर लगाकर रोना शुरू हो गये।